# 마담 보바리

## 시골 풍속

**Madame Bovary—Mœurs de province**

세계문학전집 36

# 마담 보바리 <sub>시골 풍속</sub>

Madame Bovary—Mœurs de province

## 귀스타브 플로베르

김화영 옮김

민음사

파리 변호사회 회원이며
전 국회의장이며
전 내무장관이신
마리앙투안췰 세나르에게 *


친애하는, 그리고 저명하신 친구여,
이 책의 머리에, 심지어 책의 헌사보다도 먼저 귀하의 이름을 새겨 놓도록
허락하여 주십시오. 이는 무엇보다도 귀하의 덕분으로 이 책이 나올 수 있었기
때문입니다. 귀하의 탁월한 변론을 거침으로써 제 작품은 제게 있어서
어떤 뜻하지 않은 권위 같은 것을 얻게 되었습니다. 그러므로 여기에
제 감사하는 뜻을 표하오니 받아 주십시오. 아무리 감사해도 귀하의 웅변과
헌신에는 결코 미치지 못할 것입니다.

　　　　　　　　　　　　　　── 귀스타브 플로베르, 파리, 1857년 4월 12일


* 『마담 보바리』는 오로지 루이 부이예에게 바치는 헌사만으로 《르뷔 드 파리》에 처음
으로 발표되었다. 1857년 1월 31일 플로베르와 이 소설의 출판인은 공중 도덕 및 종교
적 미풍 양속을 해쳤다는 이유로 피소되었다. 세나르가 이 재판에서 피고 측의 변론
을 담당하여 이 소설이 '지방에서 너무나도 빈번히 실시되고 있는 그릇된 교육의 이야
기'이며 '너무나도 빈번히 교육이 그 일면을 보여 주고 있는 개탄스러운 삶의 이야기'
임을 강조한 결과 법정은 2월 7일 플로베르의 작품은 '단호히 비난받아야 마땅한 면'
이 있으나 어떤 '도덕적 교훈'을 담고 있는 점을 인정하여 무죄 선고를 내리게 된다. 이
리하여 1857년 초판본에 변호사 세나르에게 바치는 이 헌사가 추가되었다.

루이 부이예에게

**일러두기**

1 이 책의 번역 저본은 「옮긴이의 말」에 상세히 밝혀 두었다.
2 본문의 각주는 모두 옮긴이주이다.

# 차례

1부

## 1

우리가 자습실에서 공부하고 있으려니까 교장 선생님이 어떤 평복 차림의 신입생과 큰 책상을 든 사환을 데리고 들어왔다. 졸고 있던 아이들이 깨어났고, 각자 정신없이 공부하다가 깜짝 놀랐다는 듯이 자리에서 일어났다.

교장 선생님은 우리에게 다시 자리에 앉으라고 손짓했다. 그리고 자습교사 쪽으로 돌아서서 "로제 씨." 하고 나직이 말했다.

"여기 이 학생을 좀 부탁해요. 중등반 2학년에 들어왔습니다. 하지만 학업과 품행을 보아서 양호하면 제 나이에 맞는 상급반으로 올려 주지요."

출입문 뒤 모퉁이에 서 있어서 눈에 잘 보이지도 않는 그 신입생은 열다섯 살가량 되어 보이는 시골뜨기로, 키는 우리 중 그 누구보다도 컸다. 머리를 이마 위로 가지런하게 잘라서 촌동네 성가대원 같았고 얌전하면서도 매우 거북해하는 표정이었다. 어깨가 넓은 것도 아니었는데 싸잔색 단추들을 단 녹색 천의 정장 재킷은 겨드랑이께가 거북살스러운 모양이었고 소매 끝 솔기 사이로는 언제나 맨살을 내놓고 지내 버릇해서 뻘게진 양 손목이 드러나 보였다. 멜빵에 당겨 덜렁 들린 누런 바지 밑으로 청색 긴 양말을 신은 두 다리가 나와 있었다. 그는 징을 박아서 튼튼해 보이기는 하나 제대로 닦지 않은 구두를 신고 있었다.

우리는 학과를 암송하기 시작했다. 그는 감히 다리를 꼬고 앉거나 팔꿈치를 세워 턱을 괴거나 하지도 못한 채 설교를 들을 때처럼 암송하는 소리에 골똘히 귀를 기울이고 있었으므로 두 시가 되어 종이 쳤을 때는 선생님이 그에게 우리와 함께 줄을 서라고 일러 주지 않으면 안 되었다.

우리는 교실로 들어갈 때 학생모자를 마룻바닥에 집어 던지는 습관이 있었다. 그래야 거추장스러운 것이 없어서 두 손이 자유스러워졌다. 문턱에 들어서는 즉시 굉장한 먼지를 내면서 벽에다 후려치듯이 의자 밑으로 모자를 날려야 하는 것이었다. 그렇게 하는 것이 풍습이었다.

그러나 그런 행동 요령을 눈여겨보지 못해서였는지 아니면 감히 남들처럼 할 용기가 나지 않아서였는지, 기도가 다 끝났는데도 신입생은 여전히 모자를 무릎 위에 그대로 얹어 놓은 채였다. 그것은 챙 없는 털모자, 샵스카형 군대 모자, 빵모자, 챙 달린 수달피 모자, 무명 보닛 모자의 온갖 요소들이 한데 섞인 혼합식 모자의 한 유형, 요컨대 어떤 멍청한 사람의 얼굴처럼 그 말없는 추악함이 표현의 깊이를 더해 주고 있는 그런 한심한 물건의 하나였다. 살대들로 받쳐서 타원형으로 부풀린 그 모자는 우선 둥글게 감은 세 개의 테로 시작되고 있었다. 그다음에 붉은색 띠로 구획된 비도드의 토끼털의 마름모꼴들이 서로 교차하면서 이어졌다. 그러고는 거기에 자루 같은 것이 달려 있는데 그 끝은 밑에 마분지를 받친 다각형이고 복잡한 장식끈들을 붙인 수가 잔뜩 놓여 있으며, 또 그 자루에는 너무나도 가느다랗고 긴 끈의 끝에 금실로 만든 가로막대가 일종의 술장식으로 매달려 있었다. 모자는 새 것이어서 차양이 번쩍거렸다.

"일어서요." 선생님이 말했다.

그가 일어섰다. 모자가 떨어졌다. 교실 안의 모두가 웃어 대기 시작했다.

그가 모자를 집으려고 몸을 굽혔다. 옆에 있던 아이가 팔꿈치로 툭 쳐서 떨어뜨리자 그는 또다시 모자를 집어 들었다.

"그 투구 좀 저리 치워요." 재치 있는 분인 선생님이 말했다.

생도들이 요란스럽게 웃어 댔으므로 가엾은 소년은 너무나 당황한 나머지 모자를 손에 들고 있어야 할지 바닥에 버려두어야 할지 아니면 머리에 써야 할지 알 수가 없었다. 그는 다시 자리에 앉더니 모자를 무릎 위에 놓았다.

"일어나요." 선생님이 다시 말했다. "이름을 말해 보세요."

신입생은 잘 알아들을 수 없을 만큼 빠른 목소리로 뭐라고 이름을 댔다.

"다시 한번!"

앞서와 마찬가지로 음절을 빨리 발음하는 소리가 반 아이들의 조롱 소리에 뒤덮인 채 들렸다.

"더 크게!" 선생님이 소리쳤다. "더 크게!"

신입생은 그러자 아주 단단히 마음먹고서 입을 한껏 딱 벌리더니 마치 누군가를 부르기라도 하려는 듯이 목이 터져라고 샤르보바리 하고 소리를 내질렀다.

단번에 굉장한 소동이 일어났고, 그것은 터져 나오는 날카로운 목소리들(모두들 고함치고 짖어 대고 발을 구르며 샤르보바리! 샤르보바리! 하고 연거푸 떠들어 댔다.)과 더불어 점점 높아 가더니, 이윽고 아주 어렵게 가라앉으면서 따로따로 중얼대는 목소리들이 되어 굴러가는가 하면, 때로는 참았던 웃음이 채 꺼지지 않은 폭죽처럼 여기저기에서 다시 터져 나와 갑자기 한 줄씩의 좌석에서 소동이 다시 시작되는 것이었다.

그러나 조용히 하지 않으면 벌로 숙제를 잔뜩 내겠다는 으름장에 차츰차츰 교실 안의 질서가 회복되자, 그 이름을 차근차근 발음시켜 받아 적은 다음 철자를 확인시키고 다시 읽힌 결과 마침내 샤를 보바리라는 이름을 알아내는 데 성공한 선생님은 즉시 그 가엾은 녀석에게 교탁 밑의 벌 서는 자리에 가 앉으라고 명령했다. 그는 몸을 움직였지만 앞으로 막 나가려다 말고 잠시 머뭇거렸다.

"뭘 찾는 건가요?" 선생님이 물었다.

"제 모……." 신입생이 불안한 시선을 주위로 굴리면서 우물쭈물 말했다.

"이 반 전원 시 오백 줄이다!" 하고 성난 목소리로 내뱉은 한마디가 격랑을 멈추게 한 넵투누스의 으름장[1]인 양 새로 일어나려는 소란을 뚝 그치게 만들었다. "조용히들 하라니까!" 하고 성이 난 선생님이 계속 말했다. 그리고 모자 속에서 손수건을 꺼내 가지고 이마를 닦으면서 말했다. "신입생, 자네는 리디쿨루스 숨(ridiculus sum, 나는 우스꽝스러운 자입니다.)이라고 스무 번을 써 내도록."

그러고는 좀 더 부드러운 목소리로 말했다.

"그리고 그 모자, 없어지지 않아요. 누가 그걸 훔쳐 가지는 않을 테니까!"

모두가 다시 조용해졌다. 다들 글씨 쓰는 판 위로 머리를 숙이고 있었고, 신입생은 가끔 펜촉으로 튕긴 종이 뭉치가 얼굴에 날아와서 맞기도 했지만 두 시간 동안 모범적인 자세로 가만히 앉아 있었다. 가끔 손을 들어 얼굴을 쓱 문지르고 나서는 눈을 내리깐 채 꼼짝도 하지 않았다.

저녁때 자습실에서 그는 사무용 소매 커버를 책상에서 꺼내어 낀 다음 자질구레한 자기 물건들을 정리했고 종이에 정성스럽게 줄을 그었다. 우리는 그가 단어를 하나씩 사전에서 찾으면서 몹시 힘들여 열심히 공부하는 것을 보았다. 아마도 그가 보여 준 이 같은 성실성 덕분이었는지 그는 아래 학년으로 내려가지 않아도 되었다. 그는 문법은 그런대로 이해했지만

---

1) 로마 시인 베르길리우스의 서사시 『아에네이스』의 1권 135행에 나오는 라틴어 "Quos ego……."로 거센 바람에 성난 넵투누스의 위협을 뜻한다.

표현에 있어서는 도무지 세련된 데가 없었으니 말이다. 그의
부모가 돈을 아끼느라고 될 수 있는 한 늦게까지 학교에 보내
지 않았으므로 마을의 본당 신부가 그에게 라틴어 기초를 가
르쳐 주었더랬다.

그의 아버지 샤를 드니 바르톨로메 보바리 씨는 전에 군의
관보(補)였는데 1812년에 어떤 징병 사건에 연루되어 당시 군
을 떠날 수밖에 없는 형편이 되었다. 그러자 그는 신체적인 매
력을 미끼로, 그의 풍채에 홀딱 반한 어떤 메리야스 상인의 딸
에게서 육만 프랑의 지참금을 낚아챌 수 있었다. 미남에 허풍
선이이고 요란스럽게 박차 소리를 내고 다니며 콧수염에다가
구레나룻까지 곁들여 기르고, 언제나 손가락마다 반지를 잔
뜩 끼고 다니며, 빛깔이 화려한 옷을 즐겨 입는 그는 외판원
같이 쉽게 쾌활해지는 성격에다가 늠름한 외양을 갖추고 있었
다. 일단 결혼을 하자 그는 이삼 년 동안 처의 재산으로 먹고
살면서 좋은 음식만 먹고 늦잠을 자고 커다란 도자기 담뱃대
로만 담배를 피우고 저녁이면 공연을 한 가지쯤 보고 나서야
귀가했고 뻔질나게 카페를 들락거렸다. 그러던 중 장인이 죽었
는데 알고 보니 유산이 별로 없었다. 이에 화가 난 그는 제조업
에 뛰어들어 약간의 손해를 보고 나서는 농촌으로 물러앉아
토지개발 사업을 해 보려고 했다. 그러나 면직물 직조업이나 농
사일이나 모르기는 마찬가지였고, 말이 있으면 밭갈이에 내보
내는 대신 자기가 타고 다녔고 시드르[2]를 만들면 통에 담아

---

2) 사과즙을 자연 발효해 만든 3~4.5퍼센트의 알코올 도수를 지닌 음료로

팔 생각은 않고 병에 담아 자기가 마셨고 닭장에서 제일 잘 큰 닭은 잡아먹었으며 돼지를 길러 기름을 얻으면 사냥할 때 신는 구두나 닦는 데 써 버린 나머지 머지않아 일체의 투자 사업은 그만두는 쪽이 낫다는 것을 깨닫게 되었다.

그리하여 연 이백 프랑씩 지불하기로 하고 코 지방과 피카르디 지방 경계에 있는 어떤 마을의 반 농가 반 지주 주택으로 된 집을 한 채 찾아내어 세를 얻었다. 마음이 울적하여 회한에 시달리고 하늘을 원망하며 세상을 시기하는 그는 마흔다섯 살이 되면서부터 사람들에게 환멸을 느낀 나머지 조용히 살기로 마음먹었다면서 외부와 인연을 끊고 그곳에 틀어박혀 버렸다.

그의 아내는 옛날에 그에게 홀딱 반했더랬다. 그를 사랑한 나머지 무엇이든 시키는 대로 무조건 복종했지만 그럴수록 남편의 마음은 점점 더 멀어져 갔다. 전에는 쾌활하고 외향적이며 몹시 상냥했던 그녀가 늙어 가면서 (김빠진 포도주가 식초로 변하듯이) 까다롭고 바가지가 심해지고 신경질적이 되었다. 그녀는 남편이 마을의 숱한 바람둥이 처녀들을 쫓아다녀도, 온갖 못된 곳을 돌아치다가 저녁이면 독한 술냄새를 풍기며 환락에 질린 몰골로 집에 돌아와도, 처음에는 불평 한마디 하지 않은 채 혼자서 죽도록 괴로워만 했다. 이윽고 자존심이 고개를 들며 불끈해졌다. 그러자 그녀는 말없이 분을 삭이며 죽을

---

이 소설의 배경이 된 노르망디 지방에서 많이 제조된다. 탄산음료 '사이다'는 이 음료의 프랑스어 명칭 'cidre'에서 온 것이다. 이 음료를 증류해서 만든 브랜디가 유명한 식후주 칼바도스이다.

때까지 마음속에 간직한 분노를 삼킨 채 절대로 입을 열지 않게 되었다. 그녀는 끊임없이 뛰어다니며 일 처리를 했다. 소송 대리인들노 찾아가고, 재판장도 찾아가고, 각종 어음의 지불 기일을 잊지 않고 기억하여 그 기한을 연장받았다. 집에 있을 때는 다리미질을 했고, 바느질과 빨래를 했고, 일꾼들을 감독했고, 장부 정리를 했다. 그러는 동안 바깥양반께서는 내 알 바 아니란 듯 언제나 잠과 술에 취하여 실쭉해 있었고, 깨어났다 하면 기껏 그녀에게 싫은 소리를 하거나 난로 옆에 앉아 담배를 피우면서 잿불에 가래침을 뱉어 댔다.

그 여자는 아이를 갖자 유모에게 맡기지 않으면 안 되었다. 다시 부모의 손으로 돌아온 어린애는 왕자처럼 응석받이로 자랐다. 어머니는 아이에게 잼만 먹여 기르려 했다. 반면에 아버지는 아이가 신발도 신지 않은 채 맨발로 뛰어놀게 했고 철학자연하느라고 심지어 짐승 새끼처럼 벌거벗고 다녀도 괜찮다고까지 말했다. 어머니의 성향과는 반대로 유년기에는 아이를 사내답게 키워야 한다는 이상을 머릿속에 담고 있었으므로 그는 그 이상에 따라 자기 자식을 양육하려 했고 스파르타식으로 사정없이 키워서 양호한 체질로 만들고자 했다. 아이를 불기 없는 방에 재우기도 했고 럼주를 벌컥벌컥 들이켜고 교회 행렬이 지나갈 때면 욕설을 퍼붓는 것을 가르치기도 했다. 그러나 천성이 차분한 아이는 아버지의 이러한 노력에 잘 응해 주지 못했다. 어머니가 항상 그를 꽁무니에 달고 다녔다. 아이에게 마분지를 오려서 모양을 만들어 주었고, 여러 가지 이야기를 들려주었고, 구슬프면서도 재미있는 농담과 달콤하게 재잘대는 요설이 가득 찬 독백으로 끝도 없이 아이를 붙잡고 있는 것이었다. 자신의 삶이 고립되어 있다 보니 그 여자는 흩어지고 부서져 버린 자신의 모든 허영심을 그 어린것의 머리에다 걸었다. 높은 지위를 꿈꾸었고 벌써부터 키가 크고 미남자에다가 재기발랄하며 토목공학 기사나 법관으로 자리잡은 아들의 모습을 눈앞에 그리고 있었다. 그녀는 아이에게 글 읽기를 가르쳤고 심지어 집에 있는 낡은 피아노로 간단한 사랑노래까지 두세 곡 부르도록 가르쳤다. 그러나 문예에는 별로 관심이 없는 보바리 씨는 이 모든 것에 대해서 다 쓸데없는 짓이라고 했다. 도대체 그들에게 아이를 공립학교에 보내서 공부시켜 사무실이나 가게를 열어 줄 만한 뭐가 있기나 한가? 더욱이 사내란 배짱만 두둑하면 세상에 나가서 항상 성공할 수 있는 법이다. 보바리 부인은 입술을 깨물었고 아이는 마을에서 하릴없이 돌아다니기만 했다.

농부들의 꽁무니를 따라다니며 흙덩어리를 던져서 까마귀를 쫓았다. 도랑 옆에 달린 오디를 따 먹었고 막대기를 들고 칠면조를 지켰고 거둬들인 풀을 말렸으며 숲속으로 뛰어다녔고 비 오는 날이면 교회 문간에서 돌차기를 하며 놀았고 축제일에는 성당지기를 졸라서 종 치는 일을 대신 맡아 가지고 굵은 밧줄에 전신으로 매달려서 허공중에 둥둥 떠오르는 재미에 맛 들이기도 했다. 이렇게 해서 그는 떡갈나무처럼 자랐다. 손이 억세고 혈색이 좋은 아이가 되었다.

열두 살이 되자 어머니는 아이의 교육을 시작할 수 있도록 승락을 받아 냈다. 신부에게 그 일을 맡겼다. 그러나 공부 시간이 너무 짧고 아이도 제대로 따라가지 못해서 별 도움이 되지 못했다. 그것은 세례와 장례식 사이의 비어 있는 어중간한 시간, 성구실에서 선 채로 대강대강 가르쳐 주는 공부였다. 그렇지 않으면 신부는 저녁의 삼종기도가 끝나고 나서 외출할 일이 없을 때면 학생을 불러오게 했다. 신부의 방으로 올라가서 자리를 잡으면 날벌레와 불나방 들이 촛불 주위를 날아다녔다. 날은 더웠고 아이는 잠이 들곤 했다. 그러면 신부도 두 손을 배 위에 얹어 놓고 졸다가 이윽고 입을 딱 벌린 채 코를 골아 댔다. 또 어떤 때는 신부가 인근의 어느 환자에게 임종의 성체를 가져갔다 돌아오는 길에 들판에서 장난치고 있는 샤를을 알아보고 그를 불러 한 십오 분 동안 설교를 한 다음 그 기회를 이용하여 나무 밑에서 동사 변화를 연습시키기도 했다. 비가 오거나 옆으로 아는 사람이라도 지나가면 수업이 중단되었다. 게다가 신부는 언제나 샤를에 대해 만족해하면서 이 젊은이는 기억력이 썩 좋다는 말까지 했다.

샤를이 이 정도로 그쳐 버릴 수는 없는 일이었다. 부인은 극성이었다. 남편은 창피해서, 아니 그보다는 오히려 귀찮아서 별 잔소리 없이 물러섰다. 그리고 그들은 아이가 첫 영성체를 치를 때까지 일 년을 더 기다렸다.

다시 여섯 달이 더 지났다. 그리하여 이듬해 샤를은 드디어 루앙 중학교에 들어가게 되어 시월 말경 생로맹 장(場)[3]이 설

---

3) 7세기에 루앙의 주교였던 생 로맹을 기리는 이 축제는 10월 23일에 열렸다.

무렵에 아버지가 몸소 그를 데리고 갔다.

　지금에 와서 우리 중 누군가가 그에 대해 뭔가를 기억해 낸다는 것은 불가능하다. 그는 온순한 성격의 소년으로 쉬는 시간에는 놀고 자습 시간에는 공부하고 수업 시간에는 정신차려 듣고 공동 침실에서는 잘 자고 식당에서는 잘 먹었다. 그의 보증인은 강트리가(街)에 있는 철물 도매 상인이었는데 한 달에 한 번, 일요일이면 가게문을 닫고 찾아와서 그를 데리고 나갔고 항구에 가서 배들을 구경하며 산책을 시킨 다음 저녁 일곱 시만 되면 식사 전에 그를 다시 학교로 데려다주곤 했다. 매주 목요일 저녁이면 그는 붉은색 잉크로 어머니에게 긴 편지를 써서 봉함용 빵으로 붙였다. 그러고 나서 역사 공책을 펴놓고 복습을 하거나 아니면 자습실에 굴러다니는 다 낡은 아나카르시스[4] 고본(古本)을 읽었다. 산책 시간에는 그와 마찬가지로 시골 출신인 사환 아이와 이야기 동무가 되었다.

　열심히 공부한 덕분에 그는 반에서 항상 중간쯤 되는 수준을 유지했다. 심지어 한번은 박물 과목에서 일등 장려상을 받기까지 했다. 그러나 3학년이 끝나 갈 때 그의 부모는 그에게 의학 공부를 시키기 위해서 중학교를 그만두게 했다. 그가 대학 입학 자격 시험까지 혼자 해낼 수 있을 것으로 굳게 믿었던 것이다.

　어머니는 그에게 오드로베크 개천가에 사는 친지인 염색업

---

4) 18세기 작가 장자크 바르텔레미의 저서로 스키타이의 전설적 철학자 아나카르시스의 눈을 통하여 그리스의 모습을 기행문 형식으로 재생시킨 당시 프랑스 학생들의 필독서이다.

자 집 오 층에 방 하나를 얻어 주었다. 아들의 하숙에 대한 조건을 정한 어머니는 가구로 책상 하나와 의자 두 개를 구입하고 집에서 낡은 벚나무 침대를 실어 오고 또 고생하는 아이가 따뜻하게 지내도록 땔나무와 함께 자그마한 주물 난로 하나를 샀다. 그러고 나서 이제부터는 혼자서 지내게 되니 올바르게 처신해야 한다면서 여러 가지 주의의 말을 일러 주고 나서 일주일 만에 돌아갔다.

게시판에 붙은 강의 과목표를 읽고 나자 그는 그만 정신이 얼떨떨해졌다. 위생학, 약물학은 그만두고라도 해부학 강의, 병리학 강의, 생리학 강의, 약학, 화학, 식물학, 임상학, 치료학 등 그로서는 어원도 알 수 없는 이 모든 과목 이름들은 그 하나하나가 장엄한 암흑으로 가득한 신전의 문과도 같았다.

그는 아무것도 이해할 수 없었다. 열심히 귀를 기울여 보았지만 알아들을 수가 없었다. 그래도 그는 공부를 했고 하드커버로 제본한 공책을 사 들고 모든 강의에 출석했고 단 한 번도 회진에 빠지지 않았다. 마치 연자방아를 돌리는 말이 스스로 무엇을 빻고 있는지 알지도 못하고 두 눈이 가려진 채 제자리에서 빙빙 돌듯이 그는 그날그날의 자질구레한 일과를 다 하고 있었다.

용돈을 덜 쓰게 하려고 어머니는 매주 역마차 편으로 그에게 오븐에 구운 송아지 고기를 한 덩어리씩 보내왔고 그는 아침에 병원에서 돌아오면 구둣바닥으로 벽을 두드리면서 그걸로 식사를 했다. 그러고 나서는 강의실로, 강당 교실로, 자선병원으로 뛰어다녀야 했고 수많은 골목길들을 거쳐 집으로 돌아오는 것이었다. 저녁에는 주인집의 초라한 저녁 식사를 끝내고 나서 방으로 올라가 다시 공부를 시작했다. 축축하게 젖은 옷을 입고 벌겋게 달아오른 난로 앞에 앉아 있으면 몸에서 김이 났다.

밝게 갠 여름날 저녁 따뜻한 거리에 인적이 끊기어 텅 비는 시간, 하녀들이 문간에 나와서 배드민턴 게임을 할 때면 그는 창문을 열어 놓고 창턱에 팔꿈치를 괴었다. 시냇물은 루앙 시내의 이 동네를 더러운 작은 베네치아 같은 분위기로 만들어 놓으며 그의 눈 아래에서 노랑, 보라 혹은 청색의 빛을 띠면서 여러 개의 다리와 철책들 사이로 흘러가고 있었다. 노동자들이 강가에 쭈그리고 앉아서 강물에 팔을 씻고 있었다. 이곳저곳의 다락방 꼭대기에서 비어져 나온 장대 끝에는 무명 실타래들이 널린 채 바람에 마르고 있었다. 수많은 지붕들 저 너머 마주 보이는 곳에는 맑게 갠 하늘이 커다랗게 펼쳐져 있고 붉게 물든 저녁 해가 기울고 있었다. 저쪽은 얼마나 상쾌할까! 너도밤나무 아래는 얼마나 서늘할까! 그는 자기에게까지는 미처 오지도 않는 들판의 기분 좋은 냄새를 들이마시려고 콧구멍을 벌름거렸다.

그의 몸은 야위었고 키는 커졌다. 얼굴에는 슬픈 듯한 표정이 깃들어 거의 매력적이라 할 만했다.

자연히 마음이 해이해지면서 전에 다짐했던 모든 각오에서 풀려나오게 되었다. 한번은 왕진에 빠졌고 그 이튿날은 강의를 빼먹었다. 게으름에 맛 들이다 보니 차츰차츰 그쪽으로는 더 이상 발길을 돌리지 않게 되었다.

술집에 다니는 버릇이 붙었고 도미노 게임에 열을 올렸다. 저녁마다 불결한 도박장 구석에 틀어박혀서 까만 점들이 새겨진 작은 양뼈 패를 대리석 탁자에 던지는 것이 그의 눈에는 마치 스스로의 격을 높여 주는 귀중한 자유의 실천 행위나 되는 것 같아 보이는 것이었다. 그것은 세상의 오의를 깨치는 길이요, 금지된 쾌락에 접근하는 통로 같았다. 그래서 안으로 들어가고자 문의 손잡이를 잡을 때면 거의 육감적인 환희가 느껴지는 것이었다. 그때는 그의 내면에 꾹 눌려 있던 많은 것들이 부풀어 올랐다. 그는 유행가를 외워 가지고 아무 여자나 만나면 불렀고 베랑제[5]에 열광했으며 술에 맛을 들였고 마침내 여자를 알게 되었다.

이러한 인생 준비 작업 덕분에 그는 공의(公醫)[6] 면허 시험에 보기 좋게 떨어졌다. 바로 그날 저녁, 집에서는 합격을 축하하기 위해서 모두들 그를 기다리고 있었다!

그는 걸어서 길을 떠나 마을 어귀에서 발걸음을 멈추고는

---

5) 19세기 초의 시인이며 샹송 작가로 당시 자유주의적이고 애국적인 샹송을 다수 발표했다. 플로베르는 이 작가를 전혀 높이 평가하지 않아서 "이 인간의 엄청난 명성은 대중이 얼마나 어리석은지를 보여 주는 가장 명백한 증거들 중 하나다."라고 말한 바 있다.
6) officier de santé. 대혁명 때(1803년) 만들어진 제도로 의과 대학이나 초급 의료 학교에서 수여하는 자격증이다. 이것이 있어야 의료 행위를 할 수 있다. 중학교 3학년을 수료하고 17세가 되어야 공의 면허 시험에 응시할 수 있는데 공의 자격만으로는 특정 현 단위 지역에서만 의료 행위가 가능하며, 의사(docteur)가 배석하지 않을 경우에는 중요한 수술을 할 수 없다. 이 제도는 1892년에 폐지되었다.

어머니를 불러 달라고 한 다음 모든 것을 실토했다. 어머니는 낙방을 부당한 시험관들 탓으로 돌리면서 그를 용서했다. 그리고 모든 뒷일은 알아서 처리하겠다면서 아들을 어느 정도 격려해 주었다. 보바리 씨는 5년이 지난 뒤에야 비로소 진상을 알게 되었고 이미 옛날 일이 되었기에 받아들였다. 사실 자기 몸에서 난 녀석이 바보라고는 생각할 수가 없었던 것이다.

그래서 샤를은 다시 공부를 시작하여 끊임없이 시험 준비에 매달렸고 모든 문제들을 미리 다 암기해 버렸다. 그는 상당히 좋은 성적으로 합격했다. 어머니에게는 얼마나 신나는 날이었겠는가! 큰 잔치를 벌였다.

어디에 가서 개업을 하면 좋을까? 토트[7]가 좋을 것 같았다. 거기에는 늙은 의사가 한 사람 있을 뿐이었다. 오래전부터 보바리 부인은 그가 죽기만 기다려 왔던 터라 그가 아직 봇짐을 싸지도 않았지만 샤를은 그의 후임으로서 앞집에 가서 자리를 잡았다.

그러나 아들을 키워 가지고 의학 공부를 시킨 다음 개업할 곳을 토트로 정해 준 것으로 할 일이 다 끝난 것은 아니었다. 샤를에게는 아내가 필요했다. 어머니는 아내도 구해 주었다. 디에프의 어느 집달리의 과부로 나이는 마흔다섯 살이었고 천이백 리브르의 연금을 가진 여자였다.

비록 용모는 못나고 장작개비처럼 비썩 말랐으며 봄 새싹처

---

7) 토트(Tostes)는 오늘날 Tôtes로 바뀌었고 디에프군(郡)의 센마리팀면(面)의 행정 중심지이다.

럼 부스럼이 났지만 그 뒤뷔크 부인이라는 여자는 골라잡을 결혼 상대가 부족한 처지는 아니었다. 보바리 부인은 목적을 달성하기 위해 그 상대들을 모두 제거하지 않으면 안 되었는데 특히 사제들이 밀고 있는 어떤 돼지고기 푸줏간 주인의 책동을 따돌리는 수완은 매우 노련했다.

샤를은 결혼이야말로 보다 조건이 나은 생활의 시작이라고 어렴풋이나마 짐작했었으므로 이제는 자유로운 몸이 되어 자기 좋을 대로 하고 돈도 마음대로 쓸 수 있으려니 하고 상상했다. 그러나 아내가 주인이었다. 그는 남들 앞에서는 이렇게 말을 해야 하고 저렇게 말을 해서는 안 되고 금요일에는 육식을 피하고 그녀가 좋다는 대로 옷을 입고 치료비를 안 내고 있는 고객들에게는 그녀가 시키는 대로 성가시게 독촉을 하지 않으면 안 되었다. 그 여자는 그에게 온 편지를 뜯어보았고 그의 거동을 감시했으며 부인 환자들이 오면 그가 진찰실에서 무슨 말을 하는지 칸막이 너머로 엿듣는 것이었다.

그녀에게는 매일 아침 초콜릿과 끝없는 배려가 필요했다. 언제나 신경이, 가슴이, 기분이 안 좋다고 투덜댔다. 발소리를 내면 거슬린다고 했다. 남편이 밖에 나가고 없으면 외로워서 못 살겠다고 했다. 곁에 다가가면 필시 자기가 죽었는지 보려고 온 것일 거라고 했다. 저녁에 샤를이 집에 돌아오면 그녀는 시트 밑에서 길고 여윈 두 팔을 꺼내어 그의 목에 감고 그를 침대가에 앉히고는 그가 그녀 생각을 조금도 하지 않는다, 다른 여자를 좋아하고 있다!는 등 마음속의 온갖 고민들을 늘어놓기 시작했다. 머지않아서 불행해지고 말 거라고들 하더니 정말 그렇게 되었다는 식이었다. 그러고 나서야 그 여자는 마침내 몸에 좋은 물약과 좀 더 많은 사랑을 달라면서 끝을 내는 것이었다.

## 2

어느 날 밤 열한 시경, 그들 부부는 말이 달려와서 바로 집 문앞에서 멈추는 소리에 잠에서 깼다. 하녀가 다락방에서 들창문을 열고 그 밑의 길에 서 있는 어떤 사내와 한동안 뭐라고 말을 주고받았다. 의사를 불러오라는 편지를 가지고 왔다는 것이었다. 나스타지[8]는 떨면서 계단을 내려가더니 자물쇠를 따고 빗장을 차례로 벗겼다. 사내는 말을 놓아두고 하녀를 따라 그녀의 등 뒤로 불쑥 들어섰다. 그는 회색 술이 달린 모직 모자 속에서 헝겊으로 싼 편지 한 장을 꺼내어 넌지시 샤를에게 내밀었다. 그는 베개에 팔꿈치를 괴고 편지를 읽었다. 나스타지는 침대 옆에 등불을 들고 서 있었다. 마님은 내외를 하느라고 벽 쪽을 향해 등을 돌리고 누워 있었다.

조그만 푸른색 밀납 봉인이 찍혀 있는 그 편지는 보바리 씨에게 다리의 골절 치료를 위해 즉시 베르토 농가로 와 달라고 간청하는 내용이었다. 그런데 토트에서 베르토까지는 롱그빌

---

8) 본래 이름은 아나스타지(Anastasie)이나 하녀의 이름이므로 친근하게 줄여 나스타지(Nastasie)로 부른다.

과 생빅토르를 지나는 지름길로 가도 육십 리는 실히 되었다. 밤은 캄캄했다. 젊은 보바리 부인은 남편에게 사고라도 생길까 봐 걱정했다. 그래서 미부가 먼저 앞질러 돌아가기로 했다. 샤를은 세 시간 뒤 달이 뜨면 길을 나서기로 했다. 그에게 농장으로 가는 길을 안내하고 앞장서서 울타리 문들을 열어 주도록 심부름하는 아이를 하나 마중 내보내기로 했다.

새벽 네 시경, 샤를은 외투를 단단히 차려입고 베르토를 향해서 길을 나섰다. 그는 여전히 포근한 잠에 취한 듯 타고 가는 말의 태평스러운 발걸음에 몸을 맡긴 채 흔들리고 있었다. 밭고랑가에 파 놓은 가시나무로 둘러쳐진 구덩이들이 나타나면 말은 저절로 발걸음을 멈추곤 했는데 그때마다 샤를은 소스라쳐 잠이 깨어 골절상을 입은 다리를 상기했고 그리하여 자기가 배운 모든 골절상의 케이스들을 기억 속에서 되새겨 보는 것이었다. 비는 더 이상 내리지 않고 있었다. 날이 밝아 오기 시작했고 잎이 떨어져 앙상한 사과나무 가지들 위에는 새들이 새벽녘의 찬바람에 그 작은 깃털을 곤두세운 채 꼼짝도 않고 앉아 있었다. 질펀한 들이 끝 간 데 없이 펼쳐져 있었고 농가를 에워싸고 있는 작은 나무숲 덩어리들이 멀직멀직 간격을 두고 음산한 색조의 하늘 저쪽으로 지평선에까지 뻗어 간 그 회색의 거대한 표면 위에 어두운 보라색 반점들을 찍어 놓고 있었다. 샤를은 이따금씩 눈을 떴다. 그러고는 다시 정신이 혼미해지면서 저절로 졸음이 밀려들어 곧 일종의 반수 상태에 빠져들었고 방금 느꼈던 감각들이 옛날의 추억들과 뒤범벅이 되는 바람에 자신이 학생인 동시에 결혼한 어른이고, 조금 전처럼 침대에 누워 있는가 하면 동시에 옛날처럼 어느 수술실을 건너질러 가고 있는, 이중의 존재로 보이는 것이었다. 그의 머릿속에서는 찜질약의 포근한 냄새가 아침이슬의 신선한 냄새와 뒤섞였다. 병원 침대들의 막대기 위로 철사 고리들[9]이 미끄러지는 소리와 7의 아내가 잠자는 숨소리가 들렸다……. 바송빌을 지나다가 그는 도랑가 풀숲에 어린 소년이 하나 앉아 있는 것을 보았다.

"의사 선생님이세요?" 아이가 물었다.

그러고는 샤를의 대답을 듣자 두 손에 나막신을 벗어 들고 앞장서서 뛰어가기 시작했다.

공의는 길을 가는 동안 안내인이 하는 말을 듣고 루오 씨가 가장 잘사는 농장주들 중 한 사람이라는 것을 알게 되었다. 그는 전날 저녁 이웃집의 임금님 뽑기[10] 축제에 갔다 오다가 다리를 부러뜨린 것이었다. 그의 아내는 죽은 지 이 년째였다. 식구라고는 그를 도와 집안 살림을 맡고 있는 그 집 아씨뿐이었다.

길에 난 바큇자국이 점점 더 깊어졌다. 베르토 농장이 멀지 않은 것이었다. 그때 사내 녀석은 산울타리 사이 구멍으로 빠

---

9) 병실의 침대와 침대 사이에 드리운 커튼은 철사 고리들로 막대기에 걸려 있어서 그 커튼을 열었다 닫았다 할 수 있게 되어 있다.

10) 매년 일월 초 친척이나 친지들이 모여 '갈레트'라는 밀가루빵을 나누어 먹으며 왕을 뽑는 민속놀이를 가리킨다. 빵 속에 콩이나 콩 모양의 자기 모형이 박힌 부분을 받은 사람이 왕이나 왕비가 되어 자신의 파트너를 지명하며 금박종이 왕관을 차지한다.

저 들어가 사라지더니 어떤 마당 끝에 다시 나타나서는 살문을 열어 주었다. 말이 축축한 풀을 밟고 미끄러지곤 했고 샤를은 나뭇가지들 밑을 지나가기 위해서 몸을 수그렸다. 개집 안에서는 집 지키는 개들이 쇠사슬 끈을 끌면서 짖어 댔다. 그의 말은 베르토 농장 안으로 들어서자 겁을 집어먹고 크게 한옆으로 물러섰다.

훌륭한 외관을 갖춘 농장이었다. 마구간 안에는 열린 문 위로 밭갈이용 살진 말들이 새 꼴시렁에 넣어 준 먹이를 한가하게 먹고 있는 것이 보였다. 건물들을 따라 널찍하게 널린 퇴비에서 김이 무럭무럭 오르고 있었다. 그리고 코 지방의 사육조로서는 사치인 공작새 대여섯 마리가 암탉과 칠면조 들 가운데서 모이를 쪼고 있었다. 양 우리는 길었고 곳간은 높았고 그 벽들은 손바닥처럼 매끄러웠다. 창고에는 두 대의 커다란 짐수레와 네 대의 쟁기가 채찍이며 목걸이며 마구 일습과 함께 갖추어져 있었는데 그중 푸른색 물을 들인 양털 조각은 지붕 밑에서 떨어지는 가는 먼지를 쓰고 더러워져 있었다. 마당은 오르막으로 경사가 져 있었고 대칭되게 간격을 두고 나무가 심어져 있었으며 늪 가까이에서는 거위 떼가 신나게 꽥꽥거리는 소리가 울려오고 있었다.

세 폭의 밑자락 장식이 달린 푸른색 메리노 모직옷 차림의 한 젊은 여자가 집 문간에 나오더니 보바리 씨를 맞아 부엌으로 안내했다. 부엌에는 불이 활활 타고 있었다. 그 주변에는 집 안 일꾼들의 아침 식사가 여러 개의 크고 작은 냄비들 속에서 끓고 있었다. 벽난로 저 안쪽에는 젖은 옷가지들이 마르고 있었다. 부삽, 부집게 그리고 풀무의 주둥이는 모두가 한결같이 큼직큼직했고 윤을 내어 닦은 강철처럼 번쩍거렸다. 한편 벽에는 가짓수 많은 부엌 살림 일습이 그득히 걸려 있었는데 난로의 밝은 불꽃이 유리창 너머로 들어오는 첫 새벽 햇살과 어우러져 반사되면서 그 위에 불규칙하게 어른거렸다.

샤를은 환자를 보려고 이 층으로 올라갔다. 환자는 침대에 누워 이불을 뒤집어쓴 채 땀을 흘렸고 잠자리에서 쓰는 모자는 저만큼 벗어 던져져 있었다. 오십가량 된 키 작고 뚱뚱한 사람으로 살빛은 희고 눈은 푸르고 앞머리가 벗겨졌으며 귀에 귀걸이를 차고 있었다. 그의 옆 의자 위에 커다란 브랜디 병이 하나 놓여 있었는데 그는 가끔 그걸 마시며 기운을 추슬렀다. 그러나 의사를 보자 갑자기 흥분된 기세가 꺾이면서 열두 시간 동안이나 온갖 욕설을 다 퍼부어 대던 것과는 딴판으로 힘없이 신음 소리를 내기 시작했다.

골절은 대단치 않은 것이었고 아무런 합병증도 일으킬 염려가 없었다. 샤를로서는 이보다 더 손쉬운 케이스를 바라기 어려웠을 것이다. 그래서 부상을 입은 환자의 침상 옆에서 자신의 선생님들이 취하던 태도를 머릿속에 떠올리면서 그는 여러가지 좋은 말로 환자를 격려했는데 그야말로 메스에 바르는 기름 같은 외과 의학적 애무였다. 부목(副木)을 마련하기 위해 차고로 판자 묶음을 찾으러 갔다. 샤를은 그중 하나를 골라 토막으로 잘라 가지고 유리 조각으로 반드럽게 다듬었고 한편 하녀는 시트를 찢어서 붕대를 만들고 에마 양은 작은 쿠션을 만들어 보려고 했다. 그녀가 바느질고리를 찾느라고 꾸물대자 그녀의 아버지가 안달을 했다. 딸은 아무 대꾸도 하지 않았다. 그러나 그녀는 바느질을 하면서도 몇 번씩이나 손가락을 바늘에 찔렸고 그럴 때면 손가락을 입으로 가져가 빨곤 했다.

샤를은 그녀의 손톱이 너무나 뽀얀 것에 놀랐다. 반짝반짝 윤기가 나고 끝이 뾰족한 데다가 디에프산(産) 상아 세공보다도 더 깔끔했고 편도(扁桃) 모양으로 갸름하게 다듬어져 있었다. 그렇지만 손은 예쁘지 않았다. 창백한 맛이 충분치 못한 느낌이었고 손가락이 좀 메마른 편이었다. 또 손이 너무 길었고 윤곽선의 굴곡이 부드럽지 못했다. 그녀에게 있어서 예쁜 쪽은 눈이었다. 갈색이었는데도 눈썹 때문에 새카맣게 보이는 그 눈길은 천진하면서도 당돌하게 상대를 똑바로 건너다보았다.

치료가 끝나자 루오 씨가 직접 의사에게 한술 뜨고 가시라고 권했다.

샤를은 아래층의 큰 방으로 내려갔다. 은술잔들과 함께 두 사람분의 수저가 작은 탁자에 차려져 있었다. 탁자는 터키인들의 모습을 수놓은 인도 사라사 천개(天蓋)가 달린 침대의 발치에 놓여 있었다. 창문과 마주 보는 높다란 떡갈나무 장롱에서 붓꽃 냄새와 습기 찬 시트 냄새가 풍겨 나오고 있었다. 방바닥 구석구석에 밀 부대들이 가지런히 세워져 있었다. 세 개의 돌계단을 밟고 올라가면 있는 가까운 곳간에 다 넣지 못하고 남은 것이었다. 집 안의 장식으로는, 초석(硝石) 아래로 녹색 페인트가 벗겨져 일어난 벽의 한가운데, 미네르바의 머리를 까만색 연필로 그려 금빛 액자 속에 넣은 그림 한 점이 걸려 있었는데 그 밑에는 고딕체 글씨로 "사랑하는 아빠에게" 라고 쓰여 있었다.

우선 환자에 대한 이야기, 다음엔 날씨, 혹독한 추위, 밤에 들판을 돌아다니는 늑대 이야기가 나왔다. 루오 양에겐 시골 생활이 통 재미가 없다는 것이었다. 농장 살림을 거의 혼자서 떠맡고 있는 지금은 특히 그랬다. 큰 방의 실내가 선선했으므로 그녀는 식사를 하면서 오들오들 떨었고 그 때문에, 말없이 입을 다물고 있을 때면 언제나 잘근잘근 깨물곤 하는 입술의 도톰한 속살이 드러나 보였다.

그녀의 목은 뒤로 젖힌 하얀 칼라 사이로 쑥 나와 있었다. 머릿결은 어찌나 반드러운지 가르마 양쪽 두 부분의 까만 머릿단이 마치 하나씩의 덩어리를 이루고 있는 것 같았고 머리 한가운데에 타 놓은 가느다란 가르마는 두개골의 곡선을 따라 가볍게 속으로 파고들고 있었다. 이렇게 빗어 넘긴 머리는 양쪽 귀 끝을 살짝 드러내면서 관자놀이 쪽을 향하여 굽이돌고 나서 목 뒤쪽에서 한데 만나 풍성한 쪽 찐 머리를 이루고 있었다. 시골 의사는 이런 머리칼을 난생 처음 보았다. 그녀의 두 뺨은 장밋빛이었다. 그녀는 마치 남자처럼 재킷 단추 두 개 사이에 거북 껍데기 테를 씌운 코안경을 걸고 있었다.

샤를이 루오 영감에게 작별 인사를 하러 올라갔다가 내려와서 떠나기 전에 다시 큰 방으로 들어가자 그녀는 이마를 창문에 대고 서서 완두콩 넝쿨에 댄 부목이 바람에 쓰러진 채로 있는 뜰을 내다보고 있었다. 그녀가 뒤를 돌아보았다.

"뭘 찾으시는 모양이죠?"

"제 채찍을 찾습니다만." 그가 대답했다.

그리고 그는 침대 위, 문짝 뒤, 의자 밑 같은 데를 두루 살펴보았다. 채찍은 곡식 자루들과 벽 사이의 방바닥에 떨어져 있었다. 에마 양이 그걸 발견하고는 밀 자루 위로 몸을 굽혔다. 샤를은 남자다운 성의를 보이려고 급히 다가가서 그 역시 똑같은 동작으로 팔을 뻗쳤는데 그 바람에 그의 가슴이 밑에서 허리를 굽히고 있는 아가씨의 잔등에 닿는 것을 느꼈다. 그녀는 온통 얼굴이 빨개진 채 몸을 일으키더니 그에게 소 힘줄을 내주면서 어깨 너머로 그를 쳐다보았다.

그는 약속한 사흘 뒤가 아니라 바로 그다음 날로 또 그곳을 찾아왔고, 그 뒤에는 이따금씩 착각한 체하면서 예기치 않게 방문하는 것 말고도 일주일에 두 번씩 규칙적으로 찾아왔다.

게다가 모든 것이 순조롭게 되어 갔다. 규칙대로 회복이 되어 루오 영감이 사십육 일 만에 벌써 그의 집 마당[11]에서 혼자 걷는 연습을 하는 것을 보자 사람들은 보바리 씨를 매우 용한 사람이라고 생각하기 시작했다. 설사 이브토나 심지어 루앙의 일류 의사에게 보였더라도 이보다 잘 낫지는 않았을 거라고 루오 영감은 말하곤 했다.

샤를 편에서는 자기가 왜 즐겨 베르토를 찾아가곤 하는지

---

11) masure. 노르망디 방언으로 가옥의 마당을 가리켰다. 코 지방에는 이 방언의 흔적이 남아서 시골 농가나 과일나무들을 울타리로 심어 놓은 뜰이나 초원을 의미하게 되었다.

를 구태여 알려고 하지 않았다. 설사 그런 생각을 해 보았다 하더라도 틀림없이 자기가 열을 올리는 까닭은 증세의 심각함이나 아니면 수입에 대한 기대 때문이라고 치부했으리라. 그렇지만 그 농장을 찾아가는 일이 그의 생활의 따분한 일과 속에서 매려저인 예외가 된 것이 과연 그 때문일까? 그날이 되면 그는 아침 일찍 일어나 출발부터 달음박질로 시작하여 말을 몰아세웠고 땅에 내려서면 풀에 신발을 문질러 닦고 들어가기 전에 검은 장갑을 꼈다. 마당에 들어서는 자신의 모습을 떠올린다든가 어깨로 밀면 빙그르 도는 사립문의 감촉을 느끼는 것이 즐거웠고 담 위에서 시간을 알리며 우는 수탉이나 마중 나오는 하인들이 기분 좋게 느껴졌다. 그는 헛간과 마구간이 좋았다. 생명의 은인이라면서 그의 손바닥을 치며 손을 잡는 루오 영감이 좋았다. 말끔히 씻은 부엌 타일 위를 걷는 에마 양의 작은 나막신이 좋았다. 신발 뒤축이 높아서 그녀의 키가 약간 더 커 보였다. 그녀가 앞에 서서 걸을 때면 나무로 된 구둣바닥이 얼른 들어 올려졌다가 편상화의 가죽에 닿으면서 삑삑 하고 소리를 내곤 했다.

그녀는 언제나 현관의 첫째 계단까지 따라 나와서 그를 전송했다. 말을 미처 대령해 놓지 못했을 때는 그냥 거기에 서 있었다. 헤어지는 인사는 벌써 했으므로 더 할 말이 없었다. 바깥 공기가 그녀를 감싸면서 목덜미에 늘어진 짧은 머리칼이 이리저리 쳐들리기도 하고 혹은 허리 근처에서 앞치마 끈이 한들거리면서 마치 길고 가는 깃발들처럼 꼬이기도 했다. 언젠가 한번은 해빙기여서 뜰에 선 나무들의 껍질에서 물기가 새어 나오고 건물마다 지붕 위로부터 눈이 녹아내리고 있었다. 그녀는 문턱에 서 있다가 양산을 가지고 나와 펼쳐 들었다. 비둘기털처럼 광선에 따라 색이 변하는 양산으로 햇빛이 비쳐 들면서 그녀의 하얀 얼굴 피부에 하늘거리는 그림자를 만들었다. 그녀는 그 밑에서 따뜻한 열기를 받으며 미소 짓고 있었다. 팽팽하게 펼친 비단 양산 위로 물방울이 똑똑 떨어지는 소리가 들렸다.

샤를이 베르토에 다니기 시작한 처음 얼마 동안 아내인 보바리 부인은 빠짐없이 환자의 상태를 물었을 뿐만 아니라 심지어 그녀가 맡아서 이중으로 적고 있는 장부에 루오 씨의 난으로 새 페이지를 따로 마련하기까지 했다. 그러나 그에게 딸이 있다는 것을 알자 그녀는 백방으로 조사를 했다. 그리하여 루오 양은 우르술라 수녀회의 수도원에서 이른바 훌륭한 교육을 받았고 따라서 댄스며 지리며 데생을 할 줄 알고 태피스트리도 짤 수 있으며 피아노까지 칠 줄 안다는 것을 알아냈다. 기가 막힐 노릇이었다!

"그렇다면 그 여자를 만나러 갈 때면 그렇게 싱글벙글했던 것도, 비를 맞아 못 쓰게 되어도 상관없다는 듯 새 조끼를 입고 가곤 했던 것도 바로 그 때문이었군?" 그녀는 생각했다. "아! 그 여자! 그 여자야!……"

그리하여 그녀는 본능적으로 그 여자를 미워했다. 처음에는 빗대어 빈정거림으로써 울분을 달랬지만 샤를은 알아듣지 못했다. 그다음에는 기회가 있을 때마다 싫은 소리를 해 댔지만 샤를은 소동이 일어날까 두려워 흘려 버렸다. 마지막에는 단도직입적으로 퍼부어 댔지만 샤를은 대답할 말이 없었다.

"대체 어쩐 일로 그는 베르토에 자꾸만 가는 거지? 루오 씨는 다 나았고 그 사람들은 아직 치료비도 지불하지 않고 있는데 말이야. 아! 그건 거기에 어떤 사람이, 말상대가 되는 그 누구가, 수도 잘 놓고 머리도 똑똑한 사람이 있기 때문이야. 그이는 그런 게 좋다는 거야. 그이에겐 도회지 아가씨들이 필요했던 거야!"

그리고 그녀는 계속했다.

"루오 영감의 딸이라, 도회지 아가씨라고! 흥, 웃기네! 제까짓 것들의 할아비는 양치기 노릇이나 해 처먹은 주제에, 그 집안 사촌 하나는 싸움 끝에 못 할 짓을 저질러 중죄 재판소 신세를 질 뻔했는걸. 뭐 그렇게 멋을 부리고, 마치 백작부인이나 된 것처럼 비단옷을 차려입고 일요일 날 교회에 나타나 봐야 별 수 없지. 사실 그 한심한 영감은 작년의 채소 씨 경기가 없었다면 분명 미불금도 못 갚아 쩔쩔맸을 텐데, 뭘!"

샤를은 지친 나머지 베르토에 가는 것을 그만두고 말았다. 애정이 요란하게 폭발음을 내는 가운데 엘로이즈가 마구 흐느껴 울고 푸짐한 키스를 퍼부어 댄 다음, 그에게 두번 다시는 가지 않겠다고 성서 위에 손을 얹고 맹세하도록 만든 것이었다. 그리하여 그는 복종했다. 그러나 마음속의 욕망은 대담한 것이어서 실제 행동의 굴욕에 반항했다. 그래서 만나는 것을 금지당한 대신 자기는 그녀를 사랑할 수 있는 권리 같은 것을 얻게 된 셈이라고 일종의 순진한 위선의 논리를 세웠다. 게다가 과부 마누라는 말라빠졌고 이빨은 길쭉했다. 사시사철 조그만 검은 숄을 걸치고 있어서 그 끝이 언제나 어깨뼈 사이로 늘어져 있었다. 딱딱한 허리통이 마치 칼집에 박힌 듯 옷 속에 찔러 넣어져 있었는데 옷이 너무나 짧아서 회색 양말 위에 잡아맨 넓적한 구두의 리본과 더불어 그녀의 발목이 온통 드러나 보였다.

샤를의 어머니는 가끔 두 사람을 만나러 왔지만 며칠만 지나면 며느리의 칼이 시어머니 칼에 날을 세우는 것 같은 꼴이 되곤 했다. 그렇게 되면 두 자루의 칼처럼 그녀들은 잔소리나 참견하는 말로 샤를을 제물로 만들었다. 그렇게 많이 먹어 대면 못쓴다! 아무 손님이나 찾아오기만 하면 술을 대접하는 까닭이 뭐냐? 플란넬 옷을 입지 않는다니 무슨 고집이람!

그런데 어느 이른 봄, 뒤뷔크 미망인의 재산을 관리하고 있던 엥구빌의 공증인이 사무실의 돈을 몽땅 털어 가지고 물때를 틈타 배를 타고 도망친 사건이 발생했다. 사실 엘로이즈는 아직도 육천 프랑을 호가하는 선박 주식 외에도 생프랑수아 거리에 있는 가옥을 소유하고 있었다. 그렇다고는 하지만 그처럼 떠들썩하게 자랑했던 재산 중에서 얼마간의 가구와 몇 벌 안 되는 옷을 제외하고는 아직 아무것도 살림집에 들여온 것이 없었다. 사정을 분명히 밝힐 필요가 있었다. 디에프의 집은 기둥뿌리까지 벌레가 파먹은 듯 저당잡혀 있었고 그녀가 공증인에게 예치한 것이 무엇인지는 하느님밖에 모르고, 배의 주식은 천 에퀴를 넘지 못했다. 그리고 보니 저 아주머니가 거짓말을 했던 것이다! 크게 노한 부친 보바리 씨는 의자를 길바닥에 내동댕이쳐 부수면서 가죽값에도 못 미치는 마구를 단 그 따위 야윈 말한테 짝지어 줘서 아들놈 신세를 망쳐 버렸다고 아내를 몰아붙였다. 두 사람이 토트로 찾아왔다. 담판이 시작되고 몇 번이나 시비가 벌어졌다. 엘로이즈는 눈물에 젖은 채 남편의 팔에 매달리면서 부모들에게 당하지 않도록 감싸 달라고 애원했다. 샤를은 그녀의 편을 들어 주고 싶었다. 부모는 화를 내며 가 버렸다.

그러나 그것이 심한 타격이 된 모양이었다. 일주일이 지나 마당에서 빨래를 널고 있던 그녀가 갑자기 피를 토했다. 그리고 다음 날 샤를이 창문의 커튼을 치려고 등을 돌리고 있으려니까 그녀가 "아이고, 맙소사!" 하고 한숨을 내쉬더니 그만 실신해 버렸다. 그녀는 이미 죽어 있었다! 이 무슨 어처구니없는 일인가!

묘지에서 모든 절차가 끝나자 샤를은 집으로 돌아왔다. 아래층에는 아무도 없었다. 이 층에 있는 침실로 올라가자 그녀의 옷이 아직도 침대 발치에 걸려 있는 것이 보였다. 그래서 그는 조그만 탁자에 기대고 서서 어두워질 때까지 괴로운 몽상에 잠겨 있었다. 그녀는 그를 사랑했었던 것이다, 어쨌든.

3

어느 날 아침 루오 영감이 샤를에게 다리를 낫게 해 준 치료비를 가지고 왔다. 사십 수[12]짜리 은화로 칠십오 프랑과 칠면조 한 마리였다. 그는 샤를의 불행한 소식을 들었다면서 성의껏 위로의 말을 했다.

"나도 그 심정 알아요!" 상대의 어깨를 두드려 주면서 그가 말했다. "나도 당신과 똑같은 처지를 당해 봤으니까요! 저 불쌍한 여편네를 잃었을 때 난 혼자 있고 싶어서 들에 나가곤 했지요. 나무 밑에 주저앉아서 울었어요. 하느님을 부르면서 바보 같은 넋두리를 늘어놓았지요. 차라리 나뭇가지에 걸린 채 배 속에 구더기들이 우글거리는 두더지가 되고 싶더군요. 요컨대 죽고 싶었던 거예요. 다른 사람들은 지금쯤 귀여운 마누라를 꼭 껴안고 있으려니 하고 생각하면서 나는 몽둥이로 땅바닥을 쾅쾅 쳤어요. 거의 미칠 지경이 되어 음식도 먹을 수가 없었습니다. 카페에 간다는 생각만 해도 구역질이 났어요. 정말입니다. 그런데 말씀이죠, 아주 서서히 하루가 가고 이틀이 가고, 겨울이 가고 다시 봄이 오고, 여름이 지나 가을이 오고, 한 조각 한 조각, 한 알 한 알, 흘러가더군요. 사라졌달까 떠나갔달까, 아니 가라앉았다고 할까요, 여기 가슴 밑바닥에, 글쎄 뭐랄까…… 여전히 뭔가 묵직한 것이 남아 있으니까요! 그렇지만 이게 우리 모두의 운명이니까 자포자기해서도 안 되죠. 다른 사람이 죽었다고 해서 자기도 죽고 싶어 한다는 건……. 기운을 내야 합니다, 보바리 씨. 다 지나가게 마련이에요! 우리 집에 좀 오세요. 우리 딸이 가끔 당신 얘기를 하곤 한답니다. 아실 거예요. 선생님은 벌써 잊었을 거야 하곤 해요. 이제 곧 봄이에요. 기분 전환도 할 겸 잘 잡히는 데 가

---

12) 프랑스의 화폐 단위로 일 수는 오 상팀이며, 백 상팀이 일 프랑이다.

서 토끼 사냥이라도 합시다."

샤를은 그의 충고를 따랐다. 그는 베르토를 다시 찾아갔다. 모든 것이 어제 그대로, 즉 다섯 달 전 그대로였다. 벌써 배나무에는 꽃이 피었고 루오 영감은 이제 일어서서 자유롭게 걸어다녔으므로 농장이 더 활기 차 보였다.

마음이 괴로운 처지에 있는 관계로 의사에게는 최대한 정중하게 대해 주는 것이 의무라고 생각한 영감은 그에게 제발 모자를 벗지 않아도 된다고도 하고 마치 환자를 대하듯이 나직한 목소리로 말을 건네기도 하고 심지어는 특별히 그를 위해서 작은 항아리에 담은 크림이나 삶은 배 같은, 보다 더 가벼운 음식을 좀 장만해 두지 그랬느냐고 화를 내는 시늉까지 했다. 그는 여러 가지 재미있는 이야기도 했다. 샤를은 놀랍게도 너털웃음을 웃었다. 그러나 아내의 기억이 문득 되살아나서 표정이 어두워졌다. 커피가 나왔다. 그는 벌써 더 이상 그 일을 생각하지 않았다.

혼자 사는 데 익숙해짐에 따라 그는 그 생각을 덜 했다. 구속받지 않고 사는 생활의 새로운 쾌적함으로 인해서 머지않아 고독이 견딜 만해졌다. 이제 그는 식사 시간도 마음대로 바꿀 수 있었고 이유를 설명하지 않고도 집에 들고날 수 있었으며 피곤하면 침대 하나 가득 사지를 쭉 뻗고 누울 수도 있었다. 그래서 자기 몸을 아끼고 보살폈으며 남들이 위안해 주면 받아들였다. 다른 한편 아내의 죽음은 직업상에도 적지않은 도움이 되었다. 한 달 가까이 사람들이 "젊은 나이에 가엾은 청년이야! 그 무슨 변이람!"이라고들 말하곤 했던 것이다. 이렇게 이름이 널리 알려지는 바람에 환자 수가 늘었다. 게다가 이제는 마음 내키는 대로 베르토에 갔다. 그는 표적 없는 어떤 희망, 막연한 행복을 느꼈다. 거울 앞에서 수염에 빗질을 할 때 자기의 표정이 전보다 더 밝아진 것을 알아차렸다.

어느 날 그는 세 시쯤 도착했다. 모두들 밭에 나가고 없었다. 부엌에 들어가 보았지만 처음에는 에마가 있는 것을 알아보지 못했다. 덧문들이 닫혀 있었다. 덧문의 문살 틈 사이로 비쳐 든 햇빛이 바닥 타일 위에 가늘고 긴 선들을 그리면서 가구들 모서리에서 부서지고 천장에서 떨리고 있었다. 식탁 위에서는 마시다 둔 유리컵을 따라 파리들이 기어 올라가거나 바닥에 남은 시드르 속에 빠진 채 붕붕대고 있었다. 벽난로의 굴뚝을 따라 비쳐 드는 빛을 받아 난로 뚜껑에 낀 그을음이 비로드 같아 보였고 싸늘하게 식은 재가 푸른빛으로 보였다. 창문과 난로 사이에서 에마는 바느질을 하고 있었다. 숄을 걸치지 않고 있어서 맨살이 드러난 어깨에 작은 땀방울들이 송송 맺혀 있는 것이 보였다.

시골 풍습에 따라 그녀는 뭘 좀 마시라고 권했다. 그가 사양하자 그녀가 다시 강권했다. 그리고 마침내 웃으면서 자기도 마실 테니 리큐어를 한 잔 마시라고 제안했다. 그래서 그녀는 찬장에서 큐라소 병을 꺼내 오고 손을 뻗쳐 조그만 유리잔 두 개를 집어다가 하나에는 가득히, 다른 하나에는 살짝 붓는 척만 하고는 잔을 맞부딪친 다음 입으로 가져갔다. 거의 빈 잔이었으므로 그녀는 마시기 위해 몸을 뒤로 젖혔다. 그렇게 머리를 뒤로 젖히고 입술을 내민 채 목을 길게 늘여도 아무엇도 느껴지지 않자 그녀는 웃으면서 예쁜 이들 사이로 혀 끝을 내밀어 컵 밑바닥을 몇 번씩이나 날름거리며 핥았다.

그녀는 다시 자리에 앉아 일감을 손에 들었다. 흰 무명 양말을 깁는 중이었다. 고개를 숙이고 일을 하고 있었다. 아무 말이 없었다. 샤를도 말이 없었다. 바람이 문 밑으로 새어 들어와서 타일 위의 먼지가 조금 쓸렸다. 그는 먼지가 움직이는 것을 바라보고 있었다. 그에게는 오직 머릿속에 고동치는 소리와 저만큼 마당에서 알을 낳는 암탉의 울음소리만이 들릴 뿐이었다. 에마는 가끔씩 두 손바닥을 뺨에 갖다 대며 열을 식혔고 그러고 나서는 또 그 손바닥을 장작 받침대의 쇠손잡이에다 식히곤 했다.

그녀는 이번 철이 시작되면서부터 현기증이 나곤 한다고 불평을 했다. 해수욕을 하면 효과가 있을지를 물었다. 그녀는 수도원 시절 이야기를, 샤를은 중학교 때 이야기를 꺼내게 되어 말이 자연스럽게 이어졌다. 두 사람은 그녀의 방으로 올라갔다. 그녀는 그에게 옛날에 쓰던 음악 공책이라든가 상으로 받은 작은 책들, 옷장 밑에 처박아 두었던 떡갈나무 잎의 관(冠) 따위를 보여 주었다. 또 어머니나 묘지에 대한 이야기도 했고 심지어 마당에 있는 화단을 손가락으로 가리키며 매달 첫 금요일에는 저기 핀 꽃을 꺾어 가지고 어머니의 무덤에 바치러 간다고도 했다. 그러나 부리고 있는 정원사는 도무지 성의가 없었다. 이토록 서비스가 시원치 못하니, 원! 적어도 겨울철만이라도 도회에 가서 살았으면 좋겠다고 했다. 하기야 시골은 맑은 날이 길게 계속되는 여름철에 더 따분할지도 모르지만. 이렇게 말하는 내용에 따라 그녀의 목소리는 맑아졌다 날카로워졌다 했고 혹은 갑자기 우울한 분위기에 잠기면서 느릿느릿하게 끌리는 억양이 혼잣말을 할 때 같은 중얼거림으로 변해 버리기도 했다. 또 어떤 때는 천진스러운 눈을 뜨면서 쾌활해졌다가 이윽고 반쯤 눈을 감고 권태에 잠긴 시선으로 생각에 잠겨 헤매는 표정이 되기도 했다.

저녁에 집으로 돌아오면서 샤를은 그녀가 했던 말을 하나하나 다시 떠올려 되새겨 보고 그 의미를 완전히 깨달음으로써 아직 그녀를 알지 못했을 때 그녀가 살아온 생애의 부분을 이해하려고 애썼다. 그러나 그녀를 처음 만났을 때의 모습이나 조금 전에 막 헤어진 그녀의 모습 이외에는 도무지 그녀를 마음속에 떠올릴 수가 없었다. 이윽고 그녀가 장차 어떻게 될 것인가, 결혼을 하게 될 것인가, 그렇다면 누구하고 할까를 마음속으로 물어보았다. 아이고! 루오 영감은 상당한 부자인 데다가, 또 그녀는…… 그렇게 미인인데! 그러나 에마의 모습이 자꾸만 눈앞에 떠오르고 팽이가 윙윙대면서 돌아가는 것 같은 단조로운 소리가 귓전에서 울리고 있었다. "그렇지만 나와 결혼한다면! 나와 결혼한다면!" 밤에 그는 잠을 이루지 못했다. 목구멍이 조여들고 목이 말랐다. 그는 자리에서 일어나 물병의 물을 마시고 창문을 열었다. 하늘에는 별이 가득했고 따뜻한 바람이 부는데 먼 곳에서 개들이 짖고 있었다. 그는 베르토 쪽으로 고개를 돌렸다.

어쨌든 밑져야 본전이라고 생각이 되어 샤를은 기회가 닿으면 구혼을 하겠다고 마음먹었다. 그러나 기회가 올 때마다 적절한 말을 찾아내지 못하면 어쩌나 하는 두려움 때문에 입술이 들러붙어 버리는 것이었다.

루오 영감으로서는 딸을 치워 주겠다는데 마다할 까닭이 없었다. 집안에 별로 도움도 되지 않는 딸이었다. 농사일을 시키기에는 머리가 너무 똑똑하다고 여겨지기에 그래도 마음속으로 참아 주고 있는 터였다. 백만장자가 한 번도 나온 적이 없는 걸 보면 천벌을 받은 직업이 농사였던 것이다. 영감도 재산을 모으기는커녕 해마다 손해만 보고 있었다. 직업적인 술책에 재미를 붙일 수 있는 상거래에서는 뛰어난 실력이 있었지만 농장 내부 관리를 포함하여 농사 그 자체에는 누구보다도 부적격이었다. 주머니 속에 찔러넣은 손을 도무지 꺼내려 하지 않으면서 맛있게 먹고 따뜻이 입고 편히 잠자기를 원해서 생활과 관련된 지출이라면 무엇 하나 아끼지 않았다. 그는 막 걸러 낸 시드르, 피가 흐를 만큼 살짝 구운 양고기 넓적다리, 브랜디를 섞어 오래 저어서 끓인 글로리아[13] 커피를 좋아했다. 그는 부엌에서 혼자 난로를 바라보며 앉아서 연극 속에서처럼 음식을 다 차려 코앞에까지 날라다 주는 작은 식탁에서 식사를 했다.

그래서 자기 딸 곁에만 오면 두 볼을 붉히는 샤를을 보고 가까운 장래에 청혼이 들어올 것을 짐작한 영감은 미리부터 그 문제를 이리저리 다 궁리해 두었다. 상대는 좀 볼품없는 인

---

13) gloria. 브랜디나 럼주와 설탕을 섞어 끓인 리큐어. 아마도 영광송(Gloria Patri)이 기도와 일을 마칠 때 바치는 기도문이듯 푸짐한 식사 후에 마시는 음료여서 붙은 이름인 것 같다.

상이어서 썩 마음에 드는 사윗감은 못 되었다. 그렇지만 품행이 바르고 검약하며 교육도 상당히 많이 받았다고 하니 아마도 지참금을 가지고 너무 따지지는 않을 것 같았다. 루오 영감은 그의 재산 중에서 이십이 에이커가량을 팔지 않으면 안 될 형편이었고 석수장이와 마구상에게 갚을 돈이 많았고 포도 압착기의 굴대도 바꾸어야 할 형편이었으므로

"달라고 하면 허락해 주지 뭐." 하고 속으로 생각했다.

생 미셸 축일[14] 무렵 샤를은 베르토에 찾아와 사흘 동안을 묵었다. 그 마지막 날도 앞서 이틀과 마찬가지로 십오 분씩 십오 분씩 우물쭈물 늦추기만 하다가 지나가 버렸다. 루오 영감이 그를 배웅하러 나왔다. 움푹 파인 길을 걸어 나오던 그들이 헤어질 때가 되었다. 그때가 바로 기회였다. 샤를은 산울타리 모퉁이에 이를 때까지 참았다. 그리고 그곳마저 지나치자

"루오 씨." 하고 중얼거렸다. "잠깐 말씀드릴 게 있습니다만."

그들은 발걸음을 멈추었다. 샤를은 말이 없었다.

"자, 하고 싶은 말을 꺼내 봐요! 내가 뭐 아무것도 모르고 있는 줄 아슈?" 루오 영감이 빙그레 웃으면서 말했다.

"루오 영감님…… 루오 영감님……." 샤를이 말을 더듬었다.

"나야 더 이상 바랄 게 없지요." 농장주가 말을 이었다. "그 애도 물론 나와 같은 생각이겠지만 그래도 본인의 생각을 물어보긴 해야지요. 그러니 오늘은 그만 돌아가시오. 나도 집으로 돌아가 보겠어요. 만일 좋다고 한다면, 똑똑히 들어요, 남

---

14) 9월 29일.

들의 눈도 있고 하니 다시 올 건 없어요. 더군다나 그 애도 너무 흥분될 테고. 하지만 당신도 조바심이 날 테니까 내가 창에 달린 덧문을 벽 쪽으로 활짝 열어젖히겠어요. 산울타리로 목을 내밀고 들여다보면 뒤쪽으로 그게 보일 거요."

그리고 그는 멀어져 갔다.

샤를은 말을 나무에 맸다. 그는 달려가 오솔길에 숨어서 기다렸다. 반 시간쯤이 지난 다음 다시 시계를 보면서 열아홉을 세었다. 갑자기 벽에 뭔가가 쾅 하고 부딪치는 소리가 났다. 덧문이 활짝 젖혀져 있었고 문고리가 아직도 흔들리고 있었다.

이튿날 아홉 시부터 그는 농장에 와 있었다. 그가 들어서자 에마는 태연한 체 약간 웃음을 웃어 보이려고 애를 쓰면서도 얼굴을 붉혔다. 루오 영감이 미래의 사위를 포옹했다. 자세한 문제들을 따져 보는 것은 뒤로 미루기로 했다. 하기야 시간여유는 있었다. 어차피 샤를이 상을 벗기 전에는, 다시 말해서 이듬해 봄까지는 체면상 결혼식을 할 수 없기 때문이었다.

그렇게 기다리는 동안에 겨울이 지나갔다. 루오 양은 혼수감 장만에 몰두했다. 그 일부는 루앙에 주문을 했지만 속옷이나 잘 때 쓰는 모자 같은 것들은 그녀가 당시 유행하는 본을 빌려와서 그걸 보고 직접 만들었다. 샤를이 농장을 방문할 때마다 결혼준비에 대한 이야기를 나누었다. 어느 방에서 피로연을 베풀 것인지 의논했고 음식은 얼마나 차릴 것인지, 전식으로는 무엇을 낼 것인지를 궁리했다.

에마는 오히려 횃불을 환하게 켜고서 자정에 결혼식을 하고 싶다고 했다. 그러나 루오 영감은 그런 발상을 도무지 이해할 수가 없었다. 결국 결혼식을 올릴 때는 마흔세 사람의 하객들이 와서 열여섯 시간 동안이나 식탁에 붙어앉아 있었으며 잔치는 그다음 날도 다시 시작되었고 또 그나음 며칠 동안도 좀 더 계속되었다.

4

손님들은 이른 아침부터 말 한 마리가 끄는 짐마차, 여러 개 좌석이 달린 두 바퀴짜리 수레 마차, 포장이 없는 낡은 이인승 마차, 가죽 커튼이 달린 승합마차 등 가지각색의 마차들을 타고 도착했다. 가장 가까운 마을 청년들은 몹시 덜컹거리며 속보로 달리는 짐수레를 타고서 넘어지지 않으려고 난간을 손으로 꽉 붙잡고 한 줄로 늘어선 채였다. 고데르빌, 노르망빌, 카니 등 백 리씩이나 되는 먼 곳에서들 왔다. 양가의 친척들은 모두 초대되었고 사이가 벌어졌던 친구들과도 이 기회에 화해했고 오랫동안 만나지 못했던 친지들에게도 편지를 내었다.

이따금 산울타리 뒤에서 채찍 소리가 났다. 그러면 곧 목책이 열렸고 이륜마차가 들어서는 것이었다. 현관의 첫째 계단 앞까지 전속력으로 달려온 마차는 거기 와서 딱 멈추면서 사람들을 쏟아 놓았다. 그들은 이쪽저쪽에서 무릎을 문지르고 기지개를 켜면서 꾸역꾸역 나왔다. 보닛 모자를 쓴 부인들은 도회지풍의 옷을 차려입었고 금시곗줄을 늘이고 소매 없는 외투의 양끝을 허리띠 속으로 찔러 넣거나 화려한 색깔의 숄을 핀으로 등에 고정시켜서 뒤에서 목이 드러나게 하고 있었다. 아빠들과 같은 복장을 한 개구쟁이 아이들은 새옷 때문에 (심지어 이날 난생 처음으로 장화를 얻어 신은 아이도 여럿이었다.) 몸놀림이 거북해 보였다. 그 옆에는 아마도 그들의 사촌이나 누나일 듯한, 첫 영성체 때 입었던 흰 옷을 이번 기회에 길이를 늘여서 입은 열대여섯 살가량의 다 큰 계집아이가 말 한마디 없이 서 있는 것이 보였는데 어쩔 줄 몰라 얼굴을 붉힌 채 머리는 장미 포마드를 발라 번들거리고 장갑을 더럽힐까 봐 걱정스러운 표정이었다. 타고 온 마차들을 일일이 말에서 풀어놓을 마부의 손이 충분치 못했으므로 신사들이 소매를 걷어붙이고 손수 그 일을 했다. 각기 다른 사회적 지위에 따라 그들은 연미복, 프록코트, 보통 재킷, 짧은 예복 재킷 등을 입고 있었다. 집안 식구들이 온통 떠받들어 모시는 물건으로 큰 행사가 있을 때가 아니면 옷장에서 꺼내는 법이 없는 연미복, 옷자락이 바람에 나부끼고 원통형의 칼라가 달렸으며 자루처럼 큰 주머니가 있는 프록코트, 대개 차양에 구리 테가 달린 캡을 쓰고서 입는 두툼한 천의 재킷, 한 쌍의 눈알처럼 등에 두 개의 단추가 바싹 붙여 달리고 마치 목수가 옷자락을 도끼로 단번에 뚝 잘라 낸 것 같은 껑충하게 짧은 예복 재킷 등이었다. 그중 몇 사람은(그러나 이들은 말할 것도 없이 식탁의 말석에서 식사를 하도록 되어 있었지만) 행사 때 입는 노동복, 다시 말해서 칼라를 어깨 너머로 젖히고 등에는 잔주름을 잡고 훨씬 아래쪽에 부착된 띠로 허리통을 조인 옷을 입고 있었다.

그리고 와이셔츠는 한결같이 갑옷처럼 가슴께가 불룩했다! 모두가 다 갓 머리를 깎아서 귀가 떨어져 나갈 듯이 툭 튀어나왔고 수염도 바싹 들여 깎았다. 심지어 첫새벽에 일어난 몇몇은 수염을 깎을 때 잘 보이지 않아서 코밑에 비스듬한 면도칼 자국을 만들어 가지고 있기도 하고 턱을 따라 내려가면서 삼 프랑짜리 은화만 한 크기로 살가죽을 벗겨 놓는 바람에 오는 동안 찬바람에 염증을 일으켜 훤하고 넓적한 얼굴마다 분홍빛 반점으로 얼룩져 있었다.

면사무소는 농장에서 오 리 정도 떨어진 거리였으므로 모두들 걸어서 갔다가 일단 교회에서 식이 끝나자 돌아올 때도 걸어서 왔다. 처음에는 마치 한 가닥 색리본처럼 이어진 행렬이 초록의 밀밭들 사이로 꼬불꼬불 돌아가는 좁은 오솔길을 따라 들판에서 굽이치더니 이내 길이가 길어지면서 제각기 다른 무더기로 끊어져서 끼리끼리 이야기에 열중한 채 꾸물거렸다. 악사가 나선형으로 돌돌 말린 리본을 장식한 바이올린을 들고 앞장서 갔다. 그다음에는 신랑 신부가 따르고, 순서 없이 뒤섞인 친척과 친구들 그리고 뒤에는 어린애들이 귀리 이삭의 낱알을 훑거나 눈에 띄지 않게 저희끼리 장난을 치며 처져 있었다. 에마의 신부복은 너무 길어서 단이 약간 땅에 끌렸다. 그녀는 이따금씩 발을 멈추고 옷을 끌어올리곤 했고 그럴 때면 옷에 붙은 엉겅퀴 잔가시들과 함께 거친 잎사귀를 장갑 낀 손끝으로 우아하게 뜯어냈고 그동안 샤를은 빈손으로 무료하게 그녀의 동작이 끝나기를 기다리고 있었다. 루오 영감은 새 실크해트를 쓰고 소매 깃이 손톱 끝까지 덮는 검은 색 예복을 입은 채 사돈인 보바리 부인과 팔을 끼고 있었다. 아버지 보바리 씨는 내심 이곳에 모인 이 모든 무리를 경멸하고 있는 터여서 그저 군대식으로 단추가 한 줄 달린 프록코트 차림으로 와서는 어떤 금발의 촌 색시에게 술집에서나 쓰는 수작을 걸고 있었다. 여자는 인사를 하더니 얼굴이 빨개져서 대꾸할 바를 몰라 했다. 다른 잔치 손님들은 자기네 사업 얘기를 하기도 하고 서로 등 뒤에서 몰래 장난을 치면서 벌써부터 들뜬 기분이었다. 그리고 가만히 귀를 기울여 보면 들판에 나와서도 계속 켜고 있는 악사의 깽깽이 소리가 여전히 들려오고 있었다. 다른 사람들이 한참 뒤처져 있다는 것을 알아차리면 악사는 멈춰 서서 숨을 돌리고 현이 좀 더 잘 울리도록 한참씩이나 활에다 송진을 먹인 다음 이윽고 자기 발걸음과 박자를 맞추기 위해 바이올린의 손잡이를 올렸다 내렸다 하면서 다시 걷기 시작했다. 먼 데서 작은 새들이 악기 소리에 놀라 날아갔다.

잔칫상은 짐수레들을 두는 헛간에 차려져 있었다. 소 허리 고기 네 덩어리, 닭고기 프리카세[15] 여섯 개, 송아지 고기 지짐, 양의 넓적다리 고기 세 덩어리 그리고 한가운데는 참소리쟁이를 넣은 순대 네 개를 곁들인 예쁜 새끼돼지 통구이가 놓여 있었다. 식탁 귀퉁이마다에는 증류주를 담은 유리주전자들이 세워져 있었다. 병에 담은 순한 시드르는 병마개 언저리

---

15) fricassee. 닭, 토끼, 송아지 고기 따위를 화이트 소스로 찐 것이다.

에 짙은 거품을 뿜고 있었고 모든 컵에는 미리부터 포도주가 가득가득 채워져 있었다. 노란 크림을 담은 큰 접시들은 탁자가 조금만 충격을 받아도 저절로 출렁거렸는데 그 고른 표면에는 작은 사탕과자로 된 아라베스크 필체로 신랑 신부 이름의 머리글자가 쓰여 있었다. 과일 파이와 누가는 이브토에 있는 과자 기술자를 불러와서 만들었다. 그는 이 지방에서 처음 개업하는 것이었으므로 특별히 신경을 썼다. 그래서 디저트로는 자기가 제작한 케이크를 직접 가지고 나와서 사람들의 탄성을 자아냈다. 우선 제일 밑에는 푸른색 네모꼴의 마분지로 신전을 만들고 그 주위에는 기둥들과 회랑들을 만들었으며, 금종이로 된 별들이 자욱이 뿌려진 오목한 벽감들에는 석고상이 늘어서 있었다. 이어 둘째 단에는 사부아 지방 케이크로 된 탑루가 세워져 있고 안젤리카 졸임, 편도, 건포도 및 오렌지 조각 등으로 만든 요새가 에워싸고 있었다. 그리고 맨 꼭대기 옥상은 녹색의 초원이었는데 바위들, 군데군데 잼으로 채워진 호수 그리고 개암나무 껍데기로 만든 배들이 있고 조그마한 사랑의 신이 초콜릿 그네를 타고 있는 것이 보이며 그네의 양쪽 기둥 끝에는 둥근 구슬 대신에 생화로 된 장미꽃 봉오리가 꽂혀 있었다.

저녁이 되도록 줄곧 먹었다. 자리에 앉아 있기가 너무 피곤하면 마당에 나가 거닐기도 하고 헛간에서 코르크 병마개 놀이도 했다. 그러고는 다시 식탁으로 돌아왔다. 그중 몇몇은 막판에 잠이 들어서 코를 골았다. 그러나 커피가 나오자 모두들 생기를 차렸다. 그래서 노래를 했고 힘든 재주를 넘었으며 무거운 것을 드는가 하면 엄지손가락 밑으로 지나가는 익살[16]을 부렸고 어깨로 짐수레를 들어 올리려고도 했으며 상스러운 농담을 했고 여자들을 덥석 껴안기도 했다. 저녁에 돌아갈 때가 되자 콧구멍까지 귀리로 포식한 말들은 수레채 사이로 들어가는 데 애를 먹었다. 말들이 뒷발로 버티면서 일어서는 바람에 마구가 부서졌고 주인들은 욕을 퍼붓거나 낄낄댔다. 밤새도록 달이 훤히 비치는 가운데 그 고장의 길마다 전속력으로 달리던 짐수레가 도랑 구석으로 구르고 자갈더미[17] 위로 뛰어오르는가 하면 경사진 언덕에 붙어서 간신히 올라갔고 그때마다 말고삐를 붙잡으려고 여자들이 마차 문 밖으로 몸을 내밀곤 했다.

베르토에 남은 사람들은 부엌에서 밤새도록 마셨다. 아이들은 긴 의자 밑에서 잠이 들어 버렸다.

신부는 이럴 때 으레 하는 짓궂은 장난을 면하도록 해 달라고 아버지에게 신신당부해 두었더랬다. 그러나 사촌들 중 생선장수를 하는 사람이(그는 결혼 선물로 넙치 한 손을 가져오기까지 했다.) 입에 물을 머금고 있다가 열쇠구멍으로 뿜어 넣으려고 했는데 때마침 루오 영감이 달려와 말리면서 사위의 신분이 신분이니만큼 그런 무례한 장난을 하면 안 된다고 설명했다. 그러나 그 사촌으로서는 잘 납득이 가지 않는 모양이었

---

16) 엄지손가락을 머리 위로 쳐들어 옆으로 눕히고서 그 밑으로 지나가는 체하는 장난의 일종이다.

17) les mètres de cailloux. 도로를 보수할 때 사용하기 위해 길가에 쌓아놓은 1평방미터 정도의 자갈 더미.

다. 그는 루오 영감이 우쭐해하는 것을 내심 못마땅하게 여기면서 대여섯 사람의 손님들이 모여 있는 한구석으로 가서 어울렸다. 우연하게도 이들 역시, 식탁에 여거푸 맛없는 고기가 나왔으므로 푸대접을 받았다고 여긴 나머지 그 집 주인에 관해 어디 두고보자고 수군대면서, 말이야 에둘러서 표현했지만, 쫄딱 망해 버리기를 바라는 중이었다.

어머니 보바리 부인은 하루 종일 입 한 번 열지 않고 있었다. 신부의 옷차림이건 잔칫상 차림이건 어느 것 하나 그녀의 의견을 물어보지 않았으므로 일찌감치 물러나 앉아 있었다. 남편은 그녀의 뒤를 따라 들어가지 않고 생빅토르에서 시가를 사 오게 하여 날이 밝을 때까지 피워 대면서 키르슈를 탄 그로그 차를 마셨다. 시골에서는 모르는 칵테일 차였으므로 자기 딴에는 한층 더 존경받을 만한 일이라고 여기고 있었다.

샤를은 익살스러운 기질이 아니었으므로 연회석상에서는 빛이 나지 않았다. 수프가 나올 무렵부터 사람들은 일부러 마음먹고 그에게 가시 있는 농담, 재담, 함축성 있는 말, 칭찬 그리고 아슬아슬한 장난의 말을 던졌지만 그는 맥빠지는 대답만 했다.

반면 이튿날이 되자 그는 아주 딴사람 같아졌다. 어제까지 처녀는 오히려 샤를이었다고 여겨질 지경이었고 반면에 신부 쪽에서는 무엇이건 이렇다 할 낌새를 전혀 드러내 보이지 않았다. 가장 약은 축들도 도무지 뭐라고 말을 붙여야 할지 몰라 했고 그녀가 옆으로 지나갈 때면 극도로 긴장해 가지고 쳐다보기만 했다. 그러나 샤를은 전혀 내심을 감추지 않았다. 그녀를 마누라라고 부르며 정답게 반말을 했으며 아무나 붙잡고 그녀를 못 보았느냐고 물으면서 온 사방으로 찾아다녔고 때로는 그녀를 마당으로 따로 데리고 가기도 했다. 그가 아내의 허리에 팔을 감고 그녀에게로 몸을 비스듬히 기댄 채 블라우스의 가슴장식 레이스를 머리로 짓누르면서 마냥 걸어가는 모습이 멀리서 나무 사이로 보이곤 했다.

혼례식이 있은 지 이틀 뒤 부부는 떠났다. 샤를은 환자들 때문에 더 이상 오래 자리를 비울 수가 없었던 것이다. 루오 영감이 자기 마차에 두 사람을 태우고 바송빌까지 따라왔다. 거기서 그는 딸에게 마지막으로 키스를 하고 마차에서 내려 되돌아갔다. 한 백 보쯤 걷다가 그는 발걸음을 멈추었다. 마차가 저만큼 멀어져 가면서 먼지 속에서 바퀴가 돌아가는 모습을 바라보다가 그는 큰 한숨을 내쉬었다. 그리고 자기가 결혼하던 때의 일, 흘러간 지난 시절, 아내의 임신을 머릿속에 떠올렸다. 그 역시 아내를 장인 댁에서 자기 집으로 처음 데려오던 날은 어지간히도 즐거웠더랬다. 크리스마스 무렵이어서 들판이 흰 눈에 뒤덮여 있었으므로 아내를 말잔등에 태우고서 눈 속을 터벅거리며 왔더랬다. 그녀는 한쪽 팔로 그를 붙잡고 다른 팔에는 바구니를 걸쳐 들고 있었다. 코 지방 특유의 머리 두건에 달린 긴 레이스가 바람에 하늘거리면서 때로는 그녀의 입술 위에 닿곤 했고 그가 고개를 돌려 보면 바로 가까이 어깨 위에 그녀의 발그레한 작은 얼굴이 보닛 모자의 금박 장식 아래에서 말없이 미소를 짓고 있는 것이 보였다. 시린 손을 녹이기 위해서 그녀는 이따금씩 그의 가슴에 손을 찔러 넣었다. 그 모두가 얼마나 아득한 옛일인가! 그때 낳은 아들이 살아 있었다면 서른 살이 되었을 것이다! 그때 그는 뒤를 돌아보았지만 길 위에는 아무것두 보이지 않았다. 그는 자신의 마음이 빈집처럼 쓸쓸해지는 것을 느꼈다. 성찬 끝의 술기운으로 멍해진 그의 머릿속에서 달콤한 추억들이 우울한 생각과 뒤범벅이 되자 그는 잠시 교회 쪽으로 한번 둘러 가고 싶은 충동을 느꼈다. 그러나 그 광경을 보면 더욱 쓸쓸해질 것만 같아서 곧장 집으로 돌아왔다.

샤를 씨 부부는 여섯 시경 토트에 도착했다. 자기네 의사가 데리고 온 새색시를 보려고 이웃 사람들이 창가로 몰려들었다.

늙은 하녀가 대령하여 인사를 드리고 아직 저녁 식사 준비가 안 된 것을 용서해 달라면서 준비를 하는 동안 마님께서는 집 안을 한 바퀴 둘러보십사고 권했다.


5


벽돌 건물의 정면은 길이라기보다는 국도라고 해야 할 큰 가로와 나란히 면해 있었다. 현관문 뒤에는 작은 깃이 달린 외투, 말고삐, 검은 가죽 캡이 걸려 있었고 한쪽 구석 땅바닥에는 마른 흙이 그대로 묻어 있는 가죽 각반이 한 켤레 놓여 있었다. 오른쪽은 넓은 방, 즉 식당 겸 거실로 쓰는 방이었다. 위쪽에 연한 빛 꽃다발 무늬로 테를 두른 카나리아색 벽지가,

풀칠이 덜 되어 우는 바탕천 위에서 전체적으로 덜렁거리고 있었다. 가장자리에 붉은색 장식줄을 붙인 하얀 옥양목 커튼들이 창문을 따라 서로 교차되며 드리워 있고 벽난로의 좁은 장식판 위에는 은도금한 두 개의 촛대 사이에 히포크라테스의 얼굴을 조각한 벽시계가 타원형의 유리통이 씌워진 채 번쩍거리고 있었다. 복도의 다른 한쪽은 샤를의 진찰실이었는데 폭이 여섯 자쯤 되는 작은 방으로 책상 하나, 의자 셋, 사무실용 안락의자가 하나 놓여 있었다. 아직 서로 붙은 페이지들을 자르지도 않은, 그러나 이곳저곳에 팔려서 여러 사람 손을 거치는 동안에 제본된 곳이 상한 의학 사전[18] 한 질이 전나무로 짠 책장의 여섯 단을 거의 꽉 메우고 있었다. 진찰을 하는 동안 벽을 통해서 부엌의 소스 냄새가 풍겨 오는가 하면, 마찬가지로 진찰실에서 환자가 기침을 하고 병력을 이야기하는 소리가 부엌에서 다 들렸다. 그 옆은 마구간이 있는 마당으로 바로 통하는 헐어 빠진 큰 방이었다. 화덕이 딸린 방으로 지금은 장작을 쌓고 술병들을 보관하고 허드레 물건을 넣어 두는 곳인데 고철, 빈 술통, 못 쓰게 된 농기구들과 그 밖에 지금은 무엇에 쓰는지 알 수도 없는 물건들이 먼지에 덮여 가득 들어차 있었다.

폭보다는 길이가 긴 뜰은 과수장(果樹墻)에 괸 살구나무들이 뒤덮고 있는 두 개의 흙담 사이로 가시나무 산울타리에까

---

18) Le Dictionnaire des sciences médicales. 1812년에서 1822년 의사협회가 파리에서 발행한 전체 58권의 사전.

지 뻗어 있고 그 너머는 밭이었다. 뜰의 한가운데에는 슬레이트로 만든 해시계 하나가 돌판 위에 놓여 있었다. 초라한 들장미 몇 그루를 심어 놓은 네 개의 화단이 한결 더 실용적인 네모난 채전을 대칭으로 에워싸고 있었다. 맨 안쪽 가문비나무들 아래에는 기도서를 읽고 있는 사제의 석고상이 서 있었다.

에마는 이 층 방으로 올라갔다. 첫째 방에는 가구가 아무것도 없었다. 그러나 둘째 방은 부부의 침실이었는데 붉은 휘장을 드리운 내실에 마호가니 침대가 들여놓여 있었다. 조가비들로 만든 상자 하나가 장롱 위에 장식으로 놓여 있었다. 그리고 창가에 있는 책상 위에는 하얀 비단 리본으로 묶은 오렌지 꽃다발이 물병에 꽂혀 있었다. 그것은 신부의 꽃다발, 그러니까 전처의 꽃다발이었다! 그녀는 그것을 바라보았다. 샤를이 눈치를 채고서 그것을 집어서 다락으로 가져갔다. 한편 에마는 안락의자에 앉은 채(사람들이 주위에 그녀의 짐을 갖다 놓고 있었다.) 마분지 상자에 담아 온 자신의 결혼 꽃다발을 생각하면서, 만약 어쩌다가 자신이 죽게 된다면 그것은 어떤 처분을 당할까 하고 몽상에 잠긴 채 마음속으로 물어보았다.

처음 며칠 동안 그녀는 집 안을 어떻게 바꿀 것인지에 대한 궁리로 마음이 바빴다. 그녀는 촛대들에 씌운 유리 뚜껑을 벗겨 버렸고 새 벽지를 바르고 계단을 새로 칠하고 마당의 해시계 주위를 돌아가면서 벤치를 만들어 놓도록 시켰다. 심지어 분수를 설치하여 물고기를 키울 수 있는 연못을 만들려면 어떻게 해야 하는지 물어보기도 했다. 마침내 그녀의 남편은 그녀가 마차를 타고 드라이브하기를 좋아한다는 것을 알고는 소형 보크[19]마차를 중고로 한 대 구해 왔는데 거기다가 일단 새 초롱과 실밥이 보이게 누빈 가죽 흙받이를 달고 보니 틸버리 형 이륜마차 비슷해 보였다.

그래서 그는 행복했고 아무런 걱정이 없었다. 마주 앉아 하는 식사, 저녁때 큰길로 나가서 거니는 산책, 머리카락을 쓸어 올리는 그녀의 몸짓, 창문 문고리에 걸린 그녀의 밀짚모자의 모습, 그 밖에도 샤를로서는 한 번도 기쁨의 원천이 되리라고 상상해 보지 못했던 숱한 것들이 이제는 끊임없는 행복을 만들어 주고 있는 것이었다. 아침에 잠자리에서 그는 베개를 베고 나란히 누워 보닛 모자의 타원형 귀덮개에 반쯤 가린 그녀의 금빛 뺨 위에 솜털 사이로 햇살이 비쳐 드는 것을 바라보고 있었다. 그렇게 가까이서 보니까 그녀의 두 눈이 더 커 보였다. 특히 잠에서 깨면서 몇 번씩이나 눈을 깜박일 때가 그랬다. 그늘진 부분은 까맣고 햇빛을 받은 부분은 푸른색인 그 눈은 연속적으로 겹쳐진 여러 층의 색깔들로 이루어진 것 같았는데 밑바탕은 짙은 색이고 에나멜처럼 반드러운 표면으로 올라올수록 색이 옅어졌다. 샤를 자신의 눈은 그 깊은 심연 속으로 온통 빨려 들어서, 그는 머리에 쓴 수건과 앞가슴을 풀어헤친 셔츠의 윗부분과 더불어 양 어깨에까지 자신의 모습이 축소되어 그 속에 비친 것을 볼 수 있었다. 그러면 그는

___

19) boc. 말 하나가 이끄는 바퀴 둘 달린 무개 마차인 보게(boghei)를 줄여서 친근하게 부르는 이름이다. 당시 노르망디에서 흔히 사용했다.

자리에서 일어났다. 그녀는 그가 떠나는 것을 보려고 창가에 나와 서는 것이었다. 그러고는 헐렁한 실내복 그대로 창턱에 놓인 두 개의 제라늄 화분 사이에 팔꿈치를 괴고 서 있었다. 샤를은 길에 나와서 표지석 위에 발을 올려놓고 박차 끈을 조여 맸다. 그러면 그녀는 위에서 그에게 계속 말을 하면서 입으로 꽃이나 잎을 뜯어 그의 쪽으로 불어 보내는 것이었다. 그러면 그것들은 곧장 떨어지지 않고 공중에서 새처럼 반원을 그리며 하늘거리다가 문앞에 가만히 서 있는 늙은 흰색 암말의 부스스한 갈기에 잠시 걸려 있다가 떨어졌다. 샤를은 말에 올라 그녀에게 키스를 보냈다. 그녀는 손짓으로 거기에 답하고 나서 창문을 닫았고 샤를은 떠났다. 그러고 나면 그는 긴 리본처럼 끝없이 뻗은 먼지투성이의 대로며 나무들이 가지를 뻗어 궁륭을 이루고 있는 움파인 길들이며 밀이 무릎까지 자라 무성한 오솔길을 따라 어깨 위에 햇살을 받고 아침 공기를 콧구멍으로 들이켜며 가슴은 간밤의 희열로 부풀어 올라 마음은 평온하고 몸은 만족한 채 마치 저녁 만찬 뒤에 소화시키고 있는 송로의 뒷맛을 아직도 즐기고 있는 사람들처럼 행복을 반추하면서 가는 것이었다.

오늘날까지 그의 삶에 있어서 무슨 좋은 일이 있었던가? 중학생 시절이었을까? 그때는 그 높은 담 안에 갇힌 채 반에서 그보다 더 부유하거나 더 힘센 친구들이 그를 따돌리며 사투리를 쓴다고 비웃었고 옷차림을 조롱했으며 그들의 어머니들은 토시 안에 과자를 숨겨 가지고 면회실로 찾아오곤 했다. 아니면 그보다 더 나중에 의학 공부를 하던 시절이었을까? 그가 정부로 삼은 어떤 예쁜 여공과 함께 춤을 추러 가려 해도 주머니 사정이 한 번도 넉넉하지 못했던 시절이었다……. 그 후 그는 잠자리 속에서 발이 얼음처럼 차갑던 과부와 십사 개월을 같이 살았더랬다. 그러나 이제 그는 사랑해 마지않는 그 예쁜 여자를 일생 동안 갖게 된 것이었다. 그에게 있어서 세상은 그녀가 입은 치마의 포근한 테두리를 벗어나지 않았다. 그래서 그는 그녀에 대한 자신의 사랑이 부족하다고 자책했고 그녀의 얼굴을 다시 보고 싶어 했다. 서둘러 집으로 돌아오면 그는 가슴을 두근거리면서 계단을 올라갔다. 에마는 침실에서 화장을 하고 있었다. 그는 발소리를 죽이며 다가가 등에 키스했고 그러면 에마는 소리를 질렀다.

그는 그녀의 빗, 반지들, 숄을 끊임없이 만져 보고 싶어서 견딜 수가 없었다. 어떤 때는 그녀의 두 볼에 쪽 소리가 나도록 크게 키스를 하기도 했고 혹은 손가락 끝에서부터 어깨에 이르기까지 그녀가 드러내 놓은 팔을 따라 올라가며 가벼운 키스를 계속하기도 했다. 그러면 그녀는 매달리는 어린아이에게 그러듯이 빙긋이 웃으며 귀찮다는 표정으로 그를 밀쳐 내는 것이었다.

결혼하기 전까지 그녀는 사랑을 느낀다고 여겼더랬다. 그러나 그 사랑에서 응당 생겨나야 할 행복이 찾아오지 않는 것을 보면 자신이 잘못 생각한 것이 아닌가 하는 의문이 생겼다. 그래서 에마는 여러 가지 책들에서 볼 때는 그렇게도 아름다워 보였던 희열이니 정열이니 도취니 하는 말들이 실제로 인생에서는 도대체 어떤 의미인지 알고 싶었다.

# 6

그녀는 예전에 **폴과 비르지니**[20]를 읽고 나서 대나무로 시은 오두막집이며 흑인 노예 도밍고며 강아지 피델 그리고 특히 종루보다도 더 높이 자란 큰 나무 위에 올라가 빨간 열매들을 따다 주거나 맨발로 모래밭을 달려가서 새 둥지를 뜯어다 주는 그 마음씨 착한 동생 같은 폴의 우정을 꿈꾸었더랬다.

그녀의 나이 열세 살이 되자 부친은 몸소 그녀를 도회지로 데리고 가서 수도원에 넣었다. 그들은 생제르베 거리의 여관에 묵었는데 거기서 저녁 식사를 할 때는 드라발리에르 양[21]의 이야기를 그림으로 그린 접시들이 나왔다. 그림에 대한 설명문은 칼자국들로 군데군데 지워져 있었지만 한결같이 종교와 미묘한 감정과 궁정의 화려함을 찬양하는 내용이었다.

처음 한동안 그녀는 수도원이 따분하기는커녕 수녀들과 함께 어울려 지내는 것이 즐겁기만 했다. 수녀들은 에마의 흥미를 돋우어 주기 위해 식당에서 긴 복도를 따라가면 나오는 예

---

20) *Paul et Virginie*(1787). 베르나르댕 드생피에르(1737~1814)의 목가적 소설로 장 자크 루소의 사상을 구현하고 있으며 자연미와 인간 사회의 조화를 그리려 한 소설이다. 도밍고와 피델은 이 소설에 등장하는 인물과 강아지이다.

21) 발리에르 공작 부인(Louise de La Vallière, 1644~1710)은 루이 14세의 총희로 널리 알려진 인물로 자신의 염문을 암시적 표현으로 질책하는 보쉬에 주교의 설교에 감복하여 카르멜 수도원으로 물러나 신앙에 몸 바치는 만년을 보냈다.

배당으로 데리고 가곤 했다. 에마는 휴식 시간에도 노는 일이 별로 없었으며 교리 문답을 잘 익혀서 보좌 신부가 어려운 질문을 하면 언제나 대답하는 것은 그녀였다. 교실 안의 따뜻한 분위기를 벗어나는 일이 결코 없이, 구리 십자가가 달린 염주를 지닌 창백한 얼굴의 그 여자들 속에 파묻혀 지내면서 그녀는 제단의 향냄새, 시원한 성수반과 촛불의 불빛에서 발산되는 신비로운 권태 속에서 기분 좋은 졸음을 맛보고 있었다. 미사의 순서를 제대로 따라가는 것보다 그녀는 책 속에서 하늘색 테두리 안에 그려진 그림들을 들여다보면서 병든 어린 양, 모진 화살을 맞은 주님의 성스러운 심장, 십자가를 지고 걸어가다가 쓰러진 가엾은 예수상을 감상하는 것이 좋았다. 에마는 고행을 위해 하루 종일 아무것도 먹지 않고 지내려고 애쓰기도 했다. 뭔가 실천에 옮길 만한 서약이 없을지 머릿속으로 곰곰이 생각해 보기도 했다.

고해성사 때면 그녀는 사소한 죄들을 지어내 가지고 조금이라도 더 오랫동안 어둠 속에 무릎을 꿇고 두 손을 한데 모은 채 얼굴을 창살에 바싹 붙이고서 신부님이 나직하게 속삭이는 소리를 듣고 있으려 했다. 약혼자, 남편, 하느님의 애인, 영원한 결혼 등의 비유가 설교 속에 되풀이되어 나오면 그녀의 가슴속 저 밑바닥에서 뜻하지 않은 감미로움이 솟구쳐 오르곤 했다.

저녁에 기도하기 전이면 자습실에서 종교책을 읽었다. 읽는 것은 평일에는 성서의 요약이나 프라이시누 신부[22]의 설교집이었고 일요일에는 기분 전환을 위해서 기독교의 정수[23]의 몇 구절이었다. 처음 한동안 그녀는 지상과 영원의 모든 메아리를 통해서 되풀이되는 낭만적 우수의 낭랑한 탄식에 얼마나 열심히 귀를 기울였던가! 만약 그녀가 시장 거리의 상점 뒷방에서 어린 시절을 보냈다면 아마도 이때 그녀는 흔히 작가들의 붓끝을 통해서야 비로소 우리에게 전해지게 마련인 대자연의 서정적 밀물에 마음을 활짝 열어 놓았을 것이다. 그러나 그녀는 전원을 너무나 잘 알고 있었다. 가축들의 울음소리도 소 젖짜기도 가래질도 알고 있었다. 시골의 조용한 생활에 너무나 익숙한 터인 그녀는 오히려 파란만장한 것들 쪽에 마음이 갔다. 바다는 오로지 폭풍 때문에 좋았고 초목이라면 폐허 속에 드문드문 돋아나 있을 때만 좋았다. 그녀는 무슨 일에서나 뭔가 개인적인 이득 같은 것을 얻어 내지 않으면 성이 차지 않았다. 그래서 그녀는 감정적 욕구를 당장에 만족시키는 것이 아니면 무엇이나 다 무용한 것이라 하여 물리쳤다. 예술적이기보다는 감상적인 기질로 풍경 감상이 아니라 뭉클한 감동을 찾는 편이기 때문이었다.

수도원에는 매달 찾아와서 한 주일 동안 속옷이나 시트를 손질해 주는 노처녀가 한 사람 있었다. 대혁명 때 몰락한 옛 귀족 집안 출신이어서 대주교의 비호를 받고 있었는데 그녀

---

22) 왕정 복고 후 종교 및 문교성 장관을 역임한 유명한 설교사로 그의 설교집은 『기독교의 옹호』라는 제목으로 1823년에 출판되어 큰 인기를 누렸고 많은 영향을 끼쳤다.

23) 샤토브리앙의 유명한 저서로 제1제정과 왕정 복고 시대에 걸쳐 프랑스 가톨릭 부흥 운동의 바탕이 되었다.

는 식당에서 수녀들과 같은 식탁에 앉아 식사를 했고 식후에는 다시 일을 하러 올라가기 전에 그녀들과 한동안 잡담을 하곤 했다. 기숙생들은 곧잘 자습실을 빠져나와 그녀를 찾아갔다. 그녀는 지난 세기의 사랑 노래를 몇 개씩이나 외우고 있어서 바늘을 놀리면서도 나직한 목소리로 그런 노래들을 불렀다. 그 여자는 여러 가지 이야기를 들려주었고 바깥 세상 소식을 알려 주거나 마을에 가서 심부름도 해다 주었고 언제나 앞치마의 호주머니 속에 소설책을 숨겨 가지고 들어와서는 상급생들에게 몰래 빌려주기도 했다. 또 그녀 자신도 일하는 사이사이에 그 책의 긴 장들을 정신없이 읽어 넘기곤 했다. 그 내용은 한결같이 사랑, 사랑하는 남녀, 쓸쓸한 정자에서 기절하는 박해받은 귀부인, 역참마다 살해당하는 마부들, 페이지마다 지쳐 쓰러지는 말들, 어두운 숲, 마음의 혼란, 맹세, 흐느낌, 눈물과 키스, 달빛 속에 떠 있는 조각배, 숲속의 밤꾀꼬리, 사자처럼 용맹하고 어린 양처럼 부드럽고 더할 수 없는 미덕의 소유자로서 언제나 말쑥하게 차려입고 물동이처럼 눈물을 펑펑 쏟는 신사분들뿐이었다. 열다섯 살 때 에마는 여섯 달동안 낡은 도서 대여점의 책 먼지로 손을 더럽혔다. 그 후 월터 스콧[24]을 읽고는 역사물에 열중하여 궤짝, 위병 대기소, 음유 시인 따위를 동경했다. 그녀는 해묵은 장원에서 긴 드레스를 입은 성주마님처럼 살아 보고 싶었다. 그리하여 홍예문

24) Walter Scott(1771~1832). 스코틀랜드의 역사 소설가로 『로빈 후드』,
『아이반호』 등의 작품을 쓰며 프랑스 현대 소설의 성립에 지대한 영향을 끼쳤다.

의 클로버 무늬 장식 밑에서 돌 위에 팔을 기대고 턱을 두 손
으로 괸 채 들판 저 끝에서 흰 깃털로 장식한 기사가 검정말
을 타고 달려오는 것을 바라보면서 세월을 보내고 싶었다. 그
무렵 그녀는 메리 스튜어트[25]를 숭배했고 유명하거나 불운했
던 여성들에게 열렬한 경의를 표했다. 그녀의 눈에는 잔 다르
크, 엘로이즈,[26] 아녜스 소렐,[27] 아름다운 페로니에르,[28] 클레
망스 이조르[29] 등과 같은 여자들은 역사의 무한한 심연 위에
혜성과 같이 뚜렷하게 솟아 있는 것 같았다. 거기에는 또 여기
저기에, 그러나 서로 아무런 연관도 없이 어둠 속에 더욱 깊숙
이 파묻힌 채, 떡갈나무 밑의 성왕 루이,[30] 죽어 가는 바이야
르,[31] 루이 11세[32]의 몇 가지 포악한 행동, 생바르텔레미 학
살[33]의 한 토막, 베아른 사람[34]의 날개 장식 그리고 그 밖에
루이 14세의 행적을 그려 넣은 그림 접시들의 기억이 두드러

---

25) 프랑스 왕 프랑수아 2세의 미망인(1542~1587)으로 영국 여왕 엘리자
베스 1세의 명령에 의해 살해되었다. 참형을 당하는 순간 보여 준 용기와 의
연함, 미모와 교양, 낭만적인 일생 등에 관련된 많은 전설과 문학 작품을 탄
생시킨 장본인이다.
26) Héloïse(1101~1164). 가정 교사인 철학자 아벨라르를 사랑한 여인으로
유명하다.
27) Agnès Sorel(1422~1450). 샤를 7세의 총애를 받은 여인으로 미래의 루
이 11세에 의해 독살된 것으로 추정된다.
28) La Belle Ferronnière. 라 페롱의 아내로 프랑수아 1세의 정부들 중 하나
로 전해진다.
29) Clémence Isaure. 14세기 툴루즈에 살았다는 전설적인 여인이다.
30) 루이 9세(1214~1270). 프랑스 역대 왕들 중 가장 모범적인 기독교도로
손꼽히는 인물로 프랑스 왕권의 초석을 놓는 한편 유럽 제국 간의 분쟁에
중재자 역할을 했으며 그의 치세는 예술과 학문의 전성기였다.

진 모습으로 떠올라 있었다.

음악 시간에 그녀가 노래 부르는 소곡에 등장하는 것은 오로지 황금 날개를 가진 작은 천사, 성모, 모래 언덕들, 곤돌라의 배 같은 것뿐으로 이런 부드러운 곡들이 멍청한 가사와 경박한 곡조를 통해서 그녀에게는 감상적인 현실의 매혹적 환영을 엿보게 해 주는 것만 같아 보였다. 그녀의 친구들 중 몇몇은 새해 선물로 받은 암송용 명시 선집[35]을 수도원으로 가지고 오기도 했다. 그런 것은 몰래 숨겨 두지 않으면 안 되는 난처한 물건이었다. 그들은 잘 때 침실에서 그 책을 읽었다. 아름다운 비단 표지를 조심스럽게 매만지면서 에마는 한 번도 들어 본 적이 없는 작자의 이름을 황홀해진 눈길로 뚫어질 듯이 바라보았다. 대개 백작이나 자작인 그들의 이름은 작품의 아래쪽에 표시되어 있었다.

그녀가 몸을 떨면서 삽화를 보호하는 얇은 종이를 입김으로 불어 보면 종이는 반으로 꺾이면서 쳐들렸다가 다시 살며

---

31) 피에르 뒤 테라이(Pierre du Terrail, 1475~1524)를 가리키는데 그는 많은 전투에 참가하여 용맹을 떨쳤고 특히 1524년 이탈리아 원정 중 중상을 입고 절명했는데 '겁도 없고 흠도 없는 기사'라는 별칭을 얻었다.
32) 1423~1483. 백성으로부터 존경을 받기보다는 두려움의 대상이 되기를 좋아했던 냉혹하고 유능한 국왕이었다.
33) 1572년 8월 23일 밤부터 그다음 날까지 파리에서 자행된 대대적 청교도 학살극으로 샤를 9세의 명령에 따른 것이다.
34) 앙투안 드부르봉의 아들인 후일의 앙리 4세(1553~1610)를 가리킨다.
35) 명시 선집은 삽화를 곁들여 우아하게 제본한 시집으로 7월 왕정과 제2제정 시대에 명절 선물로 유행했다.

시 페이지 위로 내려앉았다. 그것은 발코니의 난간 뒤에서 짧은 망토를 입은 청년이 흰 옷 차림에 손주머니를 허리에 찬 아가씨를 품 안에 꼭 껴안고 있는 그림이거나, 누구인지 알 수 없는 금발 곱슬머리의 영국 귀부인이 동그란 밀짚모자 밑에서 맑고 큰 두 눈으로 이쪽을 바라보고 있는 초상화 같은 것이었다. 어떤 귀부인은 공원 한가운데를 미끄러지듯 달리는 마차에 비스듬히 기대어 앉아 있고 흰 반바지 차림의 소년 마부 둘이 잽싸게 몰고 있는 마차 앞에서 사냥개 한 마리가 깡충깡충 뛰고 있었다. 또 어떤 귀부인은 봉함이 뜯긴 편지를 옆에 놓아둔 채 안락의자에 앉아 몽상에 잠겨서 검은 커튼에 반쯤 가려진 창문 너머로 하염없이 달을 쳐다보고 있었고 고지식한 귀부인들은 뺨에 눈물을 한 방울 매단 채 고딕식 새장의 창살 사이로 산비둘기에게 키스를 하는가 하면 고개를 갸우뚱하고 미소 지으면서 끝이 뾰족한 구두처럼 손가락을 꼬아가지고 수레국화의 꽃잎을 쥐어뜯고 있었다. 또 어떤 그림에는 푸른 잎에 덮인 정자 그늘에서 무희의 팔에 안겨 도취경에 빠진 채 긴 담뱃대를 물고 있는 술탄이나 쟈우르,[36] 터키의 검, 터키 모자가 그려져 있었고, 특히 황홀한 고장들의 아련한 풍경 속에는 흔히 야자나무와 전나무가, 오른쪽에 호랑이 왼쪽에 사자가, 저 멀리 수평선에는 타르타르식 회교 사원의 탑이, 앞쪽에는 로마의 폐허가, 그리고 웅크린 낙타 무리가 한꺼

---

36) djaours. '신을 믿지 않는 사람'을 뜻하는 터키어로, 이슬람교도들이 기독교인을 가리킬 때 쓰는 멸시적 의미의 말이다.

번에 공존하고 있었다. 이 모든 것을 에워싸는 것은 또렷한 원 시림이고, 눈부신 햇살이 수직으로 뚫고 들어와 떨고 있는 수면에는 회색이 도는 강철빛을 배경으로 백조들이 여기저기에서 흰 생채기처럼 떠다니며 헤엄치고 있었다.

에마의 머리 위 벽에 걸린 켕케식 등불의 빛을 받으며 이런 세계의 모든 그림들이 그녀의 눈앞에서 하나씩 하나씩 지나갔고 기숙사 침실의 고요 속으로는 아직도 한길을 달리는 늦은 마차의 먼 바퀴 소리가 들려왔다.

어머니가 돌아가시자 그녀는 처음 며칠 동안 몹시 울었다. 그녀는 고인의 머리칼로 추모용 그림37)을 만들게 했고 베르토에 보낸 편지에서는 인생에 대한 슬픈 성찰을 늘어놓으면서 훗날 자기도 어머니와 같은 무덤에 묻어 달라고 했다. 딸이 병들었다고 생각한 영감이 면회를 왔다. 평범한 마음의 소유자로서는 결코 도달할 수 없는 것이 바로 빛바랜 생활 속의 이같이 희귀한 이상일진대 자신은 단번에 그런 경지에 도달했다는 사실에 에마는 내심 만족을 느꼈다. 그래서 그녀는 라마르틴 같은 몽상의 곡절 속으로 빠져들었고 호수 위에서 퉁기는 하프나 빈사의 백조가 들려주는 모든 노래, 모든 낙엽 지는 소리, 승천하는 청순한 처녀들 그리고 골짜기에서 울려오는 '영원'의 목소리에 귀를 기울였다. 이윽고 그런 것들에 싫증을 느꼈지만 자신은 그것을 인정하려고 하지 않았고, 처음에

---

37) 고인의 머리카락을 잘라 배치해 만드는 일종의 풍경화로 보통 40×60 센티미터가량의 크기이다.

는 타성 때문에, 나중에는 허영심 때문에 계속하기는 했지만 결국은 평온을 되찾은 것에 스스로 놀랐다. 이마에서 주름이 걷혔듯이 마음속에서도 슬픔은 이미 사라진 것이었다.

그녀의 천부적 소명 의식을 굳게 믿고 있었던 수녀들은 루오 양이 자기들로서는 감당할 수 없게 된 것 같아 매우 놀랐다. 사실 그녀들은 에마에게 성무 일과와 피정과 구일 기도와 설교를 너무나도 아낌없이 베풀었고, 성자와 순교자 들에 대해 마땅히 바쳐야 할 경의를 넘치도록 가르쳤고 육체의 근신과 영혼의 구제에 대한 충고를 할 만큼 했기 때문에 그녀는 고삐가 당겨진 말의 형국이 되고 말았다. 그녀는 갑자기 가던 길을 멈춰 섰고 그 때문에 재갈이 입에서 벗겨져 버린 것이었다. 장식해 놓은 꽃들 때문에 교회를 사랑하고, 연애를 이야기하는 가사 때문에 음악을 사랑하고, 정념을 자극하는 맛 때문에 문학을 사랑했지만, 열광의 소용돌이 속에서도 실제적인 그녀의 정신은 자신의 기질과 상반되는 그 무엇이었기에 더더욱 계율을 짜증스럽게 여겼듯이 신앙의 오의에 대해 반감을 느꼈다. 아버지가 딸을 기숙사에서 퇴거시킬 때 그녀가 떠나가는 것을 보면서 모두들 안도의 숨을 쉬었다. 수도원장이 볼 때 근래에 와서 그녀는 수도원 전체에 대해 불손한 태도까지 보이는 것 같았다.

에마는 집으로 돌아오자 처음에는 일꾼들을 지휘하는 일에 재미를 붙였지만 곧 시골이 싫어져서 수도원을 그리워했다. 샤를이 처음 베르토에 갔을 때는 그녀가 이제 더 이상 아무것도 배울 것이 없고 아무것도 느낄 것이 없다는 식으로 인생에 대해 잔뜩 환멸을 느끼고 있었던 시기였다.

그러나 새로운 상황이 가져다주는 불안, 아니 어쩌면 이 사내의 존재에 의해서 야기되는 흥분은 지금까지 장밋빛 날개를 지닌 커다란 새처럼 찬란한 시의 천공을 날아다닌다고 여겨졌던 저 멋들어진 정열을 자기 자신도 마침내 갖게 되었다고 믿게 하기에 충분했다. 그리고 지금 자기가 영위하고 있는 이 고요한 생활이 지금까지 꿈꾸어 왔던 바로 그 행복이라고는 아무래도 생각할 수가 없었다.


## 7


그 여자는 그래도 바로 이것이 자신의 생애에 있어서 가장 아름다운 나날이요, 흔히들 말하는 밀월이라는 생각을 때때로 하곤 했다. 그 감미로움을 음미하려면 신혼 직후의 나날들을 가장 그윽한 게으름 속에서 보낼 수 있는, 저 이름도 듣기 좋은 고장들로 여행을 떠났어야 하는 건데! 푸른색 비단 커튼을 드리운 역마차의 좌석에 앉아서 마부의 노래에 귀를 기울이며 가파른 언덕길을 천천히 올라가노라면 노래는 산양의 방울 소리와 아련한 폭포 소리에 섞여 산속에서 메아리친다. 해가 저물어 갈 때는 바닷가 물굽이에서 레몬나무의 향기를 맡고, 밤이 되면 별장의 테라스 위에서 단둘이 손에 손잡고 별들을 바라보며 앞날의 계획을 이야기한다. 어떤 토양에 고유한 것이어서 그곳 아니면 어느 곳에서도 잘 자라지 않는 식물이 있듯이 반드시 행복을 가져다주는 곳이 이 세상 어디엔가 따로 있을 것 같았다. 어째서 자기는 옷자락이 긴 검은색 비로드 양복을 입고 부드러운 장화에다 끝이 뾰족한 모자와 소매 장식을 단 남편과 함께 스위스 산장의 발코니에 팔꿈치를 괴거나 스코틀랜드의 오두막집에서 애수를 달랠 수 없단 말인가!

아마도 그녀는 이런 모든 것들에 대한 속내 이야기를 누구에겐가 털어놓고 싶었으리라. 그러나 뜬구름처럼 변화무쌍하고 바람처럼 회오리치는 이 알 수 없는 불안을 뭐라고 표현한단 말인가? 그녀는 마땅한 말이 생각나지 않았다. 따라서 기회도, 용기도 없었다.

그렇더라도 만약 샤를이 마음만 기울였더라면, 그것을 짐작이라도 해 주었더라면, 만약 단 한 번이라도 그의 눈길이 에마의 생각에 닿았더라면, 마치 손만 뻗치면 과수장에서 익은 과일이 떨어지듯이 그녀의 가슴속에서 돌연 무진장으로 솟구치는 것들이 쏟아져 나왔으리라. 그러나 그들 생활의 친밀감이 더해질수록 내면의 간격이 벌어지면서 그녀를 남편에게서 멀어지게 했다.

샤를이 하는 말은 거리의 보도(步道)처럼 밋밋해서 거기에는 누구나 가질 수 있는 뻔한 생각들이 평상복 차림으로 줄지어 지나갈 뿐 감동도, 웃음도, 몽상도 자아내지 못했다. 그는 루앙에서 사는 동안 한 번도 극장에 가서 파리에서 온 배우들을 구경하고 싶다는 호기심을 가져 본 적이 없었다고 스스로 말하곤 했다. 그는 수영도 모르고, 검술도 모르고, 권총도

쏠 줄 몰라서, 어느 날 그녀가 소설을 읽다가 마주친 승마 용어의 뜻을 설명하지 못했다.

반대로 남자란 모름지기 모르는 것이 없고, 여러 가지 재주에 능하고 정열의 위력, 세련된 생활, 온갖 신비들로 인도해 주는 능력을 가져야 하지 않을까? 그러나 이 사내는 무엇 하나 가르쳐 줄 것도 없고, 무엇 하나 아는 것도 없고 무엇 하나 바라는 것도 없었다. 그는 그녀가 행복하다고 믿고 있었다. 그런데 그녀는 너무나 흔들림 없는 이 평온과 이 태연한 둔감, 그녀 자신이 그에게 안겨 주고 있는 행복 그 자체에 대해 그를 원망하고 있었다.

그녀는 때때로 데생을 했다. 그럴 때면 샤를로서는 그 곁에 가만히 서서, 그녀가 자기의 작품을 자세히 들여다보기 위해 눈을 깜박이면서 도화지 위로 고개를 수그린다든가, 엄지 손가락으로 빵 조각을 동그랗게 굴리는 모습을 바라보는 것이 큰 즐거움이었다. 피아노에 이르러서는 그녀의 손가락들이 건반 위를 빨리 움직이면 움직일수록 그는 더욱 경탄했다. 그녀는 아주 의젓하게 건반을 두들겼고, 높은 음에서 낮은 음까지 멈추지도 않고 전 음역을 훑었다. 현(弦)이 늘어져서 음이 불안정해진 그 낡은 악기를 그녀가 이렇게 두드려 댈 때면, 혹시 창문이라도 열려 있는 경우에 그 소리가 마을 끝에까지 울려 퍼졌고, 모자도 쓰지 않은 맨머리에 헝겊 신발을 신고 큰길을 지나가던 집달리의 조수가 서류를 손에 든 채 곧잘 멈춰 서서는 그 소리에 귀를 기울이곤 했다.

에마는 한편 집안 살림도 곧잘 꾸려 나갔다. 고지서 냄새가

나지 않는 표현들을 골라 편지를 써서 환자들에게 왕진료 계
산서를 보냈다. 일요일에 어떤 이웃 사람을 식사에 초대할 때
면 그녀는 멋 부린 요리를 내놓을 줄 알았고, 포도 잎사귀 위
에 서양오얏을 피라미드 모양으로 괴어 놓는 지혜를 발휘했
고, 잼 항아리는 작은 접시 위에 뒤집어서 내놓았고, 디저트용
으로 입 가시는 물 그릇을 사야겠다는 이야기까지 했다. 이런
모든 것으로 하여 보바리는 반사적으로 많은 존경을 받게 되
었다.

　샤를도 이런 여자를 데리고 산다는 사실 때문에 마침내 자
기 자신을 더욱 중요시하게 되었다. 그녀가 연필로 그린 두 장
의 조그마한 스케치를 아주 커다란 액자에 넣어 초록색의 긴
끈으로 거실 벽지 위에 매달아 놓고서는 자랑스럽게 보여 주
곤 했다. 사람들이 미사에서 돌아올 때면 그의 집 앞 문간에
서 예쁜 자수로 장식된 덧신을 신고 있는 그의 모습이 보이곤
했다.

　그는 귀가가 늦어 열 시나 때로는 한밤중이 되기도 했다.
그럴 때면 무얼 좀 먹겠다고 했다. 하녀는 자고 있기 때문에
식사 시중은 에마가 들었다. 그는 좀 더 편하게 식사하기 위해
서 프록코트를 벗었다. 만나고 온 사람, 왕진 갔던 마을들, 써
서 준 처방전 등에 대해서 하나하나 다 이야기했고 스스로 흐
뭇해져서 남은 스튜를 먹고, 치즈 껍질을 벗기고, 사과를 깨
물어 먹고 포도주를 비웠다. 그리고 나서는 잠자리에 들어가
벌렁 누워서 코를 고는 것이었다.

　오랫동안 무명으로 된 잠자리 모자만을 써 버릇했기 때문

에 머리에 두른 스카프가 귀밑에 가만히 붙어 있지 않았다. 그래서 그의 머리칼은 아침이면 엉망으로 헝클어져 얼굴을 덮었고 밤사이에 끈이 풀어진 베개 속의 깃털이 그 위에 허옇게 달라붙어 있곤 했다. 언제나 두툼한 장화를 신고 있었는데, 그 발목께에 두꺼운 주름이 두 개 생겨 복사뼈 쪽으로 비스듬히 누웠고, 발잔등에 닿는 가죽은 마치 그 속에 나무틀이라도 댄 것처럼 곧장 당겨져 팽팽했다. 그는 그게 '시골서 지내는 데는 안성맞춤'이라고 말하곤 했다.

그의 모친도 이러한 검소함에 찬성이었다. 그녀는 자기 집에 조금 거센 풍파가 생기면 예전처럼 아들을 보러 오곤 했던 것이다. 그렇지만 보바리 노부인은 며느리가 마음에 안 드는 눈치였다. 그녀가 '집안 형편에 어울리지 않는 살림을 하고 있다고' 생각하는 것이었다. 장작이나 사탕이나 초가 '대갓집 살림처럼 순식간에 없어져 버리고' 부엌에서 타고 있는 잉걸불이면 스물다섯 접시의 요리는 족히 하고도 남을 것 같았다! 그녀는 속옷과 시트 들을 장롱 속에 잘 개켜 넣었고 푸줏간에서 고기를 배달해 오면 찬찬히 살펴보아야 한다는 것을 가르쳤다. 에마는 이러한 가르침을 받았고 보바리 부인은 아낌없이 가르쳤다. '며늘아'라든가, '어머님' 하는 말이 가늘게 떨리는 입술에서 하루 종일 오고 갔다. 서로 부드러운 말을 주고받았지만 목소리는 노여움으로 떨렸다.

뒤뷔크 부인 시절만 해도 노부인은 아들의 마음이 아직 자기 쪽으로 쏠리고 있다는 것을 느낄 수 있었다. 그러나 이제 그녀에게는 에마에 대한 샤를의 사랑이 자신의 애정을 저버리는 행동이요, 자신의 당연한 몫을 빼앗아 가는 것으로 여겨지는 것이었다. 그래서 그녀는 마치 몰락한 사람이 옛날에 살던 집의 식탁에 둘러앉은 사람들을 유리창 너머로 들여다보듯이, 아들의 행복을 슬픈 침묵으로 지켜보았다. 옛날이야기처럼 빗대어서 자기의 고생이나 희생을 아들에게 상기시켰고, 그것을 에마의 칠칠치 못한 태도와 비교해 가면서 그녀를 그렇게까지 보물처럼 떠받드는 것은 잘못이라고 결론지었다.

샤를은 무어라고 대답해야 좋을지 알 수가 없었다. 그는 어머니를 존경했고 아내를 한없이 사랑하고 있었다. 한쪽의 판단을 틀림없으리라고 생각하면서도 또 다른 한쪽도 나무랄 데가 있을 수 없다고 생각했다. 보바리 부인이 돌아가고 나면 그는 어머니한테서 들은 잔소리들 가운데 가장 대수롭잖은 듯싶은 한두 가지를 똑같은 말로 조심스럽게 꺼내 보는 것이었다. 에마는 단 한마디로 그의 생각이 틀렸음을 증명하면서 환자들이나 가서 돌보라고 했다.

그러면서도 그녀는 자기가 옳다고 믿는 이론들에 따라서 그의 사랑을 느껴 보고 싶어 했다. 달밤에는 뜰에 나가 외우고 있는 모든 연애시를 읊었고 한숨을 지으면서 우수에 찬 아다지오를 그에게 노래해 주었다. 그러나 그런 뒤에도 자기가 전과 다름없이 냉정하다는 것을 깨달았고 샤를 역시 그것으로 해서 사랑이 더해진 것 같지도 않았고 마음이 더욱 움직인 것 같지도 않았다.

이렇게 잠시 그의 심장에 부싯돌을 문질러 보았지만 불꽃이 일지 않는 것을 보자, 원래 자기가 직접 경험하지 않은 것이면 이해를 하지 못하고 뻔한 통념의 모습을 갖추지 않은 것이면 아무것도 믿지 못하는 그녀였기에 샤를의 정열에는 이제 더 이상 남다른 것이라곤 없다고 간단히 믿어 버렸다. 심정의 토로라는 것도 규칙적이 되어 버렸다. 그는 일정한 시간이면 그녀에게 키스를 했다. 그것은 단조로운 만찬이 끝나면 나오게 되어 있는 디저트처럼 여러 가지 습관들 중 하나였다.

주인어른한테서 폐렴을 치료받고 나았다는 어떤 사냥터지기가 그 사례로 마나님에게 이탈리아 종의 그레이하운드 새끼 한 마리를 가져다준 적이 있었다. 그녀는 강아지를 산책의 벗으로 삼았다. 그녀는 잠시라도 혼자 있기 위해서, 또 먼지투성이의 길과 싫증이 날 대로 난 뜰만 쳐다보며 앉아 있지 않으려고 가끔 외출을 하곤 했던 것이다.

그녀는 반빌의 너도밤나무 숲까지 갔다. 그 옆에 들판 쪽으로 담장 모퉁이에 버려진 외딴집이 한 채 있는 곳이었다. 도랑 속에는 잡초들 사이에 잎이 날카로운 키 큰 갈대들이 돋아나 있었다.

그녀는 우선 지난번에 왔을 때와 무언가 달라진 것이 없는지 확인하려고 주위를 한 바퀴 돌아보았다. 변함없는 그 자리에 디기탈리스와 향꽃나무, 큰 돌들을 둘러싸고 있는 쐐기풀 덩굴, 세 개의 창문을 따라서 덮인 이끼가 그대로였다. 항상 닫혀 있는 창의 덧문은 녹슨 쇠창살 위에서 삭아 떨어질 듯이 걸려 있었다. 그녀의 상념은 처음에는 아무런 목적도 없이, 마치 그레이하운드 강아지가 들판에서 원을 그리며 뱅뱅 돌기도 하고, 노랑나비를 쫓아가며 짖어 대기도 하고, 들쥐를 사냥하기도 하고 혹은 보리밭가의 개양귀비를 물어뜯기도 하듯이, 무작정 떠돌기만 했다. 이윽고 생각이 조금씩 한곳에 머물게 되자 그녀는 잔디 위에 앉아 양산 끝으로 잔디를 콕콕 찌르면서 마음속으로 되풀이했다.

"맙소사, 내가 어쩌자고 결혼을 했던가?"

그녀는 우연의 다른 짝맞춤으로 누군가 딴 남자를 만날 도리는 없었을지 자문했다. 그리고 실제로 일어나지 않은 그 사건들, 달라졌을 그 생활, 알지 못하는 그 남편은 어떤 모습이었을지 상상해 보려고 애썼다. 과연 어느 누구도 저 남자와는 닮지 않았다. 그는 미남이고 재기발랄하고 품위 있고, 매력적인 사람이었을지도 모른다. 옛날의 수도원 친구들이 결혼한 상대는 정녕 모두 그럴 것임에 틀림없다. 그녀들은 지금 무엇을 하고 있을까? 도회지에 살면서 거리의 소음, 극장의 술렁거림, 무도회의 광채를 만끽하면서 가슴이 터질 듯하고 관능이 활짝 피어나는 생활을 하고 있는 것이다. 그런데 그녀는, 그녀의 삶은 마치 햇빛받이 창이 북쪽으로 나 있는 지붕 밑 골방처럼 냉랭했고 소리 없는 거미와도 같은 권태가 그녀의 마음 구석구석의 그늘 속에 거미줄을 치고 있었다. 그녀는 상장 수여식 날 자그마한 관을 받기 위해 단 위에 올라가던 시절을 회상했다. 머리를 예쁘게 땋아 늘이고 흰 예복에 발등이 드러난 견직 신발을 신은 그녀의 모습이 귀여웠기 때문에 신사분들은 그녀가 자리로 돌아올 때 몸을 숙여 축하해 주었다. 마당은 사륜마차들로 꽉 차 있었고 사람들이 창문 너머로 그녀에게 작별 인사를 했고 음악 선생님은 바이올린 케이스를 들고 지나가며 인사를 건넸다. 그 모든 게 얼마나 아득한 옛날인가! 얼마나 아득한 옛날인가!

그녀는 잘리[38]를 불러 무릎에 안고는 갸름하고 섬세한 머리를 손가락으로 쓰다듬으면서 말했다.

"자, 주인마님께 뽀뽀를 해야지, 걱정 근심 없는 것아!"

그러고는 이 날씬한 짐승이 우울한 표정으로 천천히 하품을 하는 모습을 바라보다가 왠지 가엾다는 생각이 들어, 그것을 자신과 견주어 보면서 마치 괴로워하고 있는 사람을 위로하듯이 소리 내어 그에게 말을 걸었다.

때때로 돌풍이 불곤 했다. 코 지방의 고지대 전체를 한달음에 휩쓸면서 들판 먼 곳에까지 소금기를 머금은 한기를 몰고 오는 바닷바람이었다. 등심초가 땅에 누우면서 씽씽 울고, 너도밤나무 잎사귀들이 잰 몸짓으로 떨며 술렁이는가 하면 나무들 우듬지의 가지들은 한결같이 일렁이면서 굵은 신음 소리를 계속 냈다. 에마는 어깨에 걸친 숄의 앞자락을 여미면서 일어섰다.

가로수 길에서는 나뭇잎에 반사되어 초록빛을 띤 햇빛이 그녀의 발밑에 부드럽게 밟히며 깔려 있는 이끼를 비추고 있었다. 해가 넘어가고 있었다. 나뭇가지 사이로 보이는 하늘은 빨갛게 물들고, 줄 맞추어 심어진 가로수의 서로 닮은 밑줄기들은 금빛 배경에 떠오르는 갈색의 회랑 기둥 같았다. 문득 무섭

---

38) Djali. 빅토르 위고의 소설 『파리의 노트르담(Notre Dame de Paris)』에서 여주인공 에스메랄다가 데리고 다니는 염소의 이름이다.

다는 느낌이 들어 그녀는 잘리를 불러 가지고 큰길로 해서 서둘러 토트로 돌아와서는 안락의자에 주저앉았고 저녁 내내 입을 열지 않았다.

그러나 구월 말께, 그녀의 생활에는 한 가지 예외적인 일이 돌발했다. 그녀가 보비에사르에 있는 당데르빌리에 후작 댁에 초대를 받은 것이었다.

왕정 복고 시대에 대신을 지낸 후작은 정계에 복귀할 생각으로 하원에 입후보하기 위한 원대한 계획을 준비하고 있었다. 겨울이 되면 여러 사람들에게 장작을 나누어 주고, 주 회의(州會議)에서는 언제나 열심히 자기 고장에 도로를 건설해 달라고 요구했다. 한창 더울 때, 입 속에 종기가 난 것을 샤를이 때마침 수술을 가해 기적처럼 가라앉혀 주었다. 수술비를 갚기 위해 토트에 보냈던 하인이 저녁에 돌아와 의사 집 좁은 뜰에서 아주 멋진 벚꽃나무 몇 그루를 보았노라고 전했다. 그런데 보비에사르에서는 벚꽃나무가 잘 자라지 않았다. 후작은 보바리에게 꺾꽂이를 하기 위한 가지 몇 개를 달라고 했고 그에 대해 직접 사례를 하는 것이 예의라고 여겨 찾아왔다. 그때 후작은 에마를 보게 되었는데 몸맵시가 예쁘고 농촌 여성답지 않게 예의범절도 아는 여자라고 생각했다. 그 결과 후작의 저택에서는 이 젊은 부부를 초대한다 해도 지나친 호의의 표현은 아닐 것이며 또 무슨 실수를 범하는 일도 아닐 것이라고 판단했다.

어느 수요일 오후 세 시, 보바리 부부는 자가용인 경이륜 보크 마차에 올라 보비에사르를 향해 출발했다. 마차 꽁무니에는 큰 트렁크를 매달고, 모자 상자는 흙받이 앞에 얹어 놓았다. 샤를은 그 밖에도 다리 사이에 마분지 상자를 하나 끼고 있었다.

두 사람은 해 질 녘에 당도했다. 마차들이 훤히 보이도록 정원에 초롱불을 켜기 시작할 때였다.


## 8


성관은 이탈리아식 근대 건축으로, 앞쪽으로 돌출된 좌우의 날개와 세 개의 돌층계를 달고 광대한 잔디밭 저 끝에 펼쳐져 있었다. 잔디밭에는 간격을 두고 드문드문 모여 있는 나무숲들 사이에서 몇 마리의 암소가 풀을 뜯고 있었고, 한편 석남(石南), 고광나무, 백당나무 등이 관목의 무리를 이루면서 모래를 깐 오솔길의 곡선을 따라 크고 작은 초록빛 더미들로 솟아 있었다. 개울이 하나 다리 밑을 흐르고 있었다. 안개 저 너머로 풀밭 여기저기에 흩어져 있는 초가지붕의 건물들이 눈에 보였고 그 둘레에는 나무숲으로 뒤덮인 두 개의 야산이 완만한 경사를 이루며 에워싸고 있고, 뒤쪽 숲속에는 헐려 버린 고성의 마차 창고와 마구간이 두 개의 평행선을 이루며 그대로 남아 있었다.

샤를의 보크 마차는 건물 가운데 돌층계 앞에서 멎었다. 하인들이 나타났다. 후작이 다가와서 의사의 아내에게 팔을 끼게 하고 현관으로 인도했다.

현관은 대리석으로 바닥을 깔았고 천장이 엄청나게 높아서 발소리와 주고받는 이야기 소리가 한데 섞여 교회당 안에서처럼 울렸다. 정면에는 곧장 올라가는 층계가 있고 왼쪽에는 마당을 면한 회랑이 당구실로 인도하고 거기서 상아로 된 공을 치는 소리가 문간에까지 들려왔다. 살롱으로 가려고 회랑을 건너지르다가 에마는 당구대 주변에서 진지한 모습의 남자들이 높이 맨 넥타이 위로 턱을 쳐들고 한결같이 훈장들을 번뜩이는 가운데 큐를 밀면서 말없이 미소를 짓고 있는 것을 보았다. 장식 벽판의 칙칙한 널빤지 위에는 큼직한 황금색 액자들이 걸려 있고 그 테두리 아래쪽에는 까만 글씨로 이름이 쓰여 있었다. 그녀는 읽었다. "장앙투안 당데르빌리에 디베르봉빌, 라보비에사르 후작 겸 드라프레네 남작. 1587년 10월 20일, 쿠트라의 싸움에서 전사." 또 다른 액자에는 "장앙투안 앙리 기 당데르빌리에 드라보비에사르, 프랑스 해군 제독, 생미셸 훈장 수훈자. 1692년 5월 29일, 라우그생바스트 전투에서 부상, 1693년 1월 23일 라보비에사르에서 서거."라고 되어 있었다. 나머지 몇 개는 거의 식별이 되지 않았다. 램프의 불빛이 당구대의 녹색 융단 위에 떨어져 흐릿해지면서 실내에 그늘을 드리우기 때문이었다. 옆으로 나란히 걸려 있는 초상화들을 갈색으로 물들이면서, 화면에 닿은 빛은 표면의 바니시가 터진 금들을 따라 가느다란 엽맥 모양으로 부서지고 있었다. 그리고 이들 금테를 두른 커다란 검은 사각형들의 여기저기에 창백한 이마, 뚫어지게 바라보는 두 눈, 붉은 제복의 분 바른 어깨 위로 늘어진 가발 또는 팽팽한 종아리 위쪽의 양말 대님을 거는 쇠고리 같은, 그림의 보다 밝은 부분이 드러나고 있었다.

후작이 살롱의 문을 열었다. 부인네 중 한 사람(다름 아닌 후작 부인)이 일어나 다가오더니 에마를 마중하여 자기 곁의 이인용 의자에 앉히고는 마치 오래전부터 아는 사이인 것처럼 다정하게 말을 붙였다. 마흔 살 안팎의, 어깨가 아름답고 매부리코에 목소리를 길게 빼는 여자였는데 그날 밤에는 밤색 머리 위에 세모꼴로 접어 뒤로 늘어뜨린 간소한 레이스 수건을 쓰고 있었다. 옆에는 등받이가 긴 의자에 금발의 젊은 여자가 앉아 있었다. 예복의 단춧구멍에 작은 꽃을 하나씩 꽂은 신사들이 벽난로를 에워싸고 부인들과 담소하고 있었다.

일곱 시에 만찬이 나왔다. 남자들은 수가 많았기 때문에 현관에 차린 첫째 식탁에 앉고, 부인들은 후작 부처와 함께 식당에 놓인 둘째 식탁에 앉았다.

에마는 안으로 들어서면서 꽃 향기와 아름다운 식탁보와 냅킨 종류의 냄새 그리고 고기 냄새와 송로의 향기가 뒤섞인 따뜻한 공기에 감싸이는 것을 느꼈다. 가지촛대 위의 촛불들이 종 모양의 은제 덮개 위에 불꽃을 길게 던지고, 증기가 뽀얗게 긴 커트글라스들이 서로 창백한 빛을 반사하고 있었다. 꽃다발들이 식탁의 끝에서 끝까지 한 줄로 늘어서 있고 전이 넓은 접시에는 주교(主敎)의 모자 모양으로 접어 배치한 냅킨이 저마다 양쪽의 벌어진 주름 사이에 조그만 타원형 빵을 한 개씩 물고 있었다. 큰 바닷가재의 빨간 집게발들이 접시의 밖으로 뻗어나와 있고 속이 들여다보이는 성긴 바구니 속에는 이끼 위에 굵은 과일이 높이 쌓여 있었다. 메추라기는 깃털을 고스란히 지닌 채 모락모락 김을 내고 있었다. 비단 양말에 짧은 바지를 입고 흰 넥타이에 가슴 장식을 단, 재판관처럼 엄숙한 표정의 급사장이 손님들의 어깨 사이로 먹기 좋게 썰어 놓은 요리를 내밀고는 손님이 선택하는 고기 조각을 숟가락에 날렵하게 담아 튕기듯이 덜어 준다. 구리로 몰딩을 한 큰 도자기 난로 위에는 턱까지 오는 옷차림의 여인상이 꼼짝도 하지 않은 채 사람들로 가득 찬 넓은 방을 응시하고 있었다.

보바리 부인은 상당수의 부인들이 장갑을 유리잔 속에 넣어 놓지 않는 것을 눈치챘다.[39]

그런데 식탁의 저쪽 끝의 상석에는 그 모든 부인들의 한가운데에 혼자 어떤 노인이 음식을 듬뿍 담은 접시 위로 허리를 구부리고 앉아 어린애처럼 냅킨을 목 뒤로 동여매고 입에서는 소스를 뚝뚝 흘리면서 식사를 하고 있었다. 두 눈은 충혈되고 까만 리본으로 묶은 머리꽁지는 뒤로 늘어져 있었다. 그는 후작의 장인인 라베르디에르 노(老)공작으로, 콩플랑 후작 댁에서 르보드뢰이유 수렵회가 베풀어지던 시절에는 아르투아 백작의 총신이었으며 풍문에 따르면 드코와니 씨와 드로정 씨

---

39) 장갑을 유리잔에 넣는 것은, 보이에게 자신의 잔에는 포도주를 따를 필요가 없다는 것을 알리는 방법이다. 이는 1830년경 관례화된 풍습으로, 이 소설이 전개되던 때에는 이미 파리 등지에서 더 이상 통용되지 않았다. 플로베르는 이와 같은 표현을 통해서 에마를 비롯한 연회 참석자들의 촌스러운 시골풍의 면모를 알리고 있다. '장갑을 유리잔에 넣지 않은' 부인들은 당시 도회지의 풍습을 보다 잘 알고 있는 이들이다.

사이에 한때 왕비 마리 앙트와네트의 애인이었다고 했다. 그는 과거에 결투, 도박, 부녀 유괴로 점철된 방탕과 소란함의 생활로 재산을 탕진했고 온 집안사람들을 두려움에 떨게 했더랬다. 하인 하나가 의자 뒤에 붙어 서서는 그가 더듬거리면서 손가락으로 가리키는 요리의 이름을 귀에다 대고 큰 소리로 말해 주고 있었다. 에마의 눈길은 무의식중에 특별하고 고귀한 그 무엇에 끌리듯 이 입술이 처진 노인 쪽으로 자꾸만 쏠리는 것이었다. 그는 궁정에서 살았고 왕비들의 침대에서 잔 것이다!

얼음에 채운 샴페인이 부어졌다. 에마는 입 속에서 그 차가움을 맛보자 온 살갗에 몸서리가 쳐졌다. 그녀는 석류를 본 일도 없고 파인애플을 먹어 본 적도 없었다. 설탕가루까지도 다른 데 것보다 더 희고 더 보드라워 보였다.

부인들은 잠시 후 무도회에 대비한 치장을 하기 위해 각기 방으로 올라갔다.

에마는 첫 무대에 서는 여배우처럼 꼼꼼하게 신경을 써서 화장을 했다. 미용사가 권한 대로 머리를 만지고 침대 위에 펴 놓았던 바레주 천 의상을 몸에 걸쳤다. 샤를의 바지는 배 부분이 꼭 끼어 답답했다.

"바지의 발목 끈 때문에 춤추기가 거북스러울 것 같아." 그가 말했다.

"춤을 춘다고요?" 에마가 물었다.

"그럼!"

"아니, 정신이 나갔군요! 사람들이 웃는다고요! 그냥 가만히 앉아 계세요. 게다가 그러는 편이 훨씬 의사 선생님답고 요." 그녀가 덧붙였다.

샤를은 잠자코 있었다. 에마가 옷을 갈아입는 것을 기다리면서 그는 방 안을 이리저리 왔다 갔다 했다.

그는 두 자루의 촛대 사이로 거울 속에 비친 아내의 모습을 등 뒤에서 바라보았다. 까만 눈이 한층 더 까맣게 보였다. 귀 언저리에 부드럽게 살린 양쪽 귀밑머리가 파랗게 빛나고 있었다. 틀어 올린 머리에 꽂은 한 송이 장미가 건들거리는 줄기 위에서 파르르 떨고 잎사귀 끝에는 일부러 뿌린 이슬방울들이 달려 있었다. 그녀의 연한 사프란빛 의상은 세 개의 녹색이 섞인 조그마한 장미꽃 묶음으로 장식되어 있었다.

샤를은 곁에 다가가 그녀의 어깨에 키스했다.

"왜 이래요, 주름이 가잖아요!" 그녀가 말했다.

바이올린의 전주와 호른 소리가 들렸다. 그녀는 뛰어가고 싶은 충동을 참으면서 층계를 내려갔다.

카드릴 춤[40]이 시작되었다. 많은 사람들이 밀려들고 있었다. 서로 몸을 밀쳤다. 그녀는 홀의 입구 옆에 있는 긴 의자에 앉았다.

마주 대하고 추는 콩트르당스 춤이 끝나자 마루가 비면서 그 자리에 신사들이 무리 지어 서서 이야기를 나누고 제복 차림의 하인들이 큰 쟁반을 날라 왔다. 자리에 앉은 부인들의 열 (列)에서는 그림 부채가 하늘거렸고 미소 짓는 얼굴들이 꽃다

40) 네 사람이 그룹을 지어 추는 옛날 춤이다.

발에 반쯤 가려 있는데 금마개 달린 작은 향수병이 반쯤 펴진 손 안에서 돌아가고 있었다. 손톱 모양이 드러나 보이도록 꼭 낀 흰 장갑들이 손목의 살을 죄고 있었다. 레이스 장식, 다이아몬드를 박은 브로치, 큰 메달이 달린 팔찌가 혹은 코르사주 위에서 흔들거리고 가슴에서 빛나고 드러낸 팔 위에서 살랑살랑 소리를 냈다. 이마에 꼭 붙이고 목덜미 위에서 꼬부린 머리칼에는 물망초, 재스민, 석류꽃, 보리이삭, 수레국화 등이 혹은 왕관처럼 혹은 포도송이처럼 혹은 가지 모양 그대로 장식되어 있었다. 조용히 자리를 지키고 앉아서 얼굴을 찌푸린 노부인들은 붉은 터번을 감고 있었다.

에마는 남자 파트너가 그녀의 손끝을 잡고 춤 대형에 들어서서 바이올린의 반주가 시작되기를 기다리는 동안 가슴이 조금 두근거렸다. 그러나 곧 흥분은 가라앉았다. 오케스트라의 리듬에 몸을 싣고 그녀는 가볍게 목을 움직이면서 앞으로 미끄러져 나갔다. 때때로 다른 악기들이 잠잠해진 사이에 혼자 연주하는 바이올린의 미묘한 선율을 들을 때면 그녀의 입술에 미소가 떠올랐다. 바로 옆 카드놀이 하는 테이블의 융단 위에 쏟아 놓는 금화(金貨)의 맑은 소리가 들렸다. 그러고는 모든 악기들이 일제히 연주를 다시 시작했고 코넷의 낭랑한 소리가 울려 퍼지자 발들이 박자에 맞춰 마루를 밟았고, 스커트는 부풀어 오르면서 서로 스치고 손들은 서로 잡았다가 떨어졌고, 같은 눈들이 아래로 내리깔리는가 하면 다시 위로 쳐들리며 상대를 뚫어지게 바라보는 것이었다.

스물다섯 살부터 마흔 살 안팎까지의 몇몇 남자들(열댓 명 정도)이 춤추는 사람들 속에 섞이기도 하고 문간에 서서 담소를 나누기도 했는데 그들의 나이, 웃차림, 얼굴 모습은 각각 달라도 어딘가 서로 공통된 데가 있어서 모여 있는 사람들 속에서도 특히 돋보였다.

잘 지어 입은 그들의 옷은 유별나게 부드러운 천으로 만든 것 같았고 관자놀이 쪽으로 말아 올린 머리칼은 더 고급스러운 포마드를 발라 윤이 나고 있었다. 그들은 부자들 특유의 안색을 지니고 있었는데 그것은 은은한 도자기의 빛, 비단의 물결무늬, 아름다운 가구들의 윤기로 인해 더욱 돋보이는 것이었다. 그 뿐안 안색은 고급스러운 음식을 적절하게 섭취함으로써 건강하게 유지되는 것이었다. 그들의 목은 낮게 맨 넥타이 위에서 편안하게 움직였고 긴 구레나룻은 꺾어 접은 칼라 위에 드리워 있었다. 큼직하게 이니셜을 수놓은 손수건으로 입을 훔칠 때면 그윽한 냄새가 흘러나왔다. 초로의 신사들에게서는 젊은 티가 나는가 하면 젊은이들의 얼굴에서는 어딘가 노숙한 격조가 느껴졌다. 그들의 무관심한 눈빛에는 나날이 정념을 만족시킨 데서 오는 고요함이 감돌았고, 부드러운 거동 뒤에는 특유의 야비함이 엿보였다. 그 야비함이란 혈통 좋은 말을 익숙하게 다루거나 화류계 여성을 상대하는 등 체력을 기르고 허영심을 만족시킬 수 있는 어느 정도 손쉬운 일들을 정복한 데서 오는 것이었다.

에마에게서 서너 걸음 떨어진 곳에서 푸른 옷을 입은 기사가 진주 목걸이를 한 창백한 얼굴의 젊은 여자와 이탈리아에 관해 이야기하고 있었다. 두 사람은 생 피에르 성당 기둥의 굵기, 티볼리, 베수비오 화산, 카스텔라마레 온천, 카시네 산책로, 제노바의 장미꽃, 달빛 아래의 콜로세움 등에 대한 찬사가 한창이었다. 에마는 다른 한 귀로는 자신도 이해하지 못할 말들로 가득 찬 대화를 듣고 있었다. 그 전 주 영국에서 미스 아라벨과 로뮐뤼스를 물리치고 도랑을 건너뛰는 장애물 경주에서 이천 루이를 땄다는 새파랗게 젊은 사나이가 여러 사람들에게 둘러싸여 있었다. 어떤 한 사람은 자기의 경주마가 너무 살이 쪄서 걱정이라고 했고 다른 한 사람은 인쇄가 잘못되는 바람에 자기 말의 이름이 손상을 입었다고 투덜거렸다.

무도실의 공기는 탁해졌다. 램프의 불빛은 희미해져 있었다. 사람들이 당구실로 되돌아가기 시작했다. 하인 하나가 의자에 올라가서 창유리를 두 장 깨뜨렸다. 유리가 깨지는 소리에 뒤를 돌아다본 보바리 부인은 마당에서 농부들이 창문에 얼굴을 바싹 갖다 대고 안을 들여다보고 있는 것을 보았다. 그러자 베르토의 기억이 되살아났다. 농장과 질퍽한 늪, 작업복 차림으로 사과나무 밑에 선 부친이 눈에 선했다. 착유장에서 우유 항아리 속의 크림을 손가락으로 끄집어내고 있는 자기 자신의 모습도 옛날 그대로 보였다. 그러나 섬광처럼 번쩍이는 현재로 인하여, 방금까지 그렇게 또렷했던 과거의 생활은 간 곳 없이 사라져 버렸고, 과거에 정말 그렇게 살았었는지 의심스러울 지경이 되었다. 그녀는 거기에 있었다. 그리고 무도회의 주변에는 그 나머지 모든 것을 덮고 있는 어둠뿐이었다. 그때 그녀는 마라스키노 술이 든 아이스크림을 먹고 있었는데 은으로 도금한 조개 모양의 접시를 왼손에 들고 숟가락을 입에 넣은 채 눈을 반쯤 감았다.

어떤 부인이 그녀 곁에서 부채를 떨어뜨렸다. 어떤 남자가 마침 춤을 추며 지나가고 있었다.

"죄송합니다만." 그녀가 말했다. "제 부채를 좀 주워 주실 수 없겠습니까? 저 장의자 뒤에 떨어졌는데요."

신사가 몸을 굽혔다. 에마는 그가 팔을 뻗치려고 하는 사이에 그 젊은 부인의 손이 뭔가 세모로 접은 흰 것을 그의 모자 속에 던져 넣는 것을 보았다. 신사는 부채를 집어 정중하게 부인에게 바쳤다. 그녀는 머리를 까딱하며 고맙다는 인사를 하고는 꽃다발을 들어 냄새를 맡기 시작했다.

스페인산 포도주와 라인계곡산 포도주가 잔뜩 나오고, 새우와 아몬드즙이 든 수프, 트라팔가르 푸딩 그리고 곁들인 젤리가 접시 속에서 흔들리고 있는 온갖 종류의 냉육들이 나온 저녁 식사가 끝나자 마차들이 하나씩 둘씩 돌아가기 시작했다. 모슬린 커튼을 약간 열자 마차의 등불들이 어둠 속을 미끄러지듯 지나가는 것이 보였다. 의자의 빈 자리들이 많아졌다. 게임을 하는 몇몇 사람이 아직 남아 있었다. 악사들은 혀로 손끝을 식히고 있었다. 샤를은 문에 기대어 반쯤 졸고 있었다.[41]

새벽 세 시에 코티용 춤이 시작되었다. 에마는 왈츠를 출

---

41) 소설의 중요한 순간들 마다 '졸고' 있는 샤를의 모습은 그의 어리석음과 촌티를 드러내며 아내 에마의 마음을 점점 더 멀어지게 한다.

줄 몰랐다. 누구나 다, 당데르빌리에 양이나 후작 부인까지도 왈츠를 추었다. 남은 사람이라고는 성에서 묵어 갈 손님 열두 명 정도뿐이었다.

왈츠를 추는 사람들 중에, 모두들 친밀하게 자작이라고 부르는, 앞이 넓게 터지고 가슴에 꼭 맞는 조끼를 입은 신사가 두 번째로 또다시 보바리 부인 앞으로 찾아와 같이 춤추기를 권하면서 자기가 리드하면 잘 출 수 있을 것이라고 자신 있게 말했다.

두 사람은 처음에는 천천히 추기 시작하다가 이윽고 템포를 빨리했다. 그들은 빙글빙글 돌았다. 주위의 모든 것이 돌았다. 램프도, 가구도, 벽이나 마루도, 마치 축을 중심으로 도는 원판처럼 돌았다. 문 옆을 지나칠 때면 에마의 치마 아랫자락이 바지에 감겼다. 두 사람의 다리가 서로의 다리 사이에 끼어들었다. 그는 눈을 내리깔고 그녀를 내려다보았고 그녀는 눈을 들어 그를 쳐다보았다. 그녀는 전신이 마비된 듯 멈추어 섰다. 다시 춤이 이어졌다. 자작은 먼저보다 더 빠른 동작으로 그녀를 이끌면서 회랑의 끝으로 함께 사라졌다. 거기에서 그녀는 숨이 차 넘어질 것만 같아서 잠깐 남자의 가슴에 머리를 기대었다. 이윽고 자작은 보다 천천히 선회하면서 그녀를 자리로 다시 데려다 놓았다. 돌아온 그녀는 쓰러지듯 벽에 등을 기대며 두 손으로 두 눈을 가렸다.

그녀가 다시 두 눈을 떴을 때 객실 한가운데 등걸이가 없는 의자에 앉아 있는 한 부인 앞에 세 남자가 왈츠를 신청하면서 무릎을 꿇고 있었다. 그 여자는 자작을 택했고 다시 바이올린 연주가 시작되었다.

모든 시선이 그들에게 집중되었다. 그들은 나아갔다가 되돌아오곤 했다. 여자는 몸을 움직이지 않은 채 턱을 숙이고 있었고 사나이는 변함없이 같은 자세로 몸을 뒤로 젖히고 팔꿈치를 둥글게 한 채 입을 앞으로 내밀고 있었다. 여자는 왈츠를 출 줄 아는 것이었다! 두 사람의 춤은 오랫동안 계속되었고 다른 사람들은 모두 지루해졌다.

사람들은 한동안 잡담을 나누었다. 이윽고 성에 묵는 손님들은 저녁의 작별 인사라기보다는 차라리 아침 인사를 나눈 다음 침실로 들어갔다.

샤를은 층계에 달린 난간에 의지하여 몸을 끌다시피 하면서 올라갔다. 무릎이 허리 속으로 기어 들어가는 것 같았다. 다섯 시간이나 계속해서 탁자 앞에 서서 아무것도 모르는 휘스트 놀이를 들여다보고 있었던 것이다. 그래서 마침내 장화를 벗게 되자 큰 만족의 한숨을 내쉬었다.

에마는 어깨에 숄을 두른 채 창문을 열고 팔꿈치를 괴었다.

밖은 어두웠다. 빗방울이 후두둑 떨어지고 있었다. 그녀는 눈꺼풀을 식혀 주는 습기 찬 바람을 들이마셨다. 무도회의 음악이 아직도 귓가에 들리는 것 같았다. 얼마 후면 두고 가야 할 이 호사스러운 생활의 환영을 더 오래 끌어 보기 위해 그녀는 자지 않고 깨어 있으려고 애썼다.

날이 밝았다. 그녀는 성관의 창문들을 오랫동안 바라보았다. 그녀는 어느 것이 어젯밤 그녀의 눈을 끌었던 모든 사람들의 방인지 알아내려고 애썼다. 그들의 생활을 알고 싶었고 그 속으로 파고 들어가서 함께 어울리고 싶었다.

그러나 추워서 몸이 떨렸다. 그녀는 옷을 벗고 잠자리 속으로 들어가 자고 있는 샤를의 곁에 몸을 웅크렸다.

아침 식사에는 많은 사람이 참석했다. 식사는 십 분 정도 걸렸다. 리큐어가 아무것도 나오지 않아 의사는 놀랐다. 그 후 당데르빌리에 양은 브리오슈 빵의 부스러기들을 작은 바구니에 모아 가지고 연못에 있는 백조들에게로 가져갔다. 그리고 모두들 함께 온실 속을 거닐었다. 털이 곤두선 기묘한 식물이 매달아 놓은 화분들 밑에 피라미드 모양으로 겹쳐져 있고, 화분들은 뱀이 넘치도록 가득 든 뱀집처럼 그 가장자리로 잔뜩 뒤엉킨 녹색의 긴 끈들을 늘어뜨리고 있었다. 맨 끝에 있는 오렌지 재배실은 곧장 하나의 지붕 밑으로 해서 성관의 부속 건물로 연결되어 있었다. 후작은 이 젊은 여자를 즐겁게 해 주기 위해 마구간 구경을 시켜 주려고 데리고 갔다. 바구니 모양의 꼴시렁 위에는 도자기판에 까만 글씨로 말들의 이름이 새겨져 있었다. 혀를 차면서 옆을 지나치자 어느 말이나 칸막이 속에서 몸을 움직였다. 마구간의 바닥은 살롱 바닥처럼 번들거리고 있었다. 마차용 마구는 방 한가운데 있는 두 개의 회전 기둥에 걸려 있었다. 재갈, 채찍, 등자, 재갈고리 따위는 벽을 따라서 일렬로 정돈되어 있었다.

샤를은 그사이에 그의 보크 마차에 말을 매도록 하인에게 부탁하러 갔다. 이윽고 마차를 돌층계 앞으로 끌어내 오고 모든 짐을 싣자 보바리 부부는 후작과 후작 부인에게 정중하게 인사하고는 토트를 향해 귀로에 올랐다.

에마는 말없이 바퀴가 돌아가는 것을 바라보고 있었다. 샤를은 의자 끝머리에 앉아 두 팔을 벌린 채 마차를 몰고 있었다. 작은 말은 몸집에 비해 너무 넓은 수레 채 속에서 비틀거리며 달리고 있었다. 느슨한 고삐줄은 엉덩이에 닿아 거기에서 땀에 젖고 있었다. 보크 마차 뒤에 잡아맨 상자가 차체에 부딪쳐 규칙적으로 덜컹거리는 소리를 내고 있었다.

티부르빌 언덕에 이르렀을 때 갑자기 여송연을 피워 문 말 탄 사람들이 웃으면서 그들 앞을 지나갔다. 에마는 그 속에서 자작을 본 것 같았다. 뒤돌아보았을 때는 먼 지평선에 속보나 구보로 각기 다른 속도에 따라 사람들의 머리가 올라갔다 내려갔다 하는 움직임이 보일 뿐이었다.

일 킬로미터쯤 더 가다가 말의 엉덩이 띠가 끊어져 그것을 끈으로 잇기 위해 멈춰 서지 않으면 안 되었다.

그런데 샤를은 마지막으로 마구를 점검하다가 말의 두 다리 사이로 뭔가가 땅에 떨어져 있는 것을 발견했다. 집어 보았더니 초록빛 비단으로 테를 두르고 가운데에 사륜마차의 문에 다는 것 같은 문장을 새긴 여송연 케이스였다.

"여송연까지 두 개나 들어 있네." 그가 말했다. "오늘 밤 식후용으로 피워야겠군."

"당신이 담배를 피운단 말이에요?" 그녀가 물었다.

"가끔, 기회가 있으면."

그는 주운 물건을 주머니에 넣고 작은 조랑말에 채찍질을 했다.

집에 돌아와 보니 저녁 식사 준비가 되어 있지 않았다. 부인은 화를 벌컥 냈다. 나스타지는 버릇 없이 말대꾸를 했다.

"나가요!" 에마가 말했다. "사람을 뭘로 아는 거야. 썩 나가요."

저녁상에는 양파 수프와 참소리쟁이를 곁들인 송아지 고기가 나왔다. 샤를은 에마 앞에 앉아서 행복스러운 듯이 두 손을 맞비비면서 말했다.

"역시 집이 좋군!"

나스타지의 우는 소리가 들렸다. 그는 이 불쌍한 아가씨를 약간 좋아하고 있었다. 지난날, 홀아비 시절에 하릴없이 심심한 저녁이면 흔히 그녀가 말상대를 해 주곤 했더랬다. 그녀는 그에게 있어서 최초의 환자였고 이 고장에서 제일 먼저 알게 된 사람이기도 했다.

"참말로 저 애를 내쫓을 셈이오?" 그가 마침내 물었다.

"그래요. 안 될 것 있어요?" 그녀가 대답했다.

그러고 나서 두 사람은 잠자리가 준비될 때까지 부엌에서 몸을 녹였다. 샤를은 담배를 피우기 시작했다. 입술을 비죽 내밀고 담배를 피우면서 연방 침을 뱉어 대면서 연기를 내뿜을 때마다 몸을 뒤로 뺐다.

"몸에 해롭다니까요." 그녀가 경멸하는 투로 말했다.

그는 여송연을 내려놓고 펌프가로 달려가 냉수를 한 컵 마셨다. 에마는 담배 케이스를 집어서 장롱 바닥으로 획 던져 버렸다.

다음 날의 하루는 너무나 길었다! 그녀는 좁은 뜰안을 왔다 갔다 했다. 같은 오솔길을 몇 번이나 왕래했고, 화단 앞, 나무 울타리 앞, 신부의 석고상 앞에서 발길을 멈추면서 너무나 눈에 익숙한 이 옛날 물건들을 새삼 이상한 기분으로 쳐다보았다. 무도회가 벌써 얼마나 먼 옛날 일처럼 생각되는 것인가! 대체 무엇이 그저께 아침과 오늘 저녁 사이를 이토록 멀리 떼어 놓는 것일까? 보비에사르에 갔던 일은 마치 폭풍우가 밤사이 산에 엄청난 균열을 만들어 놓듯이 그녀의 생활 속에 구멍을 하나 뚫어 놓고 말았다. 그러나 그녀는 체념했다. 아름다운 의상도 비단 구두까지도 그녀는 장롱 속에 소중하게 간직해 두었다. 비단구두의 밑창은 마루에 칠한 초가 묻어 노랗게 변색되어 있었다. 그녀의 마음도 마찬가지였다. 부유한 생활과 접촉하는 바람에 지워지지 않는 무엇인가가 그 위에 씌워진 것이었다.

이리하여 그 무도회를 추억하는 것은 드디어 에마의 일거리가 되었다. 수요일이 돌아올 때마다 그녀는 눈을 뜨면서 혼자서 중얼거렸다. "아아, 한 주일 전만 해도…… 두 주일 전만 해도…… 세 주일 전만 해도, 그때 나는 거기 있었는데!" 그러나 차츰 사람들의 모습은 기억 속에서 뒤범벅이 되어 갔다. 카드릴 춤곡도 잊었다. 하인들의 제복도, 방의 모양도 더 이상 선명하게 눈에 떠오르지 않게 되었다. 몇 가지 자잘한 부분은 사라지고 아쉬움만 마음에 남았다.


9


샤를이 집을 나가고 나면 그녀는 곧잘 장롱 속, 개켜 놓은 속옷들 사이에 넣어 둔 녹색 비단 담배 케이스를 꺼내 보곤 했다.

그녀는 그 물건을 뚫어지게 바라보다가 뚜껑을 열어 마편초와 담배 냄새가 섞인 그 안감 냄새를 맡았다. 누구 것이었을까?…… 자작의 것이었으리라. 아마 그의 연인한테서 받은 선물일 테지. 누구에게도 내보이지 않는 예쁜 세간인 자단으로 짠 자수대에 메워 수를 놓았을 것이다. 생각에 잠기면서 일손을 놀리는 여자는 부드러운 머리칼을 늘어뜨린 채 고개를 숙이고서 길고 긴 시간을 바쳐 골똘하게 매달렸으리라. 사랑의 숨결이 수틀 위의 올마다 지나갔더랬다. 바늘을 한 번 놀릴 때마다 희망이나 추억을 새겨 넣었으니 서로 얽힌 이 모든 명주실들은 변함없는 정념의 소리 없는 연속, 바로 그것이었다. 이윽고 어느 날 아침 자작이 그것을 지니고 갔다. 벽난로 선반 위, 꽃병들과 퐁파두르 탁상시계 사이에 이 물건이 놓여 있었을 때, 그들은 무슨 이야기를 서로 나누었을까? 그녀는 지금 토트에 있다. 그런데 남자는 지금 저 멀리 파리에 있는 것이다! 파리라는 데는 어떤 곳일까? 얼마나 엄청난 이름인가! 그녀는 흐뭇하게 음미해 보기 위해 그 이름을 낮은 목소리로 되뇌어 보았다. 그 이름은 대성당의 큰 종과 같이 그녀의 귓전에 울렸고, 포마드 통의 상표 위에 찍혀 있을 때도 그 이름은 불타는 빛을 뿜어내는 것만 같았다.

밤에 생선 장수들이 짐수레를 타고 라마르졸렌을 노래하면서 창문 밑을 지나갈 때면 그녀는 곧잘 잠을 깼다. 그리고 그 고장을 벗어나 진흙길로 들어서면서 점차 사그라드는 그 쇠바퀴 소리에 귀를 기울였다.

"저 사람들은 내일 파리에 도착하겠군!" 그녀는 생각했다.

그리고 그녀는 공상 속에서 그들의 뒤를 따랐다. 언덕을 올라갔다가는 다시 내려가고 마을과 마을을 지나고, 별빛이 반짝이는 가도를 달려갔다. 얼마나 지났는지 알 수 없는 거리를 지나고 나면 언제나 어렴풋한 어느 곳에서 그녀의 꿈이 다하는 것이었다.

그녀는 파리의 지도를 샀다. 그리고 지도 위를 손가락 끝으로 더듬으면서 수도(首都)의 이곳저곳을 두루 가 보았다. 큰 거리를 따라 올라가 보고 거리 모퉁이마다, 길과 길을 나타내는 선들의 사이, 집을 나타내는 흰색 네모꼴 앞에서 발걸음을 멈추기도 했다. 결국은 피로해져서 눈을 감으면, 어둠 속에서 몇 개의 가스등이 바람에 흔들거리고 극장 전면의 기둥들이 늘어선 회랑 앞에서 사륜마차의 발판이 요란한 소리를 내면서 내려지는 것이 보였다.

그녀는 부인용 신문 라코르베유나 살롱의 요정을 구독했다. 연극의 개막 공연, 경마 그리고 야회에 관한 기사는 어느 것이나 빠뜨리지 않고 열심히 읽었고, 여자 가수의 데뷔, 상점의 개점 파티에 흥미를 가졌다. 새로운 유행, 솜씨 좋은 의상실의 주소, 숲의 날[42]이나 오페라의 날에 이르기까지 모두 알고 있었다. 그녀는 외젠 쉬[43]의 소설에서 가구 배치의 묘사를 공부

---

42) 불로뉴 숲의 축제를 가리킨다.
43) Eugène Sue(1804~1857). 19세기 초반에 매우 널리 읽혔던 소설가로 플로베르는 그의 미학에 지극히 비판적이었다.

했다. 개인적 욕망을 공상으로 만족시키기 위해 발자크와 조르주 상드[44]의 소설을 읽었다. 식탁에까지 책을 끼고 들어와서는 샤를이 그녀에게 이야기하면서 식사하는 동안 책장을 넘기곤 했다. 읽는 책 속에서 자작의 추억이 항상 되살아났다. 그녀는 자작과 지어낸 작중 인물을 결부시켜 생각했다. 그러나 그를 중심으로 한 원은 그 둘레로 점점 확대되었고 얼굴에서 떨어져 나간 그의 후광은 더욱 멀리까지 퍼져 나가서 다른 모든 꿈들을 비추어 주는 것이었다.

파리는 바다보다 더 광막해져서 에마의 눈에는 진홍빛 분위기 속에 찬란하게 빛나고 있는 것 같았다. 갖가지 생활은 그 소용돌이 속에서 술렁이면서도 몇 개의 부분으로 나뉘어, 뚜렷이 구별되는 장면들로 분류되어 있었다. 에마의 눈에는 그중 두세 가지밖에 보이지 않았지만 그것들이 다른 것을 모두 가려 버리면서 그것만으로 인류 전체를 대표하는 것 같았다. 대사(大使)들이 속한 세계의 사람들은 벽면이 거울로 된 살롱 안에서 황금빛 술 달린 우단을 씌운 타원형 테이블 주위로 번쩍거리는 마룻바닥 위를 걸어 다닌다. 거기에는 자락이 길게 끌리는 의상, 엄청난 신비, 미소 속에 숨겨진 고뇌 따위가 있었다. 그다음으로는 공작 부인들의 세상이다. 그곳 사람들은 안색이 창백하다. 오후 네 시에야 잠자리에서 일어난다. 가련한 천사인 부인들은 영국식 레이스로 장식된 속치마를

---

44) 플로베르는 발자크가 일찍 사망하여 서로 알고 지내지 못했음을 아쉬워 했고 조르주 상드는 그와 가까운 친구가 되었다.

입고 있고 남자들은 하찮은 외양 속에 세상이 알아주지 않는 능력을 숨긴 채 말이 지쳐 빠질 때까지 승마 놀이로 지새우고 여름 한철은 바덴바덴에서 지낸 다음 결국 마흔 살이 다 되어서야 돈 많은 상속녀와 결혼한다. 자정이 넘어서야 저녁 식사를 하는 레스토랑의 특별실에서는, 환한 촛불 밑에서 화려한 옷차림의 문인들과 여배우들의 잡다한 무리가 웃고 있다. 그들 문인들은 제왕처럼 돈을 뿌리고 꿈같은 야망과 망상 같은 열광에 충만되어 있다. 그것은 하늘과 땅 사이에서 다른 삶들을 초월한 삶, 폭풍 속의 숭고한 그 무엇이었다. 그 밖의 모든 세상사는 분명한 장소도 없이, 존재하지 않는 것이나 마찬가지로 사라지고 없었다. 게다가 가까운 곳에 있는 것일수록 그녀의 생각은 그것에서 멀어져 갔다. 그녀를 가까이 둘러싸고 있는 모든 것, 권태로운 전원, 우매한 소시민들, 평범한 생활 따위는 이 세계 속에서의 예외, 어쩌다가 그녀가 걸려든 특수한 우연에 불과한 반면, 저 너머에는 행복과 정열의 광대한 나라가 끝 간 데 없이 펼쳐져 있는 것처럼 생각되었다. 그녀는 욕망에 눈이 어두워진 나머지 물질적 사치의 쾌락과 마음의 기쁨을 혼동하고, 습관에서 오는 우아함과 감정의 섬세함을 혼동하고 있었다. 인도산 식물의 경우가 그렇듯이 연애에도 그것을 위해 준비된 땅과 특수한 기온이 필요한 것이 아니겠는가? 달빛 아래서의 한숨, 긴 포옹, 내맡긴 손에 떨어지는 눈물, 육체의 뜨거운 흥분과 우수에 젖은 애정 같은 모든 것은 한가로움으로 가득한 거대한 성관의 발코니, 두꺼운 융단이 깔리고 가득한 꽃 바구니, 단 위에 침대가 놓이고 비단 장막이 드리운 규방과 떼어 놓고 생각할 수 없는 것이고 거기에다 보석의 광채와 하인들이 입은 제복의 장식끈의 빛을 빼놓고 생각할 수 없는 것이었다.

매일 아침 말을 손질하러 오는 젊은 마부가 큼지막한 나막신을 신고 복도를 지나가곤 했다. 작업복은 뚫어지고 맨발에 천으로 기운 덧신을 신고 있었다. 겨우 이런 짧은 반바지 차림의 시동(侍童)으로 만족하지 않으면 안 되다니! 일이 끝나면 그는 온종일 다시 나타나지 않았다. 샤를이 밖에서 돌아오면 스스로 말을 마구간에 끌어다 넣고는 안장을 벗겨 고삐를 걸기 때문이었다. 그동안 하녀가 짚을 한 묶음 가져다가 힘 닿는 만큼 말먹이통에 던져 넣어 주곤 했다.

나스타지 대신에(그녀는 끝내 시냇물처럼 눈물을 흘리면서 토트를 떠났다.) 에마는 순하게 생긴 열네 살짜리 고아 계집애를 고용했다. 그러고는 그 아이에게 무명 모자를 쓰지 못하게 하고, 주인한테는 3인칭을 쓸 것, 물컵은 접시에 받쳐서 가져올 것, 방에 들어오기 전에는 노크할 것과 다리미질, 풀먹이기, 마나님 옷 입혀 주기 등을 일일이 가르쳐서 몸종으로 키우려고 했다. 새로 온 이 하녀는 쫓겨나는 것이 두려워서 불평도 못 하고 참았다. 그리고 마나님이 보통 때는 식량 찬장의 열쇠를 잠그지 않은 채로 두기 때문에 펠리시테는 매일 밤 설탕을 조금씩 훔쳐서는 기도를 끝낸 뒤 잠자리 속에서 몰래 먹었다.

오후가 되면 그녀는 가끔 길 건너에 가서 마부들과 잡담을 했다. 마나님은 이 층 자기 방에 틀어박혀 있었다.

그녀가 입고 있는 실내복은 앞이 크게 벌어진 것이어서 숄

모양으로 꺾어 접은 깃 사이로 금단추가 세 개 달린 주름 속옷이 드러나 보였다. 허리띠는 큰 술이 달린, 실을 꼬아 만든 끈이었다. 석류빛의 작은 덧버선에는 폭이 넓은 리본으로 장식한 꽃송이가 달려 발목을 덮고 있었다. 편지를 쓸 상대는 없었지만 압지(押紙)와 편지지와 펜대 그리고 여러 장의 봉투를 사 두었다. 그녀는 장식 서랍의 먼지를 털기도 하고, 거울을 들여다보기도 하고, 책을 한 권 집어 들기도 했다. 이윽고 행과 행 사이에서 꿈을 쫓다가 책을 무릎 위에 떨어뜨리곤 했다. 여행을 떠나고 싶어지기도 했고, 수도원으로 되돌아가 살고 싶어지기도 했다. 죽어 버리고 싶었고 동시에 파리에서 살고 싶었다.

샤를은 눈이 오나 비가 오나 지름길로 말을 몰았다. 농가의 식탁에서 오믈렛을 먹기도 했고, 축축한 이부자리 밑에 손을 집어넣기도 했고 사혈로 뿜어 나오는 미적지근한 피를 얼굴에 받기도 했고, 헐떡이는 숨소리에 귀를 기울이고, 대야를 검사하고, 지저분한 속옷을 숱하게 걷어 올렸다. 그러나 매일 저녁마다 활활 타고 있는 난로, 차려 놓은 식탁, 푹신한 가구 그리고 세련된 옷차림에 매력적이고 싱그러운 향기를 풍기는 아내를 볼 수 있게 되는 것이었다.

그녀는 여러 가지로 세심하게 마음을 써서 그의 마음을 사로잡았다. 때로는 새로운 방법으로 종이를 접어 촛물받이를 만들기도 했고 옷의 밑자락 주름 장식을 바꿔 달기도 했고, 또 어떤 때는 하녀가 잘못 만든 별것 아닌 요리에 기상천외의 이름을 붙여서 샤를이 하나도 남기지 않고 맛있게 먹도록 하기도 했다. 루앙에서 회중시계에 장식줄을 묶음으로 달고 다니는 귀부인들을 보자 그녀도 장식줄을 샀다. 그녀는 벽난로 선반 위에 청색 유리로 된 커다란 꽃병 한 쌍을 갖다 놓고 싶었다. 그리고 얼마가 지나자 이번에는 은 도금 골무를 담은 상아 바느질고리를 갖고 싶었다. 샤를은 그러한 우아한 것들에 무지하기 때문에 한층 더 그 매력에 끌렸다. 그런 것들은 그의 감각적 쾌락과 가정의 즐거움에 무엇인가를 덧붙여 주었다. 그것은 그의 삶의 작은 오솔길에 모래처럼 깔아 놓은 금가루 같은 것이었다.

그는 건강했고 안색이 좋았다. 그의 명성은 완전히 확립되어 있었다. 거만하게 굴지 않았기 때문에 시골 사람들은 그에게 호감을 느끼고 있었다. 그는 아이들을 귀여워했고 절대로 선술집에 출입하지 않았다. 게다가 품행 때문에 사람들로부터 신뢰를 받았다. 카타르성 염증과 흉부 질환에서 그는 특히 성공을 거두었다. 환자가 죽을 것을 극도로 두려워하기 때문에 샤를은 사실 진정제 이외에는 거의 처방을 하는 일이 없었고 거기에다 때때로 구토약이나 발찜질 혹은 습포를 권하는 것이 고작이었다. 그렇다고 외과 수술을 겁내서 그런 것은 아니었다. 나쁜 피를 뽑을 때에는 말한테서 그러듯이 듬뿍 뽑았고 이를 빼는 데는 귀신 같은 솜씨를 발휘했다.

결국 그는 새로운 지식을 섭취하기 위해서, 안내 광고를 받은 바 있는 새로운 잡지 의학의 꿀벌통[45]의 구독을 신청했다. 저

---

45) 실제 제목은 *L'Abeille médicale*(의학의 꿀벌), 1844년에서 1899년 사

녁 식사 후에 그것을 조금 읽었지만 방 안의 온기와 식곤증 때문에 오 분도 채 안 되어 잠이 들어 버렸다. 두 손으로 턱을 괴고 머리카락을 마치 말갈기처럼 램프 밑에까지 흩뜨려 놓은 채 꼼짝도 않는 것이었다. 에마는 그 모습을 바라보면서 어깨를 으쓱했다. 차라리 밤이 되면 책 속에 파묻힌 채 정신없이 일하고 류머티즘이 찾아드는 나이인 예순 살쯤 되면 마침내 엉성한 검정 양복에 훈장을 차고 다니는 말없고 열정적인 공부 벌레를 왜 남편으로 갖지 못했던가. 그녀는 이제 자기의 것이기도 한 이 보바리라는 이름이 유명해져서 책방마다 진열되고 자꾸만 신문에 나면서 프랑스 전역에 널리 알려졌으면 얼마나 좋을까 하고 생각했다. 그러나 샤를은 야심이 없는 것이었다! 최근에 진찰에 입회했던 이브토의 어떤 의사가, 바로 환자가 누워 있는 침대 머리맡, 친척들이 있는 자리에서 그에게 약간 모욕을 준 일이 있었다. 그날 저녁에 돌아온 샤를이 그 이야기를 하자 에마는 화를 내면서 그 동료라는 사람을 큰 소리로 욕했다. 샤를은 거기에 감동했다. 그는 눈물을 글썽이면서 그녀의 이마에 키스를 했다. 그러나 에마는 모욕을 참을 수 없어서 남편을 때려 주고 싶었다. 복도에 나가 창문을 열고 마음을 가라앉히기 위해 신선한 공기를 들이마셨다.

"정말 한심한 남자야! 정말 한심한 남자야!" 그녀는 입술을 깨물면서 조그만 소리로 중얼거렸다.

---

이에 파리에서 발간되었던 의학, 외과 및 약학 관련 잡지로, *La Ruche Scientifique*(과학의 꿀벌통)이라는 부록을 발행했다.

게다가 그녀는 남편이 점점 더 성가시기만 했다. 그는 나이가 들어 가면서 점점 동작이 둔해졌다. 식후에 디저트가 나올 무렵에는 빈 병의 코르크 마개를 자르고 앉아 있었고, 음식을 먹은 뒤엔 혀로 이빨 청소를 했고 수프를 먹으면서는 한 모금 넘길 때마다 꿀꺽꿀꺽 소리를 냈다. 점점 몸이 비대해졌기 때문에 가뜩이나 작은 눈이 광대뼈 위의 불룩한 살 때문에 관자놀이를 향해 치올라 가고 있었다.

에마는 때때로 비어져 나온 내복의 빨간 끝을 조끼 속으로 집어넣어 주기도 하고, 넥타이를 바로잡아 주기도 하고, 그가 끼려고 하는 빛이 바랜 장갑을 빼앗아서 치워 버리기도 했다. 그러나 그것은 샤를이 생각하고 있는 것처럼 그를 위해서가 아니라 그녀 자신을 위해서였고 지나친 이기심과 신경질 때문이었다. 또한 때때로 그녀는 자기가 읽은 것들, 가령 소설이나 새로운 희곡의 한 대목, 신문의 연재기사 중에서 본 상류 사회의 일화 등을 그에게 이야기해 주었다. 어쨌든 샤를은 항상 귀를 열어 놓고 언제나 맞장구칠 준비가 되어 있는 상대였기 때문이다. 그녀는 기르고 있는 강아지한테도 즐겨 속마음을 털어놓곤 하지 않는가! 할 수만 있다면 난로의 장작에게도, 시계추한테도 그렇게 했으리라.

그러나 마음 깊은 곳에서는 어떤 돌발 사건이 일어나기를 기다리고 있었다. 조난당한 선원처럼 그녀는 삶의 고독 위로 절망한 눈길을 던지면서 멀리 수평선의 안개 속에서 혹시 어떤 흰 돛단배가 나타나지 않는지 찾고 있었다. 그 우연이, 그녀에게로 불어오는 바람이 어떤 것인지, 그것이 어떤 기슭으로 그녀를 데리고 갈 것인지, 그것이 쪽배일지 삼층 갑판의 대형선일지, 고뇌를 싣고 있는지 아니면 뱃전까지 가득한 행복을 적재하고 있는지 그녀는 알 수 없었다. 그러나 매일 아침 눈을 뜨면 바로 그날 그 일이 일어나기를 바라면서 모든 소리에 귀를 기울였고, 자리를 차고 벌떡 일어나기도 했고, 그 일이 일어나지 않는 것에 놀라곤 했다. 그러다가 해가 지면 언제나 더한층 마음이 슬퍼져서 어서 내일이 오기를 바랐다.

다시 봄이 왔다. 배나무에 꽃이 피고 첫 더위가 시작될 무렵 그녀는 숨이 답답해지는 증세를 느끼곤 했다.

칠월에 들어서면서부터 그녀는 당데르빌리에 후작이 어쩌면 또다시 보비에사르에서 무도회를 열지도 모른다고 생각하면서 시월이 되려면 이제 몇 주일이 남았는지 손꼽아 세었다. 그러나 구월이 다 가도록 편지도 방문도 없었다.

그 같은 실망에서 온 고통이 지나가자 그녀의 마음은 다시 허전해졌다. 그러고는 똑같은 나날의 연속이 또 시작되었다.

그렇다면 이제 나날들은 언제나 똑같은 모습으로, 수도 없이, 이렇게 열을 지어 지나갈 뿐 아무 일도 일어나지 않을 것인가! 다른 사람들의 생활은 아무리 평범해도 적어도 어떤 사건이 일어날 기회는 있다. 때로는 우연한 일이 실마리가 되어 무한한 변화가 일어나고 주변의 환경이 달라지는 것이었다. 그런데 그녀에게는 아무 일도 일어나지 않았다. 하느님의 뜻인 것이다! 미래는 일종의 캄캄한 복도였고, 그 끝에 나 있는 문은 꽉 잠겨 있었다.

그녀는 음악을 포기했다. 연주를 해서 무엇 한단 말인가?

누가 들어 주겠는가? 연주회 무대에서 소매 짧은 비로드 의상을 입고, 에라르 피아노 앞에 앉아 가벼운 손끝으로 상아 건반을 두드리면서, 황홀한 속삭임이 미풍처럼 주위를 스쳐 가는 것을 느낄 수 있는 것도 아닌데 수고스럽게 힘든 연습을 할 필요가 없었다. 그녀는 스케치북과 자수틀을 장 속에 처박아 놓은 채 버려두었다. 무슨 소용이 있어? 무슨 소용이? 바느질은 짜증만 나게 했다.

"읽을 건 다 읽었어." 하고 그녀는 곧잘 혼잣말을 했다.

그리고 그녀는 가만히 앉아서 부젓가락을 빨갛게 달구거나 비가 내리는 것을 바라보는 것이었다.

일요일 저녁 기도 종소리가 울릴 때면 그녀는 얼마나 슬펐던가! 그녀는 금이 간 종 소리가 한 번 두 번 울릴 때마다 몽롱해진 상태로 귀를 기울였다. 어디서 왔는지 고양이 한 마리가 지붕 위를 천천히 걸으면서, 흐릿한 햇살에 잔등을 동그랗게 꼬부리고 있었다. 한길에서는 바람이 몇 줄기 가는 먼지를 일으키고 있었다. 때때로 멀리서 개가 짖어 댔다. 그리고 종소리는 같은 간격을 두고 단조롭게 계속 울렸고, 그 소리는 들판 저쪽으로 사그라졌다.

그동안에 사람들은 교회에서 쏟아져 나왔다. 잘 닦은 나막신을 신은 여자들, 새 재킷을 입은 농부들, 그들 앞에서 맨머리로 깡충깡충 뛰고 노는 어린아이들, 모두가 집으로 돌아갔다. 그리고 언제나 똑같은 대여섯 명의 사내들은 주막집 대문앞에 남아서 해가 저물도록 병마개 놀이를 계속하고 있었다.

겨울은 추웠다. 매일 아침 유리창에 성에가 끼었고, 그리로 뚫고 들어오는 햇빛은 간유리를 통하는 것처럼 희미한 채로 때로는 하루 종일 변하지 않았다. 벌써 저녁 네 시부터 램프를 켜지 않으면 안 되었다.

날씨가 좋은 날이면 그녀는 마당으로 내려갔다. 이슬이 양배추 위에 은빛 레이스를 남기고, 투명하고 긴 실들이 포기에서 포기로 연결되어 있었다. 새소리는 들리지 않고 짚을 덮은 과수장도, 담장의 갓돌 밑으로 병든 구렁이처럼 누워 있는 포도 줄기도 모두가 잠들어 있는 것 같았다. 그러나 가까이 가 보면 무수한 발을 가진 쥐며느리가 기어 다니는 것이 보였다. 산울타리 옆 키 작은 전나무들 사이에 삼각모를 쓰고 기도서를 읽으며 서 있는 신부는 오른쪽 발이 떨어져 나갔고, 게다가 석고가 얼어 거죽이 일어나는 바람에 얼굴은 하얀 버짐투성이가 되어 있었다.

이윽고 그녀는 방으로 올라가 문을 닫고서 숯불을 긁어 헤쳤다. 난로의 열기에 몸이 나른해지면서 권태가 한층 더 무겁게 짓누르는 것을 느꼈다. 아래층에 내려가 하녀와 이야기라도 나누고 싶었지만, 부끄럽다는 생각에 그러지 못했다.

매일 같은 시간이면, 까만 비단 모자를 쓴 학교 교사가 자기 집 덧문을 열었고, 시골 순경이 재킷 위에 칼을 차고 지나갔다. 아침과 저녁에, 역마차를 끄는 말들이 세 마리씩 무리지어 길을 건너서 늪으로 물을 먹으러 갔다. 때때로 술집 문에 달린 종이 울렸고, 바람이 부는 날에는, 이발소의 간판 구실을 하는 작은 구리 대야가 두 개의 막대기 위에서 삐걱거리는 소리가 들렸다. 그 가게는 옛날에 유행하던 낡은 판화를 유리창에 장식으로 붙여 놓고, 머리카락이 노란 밀랍 부인 흉상을 놓아두고 있었다. 이 이발사 역시 앞길이 막힌 직업과 희망 없는 미래를 한탄했고, 가령 루앙과 같은 대도시 항구의 극장 가까운 어디쯤에 가게를 내는 것을 꿈꾸면서, 그리고 손님을 기다리면서 하루 종일 면사무소에서 교회까지를 어두운 표정으로 왔다 갔다하고 있었다. 보바리 부인이 눈을 들기만 하면 언제나 그리스 모자를 귀까지 푹 눌러쓰고 질긴 모직 재킷을 입은 그가 보초병처럼 거기에 서 있는 것이었다.

오후가 되면 때때로 거실의 유리창 저 너머로 남자의 얼굴이 나타나기도 했다. 검은 수염을 기르고 그은 얼굴에 흰 이를 드러내면서 얼굴 가득히 은근한 미소를 지어 보였다. 곧 왈츠가 시작되고 조그만 살롱 안에서 오르간 소리에 맞춰 손가락만 한 조그만 남자 댄서들, 장밋빛 터번을 감은 여자들, 긴 재킷을 입은 티롤 사람들, 까만 예복을 입은 원숭이, 짧은 반바지를 입은 신사 등이 안락의자, 장의자, 탁자 사이로 빙글빙글 돌아가기 시작하면, 그 광경은 갸름한 금종이 조각으로 모서리를 이어 붙인 거울 조각들에 다시 비쳐 보였다.

사내는 오른쪽 왼쪽으로, 집집의 창문들 쪽으로 시선을 던지면서 손잡이를 돌렸다. 때때로 누런 침을 멀리 경계석까지 뱉어 내면서, 그 딱딱한 가죽 멜빵 때문에 어깨가 뻐근한지 무릎으로 악기를 받쳐 들곤 했다. 어떤 때는 탄식하듯 꼬리를 끌며, 어떤 때는 쾌활하고 빠르게, 상자의 음악 소리는 아라베스크 모양의 구리 창틀 속의 장밋빛 호박단 커튼을 통해서 웅웅거리며 새어 나왔다. 그것은 어딘가 다른 곳의 무대 위에서나 연주하는 곡조였고 살롱에서 노래하거나 저녁에 휘황한 샹들리에 아래서 춤을 추며 듣는 곡조, 에마의 귀에까지 들려오는 사교계의 메아리였다. 사라방드 무곡들이 그녀의 머릿속에서 끝나지 않을 듯이 펼쳐지고, 꽃무늬 융단 위에서 춤추는 인도의 무희처럼 그녀의 생각도 곡조를 따라 뛰어올랐고 꿈에서 꿈으로, 슬픔에서 슬픔으로 출렁거렸다. 사내는 모자 속에 동냥을 받아 넣고 나자 푸른색 모직의 낡은 커버를 씌운 다음 악기를 등에 메고 무거운 발걸음으로 멀어져 갔다. 그녀는 떠나는 그의 뒷모습을 물끄러미 바라보았다.

그러나 그녀가 특히 견디기 어려운 것은 식사 시간이었다. 아래층의 좁은 거실 겸 식당은, 난로에서 연기가 새어 나왔고 문은 삐걱거렸고 벽에서는 물이 스며 나왔으며 바닥 타일은 축축했다. 생활의 모든 쓴맛을 그녀의 접시에 담아 차려 놓은 것 같았다. 삶은 고기에서 나는 김을 대하면, 그녀의 영혼의 밑바닥에서 또 다른 구역질 같은 것이 울컥 솟아오르는 것이었다. 샤를은 오래 끌며 먹었다. 그녀는 개암을 몇 개 집어 씹거나 아니면 팔을 괴고 나이프 끝으로 밀랍을 먹인 식탁보에 금을 긋고 있었다.

이제 그녀는 가사를 일절 돌보지 않았다. 보바리의 모친은 사순절의 며칠간을 지내려고 토트에 왔다가 이 같은 변화를 보고 몹시 놀랐다. 사실 전에는 그처럼 알뜰하고 섬세하던 그녀가 지금에 와서는 종일토록 옷도 갈아입지 않고 있으며 회색의 무명양말을 신기도 하고, 양초에 불을 켜기도 했다. 자기들은 부자가 못 되므로 절약하지 않으면 안 된다고 몇 번이나 말했으며, 자기는 매우 만족이다, 매우 행복하다, 토트는 정말 마음에 드는 곳이다 따위의 말을 덧붙였고, 그 밖에도 전에 못 듣던 여러 가지 소리를 해 대서 시어머니는 입을 다물고 말았다. 게다가 에마는 그녀의 충고 따위는 들을 것 같지도 않았다. 한번은 보바리 노부인이 마음을 단단히 먹고, 하인의 신앙은 주인이 감독해야 한다고 주장했다가 그녀가 어찌나 성난 눈초리와 싸늘한 미소로 대꾸하는지 노부인은 두 번 다시 이 문제를 건드리지 않기로 했다.

에마는 다루기 힘들고 변덕스럽게 되어 갔다. 자기가 먹겠다고 여러 가지 요리를 만들게 하고는 손도 대지 않았고, 어떤 날은 아무것도 넣지 않은 우유만 마시는가 하면, 다음 날에는 차를 열두 잔이나 마셨다. 툭하면 외출하지 않겠다고 고집을 부리다가 나중에 숨이 답답해져 창문을 열어젖히고 얇은 옷을 꺼내 입었다. 하녀를 심하게 꾸짖고 나서는 곧 선물을 주고, 이웃집에 놀러 보내기도 했다. 마찬가지로 그녀는 가끔 지갑 속의 은화를 가난한 사람에게 몽땅 털어 주기도 했다. 그러나 아버지 대의 손바닥에 박인 못 같은 그 무엇을 항상 마음속에 지니고 있는 시골 태생 사람들 대부분이 그렇듯이, 그녀는 원래 다정하지도 않고 남의 마음을 잘 헤아리는 편도 아니었다.

이월 말경, 루오 영감은 샤를에게 치료받아 완쾌됐던 일을 기념하여 멋진 칠면조 한 마리를 몸소 사위에게 가지고 와서 토트에 사흘 동안 머물렀다. 샤를은 환자들을 보러 갔으므로 에마가 그를 상대했다. 그는 방에서 담배를 피우고, 난로의 장작받침 위에 침을 뱉으면서 농사일, 송아지, 암소, 닭, 마을 회의에 관한 일들을 이야기했다. 그래서 그가 돌아가고 나자 그녀는 문을 닫으면서 안도감을 느꼈고, 그런 느낌에 스스로 놀랐다. 게다가 그녀는 이제 어떤 것에 대해서도, 어떤 사람에 대해서도 더 이상 경멸을 감추지 않았다. 그리고 때때로 기묘한 의견을 나타내기 시작하여, 남들이 시인하는 것은 비난하고, 사악하거나 부도덕한 것들을 변호하여 남편을 깜짝 놀라게 했다.

이런 비참한 상황이 언제까지 계속되려는 것일까? 그녀는 거기서 끝내 벗어나지 못할 것인가? 그렇지만 그녀는 행복하게 살고 있는 다른 모든 여자들보다 못할 것이 없었다! 그녀는 보비에사르에서 공작 부인들을 보았지만, 그녀보다 몸매도 더 둔했고 태도도 더 천했다. 그래서 그녀는 하느님의 불공평함이 증오스러워 벽에 머리를 기대고 울었다. 그녀는 떠들썩한 생활, 가면 무도회의 밤들, 자신이 경험해 보지 못한 방자한 쾌락과 온갖 열광을 선망했다.

그녀는 얼굴이 창백해지고 심장의 고동이 심해졌다. 샤를이 그녀에게 쥐오줌풀과 장뇌욕(樟腦浴)을 처방해 주었다. 무엇을 해 주건 그녀는 더욱더 짜증만 나는 것 같았다.

어떤 때는 며칠씩이나 열에 들뜬 것처럼 줄곧 떠들어 댔다. 그러한 흥분 상태가 가라앉으면 갑자기 허탈 상태에 빠져서 말도 않고 움직이지도 않았다. 그럴 때 두 팔에 오드콜로뉴를 병째로 끼얹어 주면 그제서야 기운을 되찾는 것이었다.

그녀가 토트에 대한 불평을 끊임없이 늘어놓았으므로 샤

를은 병의 원인이 어쩌면 풍토적인 영향 속에 있을지 모른다고 상상하게 되었고, 그 생각에 집착한 나머지 다른 곳으로 옮겨 가서 개업할 것을 진지하게 고려했다.

그렇게 되자 그녀는 야위기 위해 식초를 마셨고, 가벼운 마른기침을 하면서 완전히 식욕을 잃었다.

샤를로서는 사 년 동안이나 정주하여 자리가 잡히기 시작한 시점에 토트를 뜬다는 것이 가슴 아팠다. 그러나 정 그래야만 한다면! 그는 아내를 루앙으로 데리고 가서 옛 스승에게 보였다. 그녀의 병은 신경성 질환이었다. 이사하여 공기를 바꿀 필요가 있다는 것이었다.

여기저기 수소문 끝에 샤를은 뇌샤텔군에 용빌라베이라는 큰 마을이 있고, 거기에 있던 의사가 폴란드 망명자로 그 전주에 딴 곳으로 가 버렸다는 것을 알게 되었다. 그래서 그는 그곳 약제사에게 편지를 보내어, 인구, 제일 가까이에 있는 개업의와의 거리 그리고 먼저 사람의 연간 수입 등등을 조회했다. 그리고 거기에 대한 회답이 만족할 만한 것이었으므로 그는 만약 에마의 건강이 좋아지지 않는다면 봄쯤에 이사하기로 결심을 굳혔다.

어느 날, 출발에 대비하여 서랍 속의 물건들을 정리하다가 그녀는 무엇인가에 손가락을 찔렸다. 그것은 그녀의 결혼 꽃다발을 묶은 철사였다. 오렌지의 꽃봉오리는 먼지로 누렇게 바랬고, 은테를 두른 비단 리본은 가장자리가 풀어져 있었다. 에마는 그것을 불 속에 집어 던져 버렸다. 그것은 마른 짚보다 더 빨리 탔다. 이윽고 재 위에 빨간 덤불 같은 것이 되어 남더니 드디어 천천히 무너져 내렸다. 그녀는 그것이 타는 것을 지켜보고 있었다. 마분지로 된 조그만 열매들이 터지고 놋쇠 철사가 뒤틀리고 장식끈이 녹아 버렸다. 종이 꽃잎은 오므라들어 난로판을 따라 검은 나비처럼 흔들리더니 마침내 굴뚝 속으로 날아가 버렸다.

삼월에 토트를 떠날 때 보바리 부인은 임신 중이었다.

2부

# 1

용빌라베이(지금은 그 폐허조차 남아 있지 않지만 옛날 카퓌생파의 수도원이 있었다고 해서 생긴 이름)는 루앙에서 팔십 리 떨어져 있는 마을로서 아베빌 가도와 보베 가도의 중간, 리월강이 흐르는 분지의 저 안쪽에 있다. 이 작은 강은 하구 근처에 이르러 세 개의 물레방아를 돌린 다음 마침내 앙댈강과 합류하는데 송어가 좀 있어서 일요일이면 어린애들이 낚시를 즐긴다.

라부아시에르에서 큰길을 벗어나 평탄한 길을 따라 뢰 언덕 꼭대기까지 가면 분지가 나타난다. 그곳으로 흐르는 강이 그 분지를 뚜렷하게 지형이 다른 두 개의 지역으로 갈라 놓는데, 왼쪽은 온통 목초지이고 오른쪽은 경작지이다. 목장은 낮은 언덕들이 주름을 이루는 발 아래로 펼쳐지다가 그 뒤쪽으로 브레 지방의 목초지에 닿아 있다. 한 편, 동쪽은 평야가 완만한 오르막을 이루면서 차차 넓어져서 끝 간 데 없는 황금빛 밀밭을 펼쳐 놓고 있다. 초원의 가장자리를 흐르는 강은 초지의 색깔과 밭이랑의 색깔을 하얀 띠로 구획하고 있다. 그래서 이 들판은 녹색 우단 깃을 달고 은색 띠로 테두리를 두른 큰 망토를 펼쳐 놓은 것 같아 보였다.

이곳에 이르면 지평선 저 끝으로 아르괴유 숲의 떡갈나무들과 위에서 아래로 길고 불규칙한 붉은 줄이 쳐진 생장 언덕의 절벽이 내다보인다. 그것은 빗물의 흔적이다. 산의 잿빛 바탕 위에 가느다란 줄을 그어 놓고 있는 불그스레한 색조는 저 너머 주변 지역에 흐르는 철분이 다량 함유된 많은 샘들에서 온 것이다.

이곳은 노르망디와 피카르디 그리고 일드프랑스의 경계 지역으로, 풍경에 별 특색이 없듯이 언어에도 유별난 억양이 없는, 말하자면 잡종의 지방이다. 이 일대에서 제일 질이 떨어지는 뇌샤텔 치즈가 생산되는 곳도 여기다. 한편 모래와 자갈뿐인, 이 푸석푸석한 땅을 기름지게 하려면 많은 비료가 필요하기 때문에 이곳에서의 농사는 비싸게 먹힌다.

1835년까지 용빌로 오는 길다운 길은 하나도 없었다. 그러나 그 무렵 아베빌 가도와 아미앙 가도를 이어 주고, 때때로 루앙에서 플랑드르 지방으로 가는 짐마차꾼들도 이용할 수 있는 지방 간선도로가 하나 생겼다. 그러나 이 새로운 출구에도 불구하고 용빌라베이의 침체 상태는 여전히 계속되었다. 농사를 개량하는 대신에 사람들은 그 가치가 아무리 떨어져도 아랑곳하지 않은 채 여전히 목장에 집착하여 이 게으른 마을은 평야에서 떨어져 자연스럽게 강 쪽으로 계속 퍼져 나갔다. 그래서 멀리서 바라보면 마을은 마치 물가에서 낮잠을 자고 있는 소치기처럼 강기슭을 따라 길게 누워 있는 것이다.

언덕 밑에서 다리를 건너면 어린 사시나무들을 심어 놓은 둑길이 시작되고 그 길은 일직선으로 뻗어 처음 몇 채의 마을 가옥들로 인도한다. 한결같이 산울타리로 둘러싸인 그 집들은 마당 한가운데 서 있고, 마당에는 포도를 압착하는 곳, 짐수레 두는 곳, 시드르 만드는 곳 등의 건물들이 사다리, 장대, 큰 낫 따위를 가지에 걸어 놓은 무성한 나무들 아래 여기저기 흩어져 있었다. 초가지붕은 털모자를 눈 위까지 덮어쓴 것처럼 나지막한 창문의 거의 삼분의 일까지 늘어져 있고 볼품없는 창유리는 병 밑바닥처럼 한가운데 혹이 나 있었다. 검은 가로목이 비스듬히 지나가며 박힌 회벽에는 군데군데 야윈 배나무가 기대 서 있고 아래층 출입문에는 조그만 회전식 울타리가 달려 있는데 이것은 시드르에 적신 흑빵 부스러기를 쪼아먹으려고 달려드는 병아리들을 막기 위한 것이다. 그러고는 마당이 차차 좁아지고 집과 집 사이가 가까워지면서 산울타리는 볼 수 없게 된다. 어떤 창문 밑에는 빗자루 끝에 매달아놓은 고사리 묶음이 흔들거리고 있다. 말발굽을 만드는 대장간이 있고 이어서 수레 만드는 목수 집 앞에는 두세 채의 새 짐수레가 길에까지 비어져 나와 있다. 그러고는 살울타리 너머 원형의 잔디밭 저편에 하얀 집이 한 채 나타난다. 입에 손가락을 갖다 대고 있는 큐피드상이 잔디를 장식하고 주물로

뜬 무쇠 항아리가 돌계단 양쪽에 하나씩 놓여 있다. 문 위에
는 방패 모양의 간판이 빛을 발하고 있다. 마을에서 제일 좋
은 공증인의 집이다.

성당은 거기서 스무 발자국쯤 떨어진 길 건너편 광장 입구
에 있다. 성당 옆의 자그마한 묘지는 팔꿈치를 괼 만한 높이
의 담으로 둘러싸여 있는데 무덤들이 너무 빽빽하게 들어차
있어서 지면과 거의 같은 높이가 되어 버린 낡은 묘석들은 한
데 이어진 포석처럼 되어 있어서 거기 자라는 풀은 저절로 규
칙적인 초록의 사각형을 이루었다. 교회는 샤를 10세[46]의 만년
에 새로 개축되었다. 목조의 원형 천장은 윗부분부터 썩기 시
작하여, 그 푸른색의 군데군데가 꺼멓게 파여 있었다. 문 위쪽
파이프오르간이 설치되어야 할 자리에는 남자용 주랑이 나
있고 그리로 이어진 나선형 계단은 나막신을 신고 밟으면 요
란한 소리를 낸다.

무늬 없는 판유리를 통해서 들어오는 햇빛이 벽 옆으로 나
란히 늘어놓은 장의자들을 비스듬히 비추고 장의자의 군데군
데에는 짚방석이 못으로 고정되어 있는데 그 밑에는 큼직한
글자로 '아무개 씨의 좌석'이라고 표시되어 있다. 좀 더 앞쪽,
폭이 좁아지는 공간에는 고해실이 조그만 성모상과 마주 보
고 있다. 성모상은 비단옷을 입고 은빛 별들을 박아 넣은 망

---

46) 루이 15세의 손자이며 루이 16세의 동생으로 왕정 복고 후 1824년 형
인 루이 18세의 뒤를 이어 왕위에 올랐다가 1830년 7월 혁명 때 오를레앙
공에게 양위하고 국외로 망명했다. 아르투아 백작으로 더 널리 알려져 있다.

사 베일을 쓰고 샌드위치 군도[47]의 우상처럼 두 볼을 빨갛게 물들이고 있다. 끝으로 내무대신 기증의 성가족 모사화가 한 폭, 네 개의 촛대에 둘러싸여서 제단 위에 높이 걸려 공간의 끝을 마감하고 있다. 전나무로 만든 성가대석은 칠하지 않은 원목 그대로였다.

시장이라야 스무 개 정도의 기둥 위에 기와지붕을 덮은 것이 고작이지만 그것만으로도 용빌 대광장의 반을 차지하고 있다. 파리 건축가의 설계로 지은 면사무소는 그리스의 신전 양식으로 약사의 집 옆에서 모퉁이를 이룬다. 아래층에는 세 개의 이오니아식 원주, 이 층에는 반원의 아치가 달린 회랑이 있고 그 끝의 장식 삼각면에는 한쪽 발로는 '프랑스 헌장'을 딛고 다른 한쪽 발로는 정의의 저울을 붙들고 있는 갈리아 수탉[48]이 새겨져 있다.

그러나 무엇보다도 사람의 눈을 끄는 것은 금사자 여관 앞에 있는 오메 씨의 약국이다! 주로 저녁에 켕케등이 켜지고 가게 진열장에 장식해 놓은 빨갛고 노란 표본병들이 멀리 땅바닥에까지 그 두 가지 빛을 길게 늘일 때가 그렇다. 그럴 때면 그 불빛을 통해 마치 벵갈불꽃[49] 속에 들어앉은 것처럼 책상에 팔꿈치를 괴고 있는 약사의 모습이 들여다보이는 것이었다. 그의 집에는 위에서 아래까지 영국 글씨체, 둥근 글씨체,

---

47) 하와이 군도의 옛 명칭이다.
48) 프랑스 국민을 상징한다.
49) 여러 가지 색깔의 불꽃을 일시에 내는 불꽃놀이용 화학 제품 혹은 그 불꽃을 말한다.

인쇄체 등으로 쓰인 광고판들이 잔뜩 붙어 있다. "뷔시, 셀츠, 바레주 등 각종 광천수, 정화용 시럽, 라스파유 약제, 아랍 분말, 다르세정, 르뇨 연고, 붕대, 욕제, 건강 초콜릿 등등." 가게 전체의 폭을 다 차지하는 간판에는 금색 글자로 약제사 오메라고 쓰여 있다. 그리고 가게 안쪽 카운터 위에 고정시켜 놓은 큰 저울 뒤로는 조제실이라는 글자가 유리문 위에 걸쳐 있고 문 중간 높이쯤 검은색 바탕에 오메라는 금빛 글자가 다시 한 번 반복되어 있다.

그 밖에는 용빌에 더 볼 것이라고는 아무것도 없다. 큰길(하나뿐인)은 소총의 유효 사정 거리 정도의 길이인데 양쪽에 늘어선 가게들 몇이 고작이고 길모퉁이에서 갑자기 끊겨 버린다. 큰길을 오른쪽에 남겨 두고 생장 언덕 밑을 따라가면 이윽고 묘지에 이른다.

콜레라가 유행했을 때[50] 묘지를 확장하기 위해 한쪽 담을 무너뜨리고 이웃 땅 삼 에이커를 사들였다. 그러나 이 새로운 부분은 거의 빈 땅인 채로 남아 있고 전과 다름없이 입구 쪽으로만 무덤들이 비좁게 모여 있다. 무덤파기와 교회지기를 겸하고 있는(이렇게 해서 교구의 사망자들로부터 이중의 이익을 취하고 있는) 묘지 관리인은 빈터를 이용하여 감자를 심었다. 그래도 해가 갈수록 그의 밭은 점점 좁아지기만 하는데 전염병이라도 번지게 되면 사망자들이 생겨서 기뻐해야 할지 무덤이

---

50) 유럽에서 처음 콜레라가 프랑스를 덮친 것은 1832년이었는데 플로베르는 『마담 보바리』의 초기 원고들에 이 연대를 밝혀 놓았다.

늘어 가는 것을 슬퍼해야 할지 알 수가 없다.

"자네는 죽은 사람들을 먹고 사는군, 레스티부두아!" 어느 날 드디어 신부님이 그에게 말했다.

이 언짢은 말을 듣고 그는 생각에 잠겼다. 그는 한동안 일을 쉬었다. 그러나 지금도 역시 그는 감자 재배를 계속하면서 감자가 저절로 나는 것이라고 태연하게 주장한다.

지금부터 이야기하려는 사건이 있은 이후에도 사실 용빌에서는 변한 것이 아무것도 없다. 양철판으로 만든 삼색기는 여전히 교회의 종루 꼭대기에서 빙글빙글 돌아가고 있고 새로운 유행품 가게에는 여전히 인도 사라사 깃발 두 개가 바람에 펄럭이고 약제사의 태아 표본은 흰 부싯깃 덩어리처럼 탁해진 알코올 속에서 점점 더 썩어 가고 있다. 또 여관의 대문 위에는 비를 맞아 퇴색한 낡은 금사자가 변함없이 곱슬곱슬한 강아지털을 행인들에게 보여 주고 있는 것이다.

보바리 부부가 용빌에 도착하기로 된 날 저녁, 이 여관 여주인인 과부 르프랑수아 부인은 매우 분주하게 냄비를 저으면서 구슬땀을 흘리고 있었다. 그 이튿날은 마을에 장이 서는 날이었다. 미리미리 고기를 썰고 닭 내장을 비우고 수프며 커피를 만들지 않으면 안 되었다. 게다가 기숙자들의 식사 그리고 의사와 그 부인과 하녀의 식사가 있었다. 당구실에서는 웃음소리가 터져 나오고 있었다. 작은 홀에서는 세 명의 제분소 남자들이 브랜디를 가져오라고 불러 댔다. 장작은 타고 숯불은 튀고 부엌의 길쭉한 탁자 위에는 생고기, 양갈비짝들 사이에 높이 쌓인 접시들이 시금치를 다듬는 도마의 진동에 따라 흔들리고 있었다. 닭장에서는 목을 따려고 달려드는 하녀에게 쫓기는 닭들의 비명 소리가 들렸다.

녹색 가죽 실내화를 신은 사내 하나가 약간 얽은 얼굴에 남색 술이 달린 비로드 모자를 쓰고 벽난로 앞에서 등을 녹이고 있었다. 그의 얼굴에는 온통 자신에 대한 흐뭇한 만족감만 가득 넘치고 있었다. 그는 머리 위에 매달린 버드나무 새장 속의 방울새만큼이나 인생살이가 태평스럽다는 표정이었다. 그가 바로 약사였다.

"아르테미즈!" 여관 안주인이 소리쳤다. "나뭇단을 잘게 꺾고, 술병은 가득 채워 놓고 브랜디를 갖다드려라, 빨리! 오시는 손님들에게 무슨 디저트를 내놓아야 할지 알 수가 있어야지! 어머, 큰일 났네! 이삿짐 나르는 일꾼들이 또 당구실에서 소란을 피우기 시작했어! 짐수레는 대문 앞에 그대로 내동댕이쳐 놓고 말이야! 제비가 들이닥치다가 그대로 들이받아 버릴 텐데! 이폴리트를 불러서 좀 옆으로 치워 놓으라고 해! ⋯⋯참말로 오메 씨, 저 작자들은 아침부터 자그마치 열다섯 판이나 내기 당구를 치면서 시드르를 여덟 병이나 비웠다고요! ⋯⋯이제 머지않아 당구대 융단을 찢어 놓고 말 거야." 그녀가 거품 뜨는 조리를 손에 든 채 그들 쪽을 멀리 건너다보면서 말을 계속했다.

"뭘 대수롭지 않은 일을 가지고." 오메가 대꾸했다. "새 것을 하나 더 사면 되잖아요!"

"당구대를 하나 더요?" 과부가 큰 소리를 질렀다.

"저건 이제 못 써요, 르프랑수아 부인. 거듭 말하지만, 당신은 손해를 보고 있어요. 크게 손해 보고 있다니까요! 그리고 손님들이 요즘엔 포켓이 작고 큐가 무거운 걸 좋아해요. 이제 옛날식 당구를 치는 사람은 없다니까요. 모든 게 변했어요! 시대를 따라가야 하는 거예요! 텔리에를 보라고요…….”

안주인은 약이 올라서 얼굴이 시뻘게졌다. 약제사가 덧붙였다.

“그 친구네 당구대가 뭐니 뭐니 해도 이 집 것보다 더 멋지죠. 그리고 예를 들어서, 폴란드라든가 리옹의 수재민을 위한 자선 모금 게임[51]까지 생각해 냈으니…….”

“그런 거지 같은 작자들 조금도 겁나지 않아요!” 안주인이 통통한 어깨를 으쓱하면서 가로막았다. “참말이지, 오메씨, 금사자가 살아 있는 한 손님은 온다고요. 우린 아직 먹고살 만한 것은 있답니다! 오히려 어느 날 아침에 갑자기 카페 프랑세가 문을 닫고 덧문에 꼴좋은 딱지를 붙이게 될걸요! 우리 집 당구대를 바꾸라니!” 그녀는 혼잣말하듯 계속했다. “세탁물 널어놓기 좋고 또 사냥철에는 손님을 여섯이나 그 위에 재운 일도 있는걸요!…… 그건 그렇고, 느림보 이베르는 뭐 하느라고 여태 안 오는 거지?”

“손님들 저녁 식사 때문에 그 사람을 기다리는 건가요?” 약사가 물었다.

---

51) 칠월 혁명 치세 중 1830년 11월 29일에 있었던 폴란드의 바르샤바 민중 봉기 지원을 위한 모금 운동이 한창이었는데 아마 당구 시합에서 이긴 사람이 내기 돈을 그 지원금으로 희사했던 것 같다. 한편 1840년에는 리옹에 큰 홍수가 있었다.

"기다린다고요? 비네 씨가 어떤 사람인데! 여섯 시 땡 치면 틀림없이 들어설 테니 두고 봐요. 그렇게 정확한 사람은 세상에 다시 없을 거예요. 그 양반의 자리는 항상 작은 방에 봐 놓아야 돼요! 죽어도 딴 자리에서는 식사를 안 해요! 그리고 또 얼마나 까다로운지! 시드르 때문에 여간 잔소릴 하는 게 아녜요! 레옹 씨하고는 전혀 달라요. 그 양반이야 가끔 일곱 시에, 심지어 일곱 시 반에 올 때도 있어요. 자기가 뭘 먹는지 잘 보지도 않아요. 참 좋은 젊은이예요! 큰 소리 한번 내는 적 없고."

"그야 물론 큰 차이가 있지, 교육을 받은 사람과 기병 출신 세무 관리는 말이야."

여섯 시가 울렸다. 비네가 들어섰다.

그는 깡마른 몸에 뻣뻣한 청색 프록코트를 입고 양쪽 덮개를 머리 위에서 끈으로 잡아매게 되어 있는 가죽 캡을 쓰고 있는데 챙을 뒤로 젖힐 때면 모자를 오래 써 버릇해 벗겨진 대머리 앞이마가 훤히 드러나 보였다. 검은 나사 조끼에 올이 굵은 천의 칼라 그리고 회색 바지에다 장화는 사시 사철 반짝거리게 닦아 신고 다니는데 튀어나온 발가락 때문에 양쪽의 끝이 볼록했다. 턱을 둥그렇게 에워싼 금빛 수염은 한 가닥도 비어져 나오지 않게 가지런히 다듬어서 화단 가장자리처럼 그의 윤기 없는 긴 얼굴을 윤곽 지어 주고 있었다. 눈은 조그마하고 매부리코였다. 트럼프 놀이라면 무엇이건 잘했고 뛰어난 사냥꾼에 글씨도 잘 썼다. 집에 녹로를 갖추고 있어서 재미 삼아 냅킨 고리를 잔뜩 다듬어 가지고 예술가 같은 시샘과 소시민 같은 아집으로 온 집 안을 그걸로 가득 채워 놓고 있었다.

그는 식당의 작은 방 쪽으로 걸어갔다. 그러나 우선 거기 있는 제분소 남자 세 사람을 내보내지 않으면 안 되었다. 그리고 식탁을 차리는 동안 줄곧 비네는 난로 옆 자기 자리에 묵묵히 앉아 있었다. 이윽고 그는 문을 닫고 언제나 그러듯 캡을 벗었다.

"인사쯤 한다고 해서 혓바닥이 닳을 것도 아닌데!"

약사는 안주인과 둘이 남게 되자 말했다.

"말이 없기야 언제나 마찬가지죠." 안주인이 대답했다. "지난주엔 포목 행상 둘이 왔더랬죠. 재치가 넘치는 청년들이라 저녁에 우스개 얘기를 어찌나 잘하는지 난 우스워서 눈물이 나올 지경이었다고요. 그런데 저 양반은 글쎄, 청어 대가리처럼 뚱하고 말 한마디 없는 거예요."

"그래요." 약사가 말했다. "상상력도 없고 재치도 없고, 사교성이란 찾아볼 수가 없는 거죠, 뭐!"

"하지만 실력은 있다던데요." 안주인이 이의를 달았다.

"실력!" 오메가 대답했다. "저 친구에게! 실력? 카드놀이 할 땐 그럴지 모르지." 그가 약간 부드러운 어조로 덧붙였다.

그리고 계속했다.

"아! 거래처가 많은 상인이라든가 법률가, 의사, 약제사 같은 사람들은 일에 너무 몰두하다 보니 사람이 좀 이상해 보이기도 하고 무뚝뚝해지기도 해요. 그건 이해가 가요. 이야기 속에도 그런 일화가 많이 나오잖아요! 하지만 그건 그 사람들에게 적어도 뭔가 골똘히 생각하는 일이 있기 때문이에요. 내 경우만 하더라도, 약병에 라벨을 붙이려고 책상 위에서 펜을 아무리 찾아도 없는 거예요. 그런데 나중에 보면 그걸 귀에 꽂고 있더라 이겁니다. 이런 일이 몇 번인지 몰라요!"

그동안에도 르프랑수아 부인은 문간에 나가서 제비가 돌아오지 않는지 살펴보았다. 그녀는 몸을 떨었다. 검은 옷을 입은 남자가 불쑥 부엌으로 들어섰다. 저녁 무렵의 희미한 빛 속에서 그의 불그레한 얼굴과 씨름꾼 같은 체격을 알아볼 수 있었다.

"웬일이세요, 신부님?" 여관 안주인이 벽난로 판 위에 가지런히 늘어세워 놓은 놋촛대 하나를 잡으면서 물었다. "뭘 좀 드시겠어요, 머루주 한 모금이나, 아니면 포도주를 한 잔 하실까요?"

신부는 매우 정중하게 사양했다. 그는 지난번에 에르느몽 수도원에다 잊어버리고 놓고 간 우산을 찾으러 온 것이었다. 오늘밤 안으로 그걸 사제관에 보내 달라고 르프랑수아 부인에게 부탁하고 나서 그는 저녁 기도 종소리가 울리고 있는 성당으로 가려고 나갔다.

그의 구두 소리가 광장 저편으로 사라지자 약사는 조금 전 신부의 행동이 매우 예의에 벗어난 것이라고 공격하기 시작했다. 마실 걸 한 잔 권했는데 그걸 거절한다는 것은 눈 뜨고 볼 수 없는 위선이라는 것이었다. 신부들은 모두가 남들이 보지 않는 데서는 진탕 마셔 대면서 십일조 시절[52]로 되돌아가려고 책동하고 있다는 것이었다.

안주인이 신부를 변호했다.

"하기야 저분은 당신 같은 사람 네댓 명쯤은 무릎 위에 올려놓고 꺾어 버릴 거예요. 작년에 우리 일꾼들이 밀짚단을 들일 때 일을 거들어 주신 적이 있는데, 여섯 단이나 한꺼번에 둘러메던걸요. 그만큼 힘이 세다고요!"

"훌륭하시군요!" 약제사가 말했다. "그렇게 정력이 뻗치는 남정네거든 댁의 따님들을 고해하러 보내 보시지 그래요! 내가 정부 책임자라면 신부들은 한 달에 한 번씩 피를 뽑아서 힘을 못 쓰게 하겠어요. 암, 그래야죠, 르프랑수아 부인, 한 달에 한 번씩 말입니다. 치안과 풍속 유지를 위해서 정맥을 따는 거예요!"

"닥쳐요. 오메 씨! 불신뿐이군요, 도대체 신앙이 없는 사람이라니까요."

약사가 대답했다.

"나한테도 신앙은 있어요. 내 나름의 신앙이 말입니다. 심지어 허식이나 협잡뿐인 저 사람들 누구보다도 더 종교적이죠. 반대로 나는 신을 숭배하고 있어요! 난 '지고의 존재'를 믿고, '창조자'를 믿어요. 이름이야 뭐라고 부르든 상관없지만, 우리로 하여금 시민으로서, 일가의 가장으로서 의무를 다하도록 이 세상에 살게 하시는 창조자 말입니다. 그러나 구태여 교회를 찾아가서 은접시에 입을 맞춘다든가 우리보다 더 잘 먹고

---

52) 1789년 대혁명과 더불어 십일조는 폐지되었다. 따라서 오메의 주장에 따르면 신부는 대혁명 이전의 시절로 되돌아가려고 획책한다는 것이다.

지내는 사기꾼들을 내 주머니 돈으로 먹여 살릴 필요는 느끼지 않습니다! 신을 숭배하는 일은 숲속에서도, 벌판에서도, 그리고 옛날 사람들처럼 창공을 우러러보면서도 할 수 있는 겁니다. 내가 받들어 모시는 나의 신은 소크라테스, 프랭클린, 볼테르, 베랑제가 모시는 신입니다. 나는 사보아 부제의 신앙 고백[53]과 89년의 불후의 원칙[54]을 지지합니다. 그래서 나는 지팡이를 짚고 화단을 어슬렁거리든가, 친구들을 고래 배 속에 재워 준다든가, 비명을 내지르고 죽었다가 불과 사흘 뒤에 소생하는 하느님 같은 그런 아저씨는 믿지 않습니다. 그 자체가 엉터리 같은 얘기인 데다가 물리학의 모든 법칙에 완전히 어긋납니다. 덧붙여 말하자면, 이러한 사실은 신부들이 항상 창피스러운 무지 속에 안주하고 있으며, 민중도 그 속으로 같이 끌어들이려고 한다는 증거입니다."

그는 주위에 청중들이 모여들었나 찾아보려고 잠시 말을 끊었다. 자기 말에 열광한 나머지 약제사는 자기가 시의회에서 연설 중인 것으로 잠시 착각했기 때문이다. 그러나 여관 안주인은 이미 귀담아듣지 않고 있었다. 그녀는 멀리서 들려오는 바퀴 소리에 귀를 기울이고 있었다. 수레바퀴의 느슨해진 쇠테가 땅을 치는 소음에 섞여 마차 소리가 뚜렷이 들리더니 마침내 제비가 대문 앞에 와 섰다.

누렇게 칠한 상자를 두 개의 큰 수레바퀴 위에 올려놓은

---

53) 『에밀』에 나오는 유명한 대목으로 루소는 여기서 신자는 오로지 자신의 양심에 따를 뿐이라는 신학을 역설한다.
54) 1789년 8월 26일에 발표된 인권 선언에 천명된 원칙을 말한다.

것 같은 마차였다. 바퀴가 포장에 닿을 만큼 높았기 때문에 승객들은 바깥의 길은 내다보지 못한 채 어깨만 더럽히는 것이었다. 좁은 창문에 끼운 작은 유리는 마차문이 닫혀 있을 때면 틀 속에서 덜컹덜컹 흔들렸고, 소나기가 쏟아져도 완전히 씻겨 나가지 않을 만큼 묵은 먼지가 겹겹이 쌓인 이곳저곳에 진흙이 튄 자국들이 남아 있었다. 이 마차는 한 필의 말을 앞세우고 뒤에 두 필을 가지런히 세워 모두 세 필이 끌도록 되어 있었는데 언덕의 내리막에서는 덜컹거리는 바닥이 땅에 닿곤 했다.

용빌의 마을 사람들 몇이 광장에 모여들었다. 그들은 모두가 한꺼번에 지껄여 댔다. 소식을 묻는 사람, 사정 설명을 요구하는 사람, 생선 광주리를 달라는 사람. 이베르는 대체 누구에게 대답해야 할지 알 수가 없는 모양이었다. 읍에 나가서 마을 사람들의 심부름을 해다 주는 사람이 그였다. 여러 가지 가게에 들러서 구둣방에는 두루마리 가죽을, 대장간에는 고철을, 자기 안주인한테는 청어 한 궤짝을, 유행품 상점에는 모자를, 이발소에는 머리털 따위를 가져다주었다. 그래서 그는 마을에 돌아오면 큰길을 따라 올라가면서 짐을 배달했다. 말이 저 혼자서 달리는 동안 그는 마부석에 선 채 목청껏 소리를 질러 대면서 물건 꾸러미를 담장 너머 마당으로 집어 던지는 것이었다.

오늘은 뜻하지 않은 말썽이 생겨서 좀 늦어졌다. 보바리 부인의 강아지가 들판으로 도망을 쳐 버린 것이었다. 사람들은 십오 분 넘게 휘파람을 불어 대며 찾아다녔다. 이베르 자신도 얼핏 개를 본 것만 같아서 왔던 길을 오 리나 되짚어 갔더랬다. 그러나 결국 가던 길을 계속 갈 수밖에 없었다. 에마는 울기도 하고 화를 내기도 하면서 이 불행을 샤를의 탓으로 돌렸다. 마차에 함께 타고 있던 옷감 장수 뢰르는 길을 잃었다가도 오랜 세월이 지난 뒤에 주인을 알아보는 강아지들의 예를 잔뜩 들어 가면서 그녀를 위로하려고 애썼다. 어떤 개는 콘스탄티노플에서 파리까지 찾아 돌아왔다는 말도 들었다는 것이었다. 또 다른 어떤 개는 직선 거리로 오백 리, 강을 네 개나 건너서 돌아왔다고 했다. 그리고 그 자신의 아버지가 기르던 복슬강아지는 십이 년 동안이나 안 보이다가 어느 날 저녁 시내로 식사를 하러 가는데 거리에서 문득 그의 잔등에 뛰어올라 매달리더라는 것이었다.

## 2

에마가 제일 먼저 내리고, 다음에 펠리시테, 뢰르 씨, 유모 순으로 내렸다. 한쪽 구석에 있던 샤를은 깨워 일으키지 않으면 안 되었다. 그는 날이 어두워지자 완전히 잠이 들어 버렸던 것이다.

오메가 자기 소개를 했다. 그는 부인에게 경의를 표하고 선생께 인사를 드린 다음 조금이나마 도와드릴 수 있게 된 것을 기쁘게 생각한다고 말하고 붙임성 있는 태도로 아내가 집에 없어서 실례인 줄 알면서 불청객으로 끼어들게 되었다고 덧붙였다.

보바리 부인은 부엌에 들어서자 벽난로 옆으로 다가갔다. 두 손가락 끝으로 무릎께의 옷자락을 거머잡아 복사뼈까지 치켜올린 다음, 빙글빙글 돌며 구워지고 있는 양고기 넓적다리 위로 까만 반장화를 신은 발을 내밀어 불에 쬐었다. 불길은 입은 옷의 올과 흰 피부의 털구멍과 심지어는 깜박거리는 눈썹 안에까지 눈부신 빛으로 파고들며 그녀의 전신을 비춰 주었다. 반쯤 열린 문으로 바람이 새어 들 때마다 크고 붉은 불기운이 그녀의 전신을 스치고 지나갔다.

벽난로의 반대편에서 어떤 금발의 청년이 말없이 그녀를 지켜보고 있었다.

공증인 기요맹의 사무실에서 서기 일을 보고 있는 레옹 뒤 퓌는 용빌의 생활이 너무나도 따분하게만 느껴졌기 때문에 (바로 그가 금사자의 둘째 단골이었다.) 혹시 어떤 여행자가 여관으로 찾아와 저녁나절의 말상대가 되어 주지 않나 하는 기대에서 자주 식사 시간을 뒤로 미루곤 했다. 하는 일이 끝나고 나면 무얼 해야 좋을지 몰라 정확한 시간에 와서는 수프에서 치즈까지 줄곧 비네와 마주 쳐다보며 앉아 있을 수밖에 없었다. 그래서 그는 새로 오시는 손님들과 식사를 같이 하지 않겠느냐는 안주인의 제안을 기꺼이 승낙했다. 모두들 큰 방으로 들어갔다. 르프랑수아 부인이 거기에 네 사람분의 식탁을 성대하게 차려 놓은 것이었다.

오메는 코감기에 걸릴까 걱정되어 자신은 그리스식 모자를 그냥 쓰고 있을까 하니 실례를 용서해 달라고 말했다.

그러고는 옆자리의 여자를 돌아보면서 말했다.

"사모님께선 아마 좀 피곤하시겠군요? 저 제비라는 것이 무섭게 흔들리니까요!"

"정말 그래요." 에마가 대답했다. "하지만 들쑤석거리는 건 언제나 재미있어요. 나는 장소를 바꾸는 걸 좋아해요."

"한 장소에 못 박혀 지낸다는 건 정말 지긋지긋하죠!" 서기가 한숨을 내쉬었다.

"하지만 나처럼……." 샤를이 말했다. "끊임없이 말을 타고 돌아다니는 처지가 되어 보시면……."

"그렇지만." 레옹이 보바리 부인을 향해서 말했다. "그보다 더 유쾌한 일은 없겠는데요." 그러고는 덧붙였다. "그렇게 될 수만 있다면 말입니다."

"사실." 약제사가 말했다. "이 고장에서는 의료 행위가 별로 힘들지 않습니다. 왜냐하면 도로 상태가 괜찮아서 이륜마차를 타고 다닐 수 있고, 대체로 농민들이 넉넉하게 살기 때문에 지불도 잘합니다. 의학상으로 말씀드리자면 장염, 기관지염, 간장염 등 보통 질병 외에 가끔 수확기에 유행하는 감기가 있습니다만 요컨대 심각한 것은 별로 없고, 특별한 주의를 요하는 것은 전혀 없습니다. 단지 다수의 경부 임파선 정도입니다. 아마 이건 우리 고장 농가들의 한심스러운 위생 조건에 기인하는 것이겠지요. 아! 보바리 선생께서도 숱한 편견들과 싸우지 않으면 안 될 겁니다. 선생의 모든 학문적 노력은 매일같이 온갖 완고한 인습들과 충돌하게 될 겁니다. 마땅히 의사나 약사를 찾아와야 할 경우에도 여전히 구일 기도나 성유물이나 신부한테 의지하고들 있으니까요. 하지만 기후는 사실 나쁘지 않습니다. 마을에는 아흔 살이 넘은 노인들도 몇 사람 있습니다. 온도계(내가 관측해 본 바로는)는 겨울에 사 도까지 내려가고, 한여름에는 섭씨 이십오 도나 최고 삼십 도 정도니까, 최고가 열씨(列氏) 이십사 도 또는 (영국식 단위로 말씀드리면) 화씨 오십사 도, 그 이상은 안 올라갑니다. 사실상 한편으로는 아르괴유 삼림이 북풍을 막아 주고 다른 한편으로는 생장의 삼림이 서풍을 막아 주고 있습니다. 그러나 이 더운 기온은 강에서 증발하는 수증기와 들판에 있는 많은 가축 때문인데, 아시다시피 이 동물은 다량의 암모니아를 발산합니다. 즉 질소, 수소, 산소(아니, 질소와 수소뿐이지요.) 말입니다. 그 때문에 이 더위는 지면 부식토의 기화 물질을 빨아올리고, 이 각종의 발산물들을 서로 혼합하여, 말하자면 그것을 하나의 다발로 모아 가지고 대기 중에 전기가 퍼져 있는 경우에는 그 전기와 결합되어 결국에 가서는 꼭 열대 지방에서처럼 유독 가스를 발산하게 될 가능성이 있습니다. 그런데 이 더운 기운은 바로 그것이 밀어닥치는 방향 혹은 밀어닥친다고 추정되는 방향, 즉 남쪽에서 남동풍 때문에 완화되고 또 이 남동풍도 센강을 건너면서 저절로 냉각되어서 어떨 때는 갑자기 러시아 미풍처럼 불어옵니다!"

"하다못해 인근에 산책할 곳이라도 좀 있나요?" 보바리 부인이 청년을 향해 말을 건넸다.

"오! 거의 없어요." 그가 대답했다. "언덕 위 숲 기슭에 '목장'이라고 부르는 데가 하나 있습니다. 가끔 일요일 같은 때 저는 책을 가지고 거기로 가서 지는 해를 바라보지요."

"저도 지는 해만큼 멋진 건 없다고 생각해요." 그녀가 계속
했다. "바닷가에서 보면 특히나요."

"오! 저는 바다를 너무나 좋아해요." 레옹이 말했다.

"그리고 말입니다." 보바리 부인이 말을 받았다. "그 끝없이
넓은 세계 위에서라면 마음이 한층 더 자유롭게 방황할 것 같
지 않으세요? 그걸 가만히 바라보기만 해도 영혼이 고양되고
무한이나 이상 같은 것을 생각하게 되지 않겠어요?"

"산의 경치도 마찬가집니다." 레옹이 계속했다. "작년에 제
사촌이 스위스로 여행을 갔는데, 그의 얘기로는 호수의 시정,
폭포의 매력, 빙하의 장엄한 인상은 상상조차 할 수 없을 정
도라고 해요. 믿기 어려울 정도로 큰 소나무가 급류를 가로질
러 뻗어 있기도 하고, 절벽 위에 오두막집이 매달린 듯이 서
있기도 하고, 구름이 걷히면 천 길도 넘는 발밑에 계곡이 송
두리째 내려다보이기도 한다는군요. 이런 광경을 보면 열광을
이기지 못해 기도하고 싶어지고 황홀경에 젖어 들겠지요! 그
래서 저 유명한 음악가가 보다 큰 상상력의 자극을 얻으려고
언제나 장엄한 풍경 앞에 가서 피아노를 치곤 했다는 이야기
를 저는 결코 이상하게 보지 않아요."

"당신은 음악을 하시나요?" 그녀가 물었다.

"아뇨, 하지만 매우 좋아해요." 그가 대답했다.

"아! 그 말을 곧이들으시면 안 됩니다, 보바리 부인." 오메가
음식 접시 위로 몸을 수그리며 말을 가로챘다. "그건 순전히
겸손의 말입니다. 무슨 말을 하는 거야, 자네! 얼마 전에 자네

방에서 수호 천사[55]를 기막히게 부르지 않았나. 난 조제실에서 다 들었는걸. 가수 못지않던데."

사실 레옹은 약제사의 집에 세들어 있었다. 삼 층에 있는 그의 조그만 방은 광장에 면해 있었다. 그는 집주인의 그 같은 칭찬에 얼굴이 빨개졌다. 그러나 상대는 벌써 의사 쪽으로 돌아앉아서 용빌에 사는 중요한 인사들을 하나하나 꼽아 가며 소개하고 있었다. 그는 여러 가지 일화를 들려주기도 하고 참고될 것들을 가르쳐 주기도 했다. 공증인의 재산은 아무도 정확하게 알 길이 없다, 물론 아주 잘난 체하는 튀바슈네가 있긴 하다는 식으로.

에마가 말을 이었다.

"어떤 음악을 좋아하시죠?"

"오! 독일 음악입니다. 꿈을 꾸게 해 주는 음악이죠."

"이탈리아 좌[56]에 가 보신 적이 있나요?"

"아뇨, 아직 없습니다. 하지만 내년에는 가 보게 될 테죠. 파리에 가서 법률 공부를 마저 끝낼 생각이니까요."

"주인어른한테는 아까 말씀드렸습니다만." 약제사가 말했다. "도망간 저 불쌍한 야노다[57] 말씀인데, 그가 분에 넘치게 꾸며 놓고 산 덕분에 사모님은 용빌에서 제일 살기 좋은 집들 중 하나에 드시게 되었습니다. 의사한테 특히 편리한 점은 오

---

55) L'Ange gardien. 1835년 마르셀린 데보르드발모르가 지은 시에 폴린 뒤 샹주가 곡을 붙인 연가.
56) 파리에 있던 옛 이탈리아 극장(Théâtre Italien de Paris)을 가리킨다.
57) 보바리가 오기 전 용빌에서 개업했던 의사를 말한다.

솔길로 난 대문이 있어서 사람들 눈에 띄지 않고 출입할 수가 있다는 겁니다. 그뿐만 아니라 이 집에는 살림하는 데 편리한 것은 모두 다 갖춰져 있죠. 세탁실, 조리대가 딸린 부엌, 거실, 과일 저장실 등 말입니다. 그 친구, 그야말로 돈을 아끼지 않았죠! 마당 끝의 연못 옆에는 여름철에 맥주를 마시기 위해서 일부러 나무 그늘 시렁을 만들어 놓았어요. 만약 사모님께서 원예를 좋아하신다면…….”

“집사람은 그런 것엔 취미가 없습니다.” 샤를이 말했다. “운동을 하도록 권하고 있지만 항상 방 안에 들어앉아서 책 읽는 것을 좋아하는 편이라서.”

“저하고 같군요.” 레옹이 말을 받았다. “정말이지 바람이 유리창을 때리고 램프가 타고 있는 밤, 책을 가지고 불가에 앉아 있는 즐거움보다 더 큰 게 있을까요……?”

“그래요, 정말.” 에마가 검은 눈을 크게 뜨고 그를 바라보면서 말했다.

“아무 생각도 않고 있는 동안에 시간이 흘러가죠.” 그가 계속했다. “움직이지도 않고 가만 앉아서 눈앞에 보듯 여러 나라를 돌아다니고, 생각은 지어낸 이야기 속으로 끌려 들어가 자잘한 묘사 속에서 노닐기도 하고 사건의 윤곽을 뒤좇기도 하지요. 등장인물과 한 몸이 되어서 그들의 의상 속에서 자신의 심장이 고동치는 것만 같아지는 거예요.”

“그래요! 정말 그래요!” 그녀가 말했다.

“당신은 때때로 그런 일이 없나요?” 레옹이 말을 계속했다. “옛날에 가졌던 막연한 생각이라든가 아주 먼 곳에서 되살아오는 것 같은 어떤 알 수 없는 이미지 또는 자신의 가장 은밀한 감정을 그대로 표현해 놓은 것을 책 속에서 발견하는 일 말이에요?"

"그런 것 느껴 본 적 있어요." 그녀가 대답했다.

"그렇기 때문에." 그가 말했다. "나는 특히 시인을 좋아하는 겁니다. 난 시가 산문보다 훨씬 더 감미로운 것 같아요. 더 잘 울려 주거든요."

"하지만 결국은 싫증이 나고 말아요." 에마가 말을 이었다. "그래서 지금은 반대로 쉬지 않고 단숨에 내닫는 아슬아슬한 이야기들이 좋아요. 현실 속에 흔히 있는 속된 주인공이나 미적지근한 감정은 딱 질색이에요."

"맞아요." 서기가 지적했다. "그런 작품은 심금을 울려 줄 수도 없고 예술의 참된 목적에서도 벗어난 것이라고 생각합니다. 인생의 온갖 환멸 속에서 관념으로라도 고귀한 성격, 순수한 애정, 행복의 정경 속으로 들어가 볼 수 있다는 것은 큰 위안입니다. 저처럼 세상 멀찍이 이런 곳에 파묻혀 사는 사람에게는 그것이 유일한 낙입니다. 도대체 용빌에서는 즐길 만한 일이란 거의 없으니까요!"

"토트하고 같은 모양이지요, 아마." 에마가 말을 받았다. "그래서 저는 늘 도서 대여점의 회원으로 들어 있었어요."

"만일 부인께서 제게 영광을 베풀어 주신다면." 말끝을 엿들은 약제사가 말했다. "최고급 저자들의 책들을 모아 놓은 제 도서실을 개방해 드리겠습니다. 볼테르, 루소, 드릴, 월터 스콧, 연재 소설의 메아리 등이 있고 그 외에 신문도 여러 가지가 있죠. 그중에서도 루앙의 등불은 매일 받아 봅니다. 제가 뷔시, 포르주, 뇌샤텔, 용빌 그리고 그 인근 일대를 담당하는 통신원으로 있기 때문입니다만."

그들은 벌써 두 시간 반이나 식탁에 앉아 있었다. 하녀 아르테미즈가 헝겊 실내화를 타일 바닥 위로 질질 끌면서 음식 접시들을 하나씩 하나씩 세월 없이 날랐고, 이것저것 잊어버리기 일쑤였으며 도무지 시키는 것을 알아듣지 못하는 데다가 당구실 문을 언제나 빼꼼히 열린 채로 두어서 문고리 끝이 벽에 쾅쾅 부딪치곤 했다.

이야기를 하면서 스스로도 깨닫지 못한 사이에 레옹은 한쪽 발을 보바리 부인이 앉아 있는 의자의 받침살에 걸치고 있었다. 그녀는 푸른색의 작은 비단 넥타이를 매고 있었는데 그것이 가두리 장식을 한 흰 삼베 칼라를 마치 프레즈[58]처럼 떠받쳐 주고 있었다. 그래서 머리를 움직일 때마다 얼굴의 밑부분이 옷깃 속에 묻히기도 하고 다시 살며시 드러나기도 했다. 샤를과 약사가 잡담을 하고 있는 동안, 두 사람은 이런 식으로 바싹 붙어앉아서 우연히 내뱉는 한마디 한마디가 언제나 서로 간의 공감이라는 불변의 중심으로 모이게 되는 막연한 대화 속으로 접어들었다. 파리의 연극, 소설의 제목, 새로운 카드릴 춤, 그들이 알지 못하는 사교계, 그녀가 살았던 토트, 현재 그들이 있는 용빌 등, 두 사람은 만찬이 끝날 때까지 모든 것을 다 검토해 보았고 모든 것에 관해서 골고루 다 이야

---

58) 앙리 4세 시대에 유행하던 둥근 주름 동정이다.

기했다.

커피가 나오자, 펠리시테는 새로 살게 된 집의 침실 잠자리를 보러 갔고 회식자들도 곧 자리를 떴다. 르프랑수아 부인은 재만 남은 난로 옆에서 자고 있었고 한편 마구간지기는 보바리 부부를 그들의 집으로 안내하기 위해 등불을 손에 들고 기다리고 있었다. 그의 빨간 머리칼에는 지푸라기가 묻어 있었고 왼쪽 다리를 절뚝거리고 있었다. 그가 다른 한 손으로 신부님의 우산을 집어 들자 일행은 걷기 시작했다.

마을은 잠들어 있었다. 공동 시장의 기둥들이 큰 그림자를 길게 던지고 있었다. 땅바닥은 여름 밤처럼 완연한 잿빛이었다.

그러나 의사의 집은 여관에서 오십 보 남짓한 곳에 있었기 때문에 그들은 곧 편히 쉬라는 인사를 나눌 수밖에 없었고 일행은 흩어졌다.

에마는 현관에서부터 벌써 회벽의 냉기가 축축한 빨래처럼 어깨 위로 떨어지는 것을 느꼈다. 벽은 산뜻했지만 나무 층계가 삐걱거렸다. 이 층 침실에는 커튼이 없는 창문을 통해서 뿌연 빛이 비쳐 들고 있었다. 나무들의 우듬지가 희미하게 보이고 그 너머에는 목초지가 시냇물의 흐름에 따라 달빛을 받아 피어오르는 안개 속에 반쯤 젖어 있었다. 방 한가운데에는 옷장 서랍, 병, 커튼 걸이, 금칠을 한 막대기 따위가 의자 위의 매트리스, 마룻바닥의 대야와 함께 너저분하게 흩어져 있었다. 가구를 날라 온 두 사내가 그것들을 그냥 아무렇게나 내버려 두고 간 것이었다.

그녀가 생소한 장소에서 잠을 자는 것은 이것이 네 번째였다. 처음은 수도원에 들어가던 날, 두 번째는 토트에 도착했을 때, 세 번째는 보비에사르, 네 번째가 그날이었다. 매번 그것은 그녀의 생애에 있어서 마치 어떤 새로운 국면의 개막과도 같은 것이었다. 장소가 달라졌는데 일어나는 일들이 똑같을 수는 없다는 것이 그녀의 생각이었다. 따라서 지금까지 살아온 몫이 좋지 않았으니까 이제 남은 몫은 아마 더 나은 것이 되리라.


3


다음 날 눈을 뜬 그녀는 서기가 광장에 서 있는 것을 보았다. 그녀는 잠옷 차림이었다. 서기는 고개를 들어 인사했다. 그녀는 얼른 머리를 숙여 답례하고는 창문을 닫았다.

레옹은 종일토록 저녁 여섯 시가 되기를 기다렸다. 그러나 여관에 들어서자 비네 씨만 식탁에 앉아 있을 뿐이었다.

레옹에게 전날 밤의 식사는 대단한 사건이었다. 지금까지 그는 두 시간 동안이나 계속하여 숙녀와 이야기를 해 본 일이 없었다. 예전 같으면 결코 그렇게까지 멋지게 말하지 못했을 수많은 이야기를 대체 어쩌면 그토록 멋진 표현으로 그녀에게 말할 수 있었던 것일까? 평소에 그는 내성적이어서 수줍어할 뿐만 아니라 늘 무엇을 감추는 듯한 조심스러움을 숨기지 못하고 있었다. 용빌에서 그의 행실은 나무랄 데가 없는 것으로 되어 있었다. 그는 나이 든 사람들이 하는 말에 귀를 기울였고 젊은 사람치고는 신통하게도 정치 문제에 열을 올리지 않았다. 그는 여러 가지 소질이 있어서 수채화도 그렸고 악보도 읽을 줄 알았으며 저녁 식사 후 카드놀이를 하지 않을 때는 즐겨 문학에 몰두했다. 오메 씨는 그가 교육받은 사람이라고 해서 존경했다. 오메 부인은 그가 친절한 사람이라며 호감을 가졌다. 언제나 지저분한 낯짝에 버르장머리가 없는 데다가 제 어머니를 닮아 좀 선병질인 오메의 어린애들과 마당에서 곧잘 놀아 주었으니까 말이다. 그들 부부는 어린애를 보살펴 주도록 하녀 외에도 쥐스탱이라는 약방 조수를 하나 두고 있었다. 오메 씨의 먼 인척뻘이 되는 이 아이는 불쌍해서 집안에 거두어들였지만 동시에 하인 노릇도 하고 있었다.

약제사는 더할 나위 없이 좋은 이웃으로 보이도록 처신했다. 그는 보바리 부인에게, 출입하는 상인들에 관해 필요한 내용을 귀띔해 주었고 자신이 거래하는 시드르 장수를 일부러 불러다가 몸소 술맛을 보고는 술통을 지하실에 똑바로 놓도록 감독했다. 그는 또 버터를 싸게 사서 들여놓으려면 어떻게 해야 하는지를 일러 주었고 교회지기인 레스티부두아하고 계약도 타결 지어 주었다. 이 사내는 교회와 묘지에 관계된 직책 외에도 용빌의 주요한 집들의 정원을 일 년 계약 혹은 시간 계약으로 주인의 취향에 맞추어 손질해 주고 있었다.

오로지 남의 일을 돌봐 주겠다는 마음만으로 약제사가 이토록 아첨 비슷한 친절을 베풀고 있는 것은 아니었다. 거기에는 한 가지 노리는 바가 있었다.

그는 지난날, 면허가 없는 자에게 일체의 의료 행위를 금지하는 혁명력 11년 풍월[59] 19일 법 제1조를 위반한 일이 있었다. 그 결과 익명의 밀고에 의해 오메는 루앙으로 소환당해 특별실의 검사 앞으로 끌려 나갔더랬다. 어깨에는 흰 담비가죽을 달고 머리에는 테 없는 모자를 쓴 법복 차림의 법관은 선 채로 그를 맞았다. 법정이 열리기 전인 이른 아침이었다. 복도에는 헌병의 둔탁한 장화 소리가 울리고 멀리서 큼지막한 자물쇠를 철커덕하고 채우는 듯한 소리가 들렸다. 금방이라도 졸도하는 것이 아닐까 싶을 정도로 약제사의 귀가 윙윙 울렸다. 지하 감옥의 유치장, 눈물 흘리는 가족, 남의 손에 넘어가 버린 약국, 마구 흩어진 약병들이 눈앞에 어른거렸다. 그래서 그는 기운을 차리기 위해 카페에 들어가서 셀츠수[60]와 함께 럼을 한 잔 마시지 않으면 안 되었다.

차츰차츰 이 견책의 기억이 희미해지면서 그는 옛날 그대로 가게 뒷방에서 그리 신통치도 않은 진찰을 계속했다. 그러나 면장은 그걸 좋지 않게 보고 있었고 동업자들은 시기하고 있어서 언제 어떻게 될지 알 수 없는 노릇이었다. 친절로 보바리 씨를 자기 쪽으로 끌어들이는 것은 곧 그에게 은혜를 베풀어 두었다가 나중에 무슨 눈치를 채더라도 입을 열지 못하게 하려는 계산속에 따른 것이었다. 그래서 매일 아침 오메는 그에게 신문을 가져다주었고 이따금 오후에는 잠깐씩 약방을

---

59) 프랑스 공화력의 여섯째 달로 2월 20일부터 3월 19일까지이다.
60) 프로이센의 작은 마을 셀츠에서 생산되는 탄산수로 당시 많은 사람들이 즐겨 마셨다.

비워 놓은 채 의사를 찾아가서 이야기를 나누곤 했다.

샤를은 풀이 죽어 있었다. 환자가 오지 않는 것이었다. 그는 오랜 시간 동안 말도 않고 가만히 앉아 있기도 했고 진찰실에 들어가 낮잠을 자기도 했고 아내가 바느질을 하는 것을 바라보고 있기도 했다. 기분 전환을 위해서 집에서 일꾼이 할 힘든 일을 하기도 했고 칠장이들이 놔두고 간 남은 페인트로 다락방을 칠해 보기도 했다. 그러나 돈 문제가 걱정이었다. 토트의 집 수리며 에마의 몸치장과 이사에 돈을 너무 써 버렸기 때문에 삼천 에퀴가 넘는 지참금이 이 년 동안 다 없어져 버렸다. 게다가 토트에서 용빌로 수송해 오는 동안에 얼마나 많은 것들이 망가지고 없어졌는가. 신부의 석고상만 하더라도 짐수레가 너무 심하게 흔들리는 바람에 캥캉푸아의 보도 위에 떨어져서 산산조각이 나 버렸다!

한 가지 흐뭇한 걱정거리, 즉 아내의 임신이 그의 마음을 풀어 주었다. 해산 때가 가까워지면서 그는 더욱더 아내를 소중하게 대했다. 그것은 이제 또 하나의 육체적 매듭이 만들어진다는 것을 의미하는 것이고 보다 더 확실하게 결합되어 있다는 든든한 감정이기도 했다. 아내가 거북하게 몸을 움직이거나 코르셋을 하지 않은 허리 위의 상체를 나른하게 돌리는 모습을 먼발치에서 바라볼 때 또는 얼굴을 마주한 채 마음 놓고 그녀를 쳐다볼 때, 안락의자에 앉은 그녀가 피곤한 자세를 취할 때, 그는 행복감을 억제할 수 없어지는 것이었다. 그는 일어서서는 그녀에게 키스했고 두 손으로 볼을 어루만져 주면서 그녀를 귀여운 엄마라고 불렀고, 그녀에게 춤을 춰 보라고도 했고, 반은 웃고 반은 울면서 마음에 떠오르는 갖가지 다정스러운 농담을 건네곤 했다. 어린애가 생겼다는 생각을 하면 기뻐서 견딜 수가 없었다. 이제 그에게는 부족한 것이 아무것도 없었다. 인생이 줄 수 있는 것이 골고루 다 그의 앞에 차려져 있어서 그 식탁에 느긋이 팔꿈치를 괴고 앉아 있는 기분이었다.

에마는 처음에는 몹시 놀랐지만 이윽고 엄마가 된다는 것이 어떤 것인지 알고 싶어서 빨리 아기를 낳고 싶어 했다. 그러나 원하는 대로 비용을 들일 수도 없고 장밋빛 비단 커튼이 달린 쪽배 모양의 요람과 수놓은 아기 모자를 살 수도 없게 되자 갑자기 심사가 뒤틀려서 옷가지 따위의 준비를 단념하고 선택도 흥정도 않은 채 마을의 바느질하는 여자에게 모조리 다 맡겨 버렸다. 그러다 보니 그녀는 세상 어머니들이 모성애를 한껏 발휘하게 되는 이런 준비 절차를 즐기지 못했고 그 때문에 그녀의 애정은 시작부터 얼마간 식어 버린 것 같았다.

그러면서도 샤를이 식사 때마다 어린애 얘기를 하곤 해서 그녀도 곧 그 일을 보다 더 꾸준히 생각하게 되었다.

그녀는 아들을 갖고 싶었다. 튼튼한 갈색 머리의 애였으면 했다. 이름은 조르주라고 지으리라. 이렇게 사내아이를 갖게 된다고 생각하니 마치 과거의 모든 무력감에 대해 희망으로 앙갚음하는 느낌이었다. 남자로 태어나면 적어도 자유로울 수 있는 것이다. 온갖 정념의 세계, 온갖 나라를 두루 경험할 수 있고 장애를 돌파하고 아무리 먼 행복이라 해도 붙잡을 수 있다. 그러나 여자는 끊임없이 금지와 마주친다. 무기력한 동시에 유순한 여자는 육체적으로 약하고 법률의 속박에 묶여 있다. 여자의 의지는 모자에 달린 베일 같아서 끈에 매여 있으면서 사방에서 불어오는 바람에 펄럭거린다. 여자는 언제나 어떤 욕망에 이끌리지만 어떤 체면에 발목이 잡혀 있다.

그녀는 어느 일요일 여섯 시쯤, 아침 해가 솟을 무렵에 해산을 했다.

"딸이야!" 샤를이 말했다.

그녀는 고개를 돌리며 기절해 버렸다.

즉시 오메 부인이 금사자의 르프랑수아 안주인과 함께 달려와서는 그녀에게 키스를 했다. 약제사는 신중한 사람이라 살짝 연 문틈으로 그녀에게 우선 간단한 축하 인사말만을 건넸다. 그러고는 갓난아기를 보았으면 했고 신체가 정상이라고 했다.

산후 조리를 하는 동안 그녀는 딸의 이름을 짓는 데 무척 마음을 썼다. 우선 이탈리아식으로 끝나는 클라라, 루이자, 아망다, 아탈라 등의 이름을 모두 검토해 보았다. 갈쉐드라는 이름이 아주 마음에 들었고 이죄나 레오카디는 그보다 더 마음에 들었다. 샤를은 아기 이름을 아기 엄마와 같은 것으로 하고 싶어 했다. 에마는 거기에 반대했다. 그들은 성자의 이름이 적힌 달력을 처음부터 끝까지 훑어보았다. 다른 사람들에게 의견을 물어보기도 했다.

"레옹 씨는." 약제사가 말했다. "일전에 내가 그 얘기를 했더니 왜 마들렌[61]이라고 짓지 않는지 모르겠다고 하더군요. 지금 한창 유행하는 이름이거든요."

그러나 보바리 노부인이 그런 죄 많은 여자의 이름에는 극구 반대했다. 오메 씨로서는 위인, 유명한 사건, 관대한 사상 등을 상기시키는 이름을 선호했으므로 그 발상에 따라 자신의 네 아이의 이름을 지은 바 있었다. 즉, 나폴레옹은 영예를, 프랑클랭은 자유를 나타낸 것이었다. 이르마는 다분히 낭만주의에 대한 양보였지만 아탈리[62]는 프랑스 연극사상 불후의 최고 걸작에 바치는 경의였다. 그의 철학적 신념이 예술에 대한 찬미를 방해하는 것은 아니었고 그의 내면에서 사상가가 감수성 예민한 인간을 질식시키는 일은 없었던 것이다. 그는 상상력의 몫과 광신의 몫을 구별하여 제각기의 영역을 인정할 줄 알았다. 예컨대 그는 이 비극의 사상은 비난했지만 그 문체는 높이 평가했다. 전체적 구상은 형편없다고 했지만 모든 디테일에는 박수를 보냈고 등장 인물들에 대해서는 격분했지만 그들의 대사에는 열광했다. 그는 극의 긴 문구들을 읽을 때는 도취해 마지않았다. 그러나 사이비 성직자들이 거기에서 자기네 장사를 위한 잇속을 챙길 것을 생각하면 한심하다는 생각이 들었다. 그리하여 자신도 주체할 수 없는 그런 감정의 혼란 속에서 그는 자신의 두 손으로 라신에게 월계관을 씌워 주고 싶기도 했고 동시에 이 작자와 한 십오 분쯤 토론을 벌이고 싶기도 했다.

---

61) 「누가복음」에 나오는 막달라 마리아의 프랑스식 이름이다. 죄 지은 여인으로 예수의 발을 씻어 주고 자신의 머리로 닦았으며 개종하여 성녀가 되었다. 1842년 파리에서는 마들렌 성당이 준공되었다.

62) 『아탈리(Athalie)』는 극작가 라신의 최후의 걸작이다.

결국 에마는, 보비에사르 성관에서 후작 부인이 어느 젊은 여자를 베르트라고 부르던 것이 생각났다. 그래서 곧 그 이름을 택하기로 했다. 그리고 루오 노인이 올 수 없기 때문에 오메 씨에게 대부가 되어 달라고 부탁했다. 그는 선물로 자기네 약국의 여러 가지 제품들을 가져다주었다. 즉 대추 여섯 상자, 병에 가득 담은 아랍식 떡, 접시꽃을 박은 젤리 세 상자, 거기에다 벽장 속에서 찾아낸 얼음사탕 꼬치 여섯 개를 곁들였다. 축하식 날 저녁에는 성대한 연회가 있었다. 신부도 참석했다. 모두들 들떠 있었다. 오메 씨는 리큐어가 나올 무렵, **보통 사람들의 하느님**[63]을 노래 불렀고, 레옹 씨는 뱃노래를, 대모인 보바리 노부인은 제정 시대의 연가를 불렀다. 마침내 부친인 보바리 영감이 어린애를 데려오게 한 다음 샴페인 한 잔을 머리 위에서 부어 가며 세례를 주기 시작했다. 칠성사(七聖事) 중 첫 번째인 이 성사에 대한 이 같은 우롱에 부르니지앵 신부는 분개했다. 보바리 영감은 신들의 **싸움**[64]을 인용하면서 응수했고 신부는 자리를 뜨려고 했다. 부인들이 애원했고 오메 씨가 사이에 끼어들어 말렸다. 그리하여 간신히 사제를 다시 자리에 앉힐 수 있었다. 사제는 반쯤 마시다 만 작은 커피잔을 조용히 집어 들었다.

부친 보바리 씨는 그로부터 한 달 동안을 용빌에 머물렀다. 그는 아침이면 광장에서 은색 장식줄이 달린 멋진 경관 모자

---

63) 베랑제의 작품으로 당시에 대단히 유행한 노래이다.
64) 집정 내각 시대의 시인 파르니(Vicomte de Parny, 1753~1814)의 반종교적 시이다.

를 쓰고 파이프 담배를 피우곤 해서 마을 주민들을 놀라게 했다. 또 브랜디를 많이 마시는 데 습관이 들어 있어서 툭하면 금사자로 하녀를 보내어 한 병씩 사 오게 하고서는 아들 앞으로 달아 놓곤 했다. 또 머플러를 향기롭게 한답시고 며느리의 화장수를 있는 대로 써 버리는 것이었다.

그러나 며느리는 그와 함께 있는 것을 싫어하지 않았다. 그는 온 세상을 두루 다녀 본 사람이었다. 베를린, 빈, 스트라스부르 얘기를 해 주었고 장교 시절, 관계했던 정부들, 자신이 주최했던 성대한 오찬회 따위의 얘기를 했던 것이다. 게다가 친절한 태도를 보이면서 때로는 층계나 마당에서 그녀의 허리를 안으면서 이렇게 외치기도 했다.

"샤를, 조심하라고."

그래서 보바리 노부인은 아들의 행복을 위해 두려움을 품게 되었고 남편이 끝내 젊은 며느리의 사고방식에 부도덕한 영향을 끼치지나 않을까 걱정되어서 서둘러 떠날 것을 재촉했다. 아마 그보다 더 심각한 불안도 있었을 것이다. 보바리 씨는 해서는 안 된다는 것이 따로 없는 인간이었다.

어느 날 에마는 목수의 부인을 유모로 삼아 맡긴 갓난아기가 갑자기 보고 싶어졌다. 그래서 산후 육 주간의 근신 기간[65]이 지났는지 어떤지를 달력에서 확인도 안 해 본 채로 마을 끝 언덕 아래 큰길과 목장 사이에 있는 롤레의 집을 향해 걸

---

65) 성탄부터 성모취결례(聖母取潔禮, 2월 2일) 사이의 육 주간을 본떠서 산모에게도 비슷한 기간 동안 육체 노동을 삼가도록 권하고 그 끝에 가서 산후 산모의 감사식을 올리기도 한다.

어갔다.

정오였다. 집집마다 덧문이 닫혀 있었고 푸른 하늘의 호된 햇빛을 받아 번뜩이고 있는 슬레이트 지붕들은 그 박공 꼭대기에서 불꽃을 튀기는 것 같았다. 무거운 바람이 불고 있었다. 걸어가면서 에마는 기력이 빠지는 느낌이었다. 보도의 자갈돌만 밟아도 아팠다. 그녀는 그냥 집으로 돌아가 버릴까 아니면 어디 들어가서 좀 앉을까 하고 망설였다.

그때 레옹 씨가 서류 다발을 옆구리에 끼고 이웃집 문에서 나왔다. 그는 그녀에게 다가와 인사하고는 뢰르네 가게 앞에 비죽 나온 회색빛 차양 그늘 밑으로 들어섰다.

보바리 부인은 아기를 만나러 가는 길인데 그만 몸이 피곤해지기 시작한다고 말했다.

"혹시……." 하고 레옹이 대꾸했지만 다음 말을 계속할 용기가 나지 않았다.

"어디 볼일이 있으세요?" 그녀가 물었다.

그러고는 서기의 대답을 듣자 그녀는 함께 가 달라고 부탁했다. 그날 저녁으로 그 일은 용빌 전체에 알려졌고 면장의 아내인 튀바슈 부인은 하녀 앞에서 보바리 부인이 손가락질받을 처신을 하고 있다고 공언했다.

유모 집으로 가려면 한길을 지나서 묘지로 가듯이 왼쪽으로 꺾어서 오막살이 집들과 마당 사이의 쥐똥나무가 줄지어 서 있는 샛길로 가지 않으면 안 되었다. 쥐똥나무에는 꽃이 피었고 개불알풀, 들장미, 쐐기풀 그리고 관목의 덤불숲에서 비어져 나온 산딸기나무도 꽃을 피우고 있었다. 산울타리 구멍으로 보이는 시골 농가들에서는 퇴비 더미 위에 돼지가 누워 있고 암소들이 끈에 매인 채 뿔을 나무 기둥에 비벼 대고 있었다. 두 사람은 나란히 서서 천천히 걷고 있었다. 그녀는 그에게 몸을 기댄 채였고 그는 그녀와 발걸음을 맞추려고 속도를 줄이며 걸었다. 두 사람 앞에는 파리 떼가 더운 공기 속에서 윙윙거리면서 날고 있었다.

그들은 그늘을 드리우고 있는 해묵은 호두나무를 보고 유모의 집이라는 것을 알 수 있었다. 갈색 기와를 인 나지막한 집은 다락방 천장 아래 염주처럼 엮은 양파 타래를 밖으로 매달아 놓고 있었다. 가시나무 울타리에 기대어 세워 놓은 나뭇가지 묶음들이 작은 배추밭, 몇 그루의 라벤더, 섶에 얹은 꽃핀 완두콩 덤불을 에워싸고 있었다. 더러운 물이 풀 위에 튀기면서 흐르고 있었다. 그 주변에는 분간하기 어려운 각종 누더기와 손으로 짠 양말, 붉은 사라사 여자 재킷 따위가 흩어져 있고 또 두꺼운 천의 넓은 시트가 한 장 산울타리 위에 길게 널려 있었다. 살문 여는 소리가 나자 유모가 젖을 물고 있는 아기를 한쪽 팔에 안고 나타났다. 다른 한 손으로는 온 얼굴에 종기투성이인 약골의 불쌍한 아이 하나를 붙들고 있었다. 루앙에서 내복 상점을 하는 사람의 아들이었는데 장사일로 너무 바쁜 부모가 시골에 맡겨 놓은 것이었다.

"들어오세요." 그녀가 말했다. "댁의 아기는 저기서 자고 있어요."

집 안에 단 하나뿐인 아래층 침실에는 저 안쪽 벽에 붙여서 커튼이 없는 큰 침대가 놓여 있고 창가 쪽은 밀가루 반죽

통이 차지하고 있었다. 깨진 유리창은 파란 종이를 태양 모양으로 오려 붙여 때워 놓았고 문 뒤쪽 구석에는 번쩍거리는 징을 박은 반장화 몇 켤레가 빨랫돌 밑에 나란히 놓여 있었다. 그 바로 옆에는 기름이 가득 든 병이 있고 주둥이에 깃털이 하나 꽂혀 있었다. 마티외 랑스베르그⁶⁶⁾ 달력이 부싯돌, 양초 토막, 부싯깃 조각 따위와 함께 먼지투성이인 난로 위에 내던져져 있었다. 끝으로 이 방에서 제일 쓸데없는 것은 나팔을 불고 있는 '명성(名聲)의 여신'⁶⁷⁾이었다. 아마도 향수 회사의 광고지에서 오려 낸 것으로 보이는 그림을 나막신에 박는 여섯 개의 못으로 벽에 붙여 놓은 것이었다.

에마의 아이는 방바닥에 놓인 버드나무 요람 속에서 자고 있었다. 그녀는 포대기째로 아기를 안고서 몸을 이리저리 흔들며 조용히 노래를 부르기 시작했다.

레옹은 방 안을 왔다 갔다 했다. 난징산 비단옷을 입은 이 아름다운 부인이 이런 한심한 방 한가운데 있다는 것이 그의 눈에는 이상하게만 보였다. 보바리 부인은 얼굴이 빨개졌다. 레옹은 자기 눈이 아마도 못 볼 것을 본 모양이라고 생각하면서 고개를 돌렸다. 이윽고 그녀는 턱받이 위에 젖을 토한 갓난

---

66) 리에주에서 발행하던 옛날 달력으로 기상 예보, 농사의 절기, 천문, 장이 서는 날, 요리법, 순교자들의 생애 등에 관한 정보들이 수록되어 있어서 19세기 말까지도 가정의 필수품이었는데 보통 각 지역 중심지에서 제작, 배포되었다.
67) 눈과 귀와 입을 각각 백 개나 가진 그리스 신화의 괴물로 신들이나 인간들의 비밀을 온누리에 폭로하는 역할을 맡고 있다.

아기를 다시 제자리에 눕혔다. 유모가 얼른 와서 그것을 닦으면서 얼룩이 지지는 않을 것이라고 변명했다.

"저는 숱하게 당하는 일인걸요." 그녀가 말했다. "덕분에 저는 허구한 날 아기 씻기다가 볼일 다 본답니다. 필요할 때 언제든 비누를 좀 갖다 쓸 수 있도록 카뮈네 잡화 가게에 말씀을 해 놓으시면 좋겠는데요. 그러면 사모님한테도 더 편리할 것 같은데요. 귀찮게 해 드리지 않아도 되고요."

"좋아요, 좋아요!" 에마가 말했다. "잘 있어요, 롤레 아줌마!"

그리고 그녀는 문지방에서 발을 닦고 밖으로 나왔다.

유모는 마당 끝까지 따라 나오는 동안에도 밤중에 깨어 일어나야 하는 어려움에 관해서 자꾸 늘어놓았다.

"어떤 때는 일이 너무 고돼서 의자 위에 앉은 채 잠들어 버린답니다. 그러니 하다못해 간 커피 일 파운드만이라도 주시면 좋겠네요. 그거면 한 달은 먹을 수 있을 거예요. 아침에 우유를 타 마시겠어요."

유모의 수다스러운 인사를 받고 나서 보바리 부인은 자리를 떴다. 그런데 샛길로 조금 걸어오는데 나막신 소리가 나서 그녀는 뒤를 돌아보았다. 유모였다!

"웬일이에요?"

그러자 이 시골 여자는 그녀를 느릅나무 그늘로 끌고 가서 남편 얘기를 늘어놓기 시작했다. 그는 직업이 그래서 대장(隊長)한테서 일 년에 육 프랑의…… . "빨리 용건을 말해요." 에마가 말했다.

"그래서 말이죠." 유모가 말끝마다 한숨을 내쉬며 말을 이었다. "저 혼자 커피를 마시는 것을 보면 그이가 언짢아하지 않을지 걱정이 되는군요. 아시다시피 남자란 것은……."

"글쎄, 준다고 했잖아요!" 에마가 되풀이했다. "준다니까요……. 귀찮아 죽겠네!"

"맙소사 ! 사모님, 사실은, 그이가 부상 때문에 가슴에 심한 경련을 일으키곤 해서요. 시드르 때문에 몸이 약해진다는 말까지 해요."

"빨리 좀 말해요, 롤레 아줌마!"

"그래서." 유모가 절을 하면서 말을 이었다. "너무 염치없는 부탁이 아니라면……." 그녀는 또 머리를 숙였다. "언제라도 좋으니." 그러고는 눈으로 애원하듯 말했다. "브랜디를 한 병만……." 하고 그녀는 마침내 말했다. "그걸로 애기 발을 닦아 주겠어요. 혓바닥처럼 말랑말랑한 발을요."

유모에게서 풀려나자 에마는 다시 레옹의 팔을 잡았다. 그녀는 한동안 빠른 걸음으로 걸었다. 이윽고 발걸음을 늦추었고 앞을 보고 있던 그녀의 시선이 청년의 어깨에 멈추었다. 프록코트에 달린 까만 비로드 깃이 보였다. 그 위로 단정하게 빗질한 밤색 머리칼이 늘어져 있었다. 그의 손톱을 보니 용빌에 사는 그 누구의 것보다도 길게 다듬어져 있었다. 손톱 손질을 하는 것은 서기의 큰 관심사 중 하나였다. 그래서 그는 순전히 거기에만 쓰는 손칼을 하나 필통 속에 따로 간직하고 있었다.

두 사람은 개울을 따라 용빌로 돌아왔다. 더운 계절에는 강둑이 넓어져 마당의 담장들이 밑까지 훤히 드러나 보였고 거기서 강으로 내려가는 몇 계단의 사닥다리가 드리워 있었다.

강물은 소리도 없이 빠르게, 보기만 해도 차갑게 흐르고 있었다. 길고 가는 풀들이 강물의 흐름에 떠밀리는 대로 다 같이 휘어지면서 마치 버려진 녹색의 머릿단이 맑은 물속에 퍼져 있는 것 같았다. 때때로 골풀의 끝이나 수련 잎사귀 위에 다리가 가느다란 곤충이 기어가거나 가만히 엎드려 있었다. 태양 광선은 물결 위에 부서졌다가 다시 만들어지곤 하는 작은 물방울들을 파랗게 비추고 있었다. 가지를 쳐 낸 묵은 버드나무가 잿빛 껍질을 물 위에 비추고 있었다. 그 너머 일대의 목장은 텅 비어 있었다. 농가의 식사 시간이었다. 젊은 여자와 그녀를 동반한 남자가 걸어가는 동안 귀에 들리는 것이라곤 샛길의 흙을 밟는 자신들의 규칙적인 발소리와 그들이 주고받는 말소리와 에마의 주위에 사락사락 옷 스치는 소리뿐이었다.

깨진 병 조각을 박아 놓은 마당의 담장은 온실의 유리처럼 뜨거워져 있었다. 벽돌 사이에 계란풀이 돋아나 있었다. 보바리 부인이 지나가면서 손에 펴 든 양산 끝으로 건드리자 그 시든 꽃잎들은 노란 가루가 되어 떨어졌다. 또 어떤 때는 바깥으로 비어져 나온 인동덩굴과 참으아리 가지가 비단 천을 살짝 스치다가 양산의 가장자리 술에 엉키기도 했다.

그들은 머지않아 루앙 극장에 오기로 되어 있는 스페인 무용단에 관해 이야기를 나누었다.

"구경 가실 거예요?" 그녀가 물었다.

"갈 수 있다면요." 그가 대답했다.

그 밖에 달리 무슨 할 얘기는 없을까? 그러나 두 사람의 눈은 더욱 진지한 어떤 이야기로 가득 차 있었다. 평범한 말을 찾으려고 노력하는 동안에도 그들은 똑같은 번민이 두 사람을 사로잡고 있음을 느낄 수 있었다. 그것은 깊고도 계속적인 영혼의 속삭임과도 같아서 육성의 속삭임을 압도하는 것이었다. 이 새로운 그윽함에 놀란 나머지 두 사람은 그 감각에 관해 서로 이야기하거나 그 원인을 찾아내는 것은 생각도 하지 못했다. 미래의 행복은 열대 지방의 해변처럼 그 앞에 가로놓인 광대무변의 공간에 그 특유의 무기력을 향기로운 미풍인 양 쏘아 보내는 것이었다. 그리고 사람들은 거기에 취한 나머지 아직 보이지 않는 수평선 따위는 안중에도 없다는 듯 졸음에 빠지는 것이었다.

어떤 곳은 땅바닥이 가축의 발자국으로 움푹 파여 있곤 해서, 흙탕 속에 드문드문 박혀 있는 큼지막한 녹색의 돌을 밟으며 걷지 않으면 안 되었다. 여러 번 에마는 어디에 발을 디뎌야 좋을지 살펴보느라고 한참씩이나 발걸음을 멈추곤 했다. 그러고는 흔들거리는 돌 위에서 기우뚱거리면서 두 팔을 쳐들고 몸을 구부린 채 눈을 어디에 두어야 할지 몰라 망설이며 물 웅덩이에 빠질까 봐 겁이 나 소리 내어 웃었다.

두 사람이 그녀의 집 뜰앞에 이르자 보바리 부인은 조그만 살문을 밀더니 계단을 뛰어 올라가서는 사라져 버렸다.

레옹은 사무실로 돌아갔다. 주인은 부재 중이었다. 그는 서류를 잠깐 들여다보고 거위털 펜을 깎아 놓은 다음, 결국 모자를 집어 들고 밖으로 나와 버렸다.

그는 아르괴유 언덕 꼭대기, 숲 입구에 있는 '목장'으로 갔다. 전나무 밑 땅바닥에 누워서 손가락 사이로 하늘을 쳐다보았다.

"아아, 따분해!" 그가 혼자서 중얼거렸다. "아이, 따분해!"

이런 마을에서 오메를 친구로 삼고 기요맹을 주인으로 모시며 살고 있는 자신이 불쌍하게 여겨졌다. 주인은 일밖에 모르는 위인으로 금테 안경을 끼고, 흰 넥타이 위에 붉은 구레나룻 수염을 길러 가지고 뻣뻣하게 영국식으로 위엄을 부려서 처음 한동안은 서기를 감탄시켰지만 정신적인 섬세함에 대한 이해는 전혀 없는 인물이었다. 약사의 부인으로 말하면, 양과 같이 순하고 어린애들과 부모 친척을 소중히 알며 남의 불행에 같이 울고 집안일은 되는대로 내버려 두고 코르셋이라면 질색하는 노르망디의 최상의 아내였다. 그러나 너무나 동작이 굼뜨고 하는 말은 너무나 따분하고 생김새는 너무나 평범하며 화제도 너무나 제한되어 있어서, 비록 서른 살인 그녀와 스무 살인 그가 서로 문을 맞댄 옆방에서 잠자고 매일 대화를 주고받는 사이이긴 했지만 그녀가 누구에게 여자로 보일수 있다든가 걸치고 있는 옷 이외에 여자다운 면을 지니고 있다든가 하는 것은 한 번도 생각해 본 적이 없었다.

그리고 또 누가 있을까? 비네와 몇몇 장사치, 두세 명의 술집 주인과 본당 신부, 마지막으로 면장인 튀바슈와 그의 두 아들, 한결같이 돈푼이나 있고 무뚝뚝하고 둔하며 자기 손으로 자기 땅을 경작하고 집에서는 푸짐하게 식사하며 게다가 독실한 신자들인, 도저히 참을 수 없는 족속들뿐이었다.

그러나 이런 모든 인간 군상의 따분한 배경 위에 에마의 모습은 외따로 뚜렷하게, 그러나 보다 더 아득하게 멀리 떠 있었다. 그녀와 그 사이에는 어떤 막연한 심연(深淵) 같은 것이 가로놓인 느낌이었으니 말이다.

처음에 그는 약사와 함께 여러 번 그녀의 집을 찾아왔더랬다. 샤를은 그가 와도 특별한 관심을 보이지 않았다. 그래서 레옹은 실례가 되면 어쩌나 하는 두려움과, 거의 불가능하다고 체념은 하면서도 친하게 지내고 싶은 욕구 사이에서 어찌할 바를 모르고 있었다.

<br>

## 4

첫 추위가 시작되면서부터 에마는 침실을 떠나 거실로 거처를 옮겼다. 천장이 낮고 길쭉한 그 방에는 벽난로 위에 산호초가 거울 앞에서 무성한 가지들을 뻗치고 있었다. 창가의 안락의자에 앉아서 그녀는 마을 사람들이 포도 위로 지나다니는 것을 바라보곤 했다.

레옹은 하루에 두 번씩 그의 사무실에서 금사자로 갔다. 에마는 멀리서부터 그가 다가오는 발소리를 들을 수 있었다. 그녀는 몸을 굽히고 귀를 기울였다. 그러면 청년은 언제나 같은 복장을 한 채 고개도 돌리는 일 없이 커튼 뒤를 미끄러져 갔다. 그러나 황혼 속에서 왼손에 턱을 괸 채 시작하다 만 자수틀을 무릎 위에 얹어 놓고 있다가 가끔 그녀는 갑자기 미끄러지듯 지나가는 이 그림자의 출현에 몸을 떨었다. 그녀는 일어서서 상을 차리라고 일렀다.

오메는 저녁 식사 중에 찾아오곤 했다. 그리스식 모자를 손에 들고 아무에게도 방해가 안 되도록 발소리를 죽이면서 "안녕들 하세요, 여러분!" 하고 언제나 똑같은 인사말을 되풀이하며 들어서는 것이었다. 이윽고 식탁을 마주하고 부부 사이에 자리를 잡고 앉으면 그는 의사를 돌아보며 환자들의 소식을 물었고 의사는 진료비를 어느 정도 받으면 좋을지에 대해서 그의 의견을 구했다. 그러고는 신문에 난 것에 대한 이야기가 오갔다. 이 시간쯤이면 오메는 그것들을 거의 다 외우고 있었다. 그래서 그는 그 기사 내용들을 빠짐없이 전해 주었고 거기에 기자의 견해, 프랑스나 외국에서 일어난 개개의 재난들에 대한 이야기를 덧붙였다. 그러나 화제가 궁해지면 곧 눈앞에 보이는 음식들에 관해서 소견을 말하기 시작했다. 심지어 어떤 때는 반쯤 자리에서 일어서 가지고 사모님에게 고기의 제일 연한 부분이 어딘지를 살짝 가리켜 보이기도 했고 하녀를 향해서 스튜를 다루는 법이라든가 조미료의 위생에 관해서 충고의 말을 건네기도 했다. 그리하여 향료니 고기국물 엑기스니 고기국물이니 젤라틴이니 해 가며 감탄할 정도로 주워 섬겼다. 사실 온갖 약병들이 가득 차 있는 그의 약국 못지않게 머릿속이 각종 요리법들로 꽉 차 있는 오메는 갖가지 잼, 식초, 달콤한 리큐어를 만드는 데 비상한 재주를 가지고 있었고 최신 발명의 연료 절약형 스토브라든가 치즈를 보관하고 맛이 변한 포도주를 다시 말짱하게 하는 방법까지 알고 있었다.

여덟 시에 쥐스탱이 약국 문을 닫기 위해 그를 데리러 왔다. 그럴 때면 오메 씨는 비웃는 듯한 눈초리로 그를 바라보는 것이었다. 특히 펠리시테가 옆에 있을 때는 더했다. 자기 견습생이 의사의 집에 마음이 끌리고 있다는 것을 눈치챘기 때문이다.

"저놈이." 그는 곧잘 말했다. "슬슬 마음이 동하는 모양이에요. 제 짐작으로는 아무래도 자식이 댁의 하녀한테 반한 것 같아요!"

그러나 오메가 나무라는 그의 좀 더 큰 결점은 항상 사람들의 대화를 엿들으려고 한다는 점이었다. 가령 일요일에 어린애들이 안락의자에 누워서 좀 지나치게 큰 옥양목 커버를 잔등으로 끌어당겨 덮고는 매우 곤하게 잠이 들어 버리곤 해서 그 어린애들을 밖에 데리고 나가라고 시킬 요량으로 오메 부인이 그를 불러들이기라도 하면 그는 도무지 거실에서 나갈 줄을 모르는 것이었다.

그 같은 약사 집의 밤 모임에 그다지 많은 사람들은 모이지 않았다. 그가 내뱉는 험담과 정치적 견해 때문에 각 방면의 점잖은 사람들의 발길은 차츰 뜸해져 버렸다. 서기는 빠짐없이 참석했다. 초인종 소리가 들리는 즉시 그는 보바리 부인을 마중하러 달려 나가서는 그녀의 숄을 받았고 눈 오는 날이면 그녀가 구두 위에 신고 오는 큰 덧신을 약국 책상 밑에 따로 간수하기도 했다.

우선 '삼십 일' 카드놀이를 몇 판 하고 다음에는 오메 씨가 에마와 '에카르테' 카드놀이를 했다. 레옹은 그녀 뒤에서 훈수를 했다. 선 채로 그녀가 앉아 있는 의자등에 두 손을 얹고서 그는 그녀의 쪽 찐 머리에 꽂혀 있는 빗살을 바라보았다. 카드를 던지려고 몸을 움직일 때마다 재킷의 오른쪽이 위로 쳐들리곤 했다. 틀어올린 머리칼에서부터 등으로 다갈색의 그림자가 떨어져 차츰 희미해지다가 어둠 속으로 점점 녹아들고 있었다. 그리고 주름이 가득 잡힌 치마는 부풀어올라 의자의 양쪽을 덮었다가 마룻바닥으로 끌리며 퍼졌다. 가끔 자신이 장화 뒤축으로 그 옷자락을 밟고 있다는 것을 깨달으면 레옹은 마치 누군가의 몸을 밟기나 한 것처럼 놀라서 물러서곤 했다.

트럼프 놀이가 끝나면 약제사와 의사가 도미노 놀이를 했다. 그러면 에마는 자리를 옮겨 탁자 위에 팔꿈치를 괴고 일뤼스트라시옹[68]을 뒤적였다. 그녀는 집에서 자기가 보는 그 유행 잡지를 가지고 왔던 것이다. 레옹은 그녀 곁에 자리를 잡았다. 그들은 함께 삽화를 들여다보기도 하고 먼저 읽은 사람은 페이지 끝에서 기다려 주기도 했다. 그녀는 가끔 그에게 시를 읽어 달라고 졸랐다. 레옹은 길게 빼는 어조로 낭송했고 애정 표현의 대목에 이르면 일부러 잦아드는 듯한 목소리가 되었다. 그러나 도미노 놀이를 하는 소리가 방해가 되었다. 오메 씨는 도미노를 아주 잘해서 샤를을 풀 더블 식스로 보기 좋게 물리쳤다. 이윽고 백 점짜리 세 판이 끝나면 두 사람 모두

---

68) *L'Illustration*. 1843년에 창간된 주간지로 가격이 비싸서 그 잡지의 구독은 사회적으로 인정받는다는 신호가 되었다.

난로 앞에 늘어져서 이내 잠이 들어 버리는 것이었다. 불은 재 속에서 꺼져 가고 찻주전자는 비어 있었다. 레옹은 여전히 낭송을 계속했다. 에마는 그 소리에 귀를 기울이면서 램프 갓을 기계적으로 빙글빙글 돌리고 있었다. 램프 갓의 얇은 천에는 마차를 탄 피에로나 긴 장대를 들고 줄타기하는 여자 곡예사가 그려져 있었다. 레옹은 낭송을 그치면서 잠들어 버린 청중을 몸짓으로 가리켰다. 그러면 두 사람은 소곤소곤 이야기를 주고받았다. 이렇게 되면 대화는 옆에서 듣는 사람이 없기 때문에 그들에게는 한층 더 감미로운 느낌이었다.

이런 식으로 해서 두 사람 사이에는 일종의 결속이, 책이나 사랑 노래의 끊임없는 교환이 성립되었다. 보바리 씨는 질투를 모르는 사람이어서 그걸 이상하게 여기지 않았다.

샤를은 생일 기념으로 흉부에까지 일일이 번호가 찍혀 있고 파란 색칠을 한 멋진 골상학용 흉상 하나를 선물받았다. 서기의 배려였다. 그는 그 밖에도 여러 가지로 신경을 썼고 나중에는 루앙에 가서 그의 심부름까지 해다 주었다. 그리고 어떤 소설가가 쓴 책 때문에 잎이 두꺼운 식물을 키우는 것이 크게 유행하게 되자 레옹은 부인을 위해 그것을 사 가지고는 제비 속에서 그 모진 바늘에 손가락을 찔리면서도 무릎 위에 안고 돌아왔다.

에마는 화분들을 올려놓으려고 창가에 난간이 달린 선반을 하나 달았다. 서기 역시 공중에 매단 정원을 만들었다. 그들은 각기 창가에서 꽃을 손질하는 서로의 모습을 바라보았다.

마을의 창문들 가운데 그보다도 더 빈번하게 사람 그림자가 보이는 곳이 또 하나 있었다. 일요일에는 아침부터 저녁까지, 날씨가 좋은 날이면 오후마다, 다락방의 채광창에 녹로대 위로 몸을 구부리고 있는 야윈 비네의 옆얼굴이 보이곤 했으니 말이다. 그 녹로가 돌아가는 단조로운 소리는 금사자에까지 들려왔다.

어느 날 밤, 집에 돌아온 레옹은 연한 바탕에 나뭇잎 무늬가 박힌, 비로드와 양털로 짠 양탄자가 방 안에 놓여 있는 것을 보았다. 그는 오메 부인, 오메, 쥐스탱, 그 집 아이들, 식모를 불렀다. 주인에게도 이야기를 했다. 누구나 다 융단을 보고 싶어 했다. 왜 의사 부인이 서기에게 그런 선심을 쓰는 것일까? 기이한 일이었다. 그래서 사람들은 결국 그녀가 그의 애인임에 틀림없다고 생각해 버렸다.

그렇게 생각하는 것이 당연할 만큼 그는 그녀의 매력과 재치에 대하여 끊임없이 이야기하곤 했다. 그래서 비네도 한번은 아주 노골적으로 그에게 이렇게 대꾸한 일이 있었다.

"그게 나하고 무슨 상관이야. 내가 어울리며 지내는 상대가 아닌데!"

레옹은 어떤 방법으로 속마음을 고백할지 고민을 거듭했다. 그리고 언제나 그녀의 기분을 상하게 하지나 않을까 하는 두려움과 그토록 소심한 자신에 대한 부끄러움 사이에서 주저하면서 그는 낙담과 욕정 때문에 눈물을 흘렸다. 이윽고 그는 아주 단단히 마음을 먹었다. 몇 번씩이나 편지를 썼다가는 찢어 버리고 시기를 미루고 또 미루었다. 몇 번이나 대담하게 해

치울 마음으로 걷어붙이고 나섰지만 에마 앞에만 가면 그 결심은 곧 사라져 버리고 말았다. 그리고 샤를이 불쑥 나타나 그의 보크 마차를 타고 함께 근처의 환자한테 가 보지 않겠느냐고 권하면 그는 곧 응하여 사모님에게 인사를 하고는 가 버리는 것이었다. 하기야 그녀의 남편도 그녀의 일부분인 그 무엇이 아니겠는가?

에마 쪽으로 말하면, 자기가 그를 사랑하는지 어쩌는지 생각조차 해 본 일이 없었다. 연애란 요란한 번개와 천둥과 더불어 갑자기 찾아오는 것이라고 그녀는 믿고 있었던 것이다. 하늘에서 인간이 사는 땅 위로 떨어져 인생을 뒤집어엎고 인간의 의지를 나뭇잎인 양 뿌리째 뽑아 버리며 마음을 송두리째 심연 속으로 몰고가는 태풍과도 같은 것이라고 말이다. 그녀는 집 안의 테라스에서 물받이 홈통이 막히면 빗물이 호수를 이루게 된다는 것을 알지 못하고 있었다. 그래서 태연히 안심하고 있다가 문득 벽에 금이 간 것을 발견한 것이었다.

## 5

이월의 어느 일요일, 눈이 내리는 오후였다.

보바리 부부, 오메와 레옹 등 모두가 함께 용빌에서 오 리쯤 떨어진 골짜기에 새로 세워지고 있는 제마(製麻) 공장을 구경하러 갔다. 약제사는 운동을 시킨다면서 나폴레옹과 아탈리를 데리고 갔고 쥐스탱은 우산을 몇 자루 어깨에 메고 그들을 따라나섰다.

그러나 구경거리치고 이보다 더 시시한 것은 없었다. 모래와 자갈 더미 사이에 벌써 녹이 슨 톱니바퀴 몇 개가 너저분하게 흩어진 넓은 공터가 있고 그 한가운데에 조그만 창이 여러 개 뚫려 있는 길쭉하고 네모난 건물이 하나 서 있었다. 그것은 아직 다 지은 것도 아니어서 지붕의 서까래들 사이로 하늘이 보였다. 박공의 들보에는 이삭들이 한데 섞인 밀짚 한 단이 삼색 리본을 바람에 펄럭이며 매달려 있었다.[69] 오메는 지껄여 대고 있었다. 그는 일행들에게 이 공장이 장차 얼마나 중요한 것이 될지를 설명했고 마루 판자의 견고성과 벽의 두께를 계산해 보이면서 비네가 개인용으로 지니고 다니는 것과 같은 눈금자를 안 가져온 것을 몹시 아쉬워했다.

그에게 팔을 맡기고 있는 에마는 그의 어깨에 몸을 약간 기댄 채 멀리 안개 속에서 눈부시면서도 창백한 빛을 발산하고 있는 둥그런 해를 바라보고 있었다. 그러나 고개를 돌리자, 샤를이 거기에 있었다. 그는 챙 달린 모자를 눈썹께까지 푹 눌러쓰고 위아래의 두꺼운 입술을 덜덜 떨고 있었기 때문에 한층 더 바보스럽게 보였다. 그의 잔등을, 그 태연한 잔등을 보기만 해도 짜증이 났다. 그녀의 눈에는 프록코트에 덮인 그 잔등 위에 그의 사람됨의 진부함이 온통 다 진열되어 있는 것

---

69) 대혁명 초기에는 그 기념일에 포도 넝쿨로 월계관을 만들어 쓰고서 밀이삭과 밀짚으로 화환을 묶은 다음 그 위에 삼색 휘장과 검을 놓고 제사를 드렸다. 이 썰렁한 정경은 혁명의 축제가 퇴색한 유물로만 남은 왕정복고 시절의 풍경이다.

만 같았다.

짜증스러운 기분 속에서도 일종의 잔인한 쾌감을 맛보면서 그녀가 남편을 바라보고 있는 동안 레옹이 한 걸음 앞으로 나섰다. 그는 추위로 창백해졌지만 그 때문에 얼굴엔 한층 더 감미로운 우수가 서린 것 같아 보였다. 넥타이와 목 사이로 조금 느슨해진 셔츠의 칼라가 살을 드러내 보이고 있었다. 한쪽 귀의 끝이 머리칼 다발 밑으로 나와 있고 구름을 쳐다보고 있는 크고 푸른 두 눈이 에마에게는 산속의 하늘 비친 호수보다도 더 맑고 더 아름답게 보였다.

"야, 이 녀석아!" 갑자기 약제사가 소리쳤다.

그러고는 자기 아이한테 달려갔다. 아이는 이제 막 석회더미로 뛰어들어 구두를 하얗게 칠하려는 참이었다. 호되게 야단을 맞은 나폴레옹은 큰 소리로 울어 대기 시작했고 쥐스탱은 짚수세미로 구두를 닦아 주었다. 그러나 손칼이 있어야 했다. 샤를이 자기 것을 꺼내 주었다.

"어머나!" 그녀가 혼자 중얼거렸다. "저이가 농사꾼처럼 칼을 주머니에 넣고 다니네!"

진눈깨비가 오기 시작해서 일행은 용빌로 돌아왔다.

보바리 부인은 그날 밤 이웃집에 가지 않았다. 그리고 샤를이 나가 버린 후 혼자라는 것을 느끼게 되자 마치 직접 느끼는 감각처럼 선명하게, 그리고 기억이 대상에 부여하게 마련인 조망의 확대를 수반하여 두 사람에 대한 비교가 또 시작되었다. 잠자리에 누운 채 타오르는 난롯불을 바라보는 그녀의 눈에는 바로 저 앞에 있는 듯, 레옹이 한 손으로는 가느다란 지팡이를 구부릴 듯 눌러 짚고 다른 손으로는 태연하게 아이스 케이크 조각을 빨아 먹고 있는 아탈리를 붙잡고 있는 모습이 선하게 보였다. 그는 매력적이었다. 그녀는 그에게서 눈을 뗄 수가 없었다. 또 다른 날 보았던 그의 다른 자태들, 그가 한 말, 목소리 그리고 그 사람 전체를 다시 떠올려 보았다. 그리 고 마치 키스를 하려는 듯이 입술을 비쭉 내밀면서 되풀이하 여 중얼거렸다.

"그래, 매력적이야! 정말 매력적이야!…… 저 사람 혹시 사 랑하고 있는 게 아닐까?" 하고 자신에게 물었다. "그렇다면 누 구를?…… 어머, 누구긴? 나지!"

그렇다는 증거가 모두 한꺼번에 펼쳐지면서 그녀의 가슴이 마구 뛰었다. 벽난로의 불꽃이 천장에 어려 즐거운 광채로 일 렁거렸다. 그녀는 두 팔을 뻗으며 천장을 보고 누웠다.

그리고 틀에 박힌 탄식이 시작되었다. "아아, 만일 하늘이 맺어 주신다면! 어째서 그러지 못한 걸까? 대체 무엇이 방해 한 걸까?……"

샤를이 밤중에 돌아왔을 때 그녀는 자다가 깬 척했다. 그리 고 그가 옷을 벗으면서 소리를 내자 그녀는 머리가 아프다고 했다. 그리고 무심한 목소리로 밤 모임이 어땠느냐고 물었다.

"레옹 씨는." 그가 말했다. "일찍 자기 방으로 올라가 버렸어."

그녀는 미소를 짓지 않을 수 없었다. 그리고 마음속에 새로 운 기쁨이 차오르는 것을 느끼며 잠이 들었다.

다음 날 해 질 녘에 그녀는 유행품 가게 주인 뢰르의 방문 을 받았다. 이 장사꾼은 능숙한 인물이었다.

가스코뉴 태생이지만 노르망디 사람이 된 그는 남부 사람의 말주변에 코 지방 사람 특유의 교활함을 지니고 있었다. 피둥피둥 기름이 올랐고 부드러우면서도 수염이 없는 얼굴은 연하게 달인 감초즙을 바른 것 같았다. 흰 머리칼 때문에 작고 검은 눈의 거친 광채가 한층 더 쌩쌩해 보였다. 그가 옛날에 무엇을 하던 사람인지 아는 사람은 아무도 없었다. 어떤 이는 그가 잡화 행상인이었다고 했고 또 어떤 이는 루토에서 은행업을 했다고 말했다. 확실한 것은 그가 비네조차 겁낼 정도로 복잡한 계산을 암산으로 해치운다는 사실이었다. 비굴할 정도로 공손한 그는 언제나 절을 하거나 초대하려는 사람의 자세로 허리를 절반쯤 구부리고 있었다.

　크레이프가 달린 모자를 문간에 벗어 놓고 나서 탁자 위에 초록빛 마분지 상자를 올려놓더니 그는 우선 오늘에 이르기까지 사모님을 고객으로 모시지 못한 채 지낸 것에 대한 유감을 아주 예의 바르게 털어놓기 시작했다. 그의 보잘것없는 가게는 세련된 여성의 관심을 끌 만한 것이 못 된다는 것이었다. 그는 세련된 분이라는 말에 힘을 주었다. 그러나 주문만 해 주신다면 옷감이나 잡화든, 리넨 제품이나 모자나 유행품이든, 무엇이나 원하시는 물건이 있다면 대 드리겠다는 것이었다. 그가 한 달에 네 번씩 정기적으로 읍에 나갔다 오기 때문이었다. 그는 가장 유력한 가게들과 거래하고 있는 것이었다. 트루아 프레르, 바르브 도르 또는 그랑 소바주 같은 상점에서 그에 대해서 물어보면 그 집 주인들은 자기 주머니 속 들여다보듯 잘 안다고 할 것이었다! 그래서 오늘은 지나가는 길에, 다시없는 기회가 주어져서 입수하게 된 몇 가지 물건을 보여 드릴 겸 찾아온 것이었다. 그러고 나서 그는 수를 놓은 칼라를 반 다스쯤 상자에서 꺼냈다.

보바리 부인은 그것들을 살펴보았다.

"아무것도 필요없어요." 그녀가 말했다.

그러자 뢰르 씨는 익숙한 솜씨로 알제리의 목도리 세 개, 영국제 바늘 몇 갑, 밀짚 슬리퍼 한 켤레 그리고 끝으로 수인들이 야자 열매에 장식 구멍을 뚫어 새긴 삶은 계란 받침 네 개를 조심조심 꺼내 보였다. 그러고는 두 손을 탁자 위에 올려놓고 등을 구부려 목을 길게 뽑고 입을 벌린 채 그 상품들 사이를 막연히 오가는 에마의 눈길을 좇았다. 이따금 티끌이 묻은 것을 떼어 내려는 듯 그는 쭉 펴 놓은 비단 목도리를 손톱으로 톡톡 쳤다. 그러면 목도리는 가벼운 소리를 내며 떨렸고 옷감에 찍힌 금박들이 황혼 녘의 초록빛 광선을 받아 작은 별처럼 반짝거리곤 했다.

"이런 건 얼마 하죠?"

"아주 싸요." 그가 대답했다. "아주 쌉니다. 게다가 급할 게 없죠. 언제든 형편이 닿을 때 주시면 됩니다. 저희는 유대인이 아니니까요!"

그녀는 잠시 생각하는 듯했지만 결국 뢰르 씨의 호의를 사절했다. 그가 침착하게 말했다.

"좋습니다. 언젠가 이야기가 통하는 날이 있겠지요. 난 언제나 부인들하고 얘기가 잘됩니다. 우리집 마누라하고라면 어떨지 모르겠지만요!"

에마는 미소를 지었다.

"아니, 이런 말씀을 드리는 것은." 그가 농담 뒤에 사람 좋아 보이는 표정으로 되돌아가며 말을 이었다. "나는 돈 같은 것은 아무래도 좋습니다…… 필요하시다면, 내가 드리겠어요."

에마는 깜짝 놀란 시늉을 했다.

"아!" 그가 빠르고도 낮은 목소리로 말했다. "즉석에서 변통해 드릴 수도 있어요, 믿어도 됩니다."

그러고 나서 그는 당시 보바리 씨가 치료하고 있던, 카페 프랑세의 주인인 텔리에 영감의 용태를 묻기 시작했다.

"대체 텔리에 영감은 어디가 안 좋답니까?…… 집 안이 떠나갈 듯 기침을 해 대던데, 아무래도 머지않아 플란넬 속옷보다는 전나무 외투가 더 필요해지지 않을까 걱정이에요. 그 사람 젊었을 적에 어지간히도 방탕하게 지냈거든요! 그런 사람들은 말입니다, 사모님, 절제라곤 조금도 할 줄 몰라요! 브랜디로 속을 다 태워 버린 거예요! 그래도 여하튼 아는 사람이 가 버린다는 건 마음 아픈 일이지요."

마분지 상자를 노끈으로 다시 묶으면서 그는 이런 식으로 의사의 고객에 대한 이야기를 늘어놓았다.

"아마 날씨 때문일 겁니다, 그런 병이 걸리는 것은!" 그가 얼굴을 찌푸리고 유리창을 바라보며 말했다. "나도 어쩐지 몸이 좋지 않아요. 머지않아 선생님께 진찰을 받으러 가야 할 것 같아요. 등이 아프거든요. 그럼 안녕히 계세요, 보바리 부인, 언제나 필요하실 땐 기꺼이 도움이 돼 드리겠습니다!"

그리고 그는 조용히 문을 닫았다.

에마는 저녁 식사를 쟁반에 차려서 자기 방 벽난로 곁으로 가져오게 했다. 그녀는 오래 걸려 식사를 했디. 모든 것이 다 맛있어 보였다.

"어지간히도 얌전하게 참았군!" 그녀는 목도리에 대한 일을 생각하면서 혼잣말을 했다.

층계에서 발소리가 들렸다. 레옹이었다. 그녀는 자리에서 일어나 장롱 위에서 가장자리를 감칠 걸레 더미 가운데 제일 위에 있는 것을 집어 들었다. 그가 들어섰을 때 그녀는 매우 일에 골몰한 것처럼 보였다.

주고받는 대화는 활기가 없었다. 보바리 부인은 매번 말을 꺼내는 듯하다가 스스로 그만둬 버리곤 했고 레옹 자신도 몸 둘 바를 모르겠다는 듯 가만히 앉아만 있었다. 그는 벽난로 옆 낮은 의자에 앉아서 상아 바느질 상자만 손가락으로 만지작거리고 있었다. 그녀는 바늘을 놀리면서 가끔 손톱으로 천에다 주름을 잡곤 했다. 그녀는 입을 열지 않았다. 그는 마치 그녀의 말에 사로잡혔다면 그랬을 것처럼 그녀의 침묵에 발목이 잡힌 채 말이 없었다.

"딱한 사람이군!" 그녀는 생각했다.

"나의 어떤 면이 맘에 안 들어서 저럴까?" 그는 자문해 보았다.

그런 가운데서도 레옹은 간신히, 사무실 일 때문에 가까운 시일 안에 루앙에 가게 될 것 같다는 말을 꺼낼 수 있었다.

"부인의 악보 구독 기간이 끝났던데, 계속하도록 신청할까요?"

"아니에요." 그녀가 대답했다.

"왜요?"

"그것은요……."

그녀는 입술을 꼭 오므리며 한 바늘 꿰맨 회색 실을 천천히 길게 뽑았다.

이렇게 바느질하는 모습을 보고 있자니 레옹의 마음이 잔뜩 초조해졌다. 에마의 손가락 끝 살갗이 벗겨질 것만 같았던 것이다. 애정이 깃든 멋진 문구가 머리에 떠올랐지만 감히 말로 할 수가 없었다.

"그럼 그만두시는 거군요." 그가 말을 이었다.

"무엇을요?" 그녀가 성급히 말했다. "음악 말이에요? 아! 말씀 마세요, 그만둬야죠! 집안을 보살피랴, 남편 시중들랴, 그보다 먼저 해야 할 일이 셀 수도 없을 만큼 많아요."

그녀는 벽시계를 쳐다보았다. 샤를의 귀가가 늦어지고 있었다. 그러자 그녀는 걱정하는 듯한 표정을 지었다. 두세 번이나 이렇게 되풀이했다.

"정말 착한 분이세요!"

서기는 보바리 씨에게 호감을 가지고 있었다. 그러나 그에 대한 부인의 그 같은 애정 표현은 불유쾌한 방식으로 놀라웠다. 그래도 그는 칭찬에 맞장구를 쳤고, 모두가, 특히 약제사가 그를 칭찬하더라고 했다.

"아! 얼마나 좋은 분인데요." 에마가 받았다.

"그럼요." 서기도 말을 이었다.

그리고 그는 오메 부인에 대한 이야기를 꺼냈다. 그녀의 너무나도 소홀한 몸단장이 평소에 늘 두 사람에게 웃음거리가 되고 있었다.

"그런 거야 아무러면 어때요?" 에마가 말을 믹았다. "가정주부는 자기 몸치장 같은 것엔 신경 쓰지 않는 법이에요."

그러고 나서 그녀는 다시 침묵으로 돌아갔다.

다음 날도, 또 다음 날도 마찬가지였다. 그녀가 말하는 것, 행동하는 것, 모두가 달라졌다. 가사에 충실하고 빠짐없이 교회에 다니고 하녀를 엄격하게 다루는 그녀를 볼 수 있었다.

그녀는 유모한테 맡겼던 베르트를 데려왔다. 손님들이 찾아올 때면 펠리시테가 아이를 데리고 왔다. 보바리 부인은 옷을 벗겨서 아이의 팔다리를 보였다. 자기는 세상에서 어린아이들이 제일 좋다고 털어놓았다. 아이야말로 자신의 위안이고 즐거움이며 열애의 대상이라면서 자신의 애정 표현에 실로 서정적인 심정 토로를 곁들였으므로 용빌에 사는 사람이 아닌 누가 들었더라면 파리의 노트르담에 나오는 사셰트[70]를 머리에 떠올렸을지도 모른다.

샤를이 밖에서 돌아와 보면 벽난로의 재 가까이에 놓아둔 자기의 슬리퍼가 따뜻해져 있곤 했다. 이제는 더 이상 조끼의 안감이나 셔츠의 단추가 떨어져 있는 일은 없게 되었고 잠잘

---

70) 1831년에 발표되어 선풍적 인기를 끈 빅토르 위고의 이 소설에 등장하는 인물은 사셰트가 아니라 파케트 라샹트플뢰리다. 이 인물은 딸 아녜스를 애지중지하지만 집시들이 그만 아이를 훔쳐가서 에스메랄다라는 이름을 붙였다. 딸을 잃고 절망하여 자루옷만 입고 사는 이 여자를 사람들은 '사셰트 (sachette)'라는 별명으로 불렀다.

때 쓰는 모자들이 옷장 속에 같은 높이로 차근차근 쌓여 있는 것을 바라보는 즐거움마저 맛볼 수 있었다. 그녀는 더 이상 옛날처럼 마당을 산책하는 것을 싫어하지도 않았다. 그가 말하는 것이면 언제나 따랐다. 남편의 뜻을 확실하게 헤아리지는 못했지만, 언세나 군소리 없이 복종했다. 사정이 이러하다 보니 저녁 식사 후 샤를이 불가에서 양손을 배에다 얹고 두 다리는 장작 받침대에 올려놓은 채 소화 때문에 얼굴은 벌게지고 눈은 행복에 겨워 축축해져 있고 그 옆에 어린애는 양탄자 위를 기어다니고 늘씬한 아내는 안락의자의 등 위로 다가와 남편의 얼굴에 키스를 하는 광경을 보면서 레옹은

"내가 미쳤지!" 하고 속으로 생각하는 것이었다. "이러니 어떻게 저 여자에게 가까이 갈 수 있단 말인가?"

그녀가 너무나도 정숙하고 근접하기 어려워 보였기 때문에 모든 희망이, 가장 막연한 희망마저도 그의 마음속에서 사라져 버렸다.

그러나 이러한 체념을 통해서 그는 그녀를 특별한 조건 속에 놓고 바라보게 되었다. 그의 눈에 그녀는 육체적 특성들을 초월하고 있었다. 그쪽 방면에서 그가 얻어 낼 수 있는 것은 아무것도 없었다. 그의 마음속에서 그녀는 하늘로 승천하는 숭고한 존재처럼 기막히게 높이높이 떠올라 육체를 벗어나는 것이었다. 그것은 일상적으로 살아가는 삶과는 무관한 순수한 감정, 희귀한 것이기에 기꺼이 키워 가는 감정이었다. 그것을 소유해서 맛보는 즐거움보다 잃어버리는 일이 더욱 슬프게 느껴지는 감정이었다.

에마는 야위어 갔다. 두 뺨은 창백해지고 얼굴은 길어졌다. 그녀의 검은 머리채, 커다란 두 눈, 곧은 콧날, 새와도 같은 걸음걸이, 게다가 이제는 항상 침묵에 잠겨 있는 그 모습은, 마치 삶에 닿을 듯 말 듯 스쳐만 지나가는 것 같고 그 무슨 숭고한 숙명의 알 수 없는 표적을 이마에 새겨 가지고 있는 것 같아 보이지 않는가? 그녀는 동시에 너무나도 슬프고 너무나도 차분하고 너무나도 부드럽고 또 다소곳했기 때문에 그녀의 곁에 가까이 가는 사람은 마치 교회 안에서 대리석의 냉기가 서린 꽃 향기에 몸이 으스스 떨리듯 그 어떤 싸늘한 매혹에 사로잡히는 느낌을 지울 수 없었다. 다른 사람들도 이 같은 매혹에서 벗어나지 못했다. 약제사는 곧잘 이렇게 말했다.

"대단한 여성이야. 군청에 데려다 놓아도 결코 빠지지 않을 거야."

중류층 부인들은 그녀의 검소함을, 환자들은 그녀의 예의바름을, 가난한 사람들은 그녀의 자비로움을 칭찬했다.

그러나 그녀는 탐욕과 분노와 증오로 가득 차 있었다. 주름이 똑바로 잡힌 옷은 산란한 마음을 감추고 있었고 그토록 정숙해 보이는 입술은 마음의 고뇌를 말하지 않고 있었다. 그녀는 레옹을 사랑하고 있었다. 그리고 그의 모습을 마음껏 그려 보는 즐거움을 위해 고독을 원했다. 그가 직접 눈앞에 보이면 그 명상의 쾌락이 흐트러지는 것이었다. 에마는 그의 발소리만 들어도 가슴이 뛰었다. 그러다가 막상 그가 앞에 오면 감동이 사라지면서 오로지 커다란 놀라움만이 남았다가 어느덧 그것도 슬픔으로 변하고 마는 것이었다.

절망적인 심정이 되어 그녀의 집을 나올 때, 레옹은 에마가 한길을 걸어가는 그를 바라보려고 자신의 뒤에서 따라 일어나는 것을 알지 못했다. 그녀는 그의 일거일동에 신경을 썼고 그 얼굴빛을 살폈다. 그의 방을 찾아갈 구실을 찾기 위해 그럴듯한 이야기를 지어내기도 했다. 약제사의 부인은 레옹과 한 지붕 밑에서 잘 수 있으니 어지간히도 행복하겠다는 생각이 들었다. 그리고 마치 장밋빛 발과 하얀 날개를 그 집의 빗물받이 홈통에 적시러 오는 금사자의 비둘기들처럼 그녀의 생각은 끊임없이 이 집으로만 찾아들었다. 그러나 에마는 자신의 사랑을 의식하면 할수록 그것이 밖으로 드러나지 않도록, 그리고 그것을 약화시켜 보려고 속마음을 억누르는 것이었다. 그녀는 레옹이 그것을 눈치채 주었으면 했다. 그리고 그럴 수 있도록 도와줄 여러 가지 우연이나 이변들을 상상했다. 그녀를 주춤하게 하는 것은 아마도 게으름이나 공포였을 것이며, 부끄러움도 있었으리라. 그녀는 자신이 지나치게 그를 멀리했기 때문에 이미 시기를 놓쳐 버렸다, 모든 것이 다 틀려 버렸다는 생각도 했다. 그러다가 "나는 정숙해." 하고 자기 자신에게 말하거나 체념한 포즈를 취하며 거울 속의 자기 모습을 바라볼 때면 그 순간의 자긍심과 기쁨을 통해서 자신이 치르고 있는 희생을 다소나마 위로받는 느낌이었다.

그럴 때면 육체적인 욕망도, 금전에 대한 욕심도, 정욕에서 오는 우수도 모두 같은 고뇌 속에 용해되었다. 그러면 그럴수록 그 고뇌에서 생각을 딴 데로 돌리기는커녕 그 고통에서 자극을 느꼈고 도처에서 그럴 기회를 찾으려고 애쓰면서 거기에 더욱 집착했다. 그녀는 차려 준 음식이나 꼭 닫지 않은 문 때문에 짜증을 냈고 자신이 갖지 못한 비로드나 맛볼 수 없는 행복, 너무 높은 꿈, 너무 좁은 자기 집에 대해 앓는 소리를 내곤 했다.

더욱 울화가 치미는 것은, 샤를이 그녀의 극심한 고통을 짐작조차 못 하는 것 같다는 점이었다. 그녀를 행복하게 해 주고 있다고 믿는 그의 확신이 그녀에게는 바보 같은 모욕으로 느껴졌고, 그런 식으로 안심하고 있는 것이 배은망덕으로 여겨졌다. 대체 누구를 위해 정조를 지키고 있단 말인가? 샤를이야말로 모든 행복의 장애, 모든 비참의 원인, 그녀를 사방에서 옥죄고 있는 이 복잡한 가죽 벨트의 뾰족한 가시바늘 같은 존재가 아닌가?

그래서 그녀는 자기의 불만에서 생기는 온갖 증오심을 오직 남편 한 사람에게로 돌렸다. 증오심을 덜려고 노력하면 할수록 오히려 그것을 부채질하는 결과밖에 안 되었다. 이 무용한 수고가 다른 절망의 동기들과 겹쳐져서 그와의 사이를 더욱더 벌어지게 만들었으니 말이다. 그녀는 자신의 부드러움에 대해서까지도 반발을 느꼈다. 보잘것없는 가정생활이 그녀를 사치스러운 공상 쪽으로 몰아갔고 모정이 간통의 욕정을 구하게 만들었다. 그녀는 좀 더 정당한 이유로 샤를을 미워하고 복수할 수 있도록 그가 자기를 때려 주었으면 좋겠다고 생각했다. 그녀는 때때로 마음속에 떠오르는 무서운 가정(假定)에 깜짝 놀라곤 했다. 그래서 항상 미소를 지어야 했고, 당신은 행복한 사람이라는 말을 몇 번씩이나 되풀이하는 것을 들으면서 그런 척을 해야 했고 그렇게 믿도록 해야만 했다.

그렇지만 그녀는 이러한 위선이 죽도록 싫었다. 레옹과 함께 어딘가 먼 곳으로 도망쳐서 새로운 운명을 시도해 보고 싶은 유혹이 그녀를 사로잡곤 했다. 그러나 곧 그녀의 마음속에서는 막연하면서도 암흑으로 가득 찬 심연이 입을 벌렸다.

"게다가 그는 이미 나를 사랑하지 않는걸." 그녀는 생각했다. "어떻게 되려는 걸까? 어떤 구원을, 어떤 위안을, 어떤 안도감을 기대한단 말인가?"

그녀는 기진맥진한 나머지 숨을 헐떡거리며 꼼짝도 못 한 채 눈물을 흘리고 나직하게 흐느꼈다.

"주인나리께 말씀드리시지 그러세요?" 그녀가 발작을 일으킬 때 들어온 하녀가 물었다.

"신경이 예민해져서 그래." 에마가 대꾸했다. "말씀드리지 말아, 걱정하실 테니까."

"아아! 그렇군요." 펠리시테가 말을 받았다. "마님은 게린하고 똑같네요. 제가 여기 오기 전에 디에프에서 알았던 폴레의 어부 게랭 영감님의 딸이었죠. 표정이 어찌나 슬퍼 보였는지 이 아가씨가 그 집 문간에 서 있는 걸 보면 마치 그 집에 초상이라도 난 걸로 생각될 정도였어요. 그 아가씨 병은 꼭 머릿속에 안개가 끼어 있는 것 같은 증세였는데 의사 선생님도 신부님도 어떻게 손을 쓸 도리가 없었어요. 병이 심해지면 혼자서 바닷가에 나가서는, 세관 관리가 순회하면서 보니까, 파도가 밀어닥치는 자갈 위에 뒹굴면서 울더래요. 그렇던 것이 결혼을 하고 나자 깨끗이 나았다는 소문이더군요."

"하지만 내 경우는." 에마가 대답했다. "결혼을 한 다음부터 생긴 병인걸."


                              6


　어느 날 저녁, 그녀가 열어젖힌 창가에 앉아서 교회지기 레스티부두아가 회양목의 가지를 치고 있는 것을 바라보고 있으려니까 문득 만종 소리가 들렸다.

　이른 사월 벚꽃이 필 무렵이었다. 막 김을 맨 화단 위로 따사로운 바람이 스쳐 가고 정원은 여자들처럼 여름날의 축제를 위해 화장을 하고 있는 것만 같았다. 나뭇가지를 올린 덩굴 시렁의 졸대들 사이를 통해서 마을 저 너머에는 목장 가운데를 흐르는 개울이 풀밭 위로 구불구불 곡선을 그리고 있는 것이 보였다.

　저녁 안개가 잎 떨어진 포플러나무들 사이로 지나면서 가지에 걸린 엷은 막보다 더 희미하고 투명한 보랏빛 나무들의 윤곽을 어렴풋하게 지워 놓고 있었다. 먼 저쪽에서는 가축들이 걸어다니고 있었지만 발소리도 울음 소리도 들려오지 않았다. 그래서 여전히 울려 퍼지는 종소리만이 대기 속에서 평화스러운 탄식을 계속하고 있었다.

　되풀이해 울리는 그 종소리를 들으며 젊은 여자의 상념은 처녀 시절과 기숙사에서 지내던 때의 옛 추억 속에서 길을 잃고 방황하는 것이었다. 그녀는 제단 위에 꽃이 가득 꽂힌 꽃병들과 작은 기둥이 달린 감실 위로 솟아 나와 있던 큰 가지 모양의 촛대를 생각했다. 그녀는 옛날처럼 길게 줄을 짓고 있는 흰 베일들 속에 다시 파묻혀 있고 싶었다. 군데군데 기도대 위에 머리를 숙이고 있는 수녀들의 빳빳한 두건들이 그 행렬에 검은 반점을 찍어 놓고 있었다. 일요일에 미사를 올릴 때, 기도하기 위해 수그렸던 머리를 쳐들면 푸르스름하게 피어오르며 소용돌이치는 향의 연기 사이로 성모의 인자한 얼굴이 보였다. 그러면 어떤 가슴 뭉클한 전율이 그녀를 사로잡았다. 온몸의 힘이 빠지면서 폭풍의 소용돌이에 말려든 한 가닥 새털처럼 무엇엔가 완전히 몸을 맡겨 버린 상태가 되었다. 그리하여 자신도 의식하지 못한 채 그녀는 교회를 향해 걸었다. 영혼이 그 속으로 빨려 들어가서 삶이 송두리째 그리로 몰입될 수만 있다면 그 어떤 신앙이라도 바칠 각오가 되어 있었다.

그녀는 광장에서 마침 돌아오고 있는 레스티부두아를 만났다. 그는 하루 벌이를 축내지 않기 위해서 잠시 일손을 멈추고 돌아와서 종을 치고 나서는 다시 가서 일을 하는 것이었다. 그 때문에 만종은 그의 편의에 맞춰서 울렸다. 게다가 종을 좀 앞당겨 치게 되면 개구쟁이들에게 교리 문답 시간을 알려줄 수가 있었다.

벌써부터 모여든 몇몇 아이들은 묘지의 바닥돌 위에서 구슬치기를 하고 있었다. 다른 아이들은 담장 위에 말타기 자세로 올라앉아 두 다리를 흔들어 대면서 나막신으로 낮은 담과 제일 끝 줄의 무덤 사이에 자라는 쐐기풀을 쓰러뜨리고 있었다. 초록빛인 곳은 오직 그쪽 한 군데이고 나머지는 온통 묘석들뿐인데 성구실에 빗자루가 갖추어져 있는데도 불구하고 청소가 되지 않아서 언제나 뽀얀 먼지에 뒤덮여 있었다.

운동화를 신은 아이들은 그곳이 마치 자기들을 위해 만들어 놓은 놀이터인 양 뛰어다니고 있었다. 종소리의 여운에 섞여서 그들의 떠들썩한 소리가 들렸다. 종루 꼭대기에서부터 늘어져 그 끝이 지면에 끌리고 있는 밧줄의 흔들림이 멈추어감에 따라 종소리는 점점 약해졌다. 제비 떼가 작은 소리를 내면서 날쌘 날갯짓으로 공기를 가르고는 빗물막이 기와 밑의 노란 둥지로 재빨리 돌아갔다. 교회 안 깊숙한 곳에 램프가 켜져 있었다. 컵을 매달고 그 속에 심지를 박아 상야등으로 켜 두는 것이었다. 그 빛은 멀리서 보면 기름 위에서 흔들리고 있는 희끔한 반점 같았다. 길게 뻗쳐 들어온 햇살이 교회당 안을 끝에서 끝까지 가로질러 양쪽 옆이나 구석구석을 한층 더 어둡게 만들고 있었다.

"신부님은 어디 계시지?" 그녀는 너무 느슨한 구멍에 박힌 회전문의 축을 흔들고 있는 사내아이에게 물었다.

"곧 오실 거예요." 그가 대꾸했다.

과연 그때 사제관의 문이 삐걱 소리를 내면서 부르니지앵 신부가 나타났다. 어린애들은 밀고 밀리면서 교회 안으로 몰려 들어갔다.

"이 개구쟁이들!" 신부가 중얼거렸다. "언제나 이 모양이지!"

그러고는 발밑에 걸린, 너덜너덜해진 교리 문답서를 집어 들면서 말했다.

"아끼는 물건이 없다니까!"

그러나 보바리 부인을 보자 곧 말했다.

"정말 실례했습니다. 미처 알아뵙지 못했군요."

그는 교리 문답서를 안주머니에 집어넣고서는 멈춰 서서 두 손가락으로 성구실의 무거운 열쇠를 흔들어 댔다.

그의 얼굴에 정면으로 비쳐 드는 저녁 햇살에 신부복의 빛깔이 흐릿해 보였고 팔꿈치 아래쪽은 번들번들하고 옷자락 밑부분은 실밥이 풀려 있었다. 기름때와 담배 자국이 넓은 가슴에 한 줄로 달린 단추들을 따라 얼룩져 있었는데 뻘건 피부의 수많은 주름들이 한데 모여 있는 가슴 장식에서 멀어질수록 얼룩의 수는 더욱 많아졌다. 피부의 곳곳에 흩어져 있는 누런 반점들은 희끗희끗한 볼수염의 딱딱한 털 속에 숨어 있었다. 그는 방금 식사를 하고 나오는 길이라 가쁜 숨을 몰아쉬었다.

"건강은 어떠십니까?" 그가 다시 물었다.

"안 좋아요. 몸이 괴롭습니다." 에마가 대답했다.

"하하, 나도 그래요." 신부가 말을 이었다. "요즘처럼 더위가 막 시작될 때는 누구나 몸이 아주 노곤한 것 아닙니까? 어쩔 수 없는 일이죠. 성 바오로께서 말씀하셨듯이, 인간은 고통받기 위해 태어난 것입니다. 그런데 보바리 씨는 뭐라던가요?"

"그이야 뭐!" 그녀가 경멸하는 태도로 말했다.

"저런!" 신부가 어리둥절해서 되물었다. "선생님이 당신에게 아무 처방도 안 해 주시던가요?"

"아!" 에마가 말했다. "제게 필요한 것은 속세의 약이 아니에요."

신부는 자꾸만 교회 쪽을 쳐다보았다. 거기서는 개구쟁이

들이 모두 다 무릎을 꿇고 앉은 채로 서로 어깨를 밀치다가 마분지로 만든 수도승들처럼 쓰러지고 있었던 것이다.

"제가 알고 싶은 것은……." 그녀가 말을 이었다.

"두고 보자, 이놈 리부데." 신부가 성난 목소리로 고함을 질렀다. "이제 내가 달려가서 귀를 잡아 빼 줄 테다. 이 몹쓸 놈!" 그러고는 에마 쪽을 돌아보며 말했다.

"저놈은 목수 부데의 자식 놈입니다. 살기가 좀 넉넉해지니 부모가 아이를 버릇 없이 키우고 있는 겁니다. 하지만 하려고 들면 깨우침도 빠른 놈이지요, 워낙 머리가 좋으니까. 그래서 가끔 난 농담으로 저 녀석을 리부데라고 부르곤 하지요.(마롬에 갈 때 지나는 언덕 이름처럼요.) 몽 리부데[71]라고 부르기도 하죠. 하하하! 리부데산(山)이란 말도 되거든요. 요먼저 이 농담을 주교님께 했더니 그분도 웃으시더군요. 그분께서 웃어 주신 것입니다. 그런데 참, 보바리 씨는 어떻게 지내시나요?"

그녀는 못 들은 것 같았다. 신부가 말을 계속했다.

"여전히 몹시 바쁘시겠지요? 우리, 즉 그분과 나 말입니다만, 우리는 이 교구에서 제일 일복이 많은 두 사람이니까요. 물론 그분은 육체의 의사이고 나는 영혼의 의사지만 말입니다."

그녀는 애원하는 눈길로 신부를 빤히 쳐다보았다.

"그렇죠……." 그녀가 말했다. "신부님은 모든 고뇌를 덜어 주시죠."

---

71) mon Riboudet. '리부데 녀석'이라는 뜻이지만 그 동음이의어인 Mont-Riboudet는 리부데 언덕(산)이란 뜻이다.

"아니…… 말씀 마십시오, 보바리 부인! 오늘만 하더라도 암소 한 마리가 붓는 병에 걸렸다고 해서 바디오빌까지 갔다 왔어요. 그곳에서는 소가 저주받았다고 생각하는 거예요, 글쎄. 무슨 영문인지는 모르지만 그 집 암소들이 모조리…… 잠깐 실례합니다! 롱그마르 그리고 너 부데! 바보 같은 놈들! 그만두지 못해."

그러고는 한달음에 그는 교회 안으로 달려 들어갔다.

개구쟁이들은 그때 큰 책상 주위에서 밀치기도 했고 성가대 걸상 위를 기어오르거나 기도서를 펼치기도 했다. 살금살금 발소리를 죽여 가며 고해실 안으로 기어들려는 놈들도 있었다. 그러나 신부가 갑자기 달려들어 모두를 연달아 후려쳤고 멱살을 잡아 땅에서 번쩍 들었다가 마치 나무를 심기라도 하듯이 성가대석의 바닥돌 위에 콱콱 무릎을 꿇렸다.

"사실." 그가 에마 곁으로 되돌아와서는 커다란 사라사 손수건을 이로 물어 펴면서 말했다. "농민들은 정말 불쌍해요."

"그들 말고도 또 있어요." 그녀가 말했다.

"물론이지요! 예를 들어서 도시의 노동자들이 그렇죠."

"그런 사람들이 아니라……."

"실례지만 말입니다, 내가 아는 불쌍한 가정의 어머니들은, 정숙한 여성들은, 정말이지 거의 성녀라고 해도 좋을 사람들인데 빵 한 조각 없이 헐벗고……."

"하지만 저어……." 그녀가 말을 받았다.(그렇게 말하는 그녀의 입술 양쪽 끝이 일그러졌다.) "신부님, 빵은 있어도 여전히 뭔가 부족하게 느껴지는 여자들이……."

"겨울에 불이 없는 여자들." 신부가 말했다.

"아니! 그런 거야 아무러면 어때요?"

"뭐라고요! 아무러면 어떠냐고요? 내가 보기엔 사람이란 몸 따뜻하고 배불리 먹기만 하면…… 왜냐하면…… 결국……."

"아아, 어쩌면 좋아. 어쩌면 좋아." 하고 그녀는 한숨을 내쉬었다.

"어디가 안 좋으신가요?" 그가 걱정스러운 듯이 한 걸음 앞으로 다가서며 말했다. "혹시 소화 불량이 아닐까요? 보바리 부인, 빨리 집에 돌아가셔서 차를 좀 드세요, 그러면 기운이 납니다. 아니면 흑설탕을 탄 냉수를 한 잔."

"왜요?"

그녀는 어떤 몽상에서 막 깨어난 듯한 얼굴을 하고 있었다.

"부인께서 손으로 이마를 짚기에 그랬죠. 현기증이 나는 줄 알았거든요."

그러고는 문득 생각난 것처럼 말했다.

"그런데 방금 나한테 뭔가 물어보지 않았어요? 그게 뭐였지요? 생각이 안 나네요."

"제가요? 아무것도 아녜요…… 아무것도." 그녀가 되풀이했다.

그리고 주변을 두리번거리던 그녀의 시선이 신부복을 입은 노인한테 천천히 돌아와 멎었다. 두 사람은 마주 서서 말없이 서로의 얼굴을 쳐다보았다.

"그럼 보바리 부인." 마침내 그가 말했다. "실례하겠습니다. 할 일이 바빠서 말입니다. 저 아이놈들부터 어떻게 좀 해야겠어요. 이제 곧 첫 영성체인데 이번에도 또 갑작스레 허둥댈 것 같아서 조마조마합니다! 그래서 승천제 이후 수요일마다 꼬박꼬박 한 시간씩 더 저 애들을 붙들어 두고 있습니다. 저런 한심한 녀석들은 가급적 빨리 하느님의 길로 인도할수록 좋거든요. 더군다나 주님께서 몸소 거룩한 독생자의 입을 통해서 권하신 바이기도 하고요……. 그럼 부인, 몸조심하시고, 주인께도 안부 전해 주세요!"

그는 교회 입구에서 가볍게 무릎을 꿇었다가 일어나 안으로 들어갔다.

에마는 그가 두 줄로 늘어선 의자 사이로 머리를 약간 어깨 쪽으로 기울인 채 두 손을 조금 벌려 밖으로 내저으며 무거운 발걸음으로 사라지는 것을 지켜보았다.

이윽고 그녀는 조각상이 축 위에서 회전하듯 발꿈치를 확 돌려 집으로 가는 길로 들어섰다. 그러나 신부의 굵은 목소리와 개구쟁이들의 왁자지껄하는 소리가 아직도 그녀의 귀에 들려오면서 등뒤에서 이어지고 있었다.

"당신은 그리스도 신자입니까?"

"예, 저는 그리스도 신자입니다."

"그리스도 신자란 무엇입니까?"

"그것은 세례를 받은…… 세례를 받은…… 세례를 받은……."

그녀는 난간을 짚고 층계를 올라가서 마침내 자기 방에 들어서자 그만 안락의자에 푹 쓰러졌다.

유리창으로 비쳐 드는 희끄무레한 햇빛은 물결처럼 출렁거리며 서서히 엷어져 갔다. 언제나 같은 자리에 놓여 있는 가구들이 오늘따라 더욱 요지부동인 채 캄캄한 바닷속으로 가라앉듯 어둠 속으로 잦아드는 느낌이었다. 난로의 불은 꺼져 있고 시계만이 여전히 소리를 내고 있었다. 그러자 에마에게는 자기 내부가 이토록 술렁거리고 있는데도 주위의 사물들이 이처럼 조용한 것이 어쩐지 놀랍게만 느껴졌다. 그러나 창문과 재봉 탁자 사이에 어린 베르트가 서 있다가 털로 짠 신발을 신고 뒤뚱거리며 어머니의 앞치마에 달린 리본 끝을 붙들려는지 가까이 다가오려고 했다.

"저리 가!" 어머니가 손으로 어린애를 떼밀어 내면서 말했다.

그래도 딸아이는 금방 어머니의 무릎께로 더 가까이 다가와서는 무릎을 팔로 짚고서 크고 파란 눈으로 쳐다보는데 한 줄기 깨끗한 침이 입술에서 비단 앞치마 위로 흘러내렸다.

"저리 가라니까!" 몹시 짜증이 난 이 젊은 여자는 되풀이했다.

그녀의 얼굴 표정에 어린것이 겁을 집어먹었는지 울기 시작했다.

"아이참! 저리 가랬잖아!" 그녀는 팔꿈치로 아이를 떠다밀었다.

베르트는 옷장 밑으로 넘어지면서 놋쇠 장식에 부딪쳤다. 뺨에 상처가 생기면서 피가 흘렀다. 보바리 부인은 황급히 달려가 어린애를 안아 일으키고 초인종에 달린 끈을 힘껏 잡아당기면서 목청껏 하녀를 불렀다. 그리고 막 자기 자신에게 욕을 퍼붓기 시작하는데 샤를이 나타났다. 저녁 식사 때가 되어 돌아온 것이었다.

"이것 좀 봐요, 여보." 에마가 태연한 어조로 말했다. "애가 글쎄, 놀다가 넘어져서 다쳤어요."

샤를은 대수롭지 않은 일이라고 에마를 안심시키고 나서 연고를 찾으러 갔다.

보바리 부인은 식당에 내려가지 않았다. 어린애 간호를 하면서 혼자 있고 싶다고 했다. 그리고 잠든 아이를 가만히 들여다보고 있자니 불안했던 마음이 차츰 사라져 갔다. 아까 그렇게 하찮은 일로 잔뜩 걱정했던 자신이 어지간히 바보 같으면서도 또 어지간히 착하다는 생각이 들었다. 실제로 베르트는 더 이상 흐느끼지 않았다. 지금은 아이의 호흡에 따라 무명 이불이 가늘게 들먹거릴 뿐이었다. 굵은 눈물 방울이 반쯤 감은 눈 가장자리에 맺혀 있고 속눈썹 사이 저 안쪽에 몽롱한 두 개의 눈동자가 보였다. 볼에 붙인 반창고가 팽팽한 피부를 비스듬히 그으며 지나가고 있었다.

"참 이상도 하지." 에마는 생각했다. "애가 어쩜 이렇게 못생겼을까!"

밤 열한 시쯤 샤를이 약방(그는 저녁을 먹고 나서 연고 남은 것을 돌려주려고 거기에 갔었다.)에서 돌아오니 아내가 여전히 요람 곁에 서 있었다.

"괜찮다니까 그러네." 그가 아내의 이마에 키스하면서 말했다. "걱정하지 말아요. 여보, 이러다가 당신이 병나겠어!"

그는 약제사의 집에 상당히 오래 있다가 돌아왔다. 별로 걱정스러워하는 기색을 보이지도 않았는데 오메는 그를 안심시키면서 힘을 내게 하려고 애썼다. 그래서 어린애들이 당하기 쉬운 여러 가지 위험이라든가 하인들의 부주의에 대한 이야기가 화제가 되었다. 오메 부인도 그런 경험이 있었다. 옛날에 식모가 부삽에 가득 담긴 숯불을 어린 그녀의 앞치마에 떨어뜨려 생긴 자국들이 아직도 가슴에 남아 있는 것이었다. 그래서 그녀의 착한 부모는 신중에 신중을 거듭했다. 칼은 절대로 갈지 않았고 방바닥에는 밀초를 칠하지 않았다. 창문에는 철창을 해 달았고 창틀에는 든든한 받침살을 대 놓았다. 오메의 아이들은 자유롭게 뛰놀았지만 그들의 행동 하나하나를 지켜보는 사람이 뒤에 붙어 다녔다. 감기 기운이라도 약간 있어 보이면 아버지는 진통제를 잔뜩 먹였고 딱하게도 아이들 모두가 네 살이 넘도록 솜 넣은 두건을 쓰고 다녔다. 사실 그것은 오메 부인의 고집 때문이었다. 남편은 아이들 머리가 두건에 눌려서 지능 기관이 입을지도 모르는 영향이 염려되어 내심 걱정하고 있었다. 그래서 무심결에 그의 입에서 이런 말이 튀어나왔다.

"도대체 당신은 어린애들을 카리브족이나 보토쿠도스족[72] 처럼 만들 작정이야?"

샤를은 그러는 동안 몇 번이나 대화를 적당히 중지시켜 보려고 애썼다.

"당신에게 할 얘기가 있는데." 그가 앞에서 층계를 내려가는 서기에게 작은 소리로 속삭였다.

---

72) 카리브족은 서인도 제도의 종족이고 보토쿠도스족은 브라질 원주민 중의 한 부족이다.

"무슨 눈치를 챈 걸까?" 레옹은 속으로 생각했다. 가슴이 뛰고 갖가지 억측이 솟아올랐다.

마침내 문을 닫은 샤를은 그에게 고급 은판(銀版) 사진의 값이 얼마나 되는지 루앙에 가서 직접 알아봐 주었으면 좋겠다고 부탁했다. 그것은 검은 예복을 입은 자신의 사진을 찍어 가지고 아내를 깜짝 놀라게 하려는 살뜰한 마음의 표시였다. 그러나 그는 비용이 어느 정도 드는지 미리 알아 두고 싶은 것이었다. 이러한 부탁도 거의 매주 시내에 나가는 레옹 씨에게는 그다지 폐가 되지 않을 터였다.

무슨 목적으로 그렇게 나다니는 것일까? 그 점에 대해서 오메는 뭔가 젊은이만의 비밀, 즉 무슨 꿍꿍이속이 있을 것으로 의심하고 있었다. 그러나 잘못 짚은 생각이었다. 레옹은 바람이 난 것이 아니었다. 그 어느 때보다도 더 그는 침울했다. 르프랑수아 부인은 그가 요즘에 와서 접시에 남기는 음식의 양을 보고 그것을 분명히 눈치챘다. 좀 더 자세한 내용이 알고 싶어서 그녀는 세무 관리인 비네에게 물어보았지만 그는 무뚝뚝하게 자기는 경찰한테서 돈 받아먹는 사람이 아니라고 대답하는 것이었다.

그러나 식당 동무의 태도는 그의 눈에도 매우 이상하게 보였다. 그는 곧잘 두 팔을 벌리고 의자 위에 벌렁 자빠지듯이 하고는 알 듯 모를 듯 인생을 한탄하는 것이었다.

"그건 기분 전환을 할 기회가 충분치 않기 때문일세." 세무 관리가 말했다.

"어떤 기분 전환 말입니까?"

"내가 자네라면 녹로를 장만하겠네."

"하지만 나는 그걸 돌릴 줄도 모르는걸요."

"음! 하긴 그렇군!" 상대방은 턱을 쓰다듬으면서 만족과 경멸이 섞인 표정으로 말했다.

레옹은 보답 없는 사랑에 지쳐 있었다. 마침내 그는 흥미를 가질 만한 일도 없고 동기를 유발할 희망도 없이 똑같은 생활만을 되풀이하는 데서 오는 저 견딜 수 없는 압박감을 느끼기 시작하고 있었다. 그는 용빌 마을과 용빌 사람들에게 싫증이 날 대로 났기 때문에 어떤 사람들, 어떤 집들은 보기만 해도 참을 수 없을 만큼 짜증이 났다. 그리고 약사도 호인이기는 하지만 그에게는 견딜 수 없는 상대가 되고 말았다. 그러면서도 새로운 생활을 상상하면 유혹을 느끼는 동시에 또 그만큼 두려웠다.

이 두려움은 곧 조바심으로 변했다. 그러자 저 먼 곳에서 파리가 바람둥이 아가씨들의 웃음과 더불어 가면 무도회의 팡파르로 그를 불러 댔다. 거기 가서 법률 공부를 마쳐야 할 텐데 떠나지 않고 뭘 하는 거지? 누가 못 가게 막아? 그래서 그는 마음속으로 준비를 하기 시작했다. 그곳에서 할 일들을 미리부터 정리해 보았다. 머릿속에서 방 안의 가구 배치도 정해 놓았다. 그곳에 가면 예술가의 생활을 하리라! 기타 레슨을 받아야지! 실내복, 바스크식의 베레모, 푸른색 비로드 실내화를 장만해야겠어! 심지어 그는 벌써부터 벽난로 위에 펜싱 칼을 십자로 교차시켜 걸어 놓고 그 위에 해골과 기타를 장식한 모양을 상상하며 음미해 보는 것이었다.

어려운 것은 모친의 승낙을 얻는 일이었다. 그렇지만 이보다 더 합당한 생각은 없을 것 같았다. 심지어 그의 주인까지도 보다 나은 자기 발전을 실현할 수 있을 만한 다른 사무실을 찾아가 보라고 권했다. 그래서 레옹은 절충안을 택해 루앙에서 견습 서기 자리를 알아보았지만 찾지 못했다. 마침내 그는 모친 앞으로 길고 자세한 편지를 써서 즉시 파리로 가서 살지 않으면 안 되는 까닭을 설명했다. 모친은 승낙했다.

그는 서두르지 않았다. 꼬박 한 달 동안 매일 이베르는 그를 위해 용빌에서 루앙으로, 루앙에서 용빌로 트렁크며 여행 가방이며 짐꾸러미를 실어 날라 주었다. 그런데 레옹은 필요한 의복을 장만하고 세 개의 안락의자의 속을 갈고 갖가지 목도리를 사 모으는 등 요컨대 세계일주 여행을 떠나는 이상의 준비를 끝내 놓고도 한 주일 또 한 주일 출발을 미루었다. 그러다가 결국 모친으로부터 휴가 전에 시험을 치를 생각이라면 빨리 출발하라고 재촉하는 두 번째 편지를 받았다.

작별의 키스를 할 때가 되자 오메 부인은 눈물을 흘렸고 쥐스탱은 흐느껴 울었다. 오메는 굳센 사내답게 흔들리는 마음을 겉으로 나타내지 않았다. 그는 자기가 친구의 외투를 공증인의 집 울타리까지 들어다 주겠노라고 했다. 공증인이 자기의 마차로 레옹을 루앙까지 데리고 가게 되어 있었다. 레옹에게는 간신히 보바리 씨와 작별 인사를 나눌 시간적 여유밖에 없었다.

층계 꼭대기에 올라서자 그는 몹시 숨이 가빠져 멈춰 섰다. 그가 들어서자 보바리 부인이 후다닥 일어났다.

"또 왔습니다!" 레옹이 말했다.

"틀림없이 그러실 줄 알았어요!"

그녀는 지그시 입술을 깨물었다. 살갗 아래서 피가 물살처럼 확 밀리면서 앞이마에서 목덜미까지 온 얼굴을 장밋빛으로 물들였다. 그녀는 어깨를 벽의 널빤지에 기댄 채 가만히 서 있었다.

"주인어른은 안 계시는가 보죠?" 그가 말을 이었다.

"안 계세요."

그녀가 되풀이했다.

"안 계세요."

그러고는 침묵이 흘렀다. 두 사람은 서로 얼굴을 쳐다보았다. 그들의 생각이 똑같은 고통 속으로 녹아들면서 두근거리는 두 개의 가슴처럼 서로를 꼭 끌어안았다.

"베르트에게 작별 키스를 해 주고 싶어요." 레옹이 말했다. 에마는 층계를 몇 계단 내려서서 펠리시테를 불렀다.

레옹은 재빨리 주위를 휙 둘러보았다. 그 시선은 벽과 선반과 난로 위를 더듬으며 모든 것 속에 스며들어 모든 것을 다 가져가기라도 할 것만 같았다.

그러나 그녀가 되돌아왔고 하녀가 베르트를 데리고 왔다. 아이는 실에 거꾸로 매달린 바람개비를 흔들어 대고 있었다.

레옹은 그 목덜미에 몇 번이나 입을 맞추었다.

"아가야, 안녕! 잘 있어, 귀여운 아가야, 잘 있어!"

그러고는 아기를 어머니에게 돌려주었다.

"데리고 나가요." 그녀가 말했다.

다시 두 사람만 남았다.

보바리 부인은 등을 돌린 채 이마를 유리창에 대고 있었다. 레옹은 모자를 손에 들고 그것으로 가볍게 허벅지를 툭툭 치고 있었다.

"비가 올 것 같군요." 에마가 말했다.

"망토가 있으니까요." 그가 대답했다.

"아, 네!"

그녀는 턱을 숙이고 이마를 앞으로 내민 채 고개를 돌렸다. 빛이 대리석에 떨어지듯 이마 위로 미끄러지면서 둥근 눈썹을 비추었다. 에마가 지평선 저 멀리 무엇을 보고 있는지 마음속으로 무엇을 생각하고 있는지 알 수가 없었다.

"그럼, 안녕히." 레옹이 한숨을 쉬었다.

그녀가 갑자기 얼굴을 치켜들었다.

"네, 안녕히…… 가세요!"

두 사람은 서로 가까이 다가섰다. 그가 손을 내밀었다. 그녀는 주저했다.

"그럼 영국식으로요." 하고 그녀는 자기 손을 내맡기면서 웃으려고 애를 썼다.

그는 손가락 사이에서 그녀의 감촉을 느끼면서 자기의 존재가 송두리째 그 촉촉한 손바닥 속으로 내려가 모이는 것만 같았다.

이윽고 그는 손을 놓았다. 두 사람의 눈은 또다시 마주쳤다. 그리고 레옹이 사라졌다.

시장 지붕 밑으로 오자 그는 발을 멈추었다. 그러고는 네 개의 녹색 덧문이 달린 그 하얀 집을 마지막으로 한 번만 더 보려고 기둥 뒤에 몸을 숨겼다. 그녀의 방 창문 너머로 그림자가 보이는 것 같았다. 그러나 손대지 않아도 저절로 그렇게 되는 것처럼 커튼이 매여 있던 커튼걸이에서 풀려나면서 비스듬한 긴 주름들이 천천히 밀리다가 단번에 확 펼쳐졌다. 그리고는 똑바로 멈추어 회벽처럼 꼼짝도 하지 않았다. 레옹은 달리기 시작했다.

멀리 큰길에 주인의 이륜마차가 보였다. 그 옆에서 허술한 천의 앞치마를 걸친 사내 하나가 말을 붙들고 있었다. 오메와 기요맹 씨가 같이 이야기하고 있었다. 그를 기다리고 있는 것이었다.

"작별 키스를 하지요." 약제사가 두 눈에 눈물을 글썽이면서 말했다. "당신 외투요. 그럼 추운데 조심해요! 건강에 유의하고, 무리하지 않도록 해요!"

"자아, 레옹, 타야지." 공증인이 말했다.

오메는 수레바퀴의 흙탕받이 위로 몸을 굽히고 흐느낌 때문에 자꾸만 끊어지는 목소리로 두 마디 슬픈 인사를 보냈다.

"여행 잘해요!"

"안녕히." 기요맹 씨가 대답했다. "자아, 떠납시다!"

그들은 출발했다. 오메는 집으로 돌아갔다.


보바리 부인은 뜰로 향한 창문을 열고 물끄러미 구름을 바라보고 있었다.

구름은 서편의 루앙 쪽 하늘에서 피어나 순식간에 시꺼먼 소용돌이를 이루며 내달렸고 그 뒤에서 굵은 태양 광선들이 마치 공중에 매달아 놓은 트로피의 황금 화살처럼 뻗어 나왔다. 한편 나머지 하늘은 도자기처럼 허옇게 비어 있었다. 그러나 돌풍이 불면서 포플러 가지들이 휘청거렸고 갑자기 빗방울이 떨어졌다. 비가 초록빛 잎사귀들을 후려치면서 후두둑거렸다. 이윽고 다시 해가 나고 닭이 울고 참새가 젖은 관목 속에서 깃을 퍼덕였고 모래 위에 생긴 물웅덩이는 발그레한 아카시아 꽃잎을 싣고 흘렀다.

"아아, 이젠 벌써 멀리 갔겠지!" 그녀는 생각했다.

오메 씨는 여느 때와 마찬가지로 여섯 시 반, 그들이 한참 식사를 하는 중에 찾아왔다.

"드디어." 그가 자리에 앉으면서 말했다. "그 젊은 친구를 떠나보낸 거죠?"

"그렇게 됐군요!" 의사가 대답했다.

그러고는 앉은 채로 돌아보면서 말했다.

"댁에도 별일 없고요?"

"뭐 별다른 일은 없어요. 다만 집사람이 오늘 오후 좀 흥분했더랬죠. 아시다시피 여자들이란 아무것도 아닌 일에 곧잘 심란해하잖아요! 특히 우리 집사람이 그래요. 그렇다고 나무랄 수도 없지요. 여자들의 신경 조직은 남자들 것과는 달라서 몹시 연약하게 생겼거든요."

"가엾은 레옹!" 샤를이 말했다. "파리에서 어떻게 지낼는지…… 잘 적응할까요?"

보바리 부인은 한숨을 지었다.

"무슨 말씀!" 약제사가 혀를 차면서 말했다. "요릿집의 호사스러운 연회다! 가면 무도회다! 샴페인이다! 모든 게 멋지게 돌아갈 겁니다. 틀림없어요."

"그 사람이 잘못된 길로 빠질 리야 없겠지요." 보바리가 반대 의견을 말했다.

"물론이지요!" 오메 씨가 얼른 말을 받았다. "하지만 그 사람도 다른 사람들이 하는 대로 따라 하지 않으면 안 되겠지요. 그러지 않으면 위선자 취급을 받을 테니까요. 당신은 카르티에라탱에서 난봉꾼들이 여배우들과 어울려 가지고 어떤 생활을 하는지 모르실 겁니다! 게다가 파리에서는 학생들이 대인기거든요. 조금만 사교술이 있으면 최상류 사회에 드나들 수 있게 되고 또 심지어 포부르생제르맹의 귀부인들까지도 홀딱 반해 버리는 겁니다. 이렇게 되면 나중에 최고로 멋진 결혼을 할 기회가 열리는 거예요."

"그렇지만." 의사가 말했다. "그를 위해서 걱정되는 것은…… 거기서는……."

"옳은 말씀입니다." 약제사가 가로막았다. "좋은 일이 있으면 궂은 일도 있게 마련이지요! 파리에서는 언제나 주머니 끈을 단단히 잡아매 두지 않으면 안 돼요. 이를테면 말입니다, 선생께서 공원에 간다고 합시다. 거기에 옷을 잘 차려입고, 심지어 훈장까지 차고, 그야말로 외교관이라고 해도 통할 사람이 하나 나타납니다. 그 사람이 선생께 다가와 이야기를 시킵니다. 그는 아주 자연스럽게 상대의 마음을 사로잡아 담배를 권하기도 하고 모자를 집어 주기도 합니다. 그러고는 좀 더 친숙해지지요. 그는 선생을 카페로 유인하고 시골 별장으로 초대하고 술좌석에서 온갖 종류의 사람들을 소개해 줍니다. 그러나 그건 십중팔구 선생의 주머니를 털든가 아니면 무슨 좋지 않은 일에 선생을 끌어들이기 위한 수작인 겁니다."

"옳은 말씀입니다." 샤를이 대답했다. "그러나 나는 특히 병이 걱정됩니다. 가령 장티푸스 같은 건 지방 출신의 학생들이 잘 걸리거든요."

에마가 몸을 떨었다.

"음식의 변화와." 약제사가 말을 계속했다. "그 결과 신체 전반의 균형에 생기는 이상 때문이지요. 게다가 파리의 물이 오죽합니까! 음식점의 음식만 하더라도 그렇게 독한 향신료를 친 음식을 먹다 보면 결국 피만 뜨거워질 뿐 아무래도 집에서 만든 식사와는 비할 것이 못 되지요. 나 자신은 언제나 가정 요리파입니다. 그쪽이 몸에 좋으니까요. 그래서 루앙에서 약학 공부를 할 때는 세 끼를 다 먹여 주는 하숙집 생활을 했지요. 교수들과 함께 식사를 했거든요."

그리고 그는 자신의 일반적인 의견과 개인적으로 좋아하는 것이 무엇인지에 관해서 계속해서 지껄여 댔다. 그때 쥐스탱이 유당을 만들지 않으면 안 된다고 하면서 그를 부르러 왔다.

"잠깐 쉴 사이도 없군!" 그가 소리쳤다. "언제나 사슬에 매여 있는 꼴이라니까! 단 일 분도 밖에 나와 있질 못하니! 마치 농사짓는 말처럼 피땀을 흘려야 한단 말이야. 이 무슨 비참한 고역인지!"

그리고 문께로 다가가

"그런데 참." 하고 그가 말했다. "소식 들었어요?"

"무슨 소식요?"

"아마도 십중팔구는." 오메 씨가 눈썹을 치켜올리고 진지한 표정을 지으며 말을 이었다. "셴앵페리외르주의 농사 공진회가 올해는 용빌라베이에서 열릴 거랍니다. 적어도 그런 풍문이 나돌고 있습니다. 오늘 아침 신문에도 잠간 거기에 관해서 비쳤더군요. 만약 그게 사실이라면 우리 군으로서는 매우 중대한 일입니다! 그러나 이 얘기는 나중에 하지요. 잘 보여요. 걱정 마세요. 쥐스탱이 초롱불을 들고 있으니까요."


## 7


다음 날은 에마에게 침울한 하루였다. 그녀에게는 모든 것이 사물의 표면에 막연히 감도는 검은 대기에 에워싸여 있는 것만 같았고 슬픔은 마치 버려진 고성(古城)에 겨울바람이 불어 대듯이 부드럽게 으르렁거리면서 그녀의 영혼 속으로 밀어 닥쳤다. 그것은 두 번 다시 되돌아오지 않는 것에 대한 몽상, 무언가 일을 끝내고 나면 매번 찾아드는 권태, 요컨대 익숙했던 동작을 중단하거나 오래 계속되어 온 어떤 진동이 정지될 때 오는 고통이었다.

보비에사르에서 돌아와서 카드릴 춤이 머릿속에서 소용돌이치던 그때처럼 그녀는 음울한 애수, 마비 상태의 절망에 사로잡혔다. 레옹이 보다 크고 보다 아름답고 보다 감미롭고 보다 막연한 모습이 되어 마음속에 다시 떠오르곤 했다. 그는 비록 그녀와 헤어져 있었지만 그녀를 아주 떠난 것은 아니었다. 그는 저만큼에 있었다. 집 안의 담벽이 그의 그림자를 간직하고 있는 것만 같았다. 그가 밟고 걸었던 그 양탄자, 그가 앉았던 그 빈 의자에서 눈을 뗄 수가 없었다. 강물은 변함없이 흐르면서 미끄러운 강둑을 따라 잔물결을 천천히 흘려보내고 있었다. 언제나 변함없는 물결의 속삭임 소리에 귀를 맡긴 채 이끼 낀 잔돌들을 밟으며 그들은 몇 번이나 그곳을 산책했더랬다. 얼마나 상쾌한 햇빛을 받았던가! 뜰 깊숙한 나무 그늘에서 단둘이서 얼마나 흐뭇한 오후를 보냈던가! 레옹은 모자도 쓰지 않은 채 마른 나무토막으로 만든 둥근 의자에 앉아 소리 높여 책을 읽었다. 목장에서 불어오는 서늘한 바람에 책장과 덩굴시렁 위의 한련꽃이 파르르 떨리곤 했다……. 아, 그런데 그는 가 버렸다. 그녀의 삶이 지닌 단 하나의 매력이며 행복을 가져올 수 있는 유일한 희망이었던 그가! 그 행복이 바로 눈앞에 있을 때 왜 붙잡지 못했던가? 행복이 달아나려 할 때, 왜 두 손으로, 두 무릎으로 잡아 두지 못했던가? 그녀는 레옹을 사랑하지 못한 자신을 저주했으며 그의 입술을 갈망했다. 달려가 그를 붙잡고 그의 품 안에 몸을 내던지면서 "저예요, 저는 당신 것이에요!"라고 말하고 싶어 견딜 수가 없었다. 그러나 에마는 그러한 행동이 얼마나 어려운지 알고 있었기에 지레 당혹했다. 그리하여 그녀의 욕망은 뉘우침 때문에 더욱 거세게 끓어올랐고 그 때문에 더욱더 능동적이 되는 것이었다.

이때부터 레옹의 이 같은 추억은 그녀의 권태의 중심처럼 되어 버렸다. 그것은 러시아의 황야에서 나그네들이 눈 위에 버리고 간 모닥불보다도 더 강하게 권태 속에서 소리를 내며 타고 있었다. 그녀는 거기로 달려가서 그 옆에 웅크리고 앉아 꺼져 가는 그 불을 조심스럽게 헤적여 보았고 불기운을 돋울 수 있는 것이 없을까 하고 주위를 두리번거리며 찾았다. 가장 아득한 기억들이건, 가장 가까운 곳에서 잡을 수 있는 기회건, 실제로 겪은 일이건, 마음속으로 상상한 일이건, 산산이 흩어지는 관능의 욕망이건, 마른 나뭇가지처럼 바람에 꺾이는 행복의 계획이건, 자신의 보람 없는 정조건, 깨어져 버린 희망이건, 집 안의 잡일이건, 자신의 슬픔을 따뜻하게 데워 줄 수만 있다면 무엇이든 가리지 않고 긁어모으고 무엇이든 받아들여 이용하려고 들었다.

그러나 땔감이 저절로 떨어진 것일까, 아니면 땔감을 너무 많이 쌓아 올린 탓일까, 불길은 그만 사그라져 버렸다. 사랑은 부재로 인해 조금씩 꺼져 갔고 미련은 습관 속에서 질식해 버렸다. 그녀의 창백한 하늘을 붉게 물들이던 불길의 남은 빛은 더욱 어두운 그림자에 덮여 점점 사라져 갔다. 의식이 몽롱해진 탓인지 그녀는 남편에 대한 혐오를 연인에 대한 동경으로 착각했고 불타오르는 증오를 새로이 뜨거워지는 애정으로 오해했다. 그러나 여전히 폭풍은 휘몰아쳤고 정열은 타올를 대로 타올라 재가 되었지만 아무런 구원도 오지 않고 햇빛은 어느 곳에서도 나타나지 않은 채 어디를 향해도 캄캄한 밤이었으므로 그녀는 뼛속으로 스며드는 무서운 추위 속에서 길을 잃은 채 갈 곳 몰라 하고만 있었다.

그래서 토트에서와 같은 몹쓸 나날이 또다시 시작되었다. 그녀는 지금의 자신이 훨씬 더 불행하다고 생각하고 있었다. 그녀는 슬픔을 경험했고 또 그 슬픔이 끝나지 않으리라는 것을 확신하고 있었으니 말이다.

그렇게 큰 희생을 스스로 받아들인 여자라면 일시적 기분에 따라 변덕을 부릴 수도 있는 일이었다. 그녀는 고덕식의 기도대를 샀고, 손톱 손질용 레몬을 사는 데만 한 달 동안 십사 프랑이나 썼다. 루앙에 편지를 보내서 푸른색 캐시미어 옷을 주문했고 뢰르네 가게에서 제일 예쁜 목도리를 골라서 실내용 가운의 허리에 맸다. 그러고는 덧문을 닫은 다음 손에 책을 들고 그런 이상한 차림으로 소파 위에 길게 누워 있었다.

걸핏하면 그녀는 머리 모양을 바꾸었다. 중국식으로 쪽을 찌기도 하고 부드러운 곱슬머리로 해 보기도 하고 땋아 늘이기도 했다. 어떤 때는 남자처럼 한쪽으로 가르마를 타서는 머리칼을 밑에서 말기도 했다.

그녀는 이탈리아 말을 배우고 싶어 했다. 여러 가지 사전들과 문법책 그리고 많은 백지를 사 놓았다. 또한 역사나 철학 등의 진지한 독서도 시도했다. 샤를은 때때로 밤중에 환자가 생겨서 그를 부르러 온 줄 알고 잠이 깨어 벌떡 일어나는 일이 있었다.

"네, 갑니다." 그는 더듬더듬 말했다.

그런데 그것은 에마가 램프에 불을 다시 켜려고 성냥을 긋는 소리였다. 그러나 에마의 독서는 시작하다 말고 장롱 속에 처박아 둔 자수와 마찬가지였다. 그녀는 그것들을 손에 집었다가는 집어치우고 또 딴것으로 옮겨 갔다.

그녀는 몇 번인가 발작을 일으켰다. 그럴 때 그녀를 자칫 잘못 건드렸다가는 쉽사리 엉뚱한 짓을 저지를 것만 같았다. 어느 날 그녀는 남편과 맞서서 독주를 대형 컵 절반은 거뜬히 마실 수 있다고 우겨 댔다. 그런데 샤를이 어리석게도 어디 마실 수 있는가 보자고 하자 그녀는 단숨에 독주를 죽 들이켜 버렸다.

에마는 비록 들뜬 상태(용빌 아낙네들의 표현이 그랬다.)이기는 했지만 그렇다고 즐거워 보이는 것도 아니었다. 평소에 노처녀나 실망한 야심가의 얼굴을 잔뜩 구겨 놓는 저 요지부동의 찡그린 표정이 언제나 입가에서 떠나지 않고 있었다. 전신이 핏기가 없었고 빨래처럼 새하얗게 되었다. 코의 피부가 콧구멍 쪽으로 당겨지고 사람을 쳐다보는 눈초리가 멍했다. 귀밑에서 흰 머리카락을 세 개나 발견했다면서 자기는 이미 다 늙은 사람이 되어 버렸다는 말을 자주 했다.

기절하는 일도 종종 있었다. 어떤 날은 심지어 각혈까지 했다. 그래서 샤를이 불안한 표정을 드러내며 걱정하자

"아니! 이 정도 가지고 뭘 그래요?" 하고 대꾸했다.

샤를은 진찰실로 가서 처박혔다. 그러고는 책상에 팔꿈치를 괴고 사무용 의자에 앉아 골상학 해골 밑에서 울었다.

결국 그는 어머니에게 편지를 보내서 좀 와 주십사고 부탁했다. 그리고 두 사람은 에마의 일에 관해 오랫동안 의논했다.

어떻게 하면 좋을까? 그녀가 일체의 치료를 거부하고 있으

니 어쩌면 좋단 말인가?

"네 아내에게 필요한 게 뭔지 아니?" 보바리 노부인이 말을 이었다. "억지로라도 일을 시켜야 하는 거다. 손을 놀려서 하는 일을 말이다! 만일 저 애도 숱한 다른 사람들처럼 먹을 것을 벌어야 할 처지라면 그런 우울증은 생기지 않았을 게다. 그런 것은 머릿속에 들끓는 온갖 잡념들과 하는 일 없는 한가한 생활 때문에 생기는 거야."

"하지만 저 사람은 바쁜걸요." 샤를이 말했다.

"흥! 바쁘다고! 뭘 하는데! 소설책이나 돼먹지 않은 책들, 종교를 거역하고 볼테르의 말을 빌려서 신부님들을 조롱하는 따위를 읽는 것 말이지. 하지만 그러다가 아주 크게 잘못될 수가 있단다, 얘야. 그리고 신앙심이 없는 사람은 결국 안 좋게 되고 마는 법이야."

그래서 에마가 소설을 읽는 것은 말리기로 결정을 보았다. 그 일이 그다지 쉬울 것 같지는 않았다. 그래서 노부인이 그 역할을 떠맡았다. 그녀는 루앙을 지나는 길에 직접 도서 대여점에 들러서 에마가 구독을 그만두기로 했다고 대신 통고하기로 했다. 만일 책방 주인이 그래도 끝까지 그 해로운 장사를 계속하겠다면 경찰에 알릴 권리가 있는 것이 아닌가.

시어머니와 며느리의 작별 인사는 냉랭했다. 함께 지낸 삼주일 동안 그들은 식탁에서 얼굴을 마주할 때와 밤에 잠자리에 들기 전에 나누는 간단한 보고나 인사말 외에는 거의 말을 주고받지 않았더랬다.

보바리 노부인은 용빌의 장날인 어느 수요일에 떠났다.

광장은 아침부터 늘어선 짐수레들로 가득 차 있었다. 어느 것이나 한결같이 꽁무니는 땅에 붙이고 수레채는 공중으로 뻗쳐 든 채 교회에서 여관까지 추녀 끝을 따라 줄지어 서 있었다. 반대편에는 포장을 둘러 만든 바라크들이 세워져 있는데, 거기에서는 무명 옷가지라든가 담요, 털양말 따위를 말의 고삐나 바람에 펄럭거리는 푸른색 리본 다발과 함께 팔고 있었다. 피라미드 모양으로 쌓아 놓은 계란 더미와 끈끈한 지푸라기가 비어져 나온 치즈 바구니 사이에 큼직한 쇠그릇들이 땅바닥에 늘어놓여 있었다. 밀 탈곡기들 옆에서는 넓적한 닭장 속에 든 암탉이 꼬꼬댁거리면서 창살 사이로 모가지를 내밀고 있었다. 같은 장소에 빽빽이 모여 움직일 줄 모르는 군중들에 밀려 때로는 약방의 진열대가 금방이라도 망가질 것 같았다. 이 가게는 수요일만 되면 매우 붐볐다. 사람들은 약을 사기 위해서가 아니라 오히려 진찰을 받기 위해서 모여들었다. 그만큼 오메 선생의 명성이 이 근처 마을들에 널리 알려져 있는 것이었다. 그의 다부진 자신감이 시골 사람들을 매혹한 것이었다. 그들은 그를 그 어떤 의사보다도 더 훌륭한 의사로 여기고 있었다.

에마는 자기 방 창가에 팔꿈치를 괴고 있었다.(그녀는 곧잘 그러곤 했다. 시골에서 창문은 극장 구경과 산책을 대신하는 것이었다.) 그렇게 시골 사람들의 혼잡을 바라보며 즐기고 있으려니까 초록색 우단 프록코트를 입은 어떤 신사가 눈에 띄었다. 그는 투박한 각반을 차고 있으면서도 손에는 노란 장갑을 끼고 있었다. 그러고는 의사의 집을 향해 걸어오고 있었다. 그 뒤에는 생각에 잠긴 듯한 표정으로 머리를 푹 숙인 농군이 따라왔다.

"선생님을 좀 뵐 수 있을까요?" 그가 현관에서 펠리시테와 이야기하고 있는 쥐스탱에게 물었다.

그러고는 그가 이 집의 하인인 줄 알고 말했다.

"로돌프 불랑제 드라위세트라는 사람이 찾아왔다고 전해 주십시오."

이 낯선 사내가 자기 이름에 '드라위세트'를 붙여 소개한 것은 자신의 영지를 자랑하고 싶어서가 아니라 자기가 누구인지를 분명히 하기 위해서였다. 사실 라위세트는 용빌 근처에 있는 영지로 그가 최근에 그 성관과 두 곳의 농장을 사들여 스스로 경작하고 있지만 그다지 고생스럽게 일하지는 않았다. 독신으로 지내는 그는 적어도 연수입 만 오천 프랑!은 될 거라는 소문이었다.

샤를이 진찰실로 들어왔다. 불랑제 씨는 데리고 온 사람을 소개했다. 그 사람은 온몸이 저리고 쑤시기 때문이라면서 피를 뽑아 주었으면 좋겠다고 했다.

"그렇게 해 주시면 시원할 것 같습니다." 하면서 그는 아무리 타일러도 막무가내였다.

그래서 보바리는 붕대와 대야를 가져오게 한 다음, 쥐스탱에게 대야를 받쳐 들고 있으라고 일렀다. 그러고는 벌써부터 하얗게 질려 있는 그 시골뜨기에게 말했다.

"자아, 겁낼 것 없어요."

"아뇨, 괜찮아요." 남자가 대답했다. "어서 해 주시우!"

그러고는 일부러 태연한 체하면서 굵은 팔뚝을 내밀었다. 바늘을 꽂자 피가 뿜어 나와 거울에 튀었다.

"대야를 좀 더 가까이!" 샤를이 소리쳤다.

"어이구!" 농부가 말했다. "꼭 작은 분수가 뿜어 나오는 것 같구먼! 내 피가 어쩌면 이렇게 빨갛지! 좋은 징조 같은데, 그렇습지요?"

"때때로." 의사가 말을 이었다. "처음에는 멀쩡하다가 갑자기 기절하는 사람이 있어요. 특히 이 사람처럼 체격이 좋은 사람이 그러죠."

시골뜨기는 그 말을 듣자 손가락으로 만지작거리고 있던 조그만 상자갑을 떨어뜨렸다. 어깨에 경련이 일어나고 의자등이 삐걱거렸다. 그의 모자가 떨어졌다.

"이럴 줄 알았어." 보바리가 손가락으로 혈관을 누르면서 말했다.

대야가 쥐스탱의 손에서 떨리기 시작했다. 그의 무릎이 휘청거리면서 얼굴이 창백해졌다.

"여보! 여보!" 샤를이 불렀다.

단숨에 그녀는 충계를 뛰어 내려왔다.

"식초 가져와!" 그가 외쳤다. "아이고, 맙소사, 둘이 한꺼번에!"

그러고는 당황한 나머지 거즈를 갖다 대는 것도 제대로 하지 못했다.

"아무것도 아닙니다." 불랑제 씨가 침착하게 말하면서 쥐스탱을 양팔로 안았다.

그리고 그는 그를 탁자 위에 앉힌 다음 벽에 등을 기대게 했다.

보바리 부인은 그의 넥타이를 끄르기 시작했다. 셔츠의 끈에 매듭이 지어져 있어서 그녀는 잠시 동안 소년의 목덜미 속에 손을 집어넣고 가볍게 손가락을 움직였다. 그러고는 자기의 마포 손수건에 식초를 뿌려 그것으로 그의 관자놀이를 가볍게 적셔 준 다음 그 위에 후우 하고 입김을 불었다.

마차꾼은 정신을 차렸다. 그러나 쥐스탱은 여전히 기절한 상태였다. 그의 눈동자는 마치 우유 속의 푸른 꽃잎처럼 흐릿한 공막 속에 꺼져 있었다.

"이걸 안 보이는 데로 치워야겠어요." 샤를이 말했다.

보바리 부인이 대야를 집어 들었다. 그걸 탁자 밑으로 넣으려고 허리를 굽히자 그녀의 옷(그것은 단이 넷으로 접힌 노란 여름 옷으로 기장이 길고 치마폭도 넓었다.)이 진찰실의 타일 바닥 위로 그녀의 주변에 확 펼쳐졌다. 그리고 에마가 몸을 굽힌 채 두 팔을 벌리고 약간 비틀거렸기 때문에 부풀어 올랐던 치마폭이 허리 부분의 굴곡을 따라 군데군데 주저앉았다. 그리고 그녀가 물병을 가져와서 설탕 덩어리를 물에 녹이고 있을 때 약제사가 들어섰다. 하녀가 그 북새통 속에서 그를 부르러 갔던 것이다. 눈을 뜨고 있는 자기의 조수를 보자 그는 안도의 한숨을 쉬었다. 그러고는 그의 주위를 맴돌면서 위아래로 훑어보았다.

"바보야, 정말 바보야! 어쩔 수 없는 바보야! 겨우 피를 뽑는 걸 가지고! 도무지 무서운 걸 모르는 녀석이! 이 녀석은 말이죠, 다람쥐처럼 아찔하게 높은 나무 꼭대기에 기어 올라가서 호두를 터는 녀석이에요. 안 그래? 말 좀 해 봐! 그래 가지고 서 장차 약제사 노릇을 하겠느냐 말이다. 심각한 일이 생기면 재판소에 불려가서 재판관의 양심을 깨우쳐 줘야 할 일도 있을 텐데. 그런 때에도 냉정을 잃지 말고 따지면서 남자답게 굴어야 하는 거야. 안 그러면 바보 취급을 받는 거라고!"

쥐스탱은 대답하지 않았다. 약사가 말을 계속했다.

"누가 너더러 와 달라고 그랬어? 네놈은 언제나 여기 선생님과 사모님한테 폐만 끼치고 있단 말이다! 게다가 수요일에는 특히 네가 집에 있어 줘야 하잖아? 지금도 우리 집에는 스무 명도 넘는 손님이 밀려 있다고. 그런 걸 네가 걱정이 되어 만사 제쳐 놓고 달려온 거야. 자, 돌아가, 빨리 뛰어가! 가서 기다려, 약병들 조심하고!"

쥐스탱이 옷매무새를 고치고 나가자 잠시 기절에 대한 얘기가 나왔다. 보바리 부인은 아직 한 번도 기절해 본 적이 없다고 했다.

"여자분으로서는 참 놀라운 일이군요." 불랑제 씨가 말했다. "사실 무척 민감한 사람들도 있거든요. 실제로 나는 결투할 때 권총에 탄알을 재는 소리만 듣고 벌써 기절해 버리는 입회인을 본 적이 있답니다."

"나는." 약제사가 말했다. "남의 피를 보는 것은 아무렇지도 않아요. 그러나 내가 피를 흘린다는 것은 생각만 해도 실신해 버릴 것 같아요. 그걸 너무 깊이 생각하게 되면 말입니다."

그러는 동안에 불랑제 씨는 자기 집 하인에게 이제 소원대로 했으니 마음을 안정시키라고 타일러서 돌려보냈다.

"저놈의 엉뚱한 변덕 때문에 선생님을 뵙게 되었습니다." 그가 덧붙였다.

이 말을 하면서 그는 에마를 쳐다보고 있었다.

그러고는 탁자 한구석에 삼 프랑을 놓고는 되는대로 인사를 하고 돌아가 버렸다.

그는 어느새 시내 건너편에 가 있었다.(그것이 라위세트로 돌아가는 제 코스였다.) 에마는 그가 목장의 포플러나무 밑으로 걸어가는 것을 보았다. 그는 생각에 잠긴 듯이 가끔 걸음을 늦추었다.

"아주 괜찮은 여잔걸!" 그는 속으로 생각했다. "아주 괜찮은 여자란 말이야, 저 의사의 마누라는! 예쁜 이, 까만 눈, 귀여운 발, 게다가 파리 여자 같은 태도. 대체 어디서 나타난 여잘까? 저 뚱뚱한 녀석이 어디서 골라 가지고 왔을까?"

로돌프 불랑제 씨는 서른네 살이었다. 거친 기질에 머리가 좋은 데다 여자 관계가 무척 많아서 그 방면에는 훤했다. 그 여자는 예뻐 보였다. 그래서 그의 생각은 그녀 그리고 그녀의 남편 근처로만 맴돌았다.

"그놈은 아주 멍청한 것 같아. 그래서 여자는 아마 지겨워하고 있을 거야. 더러운 손톱에다 수염은 사흘 동안 못 깎은 꼴이거든. 그놈이 환자를 보러 터덜거리고 다니는 동안 마누라는 집에서 양말이나 꿰매고 있는 거야. 그래서 따분하겠지! 도회지에 살면서 매일 저녁마다 폴카를 추고 싶겠지! 가엾은 여자! 도마 위의 잉어가 물을 그리워하듯 조것은 사랑이 그리워 입을 딱딱 벌리는 거야. 서너 마디 달콤한 말만 걸어 주면 틀림없이 홀딱 반할걸! 고거 삼삼하겠는데! 매력적이야! ……
그래, 그렇지만 나중에 어떻게 떼 버리지?"

그러자 미래의 전망 속에서 어렴풋이 예감되는 쾌락의 장
애물들에 생각이 미쳤고 그 결과 대조가 되어 현재의 정부가
머리에 떠올랐다. 그녀는 당시 몰래 관계를 맺고 있는 루앙의
여배우였는데 그 모습을 떠올리자 추억 속에서도 싫증이 나서
"아아, 보바리 부인 쪽이." 하고 그는 생각했다. "그녀보다 훨
씬 예뻐. 특히 더 싱싱해. 비르지니는 아무리 봐도 요즘 너무
뚱뚱해졌어. 열을 올리는 것도 역겨워졌어. 게다가 새우는 왜
그렇게 좋아하는 거지!"

들에는 사람이 아무도 없었다. 로돌프의 주위에는 풀이 자
신의 구둣발에 쏠리면서 내는 규칙적인 소리와 멀리 귀리밭
에 숨어 있는 귀뚜라미 울음 소리밖에 들리지 않았다. 조금
전에 본 그대로의 옷차림으로 진찰실에 있는 에마의 모습이
눈앞에 어른거렸다. 그는 그녀의 옷을 벗겨 보았다.

"좋아! 꼭 가져 버리겠어!" 그는 지팡이로 눈앞의 흙더미를
콱 찌르면서 외쳤다.

그러고는 곧 그 계획의 정략적 측면을 검토하면서 자문해
보았다.

"어디서 만난다? 어떤 방법으로? 어린애가 늘 등에 매달려
있겠지! 거기다가 하녀다, 이웃 사람이다, 남편이다 해서 걸리
적거리는 것투성이겠지. 제기랄! 시간깨나 버리겠군!" 그가 혼
자 뇌까렸다.

그러나 또 고쳐 생각해 보았다.

"어쨌든 그 여자의 눈은 송곳처럼 심장을 콕 찌르는 것 같으니. 그리고 그 창백한 살결……. 난 창백한 여자라면 꼼짝 못 하는데!"

아르괴유의 언덕 꼭대기에서 그의 결심이 섰다.

"기회를 노리는 일만 남았다. 그렇지, 때때로 지나다가 들르고 사냥감도 보내고 닭도 보내고 하는 거야. 필요하다면 찾아가서 피라도 뽑자. 서로 친구가 되어서 부부를 집에다 초대도 하는 거야……. 아아, 그렇지 참!" 그가 덧붙였다. "이제 머지않아 농사 공진회가 열리는구나. 저 여자도 나올 테니 틀림없이 만날 수 있을 거야. 거기에서 시작하지, 대담하게. 그게 제일 확실한 방법이니까."


8


문제의 농사 공진회[73]가 과연 열렸다! 식이 있는 날 아침부터 주민들은 모두들 문간에 나와 서서 그 준비에 관한 이야기를 주고받았다. 면사무소 정면은 담쟁이덩굴로 장식했고 목초지 한곳에는 연회 때 사용할 천막을 쳐 놓았다. 성당 앞 광장

---

73) 플로베르는 이 농사공진회 장면을 집필하는 데 특별히 많은 노력과 시간을 바쳤다. 그는 1852년 7월 18일 자신의 집 크루아세 근처의 그랑 쿠론 농사공진회에 참석했지만 실제 초고를 집필하기 시작한 것은 1년이 지난 1853년 7월 15일이었고 오랜 퇴고 과정을 거쳐 그해 12월 첫 주에야 이 장면 묘사를 끝내고 다음 장면으로 옮겨 갈 수 있었다.

의 중앙에 마련해 놓은 일종의 구식 대포는 지사님의 도착과 표창받는 농부의 이름을 알릴 때 사용하기로 되어 있었다. 뷔시의 국민군(용빌에는 그것이 없었다.)이 와서 비네가 지휘하는 소방대에 합류했다. 이날 비네는 평상시보다 한층 더 높은 칼라를 달고 있었다. 그리고 제복에 가죽 혁대를 꽉 조여맨 그의 상체가 어찌나 뻣뻣하게 굳어진 채 요지부동인지 그 인물의 생명 있는 부분은 절도 있게 박자 맞추어 오르내리는 두 다리 쪽으로만 온통 다 옮겨 와 버린 것 같았다. 세무 관리와 국민군 연대장 사이에는 경쟁의식이 남아 있어서 두 사람 모두 각자의 실력을 과시하려는 듯 부하들을 따로따로 훈련시키고 있었다. 그리하여 붉은 견장과 검은 가슴 장식이 교대로 왔다 갔다 하는 것이 보였다. 그것은 끝날 줄을 몰랐고 항상 다시 시작했다! 이처럼 화려하게 펼쳐지는 대행사는 일찍이 없었다! 몇몇 마을 사람들은 전날부터 집을 깨끗이 청소해 놓았다. 반쯤 열어 놓은 창문에는 삼색기들이 걸려 있고 술집은 어디나 만원이었다. 마침 날씨가 좋았으므로 뻣뻣이 풀 먹인 모자, 금십자가, 갖가지 빛깔의 어깨걸이 숄이 밝은 햇빛을 받아 눈보다 희게 번쩍였고 여기저기에 박힌 그 잡다한 색채가 프록코트와 푸른 작업복 들의 어둡고 단조로운 빛깔에 생기를 불어넣고 있었다. 인근에 사는 농사꾼 아낙네들은 말에서 내리자 흙 묻을까 봐 옷자락을 걷어올려 허리춤에 고정시켰던 큰 핀을 뽑았다. 그와 반대로 남편들은 모자를 아끼느라고 손수건을 그 위에 덮고 한쪽 끝을 입에 물고 있었다.

군중은 마을 양쪽 끝으로부터 큰길로 속속 도착했다. 그들은 옆 골목에서, 오솔길에서, 이 집 저 집에서 쏟아져 나왔다. 이따금 실로 짠 장갑을 낀 부인들이 축제를 구경하러 집을 나설 때면 그들의 등 뒤에서 문고리쇠가 튕기는 소리가 들렸다. 특히 사람들의 눈을 끄는 것은 명사들이 자리잡기로 되어 있는 연단 양쪽에 장식 램프를 가득 달아매어 세워 놓은 두 개의 높은 등불 막대였다. 그 밖에 면사무소의 네 개의 기둥에 붙여서 세운 네 개의 장대 같은 것들에는 제각기 녹색 바탕에 금색 글자를 쓴 작은 깃발이 매달려 있었다. 그중 하나에는 '상업 만세', 다음은 '농업 만세', 셋째는 '공업 만세', 넷째는 '예술 만세'라고 쓰여 있었다.

그러나 이렇듯 모든 사람의 얼굴에 환하게 피어난 축제의 기쁨이 오히려 여관집 안주인 르프랑수아 부인의 마음을 어둡게하는 모양이었다. 그녀는 부엌의 돌층계 위에 서서 입 속으로 중얼거리고 있었다.

"무슨 바보 같은 짓이람! 천막 바라크를 세우다니 정말 바보 같은 짓이야! 지사님이 어릿광대처럼 그런 천막 속에 들어앉아 식사를 하면서 흐뭇해할 줄 아는 모양이지? 저 따위 애물단지를 만들어 놓고 지역 발전에 공헌한다고! 그럴 바에야 뇌샤텔까지 가서 형편없는 요리사를 데려올 필요가 어디 있담! 누굴 위해서? 소몰이꾼을 위해서! 맨발 벗은 거지 떼를 위해서!……"

약제사가 지나갔다. 그는 검정 예복과 난징 비단 바지에 해리가죽 구두를 신고 오늘따라 특별히 모자를 운두가 낮은 것으로 갖춰 쓰고 있었다.

"안녕하시오!" 그가 말했다. "바빠서 그냥 실례해요."

그러고는 뚱뚱보 과부가 어디 가느냐고 묻자,

"이상하죠, 안 그래요? 나라는 사람이야 항상 조제실 안에만 틀어박혀 있었으니까요. 쥐새끼가 치즈 속에 코를 박고 있는 것보다 더했죠."

"무슨 치즈라고요?" 여관 안주인이 말했다.

"아니, 아무것도 아닙니다. 아무것도 아니에요." 오메가 대답했다. "나는 그저, 르프랑수아 부인, 내가 언제나 집 안에만 틀어박혀 지낸다는 뜻으로 한 말입니다. 그렇지만 오늘은 날이 날인 만큼 아무래도……"

"오오라, 저기에 가시는군요?" 그녀가 경멸하는 어조로 말했다.

"네, 저기 가는 겁니다." 약제사가 놀라면서 대답했다. "나도 평의원단의 한 사람이니까요."

르프랑수아 부인은 잠시 그를 빤히 쳐다보다가 결국 웃으면서 이렇게 대답했다.

"그럼 이야기가 다르군요! 하지만 당신이 농사 짓는 일하고 무슨 상관이죠? 그 방면에 아는 바 있다는 거예요?"

"물론 아는 바 있지요, 왜냐하면 나는 약제사, 즉 화학자니까요! 화학은 말입니다, 르프랑수아 부인, 자연계의 모든 물체의 상호적, 분자적 작용의 인식을 목적으로 하는 학문이기 때문에 따라서 농업은 마땅히 그 영역에 속한다 이 말씀입니다. 그리고 실제에 있어서 비료의 성분, 액체의 발효, 가스의 분석 그리고 늪의 영향, 이런 모든 것이 바로 화학이 아니라면 대체

218

무엇이란 말입니까?"

여관 안주인은 아무 대답도 하지 않았다. 오메가 계속했다.

"당신은 농학자가 되기 위해서는 스스로 땅을 갈거나 닭을 키워 본 경험이 있어야 한다고 생각하세요? 그보다는 오히려 문제가 되는 물질의 구조, 토지의 지층, 대기의 작용, 토양과 광석의 성질, 여러 가지 물체의 밀도와 모세관 현상 등, 꼽으려고 들면 한이 없는 그런 것들을 알아야 하는 겁니다. 게다가 건물의 건축, 동물의 사료 공급, 고용 인부들의 영양을 보살피고 비판하려면 위생학의 모든 원칙을 철저히 터득하지 않으면 안 되는 것입니다! 또 식물학도 익혀서 식물의 종류를 식별할 줄도 알아야 한다 이겁니다, 르프랑수아 부인, 아시겠어요? 어느 것이 약이고 어느 것이 독이냐? 어느 것이 수확이 안 좋고, 어느 것이 영양분이 많으냐, 여기 이것은 뽑아 버리고 저기 저것은 다시 심는 것이 좋으냐? 어떤 것을 번식시키고 또 어떤 것은 씨를 없애느냐? 요컨대 팸플릿이나 공공 간행물을 통해서 과학의 동향을 파악하고 항상 공부하는 자세를 갖추고 있지 않으면 개량 진보를 지시할 수 없다 이 말씀이죠……."

여관 안주인은 카페 프랑세의 출입문에서 눈길을 떼지 못하고 있었다. 약제사가 계속했다.

"바라건대 우리 농민은 화학자가 되어 주었으면, 아니 적어도 과학의 충언에 좀 더 귀를 기울여 주었으면 하는 겁니다! 예를 들어서, 나는 말입니다, 최근에 주목할 만한 책자를 저술했습니다. 즉 시드르, 그 제조법 및 효능, 아울러 이 문제에 관한 약간의 새로운 고찰이란 제목의, 칠십이 페이지가 넘는 논문이죠. 이것을 루앙 농학회에 보낸 결과 그 농업 부문 과일 분과 위원의 한 사람이 되는 영예를 얻게 되었지요. 그러니! 만일 내 저서가 일반에 널리 알려졌다고 한다면……."

그러나 르프랑수아 부인이 너무나 딴 데 정신이 팔려 있는 것 같았으므로 약제사는 입을 다물었다.

"저것들 좀 보세요!" 그녀가 말했다. "도무지 알 수가 없다니까. 저 따위 형편없는 식당엘 가다니!"

그러면서 스웨터의 뜨개질 코가 가슴 위에서 팽팽히 당겨지도록 두 어깨를 으쓱하면서 그녀는 노랫소리가 흘러나오는 경쟁 상대의 선술집을 손으로 가리켰다.

"어차피 저것도 길게 가지는 못해요. 일주일도 못 가서 끝장이 날 테니까요."

오메는 깜짝 놀라 뒷걸음을 쳤다. 그녀는 층계를 세 단쯤 내려서서 그의 귀에다 소곤거렸다.

"아니! 모르고 계셨어요? 저 집은 이번 주에 차압을 당할 거래요. 저 집을 공매에 붙이도록 만든 건 다름 아닌 뢰르라고요. 그 사람이 어음으로 저 집을 작살내 버린 거예요."

"정말 끔찍한 파국이로군요!" 약제사가 소리쳤다. 그는 상상할 수 있는 모든 상황에 딱 들어맞는 표현들을 항상 준비하고 있는 인물이었다.

그러자 여관 안주인은 기요맹 씨의 하인 테오도르한테서 들은 이야기를 그에게 들려주었다. 그녀는 텔리에[74]라면 딱

---

74) 르프랑수아 부인의 경쟁 상대인 카페 프랑세의 주인 이름이다.

질색이었지만 그래도 뢰르를 비난했다. 그는 감언이설로 남을 속이는 사기꾼이라는 것이었다.

"저기 좀 보세요, 그놈이 장터 처마 밑에 있어요." 그녀가 말했다. "푸른색 모자를 쓴 보바리 부인한테 인사를 하네요. 부인은 불랑제 씨하고 팔짱까지 끼고 있군요."

"보바리 부인이라!" 오메가 말했다. "얼른 가서 인사를 하고 와야지. 텐트 속의 중앙 기둥 옆에 자리를 잡아 드리면 좋아하실 테지."

그러고는 좀 더 자세한 이야기를 해 주고 싶어서 그를 부르는 르프랑수아 부인의 말은 들은 척도 않고 약사는 바쁜 걸음으로 자리를 떴다. 그는 입가에 미소를 머금은 채 의젓한 자세로 걸어가는 동안 좌우의 숱한 사람들에게 연방 인사를 던졌고 검은 예복의 넓은 옷자락은 크게 너풀거렸다.

로돌프는 먼 데서 그를 알아보자 발걸음을 빨리했다. 그러나 보바리 부인은 숨이 가빴다. 그래서 그는 걸음을 늦추고 미소를 지으면서 거친 말투로 그녀에게 말했다. "저 뚱보 사내를 피하려고 그럽니다. 저 약제사 말입니다."

그녀는 팔꿈치로 그를 꾹 찔렀다.

"이건 무슨 뜻일까?" 로돌프는 가만히 생각해 보았다.

그리고 그는 내처 걸으면서 그녀를 곁눈으로 살펴보았다.

그녀의 옆얼굴은 매우 평온해서 아무런 기색도 찾아볼 수 없었다. 갈대잎 같은 연푸른 리본이 달린 타원형 모자 속에서 햇빛을 담뿍 받은 그 옆얼굴은 윤곽이 뚜렷했다. 속눈썹이 길게 휘어져 나온 두 눈은 곧장 앞을 응시하고 있었다. 크게 뜨고 있었지만 그 두 눈은 섬세한 피부 밑에 조용히 맥박치고 있는 피 때문에 광대뼈 쪽으로 약간 당겨진 듯한 느낌이었다. 콧구멍 언저리에는 장밋빛이 어려 있었다. 고개는 어깨 쪽으로 약간 기울이고 있었고 입술 사이로는 진줏빛으로 반짝이는 하얀 치아의 끝이 보였다.

"나를 놀리고 있는 걸까?" 로돌프는 생각해 보았다.

그러나 에마의 이 동작은 그저 조심하라는 뜻에 불과했다. 뢰르가 그들을 따라오고 있기 때문이었다. 그 사내는 그들의 대화에 끼어들고 싶은지 때때로 말을 걸었다.

"날씨 한번 기가 막힙니다! 모두가 다 밖으로 쏟아져 나왔군요. 바람은 동쪽에서 불고요."

보바리 부인도, 로돌프도 상대를 해 주지 않았는데 그는 두 사람의 조그만 몸짓에도 곁에 다가와서는 모자에 손을 대면서 "뭐라고요?" 하고 말하곤 했다.

대장간 앞에 이르자 로돌프는 목책 쪽의 큰길로 가지 않고 갑자기 보바리 부인을 잡아끌어 샛길로 접어들면서 소리쳤다.

"잘 가요, 뢰르 씨! 또 봅시다!"

"보기 좋게 따돌리셨네요!" 그녀가 웃으면서 말했다.

"뭣 하러 딴 사람을 끼워 넣습니까?" 그가 말을 이었다. "더구나 오늘은 당신과 함께 이렇게 행복한……."

그녀의 얼굴이 빨개졌다. 로돌프는 그 말을 끝까지 다 하지 않았다. 그러고는 화창한 날씨라든가 풀 위를 걷는 즐거움 따위를 화제로 삼았다. 데이지 몇 포기가 피어나 있었다. "예쁜 데이지로군요." 그가 말했다. "이만하면 사랑을 하고 있는 모든 마을 여자들에게 사랑점을 쳐 줘도 되겠는데요."

그리고 덧붙였다.

"꺾을까요, 어떠세요?"

"당신은 사랑을 하고 계시나요?" 그녀가 가볍게 기침을 하면서 말했다.

"에또, 글쎄요." 로돌프가 대답했다.

목장에는 사람들이 많아지기 시작했다. 커다란 양산을 쓰고 바구니를 들었거나 아이들을 데리고 있는 부인들과 자꾸만 몸이 부딪쳤다. 촌 아낙들이 긴 행렬을 이루고 오기 때문에 가끔씩 길을 터 주지 않으면 안 되었다. 푸른색 양말에 넓적한 신발을 신고 은가락지를 낀 하녀들이었는데 그들 옆을 지나갈 때면 우유 냄새가 났다. 그들은 서로 손을 잡고 백양나무 가로수가 있는 데서부터 연회용 텐트를 쳐 놓은 곳까지 넓은 풀밭을 다 메우다시피 하고 걸어왔다. 그러나 지금 심사 시간이어서, 말뚝에 맨 긴 줄로 둘러싼 경마장 같은 장소로 농부들이 차례차례 들어가고 있었다.

거기에는 가축들이 새끼줄 쪽으로 코를 돌리고는 들쭉날쭉한 꽁무니로 적당히 줄을 맞추어 늘어서 있었다. 돼지들은 코를 땅에 박은 채 졸고 있었다. 송아지는 앓는 소리를 내고, 염소는 울고, 암소는 무릎을 꺾은 채 풀 위에 길게 엎드려 한가롭게 반추하며 주위에서 윙윙거리는 날파리 떼 속에서 무거운 눈꺼풀을 껌벅거리고 있었다. 팔소매를 걷어붙인 수레꾼들은 뒷발로 서서 콧구멍을 벌름거리면서 암말한테 덤벼드는 종마의 고삐를 붙잡아 제지하고 있었다. 암말은 갈기와 목을 늘어뜨린 채 조용히 있었고 망아지들은 어미 말의 그늘에서 쉬거나 가끔 젖을 빨려고 달려들곤 했다. 이처럼 한데 뒤섞여 길게 출렁거리는 온갖 몸뚱이들의 덩어리 위로 바람에 파도처럼 불쑥 솟아 일어나는 흰 갈기며 불쑥불쑥 내민 삐죽한 뿔이며 뛰어다니는 사람들의 머리가 보였다. 거기서 백 보쯤 떨어진 울타리 바깥에는 부리망을 씌운 커다란 검정 황소가 콧구멍에 쇠고리를 한 채 청동으로 만든 소처럼 꼼짝도 않고 서 있었다. 누더기를 입은 어린애가 그 고삐를 잡고 있었다.

그러는 가운데, 동물들의 줄과 줄 사이를 신사들이 무거운 발걸음으로 걸어 나가면서 한 마리씩 검사하고 나서는 나지막한 소리로 서로 의논을 하곤 했다. 그중 제일 높아 보이는 한 사람은 걸어가면서 노트에 무언가를 적어 넣고 있었다. 그는 심사위원장인 드로즈레 드라팡빌 씨였다. 그는 로돌프를 알아보자 재빨리 달려나와 정다운 표정으로 미소 지으면서 말했다.

"아니, 불랑제 씨, 우리는 본 척 만 척하시깁니까?"

로돌프는 지금 막 가려던 참이라고 변명했다. 그러나 위원장이 사라지자 "당치도 않은 소리, 가긴 누가 가." 하고 계속했다.

"당신과 함께 있는데 저 사람한테 뭣 하러 갑니까."

그리고 나서 로돌프는 농사 공진회를 비웃어 대면서 보다 편하게 돌아다닐 수 있도록 헌병에게 그의 청색 패스를 내보였고, 가끔 멋진 **출품작**이 있으면 그 앞에 발걸음을 멈추기까지 했다. 그러나 보바리 부인은 그런 것을 거들떠보지도 않았다. 그는 그것을 눈치챘다. 그러자 이번에는 용빌 부인들, 특히 그들의 옷차림에 대한 농담을 화제로 삼기 시작했다. 그러고는 그 자신의 복장이 허술한 것에 대해서 변명했다. 그의 복장은 흔해 빠진 것과 멋을 부린 것이 뒤섞인 아리송한 상태로, 속인들은 보통 그것이 별난 생활, 정서 불안, 예술가적인 몰입 그리고 예외 없이 사회적 관습에 대한 모종의 경멸을 나타내는 것이라고 생각해 그 점에 매력을 느끼기도 하고 불쾌해하기도 하는 종류의 것이었다. 가령 소매 끝에 주름이 있는 그의 마직 셔츠는 바람이 불면 회색 목면 조끼 속으로 부풀어 오르곤 했고, 또 넓은 줄무늬 바지 아래쪽으로는 번쩍거리는 가죽을 댄 난징 무명 편상화가 드러나 보이고 있었다. 구두는 풀이 비쳐 보일 정도로 윤이 났다. 그는 구두로 말똥을 밟으며 한쪽 손은 재킷 주머니에 찔러 넣고 밀짚모자를 비뚜름히 쓰고 있었다.

"게다가." 그가 계속했다. "시골에 살고 있으면⋯⋯."

"무슨 일을 해도 보람이 없어요." 에마가 말했다.

"정말 그렇습니다." 로돌프가 대답했다. "이런 족속들 속에서는 옷맵시를 알아볼 줄 아는 인간 하나 찾아볼 수 없으니!"

이리하여 두 사람은 시골 생활의 무미건조함, 그 때문에 숨막힐 것만 같은 생활, 평범함 속에 상실되어 가는 꿈에 관해서 이야기했다.

"그러니까." 하고 로돌프는 말했다. "자꾸만 슬픔에 잠기게 되고⋯⋯."

"당신이!" 그녀가 놀라면서 말했다. "하지만 저는 당신을 아주 쾌활한 분으로 알고 있었는데요?" 그녀가 말했다.

"아, 겉으로만 그렇죠. 사람들 앞에서는 웃는 사람의 가면을 쓸 줄 알기 때문이죠. 그렇지만 달빛에 비치는 무덤 같은 것을 보면 그 속에서 잠자고 있는 이들 틈에 끼는 것이 오히려 낫지 않을까 하고 생각한 적이 한두 번이 아닌걸요……."

"어쩌면! 하지만 친구분들이 있잖아요?" 그녀가 말했다. "친구분들 생각은 하지 않으세요?"

"친구요? 어떤 친구 말입니까? 있기나 합니까? 누가 저 같은 사람을 걱정해 줍니까?"

그리고 그는 이 마지막 말을 할 때 입술 사이로 자조하는 듯한 휘파람 소리를 냈다.

그러나 두 사람은, 뒤쪽에서 산더미처럼 잔뜩 쌓아 올린 의자들을 떠메고 오는 사내 때문에 서로 떨어지지 않으면 안 되었다. 그 남자는 나막신 끝과 양쪽으로 쫙 벌린 두 팔 끝만 보일 정도로 많은 의자를 떠메고 있었다. 그 많은 사람들 틈으로 성당의 의자들을 날라 오고 있는 사람은 묘지기 레스티부드와였다. 자신의 이해관계가 걸린 일이면 무엇에나 머리가 잘 돌아가는 그는 농사 공진회에서 그렇게 실속을 차릴 방법을 생각해 낸 것이다. 과연 그의 생각은 맞아떨어져서 벌써 응하기가 어려울 정도로 주문이 쇄도하고 있었다. 사실 마을 사람들은 날씨가 덥기 때문에 짚에서 향 냄새가 풍기는 성당 의자를 서로 빼앗다시피 하여 촛농으로 얼룩진 등받이에 제법 경건한 태도로 기대고 앉아 있었다.

보바리 부인은 다시 로돌프의 팔짱을 꼈다. 그가 혼잣말처럼 계속했다.

"그렇습니다! 제게는 없는 것이 많았습니다! 언제나 혼자였지요! 아아! 만약 제 인생에 어떤 목적이라도 있었다면, 만약 진정한 사랑을 만날 수만 있었다면, 누군가를 찾아낼 수만 있었다면…… 오, 그랬다면 나는 있는 힘을 다해서, 모든 것을 극복하고 모든 것을 부숴 버릴 수 있었을 겁니다!"

"하지만 제가 보기엔." 에마가 말했다. "당신이 동정을 받아야 할 분 같지는 않아요."

"아, 그렇게 보입니까?" 로돌프가 말했다.

"왜냐하면 결국." 그녀가 계속했다. "당신은 자유로우니까요." 그리고 그녀는 머뭇거리면서 말했다.

"부자이시고."

"비웃지 마십시오." 그가 대답했다.

그러자 그녀는 결코 비웃는 것이 아니라고 말했다. 그때 대포 소리가 울렸다. 사람들은 금방 서로 밀치며 뒤섞인 채 마을 쪽으로 달려갔다.

그것은 착오로 쏜 경보였다. 도지사는 아직 도착하지 않았다. 심사원들은 개회를 해야 할지 좀 더 기다려야 할지를 몰라 심히 난처해하고 있었다.

드디어 광장 저쪽에 말라빠진 두 마리의 말이 끄는 커다란 임대 포장마차가 모습을 나타냈다. 흰 모자를 쓴 마부가 계속 채찍으로 후려치고 있었다. 비네는 겨우 때맞추어 "받들어 총!" 하고 호령을 했고, 경비 대장도 그를 흉내 내어 소리쳤다. 모두가 총들을 모아 세워 둔 곳으로 달려갔다. 서둘러 대는 바람에 그중에는 칼라를 잃어버린 자도 있었다. 그러나 도지사의 마차에서도 이 허둥대는 정황을 알아차렸는지 나란히 매진 두 마리의 늙은 말은 가지런히 가느다란 쇠사슬 위에 몸을 흔들면서 잰걸음으로 면사무소의 둥근 기둥 앞에 와 섰고 바로 그때 국민군과 소방대가 북소리에 발을 맞추어 대열을 전개했다.

"제자리 걸어!" 비네가 소리쳤다.

"제자리에 서!" 대령이 소리쳤다. "좌로 나란히!"

그리고 받들어 총의 구령에 따라 소총 고리들이 절그럭거리면서 마치 층계로 굴러떨어지는 구리 냄비 같은 소리를 냈고 마침내 모든 총이 다시 제자리로 내려졌다.

그때 은으로 수를 놓은 짧은 연미복 차림의 신사가 마차에서 내리는 것이 보였다. 이마는 벗어지고 뒤통수에만 머리털이 조금 남아 있는, 얼굴이 창백하고 매우 온화해 보이는 인물이었다. 두꺼운 눈꺼풀에 덮인 커다란 두 눈은 군중을 바라볼 때마다 반쯤 감기곤 했고 그와 동시에 그는 뾰족한 콧날을 위로 치켜올리며 움푹 들어간 입가에 미소를 짓곤 했다. 그는 장식 띠를 맨 면장을 알아보자 지사님은 오시지 못했다고 설명했다. 그 자신은 도청의 참사관이라고 했다. 이윽고 그는 몇 마디 변명을 덧붙였다. 튀바슈가 그에게 공손히 답례하자 상대방은 송구스럽다고 했다. 이렇게 두 사람은 서로 마주한 채 이마가 거의 맞닿을 듯이 서 있었고 그 주위를 심사원, 면 의원, 유지들, 국민군 그리고 군중이 둘러싸고 있었다. 참사관은 자그마하고 까만 삼각 모자를 가슴에 대고 몇 번이나 인사를 되풀이했고 한편 튀바슈는 활처럼 몸을 구부린 채 그역시 미소 지으면서 더듬거리거나 말이 막히기도 하는 가운데 국왕에 대한 충성을 맹세했고 용빌이 입게 된 영예를 강조했다.

여관집 심부름꾼인 이폴리트가 마부에게 와서 말고삐를 받아 들고 안짱다리를 절뚝거리면서 금사자 현관의 처마 밑으로 말들을 끌고 갔다. 거기에는 많은 사람들이 마차를 구경하려고 모여 있었다. 북이 울리고 대포 소리가 났다. 그러자 한 줄로 서 있던 신사들은 단상으로 올라가서 튀바슈 부인이 빌려준 빨간 유트레히트산(産) 비로드 안락의자에 앉았다.

이 사람들은 모두가 거의 닮은꼴이었다. 볕에 약간 그을어 물렁하고 누런 얼굴은 들큰한 시드르 같은 빛깔이었고 풍성한 볼수염은 넓은 매듭의 흰 넥타이를 받쳐 맨 크고 단단한 칼라 밖으로 비어져 나와 있었다. 조끼는 모두 다 비로드였고 솔이 달린 것이었다. 차고 있는 회중시계는 모두 다 긴 리본 끝에 타원형의 홍옥 도장 같은 것을 달고 있었다. 그리고 모두가 두 손을 무릎 위에 올려놓은 채 일부러 바짓가랑이 사이를 벌리고 있었다. 그 윤기가 지워지지 않은 바지의 천은 투박한 장화의 가죽보다도 더 번쩍거렸다.

상류층 부인들은 그 뒤의 현관 지붕밑 기둥들 사이에 자리 잡고 있고 한편 평범한 사람들의 무리는 그 맞은편에 서 있거나 의자에 앉아 있었다. 사실 레스티부두아는 풀밭에서 의자들을 전부 이곳으로 옮겨다 놓고도 또 다른 의자들을 가지러 쉴 새 없이 성당으로 달려가는 것이었다. 그의 이 같은 의자

빌려주기 장사 때문에 일대가 어찌나 혼잡해졌는지 연단으로 통하는 조그만 층계까지 가는 것도 몹시 힘들었다.

"내가 생각하기엔." 뢰르가 말했다.(자기 자리로 가려고 지나 가는 약제사를 향해서.) "저기에다 베니스식의 기둥 한 쌍을 세 웠어야 했어요. 거기에다가 뭔가 약간 소박하면서도 멋진 유 행품들을 설치해 놓았더라면 그럴듯한 눈요깃거리가 되었을 텐데."

"맞아요." 오메가 대답했다. "하지만 어쩌겠어요! 모든 게 다 면장의 머리통에서 나온 것이니. 별로 취향이란 게 없는 사람 이 바로 저 한심한 튀바슈예요. 더군다나 예술적 정신이라고 하는 것은 전혀 없답니다."

그동안에 로돌프는 보바리 부인과 함께 면사무소의 이 층 에 있는 회의실로 올라갔다. 그 방은 텅 비어 있었으므로 그는 여기야말로 편안히 축제 구경하기에 딱 좋겠다고 말했다. 그리 고 그가 국왕의 흉상 밑에 놓여 있는 원탁 주변에서 의자 세 개를 가져다가 창가에 가까이 당겨 놓자 두 사람은 거기에 나 란히 앉았다.

연단 위가 술렁거리고 오랫동안 귓속말과 의논이 계속되었 다. 드디어 참사관 나리가 자리에서 일어섰다. 이제 그의 이름 이 리외뱅이라는 것이 알려지면서 군중들 사이에 그 이름이 입에서 입으로 퍼져 나갔다. 그는 몇 장인가의 종이를 맞추어 보고 나서 좀 더 잘 보이도록 눈을 가까이 가져가면서 입을 열었다.

"신사 여러분,

우선(오늘 이 모임의 목적에 관해서 여러분에게 말씀드리기에 앞서, 또 여러분도 저와 똑같은 느낌이리라고 확신합니다만), 우선, 상급 관청, 정부, 군주께 경의를 표하는 것을 허락해 주시기 바랍니다. 여러분, 우리의 최고권자인 군주야말로 공적인 번영과 사적인 번영을 골고루 생각하고 계시며 파란중첩의 바다와도 같은 끊임없는 위기 속에서 너무나도 확고하고 현명하신 판단으로 국가라는 전차를 내몰며 평화도 전쟁과 다름없이 존중하시며 공업과 상업과 농업과 미술을 다 같이 중하게 생각하시는, 우리 모두가 경애하는 왕이십니다."

"저는." 로돌프가 말했다. "조금 뒤로 물러나야겠는데요."
"왜요?" 에마가 물었다.
그러나 이때 참사관의 목소리가 이상한 어조로 높아지면서, 낭독조가 되었다.

"신사 여러분, 지금은 이미 내란이 거리의 광장을 피로 물들이던 시대도 아니요, 지주, 상인, 심지어 노동자들까지도 저녁의 평화로운 잠자리에 들면서 갑자기 화재를 알리는 종소리에 잠이 깨면 어쩌나 하고 벌벌 떨던 시대도 아니요, 가장 파괴적인 이념들이 대담하게도 사회의 기초를 뒤엎던 시대도 아닙니다."

"저 밑에서 나를 알아볼지도 모르니까요." 로돌프가 말을 이었다. "그랬다가는 한 보름쯤 숱한 변명을 하고 다녀야 될 겁니다. 게다가 나처럼 평판이 안 좋다 보면……"

"어머! 그런 말씀을 다 하시고." 에마가 말했다.

"아니, 내 평판은 아주 고약해요. 정말입니다."


"그렇지만 여러분." 참사관이 계속했다. "기억 속에서 이러한 음산한 정경들을 지워 버리고 아름다운 우리 조국의 현 상황으로 눈을 돌려 본다면 우리는 거기에서 무엇을 보게 될까요? 가는 곳마다 상업과 예술이 꽃을 피웁니다. 가는 곳마다 새로운 교통로가 열리면서 국가 전체의 새로운 동맥으로서 새로운 인간 관계를 만들어 내고 있습니다. 우리의 커다란 공업 중심지들은 다시 활동을 시작했습니다. 종교는 보다 기반을 굳건히 하고서 모든 사람들의 마음에 미소를 보내고 있습니다. 우리의 항구는 배로 가득 차고 신용은 되살아나 이제 프랑스는 숨을 돌린 것입니다."


"하기야." 로돌프가 말을 덧붙였다. "세상 사람들의 관점으로 본다면 그럴 수밖에 없겠지요, 아마?"

"어째서요?" 그녀가 말했다.

"그럴 수밖에요!" 그가 말했다. "세상에는 끊임없이 고통에 몸부림치는 영혼이 있다는 것을 모르십니까? 그들에게는 꿈과 행동이, 가장 순수한 정열과 가장 격렬한 쾌락이 번갈아 가며 필요한 것입니다. 그래서 온갖 종류의 변덕과 광기 속으로 뛰어드는 겁니다."

그러자 그녀는 마치 별난 나라들을 두루 돌아다니다 온 나그네를 바라보듯이 그를 쳐다보고 나서 말을 받았다.

"우리 불쌍한 여자들에게는 그런 기분 전환조차 없는걸요!"

"한심한 기분 전환이지요. 그걸로 행복을 얻게 되는 것은 아니니까요."

"하지만 행복이라는 게 정말로 얻어지는 걸까요?" 그녀가 물었다.

"그럼요, 언젠가는 얻어집니다." 그가 대답했다.

"그리고 이야말로 여러분이 깨달으신 바입니다." 참사관이 말했다. "농민과 농촌 노동자 여러분, 순전한 문명 과업에 몸 바치시는 평화적 개척자 여러분! 진보와 도덕의 주체이신 여러분! 여러분은 정치적인 폭풍우가 불순한 기후보다도 한결 더 무서운 것임을 잘 알고 계신다 이 말씀입니다……."

"언젠가는 얻어집니다." 로돌프가 되풀이했다. "언젠가, 절망에 빠져 단념하고 있을 때, 돌연 말입니다. 그때 지평선이 열리면서 '자, 행복이 여기 있다!' 하고 외치는 목소리 같은 것이 들리는 겁니다. 당신은 그 사람에게 당신의 지나온 생애를 고백하고 그에게 모든 것을 주고 모든 것을 희생하고 싶은 욕구를 느끼는 것입니다! 설명도 필요 없이 서로를 직감합니다. 서로가 꿈속에서 이미 만난 적이 있는 것입니다. (여기에서 그는 그녀를 쳐다보았다.) 마침내 그가 여기에 있습니다. 그토록 찾았던 보석 같은 그가 바로 여기, 당신의 눈앞에 있는 것입니다.

그는 빛을 발합니다. 불꽃을 튀깁니다. 그래도 아직 의심이 가시지 않아 감히 믿을 수가 없습니다. 마치 어둠 속에서 밝은 빛 속에 나선 것처럼 눈이 부신 것입니다."

그리고 이렇게 말을 끝맺으면서 로돌프는 자기의 말에 몸짓을 곁들였다. 그는 돌연 현기증을 일으킨 사람처럼 얼굴에 손을 갖다 댔다. 그리고 그 손을 에마의 손 위에 내려놓았다. 그녀는 자신의 손을 거둬들였다. 그러나 참사관이 계속 읽어 내려갔다.

"그리고 누가 이것에 놀라움을 느끼겠습니까? 그것은 오직 너무나도 맹목적인, 그리고 감히 이렇게 말씀드립니다만, 낡은 시대의 편견에 너무나도 깊이 빠진 나머지 농업에 종사하는 사람들의 정신을 아직도 이해하지 못하는 사람들뿐일 것입니다. 과연 농촌에서보다 더 큰 애국심, 공공 대의에 대한 헌신, 요컨대 더 큰 지성을 찾아볼 수 있는 곳이 또 어디 있겠습니까? 여기에서 말하는 것은 한가한 사람들의 공허한 장식에 불과한 저 피상적인 지성이 아니라 무엇보다도 우선 유용한 목적을 추구하고 그리하여 개개인의 행복, 사회적 개량 그리고 국가의 유지에 공헌하는 깊이 있고 절도 있는 그러한 지성을 말하는 것입니다. 그것은 준법정신과 의무 이행의 결과로 얻어지는 것으로……."

"아, 또 저 소리!" 로돌프가 말했다. "언제나 의무, 의무, 난 저 소리에 진절머리가 납니다. 플란넬 조끼를 입은 늙은 영감탱이들과 화로와 염주를 끼고 사는 소견 좁은 할망구들이 우리의 귀에 대고 '의무, 의무!' 하며 노래를 부르고 있거든요. 체! 천만의 말씀! 의무란 위대한 것을 느끼고 아름다운 것을 귀중하게 여기는 것이지 온갖 사회 인습을, 그리고 그것이 우리에게 강요하는 굴욕과 함께 받아들이는 것은 아니란 말입니다."

"그렇지만…… 그렇지만……." 보바리 부인은 항변하려고 했다.

"그만두세요! 정열을 반대해야 할 까닭이 어디 있습니까? 정열이야말로 이 지상에 있는 유일하고 가장 아름다운 것이 아니겠습니까? 영웅적인 행동과 감격, 시, 음악, 예술, 그 밖의 모든 것의 원천이 아니겠습니까?"

"하지만 역시 어느 정도는 세상의 여론을 따르고 그 도덕을 지키지 않으면 안 되죠." 에마가 말했다.

"아! 도덕에도 두 가지가 있거든요." 그가 반박했다. "하나는 편협한 도덕, 인간들끼리의 상투적인 도덕, 끊임없이 변하고 너무나 큰 소리로 고함치는, 저기 모인 바보들의 집단처럼 속된 도덕입니다. 그러나 다른 하나는 영원한 것으로 우리를 에워싸고 있는 풍경과도 같이, 또 우리를 비춰 주는 창공과도 같이 우리의 주변에 있고 또 우리 위에 있는 것입니다."

리외벵 씨는 이제 막 손수건을 꺼내어 입을 훔친 참이었다. 그리고 그는 말을 계속했다.

"그리고 여러분, 제가 과연 이 자리에서 여러분에게 농업의

효용을 구구하게 설명할 필요가 있을까요? 대체 누가 우리의 필요를 충족시켜 줍니까? 대체 누가 우리의 식량을 공급해 줍니까? 그것은 바로 농민이 아닙니까? 여러분, 그 농민이 부지런한 손으로 전원의 풍요로운 밭고랑에 뿌린 씨앗은 밀로 싹터서 자라나고, 그 밀은 절묘한 기계로 빻아져 밀가루라는 이름으로 쏟아져 나온 다음 도회지로 운반되어서 이윽고는 빵집으로 배달되고, 거기에서 가난한 자와 부유한 자를 다 같이 먹여 살리는 양식으로 제조됩니다. 우리가 입는 옷을 위해서 목장에서 무수한 가축을 기르는 것도 역시 농민이 아닙니까? 만약 농민이 없다면 어떻게 우리가 옷을 입을 수가 있으며 어떻게 우리가 고픈 배를 채울 수 있겠습니까? 아니, 여러분, 그렇게 먼 데서 실례를 찾으려 할 필요가 있을까요? 우리 농가의 날짐승, 우리를 장식하면서 우리의 잠자리에 폭신폭신한 베개를, 우리의 식탁에 맛 좋은 고기와 달걀을 공급해 주는 저 소박한 동물의 중요성을 가끔씩 깊이 생각해 보지 않은 사람이 있겠습니까? 그러나 잘 경작된 땅이 자비로운 어머니와도 같이 그 어린것들에게 아낌없이 제공하는 온갖 산물들을 여기에서 하나하나 손꼽자면 한이 없을 것입니다. 여기에는 포도나무가 있고 저기에는 시드르를 위한 사과나무가 있습니다. 저쪽에는 채소의 종자, 더 멀리에는 치즈 그리고 아마(亞麻)도 있습니다. 여러분, 아마를 잊어서는 안 됩니다! 그것은 근래에 와서 크게 증산되고 있는 것으로 여러분께서 특별히 주목해 주시기를 요청하는 바입니다."

구태여 주목을 요청할 필요는 없었다. 모든 청중들이 그의 말을 받아먹으려는 듯이 입을 딱 벌리고 있었으니 말이다. 튀바슈는 그의 옆에서 눈을 크게 뜬 채 귀를 기울이고 있었다. 드로즈레는 때때로 조용히 눈을 감곤 했다. 그 저편에서는 약제사가 자기 아들 나폴레옹을 무릎 사이에 끼고 앉아서 한마디도 놓치지 않으려는 듯 두 손을 동그랗게 오므려 귀에 붙인 채 듣고 있었다. 다른 심사위원들도 공감을 나타내는 뜻으로 조끼 속으로 턱을 파묻고는 고개를 천천히 끄덕이고 있었다. 소방대는 연단 밑에서 총검에 기대어 휴식하고 있었다. 비네만은 팔꿈치를 쳐들고 칼끝을 공중으로 향한 채 꼼짝도 않고 서 있었다. 그는 아마 귀로는 듣고 있었지만, 철모 차양이 코끝까지 덮어씌워져 있었으므로 아무것도 볼 수는 없었으리라. 면장 튀바슈의 둘째 아들인 부대장(副隊長)의 모자는 더욱 가관이었다. 그가 쓰고 있는 철모는 굉장히 큰 것이어서 머리 위에서 흔들거리는 데다가 인도 갱사의 목도리 끝이 비어져 나와 있었던 것이다. 그는 그 모자 밑에서 꼭 어린애같이 부드러운 미소를 짓고 있었고 땀이 줄줄 흘러내리는 창백한 얼굴에는 즐거움과 피로와 졸음이 가득 배어 있었다.

　광장은 저쪽에 늘어선 인가들에 이르기까지 사람들로 꽉 차 있었다. 집집마다 창문에 팔꿈치를 괴고 내다보는 사람들, 문간에 서 있는 사람들이 보였다. 쥐스탱은 약방 가게 앞에 서서 눈앞의 광경에 완전히 정신을 빼앗기고 있는 모습이었다. 모두들 조용히 하고 있었지만 리외벵 씨의 목소리는 공중으로 흩어지기만 할 뿐 들려오는 것은 토막토막 끊어진 문구뿐

이고, 그나마 군중들 속에서 의자 끄는 소리 때문에 군데군데
가 끊어지곤 했다. 그러다가 갑자기 뒤쪽에서 길게 우는 황소
울음소리 혹은 거리 모퉁이에서 서로 화답하는 어린 양들의
울음소리가 들렸다. 실제로 소몰이꾼과 양치기들이 거기까지
가축들을 몰고 온 것이었다. 짐승들은 코앞에 축 늘어진 나뭇
잎 몇 쪽을 혀로 잡아 뜯으면서 가끔씩 울음 소리를 내고 있
었다.

로돌프는 에마 곁으로 좀 더 가까이 다가앉으면서 작은 소
리로 빨리 말했다.

"저런 식으로 한통속이 된 세상의 음모에 분노를 느끼지
않으세요? 세상이 매도하지 않는 감정이 단 하나라도 있습니
까? 가장 고귀한 본능, 가장 순수한 공감도 박해를 받고 중상
을 당합니다. 가령 가난한 두 영혼이 마침내 서로 만났다고 하
더라도 그 둘이 하나가 되지 못하도록 모든 게 짜이는 겁니다.
그래도 두 영혼은 기를 쓰고 날갯짓을 해 보고 서로를 부릅니
다. 오! 상관없습니다. 조만간에, 반 년 후든 십 년 후든, 결국
둘은 하나가 되어 서로 사랑하게 됩니다. 왜냐하면 운명이 그
렇게 시키는 것이고 두 사람은 오직 서로를 위해서 태어났으
니까요."

그는 두 팔을 맞잡아 무릎 위에 올려놓은 채 그렇게 에마
를 향해 얼굴을 들고 바싹 가까이에서 그녀를 뚫어지게 쳐다
보고 있었다. 그녀는 그의 두 눈 속에서 조그만 금빛 광선들
이 까만 눈동자로부터 주위로 퍼져 나가는 것을 알아볼 수 있
었고 심지어 그의 머리칼에 윤이 나도록 바른 포마드의 향내

까지도 맡을 수 있었다. 그러자 온몸이 나른해지면서 보비에사르에서 왈츠를 함께 추었던 자작이 생각났다. 그의 턱수염에서도 이 머리칼 냄새와 똑같은 바닐라와 레몬 냄새가 풍기고 있었던 것이다. 그러자 기계적으로 그 냄새를 좀 더 확실하게 맡아 보려고 그녀는 눈을 지그시 감았다. 그러나 의자 위로 몸을 젖히면서 눈을 지그시 감는 순간 멀리 지평선 저쪽으로 낡은 승합마차인 제비가 보였다. 그것은 긴 흙먼지의 꼬리를 끌면서 천천히 뢰 언덕을 내려오고 있었다. 레옹은 그토록 여러 번 바로 저 황색 마차를 타고 그녀의 곁으로 돌아오곤 했고 바로 저 길로 영원히 떠나 버린 것이었다! 바로 눈앞의 창가에 그의 모습이 보이는 것만 같았다. 이윽고 모든 것이 뒤범벅이 되면서 구름 같은 것들이 지나갔다. 그녀는 아직도 샹들리에 밑에서 자작의 팔에 안겨 왈츠를 추고 있는 것 같았고, 레옹은 멀지 않은 곳에 있어서 금방이라도 달려올 것만 같은데…… 그러면서도 한편으로는 옆에 있는 로돌프의 머리카락 냄새가 솔솔 나는 것이었다. 그 냄새의 감미로움이 이렇게 과거의 욕망들 속에 스며들었고 그 욕망들은 마치 바람에 날리는 모래알과도 같이 그녀의 영혼 위로 퍼져 나가는 향기의 미묘한 숨결 속에서 소용돌이쳤다. 그녀는 몇 번이나 콧구멍을 크게 벌름거리며 기둥머리에 얽힌 담쟁이 넝쿨의 싱그러운 냄새를 들이마셨다. 그녀는 장갑을 벗고 손을 닦았다. 그러고는 손수건으로 얼굴에 부채질을 했다. 그러는 동안에 관자놀이에 펄떡거리는 맥박 소리 저 너머로 군중이 웅성거리는 소리와 단조롭게 낭독하는 참사관의 목소리가 들렸다.

그는 이렇게 말하고 있었다.

"계속하십시오! 끈질기게 추진하십시오! 구습의 암시에도, 무모한 경험주의의 너무나 성급한 권고에도 귀를 기울이지 마십시오! 무엇보다도 토지의 개량과 양질의 비료와 말, 소, 양, 돼지 등 가축의 종자 개량에 총력을 다하십시오! 모쪼록 이 농업 공진회가 여러분에게 평화적 각축장이 되어 승리자가 이곳을 나설 때는 패자에게 손을 뻗어 보다 나은 성공을 기약하면서 서로 친구가 되기를 바랍니다! 그리고 여러분, 존경해 마지않는 충복 여러분, 겸허하신 하인 여러분! 오늘날까지 그 어떤 정부도 여러분의 고달픈 노동을 존중하려 하지 않았지만 이제는 여러분의 말없는 미덕의 보상을 받아 주십시오. 그리고 이제부터는 국가가 여러분에게서 눈을 떼지 않을 것이며 여러분을 격려하고 보호하며 여러분의 정당한 요구를 존중하고 가능한 한 여러분의 괴로운 희생의 무거운 짐을 덜어 줄 것임을 굳게 믿어 주십시오!"

이렇게 말하고 리외벵 씨는 다시 자리에 앉았다. 드로즈레 씨가 일어나 다음 연설을 시작했다. 그의 연설은 아마도 참사관의 그것만큼 화려한 것은 못 되겠지만 보다 실증적인 스타일이라는 성격으로 인해 즉, 보다 전문적인 지식과 보다 알찬 고찰들로 인해 더 돋보이는 것이었다. 따라서 정부에 대한 찬사는 줄었고 종교와 농업이 더 많은 자리를 차지했다. 거기에서는 그 양자 간의 관계 그리고 그 두 가지가 어떻게 항상 문명에 공헌해 왔는지가 밝혀지고 있었다. 로돌프는 보바리 부인과 꿈, 예감, 자기 작용[75]에 관해 이야기를 나누고 있었다. 연설하는 사람은 여러 가지 사회들의 기원으로 거슬러 올라가서 인간이 숲속 깊은 곳에서 나무 열매를 따 먹으며 생활하던 야만의 시대를 묘사했다. 이윽고 그들은 짐승 가죽을 버리고 직물로 지은 옷을 입고 밭을 일구며 포도나무를 심은 것이었다. 그것은 과연 좋은 일이었던가, 이 발견에는 이점보다 불리한 점이 많지 않았는가? 드로즈레 씨는 이 문제를 제기했다. 로돌프는 자기 작용으로부터 차츰 친화력으로 옮겨 가고 있었고, 다른 한편 공진회 위원장이 쟁기를 든 킨킨나투스, 양배추를 심은 디오글레티아누스 황제, 씨 뿌리기 의식으로 새해를 시작한 중국 황제들의 이야기를 하고 있는 동안, 젊은 남자는 젊은 여자에게 이 뿌리칠 수 없는 매혹들은 필시 그 어떤 전생의 인연에서 유래하는 것임을 설명하고 있었다.

"그러니까, 우리로 말하더라도." 그가 말했다. "우리 두 사람은 왜 서로 알게 되었을까요? 어떤 우연이 시킨 것일까요? 아마도 그것은 두 줄기 강물이 흘러가다가 서로 만나 하나가 되듯이 멀리 떨어져 있는 우리 각자의 성향이 서로를 상대방에게로 떠밀었기 때문입니다."

이렇게 말하고 나서 그는 그녀의 손을 잡았다. 그녀는 자기의 손을 빼지 않았다.

---

75) 일명 동물 자기 작용이라고 불리는 것으로 천체나 주변 물체의 영향을 받고 또한 그것들에게 영향을 가하는 동물의 몸의 속성을 가리킨다. 독일 의사 메스메르(1733~1815)에 의해 널리 퍼졌던 학설이다.

"전체 경작 우수상!" 회장이 외쳤다.

"가령, 아까 댁에 갔을 때……."

"수상자, 캥캉푸아의 비제 씨."

"이렇게 같이 있게 될 줄 어찌 알았겠습니까?"

"상금 칠십 프랑!"

"저는 백 번도 더 되돌아가려고 했습니다. 그러나 당신의 뒤를 따라와서 여기에 있는 것입니다."

"퇴비 상."

"그리고 이대로 오늘 밤도, 내일도, 그리고 또 다른 날에도, 아니 한평생 여기에 있고만 싶습니다!"

"아르괴유의 카롱 씨에게 금메달!"

"어떤 사람과 함께 있을 때에도, 이렇게 완전한 매혹을 맛본 적은 없었으니까요."

"지브리생마르텡의 뱅 씨에게!"

"그러므로 저는 당신의 추억을 언제까지나 간직하겠습니다."

"메리노 숫양 상으로는……."

"그러나 당신은 저를 잊어버리고 말겠지요. 저 같은 것은 지나가는 그림자 같은 것일 테지요."

"노트르담의 블로 씨에게……."

"아! 아니에요. 제가 당신의 마음속에서, 당신의 삶 속에서 그 무언가가 될 수 있을까요?"

"돼지 부문의 공동 수상. 르에리세 씨와 퀼랑부르 씨에게 육십 프랑!"

로돌프는 그녀의 손을 꼭 움켜쥐고 있었다. 그 손이 뜨거워져서 마치 사로잡힌 산비둘기가 날아가려 하듯 파르르 떠는 것을 느낄 수 있었다. 그러나 손을 빼려고 하는 것인지 아니면 꼭 쥐는 힘에 응답하려는 것인지, 그녀는 손가락을 움직였다. 그가 큰 소리로 말했다.

"아아, 고맙습니다! 저를 뿌리치시지 않는군요! 마음이 너그러우십니다. 제가 당신 것임을 알아주시는군요! 당신을 바라볼 수 있게 해 주세요. 가만히 응시할 수 있도록요!"

창문으로 불어온 바람에 테이블 커버에 주름이 일었다. 그리고 저 아래 광장에서는 농촌 아낙들의 큰 머릿수건이 파닥거리는 흰 나비의 날개처럼 쳐들렸다.

"깻묵 활용 부문 상." 회장이 계속했다.

그는 서둘러 호명했다.

"플랑드르 비료 부문 상, 아마 재배 부문 상, 배수 부문 상, 장기 임대차 부문 상, 고용인 근무 부문 상."

로돌프는 이제 더 이상 아무 말도 하지 않았다. 두 사람은 서로 얼굴을 쳐다보고 있었다. 극도에 달한 욕망 때문에 그들의 메마른 입술이 바르르 떨렸다. 애쓰지 않아도 두 사람의 손가락은 부드럽게 서로 얽혔다.

"사스토라게리에르의 카트린니케즈엘리자베트 르루, 동일 농장에 오십사 년간 근속 표창, 이십오 프랑 상당의 은메달 한 개!"

"어디 있어요, 카트린 르루?" 참사관이 되풀이했다.

그녀는 나오지 않았다. 어디선가 수군대는 소리가 들렸다.

"자, 나가!"

"싫어요."

"왼쪽이야!"

"겁낼 것 없어!"

"아이고, 바보 같은 여자!"

"도대체 있는 거야 없는 거야?" 튀바슈가 외쳤다.

"있어요! 자, 여기!"

"그러면 이리로 나와요!"

그러자 겁먹은 태도로 허름한 옷 속에 가냘프게 웅크린 자그마한 노파 하나가 연단 앞으로 나아갔다. 발에는 두툼한 나막신을 신고 허리에는 푸른 빛깔의 큰 앞치마를 두르고 있었다. 가장자리를 감치지 않은 머릿수건에 감싸인 여윈 얼굴은 시든 레네트종 사과보다도 더 쭈글쭈글했고 붉은 윗도리 소매 밖으로 마디가 굵은 긴 손이 드러나 보였다. 곳간의 먼지, 빨래 잿물, 양털의 기름때로 너무나 거칠어지고 트고 굳은살이 박인 두 손은 깨끗한 물로 씻고 왔는데도 여전히 더러워 보였다. 그리고 일을 너무 했기 때문에 반쯤 펼쳐진 채 오므라들줄 모르는 그 손 자체가 그때까지 견뎌 온 무수한 고통을 겸허하게 증언하고 있는 것만 같았다. 어딘가 수도자와도 같은 완고함으로 인해 그녀의 얼굴 표정이 돋보였다. 두 눈은 웬만한 슬픔이나 감동으로는 결코 녹일 수 없는 푸른빛이었다. 오랫동안 가축들과 함께 어울려 지낸 나머지 그녀는 가축들처럼 말이 없고 덤덤해져 있었다. 그녀가 이렇게 많은 사람 앞에 나서 보는 것은 이번이 처음이었다. 그리고 그 숱한 깃발들과 북소리와 검은 예복 차림의 신사들과 참사관의 십자훈장에

마음이 헷갈린 그녀는 앞으로 나가야 할지 도망쳐야 할지, 왜 군중이 자기를 앞으로 떠미는지, 왜 심사원들이 자기에게 미소를 보내 주고 있는지 알 수가 없어 그냥 꼼짝도 않은 채 서 있었다. 이리하여 웃음꽃을 피우고 있는 이 부르주아들의 면전에 반 세기에 걸친 이 노예 생활이 불려 나와 서 있는 것이었다.

"좀 더 가까이 나오세요. 존경하는 카트린니케즈엘리자베트 르루!" 참사관이 말했다. 그는 위원장의 손에서 수상자 명부를 건네받아 들고 있었다.

서류와 노파를 번갈아 바라보며 그는 아버지 같은 말투로 되풀이했다.

"좀 더 가까이 와요, 더 가까이!"

"당신, 귀머거리요?" 튀바슈가 소파에서 벌떡 일어서며 말했다.

그러고는 그녀의 귀에 입을 가져다 대고 큰 소리로 외쳤다.

"오십사 년간 근속! 은메달 한 개! 이십오 프랑! 당신이 받는 거예요."

이윽고 메달을 받아 들자 그녀는 그것을 뚫어지게 바라보았다. 그러자 더없이 행복한 미소가 그녀의 얼굴에 가득히 퍼졌다. 그녀가 자리에서 물러나면서 이렇게 중얼거리는 소리가 들렸다.

"이걸 우리 마을 본당 신부님께 드려야지, 미사를 올려 달래야겠어."

"지독한 광신자군!" 약제사가 공증인 쪽으로 몸을 기울이면서 소리쳤다.

식이 끝났다. 군중은 흩어졌다. 연설문 낭독도 다 끝났으
므로 이제 각자는 다시 제 위치로 복귀했고 모든 것은 평소
의 모습으로 되돌아갔다. 주인들은 하인들을 거칠게 다루었
고, 하인들은 가축들을 후려쳤다. 그리고 아무것도 모르는 승
리자들인 가축들은 뿔 사이에 초록 왕관을 쓴 채 외양간으로
다시 돌아가고 있었다.

그사이에 국민군은 총검 끝에 브리오슈 빵을 꿰 들고 포도
주병 바구니를 안은 대대의 고수와 함께 면사무소의 이 층으
로 올라갔다. 보바리 부인은 로돌프의 팔을 꼈다. 그는 그녀를
집까지 바래다주었다. 두 사람은 문앞에서 헤어졌다. 그 뒤 그
는 혼자서 목장을 산책하면서 연회 시간을 기다렸다.

주연은 길고 떠들썩했고 서비스는 엉망이었다. 사람들이 너
무 북적댔기 때문에 팔꿈치도 제대로 움직일 수 없었고 의자
대용으로 걸쳐 놓은 좁은 나무판자는 너무 많은 손님들의 무
게로 부러질 것만 같았다. 그들은 마음껏 먹었다. 각자가 손에
닿는 대로 처넣었다. 이마에는 하나같이 땀이 흘렀다. 식탁 위
에 걸린 램프불들 사이에는 가을날 아침나절 강물 위에 피어
오르는 안개처럼 뿌연 김이 서려 있었다. 로돌프는 천막 천에
등을 기댄 채 너무나 열심히 에마 생각만 하고 있었기 때문에
아무것도 귀에 들어오지 않았다. 그의 뒤쪽에 있는 잔디 위에
서는 하인들이 더러워진 접시들을 쌓아 올리고 있었다. 옆에
있는 사람들이 말을 걸어와도 그는 대답하지 않았다. 그의 잔
에 포도주를 부어 주어도 주변의 소음이 점점 더해 가도 그의

머릿속에는 침묵만 가득했다. 그는 그녀가 한 말, 그녀의 입술 모양을 꿈꾸듯이 그려 보고 있었다. 그녀의 얼굴이 마법의 거울에 비친 것처럼 군모의 계급장 위에 빛나고 있었다. 그녀의 옷 주름이 천막의 벽을 따라 흘러내리고 사랑의 나날들이 미래의 전망 속에서 무한히 전개되고 있었다.

그날 밤 불꽃놀이 때 그는 그녀를 다시 만났다. 그러나 그녀는 남편과 오메 부부와 함께 있었다. 약제사는 빗나간 불꽃들의 위험에 대해서 몹시 걱정했다. 그래서 몇 번이나 일행들과 앉아 있던 자리에서 빠져나와서 비네에게 여러 가지 충고를 하러 가곤 했다.

튀바슈 앞으로 발송되어 온 불꽃놀이 재료들은 지나치게 조심하느라고 지하실에 보관해 두었더랬다. 그 때문에 습기가 찬 화약이 타오르지 않는 바람에 제 꼬리를 무는 용의 형상을 보여 줄 것이었던, 이 제일 볼만한 불꽃은 완전히 실패로 돌아가고 말았다. 때때로 로마의 촛불이라고 불리는 빈약한 불꽃이 솟아오르곤 했다. 그러면 입을 헤벌리고 있던 군중은 탄성을 질렀고 거기에는 어둠 속에서 허리에 간지럼힘을 당한 여자들의 비명 소리도 섞여 있었다. 에마는 아무 말 없이 샤를의 어깨에 가볍게 기댄 채 몸을 옹크리고 있었다. 그러고는 턱을 쳐들어 어두운 하늘로 날아 올라가는 불꽃을 눈으로 좇고 있었다. 로돌프는 타고 있는 작은 장식 등의 흐린 불빛 속에서 그녀를 바라보고 있었다.

장식 등의 불들이 차츰 꺼졌다. 별들이 빛을 발했다. 빗방울이 후두둑 떨어지기 시작했다. 그녀는 모자를 쓰지 않은 머리에 숄을 둘렀다.

그때 참사관의 마차가 여관에서 나왔다. 술에 취한 마부가 갑자기 졸기 시작했다. 멀리서도 포장 위에 걸린 두 개의 등불 사이로 마부의 큰 몸집이 차체를 연결한 가죽띠의 흔들림에 따라 좌우로 일렁거리는 것을 알아볼 수 있었다.

"정말이지." 약제사가 말했다. "주정뱅이는 엄하게 다스려야 해요! 나는 매주 면사무소 문앞의 특별 게시판에 그 주간의 알코올 중독자 명단을 모조리 써 붙였으면 좋겠어요. 게다가 통계학적 견지에서 보더라도 이렇게 해 놓으면 명백한 연보 같은 것이 될 테니까 필요한 경우에는 그것을…… 아니, 잠깐 실례."

그리고 그는 또 소방대 대장 쪽으로 달려갔다.

대장은 집으로 돌아가는 길이었다. 그는 이제 또 자신의 녹로 선반을 마주하게 될 참이었다.

"부하들 중 한 사람을 보내든가, 당신이 직접 가 보시는 게 좋을 것 같은데……."

"공연한 염려 마십시오." 세무 관리가 대답했다. "아무 일도 없을 테니까요."

"안심하십시오." 약제사가 친구들한테 되돌아와서 말했다. "비네 씨가 조치를 취했으니 걱정 말라는군요. 불티 같은 것은 전혀 떨어지지 않는답니다. 펌프에 물도 가득 차 있고요. 자, 가서 자도록 합시다."

"정말 그래요! 졸려 죽겠어요." 오메 부인이 요란하게 하품을 하면서 말했다. "여하튼 오늘 우리 축제를 위해서는 아주 멋진 하루였어요."

로돌프가 부드러운 눈짓을 하면서 나직한 목소리로 되풀이했다.

"그렇고 말고요! 멋진 하루였어요!"

그리고 서로들 인사를 나눈 다음 제각기 흩어졌다.

이틀 후의 루앙의 등불에는 농사 공진회에 관한 기사가 크게 실렸다. 오메가 그다음 날로 당장 열변을 토해 가며 써 보낸 기사였다.

"이 꽃 레이스들, 이 꽃들, 이 꽃장식들이 왜 쏟아져 나왔는가? 우리의 경작지 위에 열기를 뿌리고 있는 열대와 같은 태양 아래서 마치 성난 파도와 같은 이 군중은 어디로 달려가는 것이었을까?"

그리고 나서 그는 농민들이 처한 환경에 관해서 말했다. 물론 정부는 많은 일을 했지만 충분하다고 할 수는 없다. "분발하라!" 하고 그는 부르짖고 있었다. "수많은 개혁이 불가피하다. 그 개혁을 완수하자!" 그러고는 참사관의 입장 장면과 관련하여 그는 "우리 국민군의 위용"도, "우리 마을의 가장 활발한 여성들"도, "고대의 족장들처럼 그곳에 참석한 머리가 벗어진 노인들"도 언급하기를 잊지 않았는데, 그 노인들 중 "몇몇은 이 나라의 불후의 국군으로 싸우다가 살아남은 사람들로 씩씩한 북소리를 들으면 아직껏 가슴이 고동치는 것을 느낀다."라고 썼다. 또 자기 이름을 쟁쟁한 심사원들 가운데 하나로 꼽고 나서 거기에 주까지 달아 약사 오메 씨는 시드르에 관한 논문을 농학회에 제출한 점을 상기시키고 있었다. 상품

수여 장면에 이르자 그는 수상자의 기쁨을 열광적인 찬미시와 같은 필치로 묘사했다. "아버지는 아들을, 형은 동생을, 남편은 아내를 얼싸안았다. 조촐한 메달을 자랑스럽게 내보이는 사람도 적지 않았고 추측건대 착한 아내가 기다리는 집으로 돌아가서는 눈물을 글썽이면서 초라한 초가집의 한갓진 벽 한구석에다가 그것을 걸어 놓았으리라."

"여섯 시경 리에자르 씨의 목장에 마련된 연회에는 축제의 주요 참가자들이 모두 모였다. 시종 가장 화기애애한 분위기였고 다양한 건배가 행해졌다. 리외뱅 씨는 국왕을! 튀바슈 씨는 지사를! 드로즈레 씨는 농업을! 오메 씨는 자매 관계와도 같은 공업과 미술을! 레플리셰 씨는 개량을! 위해서 건배했다. 밤이 되자 찬란한 불꽃이 갑자기 하늘을 수놓았다. 그야말로 진정한 만화경, 그대로 오페라의 무대와도 같았고, 한동안 우리의 작은 마을을 천일야화에 나오는 꿈의 세계로 옮겨 놓은 것만 같았다."

"이 가족 모임 같은 축제를 어지럽히는 불상사는 단 한 건도 발생하지 않았다는 것을 밝혀 둔다."

그리고 그는 덧붙여 썼다.

"다만 성직자가 참석하지 않았던 사실이 주목거리였다. 아마도 성직자들은 진보에 대한 이해를 달리하고 있는 듯하다. 아무쪼록 좋으실 대로, 로욜라[76]의 사도들이여!"

---

76) Ignace de Loyola(1491~1556). 예수회의 창시자이다.

# 9

여섯 주일이 지났다. 로돌프는 다시 오지 않았다. 어느 날 저녁, 드디어 그가 나타났다.

공진회 다음 날 그는 이렇게 속으로 궁리했다.

"너무 빨리 찾아가지는 말아야겠어. 그건 서툰 짓이야."

그러고는 주말에 사냥을 떠났다. 사냥을 다녀와서는 이미 너무 늦었다고 생각했다. 그다음에는 이렇게 추리를 했다.

"그렇지만 만약 그녀가 첫날부터 나한테 반한 것이라면 지금쯤은 나를 보고 싶은 초조함 때문에 사랑이 더욱 간절해져 있을 거야. 그렇다면 계속해야지!"

그래서 그는 객실에 들어서면서 에마의 얼굴이 창백해지는 것을 보고는 자기의 계산이 옳았음을 깨달았다.

그녀는 혼자였다. 해가 저물고 있었다. 유리창에 걸려 있는 조그만 모슬린 커튼 때문에 황혼이 더욱 짙어 보였다. 청우계의 도금판에 반사된 햇살이 우툴두툴한 산호 가지 사이로 거울 속에서 불덩어리처럼 퍼지고 있었다.

로돌프는 그냥 서 있었다. 그리고 그의 첫 인사말에 에마는 간신히 대답했다.

"나는." 그가 말했다. "일이 좀 있었어요. 몸이 아팠습니다."

"많이 아팠어요?" 그녀가 큰 소리로 물었다.

"사실은." 로돌프가 그녀 곁의 자그마한 둥근 의자에 앉으면서 말했다. "그게 아니고!…… 다시는 오지 않을 생각이었어요."

"왜요?"

"그걸 모르시겠습니까?"

그는 한 번 더 그녀를 물끄러미 바라보았다. 그 시선이 너무나 노골적이어서 그녀는 얼굴을 붉히면서 고개를 숙였다. 그가 말을 이었다.

"에마⋯⋯."

"선생님!" 그녀가 조금 물러서면서 말했다.

"그것 보세요." 그가 침울한 목소리로 말했다. "다시는 오지 않으려 했던 내 생각이 옳았잖아요. 이 이름, 내 영혼을 가득 채우고 있는 이 이름이 나도 모르게 입 밖으로 나와 버렸는데 당신은 안 된다고 하시는군요! 보바리 부인! ⋯⋯모두들 당신을 그렇게 부르지요! ⋯⋯사실 그건 당신 이름이 아니죠! 다른 남자의 이름인걸요!"

그가 되풀이했다.

"다른 남자의!"

그리고 두 손으로 얼굴을 가렸다.

"그래요, 나는 줄곧 당신 생각만 하고 있어요. 당신의 추억 때문에 미칠 것 같아요! 아! 미안해요!⋯⋯ 그만 가겠습니다! 안녕히⋯⋯ 멀리 가 버리겠어요⋯⋯ 아주 멀리, 당신이 내 소식을 듣지 못할 만큼 멀리요!⋯⋯ 하지만⋯⋯ 오늘은⋯⋯ 도대체 무슨 힘에 떠밀려서 당신에게 온 것인지 알 수가 없어요! 하늘의 뜻을 거스를 수는 없는 일이니까요. 천사의 미소를 거역할 수는 없는 일이니까요. 아름답고 매력적이고 멋진 것에는 그저 끌려갈밖에요!"

에마가 자신에게 쏟아지는 이런 말을 듣는 것은 난생 처음이었다. 마치 한증막 속에서 몸이 확 풀려 버린 사람처럼 그녀의 자존심은 이 열띤 말에 온통 맥없이 늘어져 버렸다.

"그러나 비록 내가 여기로 찾아오지는 않았어도, 그래서 당신을 만나지는 못했어도, 아! 적어도 당신을 에워싸고 있는 것들을 항상 바라다보고는 있었습니다. 밤이면 밤마다 나는 일어나서 여기까지 찾아왔고, 당신의 집을, 달빛에 빛나는 지붕을, 당신의 창가에 흔들리는 정원의 나무들을, 그리고 작은 등불을, 어둠 속 유리창 너머로 빛나는 불빛을 바라보고 있었습니다. 아! 당신은 저기에, 그토록 가까우면서도 그토록 먼 곳에 한 가련한 사람이 서 있었던 것은 미처 몰랐겠지요……."

그녀는 흐느껴 울면서 그를 향해 고개를 돌렸다.

"아, 마음이 착한 분이군요!" 그녀가 말했다.

"아니, 당신을 사랑하고 있을 뿐입니다! 분명히 아셨지요! 대답해 주세요. 한마디만! 단 한마디만!"

그리고 로돌프는 어느새 둥근 의자에서 마룻바닥으로 미끄러져 내려갔다. 그러나 부엌 쪽에서 나막신 소리가 들렸다. 그러고 보니 거실의 문은 잠겨 있지 않았다.

"제발 부탁입니다만." 그가 일어서면서 말을 계속했다. "엉뚱한 소원 한 가지만 들어주십시오!"

소원이란 그녀의 집을 구경했으면 좋겠다, 집 안의 모양을 알고 싶다는 것이었다. 그러자 보바리 부인은 별로 어려울 것이 없다고 생각했고 두 사람은 자리에서 일어났다. 그때 샤를이 들어왔다.

"안녕하세요, 박사님." 로돌프가 말했다.

의사는 이 뜻하지 않았던 박사님이라는 칭호에 기분이 흐뭇해져서 더할 수 없이 상냥하게 대해 주었다. 그사이에 로돌프는 다소간 침착을 되찾았다.

"부인께서 제게 건강에 관해 말씀하시는 중이었는데……."

거기에서 샤를이 말을 가로막으면서, 사실 자신도 여러 가지로 걱정을 하고 있다, 아내의 가슴 답답한 증세가 또 시작되었다고 말했다. 그래서 로돌프는 승마가 좋지 않겠느냐고 물었다.

"물론! 썩 좋지요, 최고죠!…… 그야말로 명안입니다……. 여보, 당신한테는 그게 좋겠어."

이 말에 그녀가 말이 없는데 어떻게 승마를 하느냐고 반대하자 로돌프 씨가 말을 제공하겠다고 나섰다. 그녀는 그것을 사양했다. 그는 더 이상 고집하지 않았다. 이윽고 다시 찾아올 구실을 만들어 놓기 위해서 그는 전에 피를 뽑았던 하인이 여전히 현기증에 시달리고 있노라고 말했다.

"제가 한번 댁에 들르지요." 보바리가 말했다.

"아, 아닙니다, 그 애를 보내지요. 제가 같이 오겠습니다. 그쪽이 편리하실 테니까요."

"아, 그러시면 더 좋고요. 감사합니다."

그리고 부부만 남게 되자 곧 물었다.

"왜 불랑제 씨가 그처럼 친절하게 제의하는데 거절했소?"

그녀는 언짢은 표정을 지으면서 여러 가지 구실을 대다가 결국에는 어쩐지 이상하게 보일 것 같아서 그랬다고 말했다.

"아, 그런 거야 아무러면 어때!" 샤를이 제자리에서 빙그르르 돌면서 말했다. "건강이 제일이지! 그런 생각 할 것 없어!"

"하지만 승마복도 없는데 어떻게 말을 타라는 거예요?"

"한 벌 맞추면 되지!" 그가 대답했다.

승마복 덕분에 그녀는 마음을 정하게 되었다.

복장이 마련되자 샤를은 불랑제 씨에게 편지를 보내 자기 아내는 언제나 좋으실 대로 따를 준비가 되어 있으며 자기들은 그의 처분만 바랄 뿐이라고 전했다.

다음 날 정오에 로돌프는 두 필의 승마용 말을 끌고 샤를의 집 앞에 도착했다. 한 필은 양쪽 귀에 장밋빛 술을 달고 있었고 등에는 사슴가죽으로 만든 부인용 안장이 놓여 있었다.

로돌프는 부드러운 가죽장화를 신고 있었다. 저 여자는 분명 이런 것을 본 적이 없으리라고 그는 속으로 생각했다. 과연 그가 커다란 우단 재킷에 흰 털로 짠 바지를 입고 층계참에 나타나자 에마는 그 풍채에 매혹되었다. 그녀는 만반의 준비를 갖추고 그를 기다리고 있었다.

쥐스탱은 그녀를 보기 위해서 약국에서 빠져나왔다. 약제사도 일손을 멈추었다. 그는 불랑제 씨에게 여러 가지 부탁 말을 했다.

"불행은 눈 깜짝할 사이에 일어난다고요! 조심하세요! 너무 힘이 넘치는 말들 같아서요!"

그녀의 머리 위에서 무슨 소리가 들렸다. 펠리시테가 어린 베르트를 달래느라고 손가락으로 유리창을 톡톡 두드리고 있었다. 아이가 멀리서 키스를 보냈다. 어머니는 채찍 손잡이를 흔들며 거기에 응답했다.

"잘 다녀오십시오!" 오메가 소리쳤다. "무엇보다 조심하세요! 조심하시라고요!"

두 사람이 멀어져 가는 것을 바라보면서 그는 들고 있던 신문을 흔들었다.

흙냄새를 맡자 에마의 말은 곧 달리기 시작했다. 로돌프는 그녀의 옆에서 달렸다. 가끔 두 사람은 말을 건네곤 했다. 얼굴을 약간 수그리고 손은 쳐들고 오른쪽 팔을 바깥쪽으로 뻗친 채 그녀는 안장 위에서 흔들리면서 운동의 박자에 몸을 맡기고 있었다.

언덕 아래에 이르자 로돌프는 고삐를 놓았다. 두 사람은 함께 신나게 내달았다. 이윽고 꼭대기에 다다르자 말들이 딱 멈추어 섰고 그녀의 크고 푸른 베일이 다시 늘어졌다.

시월 초순이었다. 들판에는 안개가 끼어 있었다. 야산들의 윤곽 사이로 지평선에 수증기가 길게 깔리기도 했고 더러는 조각조각 찢어져 다시 위로 오르다가 시야에서 사라졌다. 때때로 안개구름이 터진 사이로 햇살이 비치고 그 아래로 멀리 용빌 마을의 지붕들, 물가의 정원과 마당, 담장들 그리고 교회의 종루가 보였다. 에마는 자기 집을 찾으려고 눈을 지그시 감았다. 자기가 살고 있는 그 보잘것없는 마을이 그렇게까지 작게 보인 적은 한 번도 없었다. 그들이 와 있는 언덕 위에서는 골짜기 전체가 대기 속으로 증발하는 희끄무레한 넓은 호수 같아 보였다. 군데군데 우거진 나무 덤불들은 마치 시꺼먼 바윗덩어리들처럼 불거져 있었다. 안개를 뚫고 머리를 내밀고 늘어선 키 큰 포플러나무들은 바람에 흔들리는 모래사장 같았다.

그 옆, 전나무들 사이의 잔디 위에는 따뜻한 공기 속으로 갈색의 햇빛이 흐르고 있었다. 담뱃가루 같은 적갈색 흙을 밟는 말발굽 소리가 부드러웠다. 말들은 걸으면서 발굽 끝으로 떨어진 솔방울을 앞으로 걷어차곤 했다.

로돌프와 에마는 이렇게 숲 기슭을 따라갔다. 그녀는 가끔 그의 시선을 피하기 위해서 고개를 돌리곤 했다. 그럴 때면 줄지어 서 있는 전나무들의 밑둥만 연속적으로 보여서 나중에는 좀 어지러웠다. 말들이 헐떡거렸다. 안장의 가죽이 삐걱거렸다.

그들이 숲속으로 들어가는 순간 해가 났다.

"하느님이 우리를 보살피시네요!" 로돌프가 말했다.

"그래요?" 그녀가 말했다.

"전진!" 그가 대꾸했다.

그가 혀를 찼다. 두 마리의 말은 달리기 시작했다.

길가에 웃자란 고사리들이 에마의 등자에 걸리곤 했다. 로돌프는 말을 타고 가면서도 그때마다 몸을 굽혀 고사리를 잡아 뜯었다. 또 때로는 가지를 헤치기 위해서 그녀의 옆으로 지나가는 바람에 에마는 그의 무릎이 자신의 다리에 와 닿는 것을 느꼈다. 하늘은 푸르렀고 나뭇잎은 움직이지 않았다. 온통 꽃이 만발한 히스로 뒤덮인 넓은 공터가 여러 군데 있었다. 제비꽃들이 상보처럼 깔렸는가 하면 번갈아 수목의 덤불이 나타나곤 했다. 수목들은 나뭇잎의 다양한 종류에 따라 회색,

갈색, 황금색 등으로 달라졌다. 때때로 덤불 밑에서 새들이 나직하게 날개를 퍼덕이는 소리 혹은 떡갈나무 숲에서 날아오르는 까마귀들의 연하고 목 쉰 울음 소리가 들리곤 했다.

그들은 말에서 내렸다. 로돌프가 말을 맸다. 그녀는 앞장서서 마차 바퀴 자국 사이에 자란 이끼를 밟으며 걸어갔다.

그러나 그녀의 옷이 너무 길어서 옷자락을 뒤쪽으로 들어올리고 걸어도 여전히 거치적거렸다. 그래서 로돌프는 그녀의 뒤를 따라가면서 그 까만 나사 옷자락과 까만 반장화 사이로 엿보이는 우아한 흰 양말을 바라보고 있었다. 그것은 왠지 그녀의 나체를 연상시키는 느낌이었다.

그녀가 멈춰 서면서 말했다.

"피곤해요."

"자 조금만 더 가요!" 그가 말을 이었다. "기운을 내요!"

백 보쯤 더 걷고 나서 그녀는 또 멈춰 섰다. 그때 그녀가 쓰고 있던 남자용 모자에서 허리께까지 비스듬히 늘어져 있는 베일을 통해서 마치 하늘빛 물결 속을 헤엄쳐 온 것 같은 그녀의 얼굴이 투명한 푸른빛 속에 잠겨 있는 것을 볼 수 있었다.

"대체 어디로 가는 거예요?"

그는 아무런 대답도 하지 않았다. 그녀는 거친 숨을 몰아쉬고 있었다. 로돌프는 주위를 두리번거리면서 수염을 잘근잘근 씹었다.

그들은 약간 더 넓은 장소에 이르렀다. 어린 나무들을 베어놓은 곳이었다. 두 사람이 쓰러져 있는 나무에 걸터앉자 로돌프는 그녀에게 자신의 사랑을 이야기하기 시작했다.

그는 처음부터 온갖 찬사로 그녀를 겁나게 만들지 않았다. 그는 조용하고 진지했으며 우울한 듯한 태도였다.

에마는 머리를 숙이고 한쪽 발끝으로 땅 위에 널려 있는 나무 부스러기를 건드리면서 귀를 기울이고 있었다.

그러나

"우리의 운명은 이제 하나가 되어 버린 게 아니겠습니까?" 하는 말에는

"아니에요!" 하고 대답했다. "잘 아실 텐데요. 그건 불가능한 얘기예요."

그녀는 일어서서 돌아가려고 했다. 그가 그녀의 팔목을 잡았다. 그녀는 멈춰 섰다. 그리고 잠시 동안 애정이 담긴 젖은 눈으로 그를 바라보더니 또렷한 어조로 말했다.

"아! 제발, 이제 그런 얘기는 그만해요……. 말은 어디 있죠? 돌아가요."

그는 기분을 잡쳐 화가 난 몸짓을 했다. 그녀가 되풀이해서 말했다.

"말이 어디 있어요? 어디 있냐고요?"

그러자 로돌프는 야릇한 미소를 지으면서 눈을 똑바로 뜬 채 이를 악물고 두 팔을 벌리면서 앞으로 다가갔다.

그녀는 떨면서 뒤로 물러났다. 그리고 떠듬거리며 말했다.

"어머나, 무서워요! 해치지 마세요! 돌아가요."

"정 그래야 한다면." 그가 얼굴빛을 바꾸면서 말했다. 그리고는 다시 곧 점잖고 부드럽고 수줍어하는 듯한 태도로 돌아

갔다. 그녀는 그에게 팔을 내맡겼고, 두 사람은 되돌아섰다. 로돌프가 말했다.

"대체 왜 그랬어요? 왜? 알 수가 없군요! 뭔가 오해하신 모양이죠? 내 마음속에서 당신은 대좌 위에 높이 받들어 모신 성모처럼 확고하고 때 묻지 않은 존재입니다. 하지만 나는 살기 위해서 당신이 필요합니다! 당신의 눈, 당신의 목소리, 당신의 생각이 필요합니다. 내 친구가, 동생이, 천사가 되어 주세요!"

그리고 그는 팔을 뻗쳐 그녀의 허리를 감았다. 그녀는 빠져나가려고 힘없이 꿈틀거렸다. 그는 그렇게 그녀를 붙들고 걸었다.

그러나 두 마리의 말이 나뭇잎을 뜯어 먹고 있는 소리가 들렸다.

"아아, 조금만 더." 로돌프가 말했다. "돌아가지 말고! 좀 더 있어 줘요!"

그는 좀 더 멀리 떨어진 연못가로 그녀를 이끌고 갔다. 물결 위에 수초들이 녹색의 덤불을 만들고 있었다. 시든 수련이 골풀 사이에 가만히 떠 있었다. 풀을 밟는 두 사람의 발소리가 들리자 개구리가 몇 마리 펄쩍 뛰어 몸을 숨겼다.

"내 잘못이에요, 내 잘못이라고요." 그녀가 말했다. "당신의 말을 듣다니 미쳤지."

"왜요?…… 에마! 에마!"

"아, 로돌프!……" 젊은 여자는 그의 어깨에 쓰러지듯 기대면서 천천히 말했다.

그녀의 옷자락이 남자의 우단 재킷에 찰싹 붙었다. 뒤로 젖힌 그녀의 흰 목덜미가 한숨으로 부풀어 올랐다. 그러고는 아찔해진 그녀는 온통 눈물에 젖은 채 긴 전율과 함께 얼굴을 가리면서 몸을 내맡겼다.

저녁 어둠이 깔리고 있었다. 옆으로 비낀 햇빛이 나뭇가지 사이로 비쳐 들어 그녀는 눈이 부셨다. 그녀 주위의 여기저기, 나뭇잎들 속에, 혹은 땅 위에, 마치 벌새 떼가 날아오르면서 깃털을 흩뿌려 놓은 것처럼 빛의 반점들이 떨리고 있었다. 사방이 고요했다. 감미로운 그 무엇이 나무들에서 새어 나오는 것 같았다. 그녀는 자신의 심장이 다시 뛰기 시작하고 피가 몸 속에서 젖의 강물처럼 순환하는 것을 느끼고 있었다. 그때 아주 멀리, 숲 저 너머, 다른 언덕 위에서 분간하기 어려운 긴 외침 소리가, 꼬리를 길게 끄는 목소리가 들려왔다. 그녀는 말없이 귀를 기울였다. 그 소리는 마치 무슨 음악처럼 그녀의 흥분한 신경의 마지막 진동에 한데 뒤섞였다. 로돌프는 이 사이에 여송연을 물고 두 개의 고삐 중 부러진 것을 주머니칼로 다듬고 있었다.

두 사람은 왔던 길을 되짚어 용빌로 돌아갔다. 그들은 진흙 위에 나란히 찍힌 그들의 말 발자국 그리고 아까 보았던 관목, 풀숲의 같은 조약돌들을 다시 보았다. 그들 주변에는 무엇 하나 달라진 것이 없었다. 그러나 그녀에게는 산이 자리를 바꾼 것보다도 더 엄청난 무슨 일인가가 갑자기 일어난 것이었다. 로돌프는 때때로 몸을 굽혀 그녀의 손을 잡고 키스를 했다.

말을 탄 그녀는 매력적이었다! 날씬한 상체를 똑바로 세우고 말갈기 위에 무릎을 접은 채 바깥 공기에 조금 상기된 얼굴이 붉은 저녁 노을빛에 젖어 있었다.

용빌에 들어서자 그녀는 말을 탄 채 포도 위에서 빙글빙글 돌았다. 사람들은 저마다 창문 너머로 그녀를 바라보고 있었다.

남편은 저녁 식사 때 그녀의 얼굴색이 좋다고 말했다. 그러나 그가 산책이 어땠느냐고 묻자 그녀는 못 들은 체했다. 그리고 타고 있는 두 자루의 촛대 사이에서 접시 옆에 팔꿈치를 짚은 채 앉아 있었다.

"에마!" 그가 불렀다.

"왜요?"

"실은 말이지, 오늘 오후에 알렉상드르 씨한테 들렀더니 그 집에 나이가 좀 먹은 암말이 한 마리 있더군. 무릎에 상처가 조금 있을 뿐 아직은 참해. 백 에퀴 정도면 틀림없이 양보해 줄 것 같은데……."

그리고 그가 덧붙였다.

"당신이 좋아할 것 같아서 그걸 맡아 놓았어……. 이미 사 버렸어……. 잘한 일일까? 말을 해 봐."

그녀는 잘했다는 표시로 머리를 끄덕였다. 그리고 십오 분 가량 지나서,

"오늘 밤 외출하세요?" 하고 물었다.

"응, 왜?"

"아니, 그냥요. 그냥."

그러고는 샤를로부터 해방되고 나자 그녀는 곧 이 층으로

올라가 자기 방 안에 틀어박혔다.

처음에는 현기증과 같은 느낌이었다. 나무들, 길, 도랑, 로돌프가 보였다. 나뭇잎은 떨리고 골풀들은 살랑거리는데 아직도 그녀를 껴안는 남자의 두 팔을 그대로 느낄 수 있었다.

그러나 거울을 들여다보면서 그녀는 거기에 비친 자기의 얼굴에 놀랐다. 그녀의 눈이 이토록 크고 이토록 까맣고 이토록 깊게 보인 적은 일찍이 없었다. 미묘한 그 무엇이 그녀의 전신에 퍼져서 그녀는 몰라보게 달라진 것이었다.

그녀는 혼잣말을 되풀이했다. "내게 애인이 생긴 거야! 애인이!" 이렇게 생각하자 마치 갑작스레 또 한 번의 사춘기를 맞은 것처럼 기쁨이 솟구쳤다. 그러니까 그녀는 마침내 저 사랑의 기쁨을, 이미 체념해 버렸던 저 열병과도 같은 행복을 가지게 되는 것이었다. 그녀는 지금 황홀한 그 무엇 속으로 들어가려 하고 있었다. 거기에서는 모든 것이 정열, 도취, 광란이리라. 푸르스름한 빛을 띤 광대한 세계가 그녀를 둘러싸고 있었고 그녀의 상념 저 밑에서는 절정에 이른 감정이 빛을 발하고 있었다. 평범한 일상은 오직 저 멀리, 저 아래 어둠 속, 그 높은 꼭대기들 사이의 틈바구니에 처박혀 있을 뿐이었다.

그때 그녀는 옛날에 읽었던 책 속의 여주인공들을 상기했다. 불륜의 사랑에 빠진 서정적인 여자들의 무리가 그녀의 기억 속에서 공감 어린 목소리로 노래하기 시작하며 그녀의 마음을 사로잡았다. 그녀 자신이 이런 상상 세계의 진정한 일부로 변하면서 그녀는 예전에 자신이 그토록 선망했던 사랑에 빠진 여자의 전형이 바로 자기 자신이라고 여기게 되었다. 이리하여 젊은 시절의 긴 몽상이 현실로 변하고 있는 것이었다. 게다가 그녀는 설욕의 만족감도 느끼고 있었다. 그녀도 그만 하면 어지간히 고통받지 않았는가! 그러나 이제 바야흐로 승리를 거둔 것이다. 오랫동안 억눌려 있던 사랑이 환희로 끓어올라 한 방울도 남김없이 분출된 것이다. 그녀는 뉘우침도 불안도 고민도 없이 그 사랑을 음미하는 것이었다.

다음 날 하루는 새롭고 달콤한 기분 속에서 보냈다. 두 사람은 서로 수많은 맹세를 주고받았다. 그녀는 그에게 자기의 슬픔을 이야기했다. 로돌프는 키스로 그녀의 이야기를 막았다. 그녀는 눈을 지그시 감은 채 그를 쳐다보면서 다시 한번 자기의 이름을 불러 달라고, 그리고 자기를 사랑한다고 한 번 더 말해 달라고 졸랐다. 그 전날과 마찬가지로 숲속 나막신 만드는 사람의 오두막 안이었다. 벽은 짚으로 되어 있고 지붕이 너무 낮아서 몸을 웅크리고 있지 않으면 안 되었다. 그들은 마른 나뭇잎 침상 위에 꼭 붙어 앉아 있었다.

그날부터 그들은 매일 밤 규칙적으로 편지를 주고받았다. 에마는 자기가 쓴 편지를 냇가의 정원 끝부분에 있는 테라스의 갈라진 틈에 끼워 놓았다. 그러면 로돌프가 와서 그 편지를 가져가면서 자기 것을 두고 갔는데 에마는 늘 그 편지가 너무 짧다고 나무랐다.

어느 날 아침, 샤를이 날이 새기도 전에 외출하자 그녀는 왠지 로돌프를 당장 만나고 싶은 충동을 느꼈다. 위세트는 금방 갈 수 있는 데였으니 거기 가서 한 시간쯤 있다가 용빌로 돌아와도 아직 모두들 자고 있을 것이었다. 그렇게 생각하자 욕정에 숨이 가빠 왔다. 그래서 그녀는 금방 목장의 한가운데로 나와서 뒤도 돌아보지 않고 종종걸음으로 가고 있었다.

날이 밝기 시작했다. 에마는 멀리에서부터 애인의 집을 알아보았다. 제비 꼬리 모양을 한 두 개의 바람개비가 뿌연 새벽하늘을 배경으로 까만 윤곽을 드러내고 있었다.

농장 뜰을 지나자 저택으로 짐작되는 본체가 있었다. 그녀는 가까이 다가가자 마치 벽이 저절로 열리기나 한 것처럼 안으로 들어갔다. 똑바로 난 큰 층계가 복도 쪽으로 통해 있었다. 에마는 어떤 문의 고리쇠를 돌렸다. 그 순간 방의 저 안쪽에 자고 있는 남자가 보였다. 로돌프였다. 그녀는 소리를 질렀다.

"어, 당신이! 당신이!" 그가 되풀이했다. "어떻게 왔어?……아니! 옷이 젖었어!"

"사랑해요!" 그녀가 두 팔로 그의 목을 끌어안으면서 대답했다.

이 최초의 대담한 행동이 성공하자, 이제부터는 샤를이 아침 일찍 외출할 때마다 에마는 서둘러 옷을 입고 강가로 통하는 돌계단을 살금살금 내려가곤 했다.

그러나 암소가 건널 수 있도록 대놓은 널빤지가 걷혀 있을 때는 강을 따라 담장을 끼고 돌아가지 않으면 안 되었다. 강둑은 미끄러웠다. 그녀는 넘어지지 않도록 시든 계란풀 더미를 손으로 붙잡곤 했다. 그러고는 갈아 놓은 밭을 건너지를 때는 발이 빠져서 비틀거렸고 조그만 반장화가 금방이라도 벗겨질 것만 같았다. 머리 위에 묶어 맨 스카프는 목장에 부는 바람에 펄럭였다. 그녀는 황소들이 무서워서 달리기 시작했다. 그러고는 숨을 몰아쉬면서 뺨이 장밋빛으로 변하고 온몸에서 수액과 초목과 대기의 신선한 냄새를 발산하며 도착했나. 로돌프는 그때까지도 자고 있었다. 마치 봄날 아침이 그의 방 안으로 찾아 들어온 것만 같았다.

창문을 따라 늘어진 노란 커튼을 통해서 육중한 황금빛 광선이 부드럽게 걸러져 들어오고 있었다. 에마는 눈을 깜박거리면서 손으로 더듬어 가며 들어갔다. 그녀의 머리칼에 맺힌 이슬방울들이 황옥의 후광처럼 얼굴을 온통 에워싸고 있었다. 로돌프는 웃으면서 그녀를 끌어당겨서 가슴 위로 꼭 껴안았다.

그리고 나서 그녀는 방 안을 자세히 둘러보았다. 가구들의 서랍을 열어 보기도 했고 그의 빗으로 머리를 빗거나 면도 거울에 자기의 얼굴을 비춰 보기도 했다. 가끔 나이트 테이블 위, 물 주전자 옆에 레몬이나 설탕 덩어리와 함께 놓여 있는 큰 파이프의 물부리를 이 사이에 물어 보기도 했다.

헤어지는 데 십오 분은 실히 걸렸다. 그때면 에마는 울었다. 로돌프와는 절대로 떨어져 있고 싶지 않은 것이었다. 자기의 힘으로는 어떻게 할 수 없는 그 무엇이 그녀를 그에게로 떠미는 것이었다. 참다 못해 어느 날 그녀가 예고도 없이 불쑥 나타나는 것을 보자 그는 난처한 일을 당한 사람처럼 얼굴을 찡그렸다.

"왜 그래요?" 그녀가 물었다. "몸이 안 좋아요? 말 좀 해 봐요!"

마침내 그는 심각한 표정으로, 이렇게 자주 찾아오는 것은 신중하지 못하다, 그녀의 평판에 누가 될지도 모른다고 분명하게 말했다.

10

차츰 로돌프의 이 같은 의구심이 그녀에게로 옮아왔다. 처음에는 사랑에 도취된 나머지 그녀는 그 이상은 아무것도 생각하지 않았다. 그러나 사랑이 그녀의 삶에 없어서는 안 되는 것이 되어 버린 지금에 와서는 사랑을 조금이라도 잃거나 방해받을까 봐 두려웠다. 그의 집에서 돌아올 때, 그녀는 불안한 눈초리로 주위를 두리번거렸고 지평선 위로 지나가는 형체 하나하나, 누군가가 내다보고 있을는지도 모르는 마을 집의 들창 하나하나에 신경을 곤두세웠다. 발소리, 외치는 소리, 쟁기질하는 소리에도 귀를 기울였다. 그러다가 머리 위에서 흔들리는 포플러나무 잎새보다도 더 파랗게 질려 떨면서 걸음을 멈추곤 했다.

어느 날 아침 그렇게 집으로 돌아오고 있을 때, 그녀는 갑자기 자기를 겨누고 있는 것 같은 소총의 긴 총대가 보이는 느낌을 받았다. 총대는 도랑가의 풀숲에 반쯤 숨겨진 조그만 통 밖으로 비스듬히 비어져 나와 있었다. 에마는 겁에 질려 정신이 아찔해졌지만 그래도 앞으로 걸어 나갔다. 마치 용수철 달린 장난감 도깨비가 상자 속에서 튀어나오듯이 어떤 사내가 통에서 불쑥 나왔다. 그는 무릎께까지 졸라맨 각반을 차고 캡을 눈에까지 푹 눌러쓴 채 입술을 떨며 코가 빨개져 있었다. 들오리를 잡으려고 잠복 중인 비네 대장이었다.

"좀 더 멀리에서부터 소리를 질렀어야죠!" 그가 외쳤다. "총을 보면 반드시 경고를 해 줘야 됩니다!"

세무 관리는 이렇게 말함으로써 자기가 겁먹었더랬다는 것을 감추려고 애썼다. 들오리 사냥은 배를 타고 하는 경우 외에는 도지사 명령으로 금지되어 있었는데 비네 씨는 법을 존중한다고 하면서도 그 법을 어기고 있었던 것이다. 그 때문에 그는 매 순간 전원 경찰이 오는 소리가 들리는 것 같은 두려움에 사로잡혀 있었다. 그러나 이 불안 때문에 오히려 짜릿한 맛이 더했으므로 그는 혼자 통 속에 들어앉아서 자기의 행운과 기막힌 아이디어에 손뼉을 치고 있었다.

에마의 모습을 보자 그는 큰 짐을 던 것 같은 기분이 되어 곧 말을 걸었다.

"날씨가 차군요. 쏘는 것 같아요!"

에마는 아무 대꾸도 하지 않았다. 그가 계속했다.

"그런데 부인께서는 꽤 일찍 밖에 나오셨네요?"

"네." 그녀가 머뭇거리면서 말했다. "애를 맡겨 놓은 유모한테 다녀오는 길이에요."

"아아, 그렇군요! 그렇군요! 저는 보시다시피 새벽부터 여기이러고 있습니다. 하지만 안개가 어찌나 지독하게 끼었는지 새가 총구 앞에까지 온다면 몰라도……."

"안녕히, 비네 씨." 상대의 말이 채 끝나기도 전에 그녀는 돌아서 버렸다.

"안녕히 가세요, 부인." 그가 쌀쌀한 어조로 대답했다.

그리고 그는 통 속으로 다시 들어갔다.

에마는 세무 관리와 그처럼 갑작스레 헤어진 것을 후회했다. 틀림없이 그는 그녀에게 불리한 추측을 하리라. 유모 얘기를 꺼낸 것은 더없이 서투른 변명이었다. 보바리네 어린 딸아이가 일 년 전부터 양친한테 되돌아와 있다는 것은 용빌에서 모르는 사람이 없으니 말이다. 게다가 그 근처에는 아무도 살고 있지 않았다. 그 길은 오로지 위세트 저택으로만 통해 있었다. 그러므로 비네는 그녀가 어디에 갔다 오는지를 알고 있었다. 그는 입 다물고 가만히 있지 않을 게 분명했다! 그녀는 저녁 때까지 꼼짝도 않은 채 사냥 망태기를 꿰찬 그 바보를 눈앞에 떠올리면서 생각해 낼 수 있는 온갖 거짓말을 궁리해 보느라고 머리를 짜내고 있었다.

샤를은 저녁 식사 후에 그녀가 수심에 차 있는 것을 보자 기분 전환을 위해 약제사의 집에 데려가려고 했다. 그런데 약국에서 맨 먼저 그녀의 눈에 뜨인 것은 또 그 사람, 즉 세무 관리였다! 그는 붉은 유리병의 불빛을 받으며 카운터 앞에 서서 이렇게 말했다.

"유산을 반 온스만 주세요."

"쥐스탱." 약제사가 소리쳤다. "유화산을 가져와."

그리고 오메 부인의 방으로 올라가려는 에마에게,

"아니, 그냥 계세요, 아내가 내려올 겁니다. 난롯불이나 쬐면서 기다리세요. ……실례합니다. ……안녕하세요, 박사님(약제사는 이 '박사님'이라는 말을 쓰기를 대단히 좋아했다. 마치 누군가 다른 사람에게 그 말을 쓸 때에도, 그 말에 담긴 화려한 그 무엇인가가 자기에게까지 반사되어 오는 것만 같았던 것이다.)…… 약그릇을 엎지르지 않도록 조심해! 그보다 먼저 직은 방에 가서 의자를 가져와. 객실의 안락의자는 건드리면 안 된다는 걸 알고 있잖아."

그리고 그의 안락의자를 제자리에 다시 놓으려고 오메가 카운터 밖으로 급히 뛰어나오는데 비네가 당산 반 온스를 달라고 한 것이었다.

"당산?" 약제사가 경멸하는 투로 말했다. "그런 건 모르겠는데, 그게 뭐죠? 아마 수산을 그렇게 말하는 게 아닌가요? 수산 맞죠?"

비네는 여러 가지 사냥 도구의 녹을 빼는 놋그릇 닦는 약을 자기가 직접 만들어 볼 생각인데 거기 쓸 부식제가 필요하다고 설명했다. 에마는 흠칫 놀라 몸서리쳤다. 약제사가 말하기 시작했다.

"하긴, 그리 좋은 날씨가 아니군요. 습기 때문이에요."

"하지만." 세무 관리가 엉큼한 표정을 지으며 대답했다. "그런 날씨를 잘 이용하는 사람도 있죠."

그녀는 숨이 막혀 왔다.

"그리고 또 필요한 것은……."

"저 사람, 쉽게 돌아가지 않을 것 같은데." 그녀는 생각했다.

"송진하고 투르펜틴을 반 온스씩. 황납 사 온스, 골탄 일 온스 반만 주세요. 내 장비들의 에나멜 가죽을 깨끗이 닦는 데 필요해서요."

약제사가 밀납을 자르기 시작했을 때 오메 부인이 이르마를 안고, 나폴레옹은 옆에, 아탈리는 뒤에 데리고 나타났다. 그녀는 창가에 놓인 우단 의자에 앉았다. 사내애는 둥근 의자 위에 움츠리고 앉고 아이의 누나는 아버지 옆에 있는 대추 상자의 둘레를 맴돌았다. 아버지는 깔때기를 가득 채우기도 하고 병을 마개로 막기도 하고 이름표를 붙이고 포장을 하기도 했다. 그의 주변에서는 모두가 잠자코 있었다. 다만 때때로 저울 접시에 올려놓는 추가 달그락거리는 소리와 조수에게 이르는 약사의 나지막한 목소리가 들릴 뿐이었다.

"댁의 따님은 잘 큽니까?" 문득 오메 부인이 물었다.

"조용히!" 그녀의 남편이 잡기장에 무슨 숫자를 기입하면서 큰 소리로 말했다.

"왜 데리고 오지 않았어요?" 그녀가 조그만 목소리로 계속했다.

"쉬! 쉬!" 에마가 약제사를 가리키면서 말했다.

그러나 비네는 계산서를 들여다보는 데 열중해 있었기 때문에 아무 소리도 못 들은 것 같았다. 마침내 그가 밖으로 나갔다. 그러자 에마는 속이 시원한 듯 안도의 한숨을 내쉬었다.

"웬 숨소리가 그리 커요!" 오메 부인이 말했다.

"네, 좀 더워서요." 그녀가 대답했다.

이리하여 그들은 다음 날 밀회의 방법을 다시 한번 잘 생각해 보기로 했다. 에마는 자기 집의 하녀를 선물로 매수하겠고 했다. 그러나 용빌 마을 안에서 눈에 띄지 않는 집을 하나 찾아보는 쪽이 더 나을 것 같았다. 로돌프가 그것을 알아보겠다고 약속했다.

겨울 동안에는 매주 서너 번씩 캄캄한 어둠을 타고 그가 정원으로 찾아왔다. 에마는 일부러 목책의 자물쇠를 치워 놓았다. 샤를은 그것을 잃어버린 것으로 알고 있었다.

로돌프는 그녀에게 알리는 신호로 덧문에 모래를 한 줌 끼얹곤 했다. 그녀는 벌떡 일어났다. 그러나 때로는 기다려야 되는 때도 있었다. 샤를이 벽난롯가에서 이야기를 늘어놓는 버릇이 있어서 좀처럼 끝을 내지 않는 것이었다. 그녀는 초조해져서 속이 탔다. 할 수만 있다면 그녀는 두 눈의 힘으로 그를 창문 밖으로 내던져 버리고만 싶었다. 마침내 그녀는 밤 화장을 하기 시작했다. 그러고는 책을 한 권 집어 들고 앉아서 재미있어 못 견디겠다는 듯이 아주 천연덕스레 읽기를 계속했다. 그러나 잠자리에 들어간 샤를이 어서 자자고 그녀를 불러 댔다.

"자아, 어서 와, 에마, 늦었어." 그가 말했다.

"네, 가요." 그녀가 대답했다.

그러는 사이에 촛불에 눈이 부신지 그는 벽 쪽으로 돌아누워 잠이 들어 버렸다. 그러면 그녀는 숨을 죽이고 미소 지으며 가슴 두근거리며 잠옷 바람으로 빠져나가는 것이었다.

로돌프는 커다란 망토를 입고 있었다. 그는 그것으로 에마의 전신을 감싸 가지고 그녀의 허리를 팔로 안은 채 말없이 그녀를 정원 저 안쪽으로 데리고 갔다.

그곳은 지난날 여름 저녁이면 레옹이 그토록 정겨운 눈으로 그녀를 바라보던, 바로 그 둥그런 덩굴시렁 밑 썩은 통나무 벤치였다. 이제 그녀는 레옹에 대한 일은 생각도 하지 않았다.

잎이 진 재스민의 가지 사이로 별들이 반짝이고 있었다. 그들의 등 뒤에서 냇물 흐르는 소리, 그리고 가끔 강둑에서 마른 갈대가 서걱이는 소리가 들렸다. 여기저기에서 시커먼 덩치의 그림자들이 어둠 속에 부풀어 올랐고 그것들은 때때로 일제히 떨리면서 일어났다가 두 사람을 삼켜 버리려는 거대한 검은 물결처럼 한쪽으로 쓰러지곤 했다. 밤의 추위 때문에 두 사람은 더욱더 바싹 껴안았다. 그들의 입술에서 새어 나오는 한숨은 더욱 거세게 느껴졌고 희미하게 보이는 서로의 두 눈이 더 커 보였다. 침묵 속에서 그들이 나직하게 주고받는 말들만이 수정같이 낭랑한 소리를 내며 영혼 위로 떨어지면서 몇 겹의 진동으로 퍼져 나가고 있었다.

비가 내리는 밤이면 그들은 헛간과 마구간 사이에 있는 진찰실로 숨어 들어갔다. 그녀는 책들 뒤에 숨겨 둔 부엌용 양초에 불을 켰다. 로돌프는 제 집인 것처럼 편안하게 자리 잡았다. 책장과 책상, 방 안 전체의 광경을 그렇게 보고 있는 것이 유쾌한지 그는 참지 못하고 에마가 난처해할 만큼 샤를에 대한 농담을 수없이 늘어놓는 것이었다. 그녀는 그가 좀 더 진지한, 경우에 따라서는 좀 더 극적인 모습을 보여 주었으면 싶었다. 가령 언젠가 정원의 샛길에서 이쪽으로 가까이 오는 발소리가 나는 것 같아서 "누가 와요!" 하고 그녀가 말했다.

그는 불을 훅 불어 껐다.

"권총 갖고 있어요?"

"왜?"

"왜긴요…… 방어를 해야죠." 에마가 대답했다.

"당신 남편을 상대로? 아! 그 한심한 작자!"

그러고 나서 로돌프는 "한 손가락으로 퉁기기만 해도 납작해질걸." 하는 뜻의 몸짓으로 말을 맺었다.

그녀는 그의 용기에 놀랐다. 그러나 동시에, 거기에는 일종의 무례함과 유치한 야비함이 느껴져서 기분이 상했다.

로돌프는 이 권총 얘기에 관해 깊이 생각해 보았다. 만약 그녀가 심각하게 한 말이라면 그것은 심히 우스꽝스럽고 추악하기까지 하다고 그는 생각했다. 그로서는 사람 좋은 샤를을 미워해야 할 까닭이 전혀 없었으니 말이다. 그는 흔히들 말하듯 질투심에 불타는 위인이 아니었다. 이 점과 관련해서 에마는 요란한 다짐을 받고 싶어 했지만 그것도 그에게는 별로 고상한 취미 같아 보이지는 않았다.

게다가 그녀는 몹시 감상적이 되어 갔다. 조그만 초상화를 서로 주고받지 않으면 안 되었다. 머리카락을 한 줌씩 잘라서 서로 교환하기도 했다. 이제는 반지를, 그것도 영원한 결합의 징표인 진짜 결혼 반지를 갖고 싶어 했다. 가끔 그녀는 그에게 만종이나 자연의 소리에 관해 이야기했다. 그러고는 그녀 자신의 어머니나 남자의 어머니 얘기를 하기도 했다. 로돌프는 이십 년 전에 어머니를 잃었다. 그런데도 에마는 마치 버림받은 갓난아이를 달래듯이 달콤한 말로 그를 위로했고 심지어 어떤 때는 달을 쳐다보면서 이런 말까지 했다.

"틀림없이 저곳에서 두 어머님들은 함께 우리의 사랑을 허락해 주고 계실 거예요."

그러나 그녀는 너무나도 아름다웠다! 그는 이렇게까지 순진한 여자를 가져 본 적이 없었다! 방탕함을 모르는 이 사랑은 그에게 새로운 그 무엇이었다. 그것은 그를 안이한 습관에서 벗어나게 했고 그의 자긍심과 관능을 동시에 자극했다. 그의 부르주아적인 양식으로 보면 경멸의 대상인 그녀의 열광도 로돌프 자신을 향한 것이기 때문에 마음속 깊은 곳에서는 귀엽게 여겨졌다. 그래서 사랑받고 있다는 확신을 가지게 되자 더 이상 거리낄 것이 없어졌고 그리하여 자기도 모르는 사이에 태도가 달라져 갔다.

그는 이미 옛날처럼 그녀를 울리던 저 감미로운 말을 더 이상 입에 담지 않게 되었고 그녀를 미치게 하던 저 열렬한 애무도 더 이상 하지 않게 되었다. 그 결과, 그녀가 그 속에 흠뻑 빠져 지내고 있던 그들의 엄청난 사랑이 마치 강바닥으로 빨려 들어가는 강물처럼 그녀의 발밑에서 줄어들어 가는 것 같았고 마침내 그녀의 눈에 강바닥의 개흙이 보였다. 그녀는 그걸 믿고 싶지 않았다. 그녀는 더욱더 많은 애정을 쏟았다. 그러자 로돌프 쪽에서는 점차 무관심을 감추려 하지 않게 되었다.

그녀는 자신이 그에게 몸을 맡겨 버린 것을 후회하는 것인지 아니면 반대로 그를 더욱 사랑하고 싶은 것인지 스스로도 알 수가 없었다. 자기가 약하다고 느끼는 데서 오는 굴욕감은 원한으로 변해 갔지만 육체의 쾌락이 그것을 무마해 주었다. 그것은 애착이 아니라 끊임없는 유혹과도 같은 것이었다. 로돌프가 그녀의 마음을 휘어잡고 있었다. 그녀는 그 점에 대해서 공포를 느낄 지경이었다.

그러면서도 로돌프가 자기 기분대로 간통을 유도하고 있었으므로 표면상으로는 그 어느 때보다도 더 평온했다. 그리하여 반년이 지나 봄이 돌아왔을 때 두 사람은 서로에 대해 조용히 가정적인 사랑의 불꽃을 지켜 나가는 부부와 같이 느끼고 있었다.

마침 루오 영감이 다리 치료를 받은 기념으로 칠면조를 보내오곤 하는 무렵이었다. 선물은 꼭 편지와 함께 왔다. 에마는 바구니에 편지를 매달아 놓은 끈을 자르고 다음과 같은 글발을 읽었다.

"사랑하는 아이들에게,

이 편지를 받을 때는 두 사람 다 건강하기를 바란다. 또 이 칠면조도 예년 것보다 못하지 않은 선물이길 바란다. 내 보기엔 금년 것이 좀 더 연하고 어찌보면 더 살진 놈 같으니 말이다. 다음 번에는 좀 바꾸어서 닭을 한 마리 보낼까 한다. 너희가 구태여 칠면조 쪽을 고집한다면 모르겠다만. 바구니는 먼젓번 것 두 개와 함께 꼭 좀 돌려보내다오. 우리 집 수레 창고가 재해를 입었다. 바람이 몹시 부는 밤에 그 지붕이 나무숲으로 날아가 버렸단다. 수확도 그다지 신통치 못하다. 여하튼 너희를 언제 만나러 가게 될지 모르겠다. 내가 홀로 되고 보니 이제는 집을 비우고 떠나기가 여간 어렵지 않구나, 내 귀여운 에마야!"

그리고 여기에서 행간이 한 줄 비어 있었다. 아마도 노인이 펜을 놓고 한동안 생각에 잠겨 있었던 듯싶었다.

"나는 건강하게 잘 있다. 단지 며칠 전 이브토의 장에 가서 감기를 옮아 온 것만 빼고는 말이다. 우리 집 양치기가 너무 음식 타박을 하기에 내보내고 다른 양치기를 구하려고 그곳에 갔었다. 그런 악당들을 싱대헤아 하는 우리 처지가 얼마나 딱하냐! 게다가 그놈은 정직하지 못한 놈이었어.

이번 겨울 너희가 사는 마을을 지나치다가 이를 뽑고 왔다는 행상인의 애기를 들으니 보바리는 여전히 열심히 일을 하고 있다더구나. 물론 그럴 줄 알았다. 그 사람이 나한테 자기의 이를 보여 주더라. 우리는 함께 커피를 마셨지. 내가 그에게 너를 만나보았는가 하고 물었더니 만나지 못했지만 마구간에 말이 두 필 있는 것을 보았다고 하더구나. 그래서 나는 사업이 잘되고 있다는 것을 짐작했단다. 다행한 일이다. 사랑하는 아이들아, 하느님께서 너희에게 많은 복을 내려 주시기를 빈다.

내가 아직도 내 귀여운 손녀 베르트 보바리의 얼굴을 못 본 것은 유감천만이다. 나는 그 애를 위해서 네 방 창문 밑 마당에다가 아부안종 살구나무를 한 그루 심었단다. 아무도 거기에 손대지 못하게 할 작정이다. 나중에 살구잼을 만들어 찬장 속에 간직해 두었다가 그 애가 오면 줄 생각이다.

그럼 잘 있거라, 사랑하는 아이들아. 내 딸아, 그리고 또 사위 자네, 귀여운 손녀딸아, 두 뺨에 키스를 보낸다.

너희를 사랑하는 아버지
테오도르 루오"

그녀는 한참 동안 그 허술한 종이에 쓴 편지를 손에 들고 있었다. 철자가 틀린 곳이 여러 군데 눈에 띄었지만, 에마는 마치 가시나무 울타리 속에 반쯤 몸을 감추고 꼬꼬댁거리는 암탉처럼 그 글자들 사이에서 전달되어 오는 정다운 생각을 마음속에서 좇고 있었다. 난로의 재로 잉크를 말린 듯, 편지에서 잿빛 먼지가 조금 그녀의 옷 위로 떨어졌다. 부젓가락을 집으려고 난로에 몸을 구부리는 아버지의 모습이 눈앞에 보이는 것만 같았다. 아버지 곁에서 난롯가의 걸상에 앉아 빠지직거리며 타오르는 바다골풀의 큰 불길에 막대기 끝을 태우던 것은 벌써 얼마나 먼 옛날이 되어 버린 것인가!…… 그녀는 햇빛이 가득하던 여름날 저녁을 생각했다. 사람이 지나가면 망아지들이 울어 대면서 뛰고 또 뛰었다!…… 그녀의 창문 밑에는 꿀벌의 벌통이 있어 때때로 꿀벌들이 햇빛 속을 날아다니다가 퉁기는 황금구슬들처럼 유리창을 때리곤 했다. 그 시절은 얼마나 행복했던가! 얼마나 많은 자유! 희망! 얼마나 풍성한 환상에 차 있었던가! 지금은 이미 아무것도 남은 것이 없다! 그녀는 처녀 시절, 결혼, 연애, 이렇게 차례로 모든 환경들을 거치면서 갖가지 영혼의 모험들에 그것을 다 소비해 버리고 말았던 것이다. 마치 길가의 여관에 묵을 때마다 재산을 조금씩 흘려 놓고 온 나그네처럼 그녀는 인생길 구비구비에서 그것들을 끊임없이 잃어 온 것이다.

그러나 도대체 누가 그녀를 이토록 불행하게 만들었는가? 그녀의 존재를 뒤엎어 놓은 그 엄청난 재앙은 도대체 어디에 있었던 것일까? 그녀는 다시 얼굴을 들어 그녀를 괴롭히는 것의 원인을 찾아내기라도 하려는 것처럼 주위를 돌아보았다.

사월의 햇빛이 선반 위의 도자기들을 간지럽히고 있었다. 난롯불이 타고 있었다. 그녀는 실내화 밑으로 양탄자의 부드러운 감촉을 느꼈다. 햇빛은 희고 대기는 다사로웠다. 어린애가 깔깔대며 웃는 소리가 들렸다.

과연 어린 딸아이는 잔디밭의 베어서 말리고 있는 풀 위에서 뒹굴고 있었다. 아이는 쌓아 올린 풀 위에 배를 깔고 엎드려 있고 하녀가 아이의 치맛자락을 붙들고 있었다. 레스티부두아가 옆에서 갈퀴로 풀을 긁어모으고 있었는데 그가 가까이 갈 때마다 아이는 두 팔을 허공에 휘저으면서 몸을 기울이곤 했다.

"아이를 이리 좀 데리고 와 봐!" 어머니가 키스해 주기 위해 달려나오면서 말했다. "예쁜 아기, 착한 아기! 정말 귀여워!"

그러다가 딸의 귀 끝이 조금 더러워진 것을 보자 그녀는 얼른 초인종을 눌러서 더운 물을 가져오게 해서 깨끗이 씻어 주고는 속옷을 갈아입히고 양말 그리고 신발까지 갈아신기고 마치 여행에서 돌아오기라도 한 듯 아이의 건강 상태를 꼬치꼬치 캐묻더니 마침내 한 번 더 입을 맞춰 주고 찔끔 눈물을 흘리고는 아이를 하녀의 손에 넘겨주었다. 하녀는 이 지나친 애정에 놀라 어리둥절해하고만 있었다.

로돌프는 그날 밤 그녀가 평소보다 더 심각하다는 것을 느꼈다.

"곧 괜찮아지겠지." 그는 생각했다. "한때의 변덕일 거야."

그리고 그는 계속해서 세 번이나 밀회 장소에 오지 않았다.

그런 다음에 다시 나타나자 그녀는 싸늘한 표정이 되어 거의 그를 경멸하는 태도였다.

"이봐, 이러다가 시간만 헛되게 보내게 된다고, 알아······."

그리고 그는 그녀의 우울한 한숨도, 손수건 꺼내는 것도 못 본 척했다.

에마의 마음속에 후회가 찾아든 것은 바로 그때였다.

그녀는 자기가 왜 그렇게까지 샤를을 싫어하는 것일까, 그를 사랑하려고 애쓰는 편이 더 낫지 않겠는가 하고 자문해 보기까지 했다. 그러나 샤를 쪽에서는 이처럼 되돌아오는 감정이 발붙일 이렇다 할 계기를 만들어 주지 않았다. 그 결과 그녀로서는 막연히 희생을 치를 의향만 가진 채 막상 무엇을 어떻게 해야 할지 알 수가 없어 망설이고만 있었다. 그때 마침 약제사가 그녀에게 기회를 제공했다.


## 11


그는 최근에 새로운 안짱다리 치료법을 잔뜩 추켜세운 기사를 읽은 적이 있었다. 그래서 본래부터 진보론자였던 그는 용빌도 수준이 뒤떨어지지 않도록 굽은 다리 수술[77]을 몇 번 해보아야 한다는 저 애향적인 생각을 품게 된 것이었다.

---

77) 이 장면을 집필하기 위해 플로베르는 1854년 4월 의사인 자신의 형 아실에게 문의도 하고 루앙 시립병원 외과 과장인 자신의 아버지의 진료 사례가 소개된 「안짱다리 처치의 이론과 실천」 등 많은 자료를 활용했다.

"사실." 그가 에마에게 말했다. "위험할 게 뭐가 있습니까? 잘 생각해 보세요.(그러면서 그는 수술 시도의 이점을 손으로 꼽아 보였다.) 성공은 거의 확실하고 환자 장본인은 다리도 낫고 모양도 좋아지고 게다가 수술한 사람은 단번에 명성을 얻습니다. 예컨대 댁의 선생님인들 어찌 금사자의 불쌍한 이폴리트를 시원스럽게 고쳐 주고 싶지 않겠습니까? 그가 병이 나아 보십시오. 틀림없이 오는 손님마다 붙잡고 자기가 나았다고 말할 것이고 게다가(오메는 여기서 목소리를 낮추며 주위를 둘러보았다.) 내가 또 그에 대한 기사를 슬그머니 신문사로 보내지 말란 법도 없잖습니까? 정말! 이건 보통 일이 아니죠! 신문 기사가 난다…… 사람들의 입에 오르내린다…… 그 소문이 마침내는 눈덩이처럼 커지는 겁니다! 그리고 또 누가 압니까! 누가 압니까!"

사실 보바리는 성공할 수 있었다. 에마가 보아도 그의 수술 실력이 모자란다고 보아야 할 까닭이 전혀 없었다. 게다가 명성도 떨치고 돈도 벌 수 있는 일을 남편에게 권해서 하게 한다면 그녀로서도 얼마나 흐뭇한 일이겠는가? 그녀가 사랑 이상의 확고한 그 무엇에 의지할 수 있게만 된다면 더 이상 바랄 게 없는 것이었다.

샤를은 약제사와 그녀가 열심히 권유하자 그냥 설득당하고 말았다. 그는 루앙에서 뒤발 박사의 저서를 구해다가 매일 밤 두 손으로 머리를 싸안고 그 책을 읽는 일에 몰두했다.

그가 첨족, 내반족, 외반족, 즉 스트레포카토포디, 스트레펜도포디 그리고 스트레펙소포디(또는 더 적절하게 표현하면 아래쪽으로, 안쪽으로, 또는 바깥쪽으로 휘어진 발의 기형)과 스트레피포디 및 스트레파노포디(다시 말하면 아래쪽 뒤틀림 또는 위쪽 젖혀짐) 따위에 대해서 공부하고 있을 때 한편에서 오메 씨는 여관집 사환에게 수술을 받아 보라고 열심히 부추겨 댔다.

"아마 약간 아프다 하는 느낌 정도일 거야. 피를 조금 뽑을 때처럼 그저 좀 따끔한 것뿐, 티눈 빼는 것보다 더 간단해."

이폴리트는 생각에 잠겨 우둔한 두 눈을 굴렸다.

"하기야." 약제사가 계속했다. "나하곤 아무 상관이 없는 일이야! 너를 위해서 그러는 거지! 순전히 인정 때문에 그러는 거라고! 보기 싫게 절뚝거리면서 허리를 기우뚱거리지 않게 된 너를 봤으면 좋겠어. 네가 뭐라고 말하든 간에 그런 모양으로는 일에도 상당한 지장이 될 테니까."

그리고 오메는 그에게 수술을 받고 나면 얼마나 더 튼튼해지고 다리에 힘이 날 것인지를 설명했고 심지어 여자들한테도 인기가 있을 것임을 은근히 비쳤다. 그러자 이 마부는 우둔한 미소를 띠기 시작했다. 그는 이번에는 상대방의 허영심을 건드렸다.

"너도 사내 아니냐, 젠장? 만일 군대에 가서 나라를 위해서 싸워야 한다면 어떻게 되겠어? 아! 이폴리트!"

그리고 오메는 과학의 혜택을 마다하는 이 고집과 무지는 도무지 이해할 수가 없다고 잘라 말하고는 가 버렸다.

불쌍한 사내는 굴복하고 말았다. 마치 모든 사람들이 공모라도 한 것같이 나섰던 것이다. 절대로 남의 일에는 끼어드는 법이 없었던 비네, 르프랑수아 부인, 아르테미즈, 이웃 사람들,

심지어 면장 튀바슈 씨까지 다 나서서 권고하고 설교하고 창피를 주었다. 그러나 결국 그가 결심을 하게 된 것은 비용이 한 푼도 안 들기 때문이었다. 보바리는 수술을 위한 기계까지 자비로 제공하겠다고 제의했다. 이 인심 좋은 생각은 에마가 착안해 낸 것이었다. 샤를은 마음속으로 아내야말로 천사라고 여기면서 거기에 찬성했다.

약사의 충고에 따라 그는 세 번이나 다시 만들도록 해 가면서 목수에게 자물쇠 장수의 도움을 받아 무게가 약 팔 파운드나 되는 상자 같은 것을 만들게 했다. 거기에는 쇠, 나무, 양철, 가죽, 수나사, 암나사 등 온갖 것이 다 동원되었다.

그러나 이폴리트의 어느 힘줄을 잘라야 좋을지를 알기 위해서는 우선 그의 안짱다리가 어떤 종류인지를 알아야 했다.

그의 한쪽 발은 다리와 거의 일직선을 이루고 있으면서도 동시에 안쪽으로 굽어 있었다. 그래서 그것은 내반족이 약간 섞인 첨족 또는 심한 첨족 경향을 보이는 가벼운 내반족이었다. 그러나 이 첨족은 실제로 말발굽만큼이나 넓적하고, 피부는 우툴두툴하며, 힘줄은 질기고, 발가락은 굵고, 시꺼먼 발톱들은 말의 편자 같았는데, 그런 발을 가지고도 이 불구자는 아침부터 밤까지 사슴처럼 뛰어다니고 있었다. 광장을 내다보면 짧은 한쪽 다리를 앞으로 내뻗치면서 마차 주위로 절뚝거리며 돌아다니는 그의 모습을 항상 볼 수 있었다. 심지어 이 불구의 다리가 다른 쪽보다 오히려 더 기운차 보였다. 어찌나 많이 써먹었는지 이 다리는 인내심과 정력의 미덕 같은 것을 얻어 가진 셈이었다. 그리하여 무슨 힘든 일을 시키면 그는 즐겨 이쪽 다리로 몸을 떠받쳤다.

그런데 그 발이 첨족이었으므로 우선 아킬레스건을 절단하고, 내반족을 고치기 위해 정강이의 근육을 손대는 것은 나중으로 미룰 수밖에 없었다. 그것은 의사가 감히 한꺼번에 두 가지 수술을 할 용기를 내지 못하기 때문이었다. 심지어 그는 자기가 잘 알지도 못하는 무슨 중요한 부위를 건드려 상처를 내지나 않을까 겁이 나서 벌써부터 떨고 있었다.

켈수스 이래 15세기 만에 처음으로 동맥의 직접 결합 수술을 실시한 앙브루이즈 파레도, 뇌의 두꺼운 층을 절개하여 농양을 제거하려고 한 뒤퓌트랑도, 최초의 위턱뼈 절제 수술을 한 장술도 보바리가 건(腱) 절단용 메스를 손에 들고 이폴리트에게 다가갈 때처럼 심장이 두근거리고 손을 떨며 긴장하지는 않았을 것이다. 그리고 마치 병원에서처럼 옆 테이블 위에는 붕대용 헝겊과 밀초를 먹인 실더미, 약제사네 집에서 있는 대로 가져와서 피라미드처럼 쌓아 놓은 붕대가 보였다. 아침부터 이 모든 준비를 갖춘 것은 오메 씨였다. 수많은 구경꾼들을 놀라게 할 뿐만 아니라 스스로도 자신의 환상을 지탱하기 위해서였다. 샤를이 피부를 찔렀다. 푹 하고 건조한 소리가 들렸다. 힘줄이 절단되었다. 수술이 끝났다. 이폴리트는 아직 놀란 상태에서 깨어나지 못한 채였다. 그는 몸을 굽혀 보바리의 두 손에 마구 입을 맞추어 댔다.

"자아, 진정해." 약제사가 말했다. "좋은 일을 해 주신 분에게 감사의 인사는 나중에 천천히 해."

그리고 그는 마당에서 기다리고 있는 대여섯 명의 구경꾼들에게 수술 결과를 알려 주러 갔다. 그들은 이폴리트가 똑바로 서서 걸어나오는 것인 줄로 여기고 있었다. 이윽고 샤를은 환자를 운동기에 단단히 고정시켜 놓고 집으로 돌아갔다. 에마는 매우 걱정하며 문앞에서 기다리고 있었다. 그녀는 그의 목에 매달렸다. 그들은 식탁에 앉았다. 그는 많이 먹었고 식후에는 심지어 커피를 한 잔 마시고 싶다고까지 했다. 이것은 일요일에 손님들이 찾아왔을 때밖에는 엄두를 못 내는 사치였다.

그날 저녁은 흐뭇했다. 주고받는 이야기와 공통의 꿈이 가득했다. 그들은 앞날의 행운과 집안 살림살이를 좀 더 낫게 만드는 일에 관해서 이야기했다. 샤를은 자기의 명성이 점점 널리 퍼지고 생활 수준이 높아지고 아내가 변함없이 자기를 사랑해 주는 것을 머릿속에 그려 보았다. 그녀는 여태까지보다 더 건전하고 더 나은 새로운 감정을 맛보며 기분이 상쾌해지는 것이, 요컨대 자기를 아껴 주는 이 불쌍한 사내에게 어떤 애정을 느끼게 된 것이 기뻤다. 잠시 로돌프 생각이 머리에 떠올랐다. 그러나 그녀의 눈길은 다시 샤를에게로 돌아갔다. 놀랍게도 샤를의 이가 그렇게 보기 흉하지는 않다는 느낌마저 들었다.

그들이 이미 잠자리에 들어 자려고 하는데 돌연 오메 씨가 하녀의 만류도 듣지 않고 갑자기 방 안으로 들어왔다. 손에는 방금 써 가지고 온 한 장의 원고가 들려 있었다. 그것은 그가 루앙의 등불에 보내려는 기사였다. 그들에게 읽어 주려고 가져 온 것이었다.

"직접 읽어 주십시오." 보바리가 말했다.

그는 읽었다.

"아직도 유럽의 한 구석을 그물처럼 덮고 있는 수많은 편견들에도 불구하고 우리의 전원 속으로 마침내 광명이 비쳐 들기 시작하고 있다. 그리하여 이번 화요일, 우리의 조그만 마을 용빌은 외과 의학적 실험의 무대가 되었다. 이것은 동시에 숭고한 박애의 행동이기도 했다. 우리 지방의 가장 탁월한 개업의의 일원인 보바리 씨가……"

"아니, 이건, 너무 지나쳐요! 지나치다고요!" 샤를은 감동으로 숨이 막힐 지경이 되어 말했다.

"웬걸요, 그렇지 않습니다! 천만에! '안짱다리의 수술을 했다……' 나는 과학적인 용어를 쓰지 않았습니다. 왜냐하면 아시다시피 신문에서는 누구나 다 알아들을 수 없을 테니까, 결국 대중이……"

"그렇겠지요." 보바리가 말했다. "계속해 주세요."

"다시 한번 읽습니다." 약제사가 말했다. "우리 지방의 가장 탁월한 개업의의 일원인 보바리 씨가 안짱다리 수술을 했다. 환자는 과부인 르프랑수아 부인이 아름 광장에서 경영하는 여관 금사자에서 이십오 년간 마부 노릇을 하고 있는 이폴리트 토텡이라고 하는 사람이다. 새로운 시도라는 점과 수술 환자에 대한 관심은 다수 주민들의 이목을 끌어서 여관의 문앞은 그야말로 일대 혼잡을 이루었다. 게다가 수술은 마술과도 같이 실시되어 마치 말을 듣지 않고 버티던 힘줄도 마침내 의술의 힘 앞에 굴복했음을 말해 주는 듯 불과 몇 방울의 피가 피부 위에 흘렀을 뿐이다. 이상하게도 환자는 (기자가 직접 목격한 바이지만) 전혀 고통을 호소하지 않았다. 현재까지의 경과는 더 이상 바랄 것이 없을 정도이다. 모든 점으로 보아서 회복은 빠를 것으로 믿어진다. 그러므로 다가오는 마을 축제엔 우리 이폴리트가 즐거운 합창이 울려 퍼지는 가운데 바쿠스 춤을 추는 한 사람이 되어 흥겨움과 절묘한 동작으로 그가 완치되었음을 만인의 눈앞에 증명해 보이지 말라는 법도 없지 않겠는가? 바라건대 관대한 학문의 사도들에게 영광 있으라! 인류를 개선하고 그들의 고통을 덜어 주기 위해 밤을 새워 노력하는 불굴의 정신에 영광 있으라! 영광 있으라, 세 번 거듭 영광 있으라! 지금이야말로 눈먼 자는 보고, 귀먹은 자는 듣고, 절름발이는 걸으라 하고 외칠 때가 아니겠는가? 옛날에는 광신이 소수의 선택된 사람들에게만 약속했던 것을 오늘의 과학은 이제 만인을 위해서 실현하는 것이다! 이 주목할 만한 치료의 경과에 관해서는 계속하여 독자들에게 보도할 예정이다."

그러나 결국 닷새가 지나자 르프랑수아 부인이 하얗게 질려 가지고 달려와서는 고함쳤다.

"큰일났어요! 저 사람 죽어 가요!…… 어쩌면 좋아요!"

샤를은 금사자로 달려갔다. 그가 모자도 쓰지 않은 채 광장을 달려가는 것을 보고는 약제사도 약국을 팽개친 채 나왔다. 그는 숨을 헐떡이며 얼굴이 빨개져서 불안한 얼굴이었다. 그리고 층계를 올라가는 모든 사람마다 붙잡고 물었다.

"아니, 그 흥미로운 안짱다리 환자한테 무슨 일이 생겼죠?"

그 안짱다리 환자는 무서운 경련을 일으키면서 몸부림을 치다 못해 다리를 묶어 놓은 운동기로 때려 부술 듯이 벽을 후려치고 있었다.

다리의 위치가 비뚤어지지 않도록 조심하면서 상자를 드러내고 보니 참혹한 형국이 되어 있었다. 발의 모양을 알아볼 수 없을 만큼 부어올라 피부 전체가 금방이라도 터져 버릴 것 같았다. 그리고 그 알량한 기계 때문에 야기된 피하 출혈이 피부 전체에 나타나고 있었다. 이폴리트는 전부터 그로 인한 고통을 호소했지만 아무도 그의 말을 귀담아 듣지 않았다. 그가 전혀 틀린 얘기를 하고 있는 것 같지는 않다고 판단되어 몇 시간 동안 그를 기계에서 해방시켜 주었다. 그러나 부기가 조금 가라앉자 두 선생은 다리를 다시 기계 속에 고정시키는 것이 옳다고 판단했고, 게다가 경과를 빠르게 하기 위해 전보다도 더 단단하게 졸라맸다. 결국 사흘 뒤 이폴리트가 더 이상 참을 수 없게 되어 두 사람은 또다시 기계를 벗겼는데 그 결과를 본 그들은 몹시 놀라지 않을 수 없었다. 납빛의 부기가 다리 전체에 번져 도처에 물집이 잡히고 거기에서 시커먼 물이 흘러나오고 있었다. 그야말로 심각한 증세를 보이는 것이었다. 이폴리트는 답답해하기 시작했다. 다소 기분 전환이라도 되라고 르프랑수아 부인이 그를 부엌 옆의 작은 방으로 옮겨 주었다.

그러나 매일 저녁 거기서 식사를 하는 세무 관리가 그런 환자 옆에 앉는 것은 싫다고 심하게 투덜댔다. 그래서 그를 당구실로 옮겨 놓았다.

그는 거기에서 거친 이불을 덮고 신음하고 있었다. 얼굴은 창백하고 수염은 더부룩하고 눈은 움푹 꺼진 채 파리 떼가 달려드는 더러운 베개 위에서 때때로 땀투성이의 머리를 이쪽저쪽으로 바꾸어 놓고 있었다. 보바리 부인은 그를 보러 찾아오곤 했다. 찜질하는 천 조각을 가지고 오기도 했고 위로도 하고 용기를 북돋아 주기도 했다. 그 밖에도 이야기 상대가 부족하지는 않았다. 특히 장이 서는 날이면 농부들이 그의 곁에서 당구를 치고 큐를 들고 검술 흉내를 내고 담배를 피우고 술을 마시고 노래를 하고 떠들기도 했다.

"좀 어때?" 하고 그들은 그의 어깨를 툭 치며 말했다. "아! 별로 좋지 않다던데! 하지만 자네 잘못이야. 이것도 해 보고 저것도 해 보고 그래야지."

그러고는 그가 받고 있는 것과는 다른 치료법으로 나은 사람들의 이야기를 했다. 그리고 위로하듯이 이렇게 덧붙였다.

"자네, 너무 몸을 아끼고 있어! 좀 일어나 보라고. 임금님처럼 척 누워 가지고! 그럼 맘대로 해, 이 꾀병쟁이야! 그런데 자네한테서 고약한 냄새가 나는군!"

실제로 괴저는 점점 위쪽으로 번져 올라오고 있었다. 그 때문에 보바리 자신이 앓아누울 지경이었다. 그는 한 시간마다 틈 나는 대로 찾아왔다. 이폴리트는 겁에 질린 눈으로 그를 쳐다보고 흐느껴 울면서 중얼거렸다.

"언제나 낫게 됩니까?…… 아아, 살려 줘요!…… 어쩌면 좋아요! 어쩌면 좋아요!"

그러면 의사는 언제나 그에게 식이 요법을 권하고는 돌아갔다.

"저 사람 얘기는 들을 필요 없어." 르프랑수아 부인이 말했다. "너를 골탕 먹일 만큼 먹여 놓았잖니! 이러다간 더 쇠약해지겠다. 자아, 어서 먹어!"

그러면서 그녀는 맛있는 수프, 양의 넓적다리 고기, 베이컨 같은 것을 갖다주었고 때로는 작은 잔에 브랜디까지 권했지만 그는 그것까지 입에 댈 용기는 나지 않았다.

부르니지앵 신부는 그의 병세가 악화됐다는 말을 듣자 만나 보고 싶다고 했다. 우선 그의 고통을 불쌍히 여긴다는 말부터 시작하더니 하느님의 뜻인 이상 오히려 기뻐할 것이며 이 기회에 하루 속히 신앙심을 되찾도록 해야 한다고 잘라 말했다.

"왜냐하면." 신부가 아버지 같은 말투로 말했다. "자네는 평소에 다해야 할 의무를 좀 게을리하고 지냈어. 미사 때 자네 모습을 보기가 어려웠지. 성체를 받지 않은 지 몇 년인가? 자네의 일이 바쁘다는 것, 세속의 번잡한 일에 얽매어 영혼의 구제에 마음을 쏟을 여유가 없었음을 모르는 바는 아니야. 그러나 지금이 잘 생각해야 할 때일세. 그렇다고 절망할 건 없어. 큰 죄를 지은 자들이라 해도 하느님 앞에 불려 나갈 때에(자네는 물론 아직 거기까지는 가지 않았어.) 그 자비를 간구한 결과 더할 수 없이 착한 마음으로 죽어 간 예를 나는 많이 알고 있어. 자네도 또한 그 사람들처럼 훌륭한 본보기가 되기를 기대해 보세! 그래, 어떤가? 조심하는 마음에서 '복되도다, 성총이 가득하신 성모님'과 '하늘에 계시는 우리 아버지'를 매일 아침 저녁으로 외어 보지 그러나? 응, 그렇게 하라고. 나를 위해서 말이야. 나를 기쁘게 한다 생각하고. 뭐가 어려운가?…… 약속해 주겠지?"

그 가련한 사내는 약속했다. 신부는 그 후 매일같이 찾아왔다. 그는 여관 안주인과 수작을 나누고, 때로는 이폴리트가 알아들을 수 없는 농담이나 재담을 섞어 여러 가지 이야기를 했다. 그러다가 기회가 닿으면 금방 그럴듯한 표정을 지으면서 또다시 종교적 화제로 돌아가는 것이었다.

그의 열성은 성공을 거둔 것 같았다. 얼마 안 가서 안짱다리 환자가 병이 나으면 봉스쿠르[78]로 순례를 떠나고 싶다는 뜻을 나타냈으니 말이다. 거기에 대해서 부르니지앵 씨는 괜찮은 생각이라고 했다. 두 가지를 조심하는 것이 한 가지를 조심하는 것보다 낫다는 것이었다. 손해될 건 전혀 없는 일이었다.

약제사는 사제의 책동에 분격한 나머지, 그건 이폴리트의 회복에 해가 된다고 주장했다. 그는 르프랑수아 부인에게 이렇게 되풀이해서 말했다.

"가만 놔둬요! 가만 놔둬요! 당신들의 신비주의적 신앙 때문에 저 사람 정신만 혼란해졌어요!"

그러나 이 아주머니는 이미 그의 말 같은 것은 들으려고도 하지 않았다. 모든 것이 그의 탓이었다. 비위를 건드려 보려는 듯 그녀는 일부러 성수를 가득 담은 성수반에 회양목 가지를

---

78) Notre-Dame du Bon-Secours. 브르타뉴 지방 갱강에 있는 이 성당은 11세기 이래 용서와 순례의 명소로 유명하다. 그곳의 성모상은 특히 병의 치유를 기원하는 사람들에게 큰 관심의 대상이다.

곁들여 환자의 머리맡에 매달아 놓기도 했다.

그런데도 외과 수술과 마찬가지로 종교도 그를 구해 주지는 못하는지 발끝에서 배 쪽으로 점점 썩어 올라오는 깃을 도저히 막을 길이 없었다. 물약을 바꿔 보기도 하고 찜질을 달리 해 보기도 했지만 아무런 효과도 없이 근육은 하루가 다르게 뭉그러졌다. 그래서 마침내는 르프랑수아 안주인이 이제 다른 방법이 없으니 뇌샤텔의 유명한 카니베 선생을 모셔 오는 것이 좋지 않겠느냐고 물었을 때 샤를은 고개를 끄덕이며 승낙했다.

의학 박사로, 나이는 쉰 살, 확고한 지위를 누리며 자신 넘치는 이 의사는 무릎까지 썩어 가고 있는 그 다리를 보자 경멸의 냉소를 감추지 않았다. 그리고 다리를 절단하지 않으면 안 된다고 딱부러지게 말한 다음 약사의 집으로 가서는 한 불쌍한 사내를 그 지경으로 만들어 놓은 멍청이들에게 욕을 퍼부었다. 그는 약국 안에서 오메 씨의 프록코트 단추를 쥐고 흔들면서 마구 퍼부어 댔다.

"이게 바로 파리의 발명품이란 거예요! 이게 바로 서울 나리들의 아이디어란 거예요! 이건 사팔뜨기 치료나 클로로포름이나 쇄석술 따위처럼 정부에서 금지시켜 마땅한 엉터리 요법들이에요! 그런데도 모두들 똑똑한 체하면서 결과는 생각해 보지 않은 채 온갖 요법들을 써 보려 드는 겁니다. 하지만 우리는 그런 잘난 사람들과는 달라요. 우리는 학자도 아니고 멋부리는 한량도 아니고 아부꾼도 아닙니다. 그냥 의사고 치료사죠. 멀쩡하게 잘 지내는 사람을 수술하려고 덤비는 건 상상도 못 해요! 안짱다리를 교정한다고요! 대체 안짱다리의 교정이 가능한 일인가요? 그것은 마치 꼽추를 똑바로 세우자는 것이나 마찬가지 얘기예요!"

오메는 이 말을 듣고 있는 것이 괴로웠다. 그는 거북한 심사를 아첨꾼의 미소로 감추고 있었다. 가끔 카니베의 처방전이 용빌까지 오는 일이 있기 때문에 그의 기분을 해쳐서는 안 될 일이었다. 그래서 그는 보바리를 변호하지 않았고 아무런 이의도 내걸지 않았다. 그리하여 평소의 신조를 내던진 채 보다 중요한 장사의 이익을 위해서 체면을 희생했다.

카니베 박사에 의한 이 넓적다리 절단 수술은 마을의 대사건이었다! 모든 마을 사람들이 이날은 다른 날보다 더 일찍 일어났다. 큰길은 사람들로 가득 메워졌지만 마치 무슨 사형 집행이라도 있는 것처럼 어딘가 음산한 느낌이 감돌았다. 식료품 가게에서는 모두가 이폴리트의 병에 대해 이야기하고 있었다. 어느 가게나 철시 상태였다. 튀바슈 면장 부인은 수술하는 의사가 오는 것을 보려는 조바심 때문에 창가를 떠나지 않았다.

카니베 씨는 직접 이륜마차를 몰고 왔다. 그러나 너무 살이 찐 그의 몸무게에 눌려 마침내 오른쪽 용수철이 느슨해진 나머지 결과적으로 마차는 조금 기울어져서 달리는 꼴이 되었다. 그의 옆자리 쿠션 위에는 빨간 양가죽을 씌운 커다란 상자가 놓인 것이 보였고 거기에 달린 세 개의 구리로 된 고리쇠가 요란하게 번쩍거렸다.

그는 금사자의 현관으로 질풍같이 들이닥치는 즉시 말을 풀어놓으라고 큰 소리로 명령했다. 그러고는 마구간으로 가서 말이 귀리를 잘 먹고 있는지 살펴보았다. 그는 어느 환자의 집에 가든지 제일 먼저 자기의 망아지와 마차부터 신경을 쓰는 것이었다. 그것 때문에 사람들은 이렇게 말하고 있었다. "아! 카니베 씨, 좀 특이한 사람이지!" 그리고 이 요지부동의 안하무인격 태도 때문에 사람들은 그를 더욱 존경했다. 세상이 무너져 내려 마지막 한 사람도 남지 않고 다 죽는다 해도 그는 자기의 습관을 조금도 고치지 않았으리라.

오메가 나왔다.

"잘 부탁하네." 박사가 말했다. "준비는 다 되었는가? 자, 가지!"

그러나 약제사는 얼굴을 붉히면서 자기는 신경이 너무 예민해서 이런 수술에 입회하기 어렵다고 털어놓았다.

"단순한 입회인의 입장이 되면 말입니다." 그가 말했다. "그 뭡니까, 상상력이란 것이 마구 발동하는 바람에! 게다가 제 신경 조직이라는 게 어쩌나……."

"무슨 소리!" 카니베가 가로막았다. "그게 아니라 자네는 지금 당장 뇌일혈로 쓰러질 것 같군그래. 하기야 이상할 건 없지. 당신네 약제사는 언제나 부엌에만 처박혀 있으니까 결국 체질이 변하는 게 당연하지. 자, 나를 봐요. 매일 아침 네 시에 일어나서 찬물로 수염을 깎아요.(난 절대로 추위를 타는 법이 없어요.) 플란넬 셔츠 따윈 입지도 않지만 한 번도 감기에 걸리는 일이 없거든. 뼈대가 튼튼한 거지! 철학자처럼 어떤 때는 이렇게, 어떤 때는 저렇게 생활하고, 아무것이나 닥치는 대로 먹지. 그러니까 당신네처럼 까다롭지 않아요. 그리스도 교인을 베는 것이나 아무 닭이나 한 마리 잡아 토막 내는 것이나 나한텐 전혀 다를 게 없는 일이야. 이렇게 말하면 당신들은 습관이라 그러겠지…… 습관이라고!……"

이렇게 해서 두 사람은, 이불 속에서 고통스러워하며 진땀을 흘리고 있는 이폴리트는 거들떠보지도 않은 채 끝없이 지껄이고만 있었다. 약제사는 외과의의 냉정한 태도를 장군의 그것에 비교했다. 이 비유에 카니베는 기분이 좋아져서 의술이 얼마나 까다로운 것인지 설명을 장황하게 늘어놓았다. 비록 세상의 개업의들이 의술의 명예를 더럽히고 있지만 자기는 그것을 일종의 성직으로 생각하고 있다는 것이었다. 이윽고 환자 옆으로 되돌아온 그는 오메가 가져온 붕대를 검사했다. 안짱다리 수술을 할 때 내놓았던 것과 같은 것이었다. 그리고 그는 누군가 손발을 붙들어 줄 사람이 필요하다고 말했다. 레스티부두아가 불려왔다. 카니베 씨는 양쪽 소매를 걷어붙이고는 당구실로 들어갔다. 한편 약제사는 아르테미즈와 안주인과 함께 남았다. 여자들은 자기들이 걸치고 있는 앞치마보다도 더 하얗게 질린 표정으로 방문 쪽으로 바싹 귀를 기울이고 있었다.

그러는 동안 보바리는 감히 집 밖으로 나올 용기가 나지 않았다. 그는 아래층 거실의 불도 없는 난로 한구석에 앉아서 고개를 푹 수그리고 양손을 마주 잡은 채 눈은 한군데를 가만히 응시하고만 있었다. 이 무슨 불상사란 말인가 하고 그는 생각했다. 이 무슨 실망스러운 일인가! 그렇지만 생각할 수 있는 모든 주의는 다 기울였더랬다. 운명이 작용했던 것이다. 그런 것은 어찌 되었든 간에, 혹시 나중에 이폴리트가 죽는 일이라도 생기면 영락없이 내가 죽인 것으로 되리라. 그리고 왕진을 갔다가 사람들이 물으면 뭐라고 변명해야 할 것인가? 그렇지만 혹시 내가 무슨 실수를 저지른 것은 아닐까? 곰곰이 생각해 보았지만 알 수가 없었다. 그러나 아무리 유명한 외과 의도 실수는 할 수 있다. 아무도 믿으려 하지 않는 것이 바로 그것이다! 오히려 모두들 웃으며 욕할 것이다! 그리고 소문이 포르주까지 퍼질 것이다! 아니, 뇌샤텔까지! 루앙까지! 온 사방으로 퍼질 것이다! 동료들이 그를 공격하는 글을 쓸지도 모른다. 논쟁이 벌어져 신문 지상에 답변을 하지 않으면 안 될는지도 모른다. 그는 명예를 잃고 파산하여 몰락한 자신의 모습을 보는 것 같았다! 그의 상상력은 무수한 억측에 시달리면서 마치 바다에 던져진 빈 통이 물결 따라 뒹굴듯이 그 속을 떠다니고 있었다.

에마는 남편과 마주 앉아서 그를 물끄러미 바라보고 있었다. 그녀는 남편의 굴욕을 함께하는 것이 아니라 그와는 다른 굴욕을 느끼고 있었다. 그의 무능함을 이미 수없이 겪어 충분할 만큼 알아차리고 있었으면서도 그런 사람이 그래도 무엇엔가 쓸모가 있을 거라고 생각했다는 굴욕이 바로 그것이었다.

샤를은 방 안을 이리저리 서성거리고 있었다. 그의 장화가 마룻바닥에 닿아 삐걱거렸다.

"앉아요." 그녀가 말했다. "시끄러워요!"

그는 앉았다.

대체 어떻게 해서 그녀가(그토록 총명한 그녀가!) 남편에 대해서 또다시 착각을 일으켰던 것일까? 게다가 그 무슨 한심한 고집 때문에 연달아 희생만 겪으면서 자신의 삶을 이처럼 엉망진창으로 만들어 놓은 것일까? 그녀는 사치를 좋아하는 자신의 본능, 채우지 못한 온갖 욕구불만, 보잘것없는 결혼이나 가정생활, 상처 입은 제비처럼 흙탕 속에 처박힌 숱한 꿈들, 자신이 소망했던 모든 것, 체념해 버린 모든 것, 가질 수도 있었을 모든 것을 마음에 떠올려 보았다! 그런데 왜? 왜?

온 마을에 가득한 침묵 속에서 찢어지는 듯한 비명이 공기를 가르며 솟아올랐다. 보바리는 기절할 듯이 창백해졌다. 그녀는 신경질적으로 미간을 찌푸렸다가 생각을 계속했다. 그런데 바로 이 사람, 이 작자, 아무것도 이해하지 못하고 아무것도 느끼지 못하는 이 사내 때문인 것이다! 그는 온통 태평스럽게 여기 이러고 있으니 말이다. 자기의 우스꽝스러운 이름이 이제부터는 그녀까지 더럽히게 된다는 것을 깨닫지도 못하고 있는 것이다. 이런 그를 사랑하려고 그녀는 갖가지 노력을 다 했더랬다. 그리고 다른 남자에게 몸을 맡겼던 일을 울면서 뉘우쳤더랬다.

"아니, 그게 어쩌면 밭장다리였을지도 몰라!" 깊은 생각에 잠겼던 보바리가 갑자기 큰 소리로 말했다.

마치 은접시에 날아든 납 탄환처럼 그녀의 의식 위에 떨어진 이 뜻하지 않은 말의 충격에 에마는 흠칫 얼굴을 쳐들고 그의 말이 무슨 뜻일지를 짐작해 보려고 했다. 그리고 두 사람은 침묵한 채 서로를 바라보았다. 서로의 얼굴을 보는 것이 거의 의외라고 느껴질 정도였다. 그만큼 두 사람의 의식은 동떨어져 있었다. 샤를은 취한 사람 같은 흐린 눈으로 그녀를 바라보면서도 꼼짝도 않은 채 다리 잘린 사내의 마지막 부르짖음에 귀를 기울이고 있었다. 그 소리는 목이 잘린 짐승이 먼 데서 울부짖는 것처럼 날카로운 비명으로 간간이 끊어지는 가운데 꼬리를 길게 끌며 이어지고 있었다. 에마는 핏기가 가신 입술을 깨물고 있었다. 그리고 꺾어 든 산호 가지를 손가락 사이에 만지작거리면서 금세라도 발사될 두 개의 불화살처럼 이글거리는 눈초리를 샤를에게 고정시키고 있었다. 이제는 남편의 것이면 무엇이나 다 그녀의 비위를 긁었다. 그의 얼굴, 그의 의복, 그가 말하지 않고 있는 것, 그의 전 인격, 요컨대 그의 존재 자체가 싫었다. 그녀는 지난날에 자신이 정절을 지켰던 것을 마치 죄악인 양 후회했다. 그나마 조금 남아 있는 정절마저 자존심의 성난 매질에 무너져 버렸다. 그녀는 떳떳한 간통의 그 모든 사악한 아이러니 속에서 쾌감을 느꼈다. 애인의 추억이 어지러운 매혹과 함께 되살아왔다. 그녀는 거기에 정신이 팔려 새로운 감격을 느끼며 그 환영에 끌려들었다. 그리고 샤를은 마치 그녀의 눈앞에서 숨을 거두면서 임종의 신음 소리를 내고 있는 것이나 마찬가지로 그녀의 삶에서 떨어져 나가서 영원히 부재하는, 무로 돌아가 불가능한 존재로 변한 것만 같이 느껴졌다.

포도 위에서 무슨 소리가 들렸다. 샤를이 그쪽을 바라보았다. 닫아 놓은 덧문의 문살 틈으로 햇빛이 담뿍 내리쪼이는 시장 어귀에서 카니베 박사가 수건으로 이마를 닦고 있는 것이 보였다. 오메가 그 뒤에서 커다란 붉은 상자 하나를 손에 들고 따르고 있었다. 두 사람은 약방 쪽으로 걸어가고 있었다.

그때 돌연 마음이 약해지고 슬퍼진 샤를이 아내 쪽으로 몸을 돌리며 말했다.

"여보, 키스해 줘요, 제발!"

"저리 가요!" 그녀는 화가 나서 얼굴이 빨개져 가지고 말했다.

"왜 그래? 왜 그래?" 그가 깜짝 놀라 되풀이했다. "진정해요! 침착해야지! 내가 당신을 사랑하고 있다는 걸 알잖아!……자, 이리 와요!"

"싫다니까요!" 그녀가 무서운 표정으로 소리쳤다.

그리고 에마가 거실에서 뛰어나가면서 문을 너무 세게 닫는 바람에 벽에 걸린 청우계가 마룻바닥에 떨어져 박살이 나 버렸다.

샤를은 깜짝 놀라 안락의자에 털석 주저앉았다. 그녀가 도대체 어떻게 된 것인지 곰곰이 생각해 보며, 신경성 질환이 아닌가 하고 상상해 보며, 눈물을 흘리며, 뭔가 불길하고 이해할 수 없는 것이 자신의 주변에 감돌고 있다는 것을 막연하게 느끼는 것이었다.

그날 밤, 뜰 안으로 들어온 로돌프는 그의 정부가 현관의 맨 아래 계단에서 그를 기다리고 있는 것을 보았다. 두 사람은 덥석 끌어안았다. 그러자 원망스럽던 마음이 송두리째 이 뜨거운 키스에 눈처럼 녹아 버렸다.

## 12

두 사람은 다시 사랑하기 시작했다. 심지어 에마는 툭하면 대낮에 그에게 편지를 썼다. 그리고 유리창 너머로 쥐스탱에게 신호를 보내면 그 아이는 얼른 위세트로 달려가는 것이었다. 그러면 로돌프가 왔다. 그것은 그녀가 따분해 죽겠다, 남편이 지겹고 사는 것이 지긋지긋하다는 말을 하기 위해서였다!

"그러니 난들 어쩌겠어요?" 그가 어느 날, 참다못해 말했다.

"아아! 당신이 마음만 먹는다면!⋯⋯"

그녀는 머리칼을 풀어 내린 채 멍한 눈길로 남자의 두 무릎 사이 땅바닥에 앉아 있었다.

"뭘 말입니까?" 로돌프가 말했다.

그녀는 한숨을 내쉬었다.

"우리 둘만 딴 데로 가서 살아요⋯⋯ 어딘가⋯⋯."

"정신 나갔군요, 정말!" 그가 웃으면서 말했다. "그게 될 말인가요?"

그녀는 자꾸 그쪽으로 말머리를 돌렸다. 그는 못 알아들은 척하고 화제를 바꾸었다. 단순히 관능적 사랑에 불과한 것인데 그런 모든 번거로움이 왜 끼어들어야 하는지 그는 이해할 수가 없었다. 그러나 그녀에게는 그럴 만한 이유가, 그리고 말하자면 애정에 보조적인 자극을 가하는 동기 같은 것이 있는 것이었다.

사실 이 애정은 남편에 대한 혐오에 비례해 하루하루 더해 가고 있었다. 한쪽에 열중하면 할수록 다른 쪽은 더욱 지겹게 느껴졌다. 로돌프와 밀회를 즐긴 뒤 부부가 마주 앉아 있을 때만큼 샤를이 불쾌하게 생각된 적이 없었고 그때만큼 그의 손가락들이 뭉툭하게 보인 적이 없었고 그때만큼 그의 머리가 둔하고 거동이 촌스럽게 보인 적이 없었다. 그럴 때면 그녀는 아내로, 정숙한 여자로 처신은 하면서도 볕에 그은 이마 위로 까만 머리칼이 동그랗게 말려 올라간 그 얼굴, 그토록 건장하면서도 그토록 우아한 몸, 요컨대 분별력에 있어서는 그토록 풍부한 경험의 소유자이고 욕정에 있어서는 그토록 열광적으로 흥분하는 그 남자 생각에 몸이 뜨겁게 달아오르는 것이었다. 그녀가 세공 기술자 같은 정성으로 손톱을 다듬는 것도, 콜드크림을 피부에 아무리 발라도, 손수건에 파촐리 향료를 아무리 뿌려도 모자라는 느낌인 것도 바로 그 남자를 위해서였다. 그녀는 팔찌, 반지, 목걸이를 잔뜩 몸에 걸쳤다. 그가 올 때는 두 개의 커다란 푸른색 유리 꽃병에 장미를 가득 꽂아 놓고 왕자님을 기다리는 기생처럼 자기 집과 몸을 대령해 놓고 있었다. 하녀는 끊임없이 속옷을 빨아 대지 않으면 안 되었다. 펠리시테는 하루 종일 부엌에 처박혀서 꼼짝도 못 했고 거기서 어린 쥐스탱은 곧잘 말상대가 되어 주면서 그녀가 일하는 것을 바라보고 있었다.

쥐스탱은, 그녀가 다리미질할 때 받치는 긴 널판자에 팔꿈치를 괴고 주변에 펼쳐 놓은 그 모든 여성용 옷가지들을 탐욕스러운 눈길로 바라보았다. 능직포 속치마, 어깨에 걸치는 숄, 장식 깃, 허리께는 품이 크고 밑으로 내려가면서 좁아지는 끈 달린 바지 따위였다.

"이건 뭣에 쓰는 거지?" 소년이 말총으로 짠 빳빳한 천이나 클립에 손을 대면서 물었다.

"넌 아무것도 본 적이 없구나." 펠리시테가 웃으면서 대답했다. "너희 집 안주인 오메 부인도 이런 걸 입고 있을 텐데."

"참, 그렇지! 오메 부인!"

그리고 그는 생각에 잠긴 듯 덧붙였다.

"오메 부인도 이 집 마나님처럼 귀부인이야?"

그러나 펠리시테는 그가 이런 식으로 자기 옆에 얼쩡거리는 것이 귀찮아졌다. 그녀 쪽이 여섯 살이나 나이가 많은 데다가 또 기요맹 씨 댁의 하인인 테오도르가 그녀를 따라다니기 시작했던 것이다.

"귀찮게 굴지 마!" 그녀가 풀 항아리를 옮겨 놓으면서 말했다. "집에 가서 편도라도 빻지 그래. 조그만 게 항상 여자들 옆에 붙어 가지고 치근대는구나. 그런 일은 턱에 수염이라도 난 다음에 참견해도 돼요."

"그렇게 화내지 말아요. 그분의 구두를 대신 닦아 줄게요."

그러고는 얼른 선반 위에서 온통 흙투성이가 된(밀회하느라고 묻힌 흙이었다.) 에마의 구두를 내려놓았다. 손가락으로 건드리자 그 흙은 가루가 되어 떨어졌다. 그는 햇빛 속으로 살며시 날아오르는 먼지를 물끄러미 바라보고 있었다.

"어지간히 받들어 모시는군!" 하녀가 말했다. 그녀 스스로 구두를 닦을 때는 그렇게 조심스럽게 다루지 않았다. 가죽이 조금 낡아지면 마나님은 구두를 곧 자기한테 물려주기 때문이었다.

에마는 신발장 안에 구두를 많이 가지고 있었고 닥치는 대로 신다가 버리곤 했지만 샤를은 잔소리 한마디 하지 못했다.

사정이 이렇다 보니 그는 삼백 프랑이나 지불해 의족을 구입했고 그녀는 당연하다는 듯이 그것을 이폴리트에게 선물했다. 의족은 코르크로 싸여 있었고 용수철로 움직이는 관절들이 장착되어 있었는데 그 복잡한 기구는 검은 바지에 싸여 있고 끝에는 에나멜 장화가 붙어 있었다. 그러나 이폴리트는 감히 이런 멋진 다리를 어떻게 매일 사용하겠느냐면서 좀 더 만만한 것을 하나 장만해 달라고 보바리 부인에게 간청했다. 의사는 물론 그걸 구입하는 비용을 또 부담했다.

그래서 마구간지기는 차츰차츰 다시 일하기 시작했다. 그리고 예전과 마찬가지로 마을 안을 쏘다니는 그의 모습을 볼 수 있었는데, 포도 위를 걸어오는 둔탁한 그의 의족 소리가 멀리서 들려오면 샤를은 얼른 다른 길로 들어가 버리는 것이었다.

의족의 주문은 상인 뢰르 씨가 맡았다. 그로 인해 그는 에마를 가까이할 기회를 얻게 되었다. 그는 파리에서 막 도착한 신상품이나 여성용의 온갖 신기한 물건들에 대한 이야기를 에마와 나누었고 지극한 호의를 보일 뿐 결코 대금을 청구하는 법이 없었다. 에마는 자신의 변덕스러운 기분을 빈틈없이 만족시켜 주는 그 같은 상냥함에 함뿍 빠져들어 갔다. 이렇게 하여 그녀는 로돌프에게 선물하기 위해서 루앙의 양산 가게에 있는 아주 멋진 채찍을 하나 구해 달라고 부탁했다. 뢰르는 그다음 주에 그것을 그녀의 탁자 위에 가져다 놓았다.

그런데 다음 날 그는 잔돈 몇 상팀은 빼고 이백칠십 프랑짜리 청구서를 가지고 그녀의 집을 찾아왔다. 그녀는 몹시 당황했다. 서랍이란 서랍은 모두 비어 있었고 레스티부두아에게는 두 주일 치, 하녀에게는 반 년 치에다 그 밖에 다른 것들이 밀려 있었고 보바리는 해마다 생피에르 축제[79] 무렵에 지불해 주기로 되어 있는 드로즈레 씨의 송금을 이제나저제나 하고 기다리고 있었던 것이다.

그녀는 처음 한동안은 뢰르를 따돌리는 데 성공했다. 마침내 그는 더 이상 참지 못하게 되었다. 그도 소송을 당하고 있는데 수중에 돈은 없고 그래서 얼마간이라도 계산을 안 해 주면 부득이 그녀한테 갖다준 물건을 되찾아가지 않으면 안 될 처지라는 것이었다.

"좋아요, 가져가세요!" 에마가 말했다.

"아니, 그냥 농담이에요!" 그가 대답했다. "단지 그 채찍만이라도 되돌려 주셨으면 해요. 할 수 없죠, 나중에 주인 양반한테 달라고 하지요."

"안 돼요! 그건 안 돼요!" 그녀가 말했다.

"옳지, 걸려들었구나!" 뢰르는 생각했다.

그러고는 자기의 짐작을 굳게 믿은 그는 여느 때와 마찬가지로 조그맣게 휘파람을 불며 작은 소리로 이렇게 중얼거리면서 나갔다.

"좋아! 두고 보라고! 두고 보라고!"

그녀가 이 일을 어떻게 헤쳐 나가면 좋을까 하고 생각에 잠

---

79) 6월 29일경.

겨 있는데 하녀가 드로즈레 씨로부터 온 청색 종이로 싼 작은 두루마리를 벽난로 위에 갖다 놓았다. 에마는 얼른 그것을 집어 들어 열어 보았다. 나폴레옹 금화[80]가 열다섯 개 들어 있었다. 계산의 전액이었다. 샤를의 발소리가 층계에서 들려왔다. 그녀는 금화를 자기의 서랍 속에 던져 넣고 쇠를 잠갔다.

사흘 뒤에 뢰르가 다시 찾아왔다.

"일을 좋게 처리할 방법을 말씀드릴까 해서 왔는데요." 그가 말했다. "약속된 금액 대신에 만일 부인만 좋으시다면……."

"돈 여기 있어요." 그녀가 그의 손에 나폴레옹 금화 열 네 개를 건네주면서 말했다.

장사꾼은 깜짝 놀랐다. 그래서 실망을 감추기 위해 잔뜩 변명을 늘어놓으면서 몇 가지 제안을 하기도 했지만 에마는 모두 거절했다. 그러고는 잠시 동안 앞치마 주머니 안에서, 그가 거슬러 준 두 개의 백 수짜리 은화를 만지작거리고 있었다. 그녀는 나중에 돈을 돌려주려면 절약을 해야겠다고 마음속으로 다짐했다…….

"아무러면 어때!" 그녀는 생각했다. "그이는 곧 잊어버릴 거야."

손잡이 끝을 도금한 채찍 외에도 로돌프는 아모르 넬 코르 (Amor nel cor)[81]라는 명문이 새겨진 봉인용 스탬프를 받았고,

---

80) 나폴레옹 1세의 초상이 들어 있는 이십 프랑짜리 금화를 말한다.
81) '가슴속에 사랑을'이라는 의미의 라틴어로 당시에 매우 유행하던 명구(銘句)이다. 따라서 에마의 속물근성과 독창성의 결여를 드러내는 하나의 장치이다.

그 밖에 목도리로 사용하라고 스카프 한 장 그리고 끝으로 샤를이 옛날 길에서 주워 가지고 에마가 간직해 둔 자작의 그것과 똑같은 담배 케이스를 받았다. 그러나 그 선물들을 받은 그는 창피스러웠다. 그는 그중 여러 개를 거절했지만 에마는 한사코 우겨 댔다. 그래서 로돌프는 결국 하자는 대로 했지만 그녀가 제멋대로만 하는 고집쟁이이고 너무 성가시게 구는 여자라고 생각하게 되었다.

그러더니 그녀가 이번에는 이상한 착상을 해냈다.

"밤 열두 시를 치면." 그녀가 말했다. "나를 생각해 줘요!"

그리고 그가 그 생각을 하지 않았노라고 솔직히 털어놓기라도 하면 그녀는 닥치는 대로 비난을 퍼부었고 그 끝에는 언제나 이 상투적인 한마디를 잊지 않는 것이었다.

"나 사랑해?"

"물론, 사랑하고 있지." 그가 대답했다.

"많이?"

"그럼!"

"다른 여자들을 사랑한 일 없는 거지, 응?"

"아니, 그럼 내가 숫총각이라고 믿었나?" 그가 웃으면서 큰 소리로 말했다.

에마는 울었다. 그러자 그는 익살이 섞인 사랑의 맹세로 그녀를 달래느라고 애를 썼다.

"아아, 이게 다 당신을 사랑하기 때문이에요!" 그녀가 말을 이었다. "저는 이제 당신 없이는 살 수 없을 만큼 당신을 사랑하고 있단 말이에요. 아시겠어요? 때때로 당신이 너무나 보고 싫어 미칠 듯한 사랑에 가슴이 찢어지는 것만 같아요. '그이는 어디에 있을까? 아마 다른 여자들과 이야기를 나누고 있겠지? 여자들이 웃음을 보내고 그이는 다가간다……' 하는 생각을 하면서 말이에요. 아아! 아니겠지요, 마음에 드는 여자가 있는 건 절대 아니죠? 그야 물론 저보다 예쁜 여자들도 있겠죠. 그렇지만 저는 누구보다도 당신을 더 사랑하고 있어요! 저는 당신의 종이고 첩이에요! 당신은 제 임금이고 우상이에요! 당신은 착한 남자예요! 미남자예요! 머리가 좋고, 힘이세요!"

그는 이런 말을 너무나 자주 들었기 때문에 새로운 느낌이 전혀 없었다. 에마는 세상의 모든 정부들과 다를 바 없었다. 그래서 새로움의 매력은 의복처럼 한 꺼풀 한 꺼풀 벗겨져 버리고 언제나 같은 모양, 같은 말뿐인 정열의 영원한 단조로움만이 적나라하게 드러나는 것이었다. 실제 경험이 풍부한 이 사내도 같은 표현들의 배후에 깔려 있는 여러 가지 감정의 차이는 분간할 줄 몰랐다. 이미 바람둥이거나 돈에 팔린 숱한 입술들이 그에게 똑같은 말들을 속삭였기 때문에 그는 그녀의 순진성을 거의 신용하지 않았다. 그러므로 별것도 아닌 애정을 감추고 있는 과장된 말들은 적당히 에누리해서 들어야 한다고 그는 생각하고 있었다. 그는 영혼에 가득 찬 생각이 때로는 가장 어설픈 비유로서 표현되기도 한다는 것을 모르는 것처럼 굴었다. 그러나 누구도 결코 자기의 욕망, 자기의 관념, 자기의 고통이 정확하게 어느 정도인지를 드러내 보이지는 못하는 법이고 사람의 말이란 깨진 냄비나 마찬가지여서 마음 같아서는 그걸 두드려서 별이라도 감동시키고 싶지만 실제로는 곰이나 겨우 춤추게 만들 정도의 멜로디밖에 낼 수가 없는 것이다.

그러나 어떤 거래에 있어서도 한발 물러서서 살피는 사람 특유의 비범한 비판력 덕분에 로돌프는 이 연애에서 또 다른 쾌락을 발굴할 수 있다는 것을 깨달았다. 그는 일체의 부끄러움이란 거추장스러운 것이라고 생각했다. 그는 그녀를 마구 거칠게 다루었다. 그는 그녀를 나긋나긋하고 부패한 물건으로 만들어 버렸다. 그것은 남자에 대해서는 찬미가, 여자에 대해서는 애욕이 넘치는 일종의 어리석은 집착이었고 그녀를 마비시키는 것 같은 지극한 행복이었다. 이리하여 그녀의 영혼은 마치 말부아지 포도주 통 속에 빠진 클래런스 공작[82]처럼 이 도취에 깊숙이 빠져 시들어 버린 채 헤어나지 못했다.

정사가 습관이 되자 그 결과 보바리 부인의 태도는 달라졌다. 눈짓은 한층 더 대담해졌고 무슨 말이든 거침없이 내뱉게 되었다. 마치 세상을 얕잡아 보듯이 궐련을 입에 문 채 로돌프 씨와 산책하는 지각없는 행동도 서슴지 않았다. 마침내 반신반의하던 사람들도 그녀가 어느 날 남자처럼 가슴이 꽉 조이는 조끼를 입고 제비에서 내리는 것을 보고는 더 이상 의심하지 않았다. 그리고 어머니인 보바리 부인도, 남편과 몹시 싸우

---

82) George Clarence(1449~1478). 에드워드 7세의 동생으로 장미전쟁 중 적인 랭스터가의 편을 들었다는 혐의로 체포되어 런던탑에 유폐되었다가 처형되었다. 처형 방법을 선택하라고 하자 그는 당시 인기였던 달콤한 포도주 말부아지 술통에 빠져 죽겠다고 했다.

고는 아들 집에 도망쳐 와 있었지만, 다른 집 부인들과 마찬가지로 눈살을 찌푸렸다. 그 밖에도 여러 가지가 그녀의 비위에 거슬렸다. 우선 소설을 읽지 못하게 하라고 일렀지만 샤를은 듣지 않았다. 그리고 이 집의 가풍이 마음에 들지 않았다. 그녀는 잔소리를 하며 간섭을 했고 특히 한번은 펠리시테의 일 때문에 싸움이 벌어졌다.

모친인 보바리 부인이 그 전날 밤 복도를 지나다가 어떤 남자와 같이 있는 하녀를 발견했던 것이다. 턱에서 볼까지 갈색 수염을 기른 사십 세 안팎의 남자였는데 그녀의 발소리를 듣자 급히 부엌을 빠져나갔다. 그러자 에마는 웃음을 터뜨렸다. 그러나 노부인은 버럭 화를 내면서 예의범절을 무시하고 지내지 않는 한 고용한 자들의 품행을 감독하는 것이 도리라고 했다.

"어머님은 대체 어느 세상에서 오신 분인가요?" 며느리가 말했다. 그 눈초리가 너무나도 무례해서 보바리 노부인은 그녀가 혹시 자기 자신을 변호하고 있는 것이 아닌가 하고 물었다.

"나가세요!" 며느리가 벌떡 일어나면서 말했다.

"에마!…… 어머니!" 샤를이 두 사람을 화해시키려고 외쳤다.

그러나 두 사람 모두 미칠 듯 화가 나 정신이 없었다. 에마는 발을 구르면서 되풀이했다.

"아, 뭘 안다고! 시골뜨기 할멈이!"

그는 어머니한테로 달려갔다. 그녀는 극도로 흥분한 나머지 말까지 더듬거렸다.

"버르장머리 없는 것! 못돼 먹은 것! 아니, 그보다 더 몹쓸 년인지도 몰라!"

그러고는 만약 며느리가 빌러 오지 않으면 낭장 집으로 돌아가겠다고 했다. 샤를은 다시 아내 쪽으로 가서 제발 양보하라고 애원했다. 그는 무릎을 꿇었다. 그녀는 마침내 이렇게 대답했다.

"좋아요! 가죠."

실제로 그녀는 시어머니에게 공작 부인처럼 의젓하게 손을 내밀면서 말했다.

"잘못했어요."

그러고는 자기 방에 올라간 에마는 침대에 펄썩 엎어져 가지고 베개에 얼굴을 파묻은 채 어린애처럼 울었다.

그녀와 로돌프는 무슨 특별한 일이 생겼을 때는 그녀가 덧문에 하얀 종잇조각을 매 놓기로 약속해 두었다. 그때 마침 그가 용빌에 와 있을 경우 집 뒤의 골목으로 달려오도록 하려는 것이었다. 에마는 신호를 했다. 그리고 한 시간 채 못 되게 기다리고 있노라니까 갑자기 로돌프의 모습이 시장 한구석에 보였다. 그녀는 창을 열고 그를 부르고만 싶었다. 그러나 이미 그의 모습은 자취를 감추고 없었다. 그녀는 절망하여 다시 쓰러졌다.

그러나 곧 누군가가 복도를 걸어오는 발소리가 들리는 것 같았다. 틀림없이 로돌프였다. 그녀는 층계를 내려가 안마당을 가로질렀다. 그가 거기 바깥에 서 있었다. 그녀는 그의 품 안으로 뛰어들었다.

"좀 조심해야지." 그가 말했다.

"말도 말아요!" 그녀가 대답했다.

그리고 그녀는 그에게 모든 사정 이야기를 허둥지둥 두서 없이 늘어놓기 시작했다. 사실을 과장하고 말을 만들어 내는 데다가 중언부언 설명을 길게 달기 때문에 그로서는 도통 무슨 이야기인지 알 수가 없었다.

"자, 가련한 나의 천사, 용기를 내요, 마음을 진정하고 참아야지."

"하지만 저는 벌써 사 년이나 참으면서 괴로워하고 있어요!…… 우리 같은 사랑이라면 하늘을 우러러 천하에 고백해야 되는 거 아녜요? 저 사람들은 모두 나를 들볶기만 해요. 더는 참을 수가 없어요! 나 좀 살려 줘요!"

그녀는 로돌프에게 꽉 매달렸다. 눈물이 가득한 그녀의 두 눈은 물결 속에 비친 불꽃처럼 반짝였다. 가슴이 거세게 두근거리며 헐떡거리고 있었다. 그는 지금까지 이토록 그녀를 사랑한 적이 없었다. 그래서 그는 제정신을 잃고 이렇게 말했다.

"어떻게 하면 좋겠어? 무얼 해 달라는 거야?"

"나를 데리고 가 줘요!" 그녀가 소리쳤다. "나를 데리고 달아나요!…… 오, 제발 부탁이에요!"

그러면서 그녀는 그의 입으로 달려들었다. 마치 그 키스 속에서 발산하는 뜻밖의 승낙을 빨아들이려는 듯이.

"그렇지만……." 로돌프가 대답했다.

"뭐가 어때서요?"

"그럼 당신 딸은?"

그녀는 잠시 생각하더니 이윽고 대답했다.

"데리고 가요. 할 수 없죠!"

"정말 어처구니없는 여자군!"그는 그녀가 멀어져 가는 것을 바라보면서 생각했다.

그녀가 금방 뜰 안으로 달아나 버렸기 때문이다. 누군가가 그녀를 부르고 있었던 것이다.

모친인 보바리 부인은 그로부터 며칠 동안 며느리의 변화에 몹시 놀랐다. 사실 에마는 훨씬 더 고분고분해진 것 같았고 오이 절이는 법을 가르쳐 달랄 정도로 시어머니 앞에서 공손하게 굴었다.

그것은 두 사람을 한층 더 교묘하게 속이려는 속셈에서였을까? 아니면 자기 억제에서 오는 일종의 관능적인 쾌감을 통해서 이제 내버리고 가려는 것들의 쓴맛을 보다 깊이 음미하려는 것이었을까? 그러나 그녀는 그와 반대로 그런 것엔 전혀 신경을 쓰지 않았다. 그녀는 머지않아 다가올 행복을 미리 맛보는 일에 푹 빠져 지내고 있었다. 로돌프와 만나면 그것이 언제나 변함없는 화제였다. 그의 어깨에 기대면서 그녀는 속삭이는 것이었다.

"저기요! 우리가 역마차를 타게 되면!…… 당신도 그 생각해요? 정말 그렇게 될까요? 마차가 내닫는 걸 느끼는 순간은, 그건 마치 기구를 타고 붕 떠오르는 것 같고 구름을 향해서 떠나는 기분일 거예요, 내가 날짜를 손꼽아 세고 있는 걸 아세요?…… 당신은 안 그래요?"

이 무렵만큼 보바리 부인이 아름다웠던 적은 일찍이 없었다. 그녀는 환희와 열광과 성공이 가져다주는 저 형언할 수 없는 아름다움을 한 몸에 담고 있었다. 그 아름다움은 기질이 처지와 맞아떨어진 조화 바로 그것이었다. 마치 비료와 비와 바람과 햇빛이 꽃에 작용하듯이 그녀의 갈망, 슬픔, 쾌락의 경험, 언제나 젊디젊은 환상이 그녀를 점점 발전시켜 가지고 마침내는 그 천성을 충분히 살린 풍만한 모습으로 꽃피워 놓은 것이었다. 그녀의 눈꺼풀은, 사랑에 빠진 나머지 눈동자가 꺼져 들어간 기나긴 시선을 위해서 일부러 새겨 놓은 것 같았고 한편 뜨거운 숨결로 인해 그녀의 작은 콧구멍이 벌름거렸고 약간 거뭇한 솜털에 빛이 닿아 그늘진 두꺼운 입술 끝이 위로 당겼다. 목덜미를 덮은 머리칼은 마치 음탕한 분위기의 표현에 능란한 화가가 손질해 놓은 것 같았다. 그 머리털은 간통의 몸부림으로 매일같이 풀어졌다가 묵직한 다발을 이룬 채 되는대로 아무렇게나 말려 있는 것이었다. 이제 그녀의 목소리는 한층 더 나긋나긋한 억양을 띠었고 몸매도 그러했다. 그녀의 주름지는 옷자락이나 발을 굽히는 태도에서 마음을 파고드는 야릇한 그 무엇이 발산되고 있었다. 샤를의 눈에는 그녀가 신혼 때와 마찬가지로 감미로워서 감당 못 할 지경이었다.

밤중에 집에 돌아오면 그는 감히 그녀를 깨울 엄두가 나지 않았다. 도자기로 된 등잔불이 천장에 떨리는 빛을 둥그렇게 그리고 있었다. 조그만 어린아이 침대에 둘러친 닫힌 커튼은 하얀 오두막처럼 침대 곁의 어둠 속에 부풀어 있었다. 샤를은 그것을 물끄러미 바라보았다. 어린애의 가벼운 숨소리가 들리는 것 같았다. 이제 어린아이가 커 갈 것이다. 계절마다 부쩍 부쩍 몰라보게 자랄 것이다. 그는 벌써 그 애가 해 질 녘에 천진하게 웃으면서 조끼에 잉크 얼룩을 묻힌 채 책바구니를 팔에 걸고 학교에서 돌아오는 모습을 그려 보았다. 그다음에는 아이를 기숙사에 넣어야겠는데 돈이 많이 들 거야. 어떻게 하면 좋을까? 그러자 그는 곰곰이 생각해 보았다. 가까이에 조그마한 농장을 빌려 가지고 자신이 매일 아침 왕진 가는 도중에 들러서 감독을 할까도 생각했다. 거기서 생기는 수입을 절약해서 저축 통장에 넣어 두리라. 그러고는 어디라도 좋으니 어딘가에 증권을 사도록 하리라. 게다가 환자도 늘겠지. 그는 그러리라고 기대하고 있었다. 베르트를 훌륭하게 키워서 재능을 개발하고 피아노도 배우도록 하고 싶었으니까. 아아, 그 애가 머지않아 열다섯 살이 되어 여름에 에마처럼 커다란 밀짚모자를 쓰면 제 엄마를 닮아서 얼마나 아름다울까! 멀리서 보면 사람들은 둘을 자매로 착각할 거야. 그는 딸아이가 밤에 부모 곁에 앉아 램프 불 아래서 일하는 모습을 상상해 보았다. 그에게 덧신을 수놓아 주기도 할 테지. 가사도 돌보면서 온 집안이 정답고 쾌활한 분위기로 넘치도록 만들 거야. 마침내 그들은 딸을 출가시킬 것을 생각하게 될 것이다. 확고한 직업을 가진 착실한 청년을 찾아 주면 사위는 그녀를 행복하게 해주리라. 그리고 그렇게 영원히 변함없을 거야.

에마는 자고 있지 않았다. 다만 잠든 척하고 있었다. 그리고 그가 옆에서 잠을 청하고 있는 동안에 그녀는 다른 꿈에 잠긴 채 깨어 있었다.

달리는 네 마리의 말에 이끌려 그녀는 벌써 일주일째 어떤 새로운 고장을 향해 실려 가고 있었다. 두 사람은 이제 그 고장에서 결코 돌아오지 않을 작정이었다. 두 사람은 서로 두 팔을 끼고 아무 말도 없이 가고 또 가고 있었다. 다만 달려간다. 가끔 두 사람은 산꼭대기로부터 갑자기 둥근 지붕들, 다리, 배, 레몬나무 숲과 흰 대리석의 성당들이 있는 찬란한 도시를 볼 수 있었다. 성당의 뾰족한 종루에는 황새가 둥지를 틀고 있다. 큼직큼직한 포석들이 깔려 있었기 때문에 말은 평보로 가고 있었다. 그리고 땅바닥에는 빨간 코르셋을 입은 여인들이 건네주는 꽃다발이 깔려 있었다. 종 치는 소리와 당나귀 우는 소리가 은은한 기타 소리와 분수가 쏟아지는 소리에 섞여 들려왔다. 분수에서 내뿜는 물안개는 그 밑에 미소 짓고 있는 창백한 석상들의 발아래 피라미드 모양으로 진열해 놓은 과일 무더기들을 식혀 주고 있었다. 그리하여 두 사람은 어느 날 저녁, 한 어촌 마을에 당도하는 것이었다. 그곳에는 절벽과 오두막집들을 따라 갈색의 그물이 널린 채 바람에 마르고 있었다. 그들이 살려고 발길을 멈출 곳은 바로 그 마을이었다. 그들은 해변의 만 저 안쪽, 한 그루 야자수 그늘에 있는 납작한 지붕의 낮은 집에 살 예정이었다. 그리고 곤돌라를 타고 이리저리 돌아다니고 때로는 그물침대에 누워 흔들리기도 하리라. 그들의 생활은 그들이 입은 비단옷처럼 안락하고 푸근하며 그들이 바라보는 정다운 밤처럼 따사롭고 별빛으로 가득 차 있으리라. 그러나 그녀가 눈앞에 그려 보는 미래의 그 광막함을 배경으로 특별한 것은 아무것도 나타나지 않았다. 나날은 한결같이 멋있고 파도처럼 모두가 닮은 것이었다. 그것은 무한하고 조화롭고 푸르스름하게 햇빛에 뒤덮인 채 수평선 저쪽에서 흔들리고 있었다. 그러니 아이가 요람 속에서 기침 소리를 내기 시작하기도 했고 아니면 보바리의 코고는 소리가 높아지는 것이었다. 그리하여 에마는 아침이 되어서야 겨우 잠이 들었는데 그때는 새벽빛이 유리창을 희끄무레하게 물들이고 있었고 광장에서는 벌써 어린 쥐스탱이 약국의 차양을 열고 있었다.

그녀는 뢰르 씨를 불러 이렇게 말해 두었다.

"나 망토가 필요해질 것 같아요. 칼라가 넓고 안을 넣은 큰 망토가요."

"여행을 가시나요?" 그가 물었다.

"아니요! 하지만…… 어쨌든 당신을 믿고 있겠어요, 괜찮지요? 서둘러 줘요!"

그는 머리를 숙였다.

"그리고 여행용 트렁크도 필요해요." 그녀가 계속했다. "너무 무겁지 않고…… 맞춤한 것으로."

"예, 예, 알았습니다. 약 구십이 센티미터에 오십 센티미터 정도면 되겠지요. 요사이 흔히 나오는 것이죠."

"그리고 여행 가방도 하나."

"아하, 틀림없이 무슨 문제가 있었던 게 분명해." 뢰르는 생각했다.

"자아." 보바리 부인이 허리띠에서 회중시계를 끌러 주며 말했다. "이거면 계산은 충분할 거예요."

그러나 상인은 그러시면 안 된다고 펄쩍 뛰었다. 서로 잘 아는 처지인데 제가 부인을 신용하지 못하기라도 한다는 말입니까? 어린애같이 왜 그러십니까! 그래도 그녀는 주장을 굽히지 않고 그렇다면 줄만이라도 받아 두라고 했다. 그리고 뢰르가 벌써 그것을 주머니에 넣고 돌아서는데 그녀가 그를 다시 불러 세웠다.

"물건은 모두 당신네 가게에 갖다 둬요. 망토는." 하고 그녀는 잠시 생각하는 듯하다가 "그것 역시 거기 두세요. 단지 직공의 주소만 내게 가르쳐 줘요. 그리고 내가 언제라도 찾으러 갈 수 있도록 말해 두세요."

두 사람이 함께 도망가기로 정한 것은 다음 달이었다. 그녀는 루앙에 볼 일을 보러 가는 것처럼 하고 용빌을 떠날 참이었다. 로돌프는 좌석을 예약하고 여권을 마련해 두고 심지어 파리에 편지를 내서 마르세유까지 우편마차를 사서, 거기서부터 다시 사륜마차를 한 대 사 가지고 제노바 가도를 거침없이 내달릴 셈이었다. 그녀는 미리 준비한 짐을 뢰르의 가게에 보내 놓은 뒤 아무도 이상하게 여기지 않도록 그 짐을 거기에서 직접 제비에 싣게 할 예정이었다. 그리고 이런 모든 일의 진행에 있어서 단 한 번도 아이의 문제는 거론되지 않았다. 로돌프는 그 얘기를 피하고 있었다. 아마 그녀는 그 점을 생각도 하지 않는 모양이었다.

그는 어떤 문제의 처리를 마무리 짓기 위해서 두 주일만 더 여유를 주었으면 좋겠다고 말했다. 그리고 나서 한 주일이 지나자, 또 두 주일을 요구했다. 다음에는 또 병이 났다고 했고 다음에는 여행을 했다. 팔월이 지나갔다. 그리고 그렇게 잔뜩 연기를 한 다음에 이번에야말로 그들은 어김없이 구월 사 일 월요일에는 결행하기로 정했다.

드디어 전전날인 토요일이 되었다.

로돌프는 밤에 여느 날보다 일찍 왔다.

"준비는 다 되었어요?" 그녀가 물었다.

"응."

그리고 두 사람은 화단을 한 바퀴 돌고는 테라스 옆의 담장 돌 위에 앉았다.

"당신 우울해 보이네요." 에마가 말했다.

"아니, 왜?"

그러면서도 그는 애정이 깃든 이상한 눈초리로 그녀를 바라보고 있었다.

"멀리 떠나게 되니까 그래요?" 그녀가 말을 이었다. "정들었던 것을, 생활을 버리고 떠나니까 그래요? 아! 알 것 같아요……. 하지만 나는 이 세상에 아무것도 가진 게 없어요! 내겐 당신이 전부예요. 그러니까 당신한테는 내가 전부일 테죠. 난 당신의 가정이 되고 고향이 되겠어요. 당신을 잘 보살피고 사랑하겠어요."

"어쩜 이렇게 예쁠까!" 그가 두 팔로 그녀를 껴안으면서 말했다.

"정말?" 그녀가 요염하게 웃으면서 말했다. "당신, 나를 사랑하고 있어요? 그럼 맹세해 주세요!"

"사랑하고 있냐고! 사랑하고 있냐고! 열렬히 사랑하지, 오내 사랑!"

아주 둥글고 불그레한 달이 목초지 저편의 지평선에 솟아 오르고 있었다. 달이 곧 포플러나무의 가지 사이로 떠오르자 군데군데가 가려져서 마치 검은 커튼에 구멍이 뚫린 것 같아 보였다. 이윽고 달은 다시 구름 한 점 없는 하늘에 희고 환한 모습으로 나타나서 온 세상을 비춰 주었다. 그리고 이번에는 걸음을 늦추면서 시냇물 위에 무수한 별을 뿌린 것처럼 커다란 반점을 떨구었다. 그 은빛 광채는 마치 빛나는 비늘로 덮인 머리 없는 뱀처럼 물속 깊은 곳까지 몸을 뒤틀며 들어가고 있었다. 그것은 또 어떤 괴물 같은 샹들리에에서 다이아몬드를 녹인 물방울들이 뚝뚝 떨어져 내려오는 것 같기도 했다. 그들 주위에는 그윽한 밤이 펼쳐져 있었고 어둠의 여러 겹 장막이 나뭇잎들을 감싸고 있었다. 에마는 반쯤 눈을 감고 깊은 숨을 쉬면서 불어오는 시원한 바람을 들이마셨다. 그들은 제각기 밀려드는 몽상에 너무나 깊숙이 파묻혀 있어서 아무 말도 할 수 없었다. 지난날의 애정이 흐르는 강물처럼 조용히 넘쳐흘러 고광나무 향기에 실려 오는 감미로움처럼 지긋이 마음속에 되살아나면서 풀 위에 가지를 늘어뜨린 채 가만히 서 있는 버드나무의 그것보다도 더 크고 더 우울한 그림자를 그들의 추억 속으로 투영하고 있었다. 때때로 고슴도치나 족제비 같은 밤짐승이 먹을 것을 쫓아다니는지 나뭇잎이 흔들렸다. 또는 익은 복숭아가 과수장에서 저 혼자 굴러떨어지는 소리가 간혹 들려오곤 했다.

"아아, 좋은 밤이로군!" 로돌프가 말했다.

"앞으로 이런 밤이 얼마든지 있을 거예요!" 에마가 말을 받았다.

그러고는 혼잣말처럼 말했다.

"그래, 여행하면 좋을 거야……. 그런데 왜 슬픈 마음이 들까? 알지 못하는 앞일이 두려워서…… 지금까지의 습관을 버리게 되어서…… 그것도 아니면? 아니, 이건 행복에 겨워서 그런 거야! 저 참 약하지요, 안 그래요? 미안해요!"

"아직 늦지는 않았소." 그가 말했다. "잘 생각해 봐요, 아마 나중에 후회할 거요."

"절대로 안 해요." 그녀가 격렬한 어조로 말했다.

그러고는 그의 옆으로 다가 앉으며 말했다.

"대체 나한테 어떤 불행이 생길 수 있겠어요? 당신과 함께라면 어떤 사막도 절벽도 대양도 헤쳐 나갈 수 있어요. 우리가 함께 살면 살수록 그건 나날이 더 완전하게 결합되어 가는 포옹과 같을 거예요! 우리에겐 마음의 번민이나 걱정이나 장애 같은 것은 전혀 없을 거예요! 둘이서만, 서로만을 위해서 영원히 지내는 거예요……. 가만히 있지 말고 뭐라고 대답을 해 줘요."

그는 규칙적으로 사이를 두고 "응…… 응!……" 하며 대답하곤 했다. 그녀는 그의 머리카락 속에 두 손을 넣었다. 그러고는 구슬 같은 눈물을 뚝뚝 떨어뜨리면서도 어린애 같은 목소리로 되풀이했다.

"로돌프! 로돌프!…… 아아! 사랑스러운 로돌프!"

자정을 알리는 종이 울렸다.

"열두 시예요!" 그녀가 말했다. "자아, 내일이 되었어요! 아
직 하루가 더 남았군요!"

그는 일어나서 돌아가려고 했다. 그러자 이 몸짓이 마치 도
피행의 신호이기라도 한 것처럼 에마는 갑자기 들뜬 표정이
되었다.

"여권은 틀림없이 가지고 있죠?"

"응."

"잊은 것은 없죠?"

"없어."

"틀림없죠?"

"물론."

"프로방스 호텔 맞죠, 거기서 기다려 주시는 거죠?…… 열
두 시에?"

그는 고개를 끄덕였다.

"그럼 내일이에요!" 에마가 마지막으로 애무하며 말했다.

그러고는 그가 멀어져 가는 모습을 바라보았다.

그는 돌아보지 않았다. 그녀는 그의 뒤를 쫓아서 뛰어갔다.
그러고는 물가의 가시덤불 사이로 허리를 구부리면서

"내일이에요!" 하고 소리쳤다.

그는 이미 강 저쪽으로 건너가서 목초지를 빠른 걸음으로
걷고 있었다.

몇 분인가 지나서 로돌프는 발걸음을 멈추었다. 그러고는
그녀의 흰 옷이 유령처럼 조금씩 어둠 속으로 사라져 가는 것
을 보고 있자니 가슴이 너무나 심하게 고동쳐서 금방이라도

쓰러질 것만 같아 나무에 몸을 기댔다.

"어쩌면 이렇게 바보일까!" 그가 심하게 자책하며 말했다. "그렇긴 하지만 어쨌든 참한 정부였어!"

그러자 별안간 에마의 아름다움이 그 사랑의 온갖 쾌락들과 함께 마음속에서 되살아났다. 처음에는 그저 그리운 마음에 젖어 들었지만 이윽고 그녀에게 반발하는 마음이 솟구쳤다.

"하지만 결국." 그는 몸짓을 해 가면서 큰 소리로 말했다. "나는 고향을 떠날 수도 없고 어린애를 떠맡을 수도 없어."

그가 이런 말을 입 밖에 낸 것은 결심을 확고히 하기 위해서였다.

"게다가 또 여러 가지 귀찮은 일들이 생기고, 돈도 들고. ...... 아아, 안 될 말이야, 안 돼...... 절대로 안 돼! 너무나 바보 같은 짓이야!"


13


집에 돌아가자 로돌프는 갑자기 사냥 기념으로 벽에 걸어 놓은 사슴의 머리 바로 밑에 있는 책상에 앉았다. 그러나 펜을 잡기는 했지만 도무지 아무것도 머릿속에 떠오르지 않아 팔꿈치를 괴고 깊이 생각에 잠겼다. 마치 방금 내린 결심으로 인해 갑자기 두 사람 사이에 엄청난 거리가 생겨난 듯 에마는 벌써 아득한 과거 저쪽으로 멀어져 버린 것처럼 느껴졌다.

그녀에 대한 뭔가를 다시 떠올려 보려고 침대 머리맡 벽장에서 오래된 랭스산(産) 비스킷 상자를 꺼냈다. 평소에 여자들의 편지들을 넣어 두곤 하는 상자였는데 거기서는 축축한 먼지 냄새와 시든 장미꽃 향기가 풍겨 나왔다. 먼저 희미한 얼룩이 여기저기 묻은 손수건이 눈에 띄었다. 그것은 에마의 손수건으로, 그녀가 언젠가 산책 도중에 코피를 흘렸을 때의 것이었지만 그는 이미 잊어버리고 있었다. 그 옆에는 에마가 준 작은 초상화가 있었는데 네 귀퉁이가 상해 있었다. 그녀의 차림새는 너무 야단스럽게 보였고 그 추파를 던지는 듯한 눈길은 너무나도 딱한 인상을 주었다. 그리고 골똘하게 그 그림을 바라보면서 그 모델에 대한 추억을 더듬다 보니 에마의 모습은 점점 그의 기억 속에서 혼란을 일으켜 마치 살아 있는 얼굴과 그려진 얼굴이 마주 닿아 문질러진 나머지 서로를 지워 버린 것처럼 되었다. 결국 그는 그녀의 편지 몇 통을 읽어 보았다. 그것들은 두 사람의 여행에 관한 설명뿐으로 사무적인 편지처럼 짧고 딱딱하고 조급하게 쓴 것이었다. 그는 좀 더 긴 옛날 편지들을 다시 읽어 보고 싶었다. 상자 밑바닥에서 그것을 찾으려다가 로돌프는 다른 편지들을 전부 뒤죽박죽으로 만들었다. 기계적으로 쌓인 종이들이나 물건들 속을 뒤지다 보니 꽃다발이며 양말 대님, 검은 가면, 머리핀 그리고 머리털 같은 것이 무질서하게 섞인 채 눈에 띄었다. 머리털이라니! 그중에는 갈색인 것도 금발인 것도 있었다. 어떤 것은 심지어 상자의 쇠장식에 걸려서 뚜껑을 열 때면 끊어지기도 했다.

이렇게 여러 가지 추억 속을 헤매면서 그는 철자법만큼이나 천차만별인 편지들의 글씨체와 문체를 유심히 보곤 했다. 다정한 것, 유쾌한 것이 있는가 하면 장난스럽거나 우수에 잠긴 것도 있었다. 그중 어떤 것은 사랑을 요구하고 있었고 또 어떤 것들은 돈을 요구하고 있었다. 한마디 말을 계기로 얼굴들, 어떤 몸짓, 목소리의 음색이 되살아났다. 그러나 때로는 아무것도 기억나지 않는 것도 있었다.

사실 그 여자들은 그의 머리에 한꺼번에 밀려와서는 서로 방해를 놓다가 똑같은 사랑의 높이로 평준화된 것처럼 조그맣게 오그라들어 버리는 것이었다. 그래서 그는 뒤섞인 편지들을 한 움큼 움켜쥐고 한동안 그것을 오른손에서 왼손으로 폭포처럼 떨어뜨리면서 장난을 했다. 마침내 그것도 싫증이 나고 졸리기 시작한 로돌프는 상자를 벽장 속에 도로 집어넣으러 가면서 중얼거렸다.

"정말 거짓말 무더기로군……."

이것은 그의 생각을 그대로 요약하는 한마디였다. 사랑의 쾌락은 학교 운동장에서 뛰노는 학생들처럼 그의 마음을 어찌나 짓밟아 놓았는지 거기에는 푸른 풀포기 하나 돋아나지 않았다. 그런데 그리로 지나간 여자들은 어린 학생들보다도 더 경박해서 담벼락에 낙서한 제 이름 하나 남기지 못했다.

"자, 이제 시작해야지!" 그가 혼잣말을 했다.

그는 쓰기 시작했다.

"용기를 내요, 에마! 용기를 내요! 나는 당신의 삶을 불행하게 만들고 싶지는 않아요……."

"따지고 보면 이건 진심이야." 로돌프는 생각했다. "나는 그

324

녀를 위해서 이러는 거다. 난 성실한 거야."

"당신은 자신의 결심에 관해 충분히 생각해 보셨는지요? 불쌍한 천사여, 내가 당신을 끌어들이려 했던 심연이 어떤 것인지 알기나 하십니까? 모르시지요? 당신은 행복과 미래만 믿고 완전히 마음을 맡긴 채 분별도 없이 걸어 나갔던 것입니다……. 아, 우리는 불행했어요! 무모했어요!"

로돌프는 이 대목에서 무슨 그럴듯한 구실을 찾으려고 펜을 멈췄다.

"내가 전 재산을 날려 버렸다고 하면 어떨까?…… 아, 안 되지. 그걸로는 변명이 안 돼. 그랬다가는 나중에 또다시 시작해야 할걸? 도대체 이런 여자애를 정신 차리게 하는 게 가능한 일일까?"

그는 깊이 생각하다가 다시 덧붙였다.

"나는 결코 당신을 잊지 않겠습니다. 그것만은 믿어 주세요. 앞으로도 당신에게 바치는 깊은 마음은 변함이 없을 것입니다. 그러나 조만간 언젠가는 이 격렬한 감정도 (그것이 인생의 정해진 이치입니다!) 아마 엷어지고 말겠지요! 우리에게도 권태가 찾아오겠지요. 그리고 내가 회한에 사로잡힌 당신을 지켜보고 그 회한을 자아낸 당사자로서 나 또한 그 회한을 나누어 가지는 참담한 고통을 맛보지 않는다고는 누가 장담할 수 있겠습니까? 당신이 슬픔을 맛본다는 생각만으로도 내 가슴은 찢어지는 것만 같습니다. 에마! 나를 잊어주세요! 어째서 나는 당신을 알지 않으면 안 되었던 것일까요? 왜 당신은 그다지도 아름다웠던 것인가요? 내가 나쁜 걸까요? 오, 하느님! 아니지요, 아니지요, 오로지 운명[83]만을 탓해 주십시오!"

"이 문구는 언제나 효과가 있거든." 그는 생각했다.

"아아! 만일 당신이 세상에서 흔히 볼 수 있는 바람둥이 여성에 지나지 않았다면 나는 필시 이기적인 마음에서 경험 한번 하는 셈 칠 수 있었을 것이고 당신에게도 별 위험이 없었을 것입니다. 그러나 당신의 매력인 동시에 당신 자신에게는 고통이었던 저 감미로운 열광 때문에 그처럼 총명한 여성인 당신이 오히려 장래에 우리가 처하게 될 난처한 입장을 깨닫지 못하게 된 것입니다. 나 역시 처음에는 깊이 생각해 보지 못했습니다. 그리하여 결과를 깊이 생각하지 못한 채 마치 만치닐나무[84] 그늘인 양 그 이상적 행복의 그늘 밑에서 편히 쉬고만 있었던 것입니다."

"어쩌면 내가 돈에 인색해서 포기한 것으로 생각할지도 몰라……. 아! 아무러면 어때! 할 수 없지! 끝장을 내야 돼!"

"세상은 잔인합니다, 에마, 우리가 어디엘 가더라도, 그 세상이 우리를 쫓아다닐 겁니다. 당신은 뻔뻔스러운 질문, 중상, 경멸 그리고 아마도 모욕까지 받게 될 테지요. 당신이 모욕을 받다니! 아! 나는 당신을 옥좌에 모셔 놓고 싶은데! 당신의 추

83) fatalité. 플로베르는 자신의 저서 『사회적 통념 사전』에서 "운명, 순전히 낭만적인 표현"이라고 지적한다. 이 단어는 소설의 대단원에서 다시 한번 로돌프의 입에 오른다.(556쪽 참조)
84) 서인도제도 야티유군의 산에 서식하는 수목으로 독나무 또는 죽음의 나무라고 일컬어진다. 호두나무와 흡사하고 5~7미터의 높이까지 성장하며 나무껍질에서 젖과 같은 독액을 분비하는데, 독화살의 원료로 쓰인다.

억을 마스코트처럼 안고 떠나고 싶은데! 당신이 나한테서 받은 모든 고통의 벌을 받으려고 나는 먼 곳으로 사라지려 하니 말입니다. 나는 떠납니다. 어디로요? 나도 모릅니다. 미친 짓입니다! 안녕히! 언제나 착한 마음 변치 말아 주십시오! 당신을 잃은 불행한 인간의 추억을 간직해 주시기를. 당신의 아이에게 내 이름을 가르쳐 주십시오. 기도할 때 그 이름을 다시 불러 줄 수 있도록."

두 자루의 양초 심지가 떨고 있었다. 로돌프는 창문을 닫으려고 일어났다. 그리고 다시 자리에 앉으면서 생각했다.

"이만하면 된 것 같군. 아, 또 한 가지. 그 여자가 여기까지 찾아와 귀찮게 따라붙으면 곤란하니까."

"당신이 이 슬픈 편지를 읽을 때면 나는 이미 먼 곳에 있을 것입니다. 당신을 또 한 번 보고 싶은 유혹을 피하기 위해서 되도록 빨리 도망치고 싶었기 때문입니다. 마음 약하게 가지면 안 됩니다! 나는 다시 돌아옵니다. 아마 세월이 흐른 뒤 우리는 함께 옛날의 사랑을 아주 냉정하게 이야기할 수 있게 되겠지요. 부디 안녕히!"

그리고 마지막으로 "안녕히(Adieu)"를 한 번 더, 그러나 이번에는 두 마디로 나누어 "하느님에게(A Dieu)"라고 썼다. 스스로 생각해도 멋진 취향이라고 여겨졌다.

"자, 그럼 뭐라고 서명을 한다?" 그는 생각했다. "당신의 충실한…… 아니지, 당신의 벗?…… 그렇지, 그게 좋겠어."

"당신의 벗."

그는 편지를 다시 한번 읽어 보았다. 잘 쓰인 것 같았다.

"불쌍한 여자!" 그는 약간 감상적이 되어 생각했다. "그 여자는 아마 나를 목석같이 무정한 사내라고 생각하겠지. 이 대목에는 눈물이 좀 필요하겠는데. 하지만 난 울 수기 없는걸. 그건 내 탓이 아냐." 그래서 로돌프는 컵에다 물을 붓고 나서 거기에 손가락을 담갔다가 커다란 방울을 하나 위에서 뚝 떨어뜨렸다. 잉크 위에 연푸른 얼룩이 생겼다. 그러고는 편지를 봉하려고 찾아보니까 "아모르 넬 코르(Amor nel cor, 가슴속에 사랑을)"이라는 봉인이 눈에 띄었다.

"이건 어째 경우에 안 맞는데……. 에이! 까짓거! 아무러면 어때!"

그러고 나서 그는 파이프를 서너 대 피운 다음 잠자리에 들었다.

다음 날 깨어나자(늦게 잠들었기 때문에 깨어나니까 두 시경이었다.) 로돌프는 살구를 한 바구니 따 오라고 시켰다. 그러고는 편지를 바구니 밑바닥에 포도잎으로 가려서 넣고 곧 밭일을 하는 하인인 지라르에게 그것을 소중하게 보바리 부인 집으로 가져다드리라고 일렀다. 그는 계절에 따라 과일이나 사냥감을 그녀에게 보내면서 이런 방법으로 그녀와 편지를 주고받곤 했다.

"만일 부인께서 나에 대해서 묻거든 여행을 떠났다고 해라." 그가 하인에게 일렀다. "바구니는 부인 손에 직접 건네드려야 하고……. 자아, 조심해서 다녀와!"

지라르는 새 작업복을 입고 살구 바구니 둘레에 제 손수건을 붙들어 매고는 징을 박은 투박한 나막신을 길게 내딛으면서 느릿느릿 용빌로 향해 걸어갔다.

보바리 부인은 그가 집에 도착했을 때 펠리시테와 함께 부엌의 탁자 위에서 세탁물을 정리하고 있었다.

"자요." 하인이 말했다. "주인어른께서 부인께 보내신 겁니다."

그녀는 어떤 예감을 떨쳐 버릴 수가 없었다. 그래서 주머니 속에서 잔돈을 찾으면서 허둥대는 눈초리로 그를 쳐다보았다. 하인도 이 정도의 선물을 가지고 이렇게까지 놀라는 게 이해되지 않는지라 어리둥절한 표정으로 그녀를 바라보고 있었다. 이윽고 그는 돌아갔다. 펠리시테는 안 가고 그냥 서 있었다. 더 이상 참을 수 없어서 그녀는 살구를 가지고 가는 체하고 큰 방으로 달려가 바구니를 뒤집어 쏟아 잎사귀들을 헤치고 편지를 찾아내자 얼른 겉봉을 뜯었고 마치 꽁무니에 끔찍한 불이라도 붙은 것처럼 온통 질겁을 하면서 자기 침실 쪽으로 도망치기 시작했다.

샤를이 거기에 있었다. 그녀도 그를 보았다. 그가 뭐라고 말을 걸었지만 아무것도 귀에 들리지 않았다. 가쁜 숨을 몰아쉬면서 미친 듯이 취한 듯이, 그러나 여전히 그 무서운 종이 쪽지를 손에 움켜쥔 채 빠른 걸음으로 계속 층계를 올라갔다. 손가락 사이에서 종이쪽지가 마치 양철판처럼 덜덜 떨리며 소리를 내고 있었다. 삼 층의 다락방 문앞에서 그녀는 발을 멈추었다. 문은 닫혀 있었다.

그제야 그녀는 마음을 진정시켜 보려고 애썼다. 편지 생각이 났다. 마저 읽기는 해야겠는데 용기가 나지 않았다. 게다가 어디서? 어떻게? 사람 눈에 띌 텐데.

"아! 아니지, 여기라면 괜찮아." 그녀는 생각했다.

에마는 문을 밀고 안으로 들어갔다.

슬레이트 지붕에서 찌는 듯 더운 열기가 곧장 내려와 관자놀이를 죄는 것 같아 숨이 막혔다. 그녀가 꽉 닫힌 지붕 밑 채광창까지 간신히 가서 빗장을 뽑자 눈부신 빛이 대번에 쏟아져 들어왔다.

맞은편 지붕들 너머로 들판이 눈길 닿지 않는 저 멀리에까지 펼쳐져 있었다. 그녀의 발밑 저 아래는 인적 없는 마을 광장이었다. 보도의 조약돌들이 반짝반짝 빛나고 집집마다 바람개비는 미동도 않고 멈춰 있었다. 길모퉁이의 아래층에서 째지는 듯 날카로운 음향으로 뭔가가 부르릉거리는 소리가 들려왔다. 비네가 녹로를 돌리고 있는 것이었다.

그녀는 다락방 창가에 몸을 기대고 분노의 냉소를 띠면서 편지를 몇 번이나 되풀이해 읽었다. 그러나 거기에 정신을 집중하면 할수록 머릿속이 혼란해졌다. 그의 모습이 눈에 선했고 목소리가 들리는 것만 같았다. 그녀는 두 팔로 그를 끌어안았다. 그러자 거대한 망치로 쾅쾅 치듯 가슴을 두드리는 심장의 고동이 불규칙적이 되면서 점점 더 빨라지는 것이었다. 그녀는 땅이 무너져 버렸으면 하는 심정으로 주위를 둘러보았다. 왜 끝장을 내 버리지 못하고 있는 거지? 대체 누가 말리기에? 그녀의 자유가 아닌가. 그녀는 앞으로 몸을 내밀었다. 그리고 발밑의 포석을 바라보면서 마음속으로 말했다.

"어서! 어서!"

밑에서부터 곧장 올라오는 광선이 그녀의 몸무게를 깊은

구렁 속으로 잡아당기고 있었다. 광장의 지면이 일렁거리면서 벽을 따라 솟구쳐 올라오는 것 같았고 마루가 아래위로 흔들리는 배처럼 한쪽 끝으로 기울어지는 느낌이었다. 그녀는 거의 공중에 뜬 것처럼 광막한 공간에 둘러싸인 채 벼랑 끝에서 있었다. 하늘의 푸른빛이 그녀의 몸속으로 밀려들었고 바람이 그녀의 텅 빈 머릿속을 휘돌았다. 이제 저항하지 말고 몸을 맡기기만 하면 된다. 부르릉거리는 녹로 소리는 그녀를 불러 대는 성난 목소리처럼 그치지 않고 계속되고 있었다.

"여보! 여보!" 샤를이 외쳤다.

그녀는 멈칫했다.

"대체 어디에 있소? 이리 와요!"

이제 금방 죽음의 손에서 빠져나왔다는 생각을 하자 그녀는 오싹해지는 느낌에 기절할 것만 같았다. 그녀는 눈을 감았다. 그리고 어떤 손이 소매 깃을 스치는 느낌에 몸서리쳤다. 펠리시테였다.

"나리께서 기다리고 계세요, 마님. 저녁 식사 준비가 되었어요."

이제 내려가지 않으면 안 되었다! 식탁에 앉아야 하는 것이었다!

애써 먹으려고 해 보았다. 음식 덩어리가 목구멍에 걸려 넘어가지 않았다. 그래서 그녀는 꿰맨 자리를 살피려는 듯이 냅킨을 펼쳤다가 정말로 그 일에 몰두해 보려고 천의 올을 하나둘 세어 보았다. 갑자기 편지 생각이 났다. 그 편지를 어쨌지? 잃어버렸나? 어디에 두었지? 그러나 정신적으로 너무 지쳐 버려서 식탁에서 일어날 구실을 생각해 낼 수가 없었다. 게다가 겁보가 되어 있었다. 샤를이 무서웠다. 그가 모든 것을 다 알고 있는 것이 분명했다! 실제로 그는 이상한 어조로 이렇게 말했다.

"아마 로돌프 씨는 한동안 못 만나게 될 것 같더군."

"누가 그래요? 그런 말." 그녀가 몸을 부르르 떨면서 말했다.

"누가 그러다니?" 그는 그녀의 갑작스러운 말투에 다소 놀라면서 반문했다. "지라르가 그러더군, 방금 카페 프랑세 문앞에서 만났더니, 주인이 여행을 떠났다든가, 이제 떠난다든가 그러더군."

그녀는 울음을 참을 수 없었다.

"왜 그렇게 놀라지? 그 사람, 가끔 그렇게 기분 전환 겸 비우곤 하잖아. 하기야! 그럴 만도 하지. 재산은 있겠다, 독신이겠다! ……여하튼 그 양반, 꽤 즐기고 지내는 편이야! 랑글루아 씨 이야기로는……."

마침 하녀가 들어섰으므로 그는 조심하느라고 입을 다물었다.

하녀는 선반 위에 흩어져 있는 살구를 바구니에 주워 담았다. 샤를은 아내의 얼굴이 빨개진 것을 눈치채지 못한 채 살구를 가져오라고 해서는 한 개를 집어 덥석 깨물었다.

"아아, 맛이 썩 좋은데!" 그가 말했다. "자, 하나 먹어 봐요."

그가 바구니를 내밀자 그녀는 가만히 되밀었다.

"그럼 냄새라도 맡아 봐, 냄새가 아주 좋아!" 이렇게 말하면서 그는 그녀의 코앞에 몇 번이나 바구니를 들이댔다.

"숨이 답답해요!" 그녀가 벌떡 일어서면서 소리쳤다.

그러나 억지로 참자 이 경련은 멎었다. 그리고는

"아무것도 아녜요!" 하고 그녀가 말했다. "아무것도 아녜요! 신경이 날카로워서 그래요! 앉아서 잡수세요!"

그것은 샤를이 왜 그러냐고 자꾸 묻거나 보살펴 주겠다면서 옆에 붙어 떠나지 않을까 봐 걱정되어서였다.

샤를은 그녀가 시키는 대로 다시 자리에 앉았다. 그리고 살구씨를 손바닥에 뱉었다가는 다시 작은 접시에 쏟아 놓았다.

갑자기 푸른색의 이륜마차 한 대가 빠른 속도로 광장을 달려 지나갔다. 에마는 외마디 소리를 지르며 뻣뻣하게 굳어진 채 마룻바닥에 쓰러졌다.

사실 로돌프는 여러 가지로 생각한 끝에 루앙으로 떠나기로 결심했다. 그런데 위세트에서 뷔시로 가려면 용빌을 거쳐 가는 길밖에 없었으므로 마을을 건너지르지 않으면 안 되었다. 그리하여 에마는 번개처럼 저녁 어둠을 가르며 지나가는 마차의 램프 불빛으로 그라는 것을 알아차린 것이었다.

약제사가 이 집 안의 떠들썩한 소리를 듣고 즉시 달려왔다. 식탁은 그 위에 놓였던 모든 접시들과 함께 뒤집혔고, 소스, 고기, 나이프, 소금 그릇, 기름병 등이 온 방 안에 흩어져 있었다. 샤를은 도와 달라고 소리치고 베르트는 겁에 질려 소리 내어 울고 있었다. 펠리시테는 벌벌 떨리는 손으로 전신에 경련을 일으키고 있는 부인의 옷 끈을 풀고 있었다.

"빨리 약국에 가서 방향초산을 좀 가져오겠습니다." 약제사가 말했다.

이윽고 그녀가 병에서 향내를 맡고 눈을 뜨자,

"그러면 그렇지." 하고 그는 말했다. "이거면 죽은 사람도 눈을 뜨지요."

"말을 해 봐요!" 샤를이 되풀이했다. "말을 해 봐요! 기운을 내요! 나요! 당신을 사랑하고 있는 샤를이오! 날 알아보겠소? 자, 당신의 귀여운 딸도 여기 있소. 키스를 해 줘요!"

아이는 어머니의 목에 매달리려고 두 팔을 내밀었다. 그러나 에마는 얼굴을 돌리며 더듬더듬 말했다.

"싫어, 싫어…… 아무도 오지 마!"

그녀는 다시 정신을 잃었다. 그리고 침대로 옮겨졌다.

그녀는 입을 벌리고 눈을 감은 채, 두 손을 내던지듯 펴고서는 꼼짝도 않고 밀랍 인형처럼 창백한 모습으로 누워 있었다. 양쪽 눈에서는 두 줄기의 눈물이 냇물처럼 베개 위로 흘러내리고 있었다.

샤를은 침실 저 안쪽의 움푹 파인 곳에 우두커니 서 있었다. 약제사는 그의 곁에서, 인생의 엄숙한 순간에는 의당 그래야 한다는 듯 명상에 젖은 침묵을 지키고 있었다.

"안심하십시오." 그가 의사의 팔꿈치를 건드리면서 말했다. "발작은 멎은 것 같군요."

"네, 이젠 좀 안정이 된 것 같군요!" 그녀의 잠자는 모습을 바라보며 샤를이 대답했다. "가엾어라!…… 가엾어라!…… 병이 또 도졌군!"

그러자 오메는 어떻게 해서 이런 일이 일어났느냐고 물었다. 샤를은 그녀가 살구를 먹다가 갑자기 이 발작을 일으켰노라고 대답했다.

"희한한 일이군요!……" 약제사가 대답했다. "그러나 살구 때문에 졸도하는 경우도 있을 수 있겠죠! 어떤 종류의 냄새에 극도로 민감한 체질의 사람들이 있거든요! 이건 병리학적 견지에서나 생리학적 견지에서나 연구해 볼 만한 흥미로운 과제가 될 겁니다. 신부들은 그 중요성을 알고 있어서 옛날부터 종교의식에 향료를 써 왔던 겁니다. 그 목적은 이성을 마비시키고 황홀한 기분을 자아내는 데 있죠. 게다가 남성보다 더 섬세한 여성들의 경우는 효과를 거두기가 쉽죠. 그중에는 뿔을 태우는 냄새나 부드러운 빵 냄새만 맡아도 기절하는 예까지 있다고 하거든요……."

"아내가 깨지 않도록 조심해서!" 샤를이 낮은 목소리로 말했다.

"그리고 오직." 약제사가 계속했다. "인간만이 이런 이상 현상을 보이는 것이 아니라 동물도 그런 경우가 있습니다. 예를 들어서, 속칭 고양이풀이라고 하는 '네페타 카타리아'가 고양이 종에게 미치는 기이한 최음 효과에 대해서는 물론 잘 알고 계시겠지요. 한편 제가 틀림없이 보증할 수 있는 한 가지 예로 말씀드리자면, 브리두(제 오랜 친구로서 현재 말팔뢰에 점포를 가지고 있지요.)가 기르고 있는 개는 담배 쌈지만 코앞에 들이대면 경련을 일으키는 겁니다. 이 친구는 툭하면 기욤 숲속에 있는 별장에서 친구들을 모아 놓고 그 실험을 해 보인답니다. 단순한 재채기 촉진제가 네 발 달린 짐승의 신체 조직에 이렇게까지 심한 영향을 끼친다는 게 믿어집니까? 정말 이상하죠,

안 그래요?"

"그러네요." 듣는 둥 마는 둥 하고 있던 샤를이 말했다.

"이것은 결국." 상대가 흐뭇한 자기 만족의 표정으로 미소 지으면서 계속했다. "신경계통의 이상은 무수히 존재한다는 것을 증명하는 것입니다. 솔직히 말해서 댁의 부인은 정말 좀 예민한 체질을 갖고 계신다고 전부터 생각해 왔습니다. 그래서 좋다고 하는 약들 가운데서 그 어느 것도 우리 친구분에게 권하고 싶지 않습니다. 증세를 치료한다는 구실하에 체질을 건드리는 꼴이 되니까요. 안 되지요, 무익한 투약은 금물입니다! 식이요법, 이게 최고죠! 진정제, 완화제, 감미제가 좋습니다. 그리고 어쩌면 상상력에 자극을 줄 필요가 있지 않을까요?"

"어떤 점에서? 어떤 방법으로?" 보바리가 말했다.

"예, 바로 그게 문젭니다! 과연 그것이 문제입니다. 최근에 신문에도 났지만 '댓 이즈 더 퀘스천(That is the question)'이죠!"

그러자 에마가 눈을 뜨고 외쳤다.

"그 편지? 그 편지?"

사람들은 그녀가 헛소리를 하는 줄 알았다. 그 증세는 밤중부터 시작되었다. 뇌막염이라는 진단이 나왔다.

사십삼 일간 샤를은 그녀 곁을 떠나지 않았다. 자기의 환자들은 모두 내버려 둔 채 그는 잠자리에도 들지 않고 쉴 새 없이 그녀의 맥을 짚어 보고 겨자 고약을 발라 주고 냉수 찜질을 해 주었다. 그는 쥐스탱을 뇌샤텔까지 보내 얼음을 구해 오게 했다. 얼음은 도중에 녹아 버렸다. 그러면 쥐스탱을 다시 보냈다. 카니베 씨에게 진찰을 의뢰했다. 루앙에서 그의 옛 스승인 라리비에르 박사를 모셔 왔다. 그는 절망적인 심정이었다. 무엇보다도 걱정스러운 것은 에마가 극도로 쇠약해진 것이었다. 그녀는 말도 하지 않고 말을 알아듣지도 못하고 심지어 고통을 느끼는 것 같지도 않아 보였다. 마치 그녀의 육체와 영혼이 함께 모든 요동을 멈춘 채 쉬고 있는 것 같았다.

시월 중순경 그녀는 베개를 등에 괴고 침대에서 일어나 앉을 수 있게 되었다. 그녀가 처음으로 잼을 바른 빵을 먹는 것을 보았을 때 샤를은 울었다. 그녀는 기운을 되찾았다. 오후에는 몇 시간 동안 일어나 있을 수 있게 되었다. 그리하여 어느 날 좀 나은 것 같아 보여서 그는 시험 삼아 그녀를 부축하고 뜰을 한 바퀴 산책해 보았다. 소로에 깔린 모래는 낙엽에 덮여 있었다. 그녀는 슬리퍼를 끌면서 한 발짝 한 발짝 걸었고 샤를의 어깨에 기대어 줄곧 미소 짓고 있었다.

이렇게 해서 두 사람은 뜰 안쪽에 있는 테라스 옆에까지 갔다. 그녀는 천천히 허리를 펴고 손으로 이마를 짚으면서 바라보았다. 그녀는 멀리, 아득히 멀리 바라보았다. 그러나 지평선에는 풀을 태우는 큰 불이 언덕 여기저기에서 연기를 피우고 있을 뿐이었다.

"피곤해질 텐데, 여보." 보바리가 말했다.

그러고는 그녀를 부드럽게 밀어서 덩굴시렁 밑으로 들여 세우면서 말했다.

"자아, 이 벤치에 앉아요. 편안할 테니."

"아! 아녜요, 거긴 싫어요! 거긴 싫어요!" 그녀가 꺼져 가는 듯한 목소리로 말했다.

그녀는 현기증을 느꼈다. 그리고 그날 밤부터 병이 재발했다. 그 진행은 전에 비해 그리 급격하지는 않았지만 더 복잡한 증상을 보였다. 어떤 때는 심장에 통증을 느꼈고 다음에는 가슴, 머리, 팔다리가 쑤셨다. 갑작스럽게 구역질을 하기도 해서 샤를은 암의 초기 증상이 아닌가 하는 생각까지 했다.

이 불쌍한 사내는 그 위에 돈 걱정까지 있었다.


14


우선 오메 씨의 가게에서 가져온 모든 약값을 어떻게 처리했으면 좋을는지 몰랐다. 물론 의사라는 입장에서 지불하지 않고 넘길 수는 있겠지만 그래도 그런 신세를 진다는 것은 얼굴 붉어지는 일이 아닐 수 없었다. 다음으로 식모가 주부 역할을 하고 있는 지금은 살림살이 비용이 무섭도록 많이 들었다. 여러 가지 청구서가 빗발치듯 날아들었다. 드나드는 장사꾼들이 투덜거렸다. 특히 뢰르가 아주 귀찮게 달라붙었다. 사실 이 사내는 에마의 병세가 한참 심할 때 그 기회를 이용해 계산을 불릴 심산으로 재빨리 망토며 여행 가방, 한 개도 아닌 두 개의 트렁크, 그 밖에 숱한 물건들을 갖다 놓았다. 샤를이 아무리 그런 물건은 필요없다고 해도 막무가내였다. 장사꾼은 뻣뻣한 태도로 이들 물건은 모두 댁에서 주문하신 것이라서 도로 가져갈 수는 없다고 했다. 게다가 그랬다가는 부인의 회복에도 지장이 있을 것이니 선생께서도 잘 생각해 보시는 게 좋다는 것이었다. 요컨대 그는 자기의 권리를 포기하고 물건을 도로 가져가야 할 지경이라면 소송도 불사한다는 결심을 굳히고 있었다. 그 후에 샤를은 물건을 그의 가게로 돌려보내도록 일렀다. 그러나 펠리시테가 그 일을 잊어버렸다. 그리고 그에게는 또 다른 걱정들이 있는지라 그 일에 관해서는 더 이상 생각지도 않게 되었다. 뢰르 씨는 지불을 재촉했다. 그리고 번갈아 가며 협박도 하고 우는소리도 하면서 조르는 바람에 결국 보바리는 육 개월 기한의 어음을 끊고 말았다. 그러나 어음에 서명을 하고 나자 곧 대담한 생각이 그의 머리에 떠올랐다. 뢰르 씨한테 일천 프랑을 꾸자는 것이었다. 그래서 그는 말을 꺼내기 거북해하면서 어떻게 그 금액을 좀 변통해 줄 수 없겠느냐고 물었고 기한은 일 년이고 이자는 원하는 대로 주겠다고 덧붙였다. 뢰르는 가게로 달려가 돈을 가지고 와서는 어음을 한 장 더 쓰게 했다. 그에 따르면 보바리는 이듬해 구월 일 일 그에게 일금 일천칠십 프랑을 지불할 것을 서약한다는 내용이었다. 그러니까 이미 약정한 일백팔십 프랑과 합치면 꼭 일천이백오십 프랑이 되는 것이었다. 이렇게 육 푼 이자에 빌려주면서 거기다가 사분의 일의 수수료를 가산하고, 다시 납품한 물건에서 적어도 삼분의 일은 이문을 남기게 되니까 결국 십이 개월 동안에 일백삼십 프랑의 이익을 보는 셈이었다. 그리고 그는 거래가 이것으로 끝나지 않고, 어음을 결제하지 못한 나머지 개서하게 되기를 바라고 있었다. 그리하여 얼마 안 되는 그의 돈이 마치 요양원에 들어간 듯 의사의 집에서 영양을 잔뜩 섭취하여 언젠가는 몰라보게 살이 찌고 자루가 터지도록 불어나 가지고 그에게 되돌아왔으면 싶었다.

게다가 그에게는 모든 것이 성공적으로 되어 가고 있었다. 뇌샤텔 병원에 시드르를 납품하는 입찰이 그의 손에 떨어졌다. 기요맹은 그뤼메닐의 토탄광 주식을 얼마간 그에게 나누어 주겠다고 약속했다. 또 그는 아르괴유와 루앙 사이에 새로 승합마차 사업을 시작해 보려는 야심을 가지고 있었다. 그렇게 되면 아마도 헐어 빠진 금사자는 머지않아 망해 버릴 테고 승합마차는 보다 빨리 달리면서 보다 싼 요금으로 보다 많은 짐을 실어 나르게 되어 용빌의 상권은 모두 그의 손안으로 들어올 것이었다.

샤를은 무슨 수로 내년에 그 많은 돈을 갚을 수 있을까 하고 몇 번이나 생각해 보았다. 그래서 아버지한테 도와 달라고 부탁할까 아니면 무엇을 처분할까 하고 여러 가지 궁여지책을 찾아보고 또 궁리해 보았다. 그러나 아버지는 들은 체도 하지 않을 것이고 그 자신에게는 처분할 수 있는 물건이 하나도 없었다. 이렇게 되자 너무나도 곤란한 입장이 되었다는 것을 깨달은 그는 이런 골칫거리들을 얼른 머릿속에서 털어 내 버리곤 했다. 그는 그런 데 마음이 팔려서 에마를 까맣게 잊어버리곤 하는 자신을 꾸짖었다. 마치 그의 모든 생각은 이 여자의 것이니까 한순간이라도 아내 생각에 몰두하지 않는 것은 그녀한테서 무언가를 훔치는 것이나 마찬가지라고 여기는 듯했다.

겨울의 추위는 혹독했다. 부인의 회복은 오래 끌었다. 날씨가 좋은 날이면 그녀를 안락의자에 앉혀서 광장이 내려다보이는 창가로 밀어다 놓았다. 그녀는 이제 뜰을 싫어해서 그쪽의 덧문은 항상 닫혀 있었던 것이다. 그녀는 말도 팔아 치우는 게 좋겠다고 했다. 예전에 좋아했던 것들이 지금은 모두 싫어졌다. 그녀의 모든 관심은 오직 자신을 돌보는 일에만 쏠려 있는 것 같았다. 언제나 잠자리에 누운 채 가벼운 식사를 하고 초인종을 눌러서 하녀를 불러다가 탕약이 어떻게 되었는지 물어보거나 그녀를 상대로 이야기를 하곤 했다. 그동안에 시장의 지붕에 쌓인 눈이 하얗게 움직이지 않는 반사광을 방 안으로 던지더니 이번에는 비가 내렸다. 그리고 에마는 왠지 불안한 기분인 채로 변함없이 되풀이되는 자잘한 일을 매일같이 기다리고 있었다. 그러나 그녀에게 그런 일들은 조금도 중요하지 않았다. 그나마 가장 관심이 가는 것은 저녁에 역마차 제비가 도착하는 일이었다. 그때면 여관집 여주인은 소리를 질러 댔고 다른 목소리들이 거기에 대답했다. 한편 포장 위의 짐짝을 찾는 이폴리트의 등불이 어둠 속에서 별처럼 보였다. 정오에는 샤를이 돌아왔다가 다시 나갔다. 그리고 그녀는 끓인 수프를 마셨다. 그리고 다섯 시께 해가 질 무렵이면 학교에서 돌아오는 어린아이들이 포도 위로 나막신을 끌면서, 모두가 자막대기로 덧문의 문고리를 하나씩 하나씩 두드리면서 지나가는 것이었다.

부르니지앵 씨가 그녀를 만나러 오는 것은 바로 이 시각이었다. 그녀의 건강 상태를 묻고 여러 가지 세상 소식을 알려 주거나 그런대로 재미있고 비위를 맞추는 수다로 그녀에게 믿음을 권했다. 그의 사제복을 보기만 해도 그녀는 힘이 나는 기분이었다.

병이 극도로 악화되었던 어느 날 그녀는 이제는 도저히 살아날 가망이 없다고 생각하고는 성체를 배령하고 싶다고 말했다. 그래서 방 안에서 성사를 준비하게 되었는데 여러 가지 시럽이 가득 담긴 장롱을 제단 대신 차려 놓고 펠리시테가 마룻바닥에 달리아 꽃을 뿌리고 있는 동안, 문득 에마는 강력한 그 무엇이 자신의 몸을 스쳐 지나가면서 고통과 모든 지각과 모든 감정으로부터 그녀를 해방시켜 주는 것을 느꼈다. 가뿐해진 그녀의 몸은 중력을 느끼지 않았고 전혀 다른 생명이 시작되었다. 그녀의 존재는 신을 향해 올라가서 마치 불붙은 향이 연기가 되어 사라지듯이 그 사랑 속에서 소멸하려는 것만 같았다. 침대의 시트 위에 성수를 뿌렸다. 사제가 거룩한 그릇에서 흰 성체를 끄집어냈다. 건네주는 구세주의 몸을 받아들이기 위해 입술을 내밀었을 때 그녀는 천상의 환희로 인해 기절이라도 할 것만 같았다. 침실의 커튼이 그녀의 주위에서 구름처럼 부드럽게 부풀어 오르고 장롱 위에서 타고 있는 두 자루의 촛불은 눈부신 후광처럼 보였다. 그 순간 그녀는 그만 베개 위로 고개를 떨구었다. 천사의 하프 소리가 하늘에서 들리고 창공의 금빛 옥좌 위에는 녹색 종려수 잎사귀를 손에 든 성자들에게 둘러싸여 장엄하게 빛나는 천주님이 불꽃 날개를 단 천사들에게 지상으로 내려가 그녀를 품에 안고 데려오라고 손짓하는 것이 보인다고 여겼던 것이다.

이 찬란한 환영은 무릇 인간이 꿈꿀 수 있는 가장 아름다운 것으로 그녀의 기억 속에 남았다. 그래서 이제 그녀는 그 환영의 감각을 다시 맛보려고 애썼다. 물론 그것은 그때만큼 절대적인 것은 아니더라도 마찬가지로 깊은 쾌감으로 여전히 계속되고 있었다. 자존심에 상처를 받은 그녀의 영혼은 마침내 기독교적 겸허함 속에 휴식을 찾게 되었다. 그리고 약자로서의 쾌감을 음미하면서 에마는 자기의 내면에서 아집이 허물어져 가는 것을 바라보고 있었다. 그리하여 은총이 물밀듯이 밀려들 수 있는 넓은 길이 마련될 것이었다. 확실히 현세적인 행복 대신에 보다 큰 여러 가지 지복들이 존재하고, 여러 가지 사랑을 초월하는 또 하나의 사랑이, 중단도 없고 끝도 없고 영원히 커지는 사랑이 존재하는 것이었다! 그녀는 희망이 그려 내는 온갖 환상들 속에서 땅 위의 저 높은 곳에 떠서 하늘과 구별되지 않게 녹아드는 어떤 순수 상태를 언뜻 보게 되자 자기도 그 속으로 들어가고 싶어 했다. 그녀는 성녀가 되고 싶었다. 묵주를 사고 부적을 몸에 지녔다. 침실 머리맡에 에메랄드를 박은 성자의 유물상자를 놓아두고 밤마다 거기에 입맞추고 싶어 했다.

　신부는 이와 같은 심정적 경향이 너무나 신통하여 놀라면서도 에마의 종교는 너무 열광적인 나머지 사교에 가까워지거나 심지어 비정상으로 빠져들 수도 있는 것으로 보았다. 그러나 이러한 방면에는 그다지 아는 바가 없기 때문에 그것이 어느 정도를 넘어서자 부랴부랴 그는 주교님의 단골 서점의 주인인 불라르 씨에게 아주 똑똑한 여성의 신앙 지도에 적합한 그 무엇이 있으면 좀 보내 달라고 편지를 썼다. 책방 주인은 마치 검둥이들에게 철물 냄비솥이라도 보내는 것 같은 무성의한 태도로 당시 흔히 볼 수 있는 종교 서적들을 마구잡이로 골라 짐을 꾸려 보내왔다. 그것은 문답 형식으로 된 소형 편람, 드메스트르[85]식의 거만한 어투로 쓴 팸플릿, 발그레한 두꺼운 표지에 달콤한 문체로 음유시인 흉내를 낸 신학생이나 회개한 여류 문인이 지은 소설류들이었다. 그 가운데는 이것을 명심하라, 마리아의 발밑에 무릎 꿇은 사교계 신사, 여러 종류의 훈장을 받은 드XXX 씨 지음, 볼테르의 잘못, 청소년 권장 도서 등의 책자들이 들어 있었다.[86]

보바리 부인은 아직 무슨 일에든 몰두할 수 있을 만큼 정신이 또렷하지 못했다. 게다가 그녀는 그런 책들을 너무 성급하게 읽으려 들었다. 그녀는 잡다한 예배의 규칙들에 짜증이 났다. 거만한 논쟁 조의 글은 그녀가 알지도 못하는 사람들을 공격만 하려고 기를 쓰고 있어서 마음에 들지 않았다. 그리고 종교 냄새를 가미한 세속 이야기들은 너무도 세상일을 모르고 쓴 것 같아서 진리의 증명을 기대하고 있던 그녀를 부지불식간에 진리에서 멀어지게 만들었다. 그래도 그녀는 포기하지 않고 계속했다. 그리고 어쩌다가 책이 손에서 떨어지면 자기

---

85) Josephe de Maistre(1753~1821). 프랑스 혁명에 정면으로 반대하며 군주제에 대한 자신의 신념과 로마교회에 대한 애착을 『프랑스에 관한 고찰』, 『교황론』에서 천명하며 사상가들에 도전해 신앙과 직관을 대립시켰다. 플로베르는 드메스트르를 매우 싫어하고 혹평했다.

86) 주로 전투적인 신부들이 펴낸 신앙을 위한 투쟁, 종교적 교화로 가득 찬 내용의 서적들이다.

딴에는 가장 순수한 영혼이 지닐 수 있는 가장 섬세한 가톨릭적인 우수에 사로잡힌 것이라고 믿는 것이었다.

로돌프에 대한 기억은 마음속 저 깊은 곳에 묻어 놓았다. 그는 거기 지하에 안치된 왕의 미라보다도 더욱 엄숙하고 더욱 조용한 모습으로 머물고 있었다. 향유를 발라 놓은 그 위대한 사랑에서는 그 무슨 향기 같은 것이 풍겨 나와서 모든 것을 관통한 다음 그녀가 몸담아 살고 싶은 때 묻지 않은 분위기에 정다움의 향기를 더해 주고 있었다. 고딕식의 기도대 앞에 무릎을 꿇고 앉을 때면 그녀는 지난날 간통의 황홀경 속에서 연인에게 속삭이던 바로 그 달콤한 말들을 주님께 건넸다. 믿음의 마음을 불러일으키기 위해서였다. 그러나 하늘에서는 아무런 기쁨도 내려오지 않았다. 그러면 그녀는 팔다리가 노곤해지는 것을 느끼며 무언가 엄청난 속임수에 걸린 듯한 막연한 기분으로 자리에서 일어나는 것이었다. 이 같은 신앙의 탐구는 또 한 가지 공덕을 늘리는 것이겠지 하고 그녀는 생각했다. 그리고 자신의 신앙심을 자랑스럽게 생각하면서 그녀는 예전에 라발리에르 공작 부인의 초상화를 보고 자신도 그 영화를 꿈꾸었던 지난날의 귀부인들과 스스로를 비교해 보았다. 그 귀부인들은 그토록 의젓하게 화려한 긴 옷자락을 끌면서 고독 속으로 물러나 앉아 속세의 삶에서 상처받은 가슴속의 눈물을 그리스도의 발밑에 쏟아 놓고 있었다.

그러자 그녀는 극단적인 자선 활동에 빠져들기 시작했다. 가난한 사람들을 위해서 옷을 짓고 산욕으로 누운 여자들에게 장작을 보냈다. 그리하여 어느 날 샤를이 집에 돌아와 보니 부랑자 같아 보이는 사내들 셋이 부엌 식탁에 앉아 수프를 마시고 있었다. 그녀가 앓는 동안 남편이 유모에게 맡겨 두었던 어린 딸도 집으로 다시 데려왔다. 그녀는 딸에게 글 읽는 것을 가르치고 싶어 했다. 베르트가 아무리 울어도 그녀는 짜증을 내지 않았다. 그것은 인종하겠다는 결심과 만사에 관용을 보이려는 태도였다. 그녀의 말씨는 무엇에 대해서든 이상적인 표현들로 가득 차 있었다. 어린아이한테는 이렇게 말했다.

"배 아픈 건 괜찮아졌어, 내 귀여운 아가씨?"

보바리 노부인도 더 이상 잔소리할 것이 없었다. 구태여 찾는다면, 제 집 행주 떨어진 것은 깁지 않고 고아들한테 줄 저고리만 뜨개질하고 있는 것 정도였으리라. 그러나 부부싸움에 지쳐 버린 부인은 이 조용한 집이 마음 편했다. 그래서 보바리 영감의 싫은 소리를 안 듣고 지내려고 부활절이 지날 때까지 머물러 있었다. 영감은 성금요일이면 어김없이 돼지순대를 주문하는 인물이었다.

야무진 판단과 진지한 태도로 다소 마음 든든하게 해 주는 시어머니를 상대하는 일 이외에도 에마는 거의 매일 다른 사람들과 어울렸다. 랑글루아 부인, 카롱 부인, 뒤브뢰유 부인, 튀바슈 부인 그리고 두 시부터 다섯 시까지는 정해 놓고 사람 좋은 오메 부인이 찾아왔다. 그녀만은 이웃에 사는 에마에 관해서 사람들이 뭐라고 수군대든 들은 척도 하지 않았던 것이다. 오메의 아이들도 그녀를 보러 왔다. 쥐스탱이 그 아이들을 데리고 왔다. 그는 아이들과 함께 침실에 올라와서는 문 옆에 꼼짝도 않고 말없이 서 있었다. 곧잘 보바리 부인은 그의 존재를 잊어버린 채 화장을 하기 시작했다. 우선 머리 빗을 뽑고 나서 머리채를 한 번 출렁 흔들었다. 동그랗게 말려 있던 검은 머리타래가 풀어지면서 머리칼 전체가 무릎까지 확 늘어지는 광경을 처음 보았을 때, 이 가엾은 소년은 어딘가 새롭고 범상치 않은 세계 속으로 돌연 발을 들여놓은 것 같은 느낌이어서 그 찬란함에 몸이 오싹해질 지경이었다.

에마는 물론 소년의 말없는 열의도 그 겁먹은 듯한 수줍음도 눈치채지 못했다. 자신의 삶에서 사라져 버린 사랑이 거기, 바로 옆에, 그 셔츠의 투박한 천 속에서, 그녀가 발산하는 아름다움을 향해 열린 소년의 그 심장 속에서 팔딱거리고 있을 줄은 꿈에도 생각지 못했다. 게다가 그녀는 이제 모든 것에 너무나 무관심해졌고 말씨는 너무나 다정했으며 눈초리는 너무나 오만하고 태도는 너무나 변덕스러웠으므로 보는 사람으로 하여금 이기주의와 자선을, 퇴폐와 미덕을 구별할 수가 없게 했다. 예를 들어, 어느 날 밤 외출을 하고 싶다면서 우물쭈물 변명을 늘어놓는 하녀에게 그녀는 버럭 화를 냈다. 그런가 하면 느닷없이

"그럼 그 남자를 사랑하고 있구나?" 하고 말했다.

그러고는 얼굴이 빨개진 펠리시테가 대답을 할 사이도 없이 그녀는 슬픈 표정으로 이렇게 덧붙였다.

"그럼 어서 가! 가서 즐기라고!"

봄이 되면서부터 그녀는 보바리가 주의시키는데도 불구하고 뜰의 모습을 완전히 바꾸어 버렸다. 그래도 샤를은 그녀가 마침내 어떤 의욕을 나타낸다는 것이 기뻤다. 건강이 회복됨

에 따라 그녀는 점점 더 의욕을 보였다. 우선 유모 롤레 아주머니를 쫓아낼 수 있게 되었다. 그 여자는 에마의 건강이 회복되고 있는 동안, 젖먹이 갓난애 둘과 맡아 가지고 있는 사내아이를 데리고 뻔질나게 부엌을 찾아오는 버릇이 붙어 있었다. 이 사내아이는 식인종 이상으로 많이 먹어 댔다. 다음으로 그녀는 오메 집안 사람들 또한 멀리했고 찾아오는 다른 사람들도 차례차례 거절하는 한편 심지어 성당에도 전처럼 열심히 다니지 않게 되었다. 약제사는 거기에 대찬성이어서 친근하게 말했다.

"부인께서 그동안 신부의 꼬임에 좀 빠져들고 있다 싶었죠."

부르니지앵 씨는 전과 다름없이 매일 교리문답을 끝내면 불쑥 찾아왔다. 그는 집 안으로 들어오지 않고 숲속에서 공기를 마시는 게 더 좋다고 했다. 덩굴시렁을 그는 그렇게 불렀다. 그때는 마침 샤를이 돌아오는 시간이었다. 두 사람 다 더워했다. 달콤한 시드르가 나왔고 그들은 함께 부인의 완전한 회복을 축하하는 뜻에서 건배했다.

비네도 거기 있었다. 다시 말해서 조금 아래쪽 동산의 담벼락에 기대서서 가재를 낚고 있었다. 보바리가 한잔 같이 하자고 청했다. 그는 병마개 따는 데 명수였다.

"우선." 그가 주위로, 그리고 지평선 끝까지 흐뭇한 시선을 던지면서 말하는 것이었다. "병을 탁자 위에 똑바로 세우는 겁니다. 그리고 끈을 끊은 다음 코르크를 조금씩 지그시 누르죠. 꼭 식당에서 셀츠 탄산수 마개를 따는 요령으로 말입니다."

그러나 시드르는 흔히 그가 시범을 보이고 있는 중에 뿜어져 나와 그들의 얼굴에 정통으로 튀곤 했다. 그러면 신부는 흐리터분하게 웃으면서 이런 농담을 빼놓지 않았다.

"댁의 친절이 눈 속에까지 튀는군요!"

사실 그는 이야기가 통하는 사람이었다. 그래서 어느 날인가 약제사가 샤를에게 부인의 기분 전환도 될 테니 루앙의 극장에 온 유명한 테너 라가르디의 공연에 모시고 가 보라고 권했을 때도 전혀 반대하지 않았다. 신부가 그렇게 잠자코 있는 것이 의외다 싶었던 오메가 그의 의견을 듣고 싶다고 했다. 그러자 신부는 음악은 문학만큼 풍속에 해가 되는 것이 아니라고 잘라 말했다.

그러나 약제사는 문학을 변호했다. 연극은 여러 가지 편견을 타파하는 데 쓸모가 있어서 재미를 맛보게 하면서도 미덕을 가르친다는 것이었다.

"카스티가트 리덴도 모레스(웃으면서 풍속을 다스리도다.)[87]인 셈이죠, 부르니지앵 씨! 가령 볼테르의 모든 비극들을 보십시오. 거기에는 철학적 고찰이 교묘하게 깔려 있는데 그것이 백성들에겐 그야말로 도덕과 처세술의 교과서 구실을 하는 것입니다."

"나는." 비네가 말했다. "옛날에 파리의 개구쟁이라는 연극을 보았습니다만, 거기 나오는 노장군의 정말 훌륭한 역할이 눈

---

87) Castigat ridendo mores. 플로베르가 『사회적 통념 사전』에 메모해 둔 연극의 좌우명.

에 띄더군요! 그는 여공을 유혹한 명문가의 자제를 가두어 버립니다. 그 결과……."

"물론." 오메가 말을 계속했다. "세상에는 좋시 못한 약국이 있듯이 나쁜 문학도 있습니다. 그러나 예술 가운데서도 가장 중요한 부문을 한데 싸잡아서 단죄하는 것은 어리석은 일이라고 생각해요. 갈릴레이를 감옥에 가두었던 저 끔찍한 시대에나 어울릴 케케묵은 발상이죠."

"나도 잘 알아요." 신부가 반박했다. "좋은 작품이 있고 좋은 저자가 있다는 것쯤은. 그러나 혼을 빼놓을 정도로 세속의 화려한 장식으로 꾸민 실내에 한데 모인 남녀들, 거기다가 저 이교도 같은 분장이며 야한 화장, 눈부신 등불, 여자 같은 목소리, 그런 모든 것이 결국은 어떤 종류의 정신적 방종을 낳게 되고 파렴치한 생각과 불순한 유혹의 씨가 되는 겁니다. 이것이 적어도 모든 성직자들의 의견입니다. 하여간에." 그가 담배 한 줌을 엄지손가락으로 동그랗게 뭉치면서 갑자기 신비스러운 어조로 덧붙였다. "교회가 연극을 금한 것에는 그만한 이유가 있는 겁니다. 우리는 그 규칙에 따르지 않으면 안 됩니다."

"어째서 교회는 배우들을 파문하는 겁니까?" 약제사가 물었다. "옛날에는 그들도 공공연히 교회 의식에 참가했지 않아요? 그렇고말고요, 성가대석 한가운데서 성사극(聖史劇)이라고 불리는 희극 같은 것을 공연했지요. 그 속에는 예의범절에 어긋나는 짓도 꽤 있었지요."

신부는 신음 소리를 내는 것으로 참았고 약제사는 말을

계속했다. "성서의 경우도 그래요. 그 가운덴…… 아시겠지요…… 아슬아슬한 대목이…… 심심찮게…… 그야말로……엉큼한 내용들이!"

그러다가 부르니지앵 씨가 화난 듯한 몸짓을 하자 말했다.

"아! 사실 말이지 그건 나이 어린 아가씨들에게 읽힐 책은 못 되죠. 나 역시 거북합니다, 만일 아탈리가……."

"아니, 성서를 읽으라고 권하는 것은 신교도들이지 우리가 아니에요!" 신부가 참다못해 소리를 질렀다.

"하여튼 말입니다!" 오메가 말했다. "오늘날같이 개명된 시대에 아직도 아무런 해도 없고 도덕적이고 때로는 정신 건강에 좋은 지적 오락을 금지하려고 고집을 부리다니 정말 놀라운 일이에요, 안 그래요, 선생?"

"그렇겠지요." 의사가 내키지 않는 대답을 했다. 아마 같은 의견이기는 하지만 누구의 기분도 상하게 하고 싶지 않아서거나 아무런 의견이 없어서였으리라.

이야기는 끝난 것 같았는데 약제사가 기회는 이때다 싶었는지 불쑥 내뱉었다.

"내가 아는 바로는 신부들 중에 평복을 하고 댄서들이 춤추는 것을 구경하러 가는 이들이 있더군요."

"뭐라고요!" 신부가 말했다.

"아아! 그런 경우를 알고 있다니까요!"

그리고 한마디 한마디를 잘라 가며 오메가 되풀이해서 말했다.

"저는—그런 경우를—알고 있어요."

"그렇다면! 그건 잘못이죠." 부르니지앵이 무슨 소리를 들어도 할 수 없다는 듯 말했다.

"그럼요! 그런 것 말고도 또 있어요!" 약제사가 큰 소리로 말했다.

"이것 보세요!⋯⋯" 하고 되받는 신부의 눈초리가 너무나도 험악했기 때문에 약제사는 찔끔했다.

"내가 말씀드리고 싶었던 것은 다만." 그가 먼저보다 부드러운 어조로 대답했다. "너그러움만이 인간의 마음을 종교로 인도하는 가장 확실한 수단이다 이겁니다."

"그럼요! 그럼요!" 사람 좋은 신부는 그제야 양보하면서 의자에 다시 앉았다.

그러나 그는 잠시 동안 앉아 있다가 가 버렸다. 그가 자리를 뜨자마자 오메는 의사에게 말했다.

"어떻습니까, 이것이 바로 입씨름이라는 것입니다! 보시는 바와 같이 한 방 먹였지요, 멋지게!⋯⋯ 여하튼 내 말대로 부인을 모시고 연극 구경을 가 보세요. 일생에 한 번 저런 빌어먹을 까마귀들을 약올려 보기 위해서라도 말입니다! 만일 가게 일을 대신 봐 줄 사람만 있다면 나도 같이 가겠습니다. 빨리 가시는 게 좋아요. 라가르디가 출연하는 것은 이번 한 번뿐이에요. 엄청난 보수를 받고 영국으로 가기로 계약했대요. 확실한 소식통에 의하면 여간내기가 아니래요. 돈방석 위에서 구른다는군요! 어디에나 계집 셋하고 요리사를 달고 다녀요! 그런 대예술가들은 돈을 아끼지 않거든요. 그런 사람들한테는 상상력에 좀 자극이 되는 어떤 질탕한 생활이 필요한 거예요.

그러나 죽을 때는 자선병원에서 죽지요. 젊었을 때 저축을 해둘 생각을 못했기 때문입니다. 그럼 식사를 드셔야죠, 내일 또 뵙죠!"

극장에 간다는 생각은 보바리의 머릿속에서 급속히 싹을 틔웠다. 그는 곧 그 일을 아내에게 이야기했다. 그녀는 처음에 피곤하다느니 귀찮다느니 비용이 든다느니 하는 이유로 싫다고 했다. 그러나 보통때와는 달리 샤를도 물러서지 않았다. 그만큼 그는 기분 전환이 아내를 위해서 좋은 일이라고 생각했던 것이다. 조금도 걸릴 것이 없다고 여겨졌다. 어머니한테서 기대하지 않고 있던 삼백 프랑이 와 있었고 현재 지고 있는 빚도 전혀 대단한 것이 못 되고 뢰르에게 지불할 어음의 기한도 아직 여유가 많아 생각할 필요가 없었다. 게다가 그녀가 미안해서 사양하는 것이라고 상상한 샤를은 점점 더 완강하게 주장했다. 나중에는 그녀도 귀찮아져서 마침내 마음을 정했다. 그리하여 그들은 다음 날 여덟 시, 제비에 올라탔다.

약제사는 굳이 용빌에 붙잡혀 있어야 할 일이 없는데도 자기는 그곳에서 자리를 뜰 수 없는 몸이라고 여기고 있는지라 두 사람이 떠나는 것을 보자 한숨을 지었다.

"그럼 잘 다녀와요! 참 부럽습니다!"

그러고는 네 갈래의 자락장식이 달린 파란 비단옷을 입은 에마에게 말했다.

"마치 사랑의 여신처럼 아름다우시군요! 루앙에서 대단한 인기이겠습니다."

승합마차는 보부아진 광장의 적십자 여관 앞에 멎었다. 지방 도시의 변두리에서 곧잘 볼 수 있는 여관으로 커다란 마구간과 조그마한 객실들이 있고 안뜰 한가운데에서는 암탉들이 행상인들의 진흙투성이 이륜마차 밑에서 귀리를 쪼아먹고 있는 것이 보였다. 벌레 먹은 나무 발코니가 겨울 밤이면 바람에 삐걱거리는 낡아 빠진 이 집은 언제나 만원인 손님들과 소음과 음식으로 가득 차 있었고 그 시꺼먼 탁자들은 브랜디를 탄 글로리아 커피의 얼룩으로 끈적거렸으며 두꺼운 창 유리는 파리 똥으로 누렇게 찌들었고 축축한 냅킨에는 싸구려 포도주의 얼룩이 져 있었다. 마치 신사복을 차려입은 머슴처럼 여전히 촌티가 가시지 않은 이 여관에는 행길 쪽으로 난 카페가 하나 있고 뒤꼍의 들판 쪽은 채소밭으로 되어 있었다. 샤를은 곧 표를 사러 나갔다. 무대 옆좌석과 이 층석, 일 층 앞쪽 파르케 좌석과 칸막이 좌석을 구별할 줄 몰라 설명을 구했지만 그래도 이해할 수가 없어 매표구에서 지배인한테 갔다가 또 여관으로 되돌아왔다가 다시 극장 사무실로 가는 등 이렇게 몇 번이나 극장에서 대로까지 온 도시를 끝에서 끝까지 헤매고 다녔다.

부인은 모자와 장갑과 꽃다발을 샀다. 남편은 혹시 개막 시간에 늦지나 않을까 해서 너무나 걱정이 되었다. 그래서 수프도 채 마시지 못한 채 극장 앞으로 왔는데 아직 문이 굳게 닫혀 있었다.

## 15

모여든 군중은 난간과 난간 사이에 두 줄로 벽을 따라 늘어서 있었다. 가까운 거리 모퉁이마다 붙어 있는 커다란 포스터에는 "뤼시 드람메르무어[88] …… 라가르디…… 오페라……
등등"이 야단스러운 글씨체로 되풀이해 쓰여 있었다. 날씨가 좋았다. 더웠다. 곱슬머리 사이로 땀이 흘렀고 모두들 수건을 꺼내어 빨개진 이마를 훔치고 있었다. 때때로 강에서 불어오는 미지근한 바람에 술집들 입구에 늘어진 차일의 가장자리가 흔들거리고 있었다. 그러나 거기서 조금 내려간 곳에서는 비계, 가죽, 기름 따위의 냄새가 섞인 찬바람이 불어오고 있어서 시원했다. 그것은 샤레트가(街)에서 풍겨 나오는 바람으로 그 거리에는 크고 컴컴한 창고들이 늘어서 있는데 그 속에서 인부들이 술통들을 굴리고 있었다.

남의 눈에 우습게 보일까 봐 걱정되어 에마는 입장하기 전에 항구 쪽으로 한 바퀴 산책하고 싶다고 말했다. 그러자 보바리는 신중을 기하기 위해 바지 주머니 속에서 표를 움켜쥔 손을 배 위에 꼭 누르고 걸었다.

극장의 입구로 들어서자 그녀는 벌써 가슴이 두근거렸다. 자신은 일등석으로 통하는 층계를 올라가면서 오른쪽 다른 통로로 허둥지둥 몰려가는 무리를 건너다보는 그녀는 자기도

---

88) 도니제티(Donizetti, 1797~1848)가 1835년 나폴리에서 작곡한 오페라로, 파리에서는 1839년 발표되었다. 월터 스콧의 소설 『람메르무어의 신부』(1819)를 각색한, 17세기 말 스코틀랜드를 무대로 한 이야기다.

모르게 득의에 찬 미소를 지었다. 융단을 씌운 커다란 문들을 손가락으로 밀면서 그녀는 어린애 같은 기쁨을 맛보았다. 그녀는 복도의 먼지 낀 냄새를 가슴 가득히 들이마셨다. 그리고 자기의 칸막이 좌석에 앉자 공작 부인이라도 된 듯 의젓하게 몸을 뒤로 젖혔다.

장내가 점점 차기 시작했다. 어떤 사람들은 오페라글라스를 케이스에서 꺼내고 있었고 항상 오는 단골손님들은 멀리에서 아는 얼굴을 발견하고는 서로 인사를 주고받았다. 그러나 그 속에서도 사업을 잊어버리지 못하는지 무명이니 브랜디니 염료니 하는 얘기를 하고 있었다. 거기에는 노인들의 얼굴도 보였다. 무표정하고 안온한 얼굴들로 머리털과 안색이 모두 창백한 것이 납증기를 쐬어서 광택이 없어진 은메달과 흡사했다. 젊은 멋쟁이 청년들은 일 층 앞 파르게 좌석에서 장밋빛이나 연둣빛 넥타이를 맨 조끼의 열린 앞가슴을 보란 듯이 내민 채 활개치고 있었다. 보바리 부인은 노란 장갑을 팽팽하게 당겨 낀 손바닥으로 금손잡이가 달린 가느다란 단장을 짚고 있는 그들의 모습을 위에서 황홀한 듯이 내려다보고 있었다.

그러는 동안에 오케스트라의 촛불들이 켜지고 샹들리에가 천장으로부터 내려와서 유리의 단면들이 광채를 발하면서 갑자기 장내는 들뜨기 시작했다. 이윽고 악사들이 몇 사람씩 차례차례로 들어왔다. 우선 콘트라베이스가 요란하게 긴 신음 소리를 냈고 바이올린이 삐익삐익 긁어 대고 코넷이 나팔 소리를 내지르고 플루트와 플라졸렛이 삐삐거렸다. 그러다가 갑자기 무대 위에서 세 번 두드리는 소리가 났다. 구르는 듯한 팀파니 소리가 나기 시작했고 이윽고 관악기들이 조를 맞추더니 막이 오르면서 하나의 풍경이 나타났다.

숲속에 길이 네 갈래로 갈라지는 곳, 왼쪽의 떡갈나무 그늘 아래 샘이 하나 있었다. 농부들과 귀족들이 격자무늬 망토를 어깨에 걸치고 사냥의 노래를 합창했다. 이윽고 한 장교가 등장하여 하늘로 두 팔을 쳐들면서 악의 천사의 가호를 빌었다. 또 다른 장교가 나타났다. 두 사람이 퇴장하자 사냥꾼들이 또 노래를 부르기 시작했다.

그녀는 처녀 시절에 읽은 책의 세계 속으로, 월터 스콧의 세계 한복판으로 되돌아간 느낌이었다. 스코틀랜드의 뿔피리 소리가 안개를 뚫고 히스 위로 메아리치며 퍼져 나가는 것 같았다. 사실 소설의 기억 덕분에 각본을 이해하기가 쉬웠으므로 그녀는 줄거리를 한마디 한마디 따라갈 수 있었다. 한편 머릿속에 되살아나는 갖가지 어렴풋한 상념들은 음악의 폭풍에 휘말려 흩어져 버리곤 했다. 그녀는 흐르는 멜로디에 몸을 맡긴 채 마치 바이올린의 활이 자신의 신경줄을 쓰다듬으며 연주라도 하는 것처럼 그녀의 전 존재가 전율하는 것을 느꼈다. 눈이 자꾸만 이리저리로 쏠려서 그녀는 의상, 무대 장치, 인물, 배우가 걸을 때마다 흔들리는 색칠한 나무 그리고 우단 모자, 외투, 칼 등 모든 것이 마치 별세계의 분위기처럼 조화되어 움직이고 있는 그 상상의 산물을 제대로 다 볼 수가 없었다. 그때 한 젊은 여자가 나타나 초록빛 옷을 입은 시종에게 돈지갑을 던졌다. 그녀 혼자 남게 되자 플루트가 샘물의 속삭임이나 새의 지저귐처럼 가냘픈 소리를 냈다. 뤼시는 진실한 표정으로 G장조의 카바티나를 부르기 시작했다. 그녀는 사랑을 탄식하며 날개를 달라고 했다. 에마 역시 현실로부터 도망쳐서 누군가의 품에 안겨 날아가고 싶었다. 갑자기 에드가르의 역을 맡은 라가르디가 등장했다.

그는 프랑스 남부 사람 특유의 정열적인 모습에 대리석처럼 장중한 그 무엇이 가미되어 창백하게 빛나는 얼굴을 하고 있었다. 딱 벌어진 상체는 갈색의 짧은 조끼에 꽉 끼듯 감싸여 있고 조각을 한 단검이 그의 왼쪽 허벅다리를 톡톡 건드리곤 했다. 그는 하얀 이를 드러내면서 우울한 표정으로 눈길을 이리저리 던지고 있었다. 소문에 의하면, 그가 아직 보트 수선공으로 일하고 있던 시절 어느 날 밤, 폴란드의 어느 공작 부인이 비아리츠의 해안에서 그의 노랫소리를 듣고 홀딱 반해 버렸다고 한다. 그 여자는 이 남자 때문에 파산하고 말았다. 그는 그녀를 버리고 다른 여자에게 갔다. 이 유명한 연애 사건은 여전히 그의 예술적 명성에 도움이 되고 있었다. 처세술에 능한 이 엉터리 배우는 언제나 광고 속에 그의 육체적인 매력과 영혼의 섬세함에 관한 시적인 한 구절을 잊지 않고 끼워 넣었다. 아름다운 목소리와 당당한 태도, 지적인 총명함보다는 육체적 박력, 서정미보다 동작의 과장 따위가 이발사와 투우사를 섞어 놓은 듯한 이 기막힌 사기꾼 천성을 더욱 돋보이게 했다.

첫 장면부터 그는 관중들의 열광을 자아냈다. 그는 뤼시를 품에 안았다가 그녀의 곁을 떠나는가 하면 다시 돌아와서 절망한 표정이 되었다. 분노를 터뜨리는가 하면 다음에는 한없이 감미로운 비가로 목이 메었다. 그러면 흐느낌과 입맞춤이 가득한 곡조가 드러난 목에서 흘러나왔다. 에마는 좌석의 비로드를 손톱으로 긁으면서 그 남자를 보려고 몸을 앞으로 내밀었다. 소용돌이치는 태풍 속에서 난파선의 조난자들이 토하는 절규처럼 콘트라베이스의 반주에 맞추어 길게 꼬리를 끄는 그 탄식의 선율로 그녀의 마음은 가득히 메워지고 있었다. 하마터면 그녀의 목숨을 앗아 갈 뻔했던 그 모든 도취와 고뇌가 되살아나는 것을 느낄 수 있었다. 여자 가수의 목소리는 다름 아닌 그녀의 의식의 반향인 것만 같았고 그녀를 매혹하는 저 환상은 그녀 자신의 삶의 일부인 것 같았다. 그러나 이 지상에서는 어느 누구도 그녀를 이런 사랑으로 사랑해 준 적이 없었다. 마지막 그날 밤, 달빛 아래서 그들이 서로 "안녕히! 내일 만나!" 하는 말을 주고받을 때 그 사람은 에드가르처럼 울지 않았다. 장내는 브라보 소리로 떠나갈 듯했다. 스트레타[89]가 다시 한번 전부 되풀이되었다. 사랑하는 두 사람은 자기들의 무덤의 꽃과 맹세와 이별과 숙명과 희망을 이야기했다. 그리고 그들이 최후의 작별을 고하는 순간 에마는 날카로운 비명을 질렀지만 그것은 마지막 화음의 진동 속에 뒤섞여 버렸다.

"그런데 저 귀족은 왜 여자를 괴롭히는 거지?" 보바리가 물었다.

"그게 아녜요." 그녀가 대답했다. "그는 저 여자의 애인이에요."

"하지만 남자는 여자의 가족에게 꼭 복수를 하겠다고 하고,

---

89) 둔주곡의 화려한 종결부.

또 한 사람, 그러니까 아까 나왔던 그 사람은 '나는 뤼시를 사랑하고 뤼시도 나를 사랑하고 있는 것 같아.'라고 말하잖소. 게다가 그 남자는 여자의 아버지와 정답게 팔짱을 끼고 나갔지. 저 남자가 여자의 아버지 맞지, 안 그렇소? 모자에 수탉 깃털을 꽂고 있는 키 작고 못생긴 남자 말이오!"

에마가 설명해 주었는데도 샤를은 질베르가 주인인 아슈통에게 그의 흉악한 음모를 고백하는 레시터티브의 이중창이 시작되면서부터 뤼시를 속이는 가짜 약혼반지를 보고는 그것은 에드가르한테서 온 사랑의 기념품이라고 오해한 것이었다. 게다가 그는 줄거리를 이해할 수 없다고 털어놓았다. 음악 때문이었다. 음악이 가사를 듣는 데 큰 방해가 되었다.

"아무러면 어때요? 좀 잠자코 계세요." 에마가 말했다.

"하지만 나는." 샤를이 그녀의 어깨에 바싹 다가가며 대꾸했다. "분명히 알고 봐야 좋거든. 당신도 알잖아."

"쉿! 조용히 해요!" 그녀가 짜증난다는 듯이 말했다.

뤼시가 시녀들에게 반쯤 부축을 받으면서 걸어 나왔다. 머리에 오렌지 나뭇가지 관을 쓴 얼굴은 그녀가 입고 있는 드레스의 공단 옷감보다 더 창백했다. 에마는 자기의 결혼식 날을 꿈처럼 떠올렸다. 모두들 교회를 향해 걸어갈 때 저기 밀밭 사이의 오솔길을 지나가던 자신의 모습이 눈에 선했다. 나는 어째서 저 여자처럼 저항하거나 애원하지 않았던 것일까? 그러기는커녕 그녀는 자기가 어떤 심연 속으로 굴러떨어지고 있는지도 모르는 채 좋아만 하고 있었……. 아, 만약 그녀가 아직 싱싱한 아름다움을 고이 간직하고 있을 때, 결혼의 더러움도 간통의 환멸도 느끼기 전에, 누군가의 든든한 가슴에 생을 위탁할 수 있었더라면 얼마나 좋았을까! 그랬더라면 미덕과 애정이, 쾌락과 의무가 둘이 아닌 하나였을 테고 행복의 저 드높은 곳에서 밑으로 굴러떨어지는 일은 결코 없었으리라. 그러나 저런 행복은 틀림없이 모든 욕망을 비웃기 위해서 상상해 낸 거짓일 것이다. 이제 그녀는 예술이 과장하여 보여 주는 정열들의 보잘것없음을 알고 있었다. 그래서 에마는 생각을 딴 데로 돌리려고 애쓰면서 자신이 맛본 고통의 그 같은 재현이 한갓 눈에 즐거울 뿐인 조형적 환상이라 생각하려고 노력했고 심지어 마음속으로 경멸이 깃든 연민의 미소까지 짓고 있었다. 그런데 바로 그때 무대 안쪽에서 비로드의 장막을 제치며 검은 망토를 입은 한 남자가 나타났다.

그의 큰 스페인식 모자가 그의 몸짓 때문에 벗겨져 떨어졌다. 곧 악기와 가수들이 육중창을 부르기 시작했다. 불을 뿜을 듯이 성난 에드가르는 맑은 목소리로 다른 가수들을 압도했다. 아슈통은 낮은 음조로 그에게 살기 어린 도전장을 던졌고 뤼시는 날카로운 탄식의 소리를 지르고 아르튀르는 혼자 떨어져 중간음으로 노래하고 사제의 저음은 파이프오르간처럼 낮게 울리는데 여자들의 목소리가 그의 말을 되받아 감미롭게 합창으로 따라 한다. 모두가 한 줄로 늘어서서 몸짓을 해 댔다. 분노, 복수, 질투, 공포, 연민 그리고 경악이 반쯤 벌어진 그들의 입에서 한꺼번에 튀어나왔다. 모욕당한 연인은 칼을 뽑아 휘둘렀다. 가슴을 움직일 때마다 레이스 장식을 단 깃이 몇 번이나 움칫움칫 당겼다. 그는 복숭아뼈 근처가 볼록 튀어나온 부드러운 가죽장화의 도금한 박차로 무대 바닥을 쿵쿵 울리면서 좌우로 성큼성큼 걸어 다녔다. 그 많은 사람들에게 이만큼 풍부한 사랑의 마력을 발산하는 것을 보면 그의 속에는 마르지 않는 사랑의 샘이 있을 것이라고 그녀는 생각했다. 그 배역이 지닌 시적 매력에 휘말린 나머지 깎아내리고 싶던 마음은 모두 사라져 버리고 극중 인물에 대한 환상을 통해 그 남자 쪽으로 마음이 끌린 그녀는 그의 삶을, 저 떠들썩하고 예외적이며 찬란한 그의 삶을 마음속에 그려 보려고 애썼다. 만약 우연이 도와주었더라면 그녀 자신도 그런 삶을 살 수 있었을지도 모르는 일이었다. 그랬더라면 두 사람이 서로 알게 되었을 것이고 서로 사랑하게 되었을 것이다! 그녀는 그와 함께 유럽의 모든 왕국을 수도에서 수도로 여행하고, 그의 피로와 자랑을 나누어 가지고 그에게 던지는 꽃을 줍고 그녀 자신이 그의 의상에 수를 놓을 수 있었을 것이다. 그리고 매일 밤 칸막이 좌석 저 안쪽 깊숙한 곳, 금빛 창살이 달린 창문 뒤에서 오직 그녀 한 사람만을 위해서 노래하는 저 영혼의 분출을 황홀하게 받아들였으리라. 그는 무대에서 연기를 하면서 그녀를 바라보았으리라. 그러자 그녀는 문득 광기에 사로잡혔다. 그가 지금 그녀를 보고 있는 것이다. 틀림없다! 그녀는 뛰어나가서 그의 가슴에 몸을 던져 마치 사랑 그 자체의 화신인 것 같은 그의 힘 속으로 도망가고 싶었다. 그에게 이렇게 외치고 싶었다. "나를 데려가 줘요, 데려가 줘요. 자, 떠나요! 당신 것이에요, 당신 것이에요! 내 모든 정열도, 내 모든 꿈도!"

막이 내렸다.

가스 냄새가 사람들이 쉬는 숨결에 섞여 있었다. 부채질을 해 대는 바람에 공기가 한층 더 숨막힐 듯 무더웠다. 에마는 밖으로 나가고 싶었다. 복도는 사람들로 꽉 차 있었다. 그 때문에 그녀는 숨이 막힐 듯하고 가슴이 뛰어서 다시 의자에 주저앉았다. 샤를은 그녀가 기절하지나 않을까 걱정되어서 휴게실로 달려가서 편도즙을 한 잔 구해 왔다.

좌석으로 되돌아오는 것이 여간 어렵지 않았다. 두 손에 컵을 들고 있었기 때문에 발을 옮겨 놓을 때마다 팔꿈치가 사람들에게 부딪치곤 했다. 끝내 그는 소매가 짧은 옷을 입은 루앙의 어떤 부인의 어깨 위에 음료수를 사분의 삼 정도 엎지르고 말았다. 그녀는 찬 액체가 옆구리로 흘러 들어가자 마치 누가 때려죽이려고 하는 듯이 공작새 같은 외마디 소리를 내질렀다. 방직업자인 그녀의 남편은 이 서투른 사내에게 화를 내면서 그녀가 손수건으로 앵둣빛 호박단의 아름다운 나들이옷에 묻은 얼룩을 닦는 동안에 잔뜩 성이 난 어조로 변상이니 비용이니 손해 배상이니 하며 투덜거렸다. 샤를은 간신히 아내에게로 되돌아와서 숨을 헐떡거리면서 말했다.

"정말, 거기서, 죽는 줄 알았어! 사람들이 어찌나 많은지!…… 사람들이!……"

그리고 그가 덧붙였다.

"저 위에서 누굴 만났는지 알아? 레옹 씨야!"

"레옹?"

"그렇다니까! 당신한테 인사하러 올 거야."

그 말이 채 끝나기도 전에, 예전의 용빌의 서기가 좌석으로 들어왔다.

그는 신사가 다 된 듯 거침없이 손을 내밀었다. 그러자 보바리 부인도 자기보다 강한 어떤 의지의 인력에 끌리듯이 기계적으로 손을 내밀었다. 그녀는 푸른 잎새들 위로 비가 내리던 그 봄날 저녁, 두 사람이 창가에서 작별 인사를 한 이래 그런 인력을 한 번도 느껴 본 적이 없었다. 그러나 장소가 장소인지라 그녀는 곧 정신을 차려 추억에 젖어 있던 어리둥절함을 애써 털어 내면서 빠른 어조로 더듬거리면서 말했다.

"어머! 안녕하세요……. 하지만 어떻게! 당신이 여기에?"

"조용히 해요!" 아래층 좌석에서 누군가가 소리쳤다. 3막이 시작되고 있었던 것이다.

"그럼 지금 루앙에 계시나요?"

"네."

"언제부터요?"

"나가요! 나가!"

사람들이 그들 쪽을 돌아보았다. 두 사람은 입을 다물었다.

그러나 그 순간부터 그녀는 아무것도 듣고 있지 않았다. 초대받은 손님들의 합창도 아슈통과 하인들의 장면도 D장조의 유명한 이중창도 이미 그녀에게는 먼 나라의 이야기였다. 마치 악기 소리의 울림이 나빠지고 인물들도 멀리 떨어져 있는 것 같았다. 그녀는 약제사 집에서의 트럼프 놀이, 유모 집에 같이 걸어갔던 일, 덩굴시렁 밑에 앉아서 책을 읽던 일, 난롯가에 마주 앉아 있던 기억 등 조용하고 오랜, 그리고 조심스럽고 정다웠던 그 모든 가엾은 사랑, 그러면서도 그동안 잊고 있었던 그 사랑을 회상해 보았다. 그런데 그는 왜 다시 나타난 것일까? 어떤 인연의 조화가 그를 다시 그녀의 삶 속으로 끌어들인 것일까? 그는 그녀의 등 뒤에서 어깨를 칸막이 벽에 기내고 시 있었다. 그리고 이따금 그녀는 그의 코에서 새어 나오는 따뜻한 콧김이 그녀의 머리칼에 스며드는 것을 느끼면서 전율에 휩싸이곤 했다.

"어떠세요, 재미있으십니까?" 그가 말했다. 그녀에게 너무 가까이 몸을 굽혔기 때문에 콧수염 끝이 그녀의 볼을 살짝 스쳤다.

그녀가 나른하게 대답했다.

"아뇨! 정말이지! 별로 재미없어요."

그러자 그는 극장 밖으로 나가 어디 가서 아이스크림이나 먹자고 제의했다.

"아니! 아직 안 끝났는데! 여기 그냥 있죠!" 보바리가 말했다. "저 여자가 머리를 풀어헤쳤어요. 분명 비극적인 장면이 벌어질 것 같은데요."

그러나 광란의 장면도 에마에게는 전혀 흥미롭지 못했다. 여자 가수의 연기가 과장된 느낌이었다.

"저 여가수가 너무 큰 소리를 내고 있어요." 그녀가 열심히 귀를 기울이고 있는 샤를을 돌아보며 말했다.

"응…… 그리고 보니…… 조금." 자기는 재미있다고 솔직히 말해야 할지 아니면 언제나 그러듯 아내의 의견을 따라야 할지 알 수가 없어서 그는 애매하게 대답했다.

이윽고 레옹이 한숨을 쉬면서 말했다.

"이렇게 더워서야, 원!"

"참을 수가 없군요!…… 정말."

"거북하오?" 보바리가 물었다.

"네, 숨이 막혀요. 나가요."

레옹 씨는 정중하게 그녀의 어깨에 긴 레이스 숄을 걸쳐 주었다. 그리고 세 사람은 밖으로 나가서 앞이 툭 터진 선창가 어느 카페의 유리창 앞에 앉았다.

처음에는 그녀의 병이 화제가 되었다. 그러나 에마는 그런 이야기가 레옹 씨에겐 지루할 거라면서 몇 번인가 샤를의 말을 가로막곤 했다. 그러자 레옹은 일을 제대로 배우기 위해서 이 년 정도 탄탄한 법률 사무소에서 근무할 작정으로 루앙에 왔다고 그들 부부에게 설명했다. 노르망디에서는 일의 성질이 파리에서 취급하는 것과 다르기 때문이라고 했다. 그러고 나서 그는 베르트의 안부며 오메 씨 집안 사람들, 르프랑수아 아주머니 등에 관해서 물었다. 그리고 두 사람은 남편이 있는 앞에서는 더 이상 할 이야기가 없었기 때문에 곧 대화가 끊겨 버렸다.

극장에서 나온 사람들이 오, 아름다운 천사, 나의 뤼시여! 하고 콧노래를 부르거나 목청껏 소리 지르면서 행길을 지나갔다. 레옹은 애호가[90]나 된다는 듯이 음악 얘기를 시작했다.

---

90) dilettante. "오페라좌의 정기권을 소지한 대단히 부유한 사람"이라고 플로베르는 그의 『사회적 통념 사전』에 적고 있다.

그는 탐부리니, 루비니, 페르시아니, 그리지를 다 보았는데 아무리 라가르디가 대단한 인기라지만 그들에 비하면 대수롭지 않다는 것이었다.

"하지만." 샤를이 럼주를 곁들인 샤베트를 조금씩 입에 넣으면서 가로막았다. "마지막 막에서는 아주 좋았다는 평이던걸. 끝을 다 못 보고 나온 게 아무래도 유감이에요. 재미있어지기 시작했는데."

"여하튼." 서기가 말했다. "그 사람은 곧 한 번 더 공연을 하니까요."

그러나 샤를은 자기들은 내일이면 돌아간다고 대답했다.

"하기야." 그가 아내 쪽을 돌아보면서 덧붙였다. "당신이 혼자서 남겠다면 모르겠지만. 당신 생각은 어떻소?"

그리하여 뜻하지 않게 소망을 이룰 수 있는 기회가 주어지자 청년은 작전을 바꾸어, 마지막 대목에서의 라가르디를 추켜올리기 시작했다. 그야말로 기막힌, 숭고한 그 무엇이라는 것이었다! 그러자 샤를이 덩달아 권했다.

"일요일에 돌아오면 돼요. 자아, 그렇게 해요! 그럴 거 없다니까, 그러는 게 조금이라도 당신 건강을 위해서 좋다고 느낀다면 말이야."

그러는 동안에 주변의 탁자들에 있던 사람들이 차츰 자리를 비웠다. 보이가 조심스럽게 그들 앞에 와 섰다. 샤를이 눈치채고 지갑을 꺼냈다. 서기는 그 팔을 잡고 만류하며 계산을 끝냈을 뿐만 아니라 은화 두 닢을 대리석 탁자 위에 소리 나게 던져 놓는 것도 잊지 않았다.

"이거 난처하게 됐군요, 정말." 보바리가 중얼거렸다. "당신이 계산을……."

상대방은 친한 사이에 이 정도는 아무것도 아니라는 몸짓을 해 보였다. 그리고 모자를 집으면서 말했다.

"그럼 약속하신 겁니다, 내일 여섯 시에?"

샤를은 다시 한번, 자기는 더 이상 집을 비울 수 없어서 불가능하다고 했다. 그렇지만 에마야 아무런 지장도…….

"하지만……전." 그녀가 어색한 미소를 지으며 말을 더듬거렸다. "어떻게 하면 좋을까 모르겠어요……."

"아니! 잘 생각해 보라고. 두고 봅시다, 오늘 밤이 지나면 생각이 달라질 테니……."

그러고는 따라오는 레옹에게 말했다.

"이젠 우리 지방으로 돌아오셨으니까 가끔 식사라도 같이 하게 놀러 오곤 하세요."

서기는 사실 사무소 일로 용빌에 갈 필요가 없지 않으니 반드시 찾아뵙겠노라고 약속했다. 그러고는 일행은 생테르블랑 골목 앞에서 헤어졌다. 때마침 대성당에서 열한 시 반을 알리는 종이 울렸다.

3부

# 1

레옹 씨는 법률 공부를 하는 한편 댄스홀 쇼미에르에도 꽤 자주 드나들면서 아가씨들로부터 점잖다는 평판을 받으며 아주 대단한 인기까지 얻었다. 그는 학생들 중에서 가장 단정한 편이었다. 머리는 너무 길지도 짧지도 않았고 월초의 하루 동안에 석 달 치의 학비를 다 써 버리는 축도 아니었고 선생들과도 사이가 좋았다. 소심한 데다가 조심성이 많아서 도가 지나치는 짓은 늘 삼가는 편이었다.

방에 들어앉아서 책을 읽는 때나 저녁나절 뤽상부르 공원에 나가 보리수 아래 앉아 있을 때면 곧잘 손에 들고 있던 법전이 스르르 빠져나가 떨어지게 되고 그럴 때면 에마의 추억이 되살아나곤 하는 것이었다. 그러나 조금씩 그런 감정도 엷어져 가고 그 위에 다른 여러 가지 욕망들이 쌓여 갔다. 그럼

에도 역시 그 사이를 꿰뚫고 그 추억은 끈질기게 남아 있었다. 레옹이 희망을 아주 다 버린 것은 아니기 때문이었다. 그의 마음속에는 그 무슨 환상적인 나뭇잎새들 속에 달려 있는 황금과일인 양 어떤 불확실한 약속이 미래 속에 떠서 흔들리고 있었던 것이다.

그러다가 삼 년 만에 다시 만나자 그의 정열은 다시 눈을 떴다. 그는 이번에야말로 그녀를 자기 것으로 만들어야겠다고 굳게 다짐했다. 게다가 그의 내성적인 기질도 장난기 많은 친구들과의 접촉을 통해서 많이 닳았다. 시골로 돌아온 그는 파리 대로의 아스팔트를 에나멜 구두로 밟아 보지 못한 자들을 모두 우습게 여기고 있었다. 훈장을 차고 마차를 타고 다니는 명사의 객실에서 레이스로 장식한 파리 여자 앞에 나섰더라면 아마도 그 보잘것없는 서기는 어린아이처럼 쩔쩔맸을 것이다. 그러나 이곳 루앙의 항구에서 이런 미미한 의사의 부인을 상대하고 있는 그로서는 미리부터 상대를 현혹할 자신이 있었으므로 마음이 편안했다. 자신만만하고 그렇지 못하고는 스스로가 처한 환경 나름인 것이다. 중이층(中二層)에 사느냐 오 층에 사느냐에 따라서 얘기하는 방식이 다른 법이다. 그래서 부유한 여자는 코르셋 안감 속에 자기가 가진 모든 돈다발을 갑옷처럼 온몸에 친친 감고서 자신의 정조를 지키는 것같이 보이는 것이다.

전날 저녁 레옹은 보바리 씨 부부와 헤어지고 나서 먼 발치에서 두 사람의 뒤를 밟아 갔더랬다. 그리고 그들이 적십자 여관 앞에서 발걸음을 멈추는 것을 확인하자 발길을 돌려 밤새도록 계획을 짰다.

그래서 다음 날 다섯 시경 그는 목이 잠기고 얼굴이 창백해진 채 무슨 일이 있어도 해내야겠다고 결심한 겁쟁이 특유의 표정을 하고 여관의 식당으로 들어갔다.

"주인께선 지금 안 계시는데요." 어떤 하인이 대답했다.

이것이 그에게는 좋은 징조로 보였다. 그는 층계를 올라갔다.

그녀는 그가 온 것을 보고도 별로 당황해하는 것 같지 않았다. 그뿐만 아니라 자기들이 머무르고 있는 곳을 미처 알려 주지 못한 것을 사과했다.

"아, 미리부터 짐작했는걸요!" 레옹이 대답했다.

"어떻게요?"

그는 본능적으로 그녀가 있는 쪽으로 이끌려 왔노라고 적당히 말했다. 그녀가 미소를 띠자 레옹은 자신이 한 바보 같은 말을 만회하기 위해 오전 동안 줄곧 시내의 호텔들을 모조리 다 뒤지고 다녔다고 설명했다.

"그럼 부인께선 남아 계시기로 작정하신 거군요?" 그가 덧붙였다.

"네." 그녀가 말했다. "하지만 잘한 일 같지 않네요. 무리한 행락에 버릇이 들면 곤란하니까요. 여러 가지로 할 일이 태산 같은데……."

"하지만 제가 생각하기론……."

"아니에요! 당신은 여자가 아니라서 그러시죠."

그러나 남자들에게도 그들 나름으로 마음의 괴로움이 있는 것이었다. 이리하여 두 사람의 대화는 몇 가지 철학적인 고찰로 시작되었다. 에마는 이 지상에서 사랑의 비참함과 인간의 마음이 갇혀 있는 영원한 고독에 관해 한바탕 이야기를 늘어놓았다.

청년도 돋보이고 싶었는지 아니면 상대방의 우울에 자극을 받아 아무 생각 없이 흉내를 낸 것인지, 자기도 파리에 가서 공부하는 동안 줄곧 너무나도 우울해서 견딜 수가 없었노라고 털어놓았다. 소송 절차에 관한 공부에 짜증이 났고 다른 직업이 더 멋있는 것 같아 보였으며 그의 모친은 편지할 때마다 잔소리뿐이었다. 이런 식으로 두 사람은 자기들이 겪었던 괴로움의 동기들을 점점 더 자세히 털어놓았던 것이다. 이야기가 진행되어 감에 따라 각자는 점차로 깊이 들어가는 속내 이야기에서 흥분을 느끼게 되었다. 그러나 그들은 때때로 자기의 마음속에 있는 생각을 남김없이 다 말하지는 못한 채 말을 멈추었고 그럴 때면 그 생각을 얼마만큼이라도 나타낼 수 있는 표현을 찾아보려고 애썼다. 그녀는 자신이 다른 남자에게 품었던 정열은 고백하지 않았고 그 또한 그녀를 잊고 있었다는 말은 하지 않았다.

어쩌면 레옹은 가장 무도회가 끝난 뒤 노동자로 가장한 아가씨들을 데리고 야식을 하러 갔던 일을 이미 잊어버렸는지도 모르고 또 그녀도 아마 애인의 집을 향해 이른 아침의 풀숲 길을 달려가던 옛날의 밀회는 모두 잊어버렸는지도 몰랐다. 거리의 소음은 두 사람의 귀에까지는 거의 들려오지 않았다. 두 사람의 고독을 한층 더 오붓하게 만들려고 일부러 꾸민 것처럼 방은 작았다. 에마는 능직 실내복을 입은 채 낡은 안락의자의 등에 쪽 찐 머리를 기대고 있었다. 노란 벽지가 그녀의 등 뒤에서 금빛 배경을 이루고 있었다. 모자를 쓰지 않은 머리가 한가운데에 난 하얀 가르마와 함께 거울 속에 비쳐 보였고 귓불 끝이 머리칼 밑으로 엿보였다.

"아이, 미안해요." 그녀가 말했다. "제가 실례를 했어요! 한없는 신세타령만 늘어놓았으니 따분하시죠!"

"아니요, 천만에요! 절대 아닙니다!"

"당신은 모르세요." 그녀가 눈물을 한 방울 담은 아름다운 눈으로 천장을 바라보면서 계속했다. "내가 좇고 있었던 그 모든 꿈들을 당신은 모르세요!"

"아니, 저도! 아, 무척 고민했습니다! 몇 번이나 집을 나서서 정처도 없이 걸었고 강가를 따라 헤맸습니다. 떠들썩한 군중 속에서 마음을 달래려고 하면서도 늘 따라다니는 생각을 떨쳐 버리지 못했습니다. 큰길가의 판화 상점에 시의 여신을 그린 이탈리아 판화가 있더군요. 길게 늘어진 의상을 입고 풀어헤친 머리에 물망초꽃을 꽂은 채 달을 쳐다보고 있었지요. 알 수 없는 그 무엇인가가 나를 자꾸만 그곳으로 내몰았습니다. 몇 시간이나 그 앞에서 가만히 서 있곤 했습니다."

그러고는 떨리는 목소리로 말했다.

"그 여신은 당신을 좀 닮았던 것입니다."

보바리 부인은 억누를 수 없는 미소가 자신의 입가에 떠오르는 것을 그에게 보이지 않으려고 얼굴을 돌렸다.

"몇 번이나 당신에게 편지를 썼다가는 찢어 버리곤 했습니다." 그가 또 말했다.

그녀는 아무런 대꾸도 하지 않았다. 그가 계속했다.

"때로는 우연한 기회에 당신을 만나게 될지도 모른다는 상상을 하기도 했습니다. 길모퉁이에서 당신을 본 것 같기도 했지요. 그래서 역마차의 창문에 당신 것과 비슷한 숄이나 베일이 펄럭이는 것을 보면 그런 마차는 모조리 뒤쫓아 가곤 했습니다."

그녀는 그의 말을 가로막지 않고 그냥 이야기하도록 내버려 두려고 작정한 것 같았다. 팔짱을 끼고 얼굴을 숙인 채 그녀는 실내화의 작은 꽃무늬를 물끄러미 바라보면서 이따금 그 비단천 속에서 발가락을 까닥까닥 움직거리고 있었다.

그러면서도 그녀는 한숨을 쉬었다.

"제일 딱한 것은 나처럼 쓸모없는 삶을 마지못해 살아가는 것이 아닐까요? 차라리 우리의 고통이 누군가에게 도움이라도 된다면 희생한다 여기고 위안을 찾을 수 있겠지만!"

그는 미덕이니 의무니 남몰래 하는 희생이니 하는 것을 찬양하기 시작했다. 그 자신도 감당할 수 없는 헌신의 욕구를 느끼고 있지만 그것을 어떻게 만족시켜야 할지 알 수가 없다는 것이었다.

"저는 자선 병원의 수녀가 되었으면 좋겠어요." 그녀가 말했다.

"애석하게도." 그가 받아 말했다. "남자들에겐 그런 성스러운 일거리가 없습니다. 어디에도 그런 직업은 찾아볼 수가 없거든요……. 의사라도 되면 모를까……."

에마는 가볍게 어깨를 으쓱하며 그의 말을 가로막고는 자기의 병에 관해서 하소연하기 시작했다. 죽음 일보 직전까지 갔더랬는데 정말 아까운 일이었다! 그때 죽었더라면 지금은 이미 괴로워하지 않아도 되었을 것을! 레옹은 곧 무덤 속의 정적이 부럽다고 했다. 그래서 심지어 어느 날 밤에는 에마가 선물로 준 비로드 띠를 두른 그 아름다운 무릎 덮개로 자신의 유해를 덮어서 묻어 달라는 유언장을 써 놓은 일까지 있었다고 했다. 그들은 둘 다 자기들의 과거가 이랬으면 하고 바라는 것이었다. 각자가 하나의 이상을 만들어 가지고 이미 지나간 과거의 생활을 거기에 맞추고 있었다. 게다가 말이란 언제나 감정을 길게 늘이는 압연기 같은 것이다.

그러나 이 무릎 덮개 운운하는 지어낸 말에 대해서는

"왜 그랬어요?" 하고 그녀가 물었다.

"왜 그랬냐고요?"

그는 망설였다.

"당신을 좋아했으니까요!"

그러고는 어려운 질문을 용케 받아넘긴 것을 신통해하며 레옹은 흘낏 곁눈으로 그녀의 얼굴빛을 살폈다.

그것은 마치 한 차례 바람이 구름을 걷어 간 하늘과도 같았다. 무겁게 드리웠던 슬픈 생각들이 그녀의 푸른 두 눈에서 말끔히 사라져 가는 것 같았다. 온 얼굴이 환하게 빛났다.

그는 기다렸다. 마침내 그녀가 대답했다.

"전부터 늘 그러지 않았나 하고 짐작은 했어요."

그래서 두 사람은 서로 멀리 지나가 버린 시절의 자잘한 일들을 서로 이야기했다. 이제 막 그들은 그때의 기쁨과 슬픔을 단 한마디 말로 요약한 것이었다. 레옹은 크레마티스 넝쿨을 올린 시렁이며 그녀가 입고 있던 옷들이며 그녀의 방 안의 가구 등 그녀의 집에 대한 모든 것을 회상했다.

"그리고 그 예쁜 선인장은 어떻게 되었지요?"

"겨울 추위에 얼어 죽었어요."

"아아! 그 선인장 생각을 얼마나 했는지 당신은 모를 겁니다. 여름날 아침 덧문 문살 위에 해가 비칠 때…… 그 옛날 그 대로의 모습이 눈앞에 떠오르곤 했습니다……. 그리고 그 꽃들 사이로 당신의 맨팔이 쑥 나오는 것이 보이고요."

"어머, 정말!" 그녀가 그에게 손을 내밀면서 말했다.

레옹은 재빠르게 거기에 입술을 갖다 댔다. 그리고 크게 한숨을 쉬고는 말했다.

"그때 저에게 당신은 제 삶을 사로잡는 그 무슨 알 수 없는 힘이었습니다. 가령 언젠가 제가 댁에 찾아갔을 때……. 하지만 당신은 기억도 못 하실 겁니다."

"아니에요, 계속해 보세요." 그녀가 말했다.

"그때 마침 당신은 아래층 현관에서 외출할 채비를 하고서 층계 맨 아래 계단에 서 계셨지요. 파란색 작은 꽃들이 달린 모자까지 쓰고 계셨죠. 그런데 당신이 청한 것도 아닌데 나는 나도 모르게 당신을 따라나섰습니다. 그러면서도 순간순간 점점 더 내가 바보짓을 하고 있다는 생각이 들었지만 계속 당신 곁을 따라 걸었습니다. 내놓고 당신을 따라가지도 못하면서 헤어지기는 싫었거든요. 당신이 어떤 가게에 들어가면 나는 한길에 서서 유리창 너머로 당신이 장갑을 벗고 카운터에서 셈을 하고 계시는 것을 바라보고 있었습니다. 그러고 나서 당신은 뒤바슈 부인 댁의 초인종을 눌렀죠. 문이 열리고 당신이 들어가 버리자 나는 닫혀 버린 육중한 큰 문앞에서 바보처럼 서 있었습니다."

보바리 부인은 그의 말을 들으면서 자기가 그렇게 나이를 먹은 데에 놀랐다. 되살아나는 그런 모든 일들로 인해 그녀의 삶이 광대하게 확장되는 것 같았다. 그녀는 마치 끝 간 데 없는 감정의 광야를 되돌아보는 느낌이었다. 그래서 그녀는 가끔 눈을 반쯤 감은 채 나지막한 목소리로 말하곤 했다.

"네, 정말 그래요!…… 정말!…… 정말 그래요."

보부아진 거리의 수많은 큰 시계들이 여덟 시를 치는 소리가 들렸다. 그 근처에는 학교 기숙사, 교회, 사람이 살지 않는 대저택들이 가득 들어차 있었다. 그들은 더 이상 말이 없었다. 그러나 그들은 말없이 서로를 바라보면서 머릿속에서 무엇인가 술렁이는 것은 느끼고 있었다. 마치 미동도 하지 않는 두 사람의 눈동자에서 낭랑한 소리가 나는 그 무엇이 새어 나오고 있는 것만 같았다. 두 사람은 손을 마주 잡았다. 그러자 과거와 미래와 추억과 꿈, 그 모든 것이 감미로운 도취 속에서 용해되었다. 밤의 어둠이 짙어 가고 있는 벽에는 넬 탑[91]의 네 가지 장면을 그린 조야한 색채의 판화 넉 장이 그 밑에 찍힌

91) *La Tour de Nesle.* 알렉상드르 뒤마(페르)의 유명한 산문 사극으로 1832년 5월 29일 포르트생마르탱 극장에서 초연되었다. 파리 북부의 소읍 넬의 탑을 무대로 루이 10세의 왕비와 뷔리당의 사랑과 살인 사건을 주제로 한 이야기이다.

스페인어와 프랑스어의 설명과 더불어 반쯤 어둠에 지워진 채 빛나고 있었다. 아래위로 여닫는 창문 저 너머에는 뾰족뾰족한 지붕들 사이로 검은 밤하늘 한 조각이 보였다.

그녀는 일어나서 장롱 위에 있는 두 자루의 양초에 불을 켰다. 그러고는 다시 자리에 돌아와 앉았다.

"그래서요……." 레옹이 말했다.

"그래서요?" 그녀도 대꾸했다.

그가 끊어진 대화를 어떻게 이어 갈까 하고 궁리하고 있는데 그녀가 말했다.

"어째서 지금까지 아무도 그런 심정을 나한테 털어놓아 준 사람이 없었을까요?"

그러자 레옹은 이상적인 천성은 원래 이해하기 어려운 법이라고 힘주어 말했다. 그런데 자기는 그녀를 첫눈에 사랑하게 되었다는 것이었다. 그리고 만일 두 사람이 운 좋게 좀 더 일찍 만나서 절대로 헤어질 수 없는 인연으로 맺어졌더라면 얼마나 행복했을까 하는 생각에 가슴이 찢어질 것 같다고 했다.

"저도 가끔 그런 생각을 했어요." 그녀가 대답했다.

"이 무슨 꿈입니까!" 레옹이 속삭였다.

그러고는 그녀의 길고 하얀 허리띠의 푸른색 가두리 단을 살살 건드리면서 그가 덧붙였다.

"그러니 지금부터라도 다시 시작하면 되잖아요?"

"아, 안 돼요, 레옹 씨!" 그녀가 대답했다. "난 벌써 나이를 너무 먹었어요……. 당신은 너무 젊고요……. 잊어 주세요! 다른 여자들에게 사랑받을 텐데요……. 당신도 그분들을 사랑하게 될 거고요."

"당신만은 못하지요!" 그가 큰 소리로 말했다.

"어린애같이! 자아, 얌전히 행동해야죠. 부탁이에요!"

그녀는 그에게 두 사람의 사랑이 불가능하다는 것을 설명하고 다시 옛날처럼 남매와 같은 단순한 우정 관계로 지내지 않으면 안 된다고 말했다.

과연 그녀는 진심으로 그렇게 말하고 있는 것일까? 물론 그것은 에마 자신도 전혀 알 수 없는 일이었다. 달콤한 유혹에 이끌리면서도 또한 그 유혹을 물리쳐야 한다는 생각에 온통 정신을 빼앗기고 있기 때문이었다. 감동받은 눈길로 젊은이를 건너다보면서 그녀는 떨리는 손으로 주저주저 내미는 애무의 손길을 부드럽게 물리쳤다.

"아, 용서하십시오." 그가 뒤로 물러나면서 말했다.

그러자 에마는 막연한 두려움에 사로잡혔다. 이런 소극적인 태도가 그녀에게는 두 팔을 벌리고 돌진해 오는 로돌프의 대담성보다도 더 위험한 것이었다. 일찍이 어떤 남자도 이토록 아름답게 보인 적이 없었다. 그의 태도에는 그윽한 순진함의 매력이 흐르고 있었다. 그는 둥글게 말린 길고 가는 속눈썹을 내리깔고 있었다. 피부에 윤기가 도는 그의 볼은 (그녀의 생각으로는) 그녀에 대한 욕정으로 빨갛게 물들어 있었다. 그러자 에마는 그 뺨에 입을 맞춰 주고 싶은 억누를 수 없는 충동을 느꼈다. 그래서 시간을 보는 척 시계를 들여다보면서

"어머, 벌써 시간이 이렇게 늦어졌네!" 하고 그녀는 말했다. "무슨 얘기를 이렇게 길게 했을까요!"

그는 그 말뜻을 알아차리고 모자를 찾았다.

"이야기에 정신이 팔려서 연극 구경 가는 것도 잊고 있었네요! 가엾은 주인 양반이 일부러 날 남게 해 줬는데! 그낭퐁가(街)에 사는 로르모 씨가 부인과 함께 절 데리고 가 주기로 했어요!"

그렇다면 기회는 놓친 것이 되고 말았다. 다음 날 돌아가지 않으면 안 되니까.

"정말입니까?" 레옹이 말했다.

"네."

"하지만 꼭 다시 한번 뵈어야 해요, 드릴 말씀이 있어서……."

"무슨 얘긴데요?"

"저…… 중대하고, 진지한 일입니다. 아! 아니죠, 사실 당신이 돌아가시면 안 되죠. 그럴 리가 없지요! 만일 제 맘을 아신다면…… 제 말을 좀 들어 주세요……. 그럼 제가 드린 말씀을 이해 못 하신 건가요? 짐작 못 하셨어요?……"

"하지만 말씀 잘하시던데요." 에마가 말했다.

"아, 놀리지 마세요! 그만하세요, 이제 그만! 제발 부탁이에요, 다시 한번만 만나 주세요. ……한 번만 ……꼭 한 번만."

"그럼……."

그녀는 말을 멈추었다. 그러고는 생각을 고친 듯이 말했다.

"하지만 여긴 안 돼요!"

"어디라도 좋습니다."

"그러면……."

그녀는 생각에 잠긴 듯하더니 이윽고 쌀쌀한 어조로 말했다.

"내일 열한 시 대성당에서."

"꼭 가겠습니다!" 그가 그녀의 두 손을 잡고 외쳤다. 그녀는 손을 뺐다.

이렇게 그는 그녀의 뒤에, 에마는 머리를 숙이고 두 사람 모두 선 채로 레옹이 상대의 목을 향해 몸을 굽혀 오랫동안 목덜미에 입을 맞췄다.

"아니, 정신 나갔어요! 어쩌면! 당신 정신 나갔어요!" 그녀가 나직하게 킥킥대며 말했다. 그동안에 키스는 몇 번이나 되풀이됐다.

그러자 레옹은 에마의 어깨 너머로 얼굴을 내밀며 그녀의 눈 속에서 승낙의 뜻을 구하는 것 같았다. 그녀의 눈길은 싸늘한 위엄을 띠고 그에게로 떨어져 왔다.

레옹은 밖으로 나가려고 서너 발자국 뒷걸음질했다. 그는 문턱에서 발걸음을 멈췄다. 이윽고 떨리는 소리로 속삭였다.

"그럼, 내일."

그녀는 머리를 끄덕여 거기에 대답하고 새처럼 옆방으로 사라졌다.

에마는 그날 밤 서기에게 긴 편지를 써서 밀회의 약속을 취소했다. 이제 이미 모든 것이 끝났다, 그러니 두 사람은 서로의 행복을 위해 다시 만나서는 안 될 것이라고 했다. 그러나 편지를 봉해 놓고 나자 레옹의 주소를 알 수가 없어서 몹시 난처해졌다.

"내가 직접 그 사람에게 건네주어야겠어. 틀림없이 올 테니까." 그녀는 생각했다.

레옹은 다음 날 창문을 열어젖힌 채 발코니에서 콧노래를 부르며 제 손으로 무도화를 몇 번이나 거듭 칠을 해서 닦았다. 그리고 흰 바지에 세련된 양말을 신고 초록빛 옷을 입은 다음 손수건에 향수를 있는 대로 담뿍 뿌리고 나서는 보다 자연스러운 우아함이 느껴지도록 머리를 지졌다가 다시 폈다.

"아직은 너무 일러!" 그는 이발소의 뻐꾸기시계가 아홉 시를 가리키고 있는 것을 바라보면서 생각했다.

낡은 유행 잡지를 읽다가 밖으로 나와 시가를 한 대 피우고 거리를 세 구역이나 올라간 다음 이제는 시간이 되었으리라고 생각하며 노트르담 성당 앞 광장을 향해 빠른 걸음으로 걸어갔다.

맑게 갠 여름날 아침이었다. 귀금속상에는 은그릇들이 빛나고 있었다. 대성당에 빗겨 내리쪼이는 햇빛이 회색 돌 모서리들에 반사되어 번쩍거렸다. 푸른 하늘에는 새 떼가 클로버 모양의 창이 달린 조그만 종루들 주위에서 날고 있었다. 시끌벅적한 광장의 포석가에 늘어놓은 꽃들이 향기를 뿜고 있었다. 장미, 재스민, 카네이션, 수선화 같은 꽃들 사이사이에는 불규칙한 간격으로 고양이풀과 별꽃 같은 젖은 잎사귀들이 배치되어 있었다. 광장 한가운데에는 분수가 소리를 내며 뿜어 나오고 있었다. 커다란 파라솔들 밑에서는 피라미드 모양으로 잔뜩 쌓아 놓은 멜론 더미 사이에서 여자 상인들이 모자도 쓰지 않은 채 제비꽃 묶음을 종이에 싸고 있었다.

청년은 그것을 한 다발 샀다. 여자를 위해서 꽃을 사는 것은 이번이 처음이었다. 그 꽃 냄새를 맡자 그의 가슴은 마치 상대방에게 바치는 경의가 자기에게 반사된 양 자부심으로 부풀었다.

그러나 남의 눈에 띨까 봐 두려웠다. 그는 마음을 단단히 먹고 성당 안으로 들어섰다.

그때 마침 성당지기가 왼쪽 대문 한가운데 춤추는 마리안[92] 바로 밑 문턱에 서 있었다. 모자에 깃털을 꽂고 발목까지 내려오는 긴 칼을 차고 단장을 짚은 그 모습은 추기경보다 더 위엄 있어 보였고 성체 그릇처럼 빛나고 있었다.

그는 레옹에게 다가와서는 성직자가 어린아이들에게 뭘 물어볼 때처럼 비위를 맞추는 미소를 띠면서 말했다.

"선생께선 보아하니 이 고장 분이 아니신 것 같군요? 성당의 구경거리들을 좀 돌아보실까요?"

"아니, 괜찮습니다." 상대가 대답했다.

그리고 그는 우선 회랑을 한 바퀴 돌았다. 그러고는 나와서 광장 쪽을 둘러보았다. 에마는 오지 않았다. 그는 성가대석까지 다시 올라갔다.

성당의 중앙 홀이 아치형 기둥 끝과 그림 색유리의 일부분과 더불어 물이 가득 담긴 성수반에 반사되고 있었다. 그러나 색유리 그림의 반사는 대리석 모서리 부분에서 부서져 가지고 저쪽 바닥돌 위로 현란한 색채의 카펫처럼 이어지고 있었

---

92) 루앙의 노트르담 대성당 북쪽 출입문 합각머리에는 세례 요한의 일생을 조각해 놓았는데 그 일화들 중 '에로디아드의 춤'이라는 장면이 있다. 헤롯왕이 벌인 연회에서 살로메가 춤을 추는 장면으로, 세인들은 그 살로메를 '춤추는 마리안'이라고 부른다.

다. 바깥의 밝은 햇빛이 열어젖힌 세 개의 대문을 통해 세 줄기의 거대한 광선으로 성당 안에 길게 뻗쳐 들어오고 있었다. 때때로 저 안쪽에서 성당지기가 지나가며 신자들이 바쁠 때 그러듯이 제단 앞에서 비스듬히 무릎을 꿇고 가볍게 절을 했다. 크리스털 샹들리에가 그림처럼 가만히 드리워 있었다. 성가대석에는 은제 램프가 타고 있었다. 측면의 예배당들과 성당 안의 컴컴한 곳에서는 때때로 한숨 쉬는 소리 같은 것이 흘러나왔고 그 소리에 섞여 철창문 닫히는 소리가 높은 궁륭 밑으로 메아리쳤다.

레옹은 차분한 걸음걸이로 벽을 따라 걸어갔다. 인생이 이처럼 흐뭇하게 느껴지는 때는 한 번도 없었다. 이제 잠시 후면 그녀가 온다. 참한 모습으로 가슴 두근거리며, 혹시나 뒤에서 쳐다보는 눈이 없는지 살피면서, 자락 장식이 달린 옷, 금테 코안경, 날씬한 구두 등 그가 지금껏 음미해 본 일이 없는 온갖 우아함과 정조가 허물어지려 할 때의 그 말로 다 할 수 없는 매혹에 감싸인 채. 성당은 거대한 규방 같은 분위기로 그녀를 중심으로 삼아 배치되어 있었다. 천장의 궁륭들은 어둠 속에서 그녀의 사랑의 고백을 받아들이기 위해 몸을 굽히고 그림 색유리는 그녀의 얼굴을 물들이기 위해 빛을 더하고 향로는 그녀가 향의 내음 속에서 천사처럼 나타나도록 하기 위해 타오르리라.

그러나 그녀는 좀처럼 오지 않았다. 그는 의자에 앉았다. 그러자 뱃사공이 바구니를 나르는 모습을 그린 푸른 그림 유리가 눈에 들어왔다. 그는 그것을 오랫동안 주의 깊게 바라보며 고기비늘이나 조끼의 단춧구멍 수를 세어 보았다. 그러는 동안에도 그의 마음은 에마를 찾아 방황하고 있었다.

조금 떨어진 곳에 서 있는 성당지기는 성당을 혼자서 제멋대로 구경하려고 드는 이 작자에 대해 은근히 화가 나 있었다. 그가 볼 때 그것은 무식한 소행이며 어느 면으로는 그에게서 도둑질을 해 가는 짓이며 거의 신성 모독적 행동이라고 할 수 있는 것이었다.

그러나 바닥돌 위에 비단옷이 스치는 소리가 나면서 모자 테가 보이고 까만 케이프가…… 그녀였다! 레옹은 벌떡 일어나 그녀를 향해 달려갔다.

에마는 창백했다. 급한 걸음으로 걸어오고 있었다.

"읽어 보세요!" 그녀가 그에게 종이를 내주면서 말했다. "오, 안 돼요!"

그러고는 급히 손을 움츠리더니 그녀는 성모를 모신 예배당으로 들어가 의자에 무릎을 꿇고 앉아 기도를 올리기 시작했다.

청년은 이 얌전한 체하는 변덕에 짜증이 났다. 그러면서도 밀회 도중에 안달루시아 후작 부인처럼[93] 기도에 열중하고 있는 그녀의 모습에서 어떤 매력을 느꼈다. 그렇지만 그는 머지 않아 그만 따분해졌다. 그녀의 기도가 좀처럼 끝날 것 같지 않았던 것이다.

---

93) 스페인의 안달루시아 지방 여인은 검은 머리, 검은 눈, 흰 살결로 널리 알려진 인상을 갖추었고 도덕적 속박 때문에 흔히 교회에서 애인과 밀회를 하곤 했는데 정숙함과 아름다움의 결합이 오히려 자극적이다.

에마는 기도했다. 아니, 하늘로부터 어떤 돌연한 결심이 내려와 주기를 바라면서 기도하려고 애썼다. 그리고 신의 구원을 간구하기 위해서 두 눈에 성궤의 찬란한 빛을 가득 채우고 커다란 꽃병에 활짝 핀 흰 노랑장대꽃 향기를 들이마시고 성당 안의 정적에 귀를 기울였다. 그러나 그 정적은 마음의 소용돌이를 더해 줄 뿐이었다.

그녀가 자리에서 일어나 두 사람이 밖으로 나가려고 하자 성당지기가 바쁜 걸음으로 다가와서 말했다.

"부인께선 보아하니 이 고장 분이 아니신 것 같군요? 성당의 구경거리들을 좀 돌아보실까요?"

"아니, 그만둬요!" 서기가 소리쳤다.

"구경해도 좋지 않을까요?" 그녀가 말했다.

그녀는 흔들리는 정조를 지키기 위해서 성모든 조각이든 무덤이든 가능한 기회라면 무엇에든 매달려 보고 싶은 심정이었다.

그래서 순서에 따라 진행하기 위해서 성당지기는 두 사람을 광장 옆의 입구까지 데리고 가서는 거기에서 명문도 없고 조각도 없는 검은 원의 커다란 바닥돌을 단장으로 가리키면서 거창한 어조로 말했다.

"바로 이것이 저 아름다운 앙부아즈 종의 원주입니다. 종의 무게는 사만 파운드로 전 유럽을 통해서 필적할 만한 것이 없었습니다. 이 종을 주조한 사람은 기쁨에 넘친 나머지 목숨을 거두었습니다."

"갑시다." 레옹이 말했다.

영감은 또 걷기 시작했다. 이윽고 성모의 예배당으로 되돌아오자 대단한 시범이라도 보이려는 듯 연극적인 몸짓으로 두 팔을 벌리고는 자기네 과수원을 보여 주는 시골 지주보다도 더 자랑스러운 어조로 말했다.

"이 아무것도 아닌 바닥돌 밑에는 바렌과 브리사크의 영주요, 푸아투의 대원수로 노르망디의 총독을 겸하고 1465년 7월 16일 몽레리 전투에서 전사하신 피에르 드브레제께서 묻혀 있습니다."

레옹은 입술을 깨물며 초조하게 발을 굴렀다.

"그리고 저 오른쪽의 갑옷으로 무장하고, 앞발을 쳐든 말에 올라타 있는 귀인의 조각은 그분의 손자 루이 드브레제이십니다. 그분은 브르발과 몽쇼베의 영주로 몰브리에 백작과 모니 남작을 겸하고 국왕 폐하의 시종관으로 계시다가 기사장을 받으시고 또 노르망디의 총독에 임명되었고 비명에 새겨진 바와 같이 1531년 7월 23일 일요일에 세상을 떠나셨습니다. 또 그 밑에 막 무덤으로 내려가려 하고 있는 분은 동일 인물을 나타내고 있습니다. 세상사의 허무함을 이보다 더 완전하게 표현한다는 것은 불가능하지 않을까요?"

보바리 부인은 안경을 벗어 들었다. 레옹은 가만히 그녀를 바라보기만 할 뿐 무슨 말을 하려고도 몸을 움직이려고도 하지 않았다. 그만큼 그는 이 눈치코치 없는 장광설과 냉담한 태도의 새중간에 끼어서 낙담하고 있었던 것이다.

안내인은 지치지도 않고 계속 지껄여 댔다.

"그 옆에서 무릎을 꿇고 앉아 울고 있는 여인은 그의 부인인 디안 드푸아티에인데 브레제 백작 부인 혹은 발랑티누아 공작 부인이라고도 하고 1499년에 태어나 1566년에 돌아가셨습니다. 그 왼쪽에 어린애를 안고 있는 분은 성모 마리아이십니다. 자, 그럼 이번에는 이쪽을 보아 주십시오. 앙부아즈가(家)의 가묘입니다. 두 분이 다 추기경과 루앙의 대주교를 지내셨습니다. 이쪽 분은 국왕 루이 12세 밑에서 대신을 지내시고 당시 대성당을 위해서 좋은 일을 많이 하셨습니다. 유언장에는 빈민들에게 금화 삼만 에퀴를 나누어 주라는 유언을 남기셨습니다."

그리고 그는 발을 멈추지 않은 채 계속 떠들어 대면서 난간이 복잡한 어떤 예배당으로 그들을 밀어넣고는 그중 몇 개의 난간을 움직여서 잘못 만든 조각이었으리라고 짐작되는 돌덩어리 같은 것을 끄집어냈다.

"이것은 영국 국왕 겸 노르망디 공이었던 리샤르 쾨르 드 리옹의 분묘를 장식했던 것입니다." 그가 긴 신음 소리를 내면서 말했다. "그것을 칼뱅파 무리가 이런 꼴로 만들어 놓았습니다. 그 고약한 자들은 악의적으로 이것을 대주교님의 교의 밑 흙 속에 파묻은 것입니다. 자, 이걸 보십시오. 여기가 대주교님의 저택으로 들어가는 문입니다. 그러면 이무기돌의 그림 색유리를 보기로 하겠습니다."

그러나 레옹은 재빨리 은화 한 닢을 주머니에서 꺼내 주고는 에마의 팔을 잡았다. 성당지기는 외지 사람에게 아직도 보여 줄 것이 많이 남아 있는데 때아닌 사례를 받고 보니 이해가 가지 않는 듯 어이없다는 표정으로 서 있었다. 그래서 그를 다시 불러 세우며 말했다.

"아니, 손님, 첨탑을! 첨탑을 봐야지요!"

"그만 됐어요." 레옹이 말했다.

"그래선 안 되지요! 높이가 무려 사백사십 피트나 됩니다. 이집트의 대피라미드보다 딱 구 피트 모자랍니다. 전부 주물로 돼 있는데 이건……"

레옹은 도망쳤다. 벌써 두 시간 가깝게 돌처럼 굳어진 채 성당 안에 갇혀 요지부동인 그의 사랑이 이번에는 그 무슨 엉터리 주물공의 어처구니없는 시도인 양 대성당 위에 아주 기괴한 모습으로 아무렇게나 걸쳐 놓은 이 부러진 파이프 같은, 길쭉한 짐승 우리 같은, 구멍 뚫린 굴뚝 같은 것을 통해서 증발해 버릴 것만 같았던 것이다.

"대체 어디로 가시는 거예요?" 그녀가 말했다.

레옹은 대답하지 않고 빠른 걸음으로 계속 걸었다. 그리고 보바리 부인이 이미 성수반에 손가락을 담갔을 때 그들의 뒤에서 헐떡거리는 숨소리가 규칙적인 지팡이 소리에 섞여서 들려왔다. 레옹이 돌아보았다.

"손님!"

"뭐요!"

성당지기였다. 그는 이십여 권이나 되는 두꺼운 가철본을 아랫배로 간신히 떠받치면서 안고 왔다. 대성당에 관해서 쓴 책들이었다.

"바보 같으니라고!" 레옹은 중얼거리며 성당 밖으로 뛰어나왔다.

성당 앞 광장에서는 어린애가 하나 놀고 있었다.

"마차 한 대만 불러 다오!"

어린애는 카트르방 거리로 총알처럼 뛰어갔다. 그러자 그들은 한동안 얼굴을 마주한 채 어색한 기분이 되어 서 있었다.

"아, ……레옹!…… 정말……몰라요…… 어쩌면 좋아요……!"

그녀는 선웃음을 지었다. 그러고는 심각한 표정으로 말했다.

"이건 아주 못 할 짓이에요, 알아요?"

"뭐가 어때서요?" 서기가 되물었다. "파리에서는 흔히 있는 일인걸요!"

그러자 이 한마디 말이 거역할 수 없는 논거인 양 그녀의 마음을 움직였다.

그러나 도무지 마차가 오지 않았다. 레옹은 그녀가 다시 성당으로 들어가 버리지나 않을까 하고 겁이 났다. 마침내 마차가 나타났다.

"가시더라도 북쪽 문으로 나가 주세요!" 아직도 문간에 서 있던 성당지기가 그들에게 소리쳤다. 부활, 최후의 심판, 낙원, 다윗왕 그리고 지옥불 속의 저주받은 자들을 보실 수 있으니까요."

"나리, 어디로 모실깝쇼?" 마부가 물었다.

"아무 데라도 좋아!" 레옹이 에마를 마차 안에 밀어 넣으면서 말했다.

그리고 무거운 마차는 달리기 시작했다.

마차는 그랑퐁 거리를 내려가 아르 광장과 나폴레옹 강둑, 뇌프 다리를 건너질러 피에르 코르네유 동상 앞에서 딱 멈추었다.

"계속 가요!" 하는 소리가 마차 안에서 들려왔다.

마차는 다시 달리기 시작해 라파예트 네거리를 지나서부터는 비탈길을 거침없이 달려 내려간 다음 기차역 안으로 쑥 들어갔다.

"아니, 곧장 가요!" 하고 같은 목소리가 외쳤다.

마차는 철책 밖으로 나와서 가로수가 늘어선 산책로에 다다르자 키가 큰 느릅나무들 사이를 천천히 달렸다. 마부는 이마의 땀을 훔치고 가죽모자를 무릎 사이에 낀 채 마차를 샛길 밖의 물가 잔디밭 옆으로 몰고 갔다.

마차는 강을 끼고 마른 자갈이 깔린 예선도(曳船道)를 따라 섬들 저 너머 우아셀 쪽으로 한참 동안 달렸다.

그러나 마차는 갑자기 한달음으로 내달아 카트르마르, 소트빌, 그랑드쇼세, 엘뵈프가(街)를 가로질러 식물원 앞에서 세 번째로 멈추었다.

"그냥 가라니까!" 하고 아까보다 더 거센 목소리가 성난 듯이 소리쳤다.

그래서 즉시 마차는 다시 달리기 시작해 생스베르로, 퀴랑디에 강둑으로, 뮐르 강둑을 지나 또다시 다리를 건너 샹드마르스 광장을 통과하고, 담쟁이 덩굴이 온통 파랗게 덮인 테라스를 따라 검은 재킷을 입은 노인들이 볕을 쬐며 산책하고 있는 자선 병원의 마당 뒤로 지나갔다. 그러고는 부브뢰유 대로를 올라가다가 코슈아즈 대로를 거쳐 몽리부데를 끝에서 끝까지 가로질러 드빌 언덕까지 갔다.

마차는 다시 길을 되짚어 왔다. 그러자 이때부터는 목적도 방향도 없이 닥치는 대로 헤매고 다녔다. 그 마차의 모습은 생폴, 레스퀴르, 가르강산, 라루주마르에서도 보였고 가이야르부아 광장에서도, 말라드르리 거리, 디낭드리 거리, 생로맹, 생마클루, 생니케즈 성당 앞에서도(세관 앞에서도) 바스 비에유 투르나 트루아 피프에서도, 모뉘망탈 공동묘지에서도 볼 수 있었다. 이따금 마부는 마부석에 앉아서 거리의 술집들 쪽으로 절망적인 시선을 던지곤 했다. 대체 무슨 미치광이 같은 격정에 사로잡혔기에 이 손님들은 도무지 멈출 줄을 모르는 채 내처 달리고만 싶어 하는 것인지 그로서는 이해할 수가 없었다. 그는 몇 번 멈추어 보려고도 했지만 그때마다 곧 등 뒤에서 어서 가라고 호령하는 성난 고함 소리가 들려왔다. 그래서 그는 땀에 흠뻑 젖은 두 마리의 야윈 말을 한층 거칠게 채찍질하면서 마차가 흔들리든 말든 여기저기 무엇에 걸리든 말든 조금도 상관하지 않은 채 될 대로 되라는 심정으로 목마름과 피로와 근심으로 거의 울상이 되어 마차를 몰았다.

그리하여 선창가의 짐마차나 술통들 사이에서, 한길의 수레막이 돌 모퉁이에서, 거리의 사람들은 이런 시골에서는 좀처럼 보기 어려운 이 광경에, 셔터를 내린 마차 한 대가 무덤보다도 단단하게 문을 걸어 닫은 채 배처럼 흔들거리면서 나타났다간 사라지고 또 끊임없이 다시 나타나는 이 광경에 어리둥절해서 눈을 크게 뜨고 있었다.

단 한 번, 한낮 무렵 들판 한가운데에서 마차의 낡은 은빛 램프에 햇살이 세차게 비칠 때 장갑을 벗은 손 하나가 노란 천의 작은 커튼 밖으로 나오더니 조각조각 찢은 종잇조각들을 내던졌는데 그 종잇조각들은 바람에 날려 마치 하얀 나비 떼처럼 멀리 지천으로 피어 있는 빨간 클로버 꽃밭 위로 흩어져 떨어졌다.

이윽고 여섯 시경, 마차는 보부아진 구역의 어떤 뒷골목에 가 섰다. 그리고 어떤 여자가 거기서 내리더니 베일을 쓴 채 뒤도 돌아보지 않고 걸어가는 것이었다.


## 2


여관에 도착한 보바리 부인은 승합마차가 보이지 않는 데에 놀랐다. 이베르는 오십삼 분 동안이나 그녀를 기다리다가 어쩔 수 없이 가 버리고 만 것이었다.

그렇지만 꼭 떠나야 할 까닭은 없었다. 하지만 그녀는 그날 저녁에 돌아가겠다고 약속을 했더랬다. 실제로 샤를은 그녀를 기다리고 있었다. 그녀는 벌써부터 마음속으로 겁을 내며 순종하는 자신을 느끼고 있었다. 많은 여자들에게 이런 느낌은 간통의 벌인 동시에 대가이기도 한 것이다.

서둘러 짐을 꾸리고 계산을 끝낸 에마는 안마당에서 이륜마차에 올라탔다. 그리고 마부를 재촉하고 어르고, 달려온 시간과 거리가 얼마나 되는지 쉴 새 없이 물어 가며 캥캉푸아 마을의 집들이 나타나기 시작하는 지점에서야 간신히 제비를 따라잡았다.

마차 한쪽 구석에 자리를 잡고 앉자 그녀는 곧 눈을 감았다. 언덕을 다 내려갔을 때에야 눈을 뜨니 저만큼에 펠리시테가 대장간 앞으로 마중 나와 있는 것이 보였다. 이베르가 말을 세우자 하려는 창이 있는 데까지 발돋움을 하고는 영문을 알 수 없는 소리를 했다.

"마님, 곧 오메 씨 댁으로 가 보셔야겠어요. 무슨 급한 일이 있다나 봐요."

마을은 평소와 다름없이 조용했다. 거리 모퉁이에서는 조그마한 장밋빛 무더기들이 김을 뿜어 내고 있었다. 마침 잼을 만드는 시기가 된 것이었다. 용빌에서는 집집마다 같은 날에 일 년 치를 만드는 풍습이 있었다. 그러나 약제사네 가게 앞에는 유달리 큰 무더기가 있어서 특히 눈에 띄었다. 그도 그럴 것이 조제실의 설비가 보통 가정의 솥보다 크고 일반적인 수요가 개인적인 기호에 비하면 훨씬 많기 때문이었다.

그녀는 집 안으로 들어갔다. 커다란 팔걸이의자가 뒤집혀 있고 루앙의 등불조차 바닥에 떨어진 채 두 개의 절구공이 사이에 흩어져 있었다. 그녀는 복도의 문을 밀었다. 그러자 부엌 한가운데에 씨를 뺀 까치밥나무 열매, 가루설탕, 각설탕이 가득 든 갈색 항아리들이며 탁자 위에 놓인 저울이며 불에 얹어 놓은 냄비 따위들 한가운데서 오메 집 식구들이 모두 어른 아이 할 것 없이 턱에까지 닿는 앞치마를 걸치고서 포크를 손에 들고 있는 것이 보였다. 쥐스탱이 선 채로 고개를 떨구고 있고 약제사가 고함을 질러 대고 있었다.

"누가 창고에 가서 그걸 찾아오라고 했어?"

"뭐예요? 왜 그래요?"

"왜 그러냐고요?" 약제사가 대답했다. "다들 잼을 만들고 있었지요. 잘되고 있었습니다. 그런데 너무 끓어서 넘치기에 다른 냄비를 하나 더 가져오라고 시켰지요. 그랬더니 글쎄, 칠칠치 못하고 게으른 이 녀석이 약국의 못에 걸려 있는 창고의 열쇠를 가지러 갔다 이겁니다."

약제사는 약제 도구나 약품을 가득 넣어 둔 지붕 밑 다락방을 창고라고 부르고 있었다. 그는 흔히 그 속에 여러 시간 동안 혼자 틀어박혀서 이름표를 붙이기도 하고 약을 옮겨 담기도 하고 끈을 다시 매기도 했다. 그래서 그는 그곳을 단순한 창고로서가 아니라 그야말로 어떤 성역으로 여기고 있었다. 거기에서 그의 손으로 조제된 각종 약들, 큰 환약, 탕약, 세척제, 물약 등이 만들어져 나와서 그의 명성을 그 인근에 널리 퍼지게 하고 있었다. 다른 사람은 그 누구도 거기에 드나들 수 없었다. 그곳을 너무나 소중히 여긴 나머지 그곳 청소도 몸소 했다. 요컨대 누구에게나 개방된 약국이 그의 자랑을 과시하는 장소라면 이 창고는 오메가 오붓하게 정신을 집중하면서 자기가 좋아하는 일을 하면서 즐기는 숨은 피난처였다. 그렇기 때문에 쥐스탱의 경솔한 행동은 그에게 묵과할 수 없는 불경 행위로만 보였다. 그래서 그는 얼굴이 까치밥나무 열매보다도 더 빨개져 가지고 되풀이해 소리쳤다.

"그래, 창고를! 산과 부식성 알칼리 극약을 넣고 잠가 둔 그 열쇠를! 그것도 일부러 챙겨 둔 냄비를 가지러 갔단 말이지! 뚜껑으로 덮어 둔 냄비를! 어쩌면 나도 평생 써 보지 못할 그 냄비를! 내가 하는 까다로운 조제 작업에 있어서는 어느 것

하나 중요하지 않은 것이 없는 거야! 그런데 무슨 짓을 한 거냐 말이다! 구별할 것은 분명히 구별을 해야지. 야 조제에 쓸 것을 집안일에 써시는 안 되는 거야! 이건 마치 닭고기를 해부용 메스로 써는 것이나 다름없잖아. 마치 사법관이……."

"여보, 진정하세요!" 오메 부인이 말했다.

그리고 아탈리도 그의 프록코트를 잡아당기며 말했다.

"아빠! 아빠!"

"아니, 넌 가만있어!" 약제사가 계속했다. "상관 말아! 이 얼간이 같은 놈! 이럴 바에는 차라리 잡화 가게나 해 먹는 게 낫지! 어디, 자! 멋대로 해 봐! 마음대로 깨 봐! 때려 부숴 봐! 거머리를 풀어놔라! 약초를 불태우고! 약병에 오이조림을 담가라. 붕대도 내다가 찢어서 쓰고!"

"저, 제게 무슨……." 에마가 말했다.

"잠깐만요! 네가 지금 얼마나 위험한 짓을 했는지 알고 있니? ……구석의 왼쪽 셋째 선반에서 너 아무것도 못 봤어? 어디 말해 봐, 대답해 봐, 뭐라고 말을 좀 해 보라고!"

"저는…… 모, 몰라요." 소년이 더듬거리면서 말했다.

"아, 그래, 모르시겠다? 그렇다면 가르쳐 주지! 넌 거기서 황납으로 밀봉한 파란 유리병을 보았을 테지. 안에 하얀 가루가 들어 있고 내가 그 겉에 위험이라고 써 놓기까지 했어! 그 속에 뭐가 들었는지 알아? 비소야, 비소! 그런데 넌 그걸 건드릴 뻔한 거야! 그 옆에 있는 냄비를 집어 왔으니!"

"바로 옆에!" 오메 부인이 두 손을 맞잡으며 외쳤다. "비소라고요? 그럼 넌 우리 식구를 모조리 독살할 뻔했구나!"

그 말을 듣자 아이들은 벌써부터 내장이 뒤틀리는 듯 비명을 질러 대기 시작했다.

"그렇지 않으면 어떤 환자를 독살했을지도 몰라!" 약제사가 계속했다. "그래, 너는 나를 중죄 재판소의 피고석에 앉힐 작정이었냐? 내가 단두대로 끌려가는 꼴을 보고 싶어? 조제에는 이골이 난 나도 그걸 만질 때는 조심조심 한다는 걸 몰랐단 말이냐? 내 막중한 책임을 생각하면 가끔 등골이 오싹해지는 거야! 정부는 우리를 들볶아 대고, 불합리한 법은 다모클레스의 칼[94]처럼 우리의 목을 노리고 있기 때문이야!"

에마는 무슨 일로 자기를 보자고 했는지 물어보는 것을 까맣게 잊어버리고 말았다. 약제사가 숨을 헐떡이면서 말을 계속했다.

"네게 베푼 온정에 대한 보답이 고작 이거냐! 너를 아들같이 보살펴 준 데 대한 보상이 고작 이거냐? 정말이지 내가 없었다면 넌 지금 어디서 뭐가 되었겠어? 뭘 하고 있겠어? 누가 너를 먹여 주고 공부를 시켜 주고 입을 것을 입혀 주고 훗날 사회에 나가서 남들에게 처지지 않는 자리에 올라설 수 있도록 마련을 해 준단 말이냐? 그러나 그렇게 되려면 땀 흘려 노를 젓고 세상에서 말하듯 손에 못이 박이도록 일해야 하는

---

94) 시라쿠사의 폭군 디오니시우스(기원전 430~기원전 367)가 신하 다모클레스를 초대해 한 가닥의 말갈기에 매달린 무거운 검을 그의 머리 위에 올려놓고서는 모든 행복이란 그처럼 끊임없는 위협 속에 놓여 있음을 말했다는 고사에서 '다모클레스의 칼'이라는 표현이 유래했다.

거야. 파브리칸도 피트 파베르, 아게 쿠오드 아기스[95]란 말도 있잖아."

그는 라틴어를 인용할 만큼 화가 나 있었다. 알기만 했다면 그보다 더한 중국어, 그린란드어라도 인용했을 것이다. 왜냐하면 그는 마치 태풍으로 갈라진 대양이 그 기슭의 해초에서 심연의 모래에 이르기까지 모든 것을 남김없이 드러내 보이듯이 인간의 마음속에 담겨 있는 것은 무엇이든 가리지 않고 몽땅 다 토해 놓고 싶은 발작을 일으키고 있었던 것이다. 그가 계속했다.

"나는 너 같은 놈을 맡은 것을 된통 후회하고 있어! 너 같은 놈은 태어난 꼴 그대로 때 묻은 가난뱅이 생활 속에 처박아 둘 걸 그랬어! 너는 고작 외양간지기밖에 될 수 없는 놈이야! 학문에는 전혀 소질이 없어. 약병에 이름표 하나 변변히 알아서 붙이지 못하니! 그런 주제에 너는 우리 집에서 마치 교회 참사원처럼 빈둥거리며 먹어 대기만 하는 거야!"

그러나 에마가 오메 부인을 돌아보며 말했다.

"나보고 이리 좀 들러 달라고 하셨다는데……"

"어머, 참, 어떡하지?" 사람 좋은 부인이 슬픈 듯이 말했다. "뭐라고 말씀드려야 좋을지?…… 정말 안됐어요!"

그녀는 끝까지 말을 잇지 못했다. 약제사가 고래고래 소리를 질렀다.

---

95) 유식한 체하기를 좋아하는 오메는 라틴어 격언을 인용한다. "사람은 대장장이 일을 함으로써 대장장이가 된다, 네 할 일에 최선을 다하라." 따라서 쓸데없는 딴짓은 하지 말라는 뜻이다.

"그걸 비워! 그리고 깨끗이 닦아! 그리고 제자리에 갖다 놓고 와! 어서!"

그러면서 쥐스탱의 작업복 칼라를 잡아 흔들자 그의 주머니에서 책이 한 권 툭 떨어졌다.

소년은 몸을 굽혔다. 오메가 잽싸게 그것을 집어 들고 들여다보다가 눈이 뚱그레지면서 입을 딱 벌렸다.

부부의…… 사랑! 하고 그는 이 두 마디를 천천히 끊어 가며 읽었다. "아아! 꼴좋다! 꼴좋아! 삽화까지 들어 있군그래? 아아! 이건 해도 너무해!"

오메 부인이 다가갔다.

"안 돼, 건드리지 마!"

어린애들은 삽화를 보고 싶어 했다.

"다들 나가!" 그가 명령조로 말했다.

그래서 그들은 나갔다.

그는 우선 책을 펴 든 채 눈알을 굴리며 잔뜩 숨이 차고 부어서 금방 뇌졸중이라도 일으킬 것같이 되어 방 안을 큰 걸음으로 왔다 갔다 했다. 이윽고 그는 조수에게로 곧장 다가가서는 팔짱을 끼고 그의 앞에 버티고 섰다.

"나쁜 짓은 골라 가며 죄다 하는구나, 이 못난 놈아! 정신 차려, 너는 지금 못된 길로 들어서고 있어! 대체 너는 이 지저분한 책이 집의 어린애들 손에 들어갈 수도 있다는 걸 생각 못 했어? 그래서 저 애들의 머릿속에 불을 붙이고 아탈리의 순결을 더럽히고 나폴레옹을 타락시킬 수도 있는 게 아니냐! 그 애 몸은 이미 어른이야. 설마 저 애들이 이걸 읽진 않았겠지, 틀림없어? 어때, 보증할 수 있어?"

"그런데 여하튼, 하실 말씀이라는 것은……?" 에마가 말했다.

"아 참, 부인……. 댁의 시아버님이 돌아가셨습니다!"

사실 보바리 노인은 전전날 밤 식사를 마치고 나오다가 갑자기 뇌일혈 발작을 일으켜 세상을 떠났다. 신경이 예민한 에마를 지나치게 염려한 나머지 조심하느라고 샤를은 오메에게 이 끔찍한 소식을 완곡하게 전해 주도록 부탁해 두었더랬다.

본래 그는 이 일을 어떻게 말할지 깊이 생각해 그 표현을 갈고 다듬어 듣기 좋은 리듬으로 만들어 놓았더랬다. 그것은 신중함, 완곡함과 더불어 섬세하고 세련된 표현들이 조합된 걸작품이었다. 그러나 갑작스러운 분노 때문에 수사학은 자취도 없이 사라지고 만 것이었다.

에마는 자세한 이야기를 듣는 것을 단념하고 약방을 나왔다. 오메 씨가 또 욕을 퍼붓기 시작했던 것이다. 그러나 그는 차차 침착성을 되찾아 가면서 이제는 그리스 모자로 부채질을 해 가면서 어버이 같은 어조로 투덜댔다.

"그렇다고 이 책이 전적으로 나쁘다는 것은 아니다! 저자는 의사다. 이 속에는 남자가 알아 둬서 나쁘지 않은, 아니 굳이 말한다면 마땅히 알아 두어야 할 과학적인 면도 더러 있다. 그러나 아직은 일러. 이르단 말이야! 적어도 너 자신이 어른이 되어서 성격 형성이 될 때까지 기다려야 해."

에마가 문을 두드리자 돌아오기를 기다리고 있던 샤를은 두 팔을 벌리고 다가와서 눈물 어린 목소리로 말했다.

"아, 여보······!"

그러고는 그녀에게 키스하기 위해 부드럽게 몸을 굽혔다. 그러나 그의 입술이 와 닿자 다른 남자의 기억이 확 되살아나는 바람에 그녀는 몸을 떨면서 손으로 얼굴을 가렸다.

그러면서 그녀는 대답했다.

"네, 들었어요······ 들었어요······."

샤를은 모친이 위선적인 감상은 조금도 섞지 않은 채 사실만을 알려 온 편지를 아내에게 내보였다. 그녀는 단지 남편이 두드빌의 길거리에서, 즉 퇴역 장교들의 애국적인 만찬 모임을 마치고 나오다가 어느 카페 문간에서 죽었기 때문에 종교의 구원을 받지 못한 것만이 애석하다고 했다.

에마는 그에게 편지를 돌려주었다. 저녁 식사 때에는 체면상 식욕이 없는 체했다. 그러나 그가 억지로 권하는 바람에 그녀는 결심하고 먹기 시작했다. 한편 샤를은 그녀와 마주 앉아 몹시 괴로운 모양으로 꼼짝도 하지 않았다.

때때로 그는 얼굴을 들어 비탄에 잠긴 눈으로 오래도록 그녀를 바라보았다. 한번은 깊은 한숨을 쉬었다.

"한 번만 더 뵙고 싶었는데!"

그녀는 잠자코 있었다. 그러나 무슨 말이든 해야 되겠다는 생각에 말했다.

"아버님 연세가 몇이셨죠?"

"쉰여덟."

"아!"

그뿐이었다.

한 십오 분가량 있다가 그가 말을 이었다.

"가엾은 어머님은?…… 이제부터 어떻게 되는 거지?……"

그녀는 자기도 모르겠다는 몸짓을 했다.

샤를은 그녀가 그토록 말이 없는 것을 보고 그녀도 슬퍼하고 있는 것이라고 생각했다. 그래서 감동적인 그녀의 고통을 더 이상 자극하지 않기 위해서 아무 말도 하지 않으려고 애썼다. 그러면서 자기의 슬픔을 털어 버리면서 말했다.

"어제는 재미있었어?" 그가 물었다.

"네."

식탁보를 거둔 뒤에도 보바리는 일어나지 않았다. 에마도 그대로 있었다. 그리고 그를 바라보면 바라볼수록 단조롭기만 한 그 광경이 점차 그녀의 마음속에 일던 모든 연민의 감정을 쫓아 버리는 것이었다. 그녀의 눈에 그는 초라하고 나약하고 가치 없는, 요컨대 어느 면으로 보든 한심한 남자로만 보였다. 어떻게 하면 그에게서 벗어날 수 있을까? 이 얼마나 길고 따분한 밤인가! 아편 연기와도 같은 마취성의 그 무엇이 그녀를 무감각하게 만들고 있었다.

문득 현관 마룻바닥에 울리는 메마른 지팡이 소리가 났다. 이폴리트가 부인의 짐을 날라 온 것이었다. 그것을 내려놓느라고 그는 힘겹게 의족으로 사분의 일가량의 원을 그렸다.

"남편은 이 남자의 일 같은 건 이미 생각지도 않고 있을 거야!" 그녀는 텁수룩한 붉은 머리에 땀을 뚝뚝 흘리고 있는 그 딱한 사내를 바라보면서 마음속으로 생각했다.

보바리는 지갑 속에서 잔돈을 찾고 있었다. 그의 구제할 길

없는 무능에 대한 질책이 인간의 모습으로 나타난 것인 양 이 사내가 지금 여기 서 있다는 사실 자체만으로도 그에게는 얼마나 커다란 굴욕인지 그는 알지 못하고 있는 것 같았다.

"아! 예쁜 꽃다발을 사 왔네." 그가 벽난로 위에 놓인 레옹의 제비꽃을 보고 말했다.

"네." 그녀가 무심한 듯 말했다. "제가 조금 아까…… 구걸하는 여자한테서 샀어요."

샤를은 제비꽃을 집어 들고 울어서 빨개진 자기 눈을 그 위에 갖다 대고 식히며 가만히 냄새를 맡았다. 그녀는 얼른 그것을 그의 손에서 뺏어 가지고 컵에 꽂아 두려고 밖으로 나갔다.

다음 날 보바리 노부인이 도착했다. 그녀와 아들은 많이 울었다. 에마는 시킬 일들이 있다면서 자리를 피했다.

그 이튿날, 장례 준비에 관한 일을 함께 매듭지어야 했다. 모두들 바느질 상자를 들고 물가에 있는 덩굴시렁 밑에 가 자리잡았다.

샤를은 아버지를 생각하고 있었다. 그리고 지금까지는 지극히 형식적으로만 사랑한다고 여겨 왔던 그에게 이렇게까지 애정을 느낀다는 것에 놀랐다. 보바리 노부인도 남편 생각을 하고 있었다. 옛날의 가장 안 좋았던 날들도 지금은 그리운 모습으로 다시 떠올랐다. 모든 것이 너무나 오랜 습관에서 온 본능적인 회한에 묻혀 다 지워져 갔다. 그리고 가끔 바느질 손을 놀리고 있는 동안 굵은 눈물 방울이 콧등을 따라 흘러내려 한동안 매달려 있곤 했다.

에마는 불과 사십팔 시간 전만 해도 그들 둘이서 세상과 멀리 떨어진 채 온통 도취경에 빠져 서로를 정신없이 바리보고만 있었다는 것을 생각하고 있었다. 이미 가 버리고 없는 그날 하루의 지극히 자잘한 일들까지도 남김없이 다시 붙잡아 보려고 애썼다. 그러나 시어머니와 남편이 옆에 있는 것이 방해가 되었다. 아무리 애를 써도 바깥 세계의 감각들 때문에 흩어져 버리려고 하는 사랑의 명상에 방해를 받지 않기 위해서 그녀는 아무 소리도 듣지 않고 아무것도 보지 않았으면 싶었다.

그녀는 옷의 안감을 뜯고 있었다. 그 조각들이 주위에 흩어졌다. 보바리 노부인은 눈을 들지 않은 채 가위 소리를 내고 있었다. 그리고 샤를은 테두리를 박은 덧신을 신고 실내복으로 입는 낡은 갈색 프록코트 차림으로 양손을 주머니에 찌른 채 역시 아무 말도 하지 않고 있었다. 그 옆에는 베르트가 조그만 흰색 앞치마를 걸치고 오솔길의 모래를 삽으로 긁으며 놀고 있었다.

문득 포목상 뢰르가 목책을 열고 들어오는 것이 보였다. 그는 이 불행한 일을 당한 때에 무언가 도움이 되어 드리고자 찾아온 것이었다. 에마는 도움을 청할 일이 없는 것 같다고 대답했다. 그러나 상인은 물러나지 않았다.

"대단히 죄송합니다만." 그가 말했다. "잠깐 따로 얘기하고 싶은 게 있습니다만."

그러고는 낮은 목소리로 말했다.

"전의 그 건에 대한 것인데요…… 아시겠지요?"

샤를은 귀까지 빨개졌다.

"아! 그렇죠…… 사실상."

그러고는 쩔쩔매면서 아내를 향해 말했다.

"당신에게 부탁해도 될까…… 어때?"

그녀가 알아들은 듯 자리에서 일어섰다. 샤를이 어머니에게 말했다.

"아무것도 아니에요! 사소한 집안일일 테지요."

그는 모친에게 어음에 관한 문제를 알리고 싶지 않았다. 잔소리를 듣는 것이 싫어서였다.

둘만이 있게 되자 뢰르 씨는 상당히 노골적인 말로 에마에게 유산 상속을 축하하고 나서는 과수장, 수확 그리고 항상 그저 그 턱으로 좋지도 나쁘지도 않은 자신의 건강 따위의 별것 아닌 일들에 관해 이야기를 늘어놓기 시작했다. 사실상 그는 수백 마리의 악마들 못지않게 죽도록 일을 하지만 세상 소문과는 달리 빵에 바를 버터 벌이도 못 하고 있다는 것이었다.

에마는 그가 마음대로 지껄이게 내버려 두었다. 그녀는 지난 이틀 동안 정말 죽도록 따분했다.

"그런데 부인께선 완전히 회복되셨습니까?" 그가 계속했다. "정말이지 가엾은 바깥양반은 보기에 안됐을 정도로 걱정하시더군요! 참 좋은 분입니다. 저하고는 좀 옥신각신했지만요."

에마는 어떤 옥신각신이냐고 물었다. 샤를은 주문한 물건 때문에 그와 시비가 있었다는 것을 그녀에게 숨기고 있었던 것이다.

"뭐, 잘 아실 텐데요." 뢰르가 말했다. "공연히 주문하신 그 여행 가방들 때문이었지요."

그는 모자를 눈 위로 푹 눌러쓰고 뒷짐을 진 채 휘파람을 불면서 빙긋이 웃는 얼굴로 견딜 수 없을 만큼 그녀의 얼굴을 빤히 쳐다보았다. 이 남자가 뭘 눈치채고 의심하고 있는 것일까? 그녀는 온갖 종류의 불안한 상상 속에 빠져서 헤매고 있었다. 그러나 마침내 상대가 말을 이었다.

"우리는 서로 화해했습니다. 오늘도 실은 한 가지 타협 방안을 말씀드리려고 왔습니다."

그것은 보바리가 서명한 어음을 갱신하는 일이었다. 물론 바깥양반께서는 좋으실 대로 하셔도 좋다, 특히 골치 아픈 일들이 많이 생기려는 지금 고민하시게 되어서는 안 된다는 것이었다.

"오히려 누구한텐가 그 어음을 인계하는 편이 나을 텐데요. 가령 부인에게라도. 위임장 한 장이면 간단히 됩니다. 그렇게 되면 자잘한 문제들은 부인과 저 둘이서 처리하고요……"

그녀는 이해할 수 없었다. 뢰르는 입을 다물었다. 그러고는 자기의 장사 이야기로 돌아가서 그는 부인에게 무엇이건 필요한 물건이 반드시 있을 것으로 믿는다고 주장했다. 그러고는 옷 한 벌 감으로 까만색 바레주 나사 삼 미터를 보내 드리겠다고 했다.

"지금 입고 계시는 것은 집 안에서나 입는 거예요. 나들이 하실 때는 다른 걸 입으셔야죠. 나는 들어서면서 대뜸 알아보았습니다. 눈이 어디 보통 눈입니까."

그는 그 옷감을 보내지 않고 자기가 직접 가지고 왔다. 그러고는 다시 치수를 재러 왔다. 또 다른 구실을 만들어 찾아와서는 그때마다 친절과 성의를 다하며 오메 말마따나 충성을 바쳤고 그러면서도 항상 위임에 대한 충고의 말을 넌지시 흘려 넣는 것이었다. 그는 어음 얘기는 입 밖에 내지 않았다. 그녀도 그 일은 생각하지 않았다. 병이 나아 갈 무렵에 샤를이 그 건에 대해서 분명히 뭐라고 말한 적이 있었다. 그러나 그녀의 머릿속에 너무나 많은 파란이 지나갔기 때문에 더 이상 그것을 기억해 낼 수 없게 되었다. 게다가 그녀는 금전 문제에 관해서는 일절 긴 이야기를 꺼내지 않도록 삼가고 있었다. 보바리 노부인은 그 점을 의아하게 생각하면서 그녀가 변한 것은 병 중에 얻은 신앙심 때문이라고 여겼다.

그러나 시어머니가 돌아가 버리자 에마는 그 착실한 실무 센스를 발휘해 샤를을 놀라게 했다. 여러 곳에 조회를 하고 저당권을 확인하여, 경매 또는 청산 가운데 어느 쪽을 택할 것인지를 정하지 않으면 안 된다고 했다. 그녀는 생각나는 대로 전문 용어를 써 가면서 이서(裏書)니 최고장이니 공제니 하는 거창한 말들을 입에 올리고 끊임없이 유산 상속의 성가신 절차를 과장해서 말했다. 그래서 결국은 어느 날 '그의 모든 사업의 관리 경영, 모든 차입, 모든 어음장의 서명과 이서, 모든 지불'의 대행을 위한 총괄적 위임장의 서식을 그에게 보였다. 그녀는 뢰르가 가르쳐 준 것을 활용한 것이었다.

샤를은 어리숙하게도 그 서식이 어디서 났는지 물었다.

"기요맹 씨한테서요."

그러고는 더없이 냉정한 태도로 이렇게 덧붙였다.

"저는 그분을 별로 믿지 않아요, 공증인이란 너무도 평판이 안 좋으니까요! 구태여 상담을 해야 한다면…… 우리가 아는 사람이라곤…… 아! 아무도 없군요."

"레옹이라면 혹시……." 샤를이 생각 끝에 대답했다.

그러나 편지로 의논하는 것은 어려운 일이었다. 그래서 그녀는 자기가 갔다 오겠노라고 자청했다. 그가 그럴 것까지는 없다고 하자 그녀는 주장을 굽히지 않았다. 서로 끔찍이 위하는 내기가 벌어졌다. 마침내 그녀가 일부러 강경하게 나가는 체하며 소리쳤다.

"아녜요, 당신이 뭐래도 가겠어요!"

"당신은 정말 착한 사람이야!" 그가 아내의 이마에 키스하면서 말했다.

다음 날 당장 그녀는 제비를 타고 레옹과 의논하기 위해 루앙으로 갔다. 그리고 그녀는 거기서 사흘을 묵었다.


3


그것은 충만하고 달콤하고 멋들어진 사흘간의 진정한 밀월이었다.

그들은 부둣가의 불로뉴 호텔에 묵었다. 그리하여 덧문도 내리고 문도 잠그고 마룻바닥에는 꽃을 뿌리고 아침부터 가져다주는 아이스 시럽만 마시며 지냈다.

저녁이 되면 그들은 지붕이 달린 작은 배를 타고 섬으로 저녁 식사를 하러 갔다.

때는 조선소 공사장에서 배의 선체를 두들기는 틈막이 직공의 나무망치 소리가 울려 퍼지는 무렵이었다. 타르를 태우는 연기가 나무들 사이에서 뿜어져 나오고 강물에는 크고 끈적한 기름 반점들이 시뻘건 석양을 받으며 불규칙한 모양으로 출렁거리는 것이 마치 커다란 청동판이 떠다니는 것 같았다.

두 사람은 강가에 매어져 있는 배들 사이로 내려갔다. 그 배들에 비스듬히 걸려 있는 긴 밧줄이 작은 배의 위쪽을 가볍게 스치곤 했다.

거리의 소음도 짐수레 구르는 소리도 사람들의 떠들썩한 소리도 배 갑판 위에서 개 짖는 소리도 어느새 멀어져 갔다. 그녀는 모자 끈을 풀었고 두 사람은 그들의 섬으로 다가갔다.

그들은 문간에 꺼면 어망을 걸쳐 놓은 어느 술집의 천장이 낮은 방에 자리를 잡았다. 그러고는 바다빙어 튀김과 크림 그리고 버찌를 먹었다. 그들은 풀 위에 눕기도 했고 사람들의 눈이 미치지 않는 포플러나무 밑에서 키스했다. 그들은 마치 두 사람의 로빈슨 크루소처럼 이 조촐한 곳에서 영원토록 살고만 싶었다. 자신들만의 행복에 취해 있는 그들에게는 그곳이 이 세상에서 가장 멋진 곳으로 여겨졌다. 물론 그들이 나무와 푸른 하늘과 잔디밭을 보고 물 흐르는 소리와 나뭇잎을 흔드는 바람 소리를 듣는 것은 이것이 처음은 아니었다. 그러나 마치 예전에는 자연이 존재하지 않았다는 듯이, 혹은 그들의 욕망이 충족되고 나서야 비로소 자연의 아름다움을 알았다는 듯이, 그들이 그 모든 것의 감동을 이토록 강하게 느낀 적은 아마도 없었을 것이다.

밤에 두 사람은 귀로에 올랐다. 작은 배는 섬들의 기슭을 따라서 갔다. 두 사람은 배의 저 안쪽 어둠 속에 꼼짝도 않고 숨은 채 아무 말도 하지 않고 앉아 있었다. 네모난 노가 쇠고리 사이에서 삐걱거렸다. 그 소리는 마치 메트로놈의 박자처럼 침묵 속에서 규칙적으로 울렸고 한편 고물에서는 늘어진 밧줄이 물을 스치면서 끊임없이 작고 희미한 소리를 내고 있었다.

어떤 때는 달이 얼굴을 내밀었다. 그러면 두 사람은 우수와 낭만으로 넘치는 그 달을 향해서 어김없이 멋진 말들을 늘어놓는 것이었다. 그녀는 노래까지 부르기 시작했다.

"어느 날 저녁이었지, 그대는 기억하는가? 우리는 배를 저었지……."

아름답고 가냘픈 그녀의 목소리가 물결을 타고 멀어져 갔다. 그러면 바람이 그 소리를 실어 갔고 레옹은 마치 자기 옆으로 스쳐 지나가는 새의 날갯짓인 양 사라져 가는 그 소리에 귀를 기울였다.

그녀는 배의 칸막이에 기댄 채 그와 마주 앉아 있었다. 열어 놓은 어느 덧문으로 달빛이 새어 들고 있었다. 그녀의 까만 옷 주름이 부채살 모양으로 퍼져서 그녀는 더욱 날씬하고 키가 커 보였다. 그녀는 고개를 들고 두 손을 마주 잡은 채 두 눈은 하늘을 우러르고 있었다. 때때로 버드나무 그림자가 그녀를 완전히 가리는가 하면 그녀는 그 무슨 환영처럼 홀연히 달빛 속으로 다시 떠오르는 것이었다.

그녀의 곁, 바닥에 앉아 있던 레옹은 문득 손바닥에 만져지는 진홍색 리본 하나를 발견했다.

뱃사공이 그것을 찬찬히 살펴보더니 이렇게 말했다.

"아! 이건 요전날 내가 실어다 준 뱃놀이 패의 것 같습니다. 남자와 여자 여러분이 한데 어울려 과자에다 샴페인, 피스톤 달린 나팔까지 가지고 와서는 그야말로 떠들썩했습니다! 그 중에 특히 키가 크고 콧수염을 조그맣게 기른 미남자 손님은 유난히 재미있는 분이었어요! 그 손님한테 다른 사람들이 모두 이렇게 말하곤 했지요. '자아, 어디 한마디 해 보라고…… 아돌프…… 아니, 도돌프라던가……' 하여간 뭐 그런 이름이었습죠."

그녀가 깜짝 놀라 몸서리를 쳤다.

"몸이 안 좋은가?" 레옹이 그녀의 곁으로 다가앉으면서 물었다.

"아니에요. 아무것도 아니에요. 아마 밤바람이 차서 그런가 봐요."

"그쯤 되면 따르는 여자가 없어 걱정은 않겠지요, 역시." 늙은 사공은 낯모르는 손님의 비위를 맞출 셈으로 부드럽게 말했다.

그리고 손바닥에 침을 바르고는 다시 노를 집어 들었다.

그렇지만 결국 헤어지지 않으면 안 되었다! 이별은 슬펐다. 그가 장차 편지를 보낼 때는 롤레 아줌마네 집으로 보내야 한다고 했다. 그녀가 편지를 이중으로 봉해서 보내라면서 어찌나 자세하게 주의를 주는지 레옹은 그녀의 사랑의 기교에 이만저만 놀라지 않았다.

"그럼 모든 일이 다 틀림없다고 약속할 수 있죠?" 그녀가 마지막 키스를 하며 말했다.

"응, 물론이지!" 그는 이 거리 저 거리를 지나 혼자 돌아가면서 생각했다. "그런데 그녀는 그 위임장 문제엔 왜 그렇게까지 신경을 쓰는 걸까?"


4


레옹은 곧 동료들 앞에서 거만한 태도를 취했고 그들과 어울리기를 꺼렸으며 소송 서류는 아예 거들떠보지도 않았다.

그는 그녀의 편지가 오기를 기다렸다. 편지를 받으면 읽고 또 읽었다. 그는 그녀에게 편지를 썼다. 욕망과 기억의 모든 힘을 다 기울여 그녀의 모습을 그려 보았다. 그녀를 다시 만나고 싶은 마음은 떨어져 있다고 해서 덜해지는 것이 아니라 점점 더해져만 갔다. 마침내 어느 토요일 아침 그는 법률 사무소를 빠져나갔다.

언덕 꼭대기에서 골짜기에 있는 교회의 종탑과 거기에 달린 양철 깃발이 바람에 빙글빙글 돌아가고 있는 것을 바라보자 그는 백만장자가 고향 마을을 다시 찾아왔을 때 느낄 법한 저 의기양양한 허영심과 이기적 감동이 뒤섞인 기쁨을 느꼈다.

그는 그녀의 집 주위를 어슬렁거렸다. 부엌에 불빛이 빛나고 있었다. 그는 커튼 뒤로 그녀의 그림자가 보일까 하고 살펴보았다. 아무것도 보이지 않았다.

　르프랑수아 아주머니는 그를 보자 감격해 큰 소리를 질렀다. 그녀는 그를 보고 "키가 커지고 말랐다."라고 했다. 그와 반대로 아르테미즈는 "튼튼해지고 볕에 그을었다."라고 했다.

　그는 그전처럼 작은 방에서 식사를 했다. 그러나 세무 관리가 없기 때문에 혼자였다. 비네는 제비를 기다리는 데 진절머리가 나서 식사를 아예 한 시간 앞당겼던 것이다. 이제 그는 다섯 시 정각에 저녁을 먹는데 그래도 여전히 낡아 빠진 마차가 늦는다고 툭하면 불만을 토하는 것이었다.

　레옹은 그래도 결심한 듯 의사의 집으로 찾아가 문을 두드렸다. 부인은 방에 있었지만 십오 분이나 지나서야 내려왔다. 주인 양반이 나와서 그를 다시 만나게 되어 기쁘다고 인사를 했다. 그러나 그는 그날 저녁도 그다음 날도 종일 집에서 움직이지 않았다.

　레옹은 그날 저녁 늦게서야 뜰 뒤쪽 오솔길에서 그녀를 따로 만났다. 다른 남자와 만날 때처럼 그 오솔길에서! 폭풍우가 일어서 두 사람은 한 우산 속에서 번갯불이 번쩍이는 가운데 이야기를 주고받았다.

　이별이 견디기 어려워졌다.

　"차라리 죽어 버렸으면!" 에마가 되풀이해서 말했다.

　그녀는 그의 품 안에서 울면서 몸부림쳤다.

　"안녕!…… 안녕! 언제 또 만나게 될까?"

bar

y

w

그들은 헤어져 가다가 되돌아와 또 키스를 했다. 그때 그녀는 무슨 수를 써서라도 최소한 한 주에 한 번은 자유롭게 만날 수 있는 기회를 만들겠다고 그에게 약속했다. 그녀는 그럴 자신이 있다는 것이었다. 게다가 그녀는 희망에 넘쳐 있었다. 돈이 손에 들어오기로 되어 있는 것이었다.

그래서 그녀는 뢰르가 헐값이라고 떠벌렸던 굵은 줄무늬의 노란 커튼을 자기 방에 치기 위해 한 벌 샀다. 그녀는 양탄자를 깔고 싶어 했다. 그러자 뢰르는 "그다지 큰돈 들 일은 아니"라고 장담하면서 한 장 갖다드리겠다고 정중하게 약속했다. 그녀는 이제 그의 도움 없이는 아무것도 할 수 없게 되었다. 하루에도 몇 번씩 그를 불러들였다. 그러면 그는 불평 한마디 없이 만사 제쳐 놓고 달려와 대령했다. 사람들은 롤레 아줌마가 왜 날마다 에마네 집에 와서 점심을 먹는지, 왜 그녀를 일부러 찾아오기까지 하는지 알 수가 없었다.

그녀가 음악에 미칠 듯이 열을 올리는 것처럼 보인 것은 바로 그 무렵, 다시 말해서 겨울이 시작될 무렵이었다.

어느 날 밤, 샤를이 귀를 기울여 들어 보니 그녀는 같은 곡을 네 번이나 반복해서 치면서 그때마다 제대로 안 된다고 투덜댔다. 그는 어디가 틀린 것인지도 모르면서 이렇게 소리치는 것이었다.

"멋져요…… 아주 좋아!…… 그럴 리가 없어! 자, 더 쳐 봐요!"

"아니에요! 형편없어요! 손가락이 굳어 버렸어요."

다음 날 그는 나를 위해서 뭐든 한 곡 쳐 달라고 그녀에게 부탁했다.

"좋아요, 정 그러시다면요!"

듣고 난 샤를은 그녀가 좀 서툴어진 것 같다고 솔직히 말했다.

그녀는 악보를 잘못 읽고 엉뚱한 소리를 내다가는 이윽고 갑자기 집어치우면서 말했다.

"아아! 이젠 틀렸어! 레슨을 좀 받아야지 원, 하지만⋯⋯."

그녀가 입술을 지그시 깨물더니 덧붙였다.

"한 번에 이십 프랑이라니 너무 비싸!"

"음, 그렇군⋯⋯ 약간은⋯⋯." 샤를이 좀 멍청하게 낄낄대면서 말했다.

"하지만 어쩌면 좀 더 싸게 할 수도 있을 것 같은데. 이름 없는 음악가가 유명한 선생보다 오히려 더 나은 경우가 더러 있으니까."

"그럼 찾아 줘요."

다음 날 샤를은 집으로 돌아오자 무언가 의미 있는 눈초리로 그녀를 바라보더니 끝내 참지 못하고 이렇게 말했다.

"당신 가끔 이상하게 고집을 부리는 때가 있어! 오늘 바르퀘셰르에 다녀왔지. 그런데 리에자르 부인 말이 수도원 여학교에 다니는 자기 딸 셋은 한 번에 오십 수를 내고 레슨을 받고 있대. 그것도 유명한 여류 음악가 밑에서 말이야!"

그녀는 어깨를 으쓱했다. 그리고 다시는 피아노를 열지 않았다.

그러나 피아노 옆을 지나칠 때마다 (보바리가 거기에 있으면) 그녀는 한숨을 내쉬었다.

"아아! 내 불쌍한 피아노!"

그러고는 손님이 찾아오기만 하면 그녀는 음악을 집어치웠다는 것, 지금은 다시 시작하려고 해도 부득이한 사정 때문에 그럴 수 없다는 것을 어김없이 말했다. 그러면 사람들은 그녀를 동정했다. 정말 아까운 일이다! 그렇게 훌륭한 재능이 있는데! 사람들은 보바리에게도 그 이야기를 하며 그를 부끄럽게 만들었다. 그중에서도 특히 약제사는 말했다.

"그러시면 안 되죠! 천부의 재능이란 결코 썩혀서는 안 되는 법입니다. 게다가 생각해 보세요. 지금 부인에게 공부를 시켜 두면 나중에 댁의 아이들에게 음악 교육을 시키는 비용을 절약할 수가 있는 겁니다! 나는 자녀의 교육은 반드시 어머니가 맡아야 한다고 생각해요. 이건 루소의 사상인데 아마 아직까지는 좀 새로운 것인지 모르겠지만 이제 머지않아 반드시 승리를 거둘 것입니다. 마치 모유로 아이를 키우는 것과 종두처럼 말입니다."

그래서 샤를은 다시 한번 피아노 문제를 끄집어냈다. 에마는 그런 거 이제 팔아 버렸으면 좋겠다고 시큰둥하게 대답했다. 그의 허영심을 그토록 만족시켜 주었던 그 불쌍한 피아노가 이 집에서 자취를 감춘다는 것이 보바리에게는 왜 그런지 그녀의 어느 한 부분이 자살하는 것이나 마찬가지로 여겨졌다.

"당신이 원한다면……." 그가 말했다. "때때로 레슨을 받아 보는 것도 그리 큰돈이 드는 것은 아니잖아?"

"하지만 레슨은 계속 받지 않으면 아무 소용이 없어요." 그

418

녀가 대꾸했다.

이리하여 결국 그녀는 한 주에 한 번씩 애인을 만나러 시내로 나가는 허락을 남편에게서 얻어 내고야 말았다. 한 달이 지나자 심지어 사람들은 그녀가 놀랍게 발전했다고까지 말했다.


5


가는 날은 목요일이었다. 그녀는 자리에서 일어나면 샤를을 깨우지 않도록 조용히 옷을 갈아입었다. 그녀가 너무 일찍 준비를 하는 것을 보면 잔소리를 할 것 같기 때문이었다. 그러고 나면 그녀는 방 안을 이리저리 왔다 갔다 했다. 그리고 창가에 가 서서 광장을 내려다보곤 했다. 해 뜰 녘의 희미한 빛이 시장의 기둥들 사이를 감돌고 있었고 아직 덧문이 닫힌 약제사의 집은 창백한 새벽빛 속에 간판의 굵은 글자들을 드러내 보이고 있었다.

벽시계가 일곱 시 십오 분을 가리키면 그녀는 금사자로 갔다. 아르테미즈가 하품을 하면서 나와 문을 열었다. 그러고는 부인을 위해서 재 속에 묻어 둔 숯불을 헤쳐 주었다. 부엌에는 에마 혼자뿐이었다. 그녀는 가끔씩 바깥에 나가 보았다. 이베르가 천천히 마차에 말을 매면서 한편으로는 르프랑수아아주머니가 하는 말에 귀를 기울였다. 그녀는 무명 모자를 쓴 머리를 작은 창 밖으로 내밀고 그에게 여러 가지 할 일들을 일러 주고 다른 사람이라면 어리둥절해했을 긴 설명을 늘어놓고 있었다. 에마는 구두 뒤축으로 안마당의 바닥돌을 쾅쾅 내리밟았다.

마침내 이베르는 수프를 다 마시자 외투를 걸치고 파이프에 불을 댕긴 다음 채찍을 손에 쥐고는 천천히 마부석에 올라앉았다.

제비는 잰 걸음으로 달리기 시작했다. 그리고 처음 삼 킬로미터쯤 가는 동안 이곳저곳에 멈추어 서서 길가나 집 울타리 앞에 서서 마차를 기다리고 있는 손님들을 태웠다. 전날부터 예약을 한 손님들은 좀처럼 나오지 않았다. 그중에는 아직도 집에서 자고 있는 사람까지 있었다. 이베르는 부르기도 하고 소리 지르기도 하고 욕지거리를 퍼붓기도 하다가 끝내는 마부석에서 내려와 문을 쾅쾅 두드리기도 했다. 벌어진 마차 창문 틈으로 바람이 세차게 불어 들어왔다.

그러는 동안에 장의자 네 개가 모두 차고 마차는 달리기 시작했다. 사과나무들이 줄지어 끝없이 계속되었다. 그리고 누런 물이 괸 두 개의 긴 수로 사이로 길은 지평선 끝까지 좁아지면서 뻗어 있었다.

에마는 그 길을 끝에서 끝까지 훤하게 알고 있었다. 목장 다음에는 도로 표지 말뚝, 그다음에는 느릅나무 한 그루, 그리고 헛간 혹은 도로 보수하는 일꾼들의 오두막 같은 것이 나온다는 것을 알고 있었다. 때로는 깜짝 놀라게 되는가 보려고 일부러 눈을 감아 보기도 했다. 그러나 앞으로 남은 길의 거리만은 언제나 느낌으로 분명히 알 수 있었다.

마침내 벽돌집들이 부쩍 많아지고 지면이 마차 바퀴 밑에서 소리를 내며 울리게 되면 제비는 집들의 뜰과 뜰 사이를 누비면서 미끄러져 갔다. 그러면 살울타리 사이로 동상들이며 정자며 가지를 다듬은 주목이며 그네 따위가 보였다. 그러다가 불쑥 도시의 모습이 한눈에 들어왔다.

안개에 묻힌 도시는 계단식 원형 극장 모양으로 아래로 내려가면 교량들 저 너머 희미하게 펼쳐져 있었다. 그다음에는 넓은 들판이 단조로운 지형으로 점점 높아져 가다가 저 멀리 희뿌연 하늘의 분명하지 않은 저변에 닿아 있었다. 이렇게 높은 곳에서 내려다보면 풍경 전체가 요지부동으로 한 폭의 그림 같은 모습이었다. 닻을 내린 배들이 한쪽 귀퉁이에 모여 있었다. 강물은 초록빛 언덕 밑으로 곡선을 그리며 굽이치고 기름한 모양의 섬들은 마치 크고 시꺼먼 물고기들처럼 물 위에 떠 있었다. 공장 굴뚝에서 뿜어 나오는 커다란 갈색 연기는 끝부분이 바람에 흩날리고 있었다. 주물 공장의 부르릉대는 소음이 안개 속에 솟아 있는 성당들의 맑은 종소리와 함께 아득히 들려왔다. 잎이 떨어진 가로수는 집들 사이에서 보랏빛 덤불을 이루고 비에 젖어 번들거리는 지붕들은 동네의 높낮이에 따라 서로 다르게 빛을 반사하고 있었다. 때때로 한 차례 바람이 불면 마치 하늘의 파도가 절벽에 부딪치며 소리 없이 부서지듯이 생트카트린 언덕 쪽으로 구름 떼가 몰려갔다.

에마의 느낌에는 첩첩이 쌓여 있는 그 숱한 삶들에서 현기증 나는 그 무엇인가가 발산되고 있는 것 같았고 그녀의 가슴은 그 때문에 한껏 부풀어 올랐다. 마치 거기에 맥박 치고 있는 십이만의 생명들이, 그들이 품고 있을 것으로 여겨지는 정넘의 열풍을 그녀에게 일제히 쏟아 보내기라도 하는 것만 같았다. 그녀의 사랑은 그 광대한 공간 앞에서 드넓게 확대되어 갔고 끓어오르는 그 막연한 술렁임과 더불어 넘쳐흐르며 소용돌이쳤다. 그녀는 그 사랑을 밖으로, 광장으로, 산책로로, 거리거리로 내쏟았다. 그러자 노르망디의 그 해묵은 도시는 그녀가 이제 발 들여놓으려는 그 무슨 어마어마하게 큰 수도처럼, 바빌론의 도시처럼 그녀의 눈앞에 펼쳐지는 것이었다. 그녀는 두 손으로 창틀을 짚고 몸을 밖으로 내밀어 미풍을 들이마셨다. 세 마리의 말은 달음질로 뛰고, 흙탕 속에서 바퀴에 닿은 돌들은 삐걱거리고, 차체는 마구 기우뚱거렸으므로 이베르는 저 앞 큰길을 지나가는 이륜마차를 향해 소리를 질러 댔다. 한편 교외의 부아기욤[96]에서 밤을 지낸 시민들은 조그만 자가용 마차를 타고 느긋하게 언덕을 내려가고 있었다.

마차는 방책[97] 앞에 이르면 멈추어 섰다. 에마는 구두 위에 신은 덧신의 고리를 풀고 장갑을 다른 것으로 바꾸어 끼고 숄을 매만지고 나서 한 이십 보쯤 더 가서 제비에서 내렸다.

도시가 때마침 잠에서 깨어나고 있었다. 그리스 모자를 쓴 점원들이 가게의 진열장을 닦고 허리에 바구니를 낀 여자 행상들은 골목 모퉁이를 돌면서 이따금 낭랑한 목소리로 고함을 질러 댔다. 그녀는 눈을 내리깔고 벽에 바싹 붙어 걸으면서도 늘어뜨린 검은 베일 속에서는 쾌락의 미소를 짓고 있었다.

---

96) 루앙 교외의 주택가 이름이다.
97) 오늘의 고속도로 요금소처럼 도시로 들어가는 사람들은 방책이 쳐진 곳에서 통행세를 냈다.

평소에 그녀는 남의 눈에 띌까 봐 곧장 가는 가장 빠른 길은 이용하지 않았다. 그녀는 어두운 뒷골목들로 빠져 들어갔다가 땀에 흠뻑 젖어서 나시오날가(街) 아래쪽 분수 곁에 다다랐다. 그곳은 극장과 선술집과 창녀들의 거리였다. 가끔 짐수레가 연극의 무대 장치를 싣고 덜컹거리며 그녀 곁으로 지나가기도 했다. 앞치마를 두른 급사들이 푸른 관목들 사이의 바닥돌 위에 모래를 뿌리고 있었다. 압생트와 잎담배와 굴 냄새가 났다.

그녀는 어떤 골목 모퉁이를 돌아 들어갔다. 모자에서 비어져 나온 곱슬머리를 보고서 그녀는 곧 그를 알아보았다.

레옹은 멈추지 않고 보도 위를 계속 걸어갔다. 그녀는 호텔까지 그를 따라갔다. 그는 층계를 올라가서 문을 열고, 방에 들어갔다……. 얼마나 열렬한 포옹인가!

키스가 끝나면 비로소 참았던 말이 쏟아져 나왔다. 지난 한 주일 동안의 슬펐던 일, 여러 가지 예감, 초조하게 기다렸던 편지 걱정 따위의 이야기를 서로 주고받았다. 그러나 이제는 모든 것을 다 잊어버렸다. 두 사람은 서로의 얼굴을 마주 보며 쾌락의 웃음을 흘렸고 정다운 이름으로 서로를 불렀다.

침대는 마호가니로 만든 나룻배 모양의 대형 침대였다. 천장에서부터 넓게 벌어진 베개판 쪽으로 늘어진 붉은 비단 커튼은 너무 낮게 매듭으로 매여 있었다. 그녀가 수줍은 듯 두 손으로 얼굴을 가리면서 드러난 두 팔을 오므릴 때 이 주홍빛 바탕을 배경으로 뚜렷이 드러나는 갈색의 머리와 흰 살결만큼 아름다운 것은 이 세상에 없었다.

은근한 분위기의 양탄자와 유쾌한 장식 그리고 조용히 비쳐 드는 광선이 조화된 이 따뜻한 방은 그야말로 열정적인 사랑의 밀회에는 더없이 적당한 곳이었다. 끝이 화살처럼 뾰족한 막대와 구리로 된 커튼 고리, 벽난로 장작받침의 공처럼 둥근 장식들은 햇빛이 들어오면 갑자기 번쩍거리곤 했다. 벽난로 위의 촛대들 사이에는 귀를 갖다 대면 바다 소리가 들리는 두 개의 커다란 장밋빛 조개 껍데기가 놓여 있었다.

　그 화려함이 다소 퇴색한 느낌을 주기는 하지만 즐거움으로 가득 찬 이 멋진 방이 그들에게는 얼마나 마음에 드는 것인가! 올 때마다 늘 그 자리에 놓여 있는 가구들을 다시 대할 수 있었다. 지난번 목요일에 그녀가 잊어버리고 간 머리핀이 시계 받침 밑에 그대로 놓여 있을 때도 있었다. 두 사람은 벽난로 옆, 자단을 박아 장식한 작은 테이블에서 점심을 먹었다. 에마는 애교가 넘치는 온갖 말들과 더불어 고기를 썰어 그의 접시에 담아 주었다. 가벼운 샴페인 잔에서 거품이 넘쳐 손가락에 낀 반지에 묻으면 그녀는 교성을 내면서 까르르 웃어 대곤 했다. 그들은 서로에게 너무나도 완전히 사로잡혀 넋을 놓고 있었기 때문에 그곳이 자기들의 집인 양 착각했고 영원히 젊은 부부처럼 죽는 날까지 거기서 살도록 되어 있다고 믿는 것이었다. 그들은 우리 방, 우리 양탄자, 우리 소파라고 말했고, 그녀는 심지어 내 덧신이라고까지 했다. 그것은 에마가 갖고 싶다고 해서 레옹이 사 준 선물로 가장자리를 백조의 깃털로 장식한 핑크색 공단 덧신이었다. 그녀가 그의 무릎 위에 올라앉으면 너무 짧은 그녀의 다리는 바닥에 닿지 않고 떠 있었다. 그러면 뒤축이 없는 그 귀여운 신발은 그녀의 맨발 발가락 끝에 걸려 있었다.

그는 난생 처음으로 여성의 우아함에서 풍기는 저 말로 다 할 수 없는 미묘함을 맛보고 있었다. 그는 한 번도 이런 고상한 말씨, 단정한 옷매무새, 잠든 비둘기 같은 자태를 접해 본 적이 없었다. 그는 그녀의 영혼의 열광과 스커트의 레이스에 탄복하지 않을 수 없었다. 게다가 이 여자는 상류 부인 그리고 결혼한 부인! 요컨대 진짜 정부가 아닌가?

기분이 변덕스럽게 자주 바뀌는 성미라 침울한가 하면 쾌활해지고 재잘거리는가 하면 뚱해지고 흥분하는가 하면 나른해지는 그녀는 레옹의 마음속에 무수한 욕망들을 자극하며 갖가지 본능과 추억을 되살려 놓는 것이었다. 그녀는 모든 소설에 등장하는 사랑에 빠진 여자, 모든 연극의 여주인공, 모든 시집의 막연한 그녀였다. 레옹은 그녀의 어깨에서 목욕하는 터키 궁녀의 호박색 빛을 보았다. 긴 코르사주를 입은 그녀는 봉건 성주의 마나님 같았다. 그녀는 바르셀로나의 창백한 여인을 닮은 것 같기도 했다. 그러나 그녀는 무엇보다도 '천사'였다!

때때로 그녀를 바라보고 있노라면 자신의 영혼이 그녀를 향해 빠져나가서 그녀의 머리 주변으로 물결처럼 번져 가다가 마침내는 그녀의 하얀 가슴속으로 빨려 들어가는 것만 같았다.

그는 그녀 앞에 무릎을 꿇고 앉았다. 그리고 그녀의 무릎에 양팔을 괴고는 얼굴을 쳐들어 미소 지으며 가만히 쳐다보았다.

그녀는 그에게 몸을 굽히고 황홀해 숨이 막힌다는 듯이 속삭였다.

"아아! 움직이지 말아요! 아무 말도 하지 말아요! 나를 봐요! 당신의 눈에서 뭔가 아주 정다운 것이 풍겨 나와서 정말 기분이 좋아요!"

그녀는 그를 우리 아기라고 불렀다.

"우리 아기, 나를 사랑해?"

그러나 그의 대답을 들을 사이도 없이 밑에서 레옹의 입술이 다급하게 그녀의 입으로 달려들었다.

탁상시계 위쪽에 달린 작은 청동 큐피드가, 도금한 꽃장식 테 밑에서 두 팔을 동그랗게 하고서 미소 짓고 있었다. 그들은 그걸 보고서 곧잘 웃었다. 그러나 헤어져야 할 때가 되면 그들에게는 모든 것이 다 심각하게만 여겨졌다.

꼼짝도 않은 채 서로 마주 보면서 그들은 되풀이해 말하는 것이었다.

"목요일에!…… 목요일에!"

갑자기 그녀는 그의 머리를 감싸 쥐고 "안녕!" 하고 말하면서 급히 그의 이마에 입을 맞추고 나서는 층계로 내달았다.

그녀는 코미디가(街)의 미용실로 가서 머리 손질을 했다. 밤이 오고 있었다. 가게에는 가스등이 켜졌다.

공연 시간을 알리며 단역 배우들을 불러들이는 극장의 작은 종소리가 들려왔다. 그러자 가게 맞은편으로 얼굴에 하얀 칠을 한 남자들과 빛바랜 옷차림의 여자들이 극장 뒷문으로 들어가는 것이 보였다.

천장이 몹시 낮고 가발들과 포마드가 잔뜩 어질러진 가운데 난로가 소리를 내며 기세 좋게 타고 있는 그 작은 미용실 안은 더웠다. 머리 지지는 인두 냄새와 머리를 매만지는 손의 끈적한 촉감 때문에 어느새 그녀는 의식이 흐릿해지면서 흰 화장 가운을 걸친 채로 한동안 졸았다. 몇 번인가 남자 미용사가 머리를 매만지면서 가면 무도회의 표를 사라고 권했다.

이윽고 그녀는 거기서 나왔다! 거리를 몇 개 거슬러 올라갔다. 적십자 여관에 도착했다. 아침에 장의자 밑에 숨겨 두었던 비신을 꺼내 신고 마차가 떠나기를 초조하게 기다리는 승객들 속에서 자리를 골라 주저앉았다. 몇 사람이 언덕 밑에서 내렸다. 마차 안에는 그녀 혼자뿐이었다.

모퉁이를 돌 때마다 도시의 모든 등불들이 점점 더 뚜렷이 보였다. 그 등불들은 서로 분간할 수 없도록 뒤섞인 집들 저 위로 질펀한 빛의 안개를 드리우고 있었다. 에마는 좌석의 쿠션 위에 무릎을 꿇고 앉아서 이 눈부신 빛 속에 눈길을 빠뜨린 채 넋을 잃고 있었다. 그러고는 흐느껴 울었고 레옹의 이름을 불러 댔고 그에게 정다운 말과 키스를 보냈다. 그것들은 바람에 날려 사라졌다. 언덕 위에는 지나다니는 마차들 틈에서 지팡이를 짚고 서성거리는 한심한 떠돌이 거지가 하나 있었다. 치덕치덕 겹쳐 걸친 헌 누더기가 어깨를 덮고 있고 양푼처럼 우묵하게 짜부라진 낡은 모자가 얼굴을 가리고 있었다. 그러나 모자를 벗으면 눈꺼풀이 있어야 할 곳에 온통 피로 얼룩진 두 개의 눈구멍이 뻥 하니 뚫려 있었다. 살덩이는 찢어져 뻘건 누더기가 되어 있었다. 거기서 고름이 흘러내려 코 근처까지 퍼런 습진처럼 눌러붙어 있었고 시커먼 콧구멍은 경련하듯 훌쩍거렸다. 무슨 말을 걸어올 때면 그는 머리를 뒤로 젖히고 백치처럼 웃어 댔다. 그럴 때면 푸르스름한 눈동자가 관자놀이께로 당겨지면서 아물지 않은 상처 가장자리에 가 닿았다.

그는 마차들 뒤를 따라가며 토막난 노래를 불렀다.

화창한 날의 후끈한 열기[98]에 못 이겨
젊은 아가씨는 사랑을 꿈꾼다네.

그리고 그다음에는 새들과 햇빛과 나뭇잎의 노래가 이어졌다.

때때로 그는 에마 등 뒤에서 모자도 쓰지 않은 모습으로 불쑥 나타나기도 했다. 그녀는 비명을 지르며 뒤로 물러났다. 이베르가 끼어들어 그를 놀려 댔다. 이베르는 거지에게 생로맹 장터에 가서 가게를 차리라고 권하기도 하고 사귀는 아가씨는 잘 있느냐고 놀리며 웃어 대기도 했다.

대개는 마차가 한창 달리고 있을 때 갑자기 창 밖에서 그의 모자가 불쑥 마차 안으로 들어오곤 했다. 그때 거지 자신은 바퀴에서 흙탕물이 튀어 오르는 발판 위에 올라서서 다른 한쪽 팔로 마차를 꼭 붙잡고 매달려 있는 것이었다. 처음에는 가

98) '열기'를 뜻하는 프랑스어 chaleur는 동시에 암컷의 '발정'을 의미한다. 따라서 이 음탕한 사랑 노래는 추악한 거지의 모습과 대조되어 그로테스크한 분위기를 자아낸다.

날픈 갓난아기 울음소리 같던 그의 목소리가 차차 날카로워졌다. 그것은 뭔지 알 수 없는 고통을 호소하는 불분명한 울부짖음처럼 밤 공기 속에서 꼬리를 끌었다. 그리고 방울이 울리는 소리, 우수수 흔들리는 나뭇가지 소리와 텅 빈 마차가 덜컥거리는 소리를 통해 들리는 그 목소리에는 에마의 마음을 뒤집어 놓는 아득한 그 무엇이 서려 있었다. 그것은 심연의 소용돌이처럼 그녀의 영혼 깊숙한 곳으로 파고들었다. 그러나 마차가 한쪽으로 쏠리고 있다는 것을 알아차린 이베르가 채찍을 들어 장님을 힘껏 내리쳤다. 채찍의 앞 끝이 그의 상처를 후려치자 그는 비명을 지르며 흙탕 속으로 나가떨어졌다.

이윽고 제비의 승객들은 잠들어 버리고 말았다. 어떤 사람은 입을 벌리고, 또 어떤 사람은 고개를 수그리고, 옆 사람의 어깨에 기대거나 손잡이 가죽끈에 팔을 꿴 채 마차가 흔들릴 때마다 규칙적으로 건들거리고 있었다. 마차 밖 말궁둥이께에 걸려 흔들리고 있는 램프 불빛이 밤색 옥양목 커튼을 통해 차 안으로 비쳐 들어와 움직이지 않고 앉아 있는 그 모든 사람들 위에 핏빛의 그림자를 던지고 있었다. 에마는 슬픔에 취한 채 옷 속에서 떨고 있었다. 두 발이 점점 싸늘해지면서 죽도록 슬픈 마음만 가득 차올랐다.

집에서는 샤를이 그녀를 기다리고 있었다. 제비는 목요일이면 언제나 연착했다. 마님이 드디어 돌아온 것이었다! 그녀는 딸아이에게 키스를 하는 둥 마는 둥 했다. 저녁 준비가 안 되어 있었지만 개의치 않았다! 그녀는 하녀를 나무라지도 않았다. 이제는 하녀가 무슨 짓을 해도 괜찮은 것 같았다.

때때로 남편은 그녀의 얼굴빛이 창백한 것을 보고는 어디 아픈 것이 아닌지 묻곤 했다.

"아니에요." 에마가 대답했다.

"하지만." 그가 말했다. "당신 오늘 밤 아무래도 이상한데 그래?"

"아뇨! 아무것도 아녜요! 아무것도 아녜요!"

어떤 때는 집에 돌아오기가 바쁘게 방으로 곧장 올라가 버리는 날도 있었다. 그러면 쥐스탱이 거기 와 있다가 발소리를 죽이고 오가면서 날렵한 시녀보다도 더 눈치 빠르게 시중을 들었다. 그는 성냥과 촛대와 책을 갖다 놓고 잠옷을 꺼내고 잠자리 준비까지 해 주었다.

"자." 그녀가 말했다. "이제 됐으니 그만 돌아가 봐!"

그가 두 손을 늘어뜨리고 눈을 멀뚱히 뜬 채 마치 갑자기 밀려드는 무수한 몽상의 올가미에 걸려든 것처럼 우두커니 서 있었던 것이다.

다음 날 하루는 끔찍하게 괴로웠다. 그리고 그다음 며칠 동안은 행복을 다시 붙잡고 싶은 초조한 마음 때문에 더욱 참을 수 없었다. 그 격한 욕망은 이미 경험해 본 영상들로 인해 불처럼 타오르다가 일주일이 지나면 레옹의 애무 속에서 마음껏 폭발했다. 한편 레옹 자신의 불같은 욕망은 에마에 대한 감탄과 감사의 표현 뒤에 감추어져 있었다. 에마는 그 사랑을 조심스럽게, 그러나 흠뻑 음미했고 애정의 갖은 기교를 다하여 그것을 유지하면서도 언젠가 그 사랑이 꺼져 버리면 어쩌나 해서 다소 불안해하고 있었다.

때때로 그녀는 쓸쓸한 목소리로 부드럽게 말했다.

"아! 언젠간 날 버리겠지, 당신도!…… 그리고 결혼할 테지!…… 딴 남자들과 마찬가지로."

그가 물었다.

"딴 남자들이라니?"

"세상 남자들 말이야." 그녀가 대답했다.

그리고 그녀는 괴롭다는 듯 그를 떠밀면서 덧붙였다.

"남자들은 모두가 다 나빠!"

어느 날 두 사람은 이 세상 삶의 덧없음에 대해서 철학적으로 이야기를 주고받고 있었는데 그녀가 문득(레옹의 질투심을 시험하고 싶어서였는지 아니면 자신의 속마음을 털어놓지 않고는 견딜 수 없었는지) 옛날에 레옹을 사랑하기 전에 어떤 다른 남자를 사랑한 일이 있다고 말해 버렸다. "당신만큼 사랑한 건 아니고!" 하고 그녀는 얼른 덧붙였다. 그리고 아무 일도 없었다는 것을 딸의 목숨을 걸고 맹세했다.

청년은 그녀의 말을 믿었지만 그러면서도 그 남자가 무엇을 하는 사람이었는지 물었다.

"해군 대령이었어요."

이 대답은 더 이상 캐묻는 것을 예방하고 동시에 호탕한 성격으로 세상의 인기를 독차지하고 있는 남자의 마음을 사로잡았다는 것으로 자기를 높여 보려는 뜻이 아니었을까?

그러자 서기는 자기의 처지가 초라하다고 느꼈다. 견장과 훈장과 직함이 부러웠다. 그런 모든 것이 에마의 마음에 들 것이다. 그녀의 사치스러운 습관으로 미루어 분명히 그럴 것 같왔다.

그러나 에마에게는 그 밖에도 어이없는 소망들이 여러 가지 있었는데 다만 입 밖에 내지 않고 있을 뿐이었다. 가령 루앙에 갈 때는 파란색 이륜마차에 영국 말을 매어 승마용 장화를 신은 소년 마부에게 고삐를 잡게 하고 싶다는 욕망 따위가 그 일례였다. 이 변덕스러운 욕심을 부추긴 것은 쥐스탱으로, 그는 제발 자기를 사환으로 써 달라고 애원했던 것이다. 그런데 그런 자가용 마차가 없다고 해서 밀회 때마다 루앙에 도착하는 기쁨이 줄어드는 것은 아니었지만 만나고 나서 돌아올 때의 실망이 그 때문에 더해지는 것만은 분명했다.

때때로 둘이서 파리 이야기를 할 때면 그녀는 늘 이렇게 중얼거리게 되는 것이었다.

"아! 거기서 같이 산다면 얼마나 좋을까!"

"지금은 행복하지 않아?" 청년이 부드럽게 말하면서 그녀의 머리카락을 쓰다듬었다.

"응, 행복하고 말고." 그녀가 말했다. "바보 같은 소릴 했네. 키스해 줘!"

그녀는 남편에게 전에 없이 싹싹하게 굴었다. 피스타치오가 든 크림을 만들어 주기도 하고 저녁 식사 후에는 왈츠곡을 쳐 주기도 했다. 그래서 샤를은 자기가 세상에서 가장 행복한 사람이라고 생각했다. 에마는 아무 걱정 없이 지내고 있었다. 그런데 어느 날 밤 갑자기 샤를이

"당신한테 레슨을 해 주는 선생이 랑프뢰르 양 맞지?" 하고 물었다.

"네."

"그런데 말이야, 조금 전에 리에자르 부인 집에서 그분을 만났어. 당신 얘기를 했더니 그런 사람 모른다고 하는 거야." 샤를이 말을 이었다.

마치 벼락을 맞은 것 같은 충격이었다. 그렇지만 그녀는 천연스럽게 되받았다.

"아! 아마 내 이름을 잊어버린 모양이죠?"

"어쩌면 루앙에 랑프뢰르라는 피아노 선생이 여러 사람 있는지도 모르지?"

"그럴 수도 있겠네요!"

그러고는 기운을 얻어 말했다.

"그렇지만 그분이 준 영수증이 있어요, 자, 보세요!"

그리고 그녀는 책상 쪽으로 가서 모든 서랍을 뒤지고 서류들을 뒤죽박죽 만들다가 드디어는 너무나도 정신없이 굴었기 때문에 샤를은 그런 하찮은 영수증을 가지고 그렇게까지 애쓸 필요는 없다고 그녀를 열심히 달랬다.

"오! 꼭 찾고 말겠어요." 그녀가 말했다.

그리고 실제로 그다음 금요일에 샤를은 옷을 빼곡이 넣어두는 어두운 작은 방에서 장화를 신다가 구두 바닥과 양말 사이에 무슨 종잇조각이 밟히는 것 같아서 그걸 꺼내서 읽어보았다.

"영수증. 삼 개월분의 수업료 및 기타 교재비로 일금 육십오 프랑을 정히 영수함. 음악 교사 펠리시 랑프뢰르."

"어떻게 이게 내 장화 속에 들어 있지?"

"아마 영수증들을 넣어 두는 낡은 마분지 통에서 떨어졌을 거예요. 선반 가장자리에 얹어 두었거든요."

그때부터 그녀의 생활은 온통 거짓말투성이였다. 그녀는 자기의 사랑을 마치 베일로 감싸듯이 거짓말 속에 싸서 숨겼다.

거짓말이 이제는 어떤 필요, 광적인 습관, 쾌락이 되어 버렸다. 이리하여 끝내는 그녀가 어제 어떤 길의 오른쪽으로 지나왔다고 말하면 사실은 왼쪽으로 지나왔다고 생각해야 할 정도가 되었다.

어느 날 아침 그녀가 여느 때와 마찬가지로 상당히 얇은 옷차림으로 막 집을 떠났는데 갑자기 눈이 내리기 시작했다. 그런데 날씨가 어떤지 보려고 샤를이 창 밖을 내다보니 부르니지앵 씨가 튀바슈 씨의 이륜마차에 동승해 가지고 루앙으로 가는 것이 보였다. 그래서 그는 얼른 쫓아 내려가서 신부에게 두꺼운 숄을 건네주면서 적십자 여관에 도착하거든 곧 안사람에게 전해 달라고 부탁했다. 여관에 도착하기가 무섭게 부르니지앵은 용빌의 의사 부인이 어디에 있느냐고 물었다. 여관 안주인은 그녀가 여기에는 통 들르지 않는다고 대답했다. 그래서 저녁때 제비에서 보바리 부인을 만나자 신부는 당황했던 얘기를 했다. 하기야 신부는 그 일을 그리 대수롭게 여기지 않았다. 그는 금방 그 무렵 대성당에서 크게 인기를 끌고 있는 설교사를 칭찬하기 시작하면서 모든 부인들이 그 설교를 들으려고 앞다투어 모여든다고 했던 것이다.

그렇기는 해도 비록 신부는 까닭을 캐묻지 않았지만 나중에 다른 사람들이 좀 더 노골적으로 호기심을 나타낼지도 모를 일이었다. 그래서 그녀는 루앙에 갈 때마다 적십자 여관에 묵는 것이 이로울 것이라고 판단했다. 그러면 마을 사람들은 층계에서 그녀와 마주치게 되어 아무런 의심도 하지 않을 것이었다.

그러던 어느 날 그녀가 레옹과 팔짱을 끼고 불로뉴 호텔에서 나오는 것을 뢰르 씨가 보고 말았다. 그래서 에마는 그가 소문을 퍼뜨리지는 않을까 하고 걱정했다. 그는 그 정도로 바보는 아니었다.

그러나 그로부터 사흘 뒤, 그는 에마의 방으로 들어와 문을 닫고는 이렇게 말했다.

"돈이 좀 필요해서요."

그녀는 지금은 줄 돈이 없다고 잘라서 말했다. 뢰르는 우는 소리를 장황하게 늘어놓으면서 지금까지 그가 호의를 베풀어 온 모든 일들을 들먹였다.

사실 샤를이 서명한 두 장의 어음 중에서 에마는 지금까지 한 장밖에 지불하지 못했다. 두 번째 것에 대해서, 상인은 그녀의 간청에 따라 그것을 다른 두 장으로 대체하는 데 동의했더랬고 게다가 그 지불 기한도 훨씬 뒤로 연기해 준 터였다. 이윽고 그는 아직 대금이 지불되지 않은 상품 목록을 꺼냈다. 즉 커튼, 양탄자, 안락의자 커버, 여러 벌의 옷 그리고 여러 가지 화장품 등으로 그 금액이 무려 이천 프랑가량이나 되었다.

그녀는 고개를 떨구었다. 그가 말을 계속했다.

"하지만 현금은 없다 해도 댁에는 재산이 있죠."

그러면서 그는 오말 부근의 바른빌에 있는 대단치 않은 시골집 얘기를 꺼냈다. 별로 수입이 되지 않는 집이었다. 그것은 옛날에 보바리의 부친이 팔아 버린 작은 농장에 딸린 것이었다. 뢰르는 면적이 몇 헥타르며 이웃 사람들이 누구라는 것까지 사정을 소상히 알고 있었다.

"나 같으면 그걸 처분하겠네요. 빚을 갚고도 돈이 좀 남을 텐데요." 그가 말했다.

그녀는 작자를 구하기 어려울 것이라며 반대했다. 그는 작자를 구할 희망이 있다고 했다. 그러자 그녀는 자기가 팔려면 어떻게 해야 하느냐고 물었다.

"위임장을 갖고 계시잖아요?" 그가 대답했다.

그 말이 에마에게는 한 줄기 시원한 바람처럼 느껴졌다.

"청구서를 놓고 가세요." 에마가 말했다.

"아니, 그럴 필요 없습니다!" 뢰르가 말을 이었다.

그는 그다음 주에 다시 찾아와서 여기저기 알아본 결과 값은 확실히 말하지 않으나 꽤 오래전부터 그 집에 눈독을 들이고 있는 랑글루아라는 사람을 찾아냈다고 자랑하듯이 말했다.

"값은 아무래도 좋아요!" 그녀가 소리쳤다.

그는 그런 말을 할 게 아니라 오히려 느긋이 기다리면서 그 작자의 의중을 알아낼 필요가 있다고 했다. 이쪽에서 한번 가 볼 필요는 있는 일이지만 부인이 거기까지 갈 수는 없으므로 자기가 현장에 가서 랑글루아와 흥정을 하고 오겠노라고 나섰다. 일단 다녀오더니 그는 살 사람이 사천 프랑을 내겠단다고 전했다.

에마는 이 소식을 듣자 반색하며 여간 기뻐하지 않았다.

"솔직히 말해서 잘 받는 겁니다." 그가 덧붙였다.

그녀는 즉시 반액을 받아 쥐었다. 그러고는 계산서의 금액을 지불하려고 하자 상인이 말했다.

"정말이지 이런 막대한 돈을 한꺼번에 받게 되니 마음 아프네요."

그 말에 에마는 지폐를 바라보았다. 그리고 그 이천 프랑이면 얼마나 많은 밀회를 즐길 수 있겠는가 하고 꿈꾸듯이 생각해 보았다.

"뭘요! 뭘요!" 그녀가 더듬거리면서 말했다.

"오!" 뢰르가 호인다운 미소를 지어 보이면서 대답했다. "뭐든 계산서에 올려놓기만 하면 되는 겁니다. 살림살이가 쉽지 않다는 걸 전들 모르겠습니까?"

그리고 그는 손에 들고 있던 길죽한 서류 두 장을 손가락 사이로 밀어서 내놓으면서 그녀의 얼굴을 빤히 바라보았다. 마침내 그는 지갑을 열고는 천 프랑짜리 약속 어음 넉 장을 꺼내서 탁자 위에 늘어놓았다.

"자, 여기에 서명해 주시지요. 돈은 전부 넣어 두시고요." 그가 말했다.

그녀는 말도 안 된다고 소리쳤다.

"그러나 제가 차액을 부인께 드릴 테니까 부인께 도움을 드리는 게 아니겠어요?" 뢰르가 뻔뻔스럽게 대답했다.

그리고 그는 펜을 들고 계산서 밑에 썼다.

"일금 사천 프랑을 보바리 부인으로부터 정히 영수함."

"뭘 걱정하십니까, 여섯 달만 있으면 저 오두막집의 잔금을 받게 될 테고 마지막 어음의 지불 기일은 그 돈이 들어온 뒤로 잡아 둘 텐데요."

에마는 그의 계산이 복잡해서 약간 당황했다. 그리고 마치 터진 자루에서 수많은 금화가 쏟아져 나와서 그녀 주위의 마룻바닥 위로 소리를 내며 구르기라도 하는 듯 귀가 웅웅거렸다. 마침내 뢰르는 루앙 은행가에 뱅사르라는 친구가 있는데 그가 이 넉 장의 어음을 할인해 줄 테니 거기서 실제 부채를 제한 잔액을 자기가 직접 부인에게 갖다 드리겠노라고 설명했다.

그러나 그는 이천 프랑이 아니라 일천팔백 프랑밖에 가져오지 않았다. 친구인 뱅사르가 (당연한 일이지만) 거기에서 수수료와 할인료로 이백 프랑을 제했기 때문이다.

그러고 나서 그는 대수롭잖다는 투로 영수증을 써 달라고 했다.

"아시겠지만……. 거래니까……. 때때로…… 그리고 날짜를 좀 써넣어 주세요, 날짜를."

그러고 나자 터무니없는 일들이 실현 가능하다는 전망이 에마의 눈앞에 열렸다. 그녀는 신중을 기해 천 에퀴는 저금해 두고서 처음 석 장의 어음은 지불 기일이 도래했을 때 그것으로 결제했다. 그러나 넉 장째 어음이 우연히도 어느 목요일에 집으로 날아들었고 샤를은 깜짝 놀라 아내가 집으로 돌아오기를 참을성 있게 기다렸다가 어찌 된 일인지를 물었다.

그녀가 그 어음에 관해 그에게 알리지 않은 것은 그가 번거로운 집안일에 신경을 쓰지 않도록 하기 위해서였다. 그녀는 남편의 무릎 위에 올라앉아 그를 애무했고 달콤한 목소리로 외상으로 들여놓은 꼭 필요한 물건들을 하나하나 길게 주워섬겼다.

"따지고 보면 물건의 가짓수가 많은 것에 비해서 그렇게 비싸지는 않은 편이라고요."

샤를은 생각다 못해 곧 언제나 만만한 뢰르에게 도움을 청했다. 그는 만일 선생께서 두 장의 어음을 써 주시면 맹세코 사태를 수습하겠노라고 했다. 그중 한 장은 칠백 프랑짜리로 지불 기한은 삼 개월이었다. 일을 처리하기 위해서 그는 모친에게 비통한 편지를 썼다. 어머니는 답장을 보내는 대신에 직접 찾아왔다. 에마는 어머니한테서 무언가를 얻어 낼 수 있었는지 남편에게 물었다.

"응." 그가 대답했다. "하지만 계산서를 보자고 하시는데."

이튿날 날이 새는 즉시 에마는 뢰르 씨에게 달려가서 천 프랑이 넘지 않게 계산서 한 장을 더 만들어 달라고 부탁했다. 사천 프랑짜리 계산서를 보여 주면 그녀가 그 삼분의 이를 이미 지불했다는 사실을 말하지 않을 수 없게 되고 그렇게 되면 부동산을 매각한 사실도 고백할 수밖에 없기 때문이었다. 뢰르가 일을 잘 처리했기 때문에 그 거래 사실은 실제로 훨씬 나중에야 알려졌다.

물건은 하나같이 아주 싼 값이었지만 보바리 노부인은 낭비가 지나치게 심하다고 생각했다.

"양탄자 없이는 살 수 없었단 말이냐? 안락의자 커버는 왜 또 바꿨느냐? 내가 젊을 때는 안락의자라는 건 한 집에 하나,

노인용으로 두고 지냈어.(적어도 내 친정 어머니는 그랬어. 정말이지 살림이 뭔지 아는 분이었지.) 누구나 다 부자일 수는 없는 거야! 펑펑 써 버릇하면 어떤 재산도 남아나지 않아요! 나라면 너희 같은 호강은 부끄러워서라도 못 하겠다! 이젠 늙어서 누가 좀 보살펴 주었으면 싶은 나이이긴 하지만 말이다. ……자, 이것 좀 봐라! 여기도 또 있네! 체면이다! 허세다! 뭐라고! 명주 안감이 이 프랑이라고!…… 십 수나 팔 수만 주면 얼마든지 좋은 면사가 있는데."

에마는 안락의자에 기대앉아서 최대한으로 침착하게 대답했다.

"예, 어머니, 그만 됐어요! 됐어요!"

상대방은 설교를 계속하면서 그들은 결국 빈털터리로 자선 병원에서 죽게 될 것이라고 예언했다. 게다가 이렇게 된 것은 보바리 탓이라는 것이었다. 다행히도 그가 위임장을 무효로 하겠다고 약속했으니 망정이지…….

"뭐라고요?"

"그래! 꼭 그러마고 약속했어!" 노부인이 대꾸했다.

에마는 창문을 열고 샤를을 불렀다. 그 가엾은 사내는 어머니 때문에 하는 수 없이 언질을 주었다고 고백할 수밖에 없었다.

에마는 밖으로 나갔다가 곧 되돌아와서는 떡하니 커다란 종이 한 장을 그녀에게 내밀었다.

"고맙다." 노부인이 말했다.

그러고는 위임장은 불 속에 던져 넣었다.

에마는 웃어 대기 시작했다. 날카롭고 찢어질 듯 계속되는 웃음이었다. 신경 발작이 일어난 것이었다.

"아, 큰일 났네!" 샤를이 소리쳤다. "예, 어머니도 나빠요. 그렇게 싸움을 거시니!"

모친은 어깨를 으쓱하며 "저건 다 연극이야." 하고 주장했다.

그러나 샤를은 난생 처음으로 반항하며 아내의 편을 들었으므로 보바리 노부인은 그만 돌아가겠다고 했다. 그리고 다음 날로 떠나 버렸다. 샤를이 문간에서 붙잡으려고 하자 그녀가 대답했다.

"싫다, 싫어! 넌 나보다 네 처가 더 좋은걸, 뭐. 잘 생각했다. 그게 당연하지. 당연하고 말고. 할 수 없는 노릇이지! 어디 두고 봐라! 몸을 조심하렴!…… 당분간은, 네 말대로, 저 애한테 싸움 걸러 오진 않을 거다."

그렇지만 샤를은 에마와 마주 앉자 당황해 어쩔 줄을 몰랐다. 자기를 믿어 주지 않았다는 것에 대한 원망을 에마가 노골적으로 드러냈던 것이다. 샤를이 몇 번이나 빌고 애원한 끝에야 겨우 그녀는 위임장을 다시 받아 두는 데 동의했다. 심지어 그는 그녀와 함께 기요맹 씨 집으로 찾아가서 전번 것과 똑같은 위임장을 다시 한 통 써 받았다.

"당연한 말씀입니다." 공증인이 말했다. "과학자란 일상생활의 자질구레한 일로 신경을 쓰게 돼서는 안 되지요."

샤를은 이 그럴듯한 아첨의 말을 듣고 안도감을 느꼈다. 그 말은 뭔가 고상한 일에 전념하고 있다는 그럴듯한 겉모습으로 그의 약점을 포장해 주기 때문이었다.

다음 목요일, 호텔 방 안에서 레옹을 다시 만난 그녀의 넘치는 격정! 그녀는 웃고 울고 노래하고 춤추고 셔벗을 가져오라고 시키고 담배까지 피우려 들었다. 그에게는 그러는 그녀가 어처구니없어 보였지만 그래도 멋지고 매력적이었다.

그녀의 전 존재 속의 그 무슨 반동으로 인해 그녀가 저리도 정신없이 생의 쾌락 속으로 몸을 던지는 것인지 알 수가 없었다. 그녀는 성을 잘 내고 굶주린 듯이 먹어 대는 사람으로 변했고 음탕해졌다. 그리고 세상 소문 따위에는 개의치 않는다면서 태연히 그와 함께 거리를 활개치며 걸었다. 그러면서도 가끔 에마는 돌연 로돌프와 마주치는 것은 아닐까 하는 생각에 몸을 떨곤 했다. 두 사람이 영원히 헤어지기는 했지만 그녀는 아직 그와의 관계에서 완전히 빠져나온 것 같지 않았기 때문이다.

어느 날 밤 그녀는 용빌로 돌아오지 않았다. 샤를은 거의 제정신이 아니었다. 어린 베르트는 엄마 없이는 자지 않겠다고 가슴이 찢어질 듯이 울어 댔다. 쥐스탱이 무작정 거리로 나가서 찾으러 돌아다녔고 오메 씨도 그 때문에 약국을 나섰다.

열한 시가 되자 드디어 더 참을 수 없게 된 샤를은 이륜마차에 말을 매어 올라타고는 채찍을 휘날려 새벽 두 시경 적십자 여관에 당도했다. 아무도 없었다. 그는 서기가 아마도 그녀를 만났으리라고 생각했다. 그러나 그가 사는 곳이 어딘가? 다행히 그의 주인의 주소를 생각해 낸 샤를은 그리로 달려갔다.

날이 새기 시작하고 있었다. 어느 문간 위에 달린 공증인의 간판을 발견했다. 그는 문을 두드렸다. 누군가가 문도 열지 않은 채 큰 소리로 묻는 것만 가르쳐 주면서 아울러 밤중에 사람들을 성가시게 한다며 욕지거리를 퍼부었다.

서기가 살고 있는 집에는 초인종도 문의 고리쇠도 문지기도 없었다. 샤를은 주먹으로 덧문을 쾅쾅 두드렸다. 순경이 한 사람 지나가고 있었다. 그는 겁이 나서 자리를 떴다.

"내가 미쳤지." 그는 생각했다. "어쩌면 그녀는 로르모 씨 댁에서 저녁 식사에 붙들려 있을지도 몰라."

로르모 씨 가족은 이미 루앙에 살고 있지 않았다.

"아마 뒤브뢰유 부인을 간호하느라고 남아 있는지도 모르겠군. 아니! 뒤브뢰유 부인은 벌써 열 달 전에 죽었는걸!⋯⋯ 그렇다면 대체 어디 있단 말인가!"

문득 한 가지 생각이 떠올랐다. 그는 카페에 들어가 연감을 좀 보자고 했다. 그리고 급히 랑프뢰르 양의 이름을 찾았다. 그녀는 르넬데마로키니에가(街) 74번지에 살고 있었다.

그가 그 거리로 들어서는데 마침 에마 자신이 저쪽 끝에서 나타났다. 그는 그녀를 껴안는다기보다는 거의 달려들다시피 하면서 소리쳤다.

"어제는 어디 가 있었어?"

"아팠어요."

"아니, 어디가?⋯⋯ 어디서?⋯⋯ 어떻게?"

그녀가 이마를 짚으면서 대답했다.

"랑프뢰르 선생 댁에서요."

"그럴 줄 알았어! 지금 그리로 가는 길이야."

"아니, 가실 필요 없어요." 에마가 말했다. "조금 전에 막 외출하셨어요. 하지만 앞으로는 너무 걱정하지 마세요. 조금만 늦어도 당신이 그렇게 걱정을 하신다고 생각하면 정말이지 전너무 힘들어요."

이것으로 그녀는 마음 놓고 집을 비울 수 있는 허락을 얻어낸 것이나 마찬가지였다. 그녀는 그것을 거리낌 없이, 널리 이용했다. 레옹을 만나고 싶은 욕정이 일어나면 그녀는 무슨 구실을 붙여서라도 떠났다. 그리고 그날 그가 기다리고 있을 까닭이 없기 때문에 그녀는 법률 사무소로 그를 찾아가곤 했다.

처음 한동안 그것은 엄청난 행복이었다. 그러나 조금 지나자 그는 숨기지 않고 솔직히 말했다. 즉, 그의 주인은 이렇게 일에 지장이 생기는 것을 매우 싫어한다는 것이었다.

"뭐, 어때요! 그냥 나와요." 그녀가 말했다.

그러면 그는 몰래 빠져나왔다.

그녀는 레옹에게 검은색 옷만 입으라고 했고, 그가 루이 13세의 초상처럼 턱수염을 뾰족하게 기르기를 원했다. 그러고는 그의 거처를 알고 싶어 했고 직접 보고 나자 초라해 보인다고 했다. 그 말에 레옹은 얼굴을 붉혔다. 그녀는 거기에 개의치 않고 곧 그에게 자기네 것과 같은 커튼을 사서 달라고 권했다. 그가 돈이 든다고 반대하자,

"어마! 어쩌면 그렇게 쩨쩨해요!" 그녀가 웃으면서 말했다.

만날 때마다 레옹은 지난번 밀회 이후의 모든 행동을 낱낱이 보고하지 않으면 안 되었다. 그녀는 시를, 그녀를 위한 시를, 그녀를 찬양하는 사랑의 시를 받고 싶다고 했다. 그는 첫줄

을 쓰고 나면 아무리 해도 둘째 줄의 운을 맞출 수가 없었다. 그래서 하는 수 없이 선물용 시집에서 십사 행 시 하나를 베껴 보냈다.

허영심 때문이라기보다는 오로지 에마의 마음에 들기 위해서였다. 그는 그녀의 생각에 관해 이러니저러니 하지 않았다. 그녀의 취미는 모두 받아들였다. 그녀가 그의 정부라기보다는 그가 그녀의 정부가 되었다. 그녀의 정다운 말과 키스는 그의 혼을 쏙 빼놓는 것이었다. 너무나도 깊고 은밀한 나머지 물질 세계의 것이 아니라고 여겨질 정도인 이런 퇴폐적 기교를 그녀는 대체 어디서 배운 것일까?

6

그녀를 만나려고 올 때마다 레옹은 곧잘 약제사네 집에서 저녁을 먹었다. 그래서 예의상 이번에는 그를 초대해야겠다고 생각했다.

"기꺼이 가지요!" 오메 씨가 대답했다. "사실 나도 좀 때를 벗겨야겠어요. 여기만 처박혀 있으니 곰팡이가 끼겠어요. 어디 둘이서 한번 극장이나 요릿집에 가서 한바탕 놀아 보자고요!"

"어마! 당신이!" 오메 부인은 남편이 저지르겠다는 그 뭔지 모를 위험한 짓이 걱정스러운지 부드럽게 속삭였다.

"아니, 뭐가 어때서? 밤낮 약국에 처박혀 독한 약 냄새만 맡고 지내면서 내가 건강을 버리고 있다는 걸 모르겠소? 하기 야 여자들이란 다 그렇긴 하지. 여자들은 과학에 대해서도 셈 을 내고, 당연히 필요한 기분 전환을 하려 해도 반대하고. 자, 그런 건 상관없어요. 꼭 가겠어요. 며칠 안으로 루앙에 나타날 테니 같이 한판 벌여 봅시다."

그전 같으면 약제사는 그런 말투는 쓰지 않았을 것이다. 그 러나 지금은 장난기가 섞인 파리식 유행이 최상의 취미라고 생각하는지 거기에 열을 올렸다. 그리고 옆집 보바리 부인처 럼 그도 서기에게 수도의 풍속을 꼬치꼬치 캐물었고 부르주 아들을 홀리기 위해 은어까지 써서 튀른(집)이니 바자르(집)니 쉬카르(고급)니 쉬캉다르(아주 고급)니 브레다 스트리트(창녀 거리) 니 그만 가 보겠다는 뜻으로 즈 므 라 카스니 하는 표현들을 썼다.

그러던 어느 목요일 에마는 깜짝 놀랐다. 금사자의 식당에 서 여행복 차림의 오메 씨와 딱 마주친 것이었다. 그는 한 번 도 입지 않던 낡은 외투를 걸치고 한 손에는 여행 가방을, 다 른 손에는 가게에서 신던 속에 털을 댄 슬리퍼를 들고 있었다. 그는 자기가 집을 비우면 손님들이 불안해할 것 같은 염려 때 문에 누구에게도 자기의 계획을 말하지 않았더랬다.

젊은 시절을 보냈던 곳을 다시 찾아간다는 생각에 그는 아 마도 흥분한 모양이었다. 그곳으로 가는 동안 줄곧 그는 끊일 새 없이 지껄였다. 그러고는 도착하자마자 마차에서 기세 좋 게 뛰어내려서는 레옹을 찾아 나섰다. 서기가 빠져나가려 해 도 소용없었다. 오메 씨는 그를 노르망디라는 큰 카페로 끌고 갔다. 그러고는 공공장소에서 모자를 벗는 것은 촌스럽다면서 모자를 쓴 채로 위풍당당하게 안으로 들어섰다.

에마는 사십오 분이나 레옹을 기다렸다. 드디어 그녀는 그의 사무소로 달려갔다. 그러고는 온갖 억측 끝에 레옹의 무심함을 원망하고 그녀 자신의 마음 약함을 나무라면서 유리창에 이마를 대고 오후를 보냈다.

그들은 두 시가 되어서도 여전히 테이블을 사이에 두고 마주 앉아 있었다. 큰 홀은 비어 가고 있었다. 야자수 모양으로 된 난로의 굴뚝이 흰 천장 위에 금빛 다발을 동그랗게 펼치고 있었다. 그들 곁 유리창 저 너머에는 작은 분수가 햇볕을 담뿍 받으며 대리석의 수반에 소리를 내며 떨어지고 수반에는 크레송이나 아스파라거스 사이에 맥 빠진 세 마리의 바닷가재가, 옆으로 겹쳐서 쓰러져 있는 메추라기들 앞에까지 넙죽 엎드려 있었다.

오메는 기분이 무척 좋았다. 그는 음식보다도 사치스러운 분위기에 취해 있었지만 그래도 포마르 포도주 때문에 약간 머릿속이 흥분되어 럼주가 든 오믈렛이 나올 무렵에는 여자들에 관한 부도덕한 이론들을 늘어놓고 있었다. 그가 무엇보다도 매력을 느끼는 것은 멋이었다. 가구를 제대로 갖춘 아파트에서 우아하게 차려입은 여자가 좋고 육체적 특색에 있어서 그는 뚱뚱한 것도 싫지는 않다는 것이었다.

레옹은 낙심하여 벽시계만 바라보고 있었다. 약제사는 마시고 먹고 떠벌렸다.

"당신은 틀림없이 루앙에서 좀 굶주리고 있을 거야." 그가 난데없이 불쑥 말했다. "게다가 좋아하는 사람들이 멀지 않은 곳에 있는데."

그러고는 상대가 얼굴을 붉히는 것을 보자 말했다.

"자아, 솔직히 고백하시지! 뭣을 숨겨, 용빌에서……."

청년은 말이 막혀 우물쭈물했다.

"보바리 부인 집에서, 꾀어 보려고 했잖아……."

"대체 누구를요?"

"하녀를 말이야."

그는 농담을 하는 것이 아니었다. 그러나 레옹은 자존심 때문에 조심성도 무엇도 다 버리고 자기도 모르는 사이에 기를 쓰고 부정했다. 게다가 자기는 갈색 머리 여자가 아니면 좋아하지 않는다고 했다.

"나도 거기엔 동감이야." 약제사가 말했다. "그쪽이 더 화끈하거든."

그리고 그는 친구의 귀에 바싹 다가가서 어떤 특징을 보면 화끈한 여자라는 것을 알아차릴 수 있는지 말해 주었다. 그러고는 인종학적인 잡담으로까지 비약하여 독일 여자는 로맨틱하고 프랑스 여성은 바람기가 있고 이탈리아 여성은 정열적이라는 것이었다.

"그러면 흑인 여자는요?" 서기가 물었다.

"그건 예술가가 좋아하지." 오메가 말했다. "보이! 작은 잔으로 커피 둘!"

"갈까요?" 마침내 조바심이 난 레옹이 말했다.

"예스."

그러나 그는 밖으로 나서기 전에 그 업소의 주인을 좀 보고 가야겠다고 우기더니 그에게 몇 마디 치사의 말을 늘어놓았다.

청년은 오메와 헤어지기 위해서 자기는 볼일이 좀 있다고 핑계를 댔다.

"음! 그럼 바래다주지!" 오메가 말했다.

그러고는 그와 함께 걸으면서 그는 아내와 아이들과 그들의 장래와 약국에 대한 이야기 그리고 그 약국이 옛날에는 얼마나 형편없는 것이었으며 자기가 어떻게 그걸 오늘과 같은 훌륭한 가게로 키워 놓았는가 하는 것 등을 이야기했다.

불로뉴 호텔 앞에 오자 레옹은 즉시 그를 보내고 나서 계단을 뛰어 올라갔다. 그의 정부는 잔뜩 흥분해 있었다.

약제사 말을 꺼내자 그녀는 화를 벌컥 냈다. 그러나 그도 자기 나름대로의 이유들을 이것저것 주워댔다. 그의 잘못이 아니다, 오메가 어떤 사람인지는 그녀도 알고 있지 않은가? 그가 그녀를 두고 오메와 함께 있고 싶어서 있었겠는가? 그러나 그녀는 고개를 돌렸다. 그는 그녀를 붙들었다. 그리고 무릎을 꿇고 주저앉아 욕정과 애원으로 가득 찬 괴로운 포즈로 그녀의 허리를 두 팔로 껴안았다.

그녀는 선 채로 있었다. 타는 듯한 두 눈이 심각하게, 거의 무서워질 정도로 그를 쏘아보았다. 이윽고 두 눈이 눈물로 흐려지고 장밋빛 눈꺼풀이 내리깔리더니 그녀가 두 손을 그에게 내맡겼다. 레옹이 그것을 입으로 가져가려고 하는데 보이가 나타나서 어떤 손님이 그를 찾아왔다고 했다.

"곧 돌아올 거지?" 그녀가 말했다.

"응."

"언제?"

"금방."

"내가 수를 썼지." 약제사가 레옹을 보자 말했다. "당신이 여기 온 일을 빨리 끝내도록 해 주려고 말이오. 틀림없이 귀찮은 용건인 것 같았거든. 자아, 브리두의 집에 가서 가뤼스[99]나 한잔 하지."

레옹은 사무소에 꼭 돌아가 봐야 한다고 말했다. 그러자 약제사는 서류나 소송절차 따위를 가지고 뭘 그러냐며 농담을 했다.

"퀴자스니 바르토르[100]니 하는 것들은 좀 잊어버리게나. 젠장! 그까짓 게 뭐 대수야? 힘내요! 브리두네 집에나 갑시다. 그 집에 개가 한 마리 있는데 그게 아주 별나거든!"

그런데 서기가 계속 버티자 말했다.

"그럼 나도 같이 가지. 난 기다리면서 신문이나 읽고 있을게. 아니면 법전이라도 뒤적이든가."

에마의 노여움과 오메 씨의 수다 그리고 어쩌면 무거운 점심 식사까지 한몫 거들어서 머리가 띵해진 레옹은 마음을 정하지 못한 채 약사의 마술에 걸린 듯 우두커니 서 있었다. 약사는 계속 떠들었다.

---

99) 고안해 낸 사람의 이름을 붙인 리큐어의 일종이다.
100) 16세기와 14세기의 유명한 법률학자들이다.

"자아, 브리두네로 가자고! 조금만 가면 있어, 말팔뤼 거리에 있으니까."

그러자 우유부단하고 멍청한 데다가 내키지 않는 일에도 잘 끌려들어 버리는 어정쩡한 심사 때문에 그는 결국 브리두의 집으로 따라갔다. 브리두는 작은 안뜰에서 셀츠 광천수 제조기의 커다란 바퀴를 씩씩거리며 돌리고 있는 세 젊은이를 감독하고 있었다. 오메는 그들에게 이러니저러니 잔소리를 하고 나서 브리두를 껴안았다. 그들은 가뤼스를 마셨다. 몇 번이나 레옹은 자리를 뜨려고 했다. 그러나 상대방은 그때마다 이렇게 말하면서 그의 팔을 붙들었다.

"조금만 있다 가! 나도 곧 나가. 루앙의 등불사에 가서 거기 분들을 만나 보세. 토마생 씨를 소개해 주지."

그러나 레옹은 그를 뿌리치고서 단숨에 호텔로 달려갔다. 에마는 이미 없었다.

그녀는 화가 잔뜩 나서 막 방을 나갔던 것이다. 이제는 레옹이 너무나 싫었다. 밀회의 약속을 어긴 것이 그녀에게는 모욕으로만 느껴졌다. 그 외에도 그녀는 그와 헤어질 다른 이유들을 찾아보았다. 그는 남자답지 못했고 약하고 진부한 데다가 여자보다도 더 무기력하고 게다가 인색하고 쩨쩨했다.

이윽고 마음이 가라앉자 에마는 자기가 그를 터무니없이 비방했다는 것을 깨닫게 되었다. 그러나 사랑하는 사람들을 비방하다 보면 우리는 늘 그들에게서 어느 정도 멀어지게 마련이다. 우상에는 손을 대는 것이 아니다. 거기에 칠해 놓은 금박이 손에 묻어나는 것이다.

그래서 두 사람은 자기들의 사랑과 관계없는 것들을 더 자주 화제에 올리게 되었다. 에마가 그에게 보내는 편지는 꽃이니 시니 달이니 별이니 하는 것들에 대한 것이었다. 엷어진 정열을 외부의 온갖 도움으로나마 되살려 보려고 동원하는 소박한 수단들이었다. 그녀는 매번 요 다음번에 가면 깊은 쾌감을 맛보아야겠다고 마음속으로 다짐했지만 닥치고 보면 아무것도 특별한 것을 느끼지 못했음을 인정하지 않을 수 없었다. 이런 환멸이 지워지면 곧 새로운 희망이 솟아났고 이리하여 에마는 더욱 거센 정념으로 뜨거워지고 더욱 탐욕적이 되어 그를 다시 찾아가는 것이었다. 그녀는 옷을 거칠게 확확 벗었고 가느다란 코르셋 끈을 마구 잡아 뜯었다. 그러면 옷은 허리에서 뱀처럼 쉭 하는 소리를 내며 미끄러져 떨어지는 것이었다. 그녀는 맨발의 발가락 끝으로 걸어가서 다시 한번 문이 잠겨 있는지 확인하고 나서 입은 옷을 몽땅 한꺼번에 벗어 던졌다. 그리고 창백해진 그녀는 아무 말 없이 심각한 표정으로 그의 가슴을 파고들어 오랫동안 몸을 떨었다.

그렇지만 식은땀에 젖은 그 이마, 뭐라고 알아들을 수 없는 말을 중얼거리는 그 입술, 길 잃은 듯한 그 눈동자, 그 두 팔의 포옹 속에는 극한적이고 막연하고 불길한 그 무엇이, 두 사람 사이에 슬그머니 끼어들어 사이를 벌려 놓는 듯한 그 무엇이 있었다.

레옹은 감히 맞대 놓고 물어볼 용기는 없었다. 그러나 그녀가 그 정도로 경험이 많은 것을 보면 고통과 쾌락의 온갖 시련들을 거쳐 왔음에 틀림없으리라고 생각했다. 전에는 그를 매혹시켰던 것도 이제 와서는 약간 그를 두렵게 했다. 게다가 날이 갈수록 그의 인격이 그녀에게 더욱 깊숙이 흡수되어 가는 것에 반발심이 생겼다. 이렇게 한결같이 이기기만 하는 에마가 원망스러웠다. 그는 그녀를 사랑하지 않으려고 노력해 보기까지 했다. 그러나 그녀의 구두 소리가 울리면 그는 마치 독한 술을 본 술꾼처럼 맥을 못 추게 되는 것이었다.

사실 그녀는 특이한 음식에서부터 옷차림의 멋이나 그윽한 눈길에 이르기까지 그에 관해 온갖 자상한 관심을 다 쏟았다. 용빌에서 장미꽃을 가슴속에 넣고 와서는 그의 얼굴에 던지기도 하고 그의 건강을 염려하는가 하면 처신에 관한 충고의 말을 해 주기도 했다. 그를 좀 더 붙들어 두기 위해서 하늘의 도움을 빌려는 것인지 그의 목에 성모상을 걸어 주었다. 그녀는 엄격한 어머니처럼 그가 사귀는 친구들에 대해서 알고 싶어 했다. 그녀는 늘 이렇게 말했다.

"그런 사람들과 만나지 말아요. 밖에 나다니지 말고 우리 일만 생각하세요. 나만 사랑해 줘요!"

그녀는 그의 생활을 감시라도 하고 싶었다. 그래서 거리를 나다니는 그의 뒤를 밟게 할까 하고 생각해 본 일도 있었다. 호텔 근처에는 왕래하는 사람들에게 다가와 늘 말을 붙이는 부랑자 같은 사람이 하나 있었다. 그에게 부탁하면 거절은 하지 않을 텐데……. 그러나 자존심이 허락하지 않았다.

"에이, 할 수 없지! 속이려면 속이라지! 아무러면 어때?"

어느 날 그와 좀 일찍 헤어져서 그녀가 혼자 큰길을 걸어가는데 옛날에 살던 수도원의 담이 보였다. 그래서 그녀는 느릅나무 그늘에 놓인 벤치에 앉았다. 그 시절에는 얼마나 태평스러웠던가! 책에서 읽은 대로 그려 보려고 애쓰던 그 형언할 수 없는 사랑의 감정이 지금은 얼마나 부럽게만 느껴지는가! 결혼 초의 몇 달 동안이며 숲속으로 말을 타고 산책하던 일이며 왈츠를 추던 자작, 노래하는 라가르디, 그 모든 것들이 눈앞을 스쳐 갔다……. 그리고 갑자기 레옹의 모습도 다른 사람들과 마찬가지로 먼 곳에 아득히 보였다.

"하지만 나는 그를 사랑하고 있어!" 그녀는 혼잣말을 했다.

그게 무슨 상관인가? 그녀는 행복하지 않았고 한 번도 행복했던 적이 없었다. 인생에 대한 이런 아쉬움은 대체 어디서 오는 것일까? 의지하는 모든 것이 한순간에 썩어 무너지고 마는 것은 대체 무슨 까닭일까?…… 그러나 만일 어디엔가에 강하고 아름다운 한 존재가, 열정과 세련미가 가득 배어 있는 용감한 성품이, 하프의 낭랑한 현을 퉁기며 하늘을 향해 축혼의 엘레지를 탄주하는 천사의 모습을 한 시인 같은 마음이 존재한다면 그녀라고 운 좋게 그를 찾아내지 못하라는 법이야 있겠는가? 아! 턱도 없는 일! 사실 애써 찾아야 할 가치가 있는 것은 하나도 없다. 모두 다 거짓이다! 미소마다 그 뒤에는 권태의 하품이, 환희마다 그 뒤에는 저주가, 쾌락마다 그 뒤에는 혐오가 숨어 있고 황홀한 키스가 끝나면 입술 위에는 오직 보다 큰 관능을 구하는 실현 불가능한 욕망이 남을 뿐이다.

금속성의 목쉰 소리가 공중에 길게 끌리며 수도원의 종탑에서 종소리가 네 번 울렸다. 네 시! 그러자 에마는 자기가 그 벤치에 까마득한 옛날부터 줄곧 앉아 있었던 것 같은 느낌이

들었다. 그러나 무수한 군중이 작은 공간에 들어차듯이 무한한 정념도 단 한순간 속에 담길 수 있는 법이다.

에마는 자신의 정념에 완전히 포로가 된 채 살고 있어서 이제는 대비마마처럼 금전 문제 같은 것은 더 이상 걱정하지 않았다.

그러나 어느 날 얼굴이 벌겋고 머리가 벗겨진 빈상의 사내가 루앙의 뱅사르 씨가 보내서 왔다면서 그녀의 집을 찾아왔다. 그러고는 녹색의 긴 프록코트 옆주머니에 찌른 핀을 빼 소매에 꽂고 나서 서류 한 장을 꺼내 정중하게 내밀었다.

그것은 그녀가 서명한 칠백 프랑의 어음이었다. 뢰르는 그가 했던 모든 약속들에도 불구하고 그 어음을 뱅사르에게 돌렸던 것이다.

그녀는 뢰르의 집으로 하녀를 보냈다. 그는 올 수 없다고 했다.

그러자 낯선 사내는 짙은 금빛 눈썹 밑에 감추어진 눈길로 궁금한 듯 좌우를 두리번거리고 있더니 순진한 표정으로 물었다.

"뱅사르 씨에게는 뭐라고 전할까요?"

"글쎄요!" 에마가 대답했다. "이렇게 말씀드려 주세요……. 지금은 수중에 가진 것이 없어서…… 내주쯤에나 보자고…… 조금만 기다려 달라고요……. 예…… 내주에."

그러자 사나이는 아무 말도 않고 돌아가 버렸다.

그러나 다음 날 정오에 그녀는 어음 지불 거절 증서를 받았다. 그리고 인지가 붙은 서류에 "뷔시시의 집달리 아랑"이라고 커다란 글자로 몇 번이나 되풀이해 찍힌 것을 보고는 완전히 겁에 질려 부리나케 포목상 뢰르의 집으로 달려갔다.

그는 마침 상점에서 물건 꾸러미를 포장해 노끈을 매고 있었다.

"어서 오십쇼!" 그가 말했다. "뭘 도와드릴까요."

그러면서도 뢰르는 여전히 자기 일을 계속했다. 점원과 식모를 겸하고 있는 열세 살 정도의 꼽추 계집애가 그를 거들고 있었다.

이윽고 그는 상점 마룻바닥에 나막신 소리를 내며 앞장서서 이 층으로 올라가더니 그녀를 어떤 작은 방으로 안내했다. 거기에는 전나무로 만든 큰 책상 위에 장부책이 몇 권 놓여 있고 그 장부책들을 가로지르며 묶는 쇠막대에는 자물쇠가 채워져 있었다. 벽에는 재단하고 남은 인도 나사천들 밑에 금고가 하나 눈에 띄었다. 그 크기로 보아 현금과 증서 말고도 또 다른 것을 넣어 두는 것 같았다. 사실 뢰르는 물건을 잡히고 돈을 꾸어 주는 일을 하고 있었다. 그는 바로 거기에 보바리 부인의 금시계 줄을 가엾은 텔리에 노인의 귀걸이와 함께 넣어 두고 있었다. 그 노인은 끝내 카페를 팔 수밖에 없게 되자 캥캉푸아에 빈약한 잡화가게 하나를 장만하고서는 가게에서 팔고 있는 양초보다도 더 노란 얼굴을 한 채 지병인 카타르로 다 죽어 가고 있었다.

뢰르가 짚을 넣은 안락의자에 앉으면서 말했다.

"무슨 일이 있습니까?"

"이것 보세요."

그리고 그녀는 그에게 서류를 보였다.

"그런데 저보고 어떻게 하라는 말씀이신지?"

그러자 그녀는 화가 치밀어서 어음을 절대로 돌리지 않겠다고 약속하지 않았느냐고 따졌다. 그는 그 점을 인정했다.

"하지만 저 역시 어쩔 수 없어서 그랬습니다. 목에 칼이 들어오는 판이니."

"그럼 이제 어떻게 되는 겁니까?" 그녀가 말을 이었다.

"아, 그야 뻔한 일이지요. 재판소의 판결 그리고 차압……. 어떻게 할 도리가 없지요!"

에마는 그를 후려치고 싶은 것을 억지로 참았다. 그러고는 부드럽게, 뱅사르 씨를 구슬릴 방법이 없겠느냐고 물었다.

"아, 그거요! 뱅사르를 구슬린다? 하지만 부인께선 그를 잘 몰라서 그렇지요. 아랍인보다도 더 지독한 자랍니다."

그래도 뢰르 씨가 어떻게든 좀 힘을 써 줘야 하지 않겠느냐고 하자 그가 말했다.

"이것 보세요. 지금까지 당신한테는 해 드릴 만큼 해 드렸다고 생각하는데요."

그러고는 장부책 하나를 펼치더니 말했다.

"자, 보세요."

그러고는 다시 페이지를 손가락으로 거슬러 올라가면서 말했다.

"에, 또…… 어디 보자…… 팔월 삼 일, 이백 프랑…… 유월 십칠 일, 백오십…… 삼월 이십삼 일, 사십육…… 사월에는……."

그는 뭔가 하면 안 되는 말을 하게 될까 봐 걱정된다는 듯 말을 멈추었다.

"게다가 주인께서 서명하신 칠백 프랑짜리와 삼백 프랑짜리 어음은 아직 말씀도 안 드렸습니다! 부인의 자잘한 분납금이나 이자 따위를 따지자면 한이 없습니다. 머리가 어지러워서 이제 더 이상 들여다보기도 싫어요!"

그녀는 울었다. 그러고는 그를 "마음씨 착한 뢰르 씨"라고 불렀다. 그러나 그는 여전히 "능글맞은 뱅사르"에게 떠밀기만 했다. 게다가 그에게는 땡전 한 푼 없는데 요즘은 아무도 지불을 안 해 주고 빚쟁이는 있는 대로 몽땅 다 털어가니 자기같이 보잘것없는 장사꾼으로서는 선불을 해 줄 힘이 없다는 것이었다.

에마는 입을 다물었다. 그러자 깃털 펜을 잘근잘근 깨물고 있던 뢰르는 그녀의 침묵이 마음에 걸렸는지 말을 이었다.

"여하튼 가까운 시일 안에 돈이 좀 들어오면…… 어떻게든……."

"사실 바른빌의 잔금만 들어오면……." 그녀가 말했다.

"뭐라고요?……"

랑글루아가 아직 잔금을 치르지 않고 있다는 말을 듣자 몹시 놀라는 듯했다. 그리고 은근한 목소리로 말했다.

"그럼 어떤 조건으로……."

"오, 좋으실 대로 하죠!"

그러자 뢰르는 눈을 감고 생각하다가 몇 가지 숫자를 써 보더니 여간 골치아픈 일이 아니라는 둥, 위험천만한 일이라는 둥, 이러면 자기로서는 출혈이 심하다는 둥 투덜대며 지불기일을 각각 한 달 간격으로 해서 이백오십 프랑짜리 어음 넉 장을 쓰게 했다.

"뱅사르가 말을 들어주어야 할 텐데! 여하튼 좋습니다. 난 이랬다 저랬다 하는 성미가 아닙니다. 거래는 깨끗이 하는 편이니까요."

그러고 나서 그는 대수롭지 않다는 듯이 새로 들어온 물건을 몇 가지 그녀에게 보였다. 자기가 보기에는 부인에게 어울리는 것이 하나도 없다고 했다.

"이런 옷감을 미터당 칠 수에 염색 보증한다며 팔고 있으니, 원! 그래도 사람들은 믿는다니까요! 아시겠지만, 정직하게 다 말하며 장사할 수야 있나요." 그는 이렇게 다른 손님들에게는 속임수를 쓴다고 고백함으로써 그녀에 대한 자신의 에누리 없는 정직성을 납득시키려 했다.

이윽고 돌아가려는 그녀를 불러 세우고는 최근 어떤 상품 정리 때 찾아냈다는 삼 미터 길이의 레이스를 보여 주었다.

"예쁘지요!" 뢰르가 말했다. "요즘 안락의자 커버로 많이들 씁니다, 한창 유행이니까요."

그러고는 요술쟁이보다도 더 재빠르게 레이스를 푸른 포장지에 싸서 에마의 손에 쥐여 주었다.

"하다못해 값이라도 얼만지 알아야……."

"아니! 나중에."라고 하면서 그는 돌아서 버렸다.

그날 밤 당장 그녀는 보바리를 졸라 어머니한테 상속분의 나머지 전액을 속히 보내 달라는 편지를 쓰게 했다. 시어머니는 이제 자기 손에 남은 것은 아무것도 없다고 회답해 왔다.

모든 계산은 끝났고 그들에게는 이제 바른빌 외에 육백 리브르의 연금이 남아 있을 뿐으로 그것은 꼬박꼬박 보내 주겠다는 것이었다.

그래서 부인은 두세 사람의 환자들 집으로 청구서를 보냈다. 그리고 그것에 맛을 들이자 곧 이 방법을 널리 써먹었다. 그리고 청구서 뒤에는 반드시 "이 건에 관해서 제 남편께는 비밀로 해 주십시오. 아시는 바와 같이 자존심이 강한 분이시라…… 죄송합니다……. 그럼 이만……." 하는 식의 추신을 붙였다. 몇 군데에서 이의를 제기하는 편지들도 있었지만 모두 그녀가 가로채 버렸다.

돈을 만들기 위해서 그녀는 자기의 낡은 장갑이나 모자, 고철 따위를 팔기 시작했다. 그리고 악착같이 흥정을 했다. 몸속의 농사꾼 피는 못 속이는지 그녀는 돈벌이에 혈안이 되었다. 그리고 시내에 나갈 때면 달리 살 사람이 없더라도 뢰르만은 어김없이 맡아 줄 듯싶은 잡동사니들을 사들였다. 그녀는 타조의 깃털, 중국 도자기, 낡은 궤짝 따위를 샀다. 펠리시테건 르프랑수아 부인이건 적십자의 안주인이건 가릴 것 없이 아무한테서나 돈을 꾸었다. 마침내 바른빌에서 돈이 들어오자 그녀는 어음 두 장을 갚았다. 나머지 천오백 프랑은 흔적도 없이 나가 버렸다. 그녀는 또 빚을 졌다. 언제나 그런 식으로 계속했다.

사실 가끔은 계산을 해 보려고 노력하기도 했다. 그러나 결과가 너무나 엄청나서 도무지 믿어지지 않았다. 그래서 다시 계산을 시작하다 보면 금방 혼란이 생겨서 모두 집어던지고 다시는 생각하지 않기로 했다.

이제 집 안은 한심한 꼴이 되어 있었다. 드나드는 상인들이 성난 표정으로 나오는 것을 볼 수 있었다. 벽난로 위에 손수건이 함부로 팽개쳐져 있었다. 어린 베르트가 구멍 뚫린 양말을 신고 있는 것을 보고 오메 부인은 어이가 없어 펄쩍 뛰었다. 샤를이 눈치를 봐 가며 잔소리라도 할라치면 그녀는 퉁명스럽게 그건 자기 탓이 아니라고 대답하는 것이었다.

왜 이렇게 화를 내는 것일까? 그는 모든 것이 그녀가 전에 앓던 신경병 때문이겠거니 하고 생각했다. 그리고 그냥 병일 뿐인 것을 성격적 결함이라고 오해한 것을 자책하고 자신의 이기주의를 탓했다. 그는 달려가서 아내에게 키스를 해 주고만 싶었다.

"아니! 안 되지." 그가 혼잣말을 했다. "귀찮아할 거야."

그러고는 가만있기로 했다.

저녁을 먹고 나서 그는 혼자서 정원을 거닐었다. 어린 베르트를 무릎 위에 앉히고 의학 신문을 펼쳐 놓은 다음 글자를 가르치려고 해 보았다. 아직껏 공부를 해 본 일이 없는 어린애는 곧 슬픈 눈을 커다랗게 뜨고 울기 시작했다. 그래서 그는 아이를 달랬다. 물뿌리개에 물을 담아 와서 모래 땅에 강을 만들어 주기도 하고 쥐똥나무 가지들을 꺾어다가 화단에 나무를 심어 주기도 했다. 키가 큰 잡초에 뒤덮인 정원인지라 그런 짓을 해도 별로 보기 흉해질 이유가 없었다. 레스티부두아에게 일을 시키려 해도 밀린 품삯이 너무 많았다. 이윽고 아이는 춥다고 제 어머니를 찾았다.

"언니를 부르자." 샤를이 말했다. "알잖아? 어머니는 귀찮게 구는 걸 싫어해요."

초가을이라 벌써 나뭇잎이 지기 시작하고 있었다. 이 년 전 그녀가 앓을 때처럼! 대체 이런 일들은 언제나 끝날 것인가! ……그는 뒷짐을 지고 마냥 걷고만 있었다.

부인은 자기 방에 있었다. 아무도 거기에는 올라가지 않았다. 그녀는 옷도 제대로 갈아입지 않고 멍하니 하루 종일 그 방 안에 틀어박혀 있었다. 그리고 때때로 루앙에 있는 알제리 사람의 가게에서 사 온 향을 피웠다. 밤에는 옆에 누워 자는 남편이 싫어 자꾸만 얼굴을 찡그린 끝에 결국 그를 삼 층으로 쫓아 버리고 마는 것이었다. 그리고 그녀는 피비린내 나는 상황과 음란한 장면으로 엮어진 황당무계한 책을 아침까지 읽었다. 가끔 그녀는 공포에 질려 비명을 지르기도 했다. 샤를이 놀라 달려왔다.

"아! 저리 가요!" 그녀가 말했다.

또 어떤 때는 불륜의 사랑이 부채질하는 은밀한 마음의 불길로 달아오른 그녀는 흥분으로 숨을 할딱거리면서 욕망을 주체할 수 없어서 창문을 열고 찬바람을 들이켰다. 그리고 숱 많은 머리를 바람에 날리며 하늘의 별을 바라보면서 왕자의 사랑을 동경했다. 그리고 그 남자, 레옹을 생각했다. 그럴 때면 흡족한 단 한 번의 밀회를 위해서라면 모든 것을 던져 버려도 아깝지 않을 것 같았다.

그런 날들은 그녀의 축제 날이었다. 그녀는 그날이 항상 멋들어지기를 바랐다! 그래서 레옹이 혼자서 비용을 다 댈 수 없을 때에는 그녀가 선뜻 부족한 것을 보태서 냈다. 그런데 그런 일이 거의 매번이다시피 했다. 레옹은 어디 다른 곳에, 즉 좀 더 싼 호텔에 들어도 좋다는 것을 이해시키려고 했지만 그때마다 그녀는 뭔가 이유를 찾아내 반대했다.

어느 날 그녀는 손가방에서 도금한 작은 스푼 여섯 개(그것은 루오 노인이 준 결혼 기념 선물이었다.)를 꺼내더니 그녀 대신 전당포에 가서 그걸 당장 잡히고 와 달라고 부탁했다. 레옹은 그녀의 말에 따르기는 했지만 그런 일을 하는 것은 싫었다. 나중에 귀찮은 일이 생길까 두려웠던 것이다.

그리고 곰곰이 생각해 보니 그의 정부의 태도가 요즘 좀 이상한 것 같았고 그녀와 손을 끊으라는 사람들의 말이 어쩌면 일리가 있는지도 몰랐다.

사실은 누군가가 그의 어머니에게 익명으로 긴 편지를 보내 아드님이 어떤 유부녀한테 빠져서 신세를 망치고 있다고 귀띔해 준 바 있었다. 그래서 그 늙은 부인은 가정을 위협하는 영원한 도깨비, 다시 말해서 사랑의 컴컴한 심연에 도사리고 있는 정체불명의 위험천만한 악녀, 요부, 괴물이 보이는 것 같아 즉시 레옹의 주인 뒤보카주 님에게 편지를 냈다. 그의 이 사건 처리는 완벽한 것이었다. 그는 레옹을 깨우치게 하고 그것이 얼마나 무서운 심연인지를 경고하기 위해서 그를 한 시간 가까이 붙들어 놓고 이야기했다. 이런 연애는 나중에 그가 독립하여 자리 잡으려 할 때 해가 될지도 모르는 일이었다. 그는 레옹에게 제발 손을 끊으라고 설득했다. 설사 레옹 자신을 위해서 그런 희생을 감수하는 것이 안 된다면 적어도 자기 뒤보카주를 위해서라도 그렇게 해 달라고 부탁했다!

결국 레옹은 에마를 다시는 만나지 않겠다고 맹세했다. 그리고 아침이면 난로 옆에서 동료들이 떠들며 놀려 대는 것은 그만두고라도 장차 그 여자 때문에 얼마나 난처한 일을 당할지, 또 어떤 소문이 퍼질지를 생각하자 그 약속을 지키지 않은 자신이 후회되었다. 게다가 그는 곧 수석 서기가 될 참이었다. 자중해야 할 때였던 것이다. 그래서 그는 플루트 연습도 집어치우고 감정의 흥분이나 공상의 세계와도 인연을 끊었다. 속된 부르주아도 젊음의 피가 끓어오르면 단 하루, 단 일 분간일망정 자기가 위대한 정열을 바칠 수 있고 드높은 일을 해낼 수 있다고 믿는 법이니 말이다. 가장 보잘것없는 바람둥이도 동방의 황후를 안아 보는 꿈을 꾸어 본 적이 있는 법이고 일개 공증인도 가슴속에는 시인의 잔해를 간직하고 있는 법이다. 그러나 그는 마침내 그런 분에 넘치는 꿈들을 접었다.

이제 그는 에마가 갑자기 가슴에 매달려 흐느껴 울기라도 하면 지겹다는 느낌이 들었다. 그리고 음악도 일정량이 넘으면 견디지 못하는 사람처럼 그의 마음은 시끄러운 사랑타령에는 무관심하게 졸기만 할 뿐 이제는 그 미묘한 맛을 식별하지 못하는 것이었다.

두 사람은 서로를 너무나 알아 버려서 기쁨을 백배나 더해 주는 저 경이로운 소유의 맛을 느끼지 못하게 되었다. 레옹이 그녀에게 싫증이 난 것만큼 그녀 역시 상대에게 물려 버렸다. 에마는 간통에서 결혼 생활의 모든 진부함을 그대로 발견하고 있었다.

그러나 어떻게 하면 그 따분한 간통의 유혹을 물리칠 수 있을까? 그런데 그녀는 이러한 행복의 저속함에 굴욕을 느끼지만 어쩔 수가 없었다. 습관 때문에 혹은 타락했기 때문에 그녀는 거기에 집착하고 있는 것이었다. 그리고 너무 큰 행복을 기대하다가 오히려 행복의 샘을 송두리째 고갈시켜 놓으면서 그녀는 날이 갈수록 더욱더 열을 올리고 있었다. 마치 레옹이 자기를 배반하기라도 한 것처럼 자기의 실망을 그의 탓으로 돌렸다. 그리고 자기가 먼저 헤어질 결심을 할 용기가 없기 때문에 두 사람의 이별을 가져올 파국이 일어나 주기를 바라기까지 했다.

그러면서도 여자란 항상 애인에게 편지를 써야 한다는 관념 때문에 그녀는 그에게 계속 편지를 썼다.

그러나 편지를 쓰고 있노라면 어떤 다른 남자의 모습이 떠오르곤 했다. 그것은 그녀의 가장 뜨거운 추억들과 가장 아름다웠던 책들의 내용과 가장 강렬한 욕망들이 한데 어울려 빚어낸 환영이었다. 마침내 그것이 어찌나 실감 나고 손에 만져질 듯한 것으로 변했는지 그녀는 황홀하여 가슴을 두근거렸다. 그러나 그것을 뚜렷하게 상상할 수는 없었다. 그만큼 그것은 신처럼 너무 많은 속성들 속에 감추어져 있었던 것이다. 그 남자는 꽃바람 속에 달빛을 받으며 발코니마다 비단 사다리가 흔들리고 있는 푸르른 나라에 살고 있었다. 그녀는 그를 가까이 느낄 수 있었다. 금방이라도 달려와 키스를 퍼부으면서 그녀를 낚아채 가려고 했다. 그러고 나서 그녀는 기진맥진해 쓰러졌다. 이런 막연한 사랑의 흥분이 질탕한 음란 행위보다도 더 그녀를 지치게 했던 것이다.

그녀는 이제 온몸에 늘 피로감을 느꼈다. 그녀는 소환장과 인지가 붙은 서류들을 자주 받고 있었지만 들여다보는 둥 마는 둥 했다. 할 수만 있다면 사는 것을 그만두든가 그대로 마냥 잠든 채 있고 싶었다.

사순절 셋째 일요일, 그녀는 용빌에 돌아가지 않은 채 밤에 가장 무도회에 갔다. 비로드 바지에 빨간 양말을 신고 쪽 찐 머리 가발에 삼각모자를 비스듬히 썼다. 그러고는 그날 밤 내내 미친 듯한 트롬본 소리에 맞춰 춤을 추었다. 그녀를 가운데 두고 사람들이 둥그렇게 둘러섰다. 그리고 아침이 되어서 보니 그녀는 극장의 대기실에서 여자 인부나 선원으로 가장한 대여섯 사람들 가운데 섞여 있는 것이었다. 그들은 모두 레옹의 친구들로 이제부터 식사를 하러 가자는 이야기를 하고 있었다.

근처의 카페는 모두 만원이었다. 그들은 선창가에 있는 가장 형편없는 식당을 찾아냈다. 주인은 그들을 오 층의 작은 방으로 안내했다.

남자들은 한쪽 구석에서 수군거리고 있었다. 아마 비용에 관해 의논하는 것 같았다. 서기가 하나, 의학생이 둘, 거기에 점원이 하나 끼어 있었다. 겨우 이런 부류들과 어울렸단 말인가! 여자들로 말하자면 목소리의 억양만 들어도 거의 모두가 최하급의 패라는 것을 알 수 있었다. 에마는 무서워져서 의자를 뒤로 밀고 눈을 내리깔았다.

다른 일행은 먹기 시작했다. 그녀는 먹지 않았다. 이마가 불

같이 뜨겁고 눈꺼풀이 찌르는 듯 따끔거리고 살이 얼음처럼 시렸다. 머릿속에서는 춤추며 쿵쾅거리는 무수한 발들의 리듬에 따라 무도장의 마룻바닥이 다시 튀어오르는 것만 같았다. 그리고 시가 연기와 뒤섞인 펀치 냄새로 머리가 어지러웠다. 그녀는 정신이 아뜩해져서 주저앉았다. 사람들이 그녀를 창가로 옮겨다 놓았다.

해가 떠오르기 시작했다. 불그레한 빛의 커다란 반점이 생트카트린 구역 쪽의 뿌연 하늘에 번져 가고 있었다. 납빛의 강물이 바람에 으스스 떨고 있었다. 다리들 위에는 사람의 그림자가 없었다. 가로등이 꺼져 갔다.

이윽고 그녀는 기운을 되찾았다. 문득 저 먼 곳 하녀 방에서 잠자고 있는 베르트 생각이 났다. 그러나 기다란 철판을 가득 실은 짐수레 한 대가 지나가면서 귀청이 찢어질 듯한 금속성이 건물들의 벽을 뒤흔들었다.

그녀는 돌연 자리를 뛰쳐나와 가장했던 옷을 벗어 던지고 그만 가 봐야겠다고 레옹에게 말한 다음 마침내 혼자가 되어 불로뉴 호텔로 돌아왔다. 모든 것이, 그리고 그녀 자신까지도 참을 수가 없었다. 새처럼 도망쳐 날아가서 어딘가 멀리 깨끗하고 순결한 곳에서 다시 젊어지고 싶었다.

그녀는 밖으로 나왔다. 큰길과 코슈아즈 광장과 변두리를 가로질러 집의 정원들이 내려다보이는 활짝 트인 길까지 나왔다. 그녀는 빠른 걸음으로 걸었다. 바깥 공기가 그녀의 마음을 가라앉혀 주었다. 그러자 차츰 군중의 얼굴도, 가면들도, 카드릴 춤도, 샹들리에도, 야식도, 그 여자들도 모두 바람에 쓸려 가는 안개처럼 사라져 갔다. 이윽고 적십자 여관으로 돌아온 그녀는 넬 탑의 그림들이 걸려 있는 삼 층 작은 방의 침대에 몸을 던졌다. 저녁 네 시가 되자 이베르가 와서 그녀를 깨웠다.

집에 돌아오자 펠리시테가 괘종시계 뒤에 넣어 두었던 회색 서류를 꺼내보였다. 에마는 읽었다.

"판결 집행장의 등본에 의거하여……"

무슨 판결이란 말인가? 사실 그 전날 다른 서류가 하나 와 있었는데 그녀는 모르고 있었다. 그래서 그녀는 그다음에 적힌 말을 읽고는 깜짝 놀랐다.

"국왕 및 법과 재판소의 이름으로 보바리 부인에게 명하노니……."

그리고 몇 줄 건너뛰어서 다음 문구가 눈에 들어왔다.

"이십사 시간 내에." 어쩌란 말인가? "총액 팔천 프랑을 지불할 것." 다시 그 뒤에는 이런 말까지 있었다. "모든 법적 조치, 특히 가구 및 의류의 차압에 의하여 강제 집행함."

어떻게 하면 좋단 말인가?…… 이십사 시간 뒤라면 바로 내일인 것이다! 필시 뢰르가 또 으름장을 놓느라고 하는 짓일 거라고 그녀는 생각했다. 그녀는 대번에 그의 모든 술책이며 그 친절 뒤에 숨은 목적을 간파한 것이었다. 금액이 터무니없이 불어난 것 자체가 에마를 오히려 안심시켰다.

사실 그동안 물건을 사고 나서 대금을 지불하지 않고 빚을 져서 어음을 쓰고, 그러고는 다시 그 어음을 다른 어음으로 바꾸다 보니 새 지불 기일이 될 때마다 금액이 불어나서 결국 그녀는 뢰르에게 한밑천 톡톡히 만들어 주게 된 것이었다. 그 것은 그가 투기 사업을 하려고 초조하게 기다려 온 바였다.

그녀는 아무렇지도 않은 듯이 그의 집을 찾아갔다.

"나한테 무슨 일이 생겼는지 아시죠? 아마 농담이시겠지만!"

"아뇨."

"뭐라고요?"

그는 천천히 돌아서서 팔짱을 끼고 말했다.

"아니, 부인, 내가 언제까지나 봉사 정신에 입각해 댁의 어용 상인 겸 금고 노릇이나 할 줄 아셨나요? 저도 준 돈을 언젠가는 돌려받아야 할 게 아닙니까, 말이야 바른 말이지?"

그녀는 부채의 액수에 관해 항의했다.

"아니! 어쩔 수 없는 일이죠! 재판소가 인정한 것인데요! 판결이 나서 통고가 된 것이니까요! 게다가 이것은 내가 아니라 뱅사르랍니다."

"당신이 좀 어떻게……."

"오! 어림도 없어요."

"그래도…… 하지만…… 좀 생각을 해서……."

그리고 그녀는 되는대로 지껄여 댔다. 자기는 아무것도 몰랐다. ……이건 정말 뜻밖이다…….

"그게 다 누구 탓이지요?" 뢰르가 빈정대며 말했다. "내가 종처럼 꾸벅꾸벅 땀 흘려 일할 때 댁에서는 좋은 세월 보내셨지요."

"아아, 설교는 그만둬요!"

"들어서 해롭지는 않을 겁니다." 그가 되받았다. 그녀는 풀이 죽어서 그에게 애원하다시피 했다. 그리고 희고 긴 예쁜 손을 상인의 무릎에 얹어 놓기까지 했다.

"이거 왜 이러세요! 유혹이라도 하려는 것인가요!"

"어쩌면, 형편없는 사람이네!" 그녀가 소리쳤다.

"아이고! 대단한 기세로군요!" 뢰르가 웃으면서 말했다.

"당신의 정체를 폭로하겠어요. 남편한테 말하겠어요……."

"아, 그럼 나도 보여 드릴 게 있죠, 주인께 말입니다!"

그러면서 뢰르는 금고에서 일천팔백 프랑짜리 영수증을 꺼냈다. 뱅사르한테 어음 할인을 받을 때 그녀가 뢰르에게 준 것이었다.

"이래도." 뢰르가 덧붙였다. "당신의 도둑질을 눈치채지 못하실 것 같습니까, 가엾은 주인 어른이 말입니다?"

그녀는 몽둥이로 한 대 얻어맞은 것 이상으로 충격을 받고 의자에 쓰러졌다. 그는 창문과 책상 사이를 왔다 갔다 하면서 되풀이했다.

"아암, 보여 드리고 말고요…… 보여 드리고 말고요……."

그러고는 그녀에게 다가가 부드러운 목소리로 말했다.

"유쾌한 얘기는 아니죠. 알고 있습니다. 따지고 보면 이걸로 누가 죽는 건 아니죠. 돈을 돌려받자면 유일하게 남은 수단이 이것뿐이라서……."

"하지만 그런 돈을 어디서 구해요?" 에마가 자기의 두 팔을 꼬면서 말했다.

"뭐! 남자 친구들도 많으신데요!"

그러고는 그가 너무나도 날카롭고 너무나도 무서운 눈초리로 그녀를 똑바로 쳐다보았기 때문에 그녀는 창자까지 떨리는 느낌이었다.

"약속해요." 그녀가 말했다. "서명하지요……."

"더 이상 필요 없어요, 부인의 서명 같은 건!"

"또 뭐든 팔게요……."

"농담 마십시오……." 그가 어깨를 으쓱하면서 말했다. "남은 게 아무것도 없는데요?"

그러고는 가게와 통하는 구멍에 대고 큰 소리로 말했다.

"아네트! 십사 번 이자 증서 석 장, 잊지 말아."

하녀가 들어왔다. 에마는 알아차렸다. "고소를 모두 취하시키려면 얼마가 필요한지"를 물었다.

"이미 늦었습니다!"

"하지만 만약 몇천 프랑을 가져온다면, 전액의 사분의 일이나 삼분의 일, 아니 거의 전부를 가져오면요?"

"안 돼요. 소용없어요!"

그는 그녀를 조용히 층계로 밀어붙였다.

"부탁이에요, 뢰르 씨. 며칠만 더!"

그녀는 흑흑 느껴 울었다.

"소용없어요! 울어 봤자!"

"이제 어쩌면 좋지요?"

"내가 알 바 아닙니다!" 그가 문을 닫으면서 말했다.

## 7

다음 날 집달리 아랑이 입회인 두 사람을 데리고 차압 조서를 작성한다며 나타났을 때 그녀는 조금도 동요하지 않고 의연했다.

그들은 우선 보바리의 진찰실부터 시작했다. 그리고 골상학용인 해골은 직업상의 필요 기구로 간주해 목록에 올리지 않았다. 그러나 주방에서는 접시, 냄비, 의자, 촛대 따위를, 그리고 침실에서는 선반 위의 하찮은 물건들까지 낱낱이 셌다. 그들은 그녀의 의복과 속옷과 화장실을 조사했다. 그리하여 그녀의 사생활은 가장 비밀스러운 구석까지 해부대에 놓인 시체처럼 그 세 사내들의 눈앞에 완전히 노출되었다.

집달리 아랑은 몸에 꼭 끼는 검은 연미복의 단추를 단정하게 잠그고 흰 넥타이에 바지는 각반을 꼭 졸라매어 입고 이따금씩 되풀이하며 말했다.

"실례합니다, 부인? 괜찮겠지요?"

그러고는 연방 감탄사를 발했다.

"멋진데!…… 정말 예쁘군!"

그러고는 왼손에 들고 있는 뿔 잉크병에 펜을 찍어서 다시 기입하기 시작하는 것이었다.

방들이 전부 끝나자 그들은 다락방으로 올라갔다.

거기에는 로돌프의 편지들을 넣고 잠가 둔 책상이 놓여 있었다. 그것을 열지 않으면 안 되었다.

"아아! 편지로군요!" 집달리 아랑이 은근한 미소를 띠면서 말했다. "하지만 좀 실례해야겠는데요! 상자 속에 다른 물건이 없는지 확인해야 하니까요."

그러고 나서 그는 마치 나폴레옹 금화라도 떨어질 것 같다는 듯이 편지 뭉치를 살짝 옆으로 기울였다. 징그러운 벌레처럼 손가락이 뻘겋고 물렁물렁한 그 큼직한 손이 지난날 가슴 두근거리며 읽었던 사연들 위에 닿는 것을 보자 그녀는 노여움에 사로잡혔다.

마침내 그들이 갔다. 펠리시테가 돌아왔다. 보바리를 따돌리기 위해 망을 보러 내보냈던 것이다. 그리하여 두 여자는 재빨리 차압 감시인을 다락방으로 밀어 넣었다. 그는 거기에서 꼼짝 않고 있겠노라고 약속했다.

그날 저녁 샤를은 에마가 보기에 무언가 걱정이 있는 사람 같아 보였다. 에마는 그의 주름진 얼굴에 비난이 담겨 있는 것만 같아서 불안하기 짝이 없는 눈길로 그의 모습을 훔쳐보았다. 그러고는 중국 병풍으로 장식한 벽난로, 넓은 커튼, 안락의자, 그 밖에 생활의 쓴맛을 덜어 주던 그 모든 것들 위에 시선이 가 닿자 후회라기보다는 엄청난 애석함의 감정에 사로잡혔다. 그 감정은 정념을 없애 주기는커녕 오히려 부채질했다. 샤를은 난로의 장작 받침대 위에 두 발을 걸치고 멍하니 불을 헤집고 있었다.

한순간 감시인이 숨어 있는 곳에서 따분해졌는지 달그락 소리를 냈다.

"저 위에서 누가 걸어 다니나?" 샤를이 말했다.

"아니에요!" 그녀가 대답했다. "열린 천창문이 바람에 흔들리는 거예요."

이튿날 일요일, 그녀는 루앙에 갔다. 이름을 알고 있는 금융
업자는 모두 찾아가 볼 작정이었다. 하나같이 시골에 가 있거
나 여행 중이었다. 그녀는 단념하지 않았다. 그리하여 만날 수
있는 사람들에게는 돈을 요구했다. 꼭 필요해서 그런다고 호
소했고 꼭 갚겠다고 다짐했다. 몇몇은 코웃음을 쳤다. 모두가
그녀의 청을 거절했다.

두 시에 그녀는 레옹의 집으로 달려가 문을 두드렸다. 문은
열리지 않았다. 가까스로 그가 모습을 나타냈다.

"무슨 일이 있어?"

"왜, 방해가 돼요?"

"아니…… 하지만……."

그리고 그는 집주인이 '여자들'을 방에 들여놓는 것을 좋아
하지 않는다고 털어놓았다.

"당신한테 할 얘기가 있어요." 그녀가 대답했다.

그러자 그는 열쇠를 집었다. 그녀가 그것을 막았다.

"아! 아녜요. 저기 우리 방으로 가서."

그리하여 그들은 불로뉴 호텔에 있는 그들의 방으로 갔다.

그녀는 방에 들어가자 큰 컵에 하나 가득 물을 따라서 들
이켰다. 얼굴이 백지장같이 창백했다. 그녀가 그에게 말했다.

"레옹, 내 부탁 하나 들어줘야겠어."

그러고는 꼭 잡고 있던 그의 두 손을 흔들어 대면서 덧붙
였다.

"잘 들어, 지금 난 팔천 프랑이 필요해!"

"아니, 정신 나갔어?"

"아직은 아냐!"

그러고는 곧 차압당한 얘기를 하고 자기의 딱한 처지를 설명했다. 샤를은 아무것도 모르고 있고 시어머니는 그녀를 미워하고 루오 노인은 아무 힘이 없다. 그러나 그, 레옹만은 어떻게든지 꼭 필요한 돈을 구해 주기 위해 쫓아다녀 줄 것 같아서…….

"아니, 어떻게 그런 일을……?"

"치사하게 굴지 마, 당신!" 그녀가 소리쳤다.

거기에서 레옹은 그만 바보 같은 소리를 해 버렸다.

"당신은 최악의 경우만 생각하고 있어. 아마 한 삼천 프랑이면 상대는 누그러질 거야."

그렇다면 더욱 어떻게 좀 해 주어야 할 게 아닌가. 삼천 프랑쯤 변통 못 한대야 될 말인가. 더욱이 레옹이 그녀를 대신해서 빚을 맡아 줄 수도 있을 것이었다.

"자아! 어떻게 좀 해 봐! 꼭!…… 응, 빨리! 빨리! 당신을 더 많이 사랑해 줄게!"

그는 나갔다가 한 시간쯤 뒤에 돌아와서는 심각한 얼굴로 말했다.

"세 사람이나 찾아가 보았지만…… 허사야!"

그러고 나서 두 사람은 벽난롯가에 마주 앉아 입을 다문 채 꼼짝도 하지 않았다. 에마는 발을 구르면서 어깨를 으쓱거리곤 했다. 그녀가 중얼거리는 소리가 들렸다.

"만일 내가 당신 입장이었다면 금방 해결해 주었을 거야!"

"어디서?"

"당신 사무소에서!"

그리고 그녀는 그를 처다보았다.

그녀의 타는 듯한 눈동자에서 악마 같은 대담성이 번뜩였다. 눈꺼풀이 충동질하듯이 요염하게 감겼다. 그 때문에 청년은 자기에게 범죄를 저지르라고 권하는 그 여자의 말없는 암시에 눌려 마음이 약해지는 것을 느꼈다. 그래서 그만 무서워진 그는 더 이상의 긴 설명을 피하기 위해서 이마를 탁 치면서 외쳤다.

"아, 참, 모렐이 오늘 밤 돌아오기로 돼 있지! 그 친구라면 아마 거절하지 못할 거야. 틀림없이.(그 사람은 레옹의 친구로 돈 많은 상인의 아들이었다.) 일이 잘되면 내일 당신한테 갖다 줄게." 그가 덧붙였다.

에마는 레옹이 생각한 만큼 그 희망을 반기는 기색이 아니었다. 거짓말이란 것을 눈치챈 것일까? 그는 얼굴을 붉히면서 말을 이었다.

"하지만 만일 내가 세 시가 되도록 못 오면 기다리지 말아 줘, 응. 자, 이제 그만 가 봐야 돼. 미안해. 안녕!"

그는 그녀의 손을 잡았지만 그것은 살아 있는 사람의 손 같지 않았다. 에마에게는 이제 아무것도 느낄 힘이 없었다.

네 시를 쳤다. 그녀는 자동인형처럼 습관의 충동에 따라 용빌로 돌아가기 위해 자리에서 일어섰다.

화창한 날씨였다. 구름 한 점 없는 하늘에 태양이 빛나는 삼월 특유의 맑고 쌀쌀한 어느 하루였다. 나들이 옷으로 차려입은 루앙 시민들은 행복한 표정으로 산책하고 있었다. 그녀는 대성당 앞 광장에 다다랐다. 저녁 미사를 마친 사람들이 쏟아져 나왔다. 군중은 세 개의 문으로, 마치 다리를 장식한 세 개의 아치 밑으로 흐르는 강물처럼 흘러나오고 있었다. 그리고 그 한가운데에는 성당지기가 바위 같은 부동자세로 버티고 서 있었다.

그러자 그녀는 불안에 떨면서도 희망에 넘치는 가슴으로 그 커다란 본당 안으로 들어가던 그날을, 눈앞에 펼쳐지는 그 본당도 그녀의 사랑만큼은 심오하지 못했던 그날을 회상했다. 그리고 그녀는 베일 속에서 흐느껴 울며 정신을 못 차린 채 비틀거리면서 당장 기절이라도 할 듯한 걸음걸이로 계속 걸었다.

"조심해요!" 어느 저택의 대문이 열리면서 큰 목소리가 튀어나왔다.

에마는 놀라 멈칫 자리에 섰다. 검은 말 한 필이 이륜마차의 수렛대 속에서 앞발로 땅을 걷어차며 지나가는 것을 간신히 피했다. 새까만 담비 모피옷을 입은 신사가 마차를 몰고 있었다. 가만, 저게 누구였더라? 아는 얼굴이었다……. 마차는 내달아 어느새 사라져 버렸다.

아니, 그 사람, 그 자작이었다! 그녀는 휙 돌아섰다. 거리에는 사람의 그림자 하나 없었다. 그러자 그녀는 너무 맥이 빠지고 너무 슬퍼서 쓰러지지 않으려고 담벼락에 몸을 기댔다.

잠시 후 그녀는 자기의 착각이었을 것이라고 생각했다. 사실 그녀로서는 아무것도 알 수 없었다. 마음속에서나 밖에서

나 모든 것이 그녀를 저버리는 것이었다. 그녀는 방향을 잃은 채 정체를 알 수 없는 심연 속에서 그저 아무렇게나 굴러다니고 있는 느낌이었다. 그럭저럭 저십지 여관에 도착해 저 낯익은 오메의 얼굴이 보였을 때 그녀가 맛본 것은 거의 기쁨에 가까운 감정이었다. 그는 구입한 약품들을 가득 담은 큰 상자를 제비에 실어 올리는 것을 지켜보고 있었다. 손에는 부인한테 갖다줄 슈미노 빵 여섯 개를 스카프에 싸 들고 있었다.

오메 부인은 사순절 때 짭짤한 버터를 발라서 먹는 터번 모양의 그 작고 묵직한 빵을 좋아했다. 그것은 아마 십자군 원정 시대까지 거슬러 올라가는 중세 음식의 마지막 견본으로, 옛날에 신체 건장한 노르만 민족은 누런 횃불 아래서 식탁 위의 이포크라스 포도주 병들과 거대한 돼지고기 덩어리 사이에 놓인 것이 푸짐한 사라센인의 머리통들이라고 상상하며 그 빵으로 배를 채우곤 했다. 약제사의 부인은 이가 몹시 나쁘면서도 그들과 마찬가지로 용감하게 그 빵을 물어뜯었다. 그래서 오메 씨는 시내에 갈 때마다 항상 마사크르 거리에 있는 그 유명한 빵집에 가서 빠짐없이 그 빵을 사다 바치는 것이었다.

"아, 이거 반갑습니다!" 그가 팔을 내밀어 에마가 제비에 올라타는 것을 거들어 주면서 말했다.

그러고 나서 그는 그물 선반의 가죽끈에 슈미노 빵 꾸러미를 달아매고 모자를 벗은 다음 팔짱을 끼고서 나폴레옹같이 사색에 잠기는 자세를 취했다.

그러나 또 언제나 그랬듯 언덕 밑에서 장님이 나타나자 그는 큰 소리로 말했다.

"이따위 못된 장사를 왜 아직도 당국에서 그냥 내버려 두는지 알 수가 없네! 이런 딱한 작자들은 당장 감금해서 강제 노동이라도 시켜야 해! 진보가 이 지경으로 거북이 걸음을 하다니! 아직도 야만 시대에 처박힌 꼴이지 뭐야!"

장님은 모자를 내밀었다. 그것은 핀이 빠져서 떠들린 벽지의 못이 빠진 벽걸이 주머니처럼 문틀가에서 흔들거리고 있었다.

"연주창 환자군!" 약제사가 말했다.

그러고는 그 거지를 잘 알고 있으면서도 처음 보는 것처럼 각막이니 불투명 각막이니 공막이니 안면 특징이니 하며 중얼대더니 마치 아버지나 된 듯한 어투로 말했다.

"이봐, 이런 무서운 병에 걸린 지 오래됐나? 대폿집에서 술만 퍼먹지 말고 섭생법을 지키도록 해야지."

그는 좋은 포도주와 좋은 맥주를 마시고 좋은 불고기를 먹으라고 권했다. 장님은 계속 노래를 흥얼댔다. 아무래도 그는 천치 같았다. 마침내 오메 씨가 지갑을 열었다.

"자아, 여기 일 수 줄 테니 이 리아를 거슬러 줘. 그리고 내가 일러 준 걸 잊지 말도록 해. 반드시 좋아질 테니."

이베르는 그런 처방으로 무슨 효과가 있을지 의문이라고 큰 소리로 말했다. 그러나 약제사는 자기가 조제한 소염 연고로 직접 치료해 보이겠다고 장담하면서 자기의 주소를 가르쳐 주었다.

"시장 옆에 있는 오메 씨 약국을 찾으면 다들 알아."

"자, 그럼 수고에 대한 인사로 쇼를 보여 줘야지." 이베르가 말했다.

장님은 두 무릎을 접고 주저앉았다. 머리를 뒤로 젖히고 푸르스름한 눈알을 굴리면서 혀를 내밀고 두 손으로 배를 문지르는 한편 굶주린 개처럼 둔탁한 신음 소리를 냈다. 에마는 구역질이 나서 어깨 너머로 오 프랑짜리 금화 한 닢을 던져 주었다. 그것은 그녀의 전 재산이었다. 그걸 그렇게 던져 버리는 것이 멋지다는 생각이 들었다.

마차는 다시 움직이기 시작했다. 그러자 오메 씨가 갑자기 마차 문 밖으로 몸을 내밀면서 소리쳤다.

"밀가루나 우유 제품은 안 돼! 모직물 옷을 입고 노간주나무 열매를 태워서 환부에 그 연기를 쐬라고!"

눈앞을 스쳐 가는 낯익은 풍경이 조금씩 에마의 현재의 고통을 잊게 해 주었다. 견디기 어려운 피로가 전신을 짓눌렀다. 그리하여 집에 돌아왔을 때는 정신이 몽롱하고 낙심해 거의 반수면 상태가 되어 있었다.

"될 대로 되라지!" 그녀가 속으로 중얼거렸다.

"게다가 또 누가 알겠어? 갑자기 무슨 이변이 일어나지 말라는 법은 없으니까. 뢰르가 죽어 자빠질 수도 있는 일이지."

그녀는 아침 아홉 시에 광장에서 사람들이 웅성거리는 소리에 잠이 깼다. 시장 주변에 사람들이 모여 서서 어떤 기둥에 붙인 커다란 벽보를 읽고 있었다. 쥐스탱이 표지돌 위에 올라가서 벽보를 뜯어내는 것이 보였다. 그때 마을 경찰관이 그의 목덜미를 붙들었다. 오메 씨가 약국에서 나왔다. 르프랑수아 아주머니가 군중 속에서 뭐라고 떠들고 있는 것 같았다.

"마님! 마님!" 펠리시테가 들어오면서 소리쳤다. "큰일 났어요!"

그리고 이 아가씨는 잔뜩 흥분해서 문간에서 뜯어 온 누런 종이 한 장을 에마에게 내밀었다. 에마는 한눈에 보고 자기 집 동산 전부가 경매에 붙여진 것을 알았다.

그러자 두 사람은 아무 말도 못 한 채 서로 얼굴을 쳐다보았다. 하녀와 여주인 사이에는 서로 아무런 비밀이 없었다. 이윽고 펠리시테가 한숨을 내쉬며 말했다.

"저 같으면 기요맹 씨를 한번 찾아가 보겠어요."

"그렇게 생각해?"

그런데 이렇게 반문하는 것은

"넌 그 집 머슴과 친해서 그 집 내용을 알고 있구나. 주인 어른이 가끔 내 얘기를 했다더냐?"라는 뜻이었다.

"네, 가 보세요. 도움이 될 거예요."

그녀는 옷을 갈아입고 검은 구슬 장식의 모자가 달린 겉옷을 입었다. 그러고는 사람 눈에 띄지 않게(광장에는 여전히 많은 사람이 모여 있었다.) 마을 밖으로 벗어나 개울가 오솔길로 해서 갔다.

그러고는 가쁜 숨을 몰아쉬며 공증인의 집 철책문 앞에 도착했다. 하늘은 어둡고 눈이 조금 내리고 있었다.

초인종을 누르자 빨간 조끼를 입은 테오도르가 현관 계단에 나타났다. 그는 마치 아는 사람이라도 대하듯이 문을 열고 그녀를 식당으로 안내했다.

벽의 움푹 파인 공간을 가득 메운 선인장 아래서 커다란 도기 난로가 소리 내어 타고 있었다. 그리고 떡갈나무 무늬의 벽지를 바른 벽에는 검은 나무 액자에 낀 스토이벤[101]의 에스메랄다와 쇼팽[102]의 보디발이 걸려 있었다. 음식을 차려 놓은 식탁, 은으로 된 두 개의 접시 데우는 기구, 크리스털로 된 유리문 손잡이, 쪽판 마루, 가구 등 모든 것이 영국식으로 구석구석 손질되어 반짝거렸다. 유리창의 네 귀퉁이는 전부 색유리로 장식되어 있었다.

"바로 이런 식당이 우리 집에도 있어야 하는 건데." 에마는 생각했다. 공증인이 들어왔다. 왼쪽 팔로 종려나무 무늬의 실내복 자락을 여미면서 다른 한 손으로는 테 없는 밤색 비로드 모자를 벗었다가 곧 다시 썼다. 거드름을 피우며 오른쪽으로 기울여 쓴 모자 밑으로는 벗어진 대머리를 후두부 쪽으로 싸고 있는 세 줄기의 금발 머리카락 끝이 늘어져 있었다.

의자를 권한 다음 그는 결례를 하게 되어 몹시 죄송하다면서 자리에 앉아서 식사를 시작했다.

"저어, 청이 좀 있어서……." 그녀가 말했다.

"무슨 용건이죠, 부인? 말씀하시죠."

그녀는 사정 설명을 하기 시작했다.

공증인 기요맹은 포목상과 은밀히 내통하고 있었으므로 사

---

101) Charles de Steuben(1788~1856). 독일 출신의 화가.
102) Henri-Frédéric Schopin(1804~1888). 프레데릭 쇼팽의 형으로 문학적 주제에서 영감을 받은 그림들로 알려진 화가. 그러나 실제로 「보디발」을 그린 적은 없다.

정을 잘 알고 있었다. 그는 사람들이 저당 대출의 계약 때문에 찾아오면 자금을 언제나 그 상인에게서 융통해 오고 있었던 것이다.

그래서 그는 이들 어음의 긴 내력을 (그녀보다도 더 잘) 알고 있었다. 처음에는 별것 아닌 소액의 어음들이었지만 여러 사람이 손을 바꿔 가며 이서를 하고 각각 지불 기일의 간격을 길게 잡아 끊임없이 갱신하다가 마침내 포목상이 그 지불 거절 증서들을 모아 가지고는, 동네에서 지독한 놈이라는 소리를 듣지 않기 위해 제 친구인 뱅사르를 시켜 그의 명의로 필요한 소송을 제기하도록 만들어 놓은 것이었다.

그녀는 이야기를 하는 사이사이에 뢰르를 비난하는 말을 했다. 그런 비난에 가끔씩 공증인은 건성으로 대답했다. 커틀렛을 먹고 차를 마시면서 그는 턱을 파란 하늘색 넥타이 속에 파묻었다. 그 넥타이에는 가는 금줄로 고정된 두 개의 다이아몬드 핀이 꽂혀 있었다. 그는 들척지근하면서도 애매한 표정으로 야릇한 미소를 지었다. 그러나 그녀의 발이 젖어 있는 것을 보고는 말했다.

"난로 쪽으로 좀 다가앉으세요……. 좀 더 위에 올려놓으세요…… 도기에 닿도록."

그녀는 도기 난로를 더럽힐까 봐 겁이 났다. 공증인이 친근한 말투로 말했다.

"아름다운 것은 아무것도 더럽히지 않습니다."

그러자 그녀는 남자의 마음을 움직여 보려고 했다. 자기가 먼저 흥분해서 그녀는 살림살이의 궁핍함과 고생과 쪼들림

등을 털어놓게 되었다. 그는 잘 이해한다고 했다. 우아한 부인
께서! 여전히 먹는 손을 쉬지 않으면서 그는 완전히 그녀 쪽으
로 돌아앉았기 때문에 그의 무릎이 그녀의 구두에 닿았다. 난
로 위에 걸쳐 놓은 그 구두창이 휘어진 채 모락모락 김을 내
고 있었다.

그러나 에마가 삼천 프랑을 융통해 달라고 부탁하자 그는
입술을 꼭 다물었다. 그러고는 진작에 재산 관리를 자기에게
맡겨 주지 않은 것을 매우 애석해했다. 부인들도 돈을 늘릴 수
있는 매우 편리한 방법이 얼마든지 있기 때문이었다. 그렇게
했더라면 그뤼메닐 토탄광이나 르아브르의 토지에 거의 확실
한 방법으로 멋진 투자를 할 수 있었을 것이었다. 그리고 그는
그녀가 틀림없이 벌 수 있었을 그 꿈같은 거금을 생각하며 분
해하는 모습을 물끄러미 바라보고 있었다.

"왜 지금까지 저한테 한 번도 의논하러 오시지 않았습니
까?" 그가 또 말했다.

"모르겠어요." 그녀가 말했다.

"왜 그랬어요, 대체? ……제가 무서웠던가요? 그러고 보니
원망해야 할 건 거꾸로 제 쪽입니다! 우린 서로 접촉이 별로
없었네요! 그렇지만 저는 당신의 충실한 종입니다. 그 점 의심
하지 않으시죠?"

그는 손을 내밀어 그녀의 손을 잡고 미친 듯이 키스를 하고
나서 그 손을 자기 무릎 위에 올려놓았다. 그러고는 한껏 감미
로운 말을 속삭이면서 그녀의 손가락을 살살 만지작거렸다.

그의 김빠진 목소리가 시냇물 흐르듯 귓가에 소곤거렸다.

번쩍거리는 안경 너머 그의 눈동자에서 불꽃이 튀겼다. 그의 두 손이 에마의 소매 속으로 뻗쳐 와 팔을 더듬었다. 그의 헐떡거리는 숨결이 볼에 느껴졌다. 그녀는 남자가 지겹게 싫었다.

에마는 벌떡 일어서며 말했다.

"선생님, 전 기다리고 있어요!"

"뭘 말입니까?" 공증인은 얼굴이 파래지며 물었다.

"그 돈 말이에요."

"하지만……."

이윽고 너무나 강하게 끓어오르는 욕정을 이길 수 없는 듯 말했다.

"예, 좋습니다!……"

그는 무릎을 꿇고 실내복이 어떻게 되든 상관하지 않은 채 그녀 곁으로 다가갔다.

"부탁입니다. 가지 말아 주세요! 당신을 사랑합니다!"

그는 그녀의 허리를 끌어안았다.

보바리 부인의 얼굴이 금세 새빨개졌다. 그녀는 무서운 얼굴로 소리 지르면서 뒤로 물러났다.

"남이 처한 곤경을 이용해서 함부로 대하는군요, 당신은! 저는 동정을 구하러 왔지만 몸은 팔지 않아요!"

그리고 그녀는 나가 버렸다.

공증인은 그만 어리둥절해져서 자신의 아름답게 수놓은 슬리퍼만 뚫어져라 내려다보고 있었다. 그것은 정부의 선물이었다. 그것을 보고 있자니 차츰 마음이 가라앉았다. 사실 그런 사랑의 모험은 위험 부담이 너무 크다는 생각이 들었다.

"치사한 놈! 야비한 놈! 어쩌면 그런 더러운 짓을!" 그녀는 후들후들 떨리는 걸음으로 사시나무가 늘어선 길을 걸어가면서 혼잣말을 중얼거렸다. 뜻한 바를 이루지 못했다는 실망 때문에 능욕당한 것에 대한 분노가 더욱 거세게 끓어올랐다. 하느님이 자기만을 열심히 괴롭히려 드는 것만 같았다. 그 때문에 한결 으쓱해진 그녀는 전에 없이 스스로에 대해 긍지를 느꼈고 전에 없이 남들을 경멸했다. 호전적인 그 무엇이 그녀를 들뜨게 했다. 남자들을 두들겨 패 주고 얼굴에 침을 뱉어 주고 모조리 박살을 내고만 싶었다. 그녀는 파랗게 질린 채 분노에 떨며 눈물 젖은 눈으로 텅 빈 지평선 저쪽을 더듬으면서 숨 막히는 증오의 감정을 즐기기라도 하는 듯이 계속 빠른 걸음으로 앞을 향해 걸었다.

자기 집이 보이자 갑자기 온몸의 감각이 없어지는 것 같았다. 단 한 걸음도 더 나갈 수가 없었다. 그러나 앞으로 나가지 않으면 안 되었다. 사실 어디로 도망친다는 말인가?

펠리시테가 문간에서 그녀를 기다리고 있었다.

"어떻게 됐어요?"

"틀렸어!" 에마가 말했다.

그러고는 한 십오 분 동안 두 사람은 용빌에서 어쩌면 에마를 구해 줄지도 모를 사람들을 이리저리 생각해 보았다. 그러나 펠리시테가 이름을 댈 때마다 에마는 대답했다.

"가당하기나 해! 들어줄 사람들이 아니야!"

"하지만 곧 주인님이 돌아오실 텐데요!"

"알고 있어…… . 혼자 있게 해 줘!"

그녀는 모든 방법을 다 써 보았다. 이제는 더 이상 해 볼 길이 없었다. 그러니 샤를이 돌아오면 그녀는 이렇게 말할 참이었다.

"비키세요. 당신이 밟고 있는 그 양탄자는 이제 우리 집 물건이 아니에요. 당신 집에 있는 가구 하나 핀 하나 지푸라기 하나도 당신 것은 없어요. 당신을 파산시킨 건 바로 나예요. 불쌍한 양반!"

그러면 그는 한바탕 흐느끼겠지. 그리고 펑펑 눈물을 쏟겠지. 그러나 결국 놀라움이 진정되면 용서해 줄 거야.

"그럼." 그녀가 이를 갈면서 중얼거렸다. "그인 나를 용서할 거야! 내게 눈독 들인 죄를 용서받자면 백만금을 내놓아도 모자랄 남자인걸……. 모자라고 말고! 절대로 모자라지!"

자기보다 보바리가 우월한 입장에 선다는 것에 생각이 미치자 그녀는 미칠 것 같았다. 그러나 그녀가 고백을 하든 안 하든, 지금 당장이든 잠시 후든 또는 내일이든 여하튼 그는 이 파국을 알게 되리라. 그러니 이 끔찍한 장면을 기다리고 있다가 그가 무겁게 베푸는 관용을 감수하지 않으면 안 될 일이었다. 다시 한번 뢰르한테 찾아가 보고 싶은 생각이 들었다. 그러나 무슨 소용이 있을까? 아버지한테 편지를 내 볼까? 이미 때가 늦었다. 그러자 조금 전에 찾아갔던 남자에게 몸을 맡기지 않은 것이 후회스럽다는 느낌마저 들었다. 바로 그때 오솔길에서 말발굽 소리가 들렸다. 그이였다. 그가 울타리 문을 열었다. 그는 회칠한 벽보다도 더 창백했다. 그녀는 층계를 뛰어내려가 재빨리 광장으로 도망쳤다. 성당 앞에서 레스티부두아와 이야기를 하고 있던 면장 부인이 에마가 세무 관리의 집으로 들어가는 것을 보았다.

그녀는 카롱 부인에게 달려가서 그 사실을 알렸다. 두 아낙네는 다락방으로 올라갔다. 그리고는 장대에 널어놓은 빨래 뒤에 숨어서 비네의 방 안 전체가 잘 내려다보이는 편한 자리를 잡았다.

비네는 다락방에 혼자 처박혀서 뭐라 형용할 수 없이 기묘한 상아 세공을 본떠서 나무를 깎는 일에 열중하고 있었다. 여러 개의 초승달 모양과 공 모양이 서로 파고 들어가 맞물려서 그 전체가 오벨리스크처럼 곧은 막대기를 이루는 아무 쓸모도 없는 세공품이었다. 그는 마지막 남은 조각을 깎고 있었다. 완성을 눈앞에 보고 있었다! 어두컴컴한 작업장에서 달리는 말발굽에서 튀는 불꽃처럼 뽀얀 먼지가 그의 연장에서 날아오르고 있었다. 두 개의 바퀴가 돌아가며 윙윙대고 있었다. 비네는 턱을 내리고 콧구멍을 벌름거리면서 미소 짓고 있었다. 그는 마침내 어떤 완전한 행복감, 대단히 어렵지만 사실은 쉬운 일을 통해서 지적 만족을 가져다주고 더 이상 바랄 것이 없는 성취감으로 마음을 흡족하게 하는 하찮은 소일거리들에서만 맛볼 수 있는 완전한 행복감에 몰입하고 있는 것 같았다.

"아! 저기 왔어요!" 튀바슈 부인이 말했다.

그러나 선반 소리 때문에 그녀가 하는 말을 알아들을 수가 없었다.

두 여자의 귀에 간신히 프랑이라는 말이 들리는 것 같았다.

488

튀바슈 부인이 작은 소리로 소곤거렸다.

"세금 납부하는 걸 좀 늦춰 달라고 부탁하고 있군요."

"그런 것 같네요!" 상대가 말을 받았다.

두 여자의 눈에는 그녀가 방 안을 왔다 갔다 하면서 벽에 나란히 걸려 있는 냅킨 고리, 샹들리에, 공 모양의 난간 장식들을 천천히 바라보고 있는 모습이 보였다. 한편 비네는 흐뭇한 표정으로 턱수염을 쓰다듬고 있었다.

"뭔가를 주문하러 찾아온 게 아닐까?" 튀바슈 부인이 말했다.

"하지만 저 양반은 아무것도 팔지 않는걸!" 옆의 여자가 부인했다.

세무 관리는 잘 알아들을 수 없는지 눈을 크게 뜨곤 하면서도 열심히 귀를 기울이고 있었다. 그녀는 상냥하게, 애원하듯 말을 계속했다. 그녀가 가까이 다가갔다. 젖가슴이 출렁거렸다. 두 사람은 이제 아무 말이 없었다.

"여자 쪽에서 수작을 붙이는 건가?" 튀바슈 부인이 말했다.

비네는 귀까지 빨개졌다. 그녀가 남자의 두 손을 잡았다.

"어쩜! 너무했어!"

확실히 그녀가 그에게 무언가 무서운 일을 제의한 모양이었다. 세무 관리는(그는 바우첸과 뤼첸 전투에서 싸운 일이 있고 프랑스 전투[103]에 참가해 **십자훈장의 후보** 물망에 오른 일까지 있는

---

103) 프로이센과 오스트리아 연합군과 맞서서 나폴레옹 군대가 승리한 1814년의 전투를 말한다. 그러나 이 승리는 나폴레옹의 최종적 패배를 연기시킨 것에 불과하다.

용사였다.) 갑자기 뱀이라도 본 것처럼 멀리 뒷걸음질을 치며
외쳤다.

"부인! 어떻게 그런 일을?……"

"저런 여자는 채찍으로 맞아야 해!" 튀바슈 부인이 말했다.

"아니, 어디로 갔지?" 카롱 부인이 대답했다.

그 여자들이 그런 말을 하는 사이에 그녀의 모습이 보이지
않게 된 것이었다. 이윽고 에마가 큰길을 따라 올라가서 묘지
에라도 가는 것처럼 오른쪽으로 꺾어지는 것을 보자 두 아낙
들은 온갖 추측을 마음대로 해 댔다.


"롤레 아줌마." 그녀가 유모의 집에 닿자 말했다. "숨이 막힐
것 같아! 옷끈을 좀 풀어 줘."

그녀는 침대 위에 쓰러졌다. 그리고 흐느끼며 울었다. 롤레
아줌마는 그녀를 치마로 덮어 주고 그 옆에 서 있었다. 그러고
는 그녀가 응답하지 않자 그곳에서 물러나 물레를 잡고 실을
잣기 시작했다.

"아, 그만해!" 그녀는 비네의 선반 소리가 들리는 줄 알았는
지 중얼거렸다.

"무슨 걱정이 있어 저럴까?" 그녀는 속으로 생각했다. "왜 여
길 찾아왔을까?"

그녀는 일종의 공포에 쫓겨 집에 있을 수가 없었기 때문에
이리로 온 것이었다.

반듯이 누워 꼼짝도 하지 않은 채 눈을 똑바로 뜨고 백치
처럼 주의력을 집중하고 있는데도 사물들이 희미하게만 보일

뿐 잘 식별되지 않았다. 그녀는 벽의 칠이 벗겨진 곳, 끝과 끝이 맞닿아 연기가 피어오르고 있는 두 개의 장작 토막, 머리 위 대들보 틈새로 기어 다니는 기다란 거미 따위를 멍하니 바라보고 있었다. 마침내 생각을 정리할 수 있게 되었다. 그리고 생각이 났다……. 어느 날 레옹과 함께…… 아아! 얼마나 아득한 옛일인가…… 해가 강물 위에 빛나고 참으아리가 향내를 뿜고 있었지…… 그때 들끓으며 흐르는 급류에 실려 가듯 추억들에 휩쓸려 가다가 그녀는 이내 그 전날의 일을 기억해 낼 수 있게 되었다.

"지금 몇 시지?" 그녀가 물었다.

롤레 아줌마는 밖으로 나가 하늘이 제일 밝은 쪽으로 오른손 손가락을 쳐들어 보고 나서 천천히 돌아오며 말했다.

"곧 세 시예요."

"아! 고마워! 고마워!"

이제 곧 그가 올 시간이었다. 틀림없이 온다! 돈을 구했겠지. 하지만 그녀가 여기 와 있을 줄은 생각지도 못한 채 아마 집으로 갈 것이다. 그래서 그녀는 유모에게 빨리 집에 가서 그를 데리고 오라고 시켰다.

"빨리 가라니까!"

"네, 마님, 갑니다! 가요!"

이제 그녀는 왜 처음부터 그이 생각을 하지 않았는지 알 수가 없었다. 어제 그이는 언질을 주었다. 그걸 어기지는 않을 거야. 그녀의 눈에는 벌써부터 뢰르의 집으로 찾아가서 책상 위에 지폐 석 장을 확 벌려서 내놓고 있는 자기 모습이 눈에 보이는 것만 같았다. 그다음에는 보바리에게 사건의 전말을 납득시킬 무슨 이야기를 지어내지 않으면 안 된다. 무슨 이야기가 좋을까?

그런데 시간이 꽤 되었는데 유모가 좀처럼 돌아오지 않았다. 그러나 그 초가집에는 시계가 없기 때문에 어쩌면 시간이 많이 지났다고 에마가 과장되게 느끼는 것인지도 몰랐다. 그녀는 마당에 나가서 천천히 걸으면서 돌기 시작했다. 울타리를 따라 나 있는 샛길로 나갔다가도 유모가 다른 길로 해서 와 있기를 바라는 마음에 급히 되돌아왔다. 드디어 기다림에 지친 그녀는 떨쳐 버리려 해도 떨쳐 버릴 수 없는 의혹들에 쫓기면서 여기 온 것이 까마득한 옛날인지 아니면 일 분 전인지 구별조차 할 수 없게 되어 한쪽 구석에 주저앉아 눈을 감고 귀를 틀어막았다. 울타리 문이 열리는 소리가 났다. 그녀는 벌떡 일어났다. 이쪽에서 입을 열기 전에 롤레 아줌마가 말했다.

"댁에는 아무도 안 왔는데요!"

"뭐라고!"

"예, 아무도 없어요! 그리고 나리께서는 울고 계세요. 마님 이름을 부르면서요. 모두가 마님을 찾고 있어요."

에마는 아무 대답도 하지 않았다. 그녀는 숨을 헐떡이면서 사방으로 눈을 굴렸다. 그런 얼굴을 보자 겁을 집어먹은 유모는 그녀가 미쳐 버린 게 아닌가 하는 생각에 본능적으로 뒷걸음질 쳐 물러났다. 갑자기 에마는 자기의 이마를 탁 치며 소리를 질렀다. 마치 캄캄한 어둠 속의 번갯불처럼 로돌프의 생각이 그녀의 머리를 스치고 지나간 것이었다. 그는 그토록 친절하고 자상하고 너그러운 사람이었다! 게다가 설사 그가 이 부탁을 들어주기를 주저하더라도 그녀가 딱 한 번 눈짓만 하면 그는 잃어버린 옛사랑을 상기하면서 부탁을 들어주지 않을 수 없을 것이다. 이리하여 에마는 위세트로 향했다. 그러면서도 그녀는 지난날 그토록 아픈 상처를 주었던 것에 스스로 몸을 던지려고 달려가고 있다는 것도, 그리고 그것이 바로 몸을 파는 짓이라는 것도 깨닫지 못했다.

## 8

걸어가면서 그녀는 속으로 궁리했다. "뭐라고 말할까? 무슨 말부터 시작할까?" 그리고 가까이 갈수록 나타나는 덤불숲과 나무들 그리고 골풀들과 저쪽의 저택이 낯익었다. 그녀는 처음 느꼈던 그 사랑의 감각들이 되살아나는 것을 느꼈다. 그리고 짓눌려 있던 그녀의 가련한 마음이 다시 사랑의 정에 물들면서 한껏 부풀어 올랐다. 한 줄기 다사로운 바람이 얼굴을 스쳐 갔다. 눈 녹은 물이 움트는 풀싹에서 똑똑 떨어지고 있었다.

그녀는 옛날처럼 정원의 조그만 문으로 들어가서 이윽고 두 줄의 무성한 보리수 울타리로 에워싸인 마당에 이르렀다. 나무들이 바람 소리를 내며 긴 가지를 흔들었다. 개집 안에 있던 개들이 일제히 짖어 댔다. 그 소리가 요란스럽게 울렸지만 아무도 얼굴을 내밀지 않았다.

그녀는 나무 난간이 달린 넓고 곧은 계단을 따라 올라갔다. 그 끝에는 먼지투성이의 바닥돌을 간 복도가 뻗어 있고 거기서 수도원이나 여인숙에서처럼 여러 개의 방들로 들어갈 수 있도록 되어 있었다. 그의 방은 왼쪽 맨 끝에 있었다. 문의 손잡이를 거머잡으려 하자 돌연 온몸에서 힘이 쭉 빠졌다. 그가 부재중일까 봐 두려웠다. 그러면서도 그러기를 거의 바라는 마음이었다. 그러나 그것이 그녀의 유일한 희망이었고 마지막 구원의 기회였다. 그녀는 잠시 마음을 가다듬고 당장의 절박한 필요를 실감함으로써 용기를 내어 안으로 들어섰다.

그는 난로 앞에서 두 발을 벽난로의 틀 장식 위에 올려놓고 파이프 담배를 피우고 있었다.

"아니, 당신이었군!" 그가 벌떡 일어나면서 말했다.

"예, 저예요!…… 로돌프, 잠깐 의논할 일이 있어서요."

그러고 나자 아무리 노력해도 에마는 더 이상 입을 열 수가 없었다.

"당신은 조금도 변하지 않았군요. 여전히 매력적이야!"

"오!" 그녀가 쓸쓸하게 대꾸했다. "하찮은 매력인걸요. 당신한테 경멸당해 버렸으니까."

그러자 로돌프는 자기가 취한 행동에 관해 변명을 늘어놓기 시작했다. 꾸며 댈 신통한 말이 생각나지 않자 애매모호한 말들만 되풀이했다.

그녀는 그의 말에, 아니 그보다도 그의 목소리와 눈에 보이는 그의 모습에 자기도 모르게 끌려들고 있었다. 그래서 그녀는 두 사람이 갈라지게 된 일에 관한 남자의 변명을 믿는 체했다. 어쩌면 실제로 믿는 것인지도 몰랐다. 어떤 제삼의 명예 혹은 생명까지도 걸려 있는 무슨 비밀 때문에 그렇게 되었다는 것이었다.

"아무러면 어때요!" 그녀가 슬픈 눈으로 그를 처다보면서 말했다. "저는 무척 괴로워했어요!"

그가 철학적인 말투로 대답했다.

"인생이란 그런 것입니다!"

"그럼 우리가 헤어진 뒤에 적어도 당신의 인생은 행복했나요?" 에마가 다시 말했다.

"오! 행복할 것도 없고…… 불행할 것도 없고."

"어쩌면 헤어지지 않았으면 더 좋았을지 모르겠네요."

"그럴지도 모르지, 어쩌면!"

"그렇게 생각하세요?" 그녀가 가까이 다가가며 말했다.

그리고 그녀는 한숨을 쉬었다.

"오, 로돌프! 기가 막혀서! 난 당신을 정말로 사랑했는데!"

그 순간 그녀는 그의 손을 잡았다. 그리고 두 사람은 서로의 손을 깍지 낀 채 한동안 잠자코 있었다. 처음 만났던 날 농사 공진회에서처럼! 남자는 위신을 생각해서 감상적이 되려는 자신과 싸우고 있었다. 그러나 에마는 그의 가슴에 몸을 던지면서 말했다.

"당신 없이 어떻게 살라고 그랬어요? 행복을 알고 나면 헤어날 수가 없는 법이에요! 눈앞이 캄캄했어요. 그대로 죽는 줄 알았어요! 언젠가는 죄다 이야기해 드릴 테니 두고 보세요. 그런데 당신은 제게서 달아나 버렸어요!……"

사실 삼 년 동안 그는 남성 특유의 비열함 때문에 그녀를 철저하게 피해 왔다. 그런데 에마는 애교 있게 머리를 흔들면서 발정 난 고양이보다 더 아양을 떨면서 말을 계속했다.

"지금도 다른 여자들을 많이 사귀고 있겠죠? 솔직히 말하세요. 오! 그 여자들의 마음 알 것 같아요, 그래요, 이해해 주겠어요. 저한테 그랬듯이 그 여자들을 유혹했겠군요. 당신은 남자예요, 게다가 여자들의 마음을 끄는 것은 뭐든지 다 갖추고 계세요. 하지만 우리 다시 시작해요, 어때요? 다시 서로 사랑하기로 해요! 자! 저 웃고 있어요, 행복해요! 뭐라고 말 좀 해 주세요!"

소나기 지난 뒤 꽃잎에 매달린 빗방울처럼 눈에 눈물 방울이 떨리고 있는 그녀는 홀리도록 아름다웠다.

그는 그녀를 무릎 위에 끌어당겨서 윤기 흐르는 머리칼을 손등으로 쓰다듬었다. 그 머리에는 황혼빛 속에서 마지막 햇살이 금빛 화살처럼 번뜩이고 있었다. 그녀는 이마를 숙이고 있었다. 결국 로돌프는 입술 끝으로 그녀의 눈꺼풀 위에 살그머니 키스했다.

"아니, 울었군그래." 그가 말했다. "왜?"

그녀는 울음을 터뜨리고 흐느꼈다. 로돌프는 그녀의 그리움이 한꺼번에 폭발한 것이려니 생각했다. 그녀가 말없이 가만히 있었으므로 그는 이 침묵을 마지막 수줍음이라고 여겼다. 그래서 그가 큰 소리로 말했다.

"아, 용서해 줘! 내가 좋아하는 사람은 오직 당신뿐이야. 나는 바보였고 나빴어. 당신을 사랑해! 언제까지나 사랑할 거야……. 아니, 왜 그래? 말을 해 봐!"

그는 무릎을 꿇으려고 했다.

"그런데 저……! 실은 저 파산했어요, 로돌프! 제게 삼천 프랑만 꿔 주세요!"

"아니…… 하지만……." 그가 천천히 일어서면서 말했다. 한편 그의 얼굴은 점점 심각한 표정으로 바뀌었다.

"알고 계시잖아요." 그녀가 빠른 말로 계속했다. "사실은 남편이 전 재산을 어떤 공증인에게 맡겨 두었더랬어요. 그런데 그 남자가 도망을 쳤어요. 우리는 빚을 졌는데 환자들은 지불을 안 해 줘요. 그러나 청산이 안 끝났으니까 나중에 어느 정도 들어올 거예요. 하지만 지금은 삼천 프랑이 없어서 차압을 당하게 되었어요. 그것도 지금 당장. 그래서 당신의 우정을 믿고 찾아온 거예요."

"아!" 갑자기 얼굴이 창백해진 로돌프는 생각에 잠겼다. "그래서 이 여자가 찾아온 거로군!"

마침내 그가 침착한 표정으로 말했다.

"내겐 그만한 돈이 없습니다, 부인."

그는 거짓말을 하고 있는 것이 아니었다. 만일 그만한 돈을 가지고 있었다면 틀림없이 내주었을 것이다. 일반적으로 그런 선심을 쓰는 것은 그리 유쾌한 일이 아니기는 하지만. 돈을 요구한다는 것은 사랑을 덮치는 모든 돌풍들 가운데서도 가장 싸늘한 바람이어서 사랑을 뿌리째 뽑아 버리는 것이다.

그녀는 처음에는 한동안 그의 얼굴을 물끄러미 쳐다보고만 있었다.

"없다고요!"

그러고는 몇 번 되풀이했다.

"없다고요!…… 그렇다면 이런 기막힌 창피는 피했어야 하는 건데……. 당신은 나를 사랑한 적이 한 번도 없었군요! 다른 남자들과 다를 게 없어요!"

그녀는 자기의 본심을 드러내 버렸다. 제정신이 아니었다.

로돌프는 그녀의 말을 가로막고 자기 자신도 '곤란한' 형편이라고 잘라 말했다.

"아! 불쌍하게 됐군요!" 에마가 말했다. "정말 안됐어요!"

그러고는 벽에 걸린 무기 장식 속에 반짝이는 상감 세공의 기병소총에 눈길을 던지면서 말했다.

"하지만 그렇게 가난하다면 총의 개머리판을 은으로 장식하지는 않았을 거예요! 거북이 등딱지를 박은 탁상시계 같은 건 사지 않는 법이고요!" 그녀가 불 상감 벽시계를 가리키면서 계속 말했다. "그리고 말 채찍에 다는 도금한 호루라기도 (그녀는 그것을 만졌다!) 시곗줄에 다는 보석 장식도 못 사죠! 오! 없는 것이 없군요! 방 안에 술병 올려놓는 대까지. 당신에겐 자신만이 소중할 테니까요, 잘도 사네요. 저택도 있고 농장도 숲도 있죠. 개를 앞세우고 승마 사냥도 하고 파리에 여행도 가고…… 흥! 이것만 하더라도." 그녀가 벽난로 위에 놓인 커프스 버튼을 집어 들며 소리쳤다. "이런 하찮은 물건도 팔면 돈이 되잖아요! 오! 그만두라고요! 그냥 가지시라고요!"

그리고 그녀는 힘껏 두 개의 커프스 버튼을 집어 던졌다. 그 금줄이 벽에 부딪쳐서 끊어져 버렸다.

"하지만 저 같았으면 당신한테 모든 것을 다 바쳤을 거예요. 당신이 던져 주는 한 가닥 미소와 한 번의 눈짓을 위해서, '고마워!' 하는 인사 한마디를 위해서 뭐든 내다 팔고 내 손으로 일하고 길거리에 나가 동냥이라도 했을 거예요. 그런데도 당신은 한가하게 안락의자에 앉아 있군요, 마치 아직도 저를 덜 괴롭혔다는 듯이 말이에요? 당신만 아니었으면 저도 행복하게 살 수 있었을 거예요, 아시겠어요? 누가 강제로 시켜서 그런 짓을 했지요? 내기라도 걸었더랬나요? 그러면서도 당신은 나를 사랑한다고 그랬지요? 바로 조금 전에도 또…… 아! 차라리 나를 내쫓아 버렸어야죠! 내 손에 당신이 키스했던 자리가 아직도 따뜻요. 그리고 양탄자 위의 바로 이 자리에서 당신은 내 무릎에 매달려 영원한 사랑을 맹세했어요. 당신은 내가 그걸 믿도록 만들었어요. 이 년 동안 당신은 나를 더할 나위 없이 멋지고 더할 나위 없이 달콤한 꿈속으로 끌어들였으니까요! ……둘이서 짰던 여행 계획, 기억해요? 오! 당신의 편지, 그 편지! 내 마음을 갈기갈기 찢어 놓았어요! 그러고는 내가 다시 자기한테 돌아왔더니, 돈 많고 행복하고 자유로운 자기한테 돌아와서 있는 애정을 다하여 간절히 애원하며 누구라도 해 줄 수 있는 도움을 청했더니 삼천 프랑이 아까워서 뿌리치는 거예요!"

"내겐 그만한 돈이 없어요!" 로돌프가 완벽할 만큼 태연하게 말했다. 마치 방패로 가리듯 노여움을 꾹 눌러 덮는 평온함이었다.

에마는 밖으로 나섰다. 벽이 흔들리고 천장이 내려앉으며 그녀를 덮치는 것만 같았다. 바람에 흩어지는 낙엽 무더기에 걸려 비틀거리면서 그녀는 가로수 늘어선 긴 오솔길을 되짚어 나왔다. 가까스로 그녀는 철책문 앞의 물 없는 도랑 앞까지 왔다. 너무 성급하게 문고리를 열려고 하다가 자물쇠에 손톱이 찢겼다. 그러고는 백 보쯤 더 가다가 숨이 막혀 쓰러질 것만 같아 발걸음을 멈추었다. 그때 뒤를 돌아보니 다시 한번 무심한 저택이 넓은 정원, 세 개의 안마당 그리고 정면에 늘어선 창문들과 함께 눈에 들어왔다.

그녀는 얼이 빠진 듯 그냥 서 있었다. 의식이 깨어 있다는 것을 알려 주는 것은 자신의 몸을 빠져나가서 귀청을 찢는 음악이 되어 벌판을 가득 채우며 울리는 듯한 맥박 뛰는 소리뿐이었다. 발밑의 땅은 물결보다도 더 물렁하게 출렁거렸고 밭고랑들은 밀려와 부서지는 갈색의 파도 같았다. 머릿속에 있는 기억이나 생각들이 마치 무수한 불꽃처럼 모두 한꺼번에 뿜어져 나왔다. 아버지의 모습, 뢰르의 가게, 먼 곳에 있는 그들의 방 그리고 또 다른 풍경이 눈에 보였다. 그냥 그대로 미쳐 버리는 것만 같아 무서웠지만 그래도 어떻게 정신을 차렸다. 물론 아직은 몽롱한 상태였다. 그녀는 자기를 이토록 끔찍한 상태에 몰아넣은 원인이 무엇이었는지를, 즉 그것이 돈문제였음을 까마득히 잊고 있었던 것이다. 그녀가 괴로운 것은 오로지 사랑 때문이었다. 그리고 마치 부상당해 다 죽어 가는 사람이 피가 흐르는 상처를 통해서 생명이 새 나가는 것을 느끼듯이 그녀는 그 기억들을 통해서 자신의 몸에서 영혼이 빠져나가는 것을 느꼈다.

밤이 내리고 있었고 까마귀 떼가 날았다.

갑자기 수많은 불빛의 구슬들이 작열하는 포탄처럼 공중에서 폭발해 납작해지면서 빙글빙글 돌더니 나뭇가지들 사이의 눈 위에 가서 녹아 버리는 것 같았다. 하나하나의 구슬 한복판에 로돌프의 얼굴이 나타났다. 구슬들은 수가 늘어나더니 가까이 다가와서 그녀의 몸속으로 파고들었다. 그리고 모든 것이 사라져 버렸다. 그녀는 멀리 안개 속에서 반짝거리는 집들의 불빛을 알아볼 수 있었다.

그러자 그녀가 놓인 상황이 어두운 구렁텅이의 모습으로 나타났다. 그녀는 가슴이 터질 것처럼 숨이 찼다. 마침내 일종의 영웅심 같은 흥분 속에서 거의 즐거워하는 듯한 기분으로 그녀는 언덕을 달려 내려가서 소들이 건너는 판자다리와 오솔길과 가로수 길과 시장을 지나 약제사의 가게 앞에 이르렀다.

아무도 없었다. 그녀는 안으로 들어서려 했다. 그러나 초인종 소리가 나면 누가 나올 것 같았다. 그래서 울타리로 살짝 들어가서 숨을 죽인 채 벽을 손으로 더듬으면서 그녀는 화덕 위에 촛불이 하나 타고 있는 부엌 문턱까지 갔다. 쥐스탱이 셔츠 바람으로 무슨 음식 접시를 나르고 있었다.

"아, 저녁식사 중이구나. 좀 기다려야겠다."

그가 되돌아왔다. 그녀는 유리창을 두드렸다. 쥐스탱이 나왔다.

"열쇠! 저 위의 다락방 말이야, 거기에······."

"뭐라고요?"

그러면서 그가 그녀를 바라보았다. 밤의 어둠 속에서 허옇게 떠오르는 그녀의 얼굴이 너무나 창백해 그는 깜짝 놀랐다. 그의 눈에 그녀는 예사롭지 않을 정도로 아름다웠고 무슨 환영처럼 압도하는 힘이 있었다. 그녀가 원하는 것이 무엇인지는 알 수 없었지만 그는 무서운 그 무엇인가를 예감했다.

그러나 에마는 나지막한 목소리로, 마음을 녹일 듯 부드러운 목소리로 재빠르게 말했다.

"꼭 필요해서 그래! 내게 그걸 갖다 줘."

칸막이 벽이 얇았기 때문에 식당에서 포크가 접시에 닿아 달그락거리는 소리가 들려왔다.

그녀는 안면을 방해하는 쥐를 잡으려고 그런다며 변명을 했다.

"주인 나리께 말씀드리고요."

"아냐! 안 돼!"

그러고는 아무렇지도 않은 듯이 말했다.

"아니! 그럴 것 없어, 나중에 내가 말할 테니까. 자아, 내게 불을 좀 비춰 줘!"

그녀는 조제실 입구로 통하는 복도로 들어갔다. 창고라는 표찰이 달린 열쇠가 벽에 걸려 있었다.

"쥐스탱!" 약제사가 신경질적으로 소리쳐 불렀다.

"올라가자!"

그러자 그는 그녀의 뒤를 따라 올라갔다.

열쇠가 자물쇠 속에서 돌았다. 그녀는 곧바로 셋째 선반으로 다가갔다. 그만큼 그녀의 기억이 정확했던 것이다. 파란 병을 집어 들어 마개를 열고 손을 집어넣었다. 그리고 하얀 가루를 한 움큼 집어내어 그대로 입 속에 털어 넣었다.

"안 돼요!" 하고 소리치며 그가 그녀에게 덤벼들었다.

"쉿! 누가 오면 어떻게 해……."

쥐스탱은 기가 막혀서 사람을 부르려 했다.

"아무 말도 하지 마. 전부 네 주인 책임이 되니까."

이윽고 그녀는 집으로 돌아갔다. 갑자기 진정되었고 어떤 의무를 다한 뒤처럼 거의 평온한 마음이었다.


차압 소식을 듣고 깜짝 놀란 샤를이 집으로 돌아왔을 때 에마는 막 나가고 없었다. 그는 소리치고 울다가 기절했다. 그러나 그녀는 돌아오지 않았다. 도대체 어디 간 것일까? 그는 펠리시테를 오메의 집으로, 튀바슈 씨의 집으로, 뢰르의 가게로, 금사자로, 도처에 보내 보았다. 그리고 간헐적으로 고통이 가라앉는 순간이면 세상의 존경은 끝장나고 재산은 잃어버리고 베르트의 장래는 엉망진창이 되어 버린 광경이 눈에 보였다. 무엇이 원인이기에? ……한마디 설명도 없다! 그는 저녁 여섯 시까지 기다렸다. 마침내 더 이상 참을 수 없게 된 그는 그녀가 루앙으로 간 것이라고 생각하고서 큰길로 나가 오 리쯤 나가 보았지만 아무도 만나지 못한 채 한참 기다렸다가 되돌아왔다.

그녀는 돌아와 있었다.

"어떻게 된 거야? ……왜 그랬소? ……설명을 좀 해 봐!……"

그녀는 책상 앞에 앉아서 편지를 쓰더니 천천히 봉해 가지고 날짜와 시간을 써넣었다.

그러고 나서 그녀가 엄숙한 어조로 말했다.

"내일 이것을 읽어 주세요. 그때까지는 제발 아무것도 묻지 말아 주세요! ······아무것도!"

"하지만······."

"오! 날 그냥 둬요!"

그리고 그녀는 침대 위에 길게 누웠다.

입 안이 맵싸해서 그녀는 눈을 떴다. 샤를을 흘끗 보고는 다시 눈을 감아 버렸다.

그녀는 고통이 느껴지는지 어떤지 분간해 보려고 자기의 몸 상태를 유심히 살피고 있었다. 아니! 아직은 아무런 느낌도 없어. 탁상시계가 똑딱거리는 소리, 불이 타는 소리 그리고 그녀의 침대 옆에 서 있는 샤를의 숨소리가 들렸다.

"아! 죽음이란 게 별것 아니구나!" 그녀는 생각했다. "이제 잠이 들고 나면 만사는 끝나는 거야!"

그녀는 물을 한 모금 마시고 벽 쪽으로 돌아누웠다.

그 질색할 잉크 냄새가 계속 없어지지 않고 있었다.

"목이 말라! ······오! 목이 말라!" 그녀가 신음했다.

"왜 그래?" 샤를이 컵을 내밀면서 말했다.

"아무것도 아녜요! ······창문을 열어 주세요······ 숨이 막힐 것 같아요!"

그러자 갑자기 구토가 치밀었다. 베개 밑의 손수건을 집을 사이도 없었다.

"이것 좀 치워요!" 그녀가 급히 말했다. "버려요!"

그는 에마에게 물어보았지만 그녀는 대답하지 않았다. 조금만 감정을 건드리면 속에서 올라올 것만 같아서 그녀는 꼼짝도 않고 가만히 있었다. 그래도 그녀는 발끝에서 심장까지 얼음 같은 냉기가 올라오는 것을 느꼈다.

"아! 드디어 시작이구나!" 그녀가 중얼거렸다.

"뭐라고 했소?"

그녀는 괴로워 견딜 수 없다는 듯 천천히 머리를 가로저었다. 그리고 마치 혓바닥 위에 무언가 아주 무거운 것을 올려놓은 것처럼 쉴 새 없이 입을 크게 벌리곤 했다. 여덟 시에 구토증이 다시 나타났다.

샤를은 사기 대야 밑바닥 안쪽에 하얀 모래알 같은 것이 들러붙어 있는 것을 발견했다.

"이상한데! 기묘한 일도 다 있군!" 그가 되풀이했다.

그러나 그녀는 큰 소리로 말했다.

"아니에요. 착각이에요!"

그러자 샤를은 가만히, 거의 쓰다듬듯이 그녀의 배 위에 손을 대 보았다. 그녀는 날카로운 비명을 질렀다. 그는 찔끔 놀라 뒤로 물러섰다.

이윽고 그녀는 신음 소리를 내기 시작했다. 처음에는 가냘픈 소리였다. 격렬한 전율이 어깨를 뒤흔들었고 그녀의 얼굴은 손가락으로 꽉 움켜쥔 시트보다도 더 창백했다. 불규칙한 맥박이 지금은 거의 느낄 수조차 없을 만큼 약해졌다.

푸르스름한 얼굴에는 땀방울이 솟았다. 마치 발산하는 금속의 증기 속에 응고한 얼굴 같았다. 이가 맞부딪치며 소리를 내고 커다랗게 뜬 두 눈은 주위를 멍하니 둘러보고 있었다.

그리고 모든 질문에는 그저 고개를 흔들어 대답할 뿐이었다. 심지어 두서너 번 미소까지 지었다. 점점 신음 소리가 커져 갔다. 나직한 비명도 새어 나왔다. 그녀는 이제 좀 나은 것 같으니 곧 일어나겠다고 했다. 그러나 경련이 엄습했다. 그녀는 소리를 질렀다.

"아이고! 맙소사, 너무 아파요!"

샤를은 침대 옆에 주저앉아 무릎을 꿇었다.

"말해 봐! 뭘 먹었어? 대답해, 제발!"

그리고 그는 에마가 지금까지 한 번도 본 적이 없는 애정이 담뿍 서린 눈으로 그녀를 바라보았다.

"저 말이죠, 저기…… 저기!……" 그녀가 꺼질 듯한 목소리로 말했다.

그는 책상으로 달려가 봉투를 찢고는 큰 소리로 읽었다. 아무도 책망하지 말아 주세요. ……그는 읽다 말고 손으로 눈을 비볐다. 그러고는 다시 읽었다.

"큰일 났구나! 사람 살려요! 나 좀 도와줘요!"

그리고 그는 다만 "음독! 음독!" 하고 되풀이할 뿐이었다. 펠리시테가 오메의 집으로 달려갔다. 그는 광장에 나와 큰 소리로 외쳤다. 르프랑수아 부인이 금사자에서 그 소리를 들었다. 몇몇 사람이 일어나서 그 소식을 이웃 사람들에게 알렸다. 그리고 밤새도록 마을 사람들은 긴장을 늦추지 못했다.

어찌할 바를 몰라 뭐라고 말을 더듬거리며 샤를은 금세 쓰러질 듯한 상태로 방 안을 왔다 갔다 하고 있었다. 그는 가구에 부딪치고 머리카락을 쥐어뜯었다. 약제사로서는 이런 끔찍한 광경을 보게 될 줄은 한 번도 상상하지 못했더랬다.

그는 자기 집으로 돌아가서 카니베 선생과 라리비에르 박사에게 편지를 썼다. 머릿속이 어수선했다. 열다섯 번 이상을 다시 썼다. 이폴리트는 뇌샤텔에 기별하기 위해 떠났다. 쥐스탱은 보바리의 말을 어찌나 거세게 후려치며 몰았는지 부아기욤의 언덕에 이르자 말이 지친 나머지 반쯤 죽다시피 되어 그냥 내버려 두고 갈 수밖에 없었다.

샤를은 의학 사전을 들춰 보려고 했다. 읽을 수가 없었다. 글자가 춤을 추었다.

"진정하세요!" 약제사가 말했다. "뭔가 강력한 해독제를 처방하면 돼요. 무슨 독약이었을까요?"

샤를은 편지를 보였다. 비소였다.

"그렇다면!" 오메가 말을 이었다. "분석을 해 봐야죠."

어떤 음독의 경우에도 분석을 하지 않으면 안 된다는 것을 그는 알고 있었던 것이다. 그런데 상대방은 무슨 말인지도 모르는 채 대답했다.

"아! 그렇게 해 주세요! 저 사람을 살려 주세요……."

그러고는 그녀 곁으로 되돌아가서 양탄자 위에 털썩 주저앉아 침대 가장자리에 머리를 기댄 채 흐느껴 울었다.

"울지 말아요!" 그녀가 말했다. "이제 곧 당신을 더 이상 괴롭히지 않게 될 거예요!"

"왜 그랬어? 누가 시켰어?"

그녀가 대답했다.

"하는 수 없었어요, 여보."

"당신은 행복하지 않았어? 내 잘못이야? 난 그래도 한다고 했는데!"

"네…… 맞아요…… 당신은 좋은 사람이에요!"

그리고 그녀는 샤를의 머리를 천천히 쓰다듬었다. 그 애정 어린 손길이 닿자 그는 더욱 큰 슬픔이 북받쳐 올랐다. 그녀가 그 어느 때보다도 더한 사랑을 고백하고 있는 지금 오히려 그녀를 잃게 된다고 생각하자 자신의 전 존재가 절망으로 무너져 내리는 것만 같았다. 그런데 아무것도 알 수 없었고 아무것도 할 용기가 나지 않았다. 당장에 결단을 내려야 하는 긴급한 상황 때문에 그는 완전히 정신이 나가 버렸다.

에마는 이제까지의 그 모든 배신과 비열했던 행동 그리고 그렇게도 마음을 괴롭히던 무수한 탐욕들도 다 끝났구나 하고 마음속으로 생각했다. 이제 그녀는 아무도 미워하지 않았다. 희미한 황혼이 그녀의 머릿속으로 밀려 들어왔다. 지상에서 나는 모든 소리들 중에서 이제 에마의 귀에 들리는 것은 오직 멀어져 가는 교향악의 마지막 메아리처럼 부드럽고 몽롱하게 이 가엾은 가슴이 간헐적으로 탄식하는 소리뿐이었다.

"아이를 데려다 줘요." 그녀가 팔꿈치로 몸을 일으키며 말했다.

"아까보다 더 나빠진 것 아니오? 어때요?" 샤를이 물었다.

"아녜요! 아녜요!"

아이가 긴 잠옷 밖으로 맨발을 드러내 놓은 채 하녀에게 안겨서 들어왔다. 심각한 표정이었고 잠에 취해 아직은 거의 꿈속이었다. 어수선하게 흩어진 방 안을 이상하다는 듯 물끄러미 바라보면서 아이는 여기저기 가구들 위에 켜 놓은 촛불에 눈이 부신지 눈을 깜박거리고 있었다. 이 촛불들은 아이에게 새해 첫날이나 사순절날 아침을 생각나게 하는 것 같았다. 그런 때면 이렇게 촛불이 켜진 이른 시각에 깨워져서는 어머니 침대로 찾아와서 선물을 받곤 했던 것이다. 그래서 아이는 말하기 시작했다.

"그거 어디 있어, 엄마?"

그리고 모두가 잠자코 있자 말했다.

"내 작은 구두가 없잖아!"

펠리시테가 아이의 몸을 침대 쪽으로 기울여 주었는데도 아이는 여전히 벽난로 쪽을 바라보고 있었다.

"유모가 가져갔나요?" 아이가 물었다. 자신이 저지른 온갖 간통과 불운을 기억 속에 되살아나게 하는 그 유모라는 말에 보바리 부인은 얼굴을 홱 돌렸다. 마치 또 다른 더 강한 독이 입 안으로 울컥 치밀어 올라 구역질이라도 나는 것 같았다. 베르트는 그동안 침대에 가만히 앉아 있었다.

"아이! 눈이 왜 그렇게 커, 엄마! 얼굴이 왜 그렇게 파래! 왜 그렇게 땀을 흘려!……"

어머니는 딸아이를 물끄러미 바라보고 있었다.

"무서워!" 아이가 뒤로 물러서면서 말했다.

에마는 딸의 손을 잡고 키스를 하려고 했다. 아이는 발버둥쳤다.

"그만 됐어! 데리고 나가!" 한쪽 구석에서 울고 있던 샤를이 말했다.

이윽고 증세가 잠시 멎었다. 전보다는 덜 괴로워하는 것 같았다. 별 의미 없는 한마디 말을 흘릴 때마다, 좀 더 진정된 가슴에서 숨소리가 들릴 때마다 샤를은 다시 희망을 가졌다. 마침내 카니베가 들어오자 그는 울면서 그 팔에 매달렸다.

"아! 오셨군요! 감사합니다! 친절하신 분이군요! 하지만 모든 게 좋아지고 있습니다. 자, 좀 보시죠."

동업자의 의견은 전혀 그렇지 않았다. 그리고 그는 위를 완전히 씻어 내기 위해서 그 자신의 말처럼 이리저리 복잡하게 궁리할 것 없이 곧장 구토제를 처방했다.

에마는 곧 피를 토했다. 입술은 더욱 굳게 꽉 다물었다. 손발이 경련을 일으켰고 전신에 갈색 반점들이 나타났다. 맥박은 손가락 밑에서 팽팽해진 실처럼, 금방 끊어질 것 같은 하프의 현처럼 달렸다.

이윽고 그녀는 처절하게 소리를 지르기 시작했다. 그녀는 독약을 저주하고 욕하면서 어서 끝장을 내 달라고 애원했고 그녀보다도 더 빈사 상태인 샤를이 그녀에게 무엇이건 먹이려고 애를 쓰면 뻣뻣해진 두 팔로 모두 물리쳤다. 그는 손수건을 입술에 대고 헐떡이며 울며 뒤꿈치까지 떨리는 흐느낌으로 숨이 컥컥 막힌 채 서 있었다. 펠리시테는 어쩔 줄 몰라 방 안을 이리저리 돌아다녔다. 오메는 꼼짝도 하지 않고 깊은 한숨만 짓고 있었고 카니베 씨는 여전히 침착한 태도를 잃지 않고 있으면서도 어쩔 수 없이 좀 당황스러움을 느끼기 시작했다.

"젠장!…… 하지만 ……위장을 비웠으니, 원인이 없어진 이상……."

"결과도 없어질 테지요." 오메가 말했다. "틀림없습니다."

"어떻게든 좀 살려 주세요!" 보바리가 소리쳤다.

그래서 "이것은 아마 좋아진다는 것을 말해 주는 발작일 겁니다." 하며 아는 척하고 나서는 약제사의 말은 들은 척도 하지 않은 채 카니베가 해독제를 투여하려고 하는데 문득 채찍질하는 소리가 들려왔다. 유리창이 모조리 흔들리면서 역마차 한 대가 귀밑에까지 흙탕을 뒤집어쓴 세 마리의 말에 이끌려 시장 모퉁이로부터 날듯이 달려왔다. 라리비에르 박사였다.

하느님의 출현도 이 정도의 감동을 자아내지는 못했을 것이다. 보바리는 두 손을 쳐들었고 카니베는 딱 멈추어 섰고 오메는 박사가 들어서기도 전에 모자를 벗었다.

그는 비샤[104]가 시작한 위대한 외과학파에 속해 있었다. 지금은 사라지고 없지만 열광적인 사랑으로 자신의 의술을 아끼고 열성과 지혜로 그 의술을 베풀었던 저 철학자 의사 세대의 한 사람이었던 것이다! 그가 한번 화를 내면 병원 안의 모든 것이 벌벌 떨었다. 하지만 제자들은 너무나도 그를 존경했으므로 개업하면 곧 그를 닮으려고 최선의 노력을 다했다. 그래서 그 주변의 마을들에서는 제자들이 박사의 것과 같은 긴 메리노 솜을 넣은 외투라든가 똑같이 품이 큰 검은 예복을 입고 있는 것을 볼 수 있었다. 박사는 늘 예복 소매의 단추를 끌러 놓고 있어서 살집이 좋은 그의 손은 살짝 덮여 있었다. 매우 아름다운 그 손은 병고에 시달리는 사람이 생기면 지체없

104) 18세기 프랑스의 유명한 의학자.

이 다가가려는 듯 장갑 따위는 끼는 일이 없었다. 훈장이니 칭호니 아카데미니 하는 것을 우습게 여기며 가난한 사람들을 친절하고 관대하게 어버이의 정으로 보살피고 덕을 의식은 하지 않으면서 몸소 실천하는 박사는 거의 성자로 통할 만도 했지만 너무나도 날카로운 정신의 소유자인 그를 사람들은 악마라도 보는 듯 두려워했다. 그의 눈빛은 그의 메스보다도 날카로워 곧장 사람들의 마음을 꿰뚫어 보고 여러 가지 변명이나 수줍음을 파헤치고 그 속의 모든 거짓을 드러냈다. 이렇게 그는 위대한 재능에 대한 자각과 재산의 뒷받침과 근면하고 나무랄 데 없는 사십 년의 생애가 안겨 준 부드럽고도 따뜻한 위엄에 가득 찬 인물로 지내고 있었다.

그는 입을 벌린 채 반듯이 누워 있는 에마의 죽은 사람 같은 얼굴을 보자 문간에서부터 눈살을 찌푸렸다. 그러고는 카니베의 말에 귀를 기울이는 척하면서도 그는 집게손가락을 환자의 코밑에 대 보면서 되풀이했다.

"알겠어, 그렇지."

그러나 그는 천천히 어깻짓을 했다. 보바리가 그 행동을 눈여겨보았다. 두 사람의 눈이 서로 마주쳤다. 사람이 고통스럽게 신음하는 광경에 그토록 익숙한 이 사람도 가슴 장식 위로 한 방울의 눈물이 떨어지는 것을 어쩌지 못했다.

그는 카니베를 옆방으로 데리고 가려 했다. 샤를이 그 뒤를 따라갔다.

"아주 안 좋은 거죠, 그렇죠? 겨자고약을 붙여 보면 어떨까요? 뭐든지 말입니다! 수많은 인명을 구하신 선생님이시니,

무슨 수를 좀 써 주십시오!"

샤를은 두 팔로 박사를 껴안고 거의 실신한 사람처럼 그의 가슴에 쓰러지면서 얼빠진 듯 애원하는 표정으로 그를 쳐다보았다.

"자! 용기를 내, 이 사람아! 이젠 더 이상 손을 쓸 수 없네."

그리고 라리비에르 박사는 돌아섰다.

"가시는 겁니까?"

"다시 오겠네."

그는 마부에게 일러 둘 말이 있는 것처럼 카니베 씨와 함께 밖으로 나갔다. 카니베 역시 자기 눈앞에서 에마가 죽는 것을 볼 마음이 없었던 것이다.

약제사가 광장에서 두 사람에게 따라붙었다. 그는 천성적으로 유명인들이 나타나면 꼭 옆에 있어야 했다. 그래서 그는 라리비에르 씨에게 점심에 초대할 수 있는 각별한 영광을 누리게 해 주십사고 간청했다.

그리고 서둘러 금사자 식당에서 비둘기 몇 마리를, 고깃간에서는 최상품의 고기를, 튀바슈 집에서는 크림을, 레스티부두아의 집에서는 계란을 가져오게 해 약제사 스스로 준비를 거들었다. 한편 오메 부인은 짧은 재킷 끈을 잡아당겨 매면서 말했다.

"정말로 송구스럽습니다, 선생님. 이런 시골에서는 전날부터 미리 기별을 받지 않으면 이렇게……."

"다리가 달린 컵을!" 오메가 나직하게 말했다.

"도회지라면 돼지다리 요리라도 장만할 수 있겠지만."

"그만해 둬요! ……자, 선생님. 식사하시죠!"

첫째 요리를 몇 점 집어 먹고 나자 오메는 이 불행한 사건에 관해서 몇 가지 자세한 내용을 얘기해 두는 것이 좋으리라고 생각했다.

"맨 처음에는 인후 부분의 건조 현상이 나타나는 것 같았고 다음에는 상복부에 심한 통증, 심한 설사, 혼수 상태, 이런 식으로 진행되었습니다."

"대체 어떻게 해서 독약을 먹었지요?"

"모르지요, 선생님. 어디에서 그 비소를 손에 넣었는지 그것조차 알 수가 없으니까요."

그러자 많은 접시를 잔뜩 포개 들고 온 쥐스탱이 갑자기 와들와들 떨기 시작했다.

"왜 그러는 거냐?" 약제사가 물었다.

소년은 그 물음에 그만 손에 들고 있던 접시들을 몽땅 마룻바닥에 떨어뜨리고 말았다. 요란하게 깨지는 소리가 났다.

"바보 녀석!" 오메가 소리를 질렀다. "이 허술하고 둔한 놈! 당나귀 같은 놈!"

그러나 갑자기 화를 꾹 참으며 말했다.

"그래서 선생님, 분석을 해 봐야겠다는 생각에서 제가 1단계로 시험관 속에 조심조심 넣은 것은……."

"그보다는 오히려 손가락을 환자의 목구멍 속에 넣었더라면 좋았지요." 외과의사가 말했다.

카니베는 조금 전에 그가 처방한 구토약 문제로 은밀히 책망을 들었던 터라 아무 말 없이 잠자코 있었다. 그래서 안쫭다리 수술 때에는 그토록 거만하고 말이 많던 그 카니베 선생께서 오늘은 몹시 겸손한 태도를 취하고 있었다. 그는 끊임없이 고개를 끄덕이면서 알겠다는 듯이 미소를 짓고 있었다.

오메는 식사 초대의 주인 노릇을 하는 것이 자랑스러워서 얼굴에 웃음이 가득했다. 보바리에 대한 가슴 아픈 생각이 오히려 오메 자신과의 이기적 비교로 인해 그의 즐거움에 뭔가 한몫을 거드는 기분이었다. 게다가 박사가 자기 옆에 와 있다고 생각하자 감격스럽기 짝이 없었다. 그는 자신의 박식을 떠벌렸고 칸타리스 약, 우파스나무, 독이 있는 만치닐나무, 독사…… 등의 이름을 닥치는 대로 주워섬겼다.

"그 밖에도 저는 과도한 훈증소독을 거친 소시지를 먹고 다수의 사람들이 중독되어 마치 벼락을 맞은 듯이 졸도한 사례를 읽은 일이 있습니다! 그것은 적어도 우리 약학계의 최고 권위자이며 스승이신 저 유명한 카데 드가시쿠르[105] 씨가 쓴 아주 탁월한 논문에 보고된 것입니다!"

오메 부인이 알코올 연료로 사용하는 예의 앉음새가 나쁜 곤로를 가지고 다시 나타났다. 오메가 식탁에서 커피를 끓이고 싶어 했던 것이다. 더욱이 그 커피도 그가 손수 볶고 손수 빻고 손수 섞어 놓은 것이었다.

"사카룸[106]을 타시죠, 박사님." 그가 설탕을 권하면서 말했다.

---

105) Charles-Louis Cadet de Gassicourt(1769~1821). 프랑스의 약제사로 다양한 주제들에 관한 약학논문들을 다수 발표했다.
106) 설탕을 뜻하는 라틴어이다.

그러고 나서 그는 아이들을 모두 내려오게 해서는 그들의 체력에 관해 외과의사의 고견을 듣고 싶다고 했다.

마침내 라리비에르 박사가 돌아가려고 하자 이번에는 오메 부인이 남편을 한번 진찰해 주십사고 부탁했다. 그는 저녁만 먹으면 곧 잠을 자니 혈액 농도가 짙어지고 있다는 것이었다.

"아이고! 상(sens)[107] 때문에 곤란을 겪을 주인 양반이 아닌데요."

그렇게 재담을 해도 못 알아듣는 것을 보자 박사는 미소를 지으면서 문을 열었다. 그러나 약국에는 사람들이 잔뜩 들어차 있었다. 그래서 그는 평소에 재 속에 가래침을 뱉는 버릇이 있는 부인이 폐렴에 걸리지는 않을까 싶어 걱정된다는 튀바슈 씨를 비롯해서 때때로 심한 허기증을 느낀다는 비네 씨 그리고 몸이 무엇에 찔린 듯 따끔따끔하다는 카롱 부인, 류머티즘을 앓고 있는 레스티부두아, 위산과다로 고생한다는 르프랑수아 부인 등을 일일이 쫓아 버리는 것이 이만저만 힘들지 않았다. 드디어 세 마리 말이 길을 떠나 달리기 시작했다. 그러자 모두들 이구동성으로 박사는 친절이 모자란다고 했다.

그때 부르니지앵 신부가 나타나서 사람들의 관심이 그쪽으로 쏠렸다. 그는 성유를 들고 시장 지붕 밑을 지나가고 있었다.

오메는 평소의 신조에 따라 신부들은 시체 냄새를 맡고 모여드는 까마귀 떼 같은 것들이라고 했다. 그는 신부를 보면 천

---

107) 불어에서 '피'를 의미하는 'sang'과 '감각'을 의미하는 'sens'의 음이 같은 것을 이용해 오메의 뻔뻔스럽고 둔감한 성격을 풍자한 라리비에르 박사의 점잖은 익살을 주목할 필요가 있다.

성적으로 불쾌한 기분이 들었다. 그에게는 신부복이 죽은 사람의 수의를 연상시켰고 그래서 한쪽이 무섭게 느껴짐으로 해서 다른 한쪽도 다소 싫어지는 것이었다.

그러나 이른바 자신의 사명 앞에서 결코 물러서서는 안 되는 것이기에 오메는 카니베와 함께 보바리의 집으로 되돌아갔다. 라리비에르 씨가 떠나기 전에 그렇게 하도록 이 의사에게 신신당부해 두었던 것이다. 그리고 만일 부인이 반대하지만 않았더라면 오메는 두 아들까지 함께 데리고 갔을 것이다. 아이들을 이런 모진 상황에 익숙하게 만들어서 훗날까지도 머릿속에 남는 하나의 교훈과 모범이 되고 엄숙한 장면이 되도록 하기 위해서였다.

두 사람이 들어갔을 때 방 안은 음산하고 엄숙한 분위기로 가득 차 있었다. 흰 수건을 덮어 놓은 재봉대 위에는 커다란 십자가상 옆, 불이 켜진 두 개의 촛대 사이로 대여섯 개의 조그만 솜뭉치들이 은접시에 담겨 있었다. 에마는 턱을 가슴에 붙이고 눈을 커다랗게 부릅뜨고 있었다. 보기에도 가련한 그녀의 두 손은 시트 위에 던져진 채 벌써부터 수의를 입고 싶어 하는 듯 임종에 다다른 사람 특유의 저 끔찍하면서도 안온한 몸짓을 보여 주고 있었다. 조상처럼 창백한 얼굴에 두 눈이 숯불처럼 벌겋게 충혈된 샤를은 이제는 울지도 않고 침대 발치에 그녀와 마주한 채 서 있었다. 신부는 한쪽 무릎을 꿇고 나직한 목소리로 뭐라고 중얼거리고 있었다.

그녀는 얼굴을 천천히 돌렸다. 그리고 신부의 옷에 걸친 보라색 영대를 보고는 갑자기 기쁨에 사로잡힌 표정이 되었다.

아마도 무슨 유별난 마음의 평정을 맛보면서, 지난날 그녀가 처음으로 느꼈던 신비적 충동들의 잃어버린 쾌감과 더불어 이제 새로 시작되려는 영생의 비전을 다시 발견하고 있는 것인지도 몰랐다.

신부가 일어서서 십자가를 집어 들었다. 그러자 그녀는 마치 목마른 사람처럼 목을 뻗쳐서 그리스도상에 입술을 갖다 대고 있는 힘을 다해서 생전에 한 번도 바친 일이 없는 가장 뜨거운 사랑의 키스를 쏟았다. 이어서 신부는 천주께서 불쌍히 여기소서와 용서하여 주옵소서의 기도를 올리고 나서 오른쪽 엄지손가락을 성유에 적셔서 종부성사를 시작했다. 우선 지상의 모든 영화를 그토록 갈망했던 두 눈에, 다음에는 따뜻한 미풍과 사랑의 냄새를 그토록 좋아했던 콧구멍에, 다음에는 거짓을 말하기 위해 벌어지고 오만에 전율하며 음란한 쾌락에 울부짖던 입에, 다음으로는 기분 좋은 감촉을 즐기던 두 손에, 그리고 마지막으로 욕망을 채우기 위해서는 그토록 빨리 달렸건만 이제는 이미 걸어 다니지도 못할 발바닥에 성유를 발랐다.

신부는 손가락을 모두 닦고 나서 기름에 적신 솜을 불 속에 던져 버렸다. 그리고 죽어 가는 여자 곁으로 돌아와 앉아서 이제 자신의 고통을 그리스도의 고난과 한가지로 하고 하느님의 자비에 몸을 맡기라고 그녀를 타일렀다.

설교를 마치자 사제는 잠시 후면 그녀를 감싸게 될 하늘의 영광의 상징으로 성촉을 그녀의 손에 쥐여 주려고 했다. 힘이 쇠진할 대로 쇠진한 에마는 손가락을 오므릴 수가 없었다. 부르니지앵 신부가 거들지 않았으면 촛불이 바닥으로 떨어져 버렸을 것이다.

그렇지만 그녀는 이제 아까처럼 창백해 보이지 않았고 마치 비적에 의해 치유되기라도 한 듯 고요하고 밝은 표정이었다.

사제는 그냥 보아 넘기지 않고 그 점을 지적했다. 그는 주님께서 때때로 구원에 필요하다고 생각될 때는 사람의 생명을 연장시키기도 한다는 것을 보바리에게까지 설명했다. 그러자 샤를은 전에 에마가 이처럼 빈사 상태에서 성체를 배수했던 날을 기억했다.

"어쩌면 절망할 필요가 없었는지도 몰라." 그는 생각했다.

실제로 그녀는 꿈에서 깨어난 사람처럼 천천히 주위를 둘러보았다. 그리고 또렷한 목소리로 거울을 갖다 달라고 말하고는 잠시 동안 그것을 들여다보고 있더니 마침내 굵은 눈물이 두 눈에서 뚝뚝 떨어졌다. 그리고 그녀는 한숨을 크게 내쉬더니 머리를 젖히고 다시 베개 위에 쓰러졌다.

이내 그녀의 가슴이 가쁘게 헐떡이기 시작했다. 혀는 완전히 입 밖으로 나오고 두 눈은 빙빙 돌면서 꺼져 가는 두 개의 둥근 램프 불처럼 빛을 잃어 가고 있었다. 영혼이 몸에서 빠져나가려고 경련하는 듯 가쁜 숨결 때문에 늑골이 무섭게 떨리지 않았더라면 이미 죽은 것으로 생각될 정도였다. 펠리시테는 십자가 앞에 무릎을 꿇었다. 심지어 약제사까지도 조금 무릎을 꿇었지만 카니베 씨는 멍하니 광장을 내다보고 있었다. 부르니지앵은 얼굴을 침대 모서리에 대고 다시 기도를 시작했다. 그의 등 뒤로 검은 신부복 자락이 방 안에 길게 꼬리를 끌고 있었다. 샤를은 반대편에 무릎을 꿇고 에마를 향해 팔을 뻗치고 있었다. 그는 아내의 두 손을 끌어다 움켜쥐고는 그녀의 심장이 고동칠 때마다 폐허가 무너져 내리는 충격을 받은 것처럼 몸을 떨곤 했다. 헐떡이는 숨소리가 거칠어짐에 따라 신부의 기도문 외는 소리도 빨라져 갔다. 그 소리는 보바리의 숨죽인 흐느낌 소리와 섞여 들었다. 그리고 이따금 모든 것이 조종처럼 울리는 라틴어 음절들의 낮은 중얼거림 속에 꺼져 들어가는 것 같았다.

그때 갑자기 보도 위에서 무거운 나막신 소리가 지팡이를 끄는 소리와 함께 들려왔다. 그리고 어떤 목소리가 솟아올랐다. 그 쉰 목소리는 이렇게 노래를 불렀다.

화창한 날의 후끈한 열기에 못 이겨
젊은 아가씨는 사랑을 꿈꾼다네.

에마는 감전된 시체처럼 벌떡 일어났다. 머리칼은 헝클어지고 눈길은 고정된 채 입은 크게 딱 벌리고 있었다.

낫으로 추수한 이삭들을
부지런히 거두어 모으려고
이삭들 흩어진 밭이랑으로
나의 나네트는 허리 구부리고 가네.

"장님이다!" 그녀가 부르짖었다.

그리고 에마는 웃기 시작했다. 거지의 추악한 얼굴이 무시무시한 괴물처럼 영원한 암흑 속에서 솟아오르는 것이 보이는 듯 소름이 오싹 끼치도록 미쳐 날뛰는 절망적인 웃음소리였다.

그날은 바람이 하도 거세게 불어
짧은 치마가 날려서 들춰졌다네!

한바탕 경련과 함께 그녀는 침대 위에 쓰러졌다. 모두가 그녀 곁으로 다가갔다. 그녀는 이미 이 세상 사람이 아니었다.

## 9

사람이 죽은 뒤에는 항상 극도의 경악으로 인한 일종의 마취 상태가 나타난다. 그 돌연한 허무의 내습을 이해하고 그것을 체념하여 받아들이는 것이 그만큼 어려운 것이다. 그러나 그녀가 꼼짝도 하지 않는다는 것을 알아차리자 샤를은 그녀에게 자신의 몸을 내던지면서 소리 질렀다.

"잘 가오! 잘 가오!"

오메와 카니베가 그를 방 밖으로 데리고 나갔다.

"진정하세요!"

"알았어요." 그가 몸부림을 치면서 말했다. "조용히 있겠어요. 쓸데없는 짓은 하지 않겠습니다. 하지만 날 좀 내버려 두세요! 저 사람을 보고 싶어요. 내 아내예요!"

그러면서 그는 울었다.

"실컷 우세요." 약제사가 대답했다. "마음의 흐름을 자연에 맡기세요, 그러면 마음이 후련해질 겁니다!"

아이보다도 더 허약해진 샤를은 아래층 큰 방으로 이끄는 대로 따라갔고 오메는 곧 자기 집으로 돌아갔다.

광장에 나서자 장님이 그에게 다가와 말을 걸었다. 그는 소염연고를 구하겠다는 마음에 불편한 다리를 끌고 용빌까지 찾아와서는 지나는 사람마다 붙들고 약제사가 어디 사는지를 묻고 있었다.

"아이고, 이런! 내가 그런 것밖에 할 일이 없는 사람인 줄 알아! 아! 안됐지만 나중에 다시 오게!"

그리고 그는 급히 약국 안으로 들어가 버렸다.

그는 편지를 두 통 써야 했고 보바리에게 진정제를 처방해 주어야 했다. 그리고 에마가 극약을 먹었다는 사실을 숨기기 위한 거짓말을 생각해 내고 그것을 기사로 만들어 루앙의 등불에 내지 않으면 안 되었다. 그 밖에도 자세한 소식을 들으려고 그를 기다리고 있는 사람들이 있었다. 그리고 마침내 오메는 에마가 바닐라 크림을 만들면서 설탕인 줄 잘못 알고 넣은 비소 이야기를 마을 사람들 모두에게 들려준 다음 또다시 보바리의 집으로 되돌아갔다.

샤를은 혼자서(카니베는 막 돌아가고 없었다.) 창가의 안락의자에 앉아서 큰 방의 바닥 타일을 멍청한 눈길로 바라보고 있었다.

"자아, 그럼 이제 직접 일을 치를 날짜를 잡아야죠." 약제사가 말했다.

"뭘요? 무슨 일을 말입니까?"

그러고는 더듬거리는 목소리로 깜짝 놀라서 말했다.

"아! 안 됩니다, 그렇잖아요? 그건 안 됩니다, 저 사람은 집에 데리고 있어야 해요."

오메는 침착해져야겠다는 생각에 선반 위의 물병을 들어다가 제라늄에 물을 주었다.

"아아, 고마워요!" 샤를이 말했다. "이렇게 신경을 써 주시니!"

그는 말을 마칠 수가 없었다. 약제사의 행동을 보자 되살아나는 수많은 추억들 때문에 숨이 콱 막히는 것이었다.

그러자 그의 기분을 전환시켜 주기 위해서 오메는 원예에 관한 이야기를 좀 해 보는 것이 좋을 것 같다고 생각했다. 식물에는 습기가 필요하다고 하자 샤를은 찬성한다는 뜻으로 머리를 끄덕였다.

"게다가 이제 화창한 날이 돌아옵니다."

"아!" 보바리가 말했다.

약제사는 더 이상 할 말이 없어져서 유리창의 조그만 커튼을 슬며시 열었다.

"아, 저기 튀바슈 씨가 지나가는군."

샤를은 기계처럼 말을 따라 했다.

"튀바슈 씨가 지나가는군."

오메는 감히 장례식 이야기를 그에게 다시 꺼낼 용기가 나지 않았다. 그를 겨우겨우 설득해 결심하게 한 것은 신부였다.

샤를은 서재에 틀어박혀 펜을 들었다. 그리고 한참 흐느껴 운 다음 이렇게 썼다.

나는 그녀에게 혼례 때의 의상을 입히고 흰 구두를 신기고 머리에 꽃으로 만든 관을 씌워 묻어 주기를 바랍니다. 머리카 락은 양쪽 어깨 위로 늘어뜨려 주십시오. 관은 세 겹으로 하되 하나는 참나무, 하나는 마호가니, 하나는 납으로 해 주시기 바 랍니다. 나에게 더 이상 아무 말도 하지 말아 주시기 바랍니다. 뜻을 관철할 힘은 있습니다. 특히 그녀를 커다란 녹색의 비로 드 천으로 덮어 주시기 바랍니다. 이상이 본인의 뜻입니다. 꼭 그렇게 해 주십시오.

이것을 읽은 두 사람은 보바리의 기이한 발상에 몹시 놀랐 다. 곧 약제사가 그에게 가서 이렇게 말했다.

"이 비로드 천은 좀 불필요할 것 같은데요. 게다가 비용 이⋯⋯."

"당신이 상관할 일인가요?" 샤를이 소리 질렀다. "내가 알아 서 해요! 당신은 그 사람을 사랑한 일이 없는 사람입니다! 돌 아가 주세요!"

신부는 그의 팔을 끼고 뜰 안을 한 바퀴 돌며 산책을 시켰 다. 그는 세상만사가 허무하다는 것을 말해 주었다. 하느님은 진정으로 위대하고 은혜로운 분이니 그 명령에 불평 없이 복 종하고 또 감사해야 한다고 했다.

샤를은 하느님을 모독하는 말을 마구 내뱉었다.

"당신의 하느님 같은 건 딱 질색이에요!"

"아직도 반항하는 마음이 당신 속에 있군요." 하고 신부는 한숨을 내쉬었다.

보바리는 저만큼 멀리 떨어져 있었다. 그는 성큼성큼 담을 따라 과일나무 울타리를 끼고 걸으면서 이를 갈고 저주의 눈으로 하늘을 쳐다보았다. 그러나 그것으로는 나뭇잎 하나 까딱하지 않았다.

부슬비가 내리고 있었다. 샤를은 앞가슴을 드러내 놓고 있었기 때문에 드디어 떨기 시작했다. 그는 부엌으로 들어가 앉았다.

여섯 시가 되자 광장에서 쇠가 덜거덕거리는 소리가 요란스럽게 들렸다. 제비가 도착한 것이었다. 그러자 샤를은 창가에 다가가 이마를 대고 서서 모든 승객들이 하나하나 내리는 것을 바라보았다. 펠리시테가 거실에 매트리스를 깔아 주었다. 그는 거기에 몸을 던지고는 잠이 들었다.


신비를 믿지 않는 합리주의자이기는 해도 오메 씨는 죽은 사람을 존중할 줄 알았다. 그래서 그는 가엾은 샤를에 대해서 원망하는 마음을 품지 않고 저녁이 되자 세 권의 책과 기록을 위한 노트 한 권을 가지고 밤샘을 하러 다시 찾아갔다.

부르니지앵 씨가 와 있었다. 안방에서 들어내 놓은 침대 머리맡에 두 개의 큰 촛불이 타고 있었다.

말없이 가만 앉아 있는 것이 참기 어려운지 약제사는 이 '기구한 운명의 젊은 부인'을 애도하는 판에 박힌 말을 늘어놓기 시작했다. 그러자 신부는 이제 고인을 위해서 기도하는 길밖에는 없다고 대답했다.

"그렇지만." 오메가 되받았다. "두 가지 중 한 가지겠죠. 그녀가 (성당에서 하는 말대로) 은총을 받으며 죽었다면 우리의 기도 따위는 필요 없는 것이고 만약 그녀가 회개하지 않은 채 (신부들은 이렇게 표현하는 것 같습니다만) 돌아가셨다면, 그때에는……."

부르니지앵은 그 말을 가로막더니 무뚝뚝한 말투로 그래도 역시 기도하지 않으면 안 된다고 대답했다.

"그러나." 약제사가 항의했다. "신이 우리의 요구를 모두 알고 계시는데 기도라는 게 무슨 소용이 있습니까?"

"뭐라고요!" 신부가 말했다. "기도가 소용없다고요! 그럼 당신은 기독교 신자가 아니란 거요?"

"아니, 아니!" 오메가 말했다. "나는 기독교를 높이 받드는 사람입니다. 기독교는 우선 노예를 해방시켰고 세상에 하나의 도덕을 이루어 놓았는데……."

"그런 게 중요한 게 아녜요. 모든 성서의 구절은……."

"오, 오! 성서의 구절에 관한 얘기라면 역사책을 펼쳐 보십시오. 예수회가 그것을 날조했다는 것쯤은 누구나 아는 일입니다."

샤를이 들어와 침대 쪽으로 다가가더니 천천히 커튼을 열었다.

에마는 오른편 어깨 쪽으로 고개를 기울이고 있었다. 벌어져 있는 입 한구석은 마치 얼굴 아래쪽으로 난 시커먼 구멍 같았다. 양쪽 엄지손가락은 손바닥 안으로 접혀 있었다. 흰 먼지 같은 것이 눈썹 여기저기 붙어 있었고 두 눈은 마치 거미가 그물을 친 것처럼 엷은 막 같은 끈적끈적하고 창백한 기운 속으로 꺼져 들어가기 시작했다. 그녀의 몸에 덮은 시트는 젖가슴에서 무릎까지 움푹 패어 들어갔다가 다시 거기에서 발가락 끝쪽으로 쳐들려 있었다. 그래서 샤를에게는 무한히 큰 덩어리들이, 가늠할 수 없는 무게가 그녀를 짓누르고 있는 것처럼 느껴졌다.

성당 종이 새벽 두 시를 쳤다. 테라스 아래 어둠 속에서 흐르는 시냇물 소리가 들려왔다. 부르니지앵이 이따금 요란스럽게 코를 풀었고 오메는 종이에 펜으로 끄적이며 소리를 내고 있었다.

"자아, 보바리 씨." 그가 말했다. "그만 물러가 쉬세요. 보고 있으면 가슴만 아파요!"

샤를이 나가자 약제사와 신부는 예의 토론을 또다시 시작했다.

"볼테르를 읽어요!" 한쪽이 말했다. "돌바크[108]를 읽어요. 백과전서를 읽어요!"

"포르투갈 유대인들의 편지[109]를 읽어요!" 상대방이 맞섰다.

---

108) Paul Henri d'Holbach(1723~1789). 1751년에 시작된 『백과전서』의 집필에 참여해 기계론적이고 무신론적인 유물론을 주장했으며 반(反)종교적인 저서 『기독교의 내막』을 썼다.

109) 앙투안 게네(Antoine Guenee, 1717~1803) 신부가 1769년에 펴낸 책으로, 성서에 대한 볼테르의 공격을 반박하는 내용이다.

"재판관 출신인 니콜라스가 쓴 그리스도교에 대하여를 읽어 보세요!"

두 사람은 흥분해서 얼굴이 빨개져 있었다. 그들은 상대방 말을 듣지 않고 동시에 떠들어 댔다. 부르니지앵이 감히 어떻게 그런 터무니없는 말을 하느냐고 펄쩍 뛰면 오메는 그런 바보 같은 소리를 하다니 기가 막힌다고 했다. 이리하여 두 사람이 금방이라도 서로 욕설이라도 퍼부을 것 같은 상황이 되었을 때 갑자기 샤를이 또 모습을 나타냈다. 그 무슨 알 수 없는 환상에 이끌린 듯 그는 끊임없이 층계를 올라오곤 했다.

그는 아내의 얼굴을 잘 보아 두려고 그녀를 정면으로 마주 보며 서 있었다. 그러고는 하염없이 응시했다. 그 눈길이 너무나 깊어서 이제는 더 이상 고통스러워 보이지 않았다.

그는 가사 상태에 관한 이야기라든가 최면술의 기적을 생각해 내고는, 만일 지극히 원하기만 한다면 자신의 힘으로 그녀를 소생시킬 수 있을지도 모른다는 생각을 남몰래 해 보았다. 한번은 심지어 아내의 시신을 향해 몸을 굽히고는 아주 나지막하게 "에마! 에마!" 하고 불러 보기도 했다. 그가 너무 거세게 내쉰 입김 때문에 촛불의 불꽃이 벽 쪽으로 흔들렸다.

날이 밝으려 할 때 보바리의 모친이 도착했다. 샤를은 그녀를 얼싸안고 또 눈물의 둑을 터뜨렸다. 그녀는 앞서 약제사가 그랬듯이 장례식 비용에 관해서 샤를에게 몇 가지 의견을 말해 보려고 했다. 그러나 그가 너무 화를 냈기 때문에 어머니는 그만 입을 다물었다. 심지어 그는 모친에게 당장 시내에 가서 필요한 물건을 사다 달라고 부탁까지 했다.

샤를은 오후 동안 줄곧 혼자 남아 있었다. 베르트는 오메 부인한테 맡겨 놓았고 펠리시테는 르프랑수아 부인과 함께 이 층 방에 있었다.

저녁이 되자 그는 여러 사람들의 문상을 받았다. 그는 자리에서 일어서서는 말을 못 하고 그저 악수만 했다. 그리고 손님들은 벽난로 앞에 커다란 반원을 그리며 둘러앉은 다른 사람들 틈에 끼어 앉았다. 모두들 고개를 숙인 채 다리를 꼬고 앉아서 이따금 큰 한숨을 쉬면서 다리를 흔들곤 했다. 누구나 다 말할 수 없이 따분했지만 그러면서도 누가 잘 참고 버티나 내기라도 하듯이 가지 않고 남아 있었다.

오메가 아홉 시에 다시 돌아왔을 때는(지난 이틀 동안 광장에 보이는 것은 그뿐이었다.) 장뇌며 안식향이며 향초들을 잔뜩 끼고 있었다. 그는 또 독기를 빼기 위해서 염소를 약병에 가득 담아 가지고 왔다. 마침 그때 하녀와 르프랑수아 부인과 보바리의 모친이 에마의 옆을 바쁘게 움직이면서 수의를 거의 다 입혀 가고 있었다. 그녀들은 뻣뻣한 긴 베일을 아래로 잡아당겨서 그녀의 공단 구두 끝까지 덮어 주었다.

펠리시테는 흐느껴 울었다.

"아, 불쌍한 우리 마님! 불쌍한 우리 마님!"

"저것 좀 봐요!" 여관집 안주인이 한숨을 쉬면서 말했다. "아직도 저렇게 예쁘시다니! 금세라도 깨어날 것만 같군요!"

그러고 나서 여자들은 화관을 씌워 주기 위해서 몸을 구부렸다.

머리를 조금 쳐들지 않으면 안 되었다. 그러자 시꺼먼 액체가 구토하듯 입에서 흘러나왔다.

"아아, 어쩌면 좋아! 옷 버리겠네…… 조심해요!"르프랑수아 부인이 외쳤다. "좀 거들어 줘요!" 그녀가 약제사에게 말했다. "왜 그래요, 무서워요?"

"내가 무서워한다고?" 그가 어깨를 으쓱하며 되받았다. "아니, 이거야 원! 약학 공부할 때 이런 건 자선 병원에서 신물이 나도록 봤죠! 우린 해부학 교실에서 펀치를 만들어 마시기도 했다고요! 합리주의를 신봉하는 사람은 죽음의 허무를 두려워하지 않아요. 그뿐만 아니라, 내가 늘 하는 얘기지만, 나는 내 유해를 '과학' 발전에 쓰도록 병원에 기증할 작정이에요."

사제는 방 안으로 들어서면서 곧 바깥주인의 상태가 어떠냐고 물었다. 그러고는 약제사의 대답을 듣자 계속했다.

"아시다시피 심리적 충격이 채 가시지 않았으니."

그 말에 오메는 신부에게 당신은 사랑하는 반려를 잃을 걱정이 없어서 좋겠다고 했다. 그 말이 발단이 되어 성직자들의 독신 생활에 대한 토론이 이어졌다.

"남자가 여자 없이 산다는 것은 순리가 아니니까 그렇죠!" 약제사가 말했다. "그래서 갖가지 범죄도 생기고……."

"원, 별 소릴 다 듣겠네!" 사제가 소리쳤다. "결혼 생활에 몸담고 있는 인간이 어떻게, 예를 들면 고해의 비밀 같은 것을 지킬 수 있겠습니까?"

오메는 고해에 대해 공격했다. 부르니지앵은 그것을 변호했다. 그리고 고해가 인간을 바로잡아 준다는 점에 관해서 길게 늘어놓았다. 그는 또 갑자기 참된 인간이 된 여러 가지 도둑들의 일화를 예로 들었다. 참회대에 가까이 가자 눈앞을 가리고 있던 비늘이 떨어지는 느낌을 받은 군인들도 많이 있었다. 또 프라이부르크에서는 어떤 장관이……

상대방은 자고 있었다. 이윽고 너무 무거운 방 안 공기에 약간 숨이 답답해진 그는 창문을 열었다. 그 소리에 약제사는 눈을 떴다.

"자아 코담배 한 대 어떻습니까?" 신부가 그에게 권했다. "해 보세요. 머리가 맑아집니다."

어딘가 멀리서 개 짖는 소리가 계속 이어지며 꼬리를 끌었다.

"개 짖는 소리 들려요?" 약제사가 말했다.

"개들은 사람이 죽으면 냄새를 맡는다더군요." 신부가 대답했다. "꿀벌도 그렇지요. 사람이 죽으면 벌통에서 날아 나옵니다." 오메는 이런 미신들에 관해 시비를 걸지 않았다. 또다시 잠이 들었던 것이다.

부르니지앵 씨는 그보다 신체가 더 건강했기 때문에 한동안 나직하게 입술을 들썩거리고 있었다. 이윽고 그는 자기도 모르는 사이에 점점 턱을 내리더니 들고 있던 크고 검은 책을 떨어뜨리고 코를 골기 시작했다.

두 사람은 배를 쑥 내밀고 부어오른 얼굴로 무뚝뚝한 표정을 지으며 마주 앉아 있었는데, 그토록 서로 옥신각신한 끝에 드디어 똑같은 인간적인 약점에서 서로 일치를 본 셈이었다. 그들은 옆에서 잠들어 있는 것만 같은 시체와 마찬가지로 더이상 움직이지 않았다.

샤를이 들어와도 두 사람은 깨지 않았다. 그것이 마지막이 었다. 그는 그녀에게 작별을 고하러 온 것이었다.

향초는 아직 연기를 내고 있었고 푸르스름한 연기의 소용돌이가 창문께에서 안으로 들어오는 안개와 뒤섞였다. 별이 몇 개 떠 있었다. 조용한 밤이었다.

촛대에서 촛농이 커다란 눈물 방울이 되어 침대 시트 위에 떨어지고 있었다. 샤를은 촛불이 타는 것을 물끄러미 바라보면서 노랗게 빛나는 불빛에 눈이 피로해지는 것을 느꼈다.

달빛처럼 흰 비단옷 위에 물결 모양으로 무늬가 지면서 떨렸다. 에마의 모습은 그 밑으로 사라져 보이지 않았다. 샤를에게는 그녀가 자기의 몸 밖으로 번져 나와서 주위의 사물들 속으로, 침묵 속으로, 밤의 어둠 속으로, 지나가는 바람 속으로, 올라오는 습기 찬 향내 속으로 녹아드는 것만 같았다.

그러다가 갑자기 그의 눈에는 토트의 뜰 안의 산울타리 옆 벤치에, 또는 루앙의 거리들에, 이 집의 문턱에, 베르토의 안뜰에 있는 그녀의 모습이 보였다. 그의 귀에는 지금도 사과나무 밑에서 춤추던 소년들의 즐거운 웃음소리가 들렸다. 신혼의 방 안에는 그녀의 머리카락 냄새가 가득 차 있었고 그녀의 옷은 그의 두 팔 안에서 불꽃 소리를 내며 떨고 있었다. 그런데 그녀는 지금 바로 그 옷을 입고 있는 것이다!

그는 이렇게 오랫동안 지나가 버린 그 모든 행복을, 그녀의 태도와 몸짓과 목소리를 떠올려 보고 있었다. 한 가지 절망 뒤에 또 다른 절망이 밀려오면서 넘쳐 오는 밀물처럼 끝없이 이어졌다.

문득 그의 마음속에 무서운 호기심이 일어났다. 그래서 그는 가슴을 두근거리며 천천히 손가락 끝으로 베일을 들어올렸다. 그러나 무서움을 참을 수 없어 소리 질렀다. 자고 있던 두 사람이 놀라서 깼다. 그들은 샤를을 아래층 방으로 이끌고 갔다.

이윽고 펠리시테가 와서 샤를이 에마의 머리카락을 갖고 싶어 한다고 말했다.

"잘라 가렴!" 약제사가 대답했다.

그러나 하녀가 겁을 내며 멈칫거리자 그가 직접 가위를 손에 들고 나섰다. 어찌나 떨렸는지 그는 에마의 관자놀이께 피부 몇 군데에 상처를 냈다. 겨우 무서움을 억눌러 몸을 뻣뻣이 긴장하면서 오메는 손에 잡히는 대로 두세 번 뭉텅뭉텅 가위질을 했다. 그 때문에 그 아름다운 까만 머리칼에 허연 자국들이 남았다.

약제사와 신부는 다시 그들의 일에 몰두했다. 물론 때때로 졸지 않을 수 없었고 눈을 뜰 때마다 잠만 잔다고 상대방의 흉을 보았다. 그러면 부르니지앵 씨가 방 안에 성수를 뿌렸고 오메도 질세라 염소수를 마룻바닥에 조금 뿌렸다.

펠리시테가 눈치 빠르게 그들을 위해서 낮은 서랍장 위에 브랜디 한 병과 치즈와 큼직한 브리오슈 빵 한 개를 갖다 둔 것이 있었다. 그래서 약제사는 새벽 네 시쯤 되자 더 이상 못 참겠다는 듯 한숨 섞어 말했다.

"솔직히 이쯤에서 영양 섭취를 좀 하면 좋겠네요!"

신부는 사양하지 않고 응했다. 그는 미사를 올리기 위해서 밖으로 나갔다가 다시 돌아왔다. 그리고 슬픈 자리 뒤끝에 오는 그 뭐라고 말할 수 없는 쾌감에 마음이 흔들린 듯 까닭도 없이 히죽거리면서 두 사람은 먹고 마셨다. 마지막 술잔을 들었을 때 신부가 약제사의 어깨를 두드리면서 말했다.

"우리는 결국 서로 이해하는 사이가 될 겁니다!"

그들은 아래층 현관에서 막 들어서는 일꾼들과 마주쳤다. 그때부터 샤를은 두 시간에 걸쳐서 관의 널빤지 위에 울리는 망치 소리를 고통스럽게 견디지 않으면 안 되었다. 이윽고 그녀는 참나무 관에 입관되고 그 위에 다시 두 개의 관이 덧씌워졌다. 그러나 바깥 관이 너무 커서 매트리스의 양털로 빈틈을 메워야 했다. 마침내 세 겹의 뚜껑을 대패질하고 못을 쳐서 용접을 끝내자 관을 문앞에 옮겨 놓았다. 대문을 활짝 열어젖히자 용빌의 마을 사람들이 모여들기 시작했다.

루오 노인이 도착했다. 그는 광장에서 검은 천을 보자 그 자리에서 기절해 버렸다.


10


루오 노인은 사건이 일어난 지 서른여섯 시간이 지난 뒤에야 겨우 약제사의 편지를 받았다. 그런데 노인이 충격받을 것을 생각한 나머지 오메 씨가 편지 내용을 너무 어정쩡하게 썼기 때문에 어떤 뜻으로 받아들여야 할지 도무지 알 수 없었다.

노인은 편지를 받자 우선 뇌일혈이라도 일으킨 것처럼 쓰러졌다. 그다음에 그는 딸이 아직 죽은 것은 아니라고 이해했다. 그러나 죽었는지도 모르는 일이었다……. 결국 그는 작업복을 꿰어 입고 모자를 쓰고 구두에 박차를 걸고는 전속력으로 말을 몰았다. 오는 동안 줄곧 루오 노인은 숨을 헐떡이면서 불안에 시달렸다. 심지어 한번은 말에서 내리지 않으면 안 되었다. 눈은 보이지 않고 사방에서 목소리들만 와글와글 들려서 머리가 돌아 버리는 것만 같았기 때문이다.

날이 밝았다. 어떤 나무에서 세 마리의 검은 암탉이 졸고 있는 것이 보였다. 그는 이 흉조에 놀라 몸서리쳤다. 그래서 그는 성모님께 제례복 세 벌을 바치고 베르토 공동묘지에서 바송빌의 예배당까지 맨발로 걸어가겠다고 맹세했다.

그는 마롬 마을에 들어서자 곧 여인숙 사람을 큰 소리로 부르며 어깨로 문을 밀고 들어가 귀리 한 자루를 덥석 집어 말먹이 통에 시드르 한 병과 함께 부어 주고는 다시 말등에 올라탔다. 조랑말은 네 개의 편자에서 불꽃을 일으키며 달렸다.

딸은 반드시 살아날 거라고 그는 생각했다. 의사들이 무슨 치료약을 발견해 낼 것이었다. 틀림없었다. 그는 지금까지 들어 온 모든 기적적인 치유의 예들을 상기했다.

그러다가 또 딸은 그에게 죽은 모습으로 나타났다. 바로 그의 눈앞에, 길 한복판에, 반듯이 누워 있는 것이었다. 그가 고삐를 잡아당기자 환상은 사라져 버렸다.

캥캉푸아 마을에 오자 그는 기운을 차리려고 커피 석 잔을 연거푸 마셨다.

그는 어쩌면 편지에 이름을 잘못 적어 넣은 것인지도 모른다는 생각도 해 보았다. 주머니에 손을 넣어 편지를 찾아 만져 보았다. 그러나 그것을 꺼내 펴 볼 용기는 없었다.

드디어 노인은 이것이 어쩌면 무슨 장난인지도 모른다, 누군가의 앙갚음이거나 아니면 한잔 마신 김에 생각해 낸 엉뚱한 짓인지도 모른다고 가정해 보았다. 더군다나 만약에 딸이 정말 죽었다면 그가 알았을 것이 아닌가? 그런데 그게 아니었다! 주변의 들판은 무엇 하나 달라진 게 없다. 하늘은 푸르고 나무들은 살랑거리고 양 떼가 지나갔다. 마을이 보였다. 사람들은 그가 말 위에 바짝 엎드려서 달리는 것을 보았다. 그는 힘껏 채찍으로 후려쳤고 말의 뱃대끈에서는 피가 방울져 흐르고 있었다.

다시 정신을 차리자 그는 눈물을 흘리며 보바리의 품에 쓰러졌다.

"내 딸이! 에마가! 내 자식이! 어찌 된 일인가……."

상대방도 흐느껴 울면서 대답했다.

"모릅니다, 몰라요! 날벼락인걸요!"

약제사가 두 사람을 떼어 놓았다.

"그런 끔찍한 얘기를 자세히 해 보았자 소용없는 일입니다. 이분께는 제가 설명해 드리겠어요. 손님들이 오시잖아요! 제발 좀 고정하세요. 자아, 지성인답게!"

가련한 사내는 굳세게 보이려고 몇 번 되풀이했다.

"그래요…… 용기를 내야지!"

"자, 나도 이러면 안 되지." 노인이 소리쳤다. "절대로 안 되지! 저 애를 보내는 동안 끝까지 버텨야지."

종소리가 울리고 있었다. 모든 준비가 되었다. 출발하지 않으면 안 되었다.

성당 앞자리에 나란히 자리 잡고 앉은 두 사람은, 세 명의 성가대원이 성가를 읊조리며 끊임없이 앞을 왔다 갔다 하는 것을 보았다. 뱀 모양의 관악기를 부는 나팔수가 힘껏 나팔을 불었다. 부르니지앵 씨는 예복을 거창하게 차려입고 째지는 듯한 목소리로 노래하면서 성궤를 향해 절하고 양손을 쳐들어 팔을 벌리곤 했다. 레스티부두아는 고래뼈 단장을 들고 성당 안을 돌아다니고 있었다. 성가대 옆에는 관이 안치되어 있고 그 주위를 넉 줄의 촛불들이 에워싸고 있었다. 샤를은 일어나서 그 촛불을 꺼 버리고 싶었다.

그러면서도 그는 애써 신앙심을 되살려서 에마와 다시 만나게 될 내세의 희망 속으로 빠져들어 보려고 노력했다. 그는 그녀가 오래전부터 아주 먼 곳으로 여행을 떠나 있는 것이라고 상상해 보았다. 그러나 그녀는 지금 저 밑에 있다, 모든 것이 끝났다, 사람들이 그녀를 땅속에 묻으려고 한다, 이런 생각을 하자 사납고 캄캄한 절망감이 미칠 듯이 그를 사로잡았다. 그러나 어떤 때는 아무것도 느낄 수 없게 된 것 같기도 했다. 그래서 스스로를 한심한 인간이라고 자책하면서도 자신의 누그러지는 고통을 음미하고 있었다.

그때 쇠를 박은 지팡이로 규칙적인 간격을 두고 타일 바닥을 두드리는 것 같은 메마른 소리가 들렸다. 그 소리는 성당 안쪽에서 들려오고 있었는데 옆 복도에서 딱 멈췄다. 두툼한 갈색 재킷을 입은 사내가 힘들게 무릎을 꿇었다. 금사자의 하인 이폴리트였다. 그는 새 의족을 달고 있었다.

성가대원 한 사람이 헌금을 거두기 위해 성당 안을 한 바퀴 돌았다. 큰 동전이 차례차례 은접시 위에 소리를 내며 떨어졌다.

"빨리 좀 해요! 괴로워서 못 견디겠어요!" 보바리가 성난 듯 오 프랑짜리 금화를 그에게 던져 주면서 말했다.

성당의 남자는 정중하게 인사를 하며 그에게 감사했다.

성가를 부르고 무릎을 꿇고 앉았다가 다시 일어나고, 도무지 끝이 없었다! 단 한 번, 갓 결혼했을 때, 둘이서 함께 미사에 참석했던 일이 생각났다. 그들은 반대편인 오른쪽 벽 밑에 앉아 있었다. 종이 또 울리기 시작했다. 요란하게 의자 움직이는 소리가 났다. 관 메는 사람들이 세 개의 막대기를 영구 밑에 밀어 넣었다. 그리고 모두들 성당 밖으로 나왔다.

그때 쥐스탱이 약방 문앞에 나타났다. 그러더니 갑자기 새파랗게 질려서 비틀거리며 약방 안으로 들어가 버렸다.

사람들은 장례 행렬이 지나가는 것을 보려고 창문마다 몰려나와 있었다. 샤를은 맨 앞에서 몸을 꼿꼿이 하고 걸었다. 그는 억지로 태연한 척하면서 골목이나 문에서 나와 군중 속에 끼어드는 사람들에게 알은체를 하며 인사했다. 영구의 한쪽에 셋씩 여섯 사람이 약간 헐떡거리며 잔걸음으로 걷고 있었다. 사제들, 성가대원들 그리고 두 복사가 애도송(De profundis)을 부르고 있었다. 그들의 목소리는 높았다 낮았다 하며 물결

치듯 벌판으로 퍼져 갔다. 이따금 오솔길 모퉁이에서 그들의 모습이 사라져 보이지 않곤 했다. 그러나 커다란 은십자가는 언제나 나무들 사이에 높이 솟아 있었다.

여자들은 모자를 뒤로 젖힌 검은색 소매 없는 망토를 입고 뒤따랐다. 그녀들은 손에 타고 있는 큰 촛불을 하나씩 들고 있었다. 그래서 샤를은 양초와 신부복에서 풍기는 매슥매슥한 냄새 속에서 그 끊임없이 되풀이되는 기도 소리와 촛불들 때문에 정신이 아득해지는 느낌이었다. 시원한 산들바람이 불어 왔고 보리와 채소가 파릇파릇했다. 길가의 가시나무 울타리에 맺힌 작은 이슬방울들이 떨고 있었다. 온갖 종류의 즐거운 소리들이 수평선 너머까지 가득 차 있었다. 멀리서 바퀴 자국을 따라 덜컹거리며 굴러가는 짐수레 소리, 쉬지 않고 울어 대는 수탉 소리, 사과나무 밑으로 도망치는 망아지의 놀란 발소리 따위였다. 맑은 하늘에는 군데군데 장밋빛 구름이 떠 있었다. 푸르스름한 연기의 소용돌이가 창포들로 뒤덮인 초가지붕 위로 내리깔리고 있었다. 지나쳐 가는 동안 눈에 보이는 남의 집 뜰이 샤를에게는 모두 낯익었다. 환자를 왕진한 다음 이런 마당을 거쳐 나와 그녀가 기다리는 집으로 돌아가던 이런 아침나절들이 머릿속에 되살아났다.

흰 눈물 장식들이 군데군데 찍힌 검은 장막이 이따금 바람에 말려 올라가서 관이 드러나곤 했다. 관을 멘 일꾼들이 지쳐서 걸음을 늦추곤 했다. 그래서 관은 파도에 부딪칠 때마다 흔들리는 거룻배처럼 끊임없이 고르지 않게 흔들리면서 앞으로 나갔다.

행렬이 묘지에 도착했다.

남자들은 아래쪽 잔디밭 속에 구덩이를 파 놓은 곳까지 계속 걸어갔다.

모두가 그 주위에 둘러섰다. 그리고 신부가 무어라고 외고 있는 동안 가장자리에 파내 놓은 붉은 흙이 귀퉁이에서 소리 없이 자꾸만 흘러내렸다.

이윽고 밧줄 네 가닥이 준비되자 관을 그 위에 올려놓았다. 샤를은 관이 내려가는 것을 지켜보았다. 그것은 끝없이 내려가고 있었다.

마침내 쿵 하고 바닥에 닿는 소리가 났다. 밧줄이 쏠리는 소리를 내며 당겨져 올라왔다. 그러자 부르니지앵은 레스티부두아가 건네주는 삽을 받았다. 그는 오른손으로는 여전히 성수를 뿌리면서 왼손으로 힘차게 흙을 크게 한 삽 떴다. 조그마한 돌들이 관에 부딪치면서 나는 그 기막힌 소리는 마치 영원의 울림인 것만 같았다.

사제는 관수기를 옆사람에게 건네주었다. 그는 오메 씨였다. 그는 그것을 엄숙한 표정으로 흔들고 나서 샤를에게 건네주었다. 샤를은 흙이 무릎을 덮도록 주저앉아서 두 손에 가득 흙을 담아 던지면서 "잘 가오!" 하고 소리쳤다. 그는 그녀에게 키스를 보냈고 그녀와 함께 묻히겠다면서 구덩이 쪽으로 기어들려고 했다.

사람들이 그를 끌어냈다. 그리고 아마 다른 사람들과 마찬가지로 마침내 일을 다 끝냈다는 막연한 만족감을 느끼는 것인지 그는 머지않아 진정되었다.

루오 노인도 돌아가는 길에는 한가하게 파이프 담배를 한 대 피우기 시작했다. 오메는 내심 그것을 온당치 못한 짓이라고 생각했다. 그는 또 비네가 얼굴을 내비치지 않은 일이며 튀바슈가 미사를 끝내자 '새 버린' 사실 그리고 공증인 집 하인인 테오도르가 푸른색 옷을 입고 온 것을 지적했다. "그래 검은 옷 하나 찾아 입지 못한단 말이야, 그게 예의란 걸 뻔히 알면서!" 그리고 그 같은 자신의 의견을 말해 주기 위해서 그는 이 사람 저 사람에게로 왔다 갔다 했다. 간 곳마다 사람들은 에마의 죽음을 슬퍼하고 있었다. 특히 잊지 않고 장례식에 참석한 뢰르가 그랬다.

"정말 가엾은 부인입니다! 남편께서는 또 얼마나 슬프시겠습니까!"

약제사가 말을 받았다.

"말씀 마세요, 나 아니었으면 저 양반이 뭔가 큰일을 저질렀을 거예요!"

"그렇게 착하신 부인이! 바로 요전번 토요일에도 우리 가게에 오셨더랬는데!"

집으로 돌아오자 샤를은 옷을 갈아입었다. 그리고 루오 노인도 다시 푸른 작업복을 걸쳤다. 그 옷은 새것이었는데 그가 이곳으로 오는 동안에 몇 번이나 소매로 눈물을 닦았기 때문에 얼굴에 퍼런 물이 옮겨 묻었다. 그리고 얼굴에 덮인 먼지 속에 몇 줄기 눈물 자국이 남아 있었다.

보바리의 모친이 그들과 함께 남아 있었다. 세 사람 다 아무 말이 없었다. 마침내 노인이 한숨을 내쉬었다.

"생각나는가, 자네. 자네가 첫 번째 처를 잃은 직후에 나는 한번 토트에 갔더랬지. 그때는 내가 자네를 위로해 주었어! 위로할 말이 있었거든. ……하지만 이번에는…….”

그러고는 온 가슴에서 북받쳐오르는 긴 신음 소리를 내면서 말했다.

"아아, 이젠 나도 끝장이야, 안 그런가! 우선 마누라를 보냈지……. 그리고 아들…… 오늘은 딸까지!"

그는 이 집에서는 잠이 올 것 같지 않다면서 즉시 베르토로 돌아가겠다고 했다. 그는 손녀딸을 만나는 것까지 거절했다.

"아냐! 아냐! 너무 가슴이 아파서 못 보겠어. 그저 자네가 나 대신 그 애한테 키스를 해 주게! 그럼 잘 있게! 자넨 좋은 사람이야! 그리고 이거, 절대로 잊지 않겠네." 그가 샤를이 치료해 주었던 넓적다리를 탁 치면서 말했다. "염려 말게, 칠면조는 앞으로도 계속 보내 줄 테니까."

그러나 언덕 꼭대기에 이르자 그는 지난날 딸과 헤어지면서 생빅토르 길에서 그랬듯이 뒤를 돌아다보았다. 마을의 창문들은 들판에 지는 저녁 해의 빗긴 광선을 받아 온통 불붙고 있는 것 같았다. 그는 한손으로 눈앞을 가렸다. 지평선 저쪽에 담장으로 둘러쳐진 곳이 눈에 들어왔다. 담장 안에는 하얀 묘석들 사이사이에 나무들이 여기저기 검은 덤불숲을 이루고 있었다. 이윽고 노인은 다시 길을 재촉했다. 조랑말이 다리를 절뚝거리느라고 터덜터덜 걸음이 느렸다.

샤를과 그의 어머니는 그날 밤 지쳐 있었지만 상당히 오랫동안 이야기했다. 그들은 옛날 일과 앞으로의 일을 이야기했다. 그녀는 용빌로 옮겨 와서 살림을 돌봐 주며 살겠다면서 다시는 모자가 서로 떨어지지 말자고 했다. 오랫동안 자신의 손에서 벗어나 있던 애정을 되찾은 것을 내심 기뻐하며 그녀는 사근사근하고 은근스럽게 굴었다. 자정을 알리는 종이 울렸다. 평소와 마찬가지로 마을은 고요했다. 샤를은 잠을 이루지 못한 채 여전히 그녀를 생각하고 있었다.

로돌프는 기분 전환을 위해서 온종일 숲속을 헤매 다닌 뒤 자기 집에서 편안히 자고 있었다. 저 멀리 레옹 역시 자고 있었다.

그런데 이 시각에 자지 않고 있는 사람이 하나 더 있었다.

전나무 숲속의 무덤가에서 한 아이가 무릎을 꿇고서 울고 있었다. 흐느낌으로 찢어질 듯한 그의 가슴은 달빛보다도 더 부드럽고 칠흑 같은 밤보다도 더 헤아릴 길 없는 엄청난 회한에 짓눌려 어둠 속에서 헐떡이고 있었다. 갑자기 철책문 소리가 삐걱 하고 났다. 레스티부두아였다. 그는 잊고서 두고 간 삽을 찾으러 온 것이었다. 담을 기어올라 도망가는 쥐스탱을 알아본 그는 그제서야 언제나 그의 감자를 훔쳐 가는 도둑놈이 누군지 알아냈다고 생각했다.


11


샤를은 다음 날 아이를 다시 데려오게 했다. 아이는 엄마를 찾았다. 엄마는 지금 나가고 없는데 곧 장난감을 많이 사가지고 돌아온다고 대답해 주었다. 베르트는 몇 번이나 같은 말을 하고 또 하고 했지만 나중에는 잊어버리고 말았다. 아이가 명랑하게 구는 것을 보면 보바리는 가슴이 미어지는 것 같았다. 게다가 그는 약제사가 귀찮도록 늘어놓는 위로의 말을 참고 들어야만 했다.

이내 돈 문제가 다시 시작되었다. 뢰르 씨가 한패인 뱅사르를 충동질했기 때문이다. 그래서 샤를은 엄청난 액수의 부채를 걸머졌다. 그가 그녀의 것이었던 가구는 작은 것 하나도 팔지 않겠다고 고집했던 것이다. 모친은 그 때문에 몹시 화를 냈다. 그는 어머니 이상으로 화를 냈다. 그는 완전히 사람이 달라졌다. 어머니는 집을 나가 버렸다.

그렇게 되자 저마다 등쳐 먹자고 덤벼들었다. 랑프뢰르 양은 육 개월분의 수업료를 청구했다. 그러나 에마는 레슨을 한 번도 받은 적이 없었다.(돈을 지불한 영수증을 에마가 보바리에게 보인 적이 있기는 하지만.) 그것은 두 여자들 사이에 정해진 묵계였다. 도서 대여점은 삼 년분의 구독료를 청구했다. 롤레 아줌마는 이십여 통이나 되는 편지의 배달료를 요구했다. 샤를이 무슨 소리냐고 묻자 그녀는 눈치껏 이렇게 대답했다.

"아! 저야 모르죠! 부인께서 하신 일이니까요!"

빚을 갚을 때마다 샤를은 이제 이것으로 끝이려니 하고 생각했다. 그러나 또 다른 것이 계속 튀어나왔다.

그는 전에 밀려 있던 왕진료를 받아 내려고 했다. 상대편은 그의 아내가 보낸 편지를 보였다. 그래서 이쪽에서 사과를 하지 않으면 안 될 형편이었다.

펠리시테가 이제는 마님의 옷을 입었다. 그러나 전부 다는 아니었다. 샤를이 그중 몇 벌을 따로 간수해 놓고 그것을 바라보며 그녀의 옷방에 들어가 틀어박혀 있곤 했던 것이다. 펠리시테는 몸 사이즈가 부인과 거의 비슷했다. 그래서 샤를은 그 뒷모습을 보고는 착각을 일으킨 나머지 소리치곤 했다.

"아! 그대로 있어 봐! 그대로!"

그러나 성신 강림절에 그녀는 테오도르의 꾀임에 빠져 옷장에 남아 있던 옷가지를 모조리 훔쳐 가지고는 용빌에서 자취를 감추었다.

미망인 뒤퓌 부인이 그에게 영광스럽게도 '그녀의 아들인 이브토의 공증인 레옹 뒤퓌 씨와 봉드빌의 레오카디 르뵈프 양의 혼약' 소식을 전하게 된 것은 바로 그 무렵이었다. 샤를은 그녀에게 보낸 여러 가지 축하의 말들 가운데 이런 말을 썼다.

"가엾은 나의 아내가 살아 있었다면 대단히 기뻐했을 것입니다!"

어느 날 그는 하릴없이 집 안을 서성거리다가 지붕 밑 다락방으로 올라가게 되었다. 그때 덧신 신은 발밑에 밟히는 얇은 종이 뭉치 하나를 발견했다. 그는 그것을 펼쳐서 읽어 보았다. "용기를 내요, 에마! 용기를! 나는 당신의 삶을 불행하게 만들고 싶지는 않습니다." 그것은 로돌프의 편지였다. 상자 사이의 바닥에 떨어진 채 그대로 있다가 채광창으로 들어온 바람 때문에 문께로 밀려 나온 것이었다. 샤를은 그 옛날 에마가 지금 그보다도 더 창백해진 얼굴로 절망하여 죽으려고 했던 바로 그 자리에 꼼짝도 않고 입을 벌린 채 서 있었다. 마침내 그는 둘째 장 끝에 쓰인 조그만 R 자를 발견했다. 누구였을까? 로돌프가 열을 올리며 끈질기게 찾아오던 일과 갑자기 모습을 보이지 않게 된 일 그리고 그 후 두세 번 만났을 때 거북해하던 표정이 머릿속에 되살아났다. 그러나 편지의 정중한 어투에 속아 그의 상상은 빗나갔다.

"두 사람이 아마 플라토닉한 사랑을 했던가 보군!"

본래 샤를은 일을 속속들이 따지고 드는 성질이 아니었다. 그는 증거를 보고도 뒷걸음질 쳤다. 그의 어정쩡한 질투심은 무한한 슬픔 속으로 꺼져 들어갔다.

사람들 모두가 틀림없이 그녀를 우러러보았을 것이라고 그는 생각했다. 분명 모든 남자들이 그녀를 탐했을 것이다. 그렇게 생각하자 그녀가 한층 더 아름답게 생각되었다. 그래서 그는 그녀에 대한 끈질긴 욕망이 미칠 듯이 끓어오르는 것을 느꼈다. 그의 절망감에 불을 지르는 그 욕망은 이제는 실현할 수 없는 것이기에 더더욱 끝이 없었다.

그는 마치 그녀가 살아 있기라도 한 것처럼 그녀의 마음에 들도록 그녀의 온갖 취미나 생각들에 맞추어 나갔다. 에나멜 장화를 샀고 언제나 흰 넥타이를 매고 다녔다. 콧수염에 포마드를 발랐고 그녀처럼 약속어음에 서명했다. 그녀가 무덤 저쪽에서 그를 타락시키고 있었던 것이다.

그는 은그릇을 하나하나 팔지 않으면 안 되었다. 다음에는 거실의 가구를 팔았다. 모든 방이 텅텅 비어 갔다. 그러나 침실, 그녀의 침실만은 옛날 그대로였다. 저녁 식사를 끝내면 샤를은 그 방으로 올라갔다. 벽난로 불 앞에 둥근 탁자를 끌어다 놓고 그녀의 안락의자를 옆에 당겨 놓았다. 그리고 그는 그 앞에 마주 앉는 것이었다. 촛불이 한 자루 도금한 촛대들 중 하나에서 타고 있었다. 베르트가 그 옆에서 그림에 색칠을 하고 있었다.

딸의 옷차림이 너무나 초라한 것이 이 가엾은 사내의 가슴을 아프게 했다. 편상화는 끈이 없고 윗도리의 소매는 허리께까지 찢어져 있었다. 가정부가 제대로 보살펴 주지 않는 것이었다. 그러나 딸아이는 그렇게도 부드럽고 귀엽기만 했다. 소담스러운 금발을 장밋빛 볼 위로 늘어뜨리며 조그만 머리를 갸웃이 기울이는 그 모습을 보기만 해도 샤를은 무한한 희열이 마음속에 차오르는 느낌이었다. 그것은 송진 냄새가 나는 잘못 빚어진 포도주처럼 씁쓸한 맛이 섞인 기쁨이었다. 그는 딸의 장난감을 수선해 주기도 하고 마분지로 인형을 만들어 주기도 하고 인형의 찢어진 배를 꿰매 주기도 했다. 그러다가 반짓고리나 굴러다니는 리본 또는 탁자의 갈라진 틈새에 끼여 있는 바늘만 보아도 그는 멍하니 생각에 잠기곤 했다. 그래서 그가 너무나 슬픈 표정을 짓기 때문에 딸도 그와 마찬가지로 슬퍼지는 것이었다.

이제는 아무도 그들을 보러 오지 않았다. 쥐스탱은 루앙으로 도망쳐 가서 식료품 가게의 점원이 되었고 약제사의 아이들도 점점 베르트와 놀지 않게 되었다. 오메 씨는 서로의 사회적 신분이 달라진 것을 보고 친밀한 교제를 계속할 마음이 없어진 것이었다.

그가 예의 연고로 병을 고쳐 주지 못한 그 장님은 부아기욤 언덕으로 되돌아가서 그곳을 지나는 여객들에게 약제사가 손을 썼지만 헛수고였다고 떠들어 댔다. 그 때문에 오메는 시내에 갈 때 그와 마주치는 것을 피하려고 제비의 커튼 뒤에 몸을 숨길 정도였다. 그는 장님이라면 질색이었다. 그래서 그 자신의 평판을 생각해서라도 어떻게 해서든 그를 쫓아 버리려고 몰래 계획을 세웠는데 거기에는 그의 지혜의 깊이와 허영심의 파렴치함이 잘 드러나 있었다. 여섯 달 동안을 계속 루앙의 **등불**에 다음과 같은 취지의 짧은 기사가 실린 것을 볼 수 있었다.

"풍요로운 피카르디 지방을 찾아가는 사람들은 필시 누구나 부아기욤 언덕 위에서 얼굴에 끔찍한 흉터가 있는 거지 하나를 볼 것이다. 그는 사람들에게 달라붙어 추근거리며 여행자들로부터 그야말로 진짜 세금을 강요한다. 우리는 아직도 부랑자들이 십자군 원정에서 얻어 온 문둥병과 연주창을 공공연하게 공중의 면전에 드러내는 것을 허용했던 저 기괴한 중세 시대에 살고 있는 것인가?"

또는 다음과 같은 것도 있었다.

"부랑을 금지하는 허다한 법령들이 엄연히 존재함에도 불구하고 우리 나라의 대도시 변두리는 여전히 거지 떼에 의해 오염되고 있다. 또 개중에는 혼자 배회하는 자들도 있지만 그들도 위험하기는 마찬가지다. 시당국은 무엇을 생각하고 있는가?"

그리고 오메는 여러 가지 일화들을 날조했다.

"어제 부아기욤 언덕에서 잘 놀라는 말 한 마리가……." 그리고 그 뒤에는 문제의 장님이 나타났기 때문에 일어난 우발적 사건의 이야기가 이어졌다.

그의 계산은 적중해 마침내 당국에서는 그를 구속했다. 그러나 그는 다시 석방되었다. 오메 역시 다시 시작했다. 사태는 싸움이 되었다. 그가 승리를 거두었다. 그의 적이 빈민 구제소에 종신 감금을 선고받은 것이다.

이 성공으로 그는 대담해졌다. 그 뒤부터는 이 지역에서 개가 한 마리 치어 죽거나 헛간에 불이 나거나 여자가 매맞는 사건만 일어나도 즉시 그가 나서서 그 소식을 세상에 알렸다. 그것도 오로지 진보에 대한 사랑과 성직자에 대한 증오에 불타서였다. 그는 공립학교와 문맹 퇴치를 위한 종교 교육소의 비교론을 전개하면서 후자를 여지없이 공격했고 성당이 받은 백 프랑의 보조금 건에 관해서는 생바르텔레미의 학살 사건을 들먹였고 온갖 비리를 고발했고 날카로운 풍자의 화살을 날렸다. 적어도 그 자신의 말은 그랬다. 오메는 구조적인 파괴 작업에 나선 것이었다. 그는 위험한 인물이 되어 가고 있었다.

그러나 그는 저널리즘이라는 좁은 한계 속에서 갑갑증을 느꼈다. 머지않아 그는 서적, 즉 저서의 필요성을 절감하게 되었다! 그래서 그는 **용빌 지구의 일반 통계 및 풍토학적 관찰**을 저술했다. 그리고 통계학은 그를 철학으로 인도했다. 그는 사회 문제, 빈민 계급의 도덕 향상, 양어법, 고무, 철도 등등 거창한 문제들에 매달렸다. 그러는 중에 그는 자신이 일개 부르주아에 불과하다는 사실이 부끄러워졌다. 그는 예술계통임을 자처하며 담배를 피웠다! 그는 로코코식의 세련된 조각 두 점을 사서 거실을 장식했다.

그렇다고 약국을 소홀히 하는 것은 아니었다. 아니, 그 반대였다! 그는 새로운 발견들이라면 모르는 것이 없었다. 초콜릿에 대한 엄청난 유행의 움직임도 예의 주시했다. 센앵페리외르 주 내에 쇼카[110]나 르발렌시아[111] 건강식을 최초로 들여온 것은 바로 그였다. 그는 퓔베르마셰식 수력 전기 건강 벨트에 열을 올려 자신도 그것을 차고 다녔다. 그리하여 밤에 그가 플란넬 조끼를 벗으면 오메 부인은 남편의 몸을 온통 감싸고 있는 금빛의 나선 장치에 눈이 휘둥그레지면서 스키타이인보다도 더 굳세게 몸을 졸라매 동방 박사처럼 장엄해 보이는 이 사내에 대한 자신의 뜨거운 사랑이 배가되는 것을 느꼈다.

그는 에마의 무덤에 관해서도 몇 가지 멋진 생각을 해 냈다. 처음에는 원주 토막에 천을 감은 모양을 권했다가 다음에는 피라미드를, 그다음에는 로론다 양식의 베스타 신전 모양이거나 '폐허 더미'를 제안했다. 그리고 오메는 그 모든 계획들 중 어느 것에건 슬픔의 상징으로 필수적인 수양버들을 빼놓을 수 없다고 주장했다.[112]

샤를과 그는 함께 루앙으로 나가서 묘석 견본들을 보러 어

<hr />

110) 카카오를 넣은 가루.
111) 식물을 주성분으로 하는 건강식 가루.
112) 낭만주의 시인 뮈세의 유명한 시와 무관하지 않을 것이다. "내 정다운 친구들이여, 내가 죽거든/ 무덤가에 한 그루 버들을 심어 다오/ 나는 그 눈물 젖은 잎새들을 사랑하나니……."

떤 비석 만드는 집을 찾아갔다. 브리두의 친구라며 노상 재담만 뇌까리는 보프릴라르라는 화가의 안내를 받았다. 결국 백 장가량의 도안을 검토해 보고 견적서를 뽑아 달라고 해 다시 한번 더 루앙에 나갔다 온 다음 샤를은 '불 꺼진 횃불을 든 정령'을 앞뒷면에 새긴 영묘(靈廟)형으로 정했다.

비문에 관해서 오메는 나그네여 발길을 멈추라(Sta viator)만큼 아름다운 것은 생각나지 않는다며 그 정도로 그쳤다. 그는 머리를 짜내어 궁리를 했지만 계속 나그네여 발길을 멈추라……만 되풀이할 뿐이었다. 드디어 그는 사랑스러운 아내 이곳에 잠들다!(amabilem conjugem calcas!)라는 문구를 발견해 그것이 채택되었다.

이상한 점은 보바리가 끊임없이 에마를 생각하는데도 그녀를 잊어 간다는 사실이었다. 그녀를 붙잡아 두려고 무진 애를 쓰고 있는데도 그녀의 모습이 자꾸만 기억에서 멀어져 가는 것만 같아 여간 안타깝지 않았다. 그러면서도 그는 밤마다 그녀의 꿈을 꾸었다. 언제나 같은 꿈이었다. 그는 그녀에게 다가가지만 그녀를 끌어안으려고 하면 그녀는 그의 품속에서 폭삭 썩어 내려앉는 것이었다.

한 주 동안 저녁이면 샤를이 성당으로 들어가는 것을 볼 수 있었다. 부르니지앵 씨가 두세 번 그를 찾아와 주기까지 하더니 이윽고 그만두었다. 오메의 말로는, 사실 이 신부는 점점 완고하고 광신적인 쪽으로 나가고 있다는 것이었다. 시대 정신에 역행하는 비난을 퍼붓고 두 주에 한 번씩 하는 강론에서는 자신의 배설물을 먹으면서 죽었다는 사실을 세상이 다 아는

터인 볼테르의 임종 얘기를 반드시 꺼내곤 했다.[113]

검소한 생활에도 불구하고 보바리는 도저히 묵은 빚을 청산할 수 없었다. 뢰르는 어음의 대체를 일체 거부했다. 차압이 임박해 오고 있었다. 그래서 그는 어머니에게 도움을 청했다. 어머니는 자기 재산의 일부를 저당 잡히는 것을 승낙해 주었지만 동시에 에마에 대한 욕을 한바탕 써 보냈다. 그리고 자신이 희생하는 대가로 펠리시테가 털어 가고 남은 숄을 한 장 달라고 했다. 샤를은 거절했다. 두 사람은 사이가 틀어졌다.

어머니 편에서 먼저 화해를 청해 집에 데리고 있으면 위안이 될 것 같으니 아이를 자기가 맡겠다고 제안했다. 샤를은 이에 동의했다. 그러나 정작 떠날 때가 되자 용기가 꺾여 버렸다. 그러자 이번에는 완전하고 결정적인 절교가 되고 말았다.

애정을 쏟을 곳이 없어지자 그는 아이에 대한 사랑에 점점 더 집착했다. 그러나 아이 때문에 그의 걱정만 늘었다. 가끔 기침을 하고 양쪽 볼에 빨간 반점이 생긴 것이었다.

반면 눈앞에 보이는 약제사 가족은 경기가 좋아 싱글벙글하는 모습이었고 세상만사가 만족의 씨앗이었다. 나폴레옹은 약국에서 아버지를 거들었고 아탈리는 그의 모자에 수를 놓

---

113) 볼테르의 사후에 1778년 7월 1일자 《라 가제트 드 콜로뉴》가 퍼뜨린 험담이 널리 퍼졌다. "볼테르 씨는 사망하기 얼마 전 끔찍하게 몸부림을 치며 미친 듯 소리쳤다. '나는 신과 인간들에게 버림받았다.' 그는 손가락을 깨물고 방 안에서 사용하는 변기에 두 손을 넣고 그 안에 든 것을 움켜쥐고 먹었다." 자신들이 원하는 신념포기를 얻어 내지 못한 반대파가 이런 끔찍한 헛소문을 날조한 것으로 전해진다.

아 주었고 이르마는 잼 통을 덮을 종이들을 동그랗게 오려 놓았고 프랑클랭은 구구단을 단숨에 외웠다. 그는 세상에서 가장 행복한 아버지였고 가장 운이 좋은 사람이었다.

크게 잘못된 짐작! 남모를 야심 하나가 끈질기게 그를 괴롭히고 있었던 것이다. 오메는 훈장이 꼭 갖고 싶었다. 명목이 부족한 것은 아니었다.

1항 콜레라가 돌 때 그 방역에 무한히 헌신해 인정받은 사실. 2항 각종 공익에 도움이 될 저작들을 자비로 출판한 사실. 예를 들면 ……(이 대목에서 그는 시드르, 그 제조법 및 효능, 아울러 이 문제에 관한 약간의 새로운 고찰이라는 제목의 연구 논문을 비롯해 그 밖에도 아카데미에 송부한 잔털이 난 진딧물에 대한 관찰, 통계학상의 저서, 약제사 자격 논문까지 들먹였다.) 그리고 구태여 덧붙인다면 여러 학회(실은 하나 뿐이었지만)의 회원이라는 사실.

"하기야." 그가 한쪽 발끝으로 한 바퀴 빙그르르 돌면서 외쳤다. "화재 때 나서서 눈에 띄게 공을 세운 것만으로도 충분한 일이겠지만."

그래서 오메는 권력 쪽으로 접근하기 시작했다. 그는 선거 때 도지사 각하에게 크게 한몫 거들었다. 그는 마침내 몸을 팔고 지조를 버렸다. 심지어 국왕에게까지 탄원서를 내어 '의당한 조치'를 간청했다. 그는 왕을 '우리의 어지신 국왕'이라고 부르며 성군 앙리 4세에 비유했다.

그리고 매일 아침 약제사는 자기의 훈장 수여 기사가 났는가 보려고 신문에 달려들곤 했다. 그 기사는 도무지 날 기미를 보이지 않았다. 마침내 참을 수 없게 된 그는 자기 집 뜰에 훈장의 별 모양을 본뜬 잔디를 만들게 하고 거기에 달린 리본을 흉내 내기 위해 그 꼭대기에서 풀로 된 두 가닥의 작은 꽈배기 모양의 끈을 늘어뜨렸다. 그리고 그는 팔짱을 끼고 그 주위를 걸어 다니면서 정부의 무능과 인간의 배은망덕함에 대한 깊은 명상에 빠져들었다.

죽은 사람에 대한 존중 때문인지 아니면 차근차근 뒤져 보는 일을 늦춤으로써 맛보는 일종의 관능적 쾌감 때문인지 샤를은 에마가 평소에 사용하던 자단 책상의 비밀함을 아직 열어 본 일이 없었다. 어느 날 마침내 그는 그 책상 앞에 앉아서 열쇠를 돌리고 서랍의 용수철을 밀었다. 레옹에게 받은 편지가 거기에 전부 들어 있었다. 이번에야말로 더 이상 의심의 여지가 없었다! 그는 마지막 한 통까지 정신없이 읽었고, 흐느껴 울고 고함 지르며 정신이 뒤집힌 광인처럼 되어 가지고 모든 구석구석, 모든 가구, 모든 서랍, 벽 뒤까지도 모조리 뒤졌다. 그는 상자 하나를 발견하자 그것을 발로 밟아서 부쉈다. 쏟아져 나온 연애편지들 속에서 로돌프의 초상화가 그의 면전으로 달려들었다.

사람들은 샤를이 넋이 빠진 것을 보고 놀랐다. 이제는 외출도 하지 않고, 찾아오는 사람도 만나지 않고, 환자들을 왕진하는 것까지 거절했다. 그래서 사람들은 그가 방구석에 처박혀서 술을 마신다고 수군거렸다.

그러나 때때로 호기심 많은 사람이 뜰의 산울타리 너머로 발돋움해 들여다보면 샤를이 긴 수염을 기른 채 때에 찌든 옷을 입고 험상궂은 얼굴로 마당을 거닐면서 소리 내어 울고 있는 것이 보여서 깜짝 놀라곤 했다.

여름날 저녁이면 그는 어린 딸을 아내의 무덤으로 데리고 갔다. 그들은 아주 어두워져서 광장에 비네의 방 들창 외에는 불빛이 보이지 않을 무렵에야 비로소 돌아오는 것이었다.

그러나 그의 고통이 주는 쾌락은 완전하지 않았다. 주위에 그것을 함께 나누어 가질 사람이 아무도 없기 때문이었다. 그래서 그는 그녀에 대한 얘기를 할 수 있을까 해서 르프랑수아 아주머니를 가끔 찾아가곤 했다. 그러나 여관집 여주인은 그의 말을 그저 한 귀로 흘려들었다. 그녀에게도 그와 마찬가지로 걱정거리가 있었던 것이다. 드디어 뢰르 씨가 최근에 파보리트 뒤 코메르스라는 승합마차업을 시작했고 여러 가지 심부름을 잘해 주어서 사람들에게 큰 인기를 얻고 있는 이베르가 급료 인상을 요구하면서 여차하면 '경쟁 회사'로 옮기겠다고 위협하고 있기 때문이었다.

어느 날 샤를은 아르괴유 시장에 말을(그것이 샤를의 마지막 재산이었다.) 팔러 갔다가 로돌프와 마주쳤다.

두 사람은 서로를 알아보자 얼굴이 창백해졌다. 로돌프는 장례식에 겨우 명함을 보내 인사했던 처지라 우선 몇 마디 변명을 중얼거렸지만 이윽고 배짱이 생겨(팔월이라 매우 더운 날이었다.) 뻔뻔스럽게도 맥주나 한잔 하자면서 그를 주점으로 데리고 갔다.

탁자에 팔꿈치를 괴고 그와 마주 앉자 그는 이야기하면서 입담배를 씹어 댔다. 샤를은 지난날 그녀가 사랑했던 그 얼굴을 앞에 놓고 넋을 잃은 채 몽상에 잠겼다. 그녀의 것이었던 그 무엇을 다시 보는 것 같은 느낌이 들었다. 그것은 경이의 느낌이었다. 그는 자기가 이 사나이가 되고 싶었다.

상대방은 경작이니 가축이니 비료니 하는 이야기를 계속 지껄이면서 어떤 암시가 끼어들 수도 있는 틈을 그저 그런 이야기들로 틀어막으려 했다. 샤를은 그의 말을 하나도 듣고 있지 않았다. 로돌프도 그것을 눈치채고서 그의 움직이는 표정 속에서 온갖 추억들이 스쳐 지나가는 모양을 살피고 있었다. 샤를의 얼굴은 점점 붉어지고 콧구멍은 벌름거리며 입술은 떨렸다. 심지어 어느 한순간 어두운 분노에 넘치는 표정으로 샤를이 로돌프를 노려보자 그도 공포에 사로잡힌 듯 입을 다물어 버리기도 했다. 그러나 곧 샤를의 얼굴에는 전과 마찬가지의 음울한 권태의 빛이 다시 나타났다.

"난 당신을 원망하지 않아요." 그가 말했다.

로돌프는 잠자코 있었다. 그러자 샤를은 두 손으로 머리를 싸쥐고 꺼져 드는 목소리로, 무한한 고통을 체념하는 어조로 다시 한번 말했다.

"그래요, 이젠 더 이상 당신을 원망하지 않아요!"

심지어 그는 태어나서 여지껏 한 번도 입에 담아 본 적이 없는, 단 한마디 엄청난 말을 덧붙이기까지 했다.

"이게 다 운명[114] 탓이지요!"

이 운명을 인도한 당사자인 로돌프에게는 그 같은 처지에

---

114) 이 표현과 관련하여 로돌프가 에마에게 남긴 마지막 편지 참조.(326쪽)

놓인 사내가 하는 말치고는 어지간히도 마음 좋게 들릴 뿐 아니라 우스꽝스럽기조차 했고 약간 비굴하게도 느껴졌다.

다음 날 샤를은 덩굴시렁 밑의 벤치에 가서 앉았다. 얽어맨 졸대들 틈 사이로 햇빛이 흘러 들어왔다. 포도 잎사귀들이 모래 위에 그림자를 그리고 있었다. 재스민 꽃이 향기를 뿜었다. 하늘은 푸르고, 만발한 백합꽃 주위에는 땅가뢰 떼가 붕붕대며 날고 있었다. 샤를은 슬픔에 잠긴 그의 심장을 부풀게 하는 그 몽롱한 사랑의 향기에 소년처럼 숨이 막혔다.

일곱 시에, 그날 오후 동안 줄곧 아버지의 모습을 보지 못했던 어린 베르트가 저녁 식사 때가 되었다며 그를 부르러 왔다.

그는 뒤로 젖힌 머리를 벽에 기대어 눈을 감고 입을 벌린 채 기다란 검은 머리카락 한 줌을 양손에 쥐고 있었다.

"아빠, 저녁 먹어야지!" 딸이 말했다.

그리고 아버지가 장난을 치는 줄 알고 그를 가만히 밀었다. 그는 땅바닥에 쓰러졌다. 그는 죽어 있었다.

서른여섯 시간 뒤에 약제사의 요청으로 카니베 씨가 달려왔다. 그를 해부해 보았지만 아무것도 발견되지 않았다.

모든 것을 다 팔고 나니까 십이 프랑 칠십오 상팀이 남아 어린 보바리 양이 할머니한테 가는 여비로 쓰였다. 노부인도 그해에 죽었다. 루오 노인은 중풍에 걸렸기 때문에 어떤 친척 아주머니가 아이를 맡았다. 그녀는 가난해서 생활비를 벌도록 베르트를 방직공장에 보내서 일을 시키고 있다.

보바리가 죽은 뒤 세 사람의 의사가 차례로 용빌에 와서 개업했지만 아무도 성공하지 못했다. 곧 오메 씨가 어찌나 그들을 들볶아 댔는지 남아날 수가 없었던 것이다. 그는 엄청나게 많은 단골을 가지고 있다. 당국은 그를 좋게 대우해 주고 있고 여론은 그를 옹호하고 있다.

그는 이제 막 레지옹 도뇌르 훈장을 받았다.

# '무(無)에 관한 책'의 스타일 탐구

『마담 보바리』가 책으로 나온 1857년은 프랑스 문학 사상 매우 의미 있는 시점이다. 사람들은 마치 하나의 시대가 가고 새로운 시대가 막을 여는 혁명을 기억하듯이 이 해를 '마담 보바리의 해'라고 말한다. 이 해는 하나의 상징이 되었으며 우리에게는 이 책의 출간이야말로 한 시대 전체를 상기시킨다. 같은 해에 보들레르(Charles Baudelaire)는 『악의 꽃』을 세상에 내놓았다. 어떤 의미에서 보면 소설과 시에서 각기 '현대'의 출발점이라고 할 수 있는 기념비적인 이 두 작품이 풍기 문란 죄로 제2제정(帝政)의 법정에 차례로 출두하게 된 것 또한 1857년이 함축하는 사건이다.

그러나 이 소설이 세상을 떠들썩하게 한 것이 법정의 소송 사건 때문이라고 생각하는 것은 잘못이다. 오히려 이 소설은 단행본으로 출간되기 이전에 잡지에 연재되어 이미 세상 사람들의 이목을 집중시켰기 때문에 소송 사건으로까지 문제가 확대되었다고 보아야 마땅할 것이다. 시골의 한 무명 작가 귀스타브 플로베르를 일약 문단의 문제 작가로 부각시킨 『마담 보바리』는 140여 년이 지난 오늘날에도 소설이라는 장르를 문제 삼는 자리에서는 반드시 인용되고 거론되는 작품이다.

"발자크 사후 10년간 소설 분야에서는 단 한 편의 걸작품밖에 생산되지 못했다", "1857년 『마담 보바리』의 출간은 소설사에서 가장 중요한 시점으로 표시된다", "플로베르는 사실주의자 집단과는 거리가 먼 예술가였지만 그의 이 소설은 그후에 오는 세대들에 의해서 사실주의 소설의 성서로 여겨졌다", "이 작품이야말로 현대 소설의 수많은 가능성이 교차하는 지점이다" 등등 후세의 문학사가나 비평가 들의 표현은 각양각색이지만 그 어느 누구도 이 작품의 예외적인 중요성에 대해서는 이의가 없다.


## 1 스토리

그러면 그 유명한 『마담 보바리』는 어떤 소설인가? 그 내용을 알아보는 방법은 물론 작품을 직접 읽어 보는 일이다. 그 내용은 대충 다음과 같이 요약해 볼 수 있을 것이다.

샤를 보바리는 루앙 근처의 작은 마을 용빌에서 개업하고 있던 시골 의사다. 그는 자기보다 나이가 더 많고 돈푼이나 있어 보이는 과부와 결혼했다가 첫 부인이 죽게 되자 에마 루오라는 처녀와 재혼한다. 에마는 농가의 딸로 루앙에 있는 기숙학교에서 얼마간 교육을 받은 여자이다. 결혼에 대한 지극히 낭만적인 공상으로 머릿속이 가득 차 있던 이 여자는 막상 결혼하고 나자 남편이 매우 몰취미한 바보라고 느끼기 시작해 점점 더 현실 생활에 대한 권태가 심해지고 보다 더 꿈같은 다른 삶을 갈구하게 된다. 이러한 사정을 전혀 눈치채지 못한 남편은 아내를 귀중히 여기고 사랑할 뿐이다. 따분한 남편과 권태로운 시골 생활 속에 갇힌 에마는 차례로 다른 남자들의 정부가 된다. 생활은 무질서해지고 가산은 탕진된다. 엄청난 빚을 지고 빚쟁이들에게 시달리며 몸을 바쳤던 정부들에게 버림받은 에마는 절망에 빠진 나머지 음독 자살한다. 샤를은 아내가 남기고 간 딸과 함께 최선을 다해서 살아 보려고 노력한다. 그러나 이 가련한 남자는 아내의 빚을 갚으려고 노력했으나 파산 지경에 이르고 남들에게 손가락질을 받게 되니 이번에는 그 역시 삶에 절망한 나머지 아내의 곁으로 간다.

이것이 이 소설의 '대강 줄거리'이다. 현대 소설의 모체요, 문학사와 문학 비평이 빠짐없이 인용하는 걸작치고는 그 줄거리가 너무나 평범한 간통 소설에 그치지 않는가? 그런데 줄거리가 그토록 평범하다는 사실 자체가 우리를 문제의 핵심으로 인도해 주고 있다.

문제의 핵심이란 이 소설이 탄생하기까지의 방대한 창조의 드라마와 그 드라마 속에서 끊임없이 제기되는 질문, 즉 내용과 형식 혹은 주제와 '스타일'이라는 문제를 포함하는 것이다.

우리가 앞에서 요약한 '대강 줄거리'라는 것은 물론 소설 『마담 보바리』의 줄거리이기도 하겠지만 소설 이전에 일어났던 어떤 실화를 주인공들의 이름만 바꾸어서 옮겨 본 것에 지나지 않는다. 소년 시절부터 끊임없이 여러 가지 소설의 습작에 골몰해 온 플로베르는 1849년에 드디어 장편 소설 『성 앙투안의 유혹』의 첫 원고를 탈고하여 그의 절친한 문우인 뒤 캉(Du Camp)과 부이예(L. Bouilhet)에게 읽어 주고 소견을 물었다. 그 대답은 가혹했다. "원고를 불에 태우고 다시는 입 밖에도 내지 말라!"였다. 친구 뒤 캉은 작가의 낭만적인 정서가 무절제하게 토로된 그 실패작 대신 보다 현실적이며 평범하고 부르주아적인 주제를 다루어 보라고 권했다. 그러나 부이예는 '들로네 사건' 이야기를 해 주며 그 사건을 소재로 써 보라고 제의했고, 자신의 실패에 낙심한 플로베르는 그 제안을 받아들였다. 1882년에 뒤 캉이 발표한 『문학적 회고록(Souvenirs Littéraires)』이 전하는 자초지종은 그러한 내용이다. 여기서 주목할 것은 『마담 보바리』에 쓰인 이야기의 내용이 실제로 있었던 '들로네 사건'(그러나 사실은 뒤 캉이 그의 회고록에서 실화의 주인공 들라마르의 이름을 이처럼 가명으로 바꾸어 놓았다.)과 일치한다는 사실만이 아니라 그 주제가 남들로부터 작가에게 주어진 하나의 벌과(罰科)였다는 사실이다.

실패작 뒤에 벌과를 받아 놓고 1851년 9월에야 작업에 착수한 플로베르는 초장부터 자신의 기질과는 판이한 그 주제를 작품으로 구성하는 데 따르는 고통, 이제는 유명해진 저 '스타일을 만들어 내는 단말마적 고통'을 끊임없이 호소하기 시작한다.

"이 빌어먹을 보바리 때문에 나는 괴롭다 못해 죽을 지경이다…… 나는 지겹고 절망적이다…… 기진맥진한 상태다…… 보바리가 나를 때려눕힌다…… 태산을 굴리는 듯 지겹다…… 정말이지 보바리는 따분해서 견딜 수가 없다." 이 대목은 1852년 6월에 쓴 편지에서 인용한 것으로 작가의 신음 소리는 수년에 걸친 집필 기간 동안 그칠 줄을 모른다.

## 2 '시나리오'와 초고(草稿)

오늘날 우리가 인쇄된 책으로 읽는 『마담 보바리』가 고통스럽게 태어나는 과정은 그 자체가 하나의 엄청난 드라마이다. 플로베르라는 작가와 그의 손에서 탄생하는 '스타일'이 그 주인공인 이 드라마에 관해서는 오늘날까지 남아 있는 방대한 양의 편지들과 초고들이 소상하게 증언하고 있다.

우선 플로베르가 그의 여자 친구 루이즈 콜레(Louise Colet)에게 보낸 수많은 편지들은 이 소설의 창작 과정을 말해 준다. 1851년 9월 26일에 시작된 소설은 진전이 매우 느리다. 1년이 지난 1852년 10월에 플로베르는 겨우 샤를과 에마가 용빌에 도착하는 주막집 장면에 이르고 있다. 소설의 1부, 그러니까 일종의 서론을 쓰는 데 1년이 꼬박 걸린 것이다. 1853년 7월에야 소설 속에서 '행동'이 시작된다. 즉 에마의 정부가 될 로돌프가 등장하는 것이다. 그러나 실제적인 행동에 들어가기 전에 우선 저 유명한 농사 공진회 장면을 묘사해야 한다. 플로베르가 그렇게도 자랑스러워하는 그 장면은 전력투구의 6개월을 바치고 난 1853년 12월에야 완성된다. 작가가 소설을 쓰기 시작한 지 2년이 넘어서야 로돌프는 에마에게 적극적인 공세를 취하게 된 것이다. 그러나 지금까지는 작가의 작업 속도가 비교적 빨랐던 편이다. 1854년 5월이 되어서도 플로베르는 아직 이폴리트의 다리 수술 장면에 머물고 있다. 1854년 8월에 돌연 루이즈 콜레에게 보내는 편지가 중단되었으므로 그 뒤의 작업 과정은 덜 분명하다. 다만 확실한 점은 1855년 5월에 작가는 로돌프와 에마의 관계가 끝나는 2부를 완성했다는 사실이다. 3부의 집필은 더욱 느리다. 1855년 10월에야 에마는 빚을 갚기 위해 로돌프에게 마지막으로 도움을 호소했다가 거절당한다. 여주인공이 자살하기 직전 장면이다. 플로베르가 드디어 소설을 완결하여 르뷔 드 파리에 넘겨 연재를 시작한 것은 1856년 4월이다. 그러니까 『마담 보바리』의 집필은 무려 4년 반이라는 긴 세월 동안의 집요하고 계속적인 노력에 의해 이루어진 것이다.

한편 오늘날 루앙의 시립 도서관에 소장되어 있는 『마담 보바리』의 초안과 초고에 대해서는 르네 뒤메닐(René Dumesnil)의 설명을 듣기로 하자.

『마담 보바리』의 초고는 1,788매나 된다. 여기에 또 42매나 되는 시나리오(초안)들 및 최종적으로 완결한 490장의 소설 원고를 보태어 계산해야 된다.

각각의 종이들은 앞뒤가 깨알 같은 글자들로 뒤덮여 있다. 뒷면에는 그저 생각이 머리에 떠오르는 대로, 형태도 제대로 갖추지 않은 채, 심지어는 문장으로 구성되지도 않은 상태로, 중요한 낱말들만을 적어 놓았다. 반대편 앞면에서는 처음 떠오른 재료를 하나하나 꼼꼼하게 꺼내어 가지고 잘게 빻아 꼭 알맞은 단어들을 모자이크처럼 한데 붙이고 자개를 빻아 넣듯이 정성스럽게 모양을 만든다. 한 가지 생각을 표현하는 데 동원될 가능성이 있는 단어들이란 하나뿐이 아니므로 그중에서도 가장 정확한 말을 찾는다는 것 자체가 쉬운 일이 아니다. 그런데 이번에는 그 단어들을 수와 음적 조화의 규칙에 따라 배열하고 각 문장에 부여해야 할 리듬에 따라 한데 결합시켜야 한다. 바로 이 같은 작업 과정을 추적해 보면서 우리는 예술이 얼마나 기나긴 희생의 대가로 얻어지는지를 이해하게 된다. 보충 삽입한 부분과 원고에 풀로 붙여 추가한 교정지도 수없이 많다. 그러나 여러 문장들과 문단들을 마치 그것들을 또다시 재검토하고 싶은 유혹마저 지워 버리겠다는 듯 굵직한 선으로 한 줄 한 줄 그어 지우고 빗금을 그어서 다시 삭제한 대목들은 더욱 많다. 초인적인 의지와 집요함을 증언하는 예외적인 원고들이다. 농사 공진회의 연설 장면 같은 대목은 무려 일곱 번이나 처음부터 끝까지 다시 썼다.

초안 구실을 하는 시나리오들은 극단적으로 소상하게 계획되어 있다. 그것을 보면 그때그때의 기분에 따라 우연히 머릿속에 떠오르는 생각이 끼어들 여지란 전혀 없다는 것을 알 수 있다. 최초의 시나리오들은 후에 발전시키고 수정한 대목을 여백에 적어 넣은 노트 등으로 뒤덮여서 거의 알아볼 수가 없는 상태다. 그 종이들을 자세히 검토해 보면 작가가 작업하는 현장을 들여다보는 듯 창조의 방법을 이해할 수 있다.

플로베르야말로 글 쓴다는 작업과 그 고뇌의 상징이다. 어느 작가도 미묘하고 적절한 스타일의 맛을 산출하기 위해 이토록 오랫동안 고통을 겪은 일은 없다. 그야말로 문학의 그리스도라 하겠다. 그는 20여 년 동안 단어와 투쟁했고 문장 앞에서 단말마의 고통을 겪었다. 그는 펜을 손에 든 채 벼락 맞은 듯 쓰러졌다. 글쓰기는 그의 십자가였다. 그의 경우는 가히 전설적 혹은 신화적이라 할 만하다.

## 3 스타일

실제로 일어난 사건을 소재로 해 그 줄거리에는 별로 수정을 가하지도 않은 채 한 권의 소설을 쓰면서 이렇게 오랫동안 악전고투했다는 사실은 무엇을 의미할까? 플로베르에게 지극히 소부르주아적인 주제 자체는 그것을 구체적 작품으로 형상화하는 글쓰기 작업, 즉 스타일의 창조에 비한다면 전혀 중요한 것이 못 된다. 즉 『마담 보바리』라는 소설을 앞에서 말한 바와 같은 '대강 줄거리'로 요약해 본다는 것은 그 소설의 이해에 큰 보탬이 되지 못한다는 말이다. 여기서 우리는 '소설이란 무엇인가?'라는 매우 근본적인 질문으로 인도된다. 플로베르의 경우 이 질문은 '스타일이란 무엇인가?' 혹은 '형식과 내용은 어떻게 다른가?'라는 지극히 현대적인 그러나 이미 오랜 숙제로 남아 있는 질문으로 대치될 수 있을 것이다.

부이예가 소개한 들라마르의 실화를 출발점으로 삼았다 하더라도 플로베르는 그것을 오늘날 우리가 읽는 『마담 보바리』가 아니라 갖가지 우여곡절들로 가득 찬 연애 소설로 만들어 놓을 수도 있었을 것이다. 그러므로 중요한 것은 실제로 있는 그대로의 현실이 아니라 그 현실을 변모시키는 일종의 연금술, 즉 '스타일'인 것이다.

『마담 보바리』를 집필하는 중에 플로베르가 루이즈 콜레에게 보낸 다음과 같은 내용의 편지는 현대 소설사에서 자주 인용되는 명언이다.

　내가 볼 때 아름답다고 여겨지는 것은 내가 실천에 옮겨 보고 싶은 바로 무(無)에 관한 한 권의 책, 외부 세계와의 접착점이 없는 한 권의 책이다. 마치 이 지구가 아무것에도 떠받쳐지지 않고도 공중에 떠 있듯이 오직 스타일의 내적인 힘만으로 저 혼자 지탱되는 한 권의 책, 거의 아무런 주제도 없는, 아니 적어도 주제가 거의 눈에 띄지 않는(그런 것이 가능하다면 말이다.) 한 권의 책 말이다. 가장 아름다운 작품들은 최소한의 소재만으로 된 작품들이다. 표현이 생각에 가까워지면 가까워질수록 어휘는 더욱 생각에 밀착되어 자취를 감추게 되고 그리하여 더욱 아름다워지는 것이다.

'무에 관한 책'이란, 수많은 격동적 사건들, 돌연한 사태의 전환, 놀라움 등 흔히 우리가 소설을 읽을 때 느끼는 '재미'의 초점이 다른 차원으로 이동되어 사건들이나 그 연쇄 같은 것은 거의 무시해도 좋을 정도의 부차적인 선으로 물러나 있는 책을 의미한다. "문학에서 예술적으로 훌륭한 주제가 따로 있는 것은 아니다. 보잘것없는 시골 마을인 이브토를 그리건 유명한 대도시 콘스탄티노플을 그리건 결국은 마찬가지다."라고 한 플로베르의 말은 결국 무엇을 그리느냐보다는 어떻게 그리느냐가 더 중요하다는 뜻이다. 그렇다고 오직 형식만 중요할 뿐이라든가, 스타일만 훌륭하면 그것이 우리의 현실을 전혀 지시하지 않는 것이어도 좋다는 의미는 아니다. 다만 스타일은 물질세계의 '질료' 자체를 지시하는 것이 아니라 사람의 '생각'을 지시해야 한다는 뜻이다. 작품은 스타일의 힘으로 지탱되어야 하지만 그 힘은 생각과 혼연일체가 됨으로써 생겨나는 '내면적' 힘이다.

과연 이 소설에도 몇 가지 사건들이 없지 않다. 결혼, 이사, 첫 번째 정부 그리고 두 번째 정부, 끝으로 자살. 이것이 에마라는 여자의 일생이다. 그러나 이것은 그저 에마라는 한 개인의 전기(傳記)에 지나지 않는다. 또한 사건들의 과정은 인간의 보편적인 전기의 차원으로 승격하지 못한다. 그러나 그런 사건적인 차원으로부터 보다 내밀한 의식의 차원으로 초점을 옮겨 놓고 소설을 읽어 보면 에마의 권태, 사랑, 절망, 죽음이라는 보편적 삶의 비전이 눈에 들어온다. 사건과 일화들은 기껏해야 내면의 심리적 도식을 떠받들어 주는 구체적인 버팀대

구실을 하도록 소설이 구상되어 있음을 알 수 있다.

이처럼 이야기, 스토리, 사건들의 짜임새, 소설 속에서 일어나는 사건들, 간단히 말해서 주제라는 것을 뒷전으로 밀어 놓고 보면 최종적으로 문제가 되는 것은 결국 '스타일'이다. 장루세(Jean Rousset)는 "플로베르야말로 현대 소설에 나타난 최초의 비구상파(非具象派)다."라고 적절히 지적했다. 플로베르는 근 한 세기 동안 계속되어 온 주제에 대한 선전 포고라는 맥락에서 이해되어야 한다. 별로 할 이야기가 없는 사람들의 전기는 바로 현대 소설의 스타일이 태어나는 온상이 되었다.

스타일이란 형태를 통해서 생각을 표현하는 방식이다. 플로베르에게는 그 표현 방식이 우선한다. "스타일은 그 자체만으로도 사물들을 바라보는 절대적인 방식이다."라고 작가는 말한다. 스타일은 단순히 어떤 내용을 보다 아름답게, 혹은 보다 정확하게 표현하는 수단이 아니라 그 자체가 하나의 인식 방법이라는 뜻이 된다. 소설을 쓰는 기법 뒤에는 항상 소설가의 형이상학이 전제되어 있다고 한 사르트르(J. P. Sartre)의 말을 상기하지 않는다 하더라도 플로베르의 경우 '스타일을 낳기 위한 저 단말마적인 고통'은 바로 다분히 플라톤적인 작가의 소설 이론으로 설명될 수 있을 것이다.

"형식이 결여되어 있으면 생각도 없는 법이다. 형식과 내용 중 하나를 탐구한다는 것은 곧 다른 하나를 탐구하는 것이다. 질료와 색채를 따로 떼어서 생각할 수 없듯이 그 두 가지는 서로 떼어서 생각할 수 없는 것이다. 그렇기 때문에 기법이 곧 진리다."라고 플로베르는 말한다. 그러니까 이 작가가 품고 있는 소설 이론의 바탕은 내용과 형식의 일체성(一體性)이라고 볼 수 있다. 이 같은 생각이 플로베르만의 독창적인 발견은 아니겠지만 이 같은 이론을 극단적일 정도로 실천에 옮기려고 고심한 작가는 많지 않다. 참다운 생각이 있으면 반드시 거기에 상응하는 표현 형식이 있게 마련이다. 찾으려고 노력만 한다면 아주 적확하며 조화로운 단 하나만의 표현을 찾아낼 수 있다고 그는 생각한다. 생각과 형식의 일치는 소설 전체의 구도부터 가장 직접적이고 표면적인 작은 단위에 이르기까지 골고루 적용된다. "생각이 아름다우면 아름다울수록 문장이 갖는 소리는 맑게 울린다."라고 그는 말한다. 적확한 단어나 문장은 동시에 음악적인 단어요, 문장인 것이다.

어떤 대목에서 관계대명사 'que'를 써야 옳은지 아니면 'qui'를 써야 옳은지를 따져 보고 소리의 조화가 깨어지는 부분은 없는지 검토해 '약사(pharmacien)'라고 쓸지 아니면 같은 뜻이지만 음의 길이와 어감이 다른 '약제사(apothicaire)'라고 쓰는 것이 더 효과적인지를 궁리하면서, 여러 시간을 고치고 또 고치고, 문장을 갈고닦는 플로베르의 고통스러운 노력은 바로 이 같은 이론으로 설명된다. 써 놓은 글을 큰 소리로 읽으면서 리듬의 효과를 점검했던 그의 특이한 방식 또한 '스타일'을 추구하는 노력의 일환이었다.

그러나 더 큰 문제는 실제로 글로 써 보기 전에 이미 표현해야 할 생각을 갖고 있는 경우란 매우 드물다는 데 있다. 아직 존재하지 않는 생각에 정확히 들어맞는 표현을 찾아내야한다는 점이야말로 플로베르가 마주치게 되는 최대의 난점이라고 하겠다. 그러나 많은 경우 플로베르는 표현을 찾기 이전에 어떤 생각이 있다고 믿었던 것 같다. 가령 '생각을 실감 나게 표현할' 능력이 없음을 자책할 때가 그렇다. 그러나 표현 이전에 이미 어떤 생각을 갖고 있다 해도 그것은 매우 모호하며 뒤죽박죽이며 '무어라고 형언하기 어려운' 생각이므로 문제의 해결은 결코 쉽지 않다. 지난 고전주의 시대에는 현실이 판독 가능한 대상이었다. 그러나 플로베르가 살고 있던 시대에 와서는 자연도 현실도 이미 정돈된 질서가 아니었고 그 안정감을 상실한 상태였으므로 '생각'은 자연히 모호하고 뒤죽박죽일 수밖에 없었다고 설명하는 이도 있다. 『마담 보바리』에 나타나 있는 것은 '허물어져 가고 있는 현실'의 모습이다. "우리의 언어는 윤곽이 분명하고 정확한 데 비해 우리의 생각은 모호하고 엉클어져 있으며 포착하기 어려운 것이고 보니 작품의 조형(造形) 그 자체가 점점 더 불가능해진다."라고 플로베르는 술회한다.


## 4 시점(視點)과 작품의 구도

아름다운 스타일이란 리듬이 살아 있고 군더더기가 없이 정확하며 소리가 듣기 좋은 것이어야 한다. 말을 바꾸어 보면, 아름다운 스타일은 글을 매끄럽고도 단단하게 만든다. 그런데 글에는 동시에 풍요로운 생각이 간직되어 있어야 한다. 그 풍요로움을 간직하려고 노력하다 보면 글의 단단함이 저해될 가능성이 있다. 대리석처럼 매끄럽고 티 없는 표면에 풍부한 깊이를 간직하려는 그 이율배반적인 욕구로부터 고통스럽게 태어난 것이 바로 '속은 뜨겁고 겉은 찬란한' 플로베르의 스타일이다. 이 소설에서는 한편으로는 엄격하고 비개인적인 표현의 완벽함, 다른 한편으로는 섬세하고도 깊이 있는 심리 분석이 혼연일체를 이루고 있다. 이 소설은 숱하게 많은 것들로 가득 차 있으면서도 독자에게는 비교적 단조롭다는 인상을 준다. 플로베르는 '숱한 것들로 가득 차 있되 그 숱한 것들을 알아차리지 못하도록' 하기 위해 묘사라는 방법에 역점을 두고 있다. 흔히들 말하는 플로베르의 객관성이나 사실주의라는 것은 그의 특유한 묘사의 수법에서 얻어진 효과인 것이다. 묘사란 어떤 대상을 보고 그것을 그려 보이는 일이다. 그러나 대상이란 그것을 누구의 입장에서 보느냐에 따라 달라질 수 있다. 그 입장이라는 것을 소설론에서는 흔히 바라보는 각도, 즉 '시점'이라고 부른다. 그러면 묘사의 방법, 시점 등을 염두에 두고 이 소설이 어떤 방식으로 기술되어 있으며 결과적으로 어떤 효과를 거두게 되는지를 살펴보자.

## 1) '우리'──샤를

"우리가 자습실에서 공부하고 있으려니까 교장 선생님이 어떤 평복 차림의 신입생과 큰 책상을 든 사환을 데리고 들어왔다." 소설은 이렇게 시작된다. 여기서 말하는 신입생은 장차 에마의 남편이 될 샤를 보바리다. 그러니까 『마담 보바리』에 가장 먼저 등장하는 인물은 주인공인 마담 보바리 자신이 아니라 열대여섯 살 때의 샤를 보바리이다. 아니, 그 이전에 루앙의 중학교에서 그와 동급생이 될 '우리'가 먼저 등장하는 셈이지만 '우리'는 샤를의 입장을 지켜보는 시선의 역할에 그칠 뿐이다. '그의 부모가 3학년 말에 가서 그가 독학으로 대학 입학 자격까지 얻을 수 있으리라 믿고 의학 공부를 시키기 위해 중학교를 그만두게' 하면서부터 동급생인 '우리'는 곧 자취를 감추기 때문이다. 그러니까 '우리'의 역할은 샤를을 독자에게 소개하는 것에 국한된다.

이제부터 독자는 샤를을 주목하게 된다. 그러나 샤를의 경우에도 이 소설의 주역을 담당하게 될 에마를 소개하는 역할이 그의 주된 임무라는 것을 우리는 곧 알 수 있게 된다. 교실 안으로 들어선 그의 생김새, 어색한 거동 그리고 다시 과거로 돌아가서 그의 아버지, 어머니의 이력, 성장 과정, 중학교 이후의 학습, 의과대학 시절, 의사 면허 시험 합격, 연상의 과부와의 결혼 등이 비교적 소상하게 소개되지만(1부 1장) 이 인물은 대부분 밖으로부터 관찰된 객체로서 그려질 뿐이다. 독자가 이 어색한 로봇과도 같은 인물의 내면을 들여다볼 수 있는 기회는 극히 드물고 그가 주체적 인물로 탈바꿈한다 해도 독자가 눈치채기 힘들 만큼 잠깐 동안뿐이다.

맑게 갠 여름날 저녁 (……) 그는 창문을 열어 놓고 창턱에 팔꿈치를 괴었다. (……) 시냇물은 루앙 시내의 이 동네를 더러운 작은 베네치아 같은 분위기로 만들어 놓으며 그의 눈 아래에서 노랑, 보라 혹은 청색의 빛을 띠면서 여러 개의 다리와 철책들 사이로 흘러가고 있었다. (……) 수많은 지붕들 저 너머 마주 보이는 곳에는 맑게 갠 하늘이 커다랗게 펼쳐져 있고 붉게 물든 저녁 해가 기울고 있었다. 저쪽은 얼마나 상쾌할까! 너도밤나무 아래는 얼마나 서늘할까!(1부 1장)

느낌표로 마무리된 마지막 두 문장은 샤를의 말을 제삼자가 소개하는 간접 화법도 아니고 말의 내용을 그대로 옮겨 놓은 직접 화법도 아닌 이른바 '자유 간접 화법'으로 표현되어 있다. 이것은 객관적, 외적 관찰의 대상이 슬며시 내면적 관찰의 대상으로 바뀌는 것을 의미한다. 샤를과 독자의 내적 친화는 이처럼 지극히 은밀한 방식으로 삽입되어 있어서 세심한 주의를 기울이는 독자가 아니면 눈치채기 어렵다. 그러나 곧 객관적 서술이 뒤따른다.

1부 2장에 오면 새벽녘에 샤를이 베르토라는 농가로 왕진을 가게 된다. 샤를이 말을 타고 가면서 '아직 따뜻한 잠의 여파 속에 꾸벅꾸벅 조는' 기회에 독자는 다시 한번 샤를의 이중적 지각을 넘겨다볼 수 있게 된다.

그러고는 다시 정신이 혼미해지면서 저절로 졸음이 밀려들어 곧 일종의 반수 상태에 빠져들었고 방금 느꼈던 감각들이 옛날의 추억들과 뒤범벅이 되는 바람에 자신이 학생인 동시에 결혼한 어른이고, 조금 전처럼 침대에 누워 있는가 하면 동시에 옛날처럼 어느 수술실을 건너질러 가고 있는, 이중의 존재로 보

이는 것이었다.(1부 2장)

이렇게 하여 샤를이 내면적인 의식을 가진 독립적 주체로 승격하려 하자 곧 농가가 나타난다. 샤를은 즉시 대상을 바라보는 시선 그 자체로 환원된다. 독자는 그의 눈을 통해서 농가의 모습을 바라본다. 농가의 현관에 이르자 그의 시계(視界) 속으로 "세 폭의 밑자락 장식이 달린 푸른색 메리노 모직 옷 차림의 한 젊은 여자"가 등장한다. 그 여자가 에마 루오 양이다.

샤를은 왕진 온 의사이므로 그의 관찰 대상은 물론 에마가 아니라 골절상을 입은 그녀의 아버지 루오 영감이다. 그러므로 그의 눈에 들어온 여자는 현관에서 잠시 동안 본 "푸른색 메리노 모직옷" 정도로 요약된다. 그런데 환자의 치료를 돕기 위해 에마가 '조그만 쿠션'을 만들다가 바늘에 손가락을 찔리자 의사는 자연스럽게 그쪽을 바라보게 되고 그의 시계(視界) 속에 들어오는 그녀의 '손톱'이 '희다는' 데 놀란다. 놀라움은 관심과 관찰의 밀도를 증가시킨다. 이제 그 여자의 손, 두 눈, 눈초리, 포동포동한 입술, 머리털, 샤를로서는 '생전 처음 보는' 쪽 찐 머리, 뺨 등이 차례로 조명된다. 이렇게 하여 독자의 시선은 샤를의 시선에 실려서 차츰 에마에게로 옮아간다.

## 2) 에마의 등장

샤를과 마찬가지로 에마 역시 처음에는 밖으로부터 관찰된 객체로 등장한다. 독자는 샤를이 보는 바에 따라 에마를 볼 수 있을 뿐이다. 다만 샤를은 시골에서 온 신입생으로서 도시 중학생들의 조롱하는 눈초리 속에 등장하는 반면 에마는 경이에 찬 샤를의 시선 속에 눈부신 처녀의 자태로 나타난다는 점이 다를 뿐이다. 앞에서 예를 들어 보인 바와 같이 지극히 짧은 한순간 샤를이 그의 내면적인 비전을 드러내는 경우도 있지만 대부분의 경우 이 시골 의사는 에마라는 인물을 밖으로부터 비춰 주는 조명등 구실을 하고 있다. 독자는 그 조명등을 앞세워 에마의 모습을 조금씩 조금씩 발견해 간다. 두 사람이 에마의 방으로 올라가서 대화를 주고받고, 낡은 음악 공책과 떡갈나무 잎으로 만든 작은 관을 구경하는 동안 독자는 에마의 지난 시절을 약간씩 엿보게 되지만 여전히 그 여자는 밖으로부터 관찰된 객체에 머물 뿐이다. 심지어 에마가 장차 자기의 일생을 좌우하게 될 결혼의 결단을 내릴 때조차 플로베르는 우리에게 그 여자의 마음속을 열어 보이지 않는다. 그녀가 아버지와 어떤 대화를 주고받았는지, 그의 속마음은 어떤 것이었는지, 결혼 문제를 앞두고 그녀가 어떤 대답을 했는지 우리는 전혀 알지 못한다. 우리에게 에마의 모습을 비춰 줄 유일한 안내자 샤를이 농가에서 먼 발치로 떨어져 있는 울타리 뒤에서 차양이 벽 위로 높이 쳐들려 올려지는 신호를 초조하게 기다리고만 있기 때문이다. 그 원거리 신호를 통해서 샤를은, 따라서 독자는 다만 청혼이 받아들여졌다는 사실을 알게 될 뿐이다. 그가 농가 안으로 들어갔을 때 "에마는 태연한 체 약간 웃음을 웃어 보이려고 애를 쓰면서도 얼굴을 붉"혔다는 정도로 독자는 저간의 사정을 간접적으로 짐작할 수 있다.

그 같은 겉모습 뒤에 감추어져 있는 에마의 내면 심리, 그 여자의 실제 됨됨이에 대해서 독자 쪽에서는 머지않아 자세히 알게 되겠지만 오히려 남편인 샤를은 끝내 아무것도 알지 못한 채 죽음과 함께 퇴장할 것이다. 독자는 전지전능한 시선의 위력을 갖춘 작가의 안내를 받을 수 있지만 샤를은 에마의 존재 밖에 소외되어 있는 제한된 조건의 시선일 뿐이기 때문이다.

결혼식이 끝나면 1부의 5장이 시작되고 보바리 부부는 토트라는 마을에 정착한다. 그와 함께 조명등의 광원(光源)이 샤를에서 에마로 옮겨 간다. 이제부터 독자에게 토트의 신혼집을 안내하는 것은 에마의 시선이다. 지금까지 남의 시선을 통해 관찰당하는 객체였던 에마가 주체로 탈바꿈한다. "에마는 이 층 방으로 올라갔다. 첫째 방에는 가구가 아무것도 없었다."

이렇게 하여 최초로 등장한 '우리'의 시선 속으로 샤를이 나타나고 다시 샤를의 시선 속으로 에마가 나타났다가 마침내 에마의 시선이 독자들에게 샤를을 포함한 외계의 모습을 조명해 준다. 이 모든 시점의 이동은 지극히 점진적으로 부지불식간에 이루어진다. 또 차례로 시점의 역할을 맡는 각 인물들 역시 점진적으로 더욱 깊은 내면을 드러내 보인다. '우리'의 내면 심리는 전혀 들여다볼 수 없게 되어 있는 반면 샤를에 대해서는 그보다 좀 더 자세히, 그러나 매우 은폐된 방식으로 알 수 있고, 에마의 경우로 옮아오면 그녀는 단순히 시선의 기능으로 그치지 않고 소설의 중심부로 떠오른다. 그 결과 그녀의 행동, 내면적인 권태, 혐오, 몽상 따위가 소상히(지나칠 정도로 소상히) 밝혀진다. 소설은 이처럼 '밖'으로부터 '안'으로, '표면'으로부터 '심장부'로, 무심한 관찰로부터 공감 어린 이해로 점점 침투하는 시선의 운동에 따라 배열되어 있다.

### 3) 시점의 교차

에마가 이 소설의 참다운 주인공으로 부상하는 대목, 그러니까 샤를의 시선이 에마의 시선으로 교체되는 대목을 자세히 읽어 보면 지극히 흥미롭다.

처음 며칠 동안 그녀는 집 안을 어떻게 바꿀 것인가에 대한 궁리로 마음이 바빴다. (……) 그래서 그는 행복했고 아무런 걱정이 없었다. (……) 아침에 잠자리에서 그는 베개를 베고 나란히 누워 보닛 모자의 타원형 귀덮개에 반쯤 가린 그녀의 금빛 뺨 위에 솜털 사이로 햇살이 비쳐 드는 것을 바라보고 있었다. 그렇게 가까이서 보니까 그녀의 두 눈이 더 커 보였다. 특히 잠에서 깨면서 몇 번씩이나 눈을 깜박일 때가 그랬다. 그늘진 부분은 까맣고 햇빛을 받은 부분은 푸른색인 그 눈은 연속적으로 겹쳐진 여러 층의 색깔들로 이루어진 것 같았는데 밑바탕은 짙은 색이고 에나멜처럼 반드러운 표면으로 올라올수록 색이 옅어졌다. 샤를 자신의 눈은 그 깊은 심연 속으로 온통 빨려들어서, 그는 머리에 쓴 수건과 앞가슴을 풀어헤친 셔츠의 윗부분과 더불어 양 어깨에까지 자신의 모습이 축소되어 그 속에 비친 것을 볼 수 있었다. 그러면 그는 자리에서 일어났다. 그녀는 그가 떠나는 것을 보려고 창가에 나와 서는 것이었다. 그러고는 헐렁한 실내복 그대로 창턱에 놓인 두 개의 제라늄 화분 사이에 팔꿈치를 괴고 서 있었다. 샤를은 길에 나와서 표지석 위에 발을 올려놓고 박차 끈을 조여 맸다. (……) 샤를은 말에 올라 그녀에게 키스를 보냈다. 그녀는 손짓으로 거기에 답하고 나서 창문을 닫았고 샤를은 떠났다.(1부 5장)

샤를이 이 소설에서 에마를 가장 '가까이서' 바라보는 대목이다. 흔히들 눈은 마음의 거울이라고 한다. 그러나 샤를은 가장 내밀한 거리, 즉 같은 잠자리에서 자기 아내의 눈을 유심히 관찰하지만 마음은 읽어 내지 못하고 만다. 그가 그 소상한 관찰을 통해서 발견한 것은 뺨 위로 지나가는 '햇살', '큰' 눈, 그늘에서는 '까맣고' 햇빛을 받으면 '푸른색인' 눈빛, '연속적으로 겹쳐진 여러 층의 색깔들'뿐이다. 이것은 물리적인 관찰일 뿐 심리적인 관찰이 아니다. 이것은 확인이지 발견이 아니다. 아니, 그뿐만이 아니다. 타인에 대한 물리적 확인에 이어서 자아 상실 현상까지 나타난다. 샤를 자신의 눈은 그녀의 눈의 깊은 심연 속으로 '온통 빨려 들어' 버린다. 샤를의 눈이 심연 속으로 사라지자 이번에는 그의 존재 자체가 축소되어 그 심연 속에 나타난다. 샤를의 시선이 지닌 한계는 에마이다. 그가 에마의 눈 속으로 빨려 드는 동시에 그의 지능과 중요성도 축소, 소멸된다. 이렇게 자기의 존재를 상실한 채 에마에게 시점을 넘겨준 샤를은 에마가 독약을 먹고 '눈을 감은' 뒤에야 비로소 독자적인 존재로서 눈을 뜰 수 있게 될 것이다. 그때는 그러나 너무 늦으리라. 그가 다시 눈을 뜨고 바라보는 현실은 너무나 참담한 것이어서 그를 곧바로 죽음으로 인도할 뿐일 것이다.

그러나 샤를은 이 마지막의 세밀한 관찰을 통해서 자신도 모르게 에마의 사람됨을, 그리고 그와 에마 사이의 관계를 예언한 셈이다. 과연 이제부터 에마는 '연속적으로 겹쳐진 여러 층의 색깔들'을 지닌 인물로 독자에게 나타나 보일 것이다. 그 여자는 포착하기 어려운 색깔로 끊임없이 변하는 모습을 보여 줄 것이다. 몸은 따분한 시골에 묻혀 있되 마음은 멀고 화려한 도시로 떠나고 있고, 신분은 아내이되 다른 남자의 정부가 될 것이다. 또 샤를의 눈에는 에마가 조명의 광도에 따라 때로는 어둡게, 때로는 푸르게 보일 것이다. 우리는 앞에서 잠시 창문가에 턱을 괴고 먼 곳을 응시하는 샤를을 보았다. 이번에는 에마가 창가에서 '외출하는' 샤를을 바라본다. 창가에서 내려다보는 에마와 말을 타고 떠나는 샤를 사이의 '거리'는 끝내 좁혀지지 못하고 말 것이다. 두 사람 사이의 대화는 항상 그 거리를 사이에 두고 건네는 '손짓'의 인사에 그칠 뿐이다. 그리고 두 사람 사이에는 언제나 투명하되 마음의 소통을 차단하는 창문이 닫혀 있을 것이다. 이렇게 하여 동일한 문단 속에서 아내의 눈을 바라보는 '샤를의 시선'이 창가에서 남편을 바라보는 '에마의 시선'으로 슬며시 교체되었다.

### 4) 소설의 출구: 샤를, 오메

그러면 에마가 참다운 주인공으로 다루어지는 기나긴 중

심부를 건너뛰어서 이 소설이 어떻게 끝맺어지는지를 여전히 시점의 차원에서 검토해 보자. 소설의 입구와는 반대로 소설의 출구는 시점이 내면으로부터 외곽으로 나오는 대칭적 배열을 보여 주고 있다. 앞에서도 지적했듯이 샤를이 눈을 '뜨는' 것은 에마가 자살한 뒤인 3부 9장에 와서이다. 다시 말해서 에마에게 넘어갔던 시점은 에마가 눈을 감아 버린 시체의 모습으로 앞에 놓였을 때에야 비로소 샤를에게 환원되는 것이다.(3부 8장은 "그녀는 이미 이 세상 사람이 아니다."라는 짧은 문장으로 끝난다.)

샤를이 들어와 침대 쪽으로 다가가더니 천천히 커튼을 열었다.

에마는 오른편 어깨 쪽으로 고개를 기울이고 있었다. 벌어져 있는 입 한구석은 마치 얼굴 아래쪽으로 난 시커먼 구멍 같았다. 양쪽 엄지손가락은 손바닥 안으로 접혀 있었다. 흰 먼지 같은 것이 눈썹 여기저기 붙어 있었고 두 눈은 마치 거미가 그물을 친 것처럼 엷은 막 같은 끈적끈적하고 창백한 기운 속으로 꺼져 들어가기 시작했다. 그녀의 몸에 덮은 시트는 젖가슴에서 무릎까지 움푹 패어 들어갔다가 다시 거기에서 발가락 끝쪽으로 처들려 있었다. 그래서 샤를에게는 무한히 큰 덩어리들이, 가늠할 수 없는 무게가 그녀를 짓누르고 있는 것처럼 느껴졌다.(3부 9장)

샤를은 이렇게 하여 '바라보는' 주체적 시선으로 복귀해 소설 속으로 다시 '들어왔다'. 그는 이제 단순하고 객관적인 시선만이 아니다. 이 인용문 속에 여러 번 나타나는 비유들 예컨대 '먼지 같은', '거미가 그물을 친 것처럼', '엷은 막 같은', '가늠할 수 없는 무게가 (……) 짓누르고 있는 것처럼' 등의 비유들은 물론 플로베르의 문학적 수사일 테지만 간접적으로는 샤를이 바라보는 방식과 내면적 느낌을 어느 정도 암시해 주고 있다. 비유는 이렇게 하여 샤를을 '주체적'인 시선으로 바꾸어 놓으려 한다. 거기서 두 장 반을 경과하면 부르니지앵 신부와 오메가 시신을 지키며 밤샘을 하다가 잠이 든다. 그때 샤를은 에마에게 마지막 고별 인사를 하기 위해 방 안으로 들어온다.

그는 촛불의 노란 불꽃의 광채에 "눈이 피로해지는 것을 느꼈다." "샤를에게는 그녀가 자기의 몸 밖으로 번져 나와서 주위의 사물들 속으로, 침묵 속으로, 밤의 어둠 속으로, 지나가는 바람 속으로, 올라오는 습기 찬 향내 속으로 녹아드는 것만 같았다." "그러다가 갑자기 그의 눈에는 토트의 뜰 안의 산울타리 옆 벤치에 (……) 베르토의 안뜰에 있는 그녀의 모습이 보였다. (……) 웃음소리가 들렸다. (……) 그는 이렇게 오랫동안 지나가 버린 그 모든 행복을, 그녀의 태도와 몸짓과 목소리를 떠올려 보고 있었다. 한 가지 절망 뒤에 또 다른 절망이 밀려오면서 넘쳐 오는 밀물처럼 끝없이 이어졌다."

샤를은 마지막으로 잠시 동안 가장 치열한 주체가 되어 보고 듣고 느끼고 상상하고 회상한다. 무려 200여 쪽이 경과하는 동안 완전히 뒷전으로 밀려난 채 다른 인물들, 특히 에마에 의해 가려져 있던 샤를이 이처럼 적극적 주체적 인격으로 소생하는 것은 놀라운 일이 아닐 수 없다. 창문 밖 저쪽으로 말을 타고 떠난 후 아내의 시체 앞에 다시 나타날 때까지 샤를은 과연 그의 존재보다는 부재로 인해 더욱 웅변적이었다.

플로베르가 일곱 번이나 고쳐 썼다는 저 유명한 농사 공진회 장면에서 자신의 아내가 다른 남자와 단둘이 앉아 정담을 나누고 있을 때, 소설 속에서 처음으로 행동이 개시되고 사건이 일어나려고 할 때, 샤를은 단 한 번, 그것도 간접적으로 언급되어 있을 뿐이다. 소설의 모든 주요 인물들이 '금사자' 여인숙에 한데 모여 둘씩 둘씩 춤을 추며 돌아가듯 에마와 대화를 나누고 있는 동안 샤를은 무엇을 하고 있었을까?(2부 2장) '샤를과 약사가 잡담을 하고 있는 동안' 에마와 레옹은 서로 가까이 앉아 막연한 이야기를 하기 시작했다고 텍스트는 기록하고 있다. 마차가 용빌에 도착하자 내리는 사람들은 "한쪽 구석에 있던 샤를은 깨워 일으키지 않으면 안 되었다. 그는 날이 어두워지자 완전히 잠이 들어 버렸던 것이다."(2부 2장 시작)

아닌 게 아니라 샤를은 소설 전편에 걸쳐서 거의 눈에 보이지도 않거나 중요한 일이 일어날 때는 항상 졸고 있고 잠자고 있다. 샤를은 시대에 뒤떨어지지 않으려고 '의학 잡지'를 구독하지만 '방 안의 온기와 식곤증 때문에" 5분도 안 되어 잠이 들어 버려서 에마를 실망시킨다.(1부 9장) 에마가 한밤중에 로돌프와 밀회하기 위해 책을 읽는 척하고 기다릴 때도 샤를은 "촛불에 눈이 부신지 벽 쪽으로 돌아누워 잠이 들어 버렸다."(2부 10장) 에마가 레옹을 만나러 가기 위해 목요일이면 아침 일찍 깨었을 때도 샤를은 잠을 잔다. "그녀는 자리에서 일어나면 샤를을 깨우지 않도록 조용히 옷을 갈아입었다. 그녀가 너무 일찍 준비를 하는 것을 보면 잔소리를 할 것 같기 때문이었다."(3부 5장) 오메의 집에서 도미노 놀이를 한 뒤 레옹이 시를 읽을 때도, 그리고 보비에사르성에 가서 침대에 들었을 때는 물론이려니와 무도회가 한창일 때도, 또 토트에서 베르토 농장으로 말을 타고 갈 때도 샤를은 도처에서 졸고 있다.

이처럼 그 존재가 거의 잊히거나 아니면 졸고 있는 허수아비 같은 역할로 제한되어 있던 샤를이 소설의 출구에 와서 돌연 잠을 깬 것이다. 그러나 그의 소생은 에마의 시신을 비추는 눈부신 촛불처럼 마지막으로 반짝 타오르는 불꽃에 지나지 않는다. 그의 소생한 시선은 참담한 죽음과 처절한 진실만을 잠시 비추어 준 후 그를 죽음으로 인도한다. '이게 다 운명 탓이지요!' 이것이 그가 남긴 최후의 말이다. 그는 정자 밑의 벤치에 앉은 채 "뒤로 젖힌 머리를 벽에 기대어 눈을 감고 입을 벌린 채 기다란 검은 머리카락 한 줌을 양손에" 쥔 시체가 되어 소설 밖으로 퇴장해 버린 것이다.(소설의 끝부분)

그러나 소설은 샤를이 루앙의 중학교 교실로 입장해 에마를 소개해 준 후 오랫동안 뒷전으로 물러나 있다가 다시 에마를 무덤으로 전송한 다음 현관문 밖으로 퇴장함으로써 완전히 끝나지 않는다. 샤를이 죽은 후 소설의 마지막 반페이지의 끝을 장식하는 인물은 오메다. "그는 이제 막 레지옹 도뇌르 훈장을 받았다".

약사 오메는 소설의 배열 방식이라는 면에서 보면 서두에 등장했다가 곧 사라지는 '우리'와 대칭되는 지점에 놓인다고 볼 수 있다. 그는 에마의 죽음과 샤를의 죽음을 딛고 최후까지 상승한다. 그러나 소설의 초입에서 샤를을 소개하는 기계적인 시점 역할로 그치는 '우리'에 비해 오메는 소설을 마무리 짓는 끝에 가서 에필로그 역할을 하고 있기는 하지만 그 비중이 훨씬 중요하다. 그는 샤를의 일행이 용빌에 도착해 저녁 식사를 하는 '금사자' 여인숙에서, 다시 말해 2부 1장에 처음 등장한다. 일단 등장하고 나면 그의 입에서는 잠시도 쉬지 않고 말이 쏟아져 나온다. 에마는 어디에 가나 끊임없이 길고 긴 몽상에 잠기지만 오메는 어디에 있으나 길고 긴 말을, 여기저기서 주워들은 상투적이고 진부한 지식들을 끝도 없이 토해 낸다. 플로베르가 최초로 구상했던 시나리오에서 최후의 결정적인 원고를 거쳐 오는 동안 오메의 중요성은 점차로 증대되었다는 사실을 우리는 알고 있다. 한편 소설에 등장한 이래 오메의 상승은 에마의 추락과 비례한다. 에마가 점차로 '내면으로부터 관찰된' 살아 있는 인물이 되는 데 비해 오메는 시종 철저하게 밖으로부터 관찰된 '입'이요, 귀로 들은 '말'이다. 그 양자 사이에 샤를이 놓인다. 오메는 종교의 상징인 부르니지앵 신부와 대칭을 이루는 반교권주의적 부르주아의 상징이다. 그는 과학과 진보주의를 부르짖는 바보지만 철두철미한 계산속이 시계의 톱니바퀴처럼 조립되어 돌아가는 무서운 인간이다. 플로베르는 바로 오메를 통해 해학적이고 풍자적인 시인이되고자 했던 그의 꿈을 실현한 셈이다. 그는 오메를 통해 인간의 어리석음을 해학적이면서도 쓰디쓴 눈으로 바라본다. 그래서 오메가 소설의 에필로그를 장식하고 있는 것이다. 소설의 첫 줄에서 신입생 샤를을 우스꽝스러운 모습으로 등장시킨 플로베르는 결말에서 승승장구하는 약제사의 모습을, 그러나 어리석고 가소롭고 우스꽝스럽게 그리면서 소설을 끝맺고 있다. 이는 바로 소설의 시작과 끝이야말로 작가가 가장 멀리서 멸시에 가득 찬 국외자의 눈으로 인간의 모습을 굽어볼 수 있기 때문이다. 오메는 플로베르가 멸시해 마지않는 부르주아의 전형이다. 플로베르 시대에 상승일로를 걷고 있던 부르주아, 자신의 이익과 권력으로도 부족해 마침내 레지옹 도뇌르 훈장이라는 명예까지 탐내고 또 그것을 획득하는 부르주아 말이다. 아니, 오메는 부르주아라는 한 계층뿐 아니라 작가 자신을 포함하는 인간 전체의 어리석음과 천박한 계산속과 그 이데올로기를 모두 대표한다. 플로베르는 소설의 시나리오에 이미 "오메(Homais)는 호모(Homo) = 인간(Homme)에서 온 이름이다."라고 적어 놓지 않았던가!

## 5 심리 소설의 논리 — 보바리즘

지금까지 우리는 소설의 시작부터 에마를 향해 안으로 침투해 들어가는 운동, 에마의 내면으로부터 샤를을 거쳐 가장 외면적이고 과시적인 장식인 레지옹 도뇌르 훈장(오메)으로 되돌아 나오는 운동을 살펴보았다. 이로써 시점이라는 소설 전체의 구도 혹은 배열 방식은 대강 설명된 셈이다. 이제 정작 남은 것은 소설의 가장 중요한 심장부인 인물 에마이다. 에마는 어떤 인물이며 어떤 시점에서 묘사되고 있는가? 이 질문에 대답하려고 노력하다 보면 스타일, 묘사, 심리 분석, 나아가서는 저 유명한 '플로베르의 사실주의'가 어느 정도 해명될 수 있을 것 같다.

플로베르는 이 책이 그의 "심리 과학의 집성이 될 것이며 오직 그런 면에서 독창적인 가치를 지니게 될 것"이라고 말했다. 그러면 심리적 주체로서 에마는 어떻게 그려져 있는가?

어느 면에서 보면 이 소설은 여주인공 에마의 성격 혹은 기질에 의해 결정되고, 그 성격이나 기질 자체는 이 인물의 성장 과정과 주위 환경에 의해 규정된다고 할 수 있다.

결혼을 계기로 에마가 소설에서 점차 중요한 위치를 점하게 되는 즉시 작가는 그 여자가 지금까지 자라 온 환경을 서술하는 데 1부 6장 전체를 할애한다. 여주인공이 수도원에서 보낸 소녀 시절은 저 유명한 '보바리즘'의 결정적인 계기가 되며 동시에 이 소설을 숙명의 소설, 실패와 환멸의 소설로 만드는 요인이 되기도 한다. 쥘 드고티에(Jules de Gautier)가 명명한 '보바리즘'은 "스스로를 있는 그대로의 자신과 다르게 상상하는 기능"을 말하는 것이다. 이것은 환상이 자아내는 병이다. 이 환상은 끝없는 불만을 유발한다. 이런 성격을 가진 인물은 이상의 안경을 쓰고 현실을 바라봄으로써 현실을 변형시킨다. 돈키호테가 그랬듯이 에마는 소녀 시절 수도원에서 너무나 많은 소설들을 읽었다. 물론 황당한 낭만적 소설들이다. 이 여자는 상상력 과잉의 병에 걸린 것이다. "나는 그저께 오후 줄곧 색유리를 통해서 들판을 바라보면서 지냈다. 내 '보바리'의 한 페이지를 위해서 그럴 필요가 있었던 것이다." 작가는 편지에서 이렇게 말했다. 소설에서는 이 대목이 결국 삭제되었지만 매우 의미 심장한 상징이다. 에마의 시선과 현실 사이에 가로놓인 색유리는 현실의 모습을 여러 가지 면에서 변형시킨다. 우선 시간적인 차원에서 에마는 현재보다 미래나 과거에 더 집착한다. 미래는 모든 욕망과 환상의 시간이다. "그러나 마음 깊은 곳에서는 어떤 돌발 사건이 일어나기를 기다리고 있었다. (……) 매일 아침 눈을 뜨면 바로 그날 그 일이 일어나기를 바라면서 모든 소리에 귀를 기울였고, 자리를 차고 벌떡 일어나기도 했고, 그 일이 일어나지 않는 것에 놀라곤 했다. 그러다가 해가 지면 언제나 더한층 마음이 슬퍼져서 어서 내일이 오기를 바랐다."(1부 9장) 미래의 기대가 현재 속에서 깨어지는 일이 잦아지면 그 내면적 환상의 색유리는 과거에 대한 향수를 비춰 준다. "그 시절은 얼마나 행복했던가! 얼마나 많은 자유! 희망! 얼마나 풍성한 환상에 차 있었던가! 지금은 이미 아무것도 남은 것이 없다! 그녀는 처녀 시절, 결혼, 연애, 이렇게 차례로 모든 환경들을 거치면서 갖가지 영혼의 모험들에 그것을 다 소비해 버리고 말았던 것이다."(2부 10장) 과거에 대한 향수는 이처럼 현실 속의 실패를 더 많이 투영해 보인다.

또 에마는 공간적인 차원에서도 지금 여기의 현실보다 '다른 곳'에 더 많이 집착한다. "그 밖의 모든 세상사는 분명한 장소도 없이, 존재하지 않는 것이나 마찬가지로 사라지고 없었다. 게다가 가까운 곳에 있는 것일수록 그녀의 생각은 그것에서 멀어져 갔다. 그녀를 가까이 둘러싸고 있는 모든 것, 권태로운 전원, 우매한 소시민들, 평범한 생활 따위는 이 세계 속에서의 예외, 어쩌다가 그녀가 걸려든 특수한 우연에 불과한 반면, 저 너머에는 행복과 정열의 광대한 나라가 끝 간 데 없이 펼쳐져 있는 것처럼 생각되었다."(1부 9장)

그 '다른 곳' 혹은 '저 너머'의 현실이 바로 그의 몽상의 나라이며 수도원에서 읽은 소설책이며 그림에 나오는 풍경이며 그가 당장에 갈 수 없는 저 화려한 도시 파리 같은 곳이다. 답답한 시골 농가의 딸 에마는 샤를 보바리가 단지 저 '다른 곳'에서 나타난 남자이기 때문에 그와 결혼하게 된 것이다.

색유리는 시간적으로, 공간적으로 환상을 자아내고 욕구를 충동한다. 그것은 또한 타인의 모습을 변형시킨다. 화려한 보비에사르 성관에서 에마는 라베르디에르 공작이 접시 위에 몸을 구부리고서 어린아이처럼 '입에서는 소스를 뚝뚝 흘리면서' 말을 더듬거리는 꼴을 보게 되는데, 그 노인이 옛날에 "궁정에서 살았고 왕비들의 침대에서" 잤더랬다는 사실을 알자 에마의 눈길은 "무의식중에 특별하고 고귀한 그 무엇에 끌리듯 이 입술이 처진 노인 쪽으로 자꾸만 쏠리는 것이었다."(1부 8장)

그러나 에마의 '보바리즘'은 타인의 모습을 변형시키는 것뿐만 아니라 자기 자신 또한 자신의 운명 이상이라고 착각하게 만드는 데서 숙명적이다. 색유리가 자아를 변형시켜 보여 주기 때문에 에마는 성취할 수 없는 그 무엇에 대한 욕구에 사로잡히고 만다. 에마는 현실에 몸담고 있으면서 몽상을 살고자 한다. 그러나 그녀의 몽상은 단순히 삶을 대신하는 것이 아니라 삶 속에 침투해 현실 그 자체를 변질시켜 버린다. 플로베르는 에마의 성격적 본질인 '보바리즘'을 통해서 19세기 초반을 물들였던 낭만주의를, 그리고 자신의 내부에 잔존하는 낭만주의적 기질을 유감없이 해부해 보여 줄 수 있었다. 단순히 『성 앙투안의 유혹』 초고를 쓰는 과정을 통해서만이 아니라 플로베르는 항상 자신의 내면에 뿌리 깊게 도사리고 있는 낭만적 상상력의 본질을 누구보다도 속속들이 알고 있었던 것이다. "그런 의미에서 『마담 보바리』는 영원한 표본이다. 그 여자는 라마르틴과 위세를 능가한다. 우리 모두가 에마 보바리이기 때문이다. 보잘것없는 삶을 자신의 꿈으로 대치시킬 때 자신에게 주어진 저 실망 가득한 모험들이 꿈에 의해 다른 모습을 띠게 될 때, 그리하여 그런 모험들이 어딘가 어울리지 않는 어색한 꼴로 보이게 될 때, 그녀가 현실에 거짓 옷을 입혀 로돌프나 레옹이라는 인물을 분장시킬 때 (……) 에마는 단순히 낭만적인 여주인공만이 아니라 자신의 시대를 초월하는 인물인 것이다. 물론 그 여자는 그 시대 특유의 향수 냄새에 취해 있다. 그러나 에마는 그런 것을 멸시하는 플로베르와 마찬가지 방식으로 저 싸구려 향수에 홀려 있는 것이다."라고 모리스 바르데슈(Maurice Bardèche)는 적절하게 지적한 바 있다. 여기서 우리는 플로베르 자신이 했다는 저 유명한 말, "에마 보바리는 바로 나 자신이다."가 어떤 의미인지 이해할 수 있다. 플로베르에게 『마담 보바리』는 낭만주의에 대한 일종의 해독제 구실을 하고 있다.

하여간 이처럼 성장 과정과 교육과 시대적 환경에 의해 결정된 에마의 낭만적 욕구는 장차 그녀의 일생을 지배하는 근원적 동력이 된다. "횃불을 환하게 켜고서 자정에 결혼식을 하고 싶다고" 한 이 처녀가 샤를이라는 몰취미한 남편을 만났으니 실망하는 것은 당연하다. "이렇게 잠시 그의 심장에 부싯돌을 문질러 보았지만 불꽃이 일지 않는 것을 보자, 원래 자기가 직접 경험하지 않은 것이면 이해를 하지 못하고 뻔한 통념의 모습을 갖추지 않은 것이면 아무것도 믿지 못하는 그녀였기에 샤를의 정열에는 이제 더 이상 남다른 것이라곤 없다고 간단히 믿어 버렸다." 그러나 이때까지만 해도 에마의 몽상과 욕구는 아주 막연한 내적 충동에 지나지 않는다.


6 나비, 쥐, 개양귀비꽃(자작, 레옹 I, 로돌프, 레옹 II)

다음은 결혼 초기에 에마가 강아지를 데리고 산책을 나갔을 때의 장면이다.

그녀의 상념은 처음에는 아무런 목적도 없이, 마치 그레이하운드 강아지가 들판에서 원을 그리며 뱅뱅 돌기도 하고, 노랑나비를 쫓아가며 짖어 대기도 하고, 들쥐를 사냥하기도 하고 혹은 보리밭가의 개양귀비를 물어뜯기도 하듯이, 무작정 떠돌기만 했다. 이윽고 생각이 조금씩 한곳에 머물게 되자 그녀는 잔디 위에 앉아 양산 끝으로 잔디를 콕콕 찌르면서 마음속으로 되풀이했다.

"맙소사, 내가 어쩌자고 결혼을 했던가?"(1부 7장)

이 대목은 '아무런 목적도 없이', '정처 없이 방황하는' 에마의 내면적 욕구를 잘 말해 주고 있다. 더군다나 강아지와 양산은 현실과 꿈의 관계를 암시하는 훌륭한 이미지이다. 풀밭으로 뛰어나가서 원을 그리다가 주인이 앉아 있는 중심으로 되돌아오는 강아지의 행동, 펼치면 둥근 원이 되고 접으면 잔디 위를 꾹꾹 찔러 점을 만들 수도 있는 양산은 바로 따분한 현실의 중심과 그 주위로 확산되는 저 '정처 없는' 욕망의 관계를 적절히 표현하고 있다. 그러나 강아지의 행동은 에마의 욕구가 현재 지니고 있는 무목적성을 말하는 한편 장차 그 억누를 수 없는 욕구가 행동으로 표현될 극적인 미래를 동시에 암시한다고 볼 수도 있다. '나비', '쥐', '개양귀비꽃' 등 강아지의 관심 대상과 '짖어 대고', '쫓아가고', '물어뜯는' 등 점차로 치열해지는 행동은 사람의 눈으로 보면 '정처 없는' 유희로 보이겠지만 강아지 자신에게는 차례로 나타나는 매우 중요한 목표일 수도 있기 때문이다. (몇 줄 아래에 보면 에마는 자신의 미래를 예감하듯이 "그것을 자신과 견주어 보면서 마치 괴로워하고 있는 사람을 위로하듯이 소리 내어 그에게 말을" 건다.)

정처 없이 방황하던 그녀의 몽상이 현실에서 접하게 되는 최초의 '나비'는 바로 보비에사르 성관의 무도회에서 만난 자작이다. 보비에사르 성관이야말로 에마에게는 현실에서 목격한, 그러나 덧없이 지나가 버린 꿈의 모습이다. 그 경험은 최초의 '다른 곳'이며 '다른 남자'이며 다른 시간이며 사치이며 꿈에 그리는 파리의 화려함이다. 문제는 그날 밤의 경험이 '나비'처럼 여송연 케이스라는 껍질만 남긴 채 날아가 버렸다는 데 있다. 그러나 그곳에서 본 화려한 광경과 우아한 자작의 모습은 현실 속 저 어딘가에서 꿈이 실현될 수 있다는 가능성을 엿보게 해 주었다. 잠시 엿본 꿈의 풍경과 답답한 현실의 대비는 에마의 욕구를 포화 상태에까지 몰고 간다. 이 소설의 1부는 에마의 심리적 동기를 준비하는 단계인데 그의 성장 과정을 설명하는 6장과 보비에사르 성관의 무도회를 그린 8장은 1부 가운데서 핵심적인 대목이다.

무도회를 계기로 팽창하게 된 더욱 강렬한 욕구와 현실 생활에 대한 권태와 혐오감은 마침내 토트로부터 용빌로의 이사라는 공간적 이동을 초래한다. 이렇게 하여 2부가 시작된다. 철저한 꿈의 화신인 에마와 대조를 이루면서 철저하게 현실적 계산속을 상징하는 오메가 등장하는 곳도 바로 이 대목이다. 에마의 타락과 오메의 상승이 정확한 함수 관계를 맺고 있다는 말은 이미 앞에서 했다.

2부는 에마의 '방황하는' 몽상이 현실 곳곳에서 행동으로 구현됨으로써 극적인 긴장감을 나타내기 시작하는 부분이다. 가장 먼저 구체적인 '다른 남자'로 등장하는 인물이 젊은 레옹이다. 1장에서는 금사자 여인숙이라는 무대 위로 장차 에마의 삶에 관여하게 될 모든 등장인물들이 총출연하여 독자들에게 인사를 하게 되는데 레옹은 그중의 한 인물에 지나지 않는다. 그러나 그는 보바리 가족이 막상 용빌에 도착하는 즉시 에마와 기나긴 대화를(그것도 두 시간 동안이나 계속하여) 나눔으로써 점차 무대 전면으로 걸어 나온다. 그러나 이때의 레옹(편의상 레옹 I이라 하자.)은 아직 풋내기에 지나지 않고 에마 역시 아직은 겉보기에 정숙한 유부녀이다. 이들 두 사람 사이의 관계는 각기 마음속으로 '꿈꾸는 모험'에 그치고 만다. 각자의 마음속에서는 비록 정신적인 간음의 징조가 점차로 엿보인다 해도 순수한 사랑의 정열이 지배적이다. 레옹 I이 파리로 떠난 다음에 나타난 인물이 보다 노련한 로돌프이다. 로돌프의 등장은 소설에서 상당히 장황한 심리적 준비 과정이 행동으로 접어드는 전환점이다. 보비에사르 성관에서 만난 자작과 레옹이 그 밀도나 접촉하는 시간적 길이에는 서로 차이가 있으나 둘 다 에마 앞에 덧없이 나타났다가 파리로 날아가 버린 '나비'라면 로돌프는 용빌에 정착하고 있는 '쥐'라고 할 수 있다. 서른세 살의 로돌프는 "거친 기질에 머리가 좋은 데다 여자 관계가 무척 많아서 그 방면에는 훤했다." 의사 샤를 보바리를 찾아왔다가 우연히 그 부인을 본 로돌프는 저 유명한 농사 공진회에서의 접근을 거쳐 마침내는 에마를 정복하기에 이른다. 처음 만날 때부터 마음속으로 "달콤한 말만 걸어 주면 틀림없이 홀딱 반할걸! 고거 삼삼하겠는데! 매력적이야! ……
그래, 그렇지만 나중에 어떻게 떼 버리지?"(2부 7장) 하고 계산하고 있는 로돌프와 에마의 관계는 미리부터 예견할 수 있듯이 실패로 끝난다.

그러나 에마 쪽에서 보면, 로돌프와의 관계는 마음속으로

만 그리는 레옹 I과의 덧없는 사랑과 후일에 파멸로 치닫게 될 레옹 II와의 육체적 타락이 균형을 이루는 행복의 경험임을 잊어서는 안 된다. 그것은 외모에도 나타난다. 숲속에서 사랑을 경험하고 돌아오는 에마의 모습을 보라.(2부 9장) "말을 탄 그녀는 매력적이었다! 날씬한 상체를 똑바로 세우고 말갈기 위에 무릎을 접은 채 바깥 공기에 조금 상기된 얼굴이 붉은 저녁 노을빛에 젖어 있"는 모습을. 에마는 마음속으로 외친다. "내게 애인이 생긴 거야! 애인이!"

로돌프에게도 "방탕함을 모르는 이 사랑은 그에게 새로운 그 무엇이었다. 그것은 그를 안이한 습관에서 벗어나게 했고 그의 자긍심과 관능을 동시에 자극했다." 그러나 균형된 사랑의 절정은 내리막길의 시작이기도 하다. 로돌프와 함께 도망치기로 약속하는 밤의 에마는 이 소설 속에서도 가장 아름답고 장황하게 묘사되어 있다.

이 무렵만큼 보바리 부인이 아름다웠던 적은 일찍이 없었다. 그녀는 환희와 열광과 성공이 가져다주는 저 형언할 수 없는 아름다움을 한 몸에 담고 있었다. 그 아름다움은 기질이 처지와 맞아떨어진 조화 바로 그것이었다. 마치 비료와 비와 바람과 햇빛이 꽃에 작용하듯이 그녀의 갈망, 슬픔, 쾌락의 경험, 언제나 젊디젊은 환상이 그녀를 점점 발전시켜 가지고 마침내는 그 천성을 충분히 살린 풍만한 모습으로 꽃피워 놓은 것이었다. (2부 12장)

레옹 I과의 이루지 못한 사랑의 경우에는 두 사람 사이에 항상 보바리의 새로 태어난 딸 베르트가 가로놓여 있었던 반면 로돌프와의 관계의 경우에는 오랫동안 딸아이가 등장하지 않는 것도 두 가지 사랑이 보여 주는 차이점이라 하겠다.

하여간 그 충만한 사랑이 '쥐'에게 속아 넘어가 환멸로 끝난 뒤에 마지막으로 피어난 꽃, 저 핏빛으로 붉게 피어났다가 건드리기만 하면 쉬 시들어 버리는 '개양귀비꽃'이 바로 레옹 II와의 사랑이다. 파리에서 돌아온 레옹 II는 이미 옛날의 레옹이 아니다. 이때 두 남녀의 사랑은 소설 『마담 보바리』를 법정에 출두하도록 만든 저 유명한 마차 장면(3부 2장)과 더불어 불로뉴 호텔 방에 밀폐된 채 타락의 냄새를 물씬 풍긴다. 로돌프와 사랑을 나누던 숲속이나 달빛 비치는 정원과는 극히 대조적이다. 이제 에마는 노골적으로 요염해지고 음란해졌다. "기분이 변덕스럽게 자주 바뀌는 성미라 침울한가 하면 쾌활해지고 재잘거리는가 하면 뚱해지고 흥분하는가 하면 나른해지는"(3부 5장) 에마는 거의 광적인 상태에 이른다. 이 썩어 가는 사랑 속에서는 허위가 곰팡이처럼 자라난다. "그때부터 그녀의 생활은 온통 거짓말투성이였다. 그녀는 자기의 사랑을 마치 베일로 감싸듯이 거짓말 속에 싸서 숨겼다. 거짓말이 이제는 어떤 필요, 광적인 습관, 쾌락이 되어" 버린 것이다.(3부 5장)

이상으로 우리는 나비, 쥐, 개양귀비꽃을 쫓아가던 강아지처럼 무도회에서 본 자작과 레옹 I로부터 로돌프를 거쳐 레옹 II로 옮아가는 에마의 점진적이고도 필연적인 모험의 경로를 살펴보았다. 이 모든 것의 근원은 소설의 1부에서 준비된 에마의 성격, 즉 '보바리즘'으로 집약될 수 있는 심리적 동력이다. 심리적 동기에서 꿈으로, 꿈에서 현실적 행동으로 옮겨 가는 이 과정을 지극히 점진적이고 논리적으로 기술하는 작가의 기법이 낳은 결과가 바로 샤를의 마지막 말처럼 이 소설의 '숙명적' 성격이기도 하다.


## 7 숙명의 소설과 돈의 숙명

그런데 이 작품이 주는 필연성의 인상 이면에는 물론 상상력 과잉이라는 에마의 성격이 깔려 있지만 타고난 성격만이 삶의 방향을 결정하지는 않을 수도 있다. 인간은 운명에 도전함으로써 자신의 삶을 만들어 가기도 한다. 그러나 에마의 보바리즘 속에는 결단과 의지의 결핍도 포함된다. 에마는 단 한 번도 자신의 욕망에 적극적으로 저항하지 못한다. 이처럼 여러 가지 면에서 숙명적인 에마는 동시에 불행한 우연들의 희생자이기도 하다.

남자들의 유혹에 쉬 넘어가는 에마이고 보면 애초부터 그녀의 관능과 마음을 만족시켜 줄 남편을 만났을 법도 한데 그러지 못했다. 또 샤를을 만난 뒤에도 에마는 남편을 사랑하려고 노력도 했고 눈물을 흘리면서 저지른 실수를 후회하려고도 했다. 그런데 저 불행한 다리 수술이 샤를의 어리석음을 증명해 보이고 말았다.(다리 수술 장면은 이 소설을 정확하게 반분

하면서 심리적 분석에서 극적 행동으로 이동하는 전환점이다.)

그렇다면 남편에게 실망한 여자라 해도 자식에게서 희망을 찾을 수 있는 법이다. "그녀는 아들을 갖고 싶었다. 튼튼한 갈색 머리의 애였으면 했다. 이름은 조르주라고 지으리라. 이렇게 사내아이를 갖게 된다고 생각하니 마치 과거의 모든 무력감에 대해 희망으로 앙갚음하는 느낌이었다." 그런데 태어난 아이는 여자아이였다.

절망한 사람은 종교에서 구원을 찾을 수도 있다. 그런데 에마는 하필이면 저 예외적이리만큼 한심한 부르니지앵 신부를 만난 것이다. 또 그녀가 용빌에서 유일하게 사귄 친구란 하필이면 오메 부인이었다. 티보데(A. Thibaudet)의 말처럼 이 여인은 샤를 보바리가 여자로 둔갑한 듯 우둔하고 몰취미한 인물이라는 사실 또한 운명의 장난일는지! 그리고 끝으로 에마를 죽음으로 몰아넣은 뢰르는 어떤가! 오메라는 이름이 '인간'이라는 어원을 지니고 있듯이 뢰르(Lheureux)라는 이름은 문자 그대로 '행복한 사람'이라는 뜻이다. 그의 '행복'한 상승은 에마의 불행을 바탕으로 이루어진 것이다.

사실 에마가 자살에 이르게 된 직접적 동기는 사랑이 아니라 돈이었다. 그 여자가 대가를 치른 죄는 간음이 아니라 무절제한 낭비이다. 이 돈과 낭비를 충동한 인물이 바로 고리대금업자 뢰르이다. 그는 에마가 로돌프와 사랑을 하는 동안에 서서히 그 모습을 드러내다가 마침내 레옹과의 밀회를 목격하게 되면서 본격적으로 에마에게 마수를 뻗어 파멸로 인도한다. 로돌프와 밀회하고 돌아오는 에마를 목격한 인물이 소방 대장 비네인 데 비하여 블로뉴 호텔에서 레옹의 팔에 매달려 나오는 에마를 현장에서 목격한 인물은 바로 뢰르이다. 에마는 그가 소문을 퍼뜨릴 것이라고 생각하여 겁을 집어먹었다. 그러나 "그는 그 정도로 바보는 아니었다."(3부 5장) 에마의 운명을 상징하는 거지의 출현에 뒤이어 뢰르가 에마의 탈선을 목격하는 3부 5장부터는 지금까지 지극히 점진적이었던 이야기의 진행이 걷잡을 수 없는 극적 국면으로 전환되면서 에마의 죽음까지 한달음으로 치닫게 된다. "레옹과 뢰르는 소설의 마지막 부에서 에마가 동시에 태워 없애는 우스꽝스러운 두 토막의 양초이다."라고 티보데는 말했다. 과연 에마는 "그녀는 욕망에 눈이 어두워진 나머지 물질적 사치의 쾌락과 마음의 기쁨을 혼동하고, 습관에서 오는 우아함과 감정의 섬세함을 혼동하고 있었다." 이리하여 사랑의 환멸은 사치의 환멸과 맞물려 돌아가면서 에마의 일생을 운명으로 만든다. 이렇게 하여 우리는 "심리적 국면에서 극적 국면으로의 전환"을 "독자가 눈치채지 못하도록 하면서" 실현하고자 한 플로베르의 숨겨진 형식을 살펴보았다.

이상으로 우리는 에마의 성격과 동시에 이 작품의 핵심 부분에 대한 구조 분석을 마친 셈인데 이러한 분석을 결론적으로 마무리 짓고 아울러 그것을 플로베르의 '스타일'과 결부시켜 보기 위해서 루세의 탁월한 비평문을 인용해 보겠다.

플로베르에게 스타일이란 교착성의 원칙이며 동질성으로의 환원을 의미한다. 그가 얻어 내고자 하는 것은 최대한으로 촘

촘히 그리고 고르게 짜인 '교직'이요, 연속성이다. (……) 그가 볼 때 한 작품의 질적 우수성은 그것을 구성하는 진주들이 아니라 진주들을 한데 꿰는 실이요, 단일한 운동이요, 흐름이다. (……) 예술가가 심혈을 기울이는 부분은 연결 고리이다. 강력하고 유연하면서도 눈에 보이지 않는 연결 고리 말이다. 플로베르는 무한한 정성을 다해 각 부분을 서로 접착시키지만 접착제의 자취를 지우는 데도 그에 못지않은 정성을 다한다.

결국 작가의 탁월한 솜씨는 각각의 서술과 묘사들이 전체 속에서 전반적인 조화를 얻어 내는 데서 여실히 발휘되어 있는 것이다.


## 8 묘사, 서술, 통일성

서로 이질적인 요소들을 "독자들의 눈에 띄지 않게" 접착시켜서 통일성과 조화를 산출하는 플로베르의 스타일은 그러나 작품 전체의 구성과 이야기의 전체적인 연속에서만 발견되는 것이 아니라 구체적이고 개별적인 소단위의 장면이나 문단에서도 뛰어난 효과를 얻고 있다. 그 예를 하나만 들고 세심하게 읽어 보자.

다음은 숲속에서 에마가 처음으로 로돌프에게 함락당하는 장면이다.

그러고는 아찔해진 그녀는 온통 눈물에 젖은 채 긴 전율과 함께 얼굴을 가리면서 몸을 내맡겼다.

저녁 어둠이 깔리고 있었다. 옆으로 비낀 햇빛이 나뭇가지 사이로 비쳐 들어 그녀는 눈이 부셨다. 그녀 주위의 여기저기, 나뭇잎들 속에, 혹은 땅 위에, 마치 벌새 떼가 날아오르면서 깃털을 흩뿌려 놓은 것처럼 빛의 반점들이 떨리고 있었다. 사방이 고요했다. 감미로운 그 무엇이 나무들에서 새어 나오는 것 같았다. 그녀는 자신의 심장이 다시 뛰기 시작하고 피가 몸 속에서 젖의 강물처럼 순환하는 것을 느끼고 있었다. 그때 아주 멀리, 숲 저 너머, 다른 언덕 위에서 분간하기 어려운 긴 외침 소리가, 꼬리를 길게 끄는 목소리가 들려왔다. 그녀는 말없이 귀를 기울였다. 그 소리는 마치 무슨 음악처럼 그녀의 흥분한 신경의 마지막 진동에 한데 뒤섞였다. 로돌프는 이 사이에 여송연을 물고 두 개의 고삐 중 부러진 것을 주머니칼로 다듬고 있었다.

두 사람은 왔던 길을 되짚어 용빌로 돌아갔다.(2부 9장)

위 인용문의 시작 부분에 '몸을 내맡겼다'와 '용빌로 돌아갔다'의 단순과거 동사는 지극히 객관적인 사건의 진술을 의미한다. 그 사이에 끼어 있는 내용은 분명 정사(情事)여야 하는데 사건적 진술은 한마디도 없고 반과거가 지배적인 정경 묘사로 일관되어 있다. 절묘한 암시의 방법이다. 그러나 과연 이 대목은 '일관된 묘사'일 뿐일까? 처음의 '저녁 어둠'은 객관적, 시각적인 묘사로 볼 수도 있다. 그러나 "그녀는 눈이 부셨다."

라는 이 묘사가 에마의 시점에서 본 묘사임을 알 수 있다. "마치 벌새 떼가 (……)처럼"의 비유는 한결 더 주관적이다. 그러나 여기까지는 주관성과 객관성이 한데 결합된 채로나마 외적 정경의 묘사라고 볼 수도 있다. 그러나 '침묵'과 더불어 에마만이 자신의 육체 내부에서 지각할 수 있는 지극히 주관적인 '느낌'이 표현된다. "젖의 강물처럼"이라는 비유는 더욱 내면화되어 있다. 그때 외침 소리를 듣게 된다. 여기서 '들려왔다(entendit)'라는 동사는 이 인용문 전체에서 유일하게 단순과거로 되어 있다. 전반적인 반과거의 배경 속에 문득 나타난 단순과거는 외침의 돌연함과 사건적 특성을 아울러 표현한다. 그러나 '들려왔다'라는 동사는 뒤에 나오는 반과거 '귀를 기울이고 있었다(coutait)'와는 달리 행동하는 주체의 수동성을 나타낸다. 그 외침은 애써 들으려고 하지 않아도 들리는 소리다. 따라서 비교적 객관적이고 물리적인 소리, 즉 밖에서 들려온 소리다. 그러나 같은 문장에서 '외침 소리'가 '목소리'로 반복적 변화를 보인 다음, 다시 한번 침묵('말없이')을 거쳐 에마가 이번에는 능동적으로 귀를 기울임으로써 점차 내면화의 강도가 높아진다. "흥분한 신경의 마지막 진동"에 오면 이미 육체적이고 물리적이던 느낌이 정신적 차원으로 전환되는 듯하고, '벌새'에서 '젖의 강물'을 거쳐 '음악'으로 옮아오는 동안 비유는 주관성이 짙어진다. 감각도 시각에서 촉각을 거쳐 청각으로 점차 내면화의 과정을 밟아 간다. 이와 같이 "독자가 알아채지 못하도록" 장치를 갖춘 채 암암리에 변화되는 묘사의 과정이 끝나 가는 대목, 즉 외침 혹은 목소리가 '마지막' 진동으로 사그라져 가는 대목에 이르러 지금까지의 모든 느낌 혹은 묘사들이 어떤 하나의 '음악'으로 '섞여' 가지고 사라지게 만든 것은 참으로 흥미롭다. 이것은 정경 묘사인 동시에 정사 사건의 암시이지만 아울러 플로베르의 '스타일'을, 즉 하나의 통일된 리듬이 되고자 하는 작가 자신의 스타일을 그려 보이는 것이기도 하다.(플로베르에게 과연 "형식은 바로 내용 그 자체이다."라는 것이 다시 한번 확인된다.) 그리고 그 통일된 음악이 마지막 진동을 끝내면 "얼굴을 가리고" 몸을 맡겼던 에마의 '시각'이(얼굴을 가린 채 바라보는 '시각'이야말로 냄새이며 그때의 묘사나 내면적 감정의 표현이 아니겠는가?) 현실로 돌아온다. "입에 여송연을 문 채", "끊어진 고삐"를 손질하는 저 산문적인, 에마의 '음악'에 비하면 너무나 산문적인 로돌프의 현실 말이다. 하여간 위의 예문이 그려 보여 주는 장면을 회화에 비유한다면 우리 눈에 가장 잘 보이는 전경(前景)에 풍경 묘사를, 두 번째 후경(後景)에는 에마의 감정을, 그리고 마지막 후경에 가서야 가장 은밀하게 행동을 숨겨 놓음으로써 전체적인 통일을 보여 주는 그림이라고 할 수 있겠다. 그러나 이런 모든 것이 에마 자신의 주관적 체험을 그대로 묘사한 것이라고 보기에는, 싸구려 소설만 읽고 성장한 그 여자의 한심한 됨됨이에 비해 이 글이 너무나 음악적이고 세련되다. 따라서 플로베르의 저 유명한 '사실주의'나 '객관성'이라는 것은 좀 더 신중하게 이해 될 필요가 있다. 요컨대 플로베르의 '사실주의'는 이 소설 전편에서 간단없이 느껴지는 '아이러니'나 마찬가지로 객관성의 의지와 주관성의 필연이 교묘하고도 독창적으로 이루어 내는 조화의 결과임이 분명하다.


## 9 남은 문제들:『마담 보바리』의 사회성

끝으로 소설의 부제(副題)로 붙인 '풍속 연구'가 이미 암시하고 있듯이『마담 보바리』는 사회, 문화적 측면에서 해석될 근거를 충분히 제공하고 있다는 사실도 지적해 두고자 한다. 앞에서도 언급했듯이 어디에 가나 끊임없이 졸거나 잠자는 샤를 보바리는 더 확대하면 '깊은 잠에 빠진' 제2제정기의 사회적 분위기의 상징이라고 볼 수도 있다. 번역문으로는 설명하기 곤란하지만 이 소설 전편에 무수히 사용된 이탤릭체[1]의 담화나 여관, 여인숙의 이름, 신문, 잡지의 이름을 통해서, 농사 공진회의 저 우글거리는 군중과 우스꽝스러운 연설을 통해서, 각 인물들의 대화, 특히 오메의 판에 박힌 장광설과 어법을 통해서, 돈과 과학성과 진보적 이데올로기를 대변하면서 상승일로를 걷는 오메와 뢰르의 인물적 전형성을 통해서, 한 시대가 지닌 '사회성'의 목소리는 웅변적으로 들려온다. 그러나 그 구체적이고 체계적인 분석은 숙제로 남겨 두기로 하자. 결론을 내리지 않은 채,『마담 보바리』가 하나의 열려 있는 문제가 되도록 하기 위해서.

---

1) 본문에서는 고딕체로 강조되었다.

## 〈참고 문헌〉

편의상 인용을 밝히는 주(註)를 생략했다. 다음은 이 글을
위해서 실제로 참고하고 인용한 책과 논문들이다.

### 작품

*Madame Bovary*, Edition de Claudine Gothot-Mersch,
Garnier Frères, Paris, 1971.(본 번역의 대본으로 사용한 판본.)

### 연구서 및 논문

A. Thilbaudet, *Gustave Flaubert*, Plon, Paris, 1922.

R. Dumesnil, 『플로베르의 *Madame Bovary*』, Mellottée,
Paris, 1958.

Claudine Gothot-Mersch, Garnier Frères 판(版) 서문. 앞의 책.

Maurice Bardèche, *L'oeuvre de Flaubert*, Les sept couleurs,
1974, Paris.

E. 아우얼바하, 김우창·유종호 옮김, "라 몰 후작댁 II−두
개의 리얼리즘", 『미메시스』, 민음사. 1979.

Jean Rousset, 「『마담 보바리』 혹은 무(無)에 관한 책」, *Forme
et signification*, José Corti, 1970.

G. Poulet, "Flaubert," Le *Métamorphose du cercle*, Coll.
'champs', Flammarion, Paris, 1979.

R. Barthes, 「플로베르와 문장」, *Le Degré Zéro de l'écriture*,
Coll, 'Point' N 35, Seuil, Paris. 1972.

## 옮긴이의 말

    플로베르는 『마담 보바리』를 집필하는 데 무려 4년 반이라는 긴 세월을 바쳤다. 역자는 이 작품을 번역하는 데 꼬박 3년을 보냈다. 세계 현대소설사에서 결코 비켜 갈 수 없는 '교차로'와도 같은 이 걸작의 한국어 번역은 이미 여러 가지가 나와 있었으므로 새로운 번역에는 그만큼 크고 어려운 책임이 따른다고 생각되었다. 그래서 이 번역은 착수 단계에서부터 매우 심각한 결단과 신중함을 요구하는 것이었다. 결국 번역 자체보다 텍스트의 설정과 기존의 다른 번역들과의 대조 그리고 의문점들을 해결하기 위한 전문가 자문에 훨씬 더 많은 시간이 소요되었다.

    20대 초반에 이 작품을 처음 접한 이후 헤아릴 수도 없을 만큼 여러 번 읽고 또 읽고 대학과 대학원에서 『마담 보바리』

에 관한 강의를 수차례 반복하면서 나는 이 작품에 대해 끊임없이 새로운 매혹을 느꼈지만 그 번역에 대해서는 불만과 의문이 너무나도 많았다. 그래서 언젠가는 꼭 이 작품을 새롭게 번역하고 싶었다. 마침내 민음사의 새로운 『세계문학전집』 기획이 내게 그 오랜 숙원을 실현하는 기회를 가져다주었다. 마음 같아서는 이 번역이 내 생애에서 각별하게 기억될 만한 작업이 되도록 하고 싶었다. 그래서 나는 다음과 같은 방식으로 작업을 진행했다.

우선 파리에서 간행된 다음과 같은 프랑스어판들을 상호 대조하고 그 소개와 주석들을 참고해 일차 번역을 완성했다.

1) *Madame Bovary*, L. Conard, 1930.

2) *Madame Bovary*, Oeuvres complètes 1, présentation et notes de Bernard Masson, Ed. du Seuil, 1964.

3) *Madame Bovary*, Extrait, (pour les notes de Jacques Nathan), Larousse, 1965.

4) *Madame Bovary*, sommaire biographique, introduction, note bibliographique, relevé des variantes et notes par Claudine Gothot-Mersch, Garnier Frères, 1971.

5) *Madame Bovary: moeurs de province*, présentation, notes et transcription par Pierre-Marc Biasi, Imprimerie Nationale, 1994.

그리고 다음과 같은 한국어 번역판과 영어 번역판 혹은 주석들을 참고하여 앞서 준비된 일차 번역 텍스트를 수정·보완했다.

한국어 번역판

1) 『보봐리 夫人』 상, 하권, 오현우 역, 삼중당, 1979.

2) 『보봐리 부인』, 민희식 역, 문예출판사, 1975.

3) 『보바리 부인』, 박광선 역, 신영출판사, 『신편세계문학대전』, 1986.

4) Madame Bovary, 프랑스어판, 신아사, 1998.(이형식 교수의 주석을 참고.)

영역판

1) *Madame Bovary*, translated by Alan Russell, Harmondsworth, Penguin Books, 1950.

2) *Madame Bovary*, translated by Paul de Man, A Norton Critical Edition, New York, 1965.

3) *Madame Bovary*, translated by Francis Steegmuller, First Vintage Classics edition, New York, 1992.

그리고 끝으로, 번역이나 텍스트의 의미 해석, 고유명사의 발음, 19세기 초엽 노르망디 지방 풍속 등과 관련하여 여전히 불확실하거나 의문으로 남는 80여 개 항목들에 관하여 최종적인 자문이 필요했다. 그래서 역자는 앞서 언급한 Garnier Frères의 프랑스어판을 펴낸 플로베르 전문가 Claudine Gothot-Mersch 교수와 지난날 프랑스 유학 시절의 은사인 Alice Mauron 교수에게 질문서를 보내 자문을 구했고 두 분 교수들은 친절하게도 수십 페이지에 달하는 매우 소상하고 친절한 응답을 작성해 보내 주었다. 이 두 분의 도움에 진심으로 감사드리는 바이다.

이렇게 하여 이 번역판은 앞서의 여러 국내외의 번역자, 주석가, 그 밖의 전문가들로부터 커다란 도움을 받아서 완성된 것이다. 그럼에도 불구하고 역자의 미숙함으로 인해 번역이 매끄럽지 못한 곳이 한두 군데가 아니고 또 오역이 없다고 장담할 수 없는 형편이다. 현명한 독자들의 충고와 지적이 있기를 바란다.

끝으로 새로운 번역의 기회를 마련해 주신 민음사 박맹호 사장님과 여러 달에 걸쳐서 매우 세밀한 교정을 보아 주고 그 과정에서 귀중한 충고를 아끼지 않으신 민음사 편집부 원미선, 박희원 씨께 깊이 감사드린다.

1999년 11월
안암동 연구실에서
김화영

# 작가 연보

1821년   12월 12일 아버지 아실 클레오파스 플로베르(Achille Cléophas Flaubert)가 수석 외과 의사로 일하는 루앙 시립병원에서 태어났다. 어머니는 쥐스틴 카롤린(Justine Caroline Feuriot)이고 형 아실(Achille)은 여덟 살이었다.

1824년   여동생 카롤린(Caroline)이 태어났다. 귀스타브는 형보다 여동생 카롤린과 더 친했다.

1831년   「코르네유 찬미(Eloge de Corneille)」 집필.

1832년   2월 루앙 왕립학교에 입학해 『돈키호테』에 깊은 관심을 갖게 됐다.

1834년   루이 부이예(Louis Bouillet)와 만나 절친한 친구가 되었다. 학교에서 필사본 문학 신문 《예술과 진보》 발행.

1836년   몇가지 콩트 「향기를 맡다(Un parfum sentir)」, 「피렌

체의 페스트(La Peste Florence)」, 「분노와 무력함(Rage et Impuissance)」 등 집필. 휴가를 보내던 트루빌 바닷가에서 엘리자 푸코(Elisa Foucault)를 처음 만났다. 그가 열정적으로 짝사랑하게 될 스물여섯 살의 이 여자는 음악 출판사 사장 모리스 슐레젱제(Maurice Schlesinger)의 아내로 소설 『감정 교육』의 여주인공 아르누 부인의 모델이 된다.

1837년    「지옥의 꿈, 자연사 수업(Réve d'enfer, Une leçon d'histoire naturelle)」 루앙에서 발행되는 문예신문 《르 콜리브리》에 처음으로 발표. 알프레드 르푸아트뱅(Alfred Le Poittevin)과 알게 되었다.

1838년    첫 번째 자전적 이야기 「광인의 수기(Mémoires d'un fou)」 집필.

1839년    장차 『성 앙투안의 유혹(La Tentation de Saint Antoine)』의 밑그림이 될 「스마르(Smarh)」 집필. 학교를 떠나 집에서 대학 입학 자격 시험을 준비했다.

1840년    대학 입학 자격 시험에 합격하고 클로케 박사와 함께 피레네 및 코르시카 지방을 여행했다. 마르세유에서 윌랄리 푸코 드랑글라드(Eulalie Foucault de Langlade)를 만나 육체적 관계를 맺었다.

1841년    파리 법과대학에 등록했다.

1842년    두 번째 자전적 이야기 「11월(Novembre)」 완성. 제비뽑기로 군 복무를 면제받았다. 9월 트루빌에서 제르트뤼드와 아리에 콜리어를 만났다. 파리에서 콜리어, 프라디에, 슐레쟁제 집안과 교유했다. 법과대학 1학년 시험에 합격했다.

1843년 막심 뒤 캉(Maxime Du Camp)과 친해졌다. 대학의 2학년 시험에 실패했다. 첫 번째 『감정 교육(L'Education sentimentale)』을 쓰기 시작, 이해에 파리-루앙 철도가 개통되고 노장에서 바캉스를 즐겼다.

1844년 형 아실과 도빌에서 퐁레베크로 가는 도중 간질로 추정되는 신경발작을 일으켜 자신이 몰던 마차에서 떨어졌다. 루앙으로 돌아와 요양, 이는 적성에 맞지 않는 법학 공부를 포기하는 계기가 됐다. 아버지가 드빌의 집을 팔고 크루아세의 집을 매입했다.

1845년 1월 7일, 첫 번째 『감정 교육』 완성.(이 1고는 플로베르가 사망한 지 30년 뒤에야 출판됐다.) 가족들과 함께 이탈리아로 신혼여행을 떠나는 여동생 카롤린과 동행했다.

1846년 아버지가 사망하고 뒤이어 여동생 카롤린이 자신과 같은 이름의 딸을 남기고 사망했다. 어머니와 함께 크루아세에 정착해 조카딸 카롤린을 키웠다. 7월 친구 알프레드 르푸아트뱅이 루이즈 드모파상과 결혼하다. 파리 여행 중 프라디에의 집에서 당시에 이름을 날리던 시인 루이즈 콜레(Louise Colet)를 만나 정부로 삼고 오랜 편지 교환을 시작했다.

1847년 뒤 캉과 더불어 브르타뉴를 여행하고 그 경험을 바탕으로 「들로 모래톱으로(Par les champs et par les grèves)」집필.

1848년　친구 뒤 캉, 부이예와 더불어 파리에서 2월 혁명의 현
　　　　장을 목격했다. 루이즈 콜레와 첫 번째로 절교했다. 절
　　　　친한 친구 르푸아트뱅이 사망했다. 『성 앙투안의 유혹』
　　　　집필 시작.

1849년　『성 앙투안의 유혹』을 탈고하여 친구 부이예와 뒤 캉에
　　　　게 서른두 시간에 걸쳐 낭독해 주지만 매우 부정적인
　　　　평을 들었다. 막심 뒤 캉과 함께 동방 여행을 위해 마르
　　　　세유에서 배에 올랐다. 여행 중 『마담 보바리』를 착상
　　　　했다.

1850년　이집트, 베이루트,(이곳에서 성병에 감염된 듯하다.) 예
　　　　루살렘, 콘스탄티노플, 그리스 등지를 여행했다.

1851년　그리스, 이탈리아를 여행했다. 7월 루이즈 콜레와 관계
　　　　를 재개했다. 여행을 마치고 크루아세 집으로 돌아와
　　　　9월 19일 『마담 보바리』집필 시작. 나폴레옹의 쿠데타
　　　　를 목격했다.

1854년　루이즈 콜레와 결정적으로 절교했다.

1856년　4월 30일 탈고한 『마담 보바리』를 《르뷔 드 파리》10월
　　　　~12월호에 발표.(잡지의 공동 편집장 막심 뒤 캉이 원고
　　　　의 일부를 삭제했다.)

1857년　1월 『마담 보바리』의 출판을 이유로 '공중도덕 및 종교
　　　　모독죄'로 플로베르와 《르뷔 드 파리》가 기소당했다. 2월
　　　　7일 무죄판결을 받았다. 『성 앙투안의 유혹』의 출판을
　　　　포기하고 『마담 보바리』를 미셸 레비에서 단행본으로

펴내 큰 성공을 거두었다. 소설 『카르타고』(후에 『살람
보』로 개제했다.) 집필 시작.

1858년    파리에서 사교계에 출입하며 셍트뵈브, 고티에, 페이도
등과 교유했다. 『살람보』 집필을 위해 튀니지를 여행하
고 돌아와 7월에 다시 집필 계속.

1859년    건강상의 이유로 점점 더 빈번하게 크루아세에서 작업
하고 파리 체류는 드물어졌다. 루이즈 콜레가 옛 애인
플로베르를 공격하는 『그 남자』 발표.

1862년    1월 슐레쟁제 부인이 독일의 정신병원에 입원했다. 2월
에 『살람보』를 탈고하고 11월 24일 미셸 레비에서 출판
해 성공을 거뒀다.

1863년    사교계 출입을 재개했다. 마틸드 공작 부인과 교유하며
그녀의 비호를 받았다. 투르게네프와 만났다. 조르주
상드와 서신 교환을 시작했다.

1864년    4월, 조카딸 카롤린이 에르네스트 코망빌과 결혼했다.
『감정 교육』 집필 시작. 콩피에뉴로 황제를 예방했다.

1865년    『감정 교육』 1부 집필. 7월 바드에 체류하는 동안 슐레
쟁제 부인과 만났다.

1866년    『감정 교육』 2부 집필. 런던을 여행하고 레지옹 도뇌르
기사장을 수여받았다. 조르주 상드가 수차례 크루아세
를 방문했다.

1867년    파리와 망트에서 슐레쟁제 부인을 만났다. 튀일리궁에
서 황제가 베푸는 무도회에 참석했다. 조카사위 코망
빌의 재정적 곤란으로 플로베르도 어려움에 처하게

됐다.

1869년  봄에『감정 교육』을 탈고하고 마틸드 공작 부인 댁에서
낭독해 열렬한 칭찬을 받았다. 루이 부이예가 사망하
여 막심 뒤 캉에게 그 원고를 읽게 해 많은 대목에 관
한 의견을 청취했다. 크루아세에서『성 앙투안의 유혹』
손질. 11월『감정 교육』미셸 레비에서 출간.

1870년  『감정 교육』의 혹평으로 크게 실망했다. 보불전쟁이 발
발하고 루앙에서 의무병 근무 후 국민군 중위로 복무
했다. 11월 프로이센군이 크루아세를 점령했다.

1871년  1월 휴전 협정이 맺어지고 마틸드 공작 부인을 만나러
브뤼셀에 갔다. 모리스 슐레쟁제가 사망했다. 엘리자
슐레쟁제가 크루아세를 방문했다.

1872년  4월 모친이 사망했다.『성 앙투안의 유혹』3고(결정
고) 완성. 20여 년 동안 생각해 왔던『부바르와 페퀴셰
(Bouvard et Pécuchet)』의 준비 작업에 착수.

1873년  1874년까지 2년간 희곡『후보자(Le Candidat)』를 집필
해 보드빌 극장에서 상연했으나 실패를 맛봤다.『성 앙
투안의 유혹』샤르팡티에에서 출간.

1875년  조카딸의 파산을 막기 위해 재산을 정리하고 생활
비를 줄였다. 간신히 크루아세의 집의 양도를 피할
수 있었으나 매우 우울해졌다. 콩카르노에 체류하면
서 단편「수도사 성 쥘리전(La Légende de Saint Julien
l'hospitalier)」집필.

1876년  3월 8일, 루이즈 콜레가 사망했다. 파리에서「수도사

성 쥘리앵전」 완성, 「순박한 마음(Un Coeur simple)」 집
필 시작. 6월 노앙에서 조르주 상드의 장례식에 참석했
다. 「순박한 마음」 완성, 「에로디아스(Hérodias)」 집필
시작.

1877년    4월 단편집 『세 가지 이야기(Trois Contes)』를 샤르팡
티에에서 출간하고 1875년 이후 중단되었던 『부바르와
페퀴셰』 집필에 매달렸다.

1878년    1879년까지 2년간 파리와 크루아세를 오갔다. 건강 악
화와 재정적 어려움을 겪었다. 투르게네프의 주선으로
마자린 도서관의 사서가 되고자 하나 1879년 7월에 하
위직을 얻었을 뿐이다. 11월 500여 이문(異文, variante)
을 포함한 『감정 교육』을 샤르팡티에에서 출판.

1880년    부활절에 크루아세에서 졸라, 공쿠르, 도데, 모파상, 샤
르팡티에와 함께 모임을 가졌다. 외설적인 시를 썼다
하여 고발당한 제자 모파상을 공개적으로 옹호했다.
5월 8일 파리 여행을 준비하던 중 뇌일혈로 쓰러져 사
망했다. 11일 루앙시의 기념 묘지에 묻혔다. 12월 15일
부터 미완의 『부바르와 페퀴셰』가 《라 누벨 르뷔》에 연
재되기 시작했다.

세계문학전집 **36**

# 마담 보바리 시골 풍속

1판 1쇄 펴냄  2000년 2월 25일
1판 72쇄 펴냄  2024년 7월 25일

지은이  귀스타브 플로베르
옮긴이  김화영
발행인  박근섭, 박상준
펴낸곳  (주)민음사

출판등록  1966. 5. 19. (제 16-490호)
서울특별시 강남구 도산대로1길 62(신사동) 강남출판문화센터 5층 (우편번호 06027)
대표전화 02-515-2000  팩시밀리 02-515-2007
www.minumsa.com

ISBN 978-89-374-6036-4 04800
ISBN 978-89-374-6000-5 (세트)

* 잘못 만들어진 책은 구입처에서 교환해 드립니다.

# 세계문학전집 목록

세계문학전집은 계속 간행됩니다.